1982 年济南寓所中

1987 年德国柏林

1988 年写作《九月寓言》的龙口小屋

有一庐小屋，终我一愿，助我文思。此文庐就是黑夜之而长诗。思绪已飘至别庭，全我幸中有此。以九月寓言，即是于于居间之小庐。

丁丑年 张炜书

1996 年夏与美国出版索引协会主席罗伯特·鲍曼在惠特曼纪念馆

2013 年 11 月在云南西双版那演讲

2014 年在万松浦书院南院

与著名作家贾平凹（右）交谈

2014 年，张炜（左）在奥地利作家之家

张炜自选集

张炜 ◎ 著

天 地 出 版 社 | TIANDI PRESS

图书在版编目（CIP）数据

张炜自选集 / 张炜著 . —成都：天地出版社，2017.3（2017年重印）
（路标石丛书）
ISBN 978-7-5455-2460-4

Ⅰ．①张… Ⅱ．①张… Ⅲ．①中国文学—当代文学
—作品综合集 Ⅳ．① I217.2

中国版本图书馆 CIP 数据核字（2016）第 321953 号

张炜自选集

出 品 人	杨　政
著　者	张　炜
责任编辑	陈文龙
封面设计	今亮后声
电脑制作	九章文化
责任印制	葛红梅

出版发行	天地出版社
	（成都市槐树街 2 号　邮政编码：610014）
网　址	http://www.tiandiph.com
	http://www. 天地出版社 .com
电子邮箱	tiandicbs@vip.163.com
经　销	新华文轩出版传媒股份有限公司

印　刷	北京中科印刷有限公司
版　次	2017 年 3 月第 1 版
印　次	2017 年 3 月第 2 次印刷
成品尺寸	160mm×238mm　1/16
印　张	38.25
字　数	627 千
定　价	58.00 元
书　号	ISBN 978-7-5455-2460-4

序言

王蒙

新华文轩集团在做一套当代作家的自选集，第一批将出版陈忠实、史铁生、张炜、韩少功、王蒙的自选作品，目前签约的则还有熊召政、王安忆、赵玫、方方、池莉、苏童等同行文友，今后还将考虑出版港澳台及海外华语作家的自选作品。好事，盛事！

现在的文学创作并没有太大的声势，人们的注意力正在被更实惠、更便捷、更快餐、更市场、更消费也更不需要智商的东西所吸引。老龄化也不利于文学作品的阅读与推广，因为老人们坚信他们二十岁前读过的作品才是最好的，坚信他们在无书可读的时期碰到的书才是最好的，就与相信他们第一次委身的情人才是最美丽的一样。新媒体则常常以趣味与海量抹平受众大脑的皱折，培养人云亦云的自以为聪明的白痴，他们的特点是对一切文学经典吐槽，他们喜欢接受的是低俗擦边段子。

孟子早就指出来了，"耳目之官不思，而蔽于物。物交物，则引之而已矣。心之官则思，思则得之，不思则不得也。"他强调的是心（现在说应该是"脑"）的思维与辨析能力，而认为仅仅靠视听感官，会丧失人的主体性，丧失精神的获得。因为一切的精神辨析与收获，离不开人的思考。

当然，耳目也会激发驱动思维，但是思维离不开语言的符号，而文学是语言的艺术，是思维的艺术，是头脑与心灵而不仅仅是感觉的艺术。文艺文艺，不论视听艺术能赢得多多少百倍更多的受众，文学仍然是地基又是高峰，是根本又是渊薮。文学的重要性是永远不会过时与淡化的。

当代文学云云，还有一个问题，"时文"难获定论，时文受"时"的影响太大。学问家做学问的时候也是希罕古、外、远、历史文物加绝门暗器，不喜欢顺手可触、汗牛充栋的时文。

但读者毕竟读得最多最动心动情最受影响的是时文。时文而晒一晒，静一静，冷一冷，筛一筛，莫佳于出版自选集。此次编选，除王蒙一人而外都是文革后"新时期"涌现的作家，基本上是知青作家。知青作家也都有了三十年上下的创作历程与近千万字的创作成果。几十年后反观，上千万字中挑选，已经甩掉了不少暂时的泡沫，已经经受了飞速变化与不无纷纭的潮汐的考验，能选出未被淘汰的东西来，是对出版更是对读者的一个贡献。以第一批作者为例，陈忠实的作品扎根家乡土地，直面历史现实，古朴淳厚，力透纸背。史铁生身体的不幸造就了他的悲天悯人，深邃追问，碧落黄泉，振撼通透，沉潜静谧。张炜对于长篇小说的投入与追求，难与伦比，乡土风俗，哲思掂量，人性解剖，一以贯之，未曾稍懈。韩少功更是富有思辨能力的好手，亦叙亦思，有描绘有分解，他的精神空间与文学空间纵横古今天地，耐得咀嚼，值得回味。我的自选也忝列各位老弟之间，偷闲学学少年，云淡风清，傍花随柳，作犹未衰老状，其乐何如？

我从六十余年前提笔开写时就陶醉于普希金的诗：

> 我为自己建立了一座非人工的纪念碑，
> ……所以永远能和人民亲近，
> 我曾用诗歌，唤起人们善良的感情，
> 在残酷的时代歌颂过自由，
> 为倒下去的人们，祈求宽恕同情。
> ……不畏惧侮辱，也不希求桂冠，
> 赞美和诽谤，都心平静气地容忍，

看到文友们的自选集的时候，我想起了普希金的诗篇《纪念碑》。每一个虔诚的写者，都是怀着神圣的庄严，拿起自己的笔的。都是寄希望于为时代为人民修建一尊尊值得回望的纪念碑来的。当然，还不敢妄称这批自选集就已经是普希金式的纪念碑，那么，叫路标石就好。几十年光阴荏苒，总算有那么几块石头戳在那里，记录着时光和里程，记忆着希冀和奋斗，还有无限的对于生活、对于文学的爱惜与珍重。它们延长了记忆，扩展了心胸，深沉了关切与祝福，也提供给所有的朋友与非朋友，唤起各自的人生百味。

目 录

长篇小说

古船（选章）

第十六章

　　抱朴依旧到老磨屋去。空余的一切时间他都忙着算账。他耳边老响着弟弟的那句话：你算得太晚了。他常去催促弟弟吃药。见素多少年来第一次这么安静地躺在炕上。郭运每隔几天来看一次，还带给他一本白话《天问》。见素就翻着它打发时光……隋不召进隋家老宅大院的次数增多了。老人看见素，也看抱朴。他嘲笑抱朴算账，说账这个东西是人世间最糊涂的，人弄出账来本为了聪明，算来算去也就糊涂了。抱朴知道父亲是怎么死的，后来一直回避算账。但那个承包大会终于还是诱惑他抓起了算盘。

　　有一天黄昏从远处飘来了跛四的笛音，隋不召听了一会儿警觉地对抱朴说："笛音变了！"

　　抱朴屏住呼吸听着。笛音果然一改它几十年的声色，抱朴惊讶地呆住了。它过去一直是尖尖酸酸，孤寂而悲伤，而今却透出了一种不能遮掩的、像是偷来的欢乐。这笛音原来曾是洼狸镇光棍汉永恒的音乐，而今倒变得再也不能让人习惯。隋不召说一声"我去看看"，就走了。

　　抱朴再也无心做事。他的心一直慌慌地跳动，焦躁不安地在屋里来回走动，自己也有些莫名其妙。深夜里，笛音消逝了，他才躺下休息。可是睡不着。好不容易捱到了天亮，叔父隋不召伏在窗外喊着他的名字，告诉：

　　"小葵嫁给跛四了！"

　　接下去抱朴的头颅像被击了一拳，嗡嗡地响。他也不知道自己是怎么跑出了厢房、跑出了院子。他嘴里咕哝着什么，一直跑到老赵家的小巷子里。他用手砸着窗子，直到小葵手扯小累累站在了窗子的那边，他一双眼睛看着她又瘦又白的脸，问："真的吗？"窗子那边答："真的。""什么时候？""前些天，镇上人忙着开大会那会儿。""啊啊，啊啊……小葵！你该告诉我一声！你该等等我！"抱朴喊道，抱着头颅。小葵用牙齿咬着嘴唇，摇了摇头："我等了你几十年。我那天一照镜子，见里面的人那么多白头发。我哭了。里面的人也哭了。我们俩互相叮嘱：再也不等了，再也不等了……"抱朴难过地蹲在了地上，喃喃地说："可是……有小累累！把他还给我吧，他是我的孩子。"小葵冷冷地回答一句："不。他是兆路的孩子。"……抱朴眼前又闪过了那个暴风雨之夜。他朝着玻璃举起了拳头，又缓缓地放下。他站起来，头也不回地走了。

见素正在他的厢房里等他。抱朴进门默默地站了一会儿，扳住了他的瘦削的肩膀。见素感到了那只大手在剧烈地抖动。抱朴用手抚摸着见素的头发，一声不吭。见素看着哥哥的眼睛说："叔父刚才来了，你不在，他又走了……"抱朴点点头："走了，她走了，干干净净了，无牵无挂了。他们都走了——你不是也要走，要进城去吗？老隋家啊，老隋家！老隋家的人啊……"见素安慰着他，让他休息，告诉他明天还要去看老磨。抱朴紧紧握住弟弟的手，乞求般地说："不，你不要离开我，今夜你不要走！你在这儿跟我说话——我一肚子话想说给你听，我闷死了。小葵走了，你也要走，我说给谁听？我说给老磨屋？我说给这间厢房？见素啊！你不要站着，不要这么直眼瞅着我，你坐下，就坐在炕上吧……"

见素慌慌地坐了。他第一次见哥哥这样，心里可怜起他来。他想安慰哥哥，可又不知该说什么。小葵嫁人了，她永远地属于别人的了。抱朴爱这个女人爱得要命，见素对这个清清楚楚。他在心里说："抱朴啊，你忍受着一切，坐在老磨屋里，如今算是得到了报应。没有人能帮你了，可怜你也是白搭。"

抱朴用抖抖的手去卷烟，卷得不成型儿。见素给了他一支香烟。他急急地吸着，吸了两口又抛掉了。他问见素："你骂过老隋家人'窝囊'？"见素有些茫然地看着他。他狠狠地点着头："你骂过。骂得好。我现在也想这么骂。眼盯盯地看着她走了，走没了影儿。折磨自己，也折磨别人，好像就为了折磨人才活下来一样。自己不高兴，也不让别人高兴，这他妈的算是什么怪人！有话都闷在心里，闷一个月、一年、一辈子，就像闷面酱一样，闷得全变了色儿！从来没有痛痛快快说过话，身上的血全瘀在那里，真想照准自己随便哪里扎一锥子。流血了，疼得在地上乱滚，喊裂了嗓子，喊得他们退开老远。

想是这么想，从来也没有那样的胆子。什么都不敢。那就趴下过一辈子吧，偏偏又不能。偏偏又知道恨、知道爱，知道在暴雨天里往外跑。有时候像被热水泼了一样，烫得难受，老想蹦起来。咬住牙，挺住，一声也不吭，一声不吭啊。我要过小葵，我身子被雨淋得湿淋淋的，就这么抱紧她过了一夜。她是我的，我不要别的了，我可以穷，可以被人踩在脚底下，可是我要小葵！我没有一天不这样想，也没有一天敢去找她。这样过完了十年、二十年，我和小葵都有了白头发。我到底怕什么？怕兆路那双眼，我老梦见他在阴间里瞪着我。我还怕老赵家，小葵是老赵家的人。我也怕自己，怕老隋家。老隋家的人不该有家庭，不该有后代。可是老隋家的人也是人哪，老隋家有女人、有男人。老隋家的人世世代代都重名声，名声变得一钱不值，也还是为名声去费脑筋。我刚才说了怕这怕那，最要紧的一条还没有说，就是怕那个名声。小葵把她给了我，那时候兆路还活着，她倒什么也不怕。我真可恶。我怕镇上人说：老隋家有人趁别人闯东北的时候夺了人家的老婆。我战战兢兢地回避着这句话。小葵过得多苦，兆路死了，我该把她接到咱家里来！我是个小人，我再也不会瞧得起我自己。小葵是好样的，她咬咬牙走了，像个男子汉。我倒像个女人。我这辈子想着她……不，我该从现在起忘了她。把什么都忘了吧，只记住一条：我这个人真窝囊……"

见素第一次听哥哥这样痛心疾首地剖析自己。他激动地打断哥哥的话："别说了，别这样说！你是个好人，比我好多少倍。你往狠里骂自己，我真害怕……哥哥，你是老大，老隋家的苦你受得最多，多不容易。我明白你，我比什么时候都明白你……"

抱朴的额头上渗出了密密的汗珠。他发冷似的磕着牙，说："你不明白我。谁也不明白我。这也怨我自己，想的太多，告诉别人的太少。我跟桂桂夫妻几年，也没说完心底的东西。不是怕什么，是想得太多太多了，说不明白了。我真羡慕别人：无愁无忧，有点忧愁一阵风就吹散了。我羡慕桂桂，她真是个小孩子，到死的那天一双眼还像个孩子。这双眼你见过，真好看，又黑又亮。她大概谁也没有恨过，这样的眼装不下什么恨。你记得办大食堂那会儿全家隔离开搜粮？她给打得脸都肿了。可是她晚上躺在我怀里，看着我，眼里面没有一丝恨。我当时就寻思，我真有福啊，和个'孩子'在一起过日子，自己多少染上一点她的脾气就轻松了！到后来我才明白这是痴想，谁也没有本事改变我一丝一毫。我已经是铸就了的沉甸甸一块东西，再也漂不起来了。

后来我还想就这么一辈子了，坐到老磨屋里吧，让老磨一天到黑这么磨，把性子磨钝、磨秃，把整个儿人都磨痴磨呆才好！谁知道这也是枉想。老磨把我的性子磨得越来越细了。

"没有办法，我也不明白我自己。我有时恨自己简直超过恨任何人、任何物。我天天就这么坐着，心里一刻不停地跟自己交谈，问一句答一句，有时干脆不停地骂自己。见素，你不知道，世上那些不怎么说话的人其实说了最多的话，说得口焦舌燥。他们在跟自己交谈啊，最累的是心。我问自己些什么？我问得乱七八糟，又平平常常。比如我问自己从什么时候变成了不爱说话的人、哪一年忘记了自己的生日、爸爸死的那年收成好不好、亲妈去世那年的事情、后母、后母的死、含章小时候的样子及十八九岁的样子、她的病、老隋家最老和最小的人、桂桂为什么没有孩子、圆房那一天的事、找不找小葵那一次、想要的事、我有没有信仰、我算不算知识分子、为什么最早学的生字是《论语》上的、我给爸爸研墨你给我研墨、赵多多会怎么死、张王氏见过几次爸爸、粉丝大厂怎样应用科学、大虎的死、如果有外星人怎么办、星球大战和洼狸镇有什么关系、六〇年早来半马车萝卜会怎么样，等等。你想不到我为什么跟自己谈这些。我坐在方木凳上，一琢磨就是半天。我忘不掉事情，全记在心里，心里装不下，又吐不掉。几十年的事情了，一齐挤着我的心，我在哀求老天爷了：快让我忘掉一些吧，我心里装不下那么多！老天爷一声也不吭。我心上难受，就开始骂自己了。半夜三更，狗叫得人好烦啊！还有光棍汉跛四，不停地吹他的笛子。我睡不着，一个人在院子里走。下大雨的时候，让暴雨冲我的全身，那是最舒服了。那时候，我想把你从炕上叫起来，把心里的话全告诉你。可我没有一次这样做。我知道除了叔父，老隋家没有几个睡觉香甜的人了。我还以为你是个无愁无忧的人，后来才知道这是妄想。你被粉丝大厂的事熬红了眼睛。你的眼神叫我害怕了。我老怕你出了什么事。你让我羡慕、让我害怕，也让我恨。你比我有胆量，像一头豹子一样，看准了就会扑上去。这不像老隋家的人——也许世道能造出你这样的人。你病了，我知道你没有扑到猎物也就病了。这一切都在我预料中。我知道你扑不到。我跟你讲过，你不听。你扑上去了，受了伤、流了血，老隋家一家人都疼。老隋家的血不多了，不该再流了。我难过的就是这个。我喜欢的就是你的胆量，你是老隋家的一个男子汉，长壮了，长浑实了，你比你哥哥强上百倍。如果你哥哥有这样的胆量，扑上去，什么也跑不脱，小葵也跑不脱！可是该不该有这样的胆量？该不该？我问一千遍，一次也回答不了。老隋家啊，老隋家的人该不该有这样的胆量？谁能回答？谁能回答……"

见素的一双眼睛又冒出了火星。他几次插嘴都被哥哥滔滔不止的话语打断。这会儿他大声说道："我能！我能回答！我敢说人的力气都差不太多，要紧是有个胆量。有胆的生，无胆的死。老隋家被人踩在脚底下几十年了，喘不过气来，哀求人家松松脚，人家又加上一只脚。老隋家有什么过错？这只脚刚松开了一点点，可你还趴在那儿。不！该有胆量站起来。我流了血，我会舔干净。我还会扑上去。我一次又一次问你过去的事情，问妈妈是怎么死的，你都不告诉我。你啊，你是用爪子撕自己，把自己撕得血淋淋。你不停地撕自己。小葵走了，可她该不该走？该不该走？"

"我不知道。也许她该走？她怕沾了我的血？我不该撕自己，我也不愿看到老隋家的人去撕别人。镇上人就是这么撕来撕去，血流成河。你让我告诉你过去的事，我还是不能。我没有那样的胆量，我说过我害怕你。你有胆量，我不想有和你一模一样的胆量。如果别人来撕我，我用拳头挡开他也就够了。如果坏人向好人伸出爪子，我能用拳头保护好人也就够了。我只需要这样的胆子，可我没有。这是我最不争气的地方。我和你不一样——我早就明白了这一点。我最怕的就是撕咬别人的人。因为他们是兽不是人，就是他们使个洼狸镇血流成河。我害怕回想那样的日子，我害怕苦难！见素，我一想起那些日子就心里打颤。我心里祷告：'苦难啊，快离开洼狸镇吧，越远越好，越远越好，永远也别回来！'你不要听了在心里笑我，你不要以为我的担忧全是多余的。

"镇上人受了那么多的苦，从老辈算起肠子里也没有装过多少粮食。可他们是种粮食的人，他们得吃桔梗、树叶！粮食哪去了？不知道。反正没有了。镇上人是天底下最老实本分的人了，挨饿受冻，吃着草梗，不吭一声，实在没有力气走路了，就躺下来死。见素，你知道这些吧？你看到过这些吧？这些事情老在我眼前闪过来闪过去。父亲把粉丝厂交还了大家，他认为它应该是大家的。他不单单是因为害怕才交出去的，我从来就认为他有他的道理。他只给自己留下了过生活的一处小作坊。后来又有人做主把最后的小作坊也收走了，理由是大家一块儿过生活。这样当然好。一辈子又一辈子的苦难，也许就是因为没有一块儿过生活——可这样的生活还是没有过好。这才是我最难过的地方。我就为这个难过，所以我才不停地读那本书。我也为死去的老父亲难过，他吐净了血死在老马背上，就为了今后的人一块儿过生活。他知道了后来的事情一准伤心难过，说不定在阴间里又会第二次吐血……我寻思的就是这些。这里面牵涉到了做人的根本——怎么过生活？这不是一个人的事情，绝不是！你错就错在把它当成了一个人的事情。那些吃亏的人，都是因为把它当成了自己的事情。你没有力气让你自己一个人过好生活，那样周围的人就会夺走你一个人的好生活。你听没听过这样一个传说：一群人在山里找金子，一大块狗头金在前面闪闪发光，走在最头里的人紧紧抱住它，说是他的，他自己的；人们去夺金子，因为是同行的人，一块儿找水喝，来了野兽一块儿去赶跑它；那个人紧紧抱住，用牙咬夺金子的人。后来没有办法，人们就端起石头把他砸死了。就是这么简单的故事。世上的道理千千万万，写成了书，有的书烫了金，用绸缎做封皮。其实说透了，都是在讨论过生活的办法。把生活过好，尽量过好，也就行了。你不是见我读那本薄薄的小书——《共产党宣言》吗？那也是一本讨论过生活的书，一本值得读一辈子的书。不过这还牵涉到一个人的信仰，这个一会儿再说。我们还是说过生活的事吧……我原来以为镇子上再也不会有那么多苦难了，再也不会流那么多血了，后来才明白这是梦想——镇子上还有你这样的人，不止你一个。镇上人会摆脱苦难吗？你这样的人会自己抱紧金子，谁也不给——有人会用石头砸你，你会用牙去撕咬，就又流血了。见素！你听到了吧？你明白了没有？你要知道你是老隋家的人，老隋家的人早就在老辈把事情想明白了，不用后一辈人再去糊糊涂涂流血了！这就是我要说的，这就是我要告诉你的。你现在已经受了伤，可是流血还不多。你赶快醒悟吧，赶快。"

"你让我趴在地上过一辈子！你让我像你一样埋在活棺材里……不！我不干！我以前说过，我三十多岁了，我要过人的日子！我要有自己的家、自己的媳妇、自己的孩子！我要过得像个人……"见素从炕上站起来，两手握紧了拳头，大声喊着，打断了抱朴的话。

抱朴声音粗粗地接上喊："说得好！再对也没有！你要求得一点也不过分！可惜这是你的一半话！如果你全说出来，你还会要粉丝大厂，要整个洼狸镇！你以前露过这个意思，我记住了……"

"我要粉丝大厂！我要！还是那句话，不能让它落到老多多手里！"

"它不是哪一个人的，洼狸镇上如今谁有力气把它抓到手里，抓一辈子？没有一个！老多多是做梦，不信看！别人也是做梦！你要夺到手里，理由就是不能给老多多。那么我问你见素，我亲眼见到镇上好多没有牙的老头子老太婆吃红薯和麸皮做成的团子，你发了财，会保证让他们吃好穿好，像对待父母一样对待他们吗？你能不能？你快回答我吧！"

见素额头上的汗水流出来，流到鼻子两侧。他不知所云地咕哝："这些，这难道……"

抱朴严正地看着他，厉声问："你回答！这个绝对不能含糊。你必须说真话，哪怕只说这一遭。你说！"

见素抬起头来："我不能。因为镇上的穷人太多了……"

抱朴坐下来。他卷了一支烟吸了一口，冷笑着说："你说了真话。这有点像老隋家的人。这下子你该明白自己了，你原来比老多多好不了多少。你的能力和善心都有限，你负不了那么多的责任。粉丝工业自古就是镇上人的命根子，你想要它，你要得太多了……我以前对你说过，我恨自己胆子太小，白白放跑了小葵，毁了我的下半辈子；可我更恨自己不能去夺下老多多手里的粉丝厂，把它交给镇上人，说一声：'快接住吧，抓紧它，上牢锁，它是大家的，再别让哪一个狠性子夺走。千万！千万！'我就在想这些。我的这些想法也许有人会嘲笑。我怀疑那些嘲笑我的人是不是真正善良的人。他们会轻轻松松嘲笑我：农民意识！平均主义！是啊，他们会这么说。他们不知道我们老隋家的苦难史，不知道洼狸镇人的苦难史，他们只为了快意，伪装大度的人，有时也伪装学者。他们如果亲眼看一看老隋家是怎么在农民式的嫉恨里挣扎了这么多年，就会知道老隋家人会比他们千倍万倍地憎恨平均主义。不，不是那种主义。实在是镇上人受的苦难太多了，实在是流的血太多了。该让他们喘息一下了，让他们长一长伤口。他们实在经不起强人再来抢掠他们了，他们轻易再不敢把镇子上的好东西随便一拱手交给哪一个人。难道不是吗？我想来想去是这样。苦就苦在想到这个步数，却没有一点胆量——胆子吓破了，就再也长不好了吗？我说过我羡慕你，那是真话！我真想得到你身上的另一些东西——我指的是你的勇气、你的激情。人本来都该有这些东西，不过有人后来丢失了。这真倒霉。我就是这种倒霉的人。

"见素，人的勇气用不到正地方去，勇气还不如没有。可是他觉得能够用到正地方，就觉得勇气不够了。你以前说过我是个犹豫不决的人，说我这样什么都会耽误了。我明白你说得对，你一下就按在了我的痛处。我常想这是人的一种病，病根太深了。我从很小就得了这病，愈来愈重，胆小怕事，从来不敢说出心里的话；有时正说着，有人大声对应一句，我又变得吞吞吐吐了；我不敢走到人多的热闹地方去，不敢大声说话。镇上出了什么事，追查起来，我老觉得是我做的。我走路没有声音，就怕有人看见说：'看哪，他在走路！'其实谁不走路？我宁可走小路、走墙边，穿过野地，躲避着别人。我还暗地里观察过，镇子上有这种病的人绝不止我一个。老隋家的人偏多偏重，像含章，我不知道多少年没有听见她放声地笑了。我好几次试着自己根治自己的病，有一次深夜跑到河滩上，在黑影里哈哈大笑——四周发出回响，真痛快！我高声地笑，病根太深了。这大概要从头治。不过我有信心治好，我会里里外外强壮起来，我的信心一天天大起来。"

"你最好能变得胆子大起来！"见素看着激动的哥哥，又问，"我有没有这种病？这是'怯病'。这种病到底是怎么得的？郭运也治不好吗？"

抱朴点点头："是'怯病'。郭运当然治不好。你如果留心看一看，你会发现镇子以外的人胆子大得多。你没有这个病，可你有另一种病。你的病我眼下还起不出名来，可我敢肯定你有病。咱们都是病人，老隋家的人多多少少都有病。我几十年都在设法战胜它，默默地咬住牙抵挡着。它和我婚姻的不幸连在了一块儿。小葵让我又爱又怯，说起来也许没人信。我整夜整夜地想她，想她的眼、嘴，想她的眼睫毛，想她身上的热气。我到现在也没发现还有比小葵好看的女人。她的性情是天底下最好的，就那么屈在男人怀里，一声不吭，高兴了顶多哭一哭。我想她呀，我怀疑世上还有谁会像我这样思念一个女人。可是到时候我又怕她。我不知道我想她对不对、该不该，她是谁、是什么！我往前一步、往后一步，几十年也走不出老磨屋。我这个毛病祸害着我，我咬着牙关，我让自己挺住。我会强壮起来……你问我这毛病是怎么得下的？我也一次次地问、问，问个不停。可我不敢回答。今天我倒要告诉你，见素！你听着，我要从头想一想。我要在今夜把什么都告诉你……"

第十七章

"我知道病根已经扎得很深很深了。我被病折磨着，又不敢仔细探究这种病。我大你九岁，也许你没生下来我就开始得病了。我跟你说过，我刚刚记事父亲就整天算账，累得脸色焦黄。他从来不跟我笑，他没有时间笑了。妈妈在我眼里很陌生，后来才好了一点儿。再后来就是她的父亲——就是你的外祖父死在青岛，妈妈得知了消息哭得没有气了。那一天我吓坏了，那情景我现在还能想得起来。再后来，也就是父亲交出了粉丝厂，他变得轻松愉快了。可就是那一天母亲敲折了自己的手指骨节，血通红通红洒在了饭桌上。血当然马上就擦干净了，可是吃饭时，我老觉得血汪在桌上，我去夹菜，它就流起来。父亲去世以后，我就一个人做主，偷偷把饭桌劈了生了炉子。母亲知道了就发起火来，她不舍得这张红酱漆桌子。那时我觉得她什么都不舍得。她这性子到了后来，也就注定了要那样……那样死去……"抱朴说到这里突然口吃起来，并迅速地瞥了见素一眼。见素正死死地盯住他，这会儿打断他问：

"怎么死的？你说下去！"

抱朴徐徐地吐气，说："这些你都知道。你知道她后来是自杀了，吃了毒药……"抱朴的脸上有了汗珠。

见素冷笑着……抱朴说下去："那时候我刚刚四五岁。到了六七岁上，镇子上就天天开大会了。老庙旧址上人山人海，贴近场子的墙头上、屋顶上都卧了民兵，架了枪。镇子内外的地主都拉到场子上斗，到后来哪天都死人。有一天爸爸也去开会，不过不是站在台上，是站在台下靠前边一点。我被妈妈打发出来看爸爸，看不见，就爬到一个墙头上。有个民兵用枪向我瞄准，我就贴在墙上闭着眼。后来睁开眼，枪口移开了。我这才知道他是吓唬我。我开始看爸爸，后来见拉上台子一个长头发的中年人，就光看他了。那个人留了长分头，穿了雪白的制服衬衫，乡下从来没有见过这样的人。后来才知道他是一个地主的大少爷，在外面读洋书，回来有事情，村里人就把他逮住了——他父亲跑了，正好让他顶上。一个一个到台上哭诉，都是哭诉他父亲的。一个老婆婆穿了破衣烂衫，哭过了，一抹眼泪，突然从怀里摸出一把锥子，向着大少爷就扎过去。台上的干部和民兵架住了她。又有人哭诉，完了再接上。半上午的时候，一伙人拥上台子，每人拿一根颤颤的藤条。他们用藤条抽打他，我亲眼见藤条在白衬衫上留下血印，一道一道。后来白衬衫变成红的了。他惨叫着，我听不清，可我看见他疼得拧动……后来他死了。我回了家，吓得再不敢去看开会了。见素，你不知道，我现在还清清楚楚看见那红条条，印在白衬衫上。那时候我刚六七岁，离现在快有四十年了……接上去不断听到这样的议论：老隋家算不算开明士绅？民兵老在我们老宅里转悠。全家都在心里嘀咕：算不算？算不算？全家没有一个敢大声说话的。不知怎么我有个预感，我想早晚会不算的。见素！就在四七年的夏天晚一点，镇上发生了那些事情……我想一想都害怕，我一次也没有说过……也许这谁也不信——幸亏有年长的人做证——镇史上也记下来了……那年夏天……"

抱朴仰靠在墙壁上，嘴唇有些发紫。他的两臂抖着，这时候伸手去抱见素的胳膊。见素叫着他："哥哥，你说吧，你说下去。"抱朴点点头，眼睛望了望四周，又点点头："我说……我今夜一开始就告诉过你，我什么都要讲给你听……"

见素把胳膊从抱朴怀中抽出，坐到炕角上去。他看到哥哥也缩到炕角了，黑影里再也看不清他的脸。

"夏天晚一点的时候，还乡团回到镇上了。好多人闻风就跑开了，跑到河西或者更远的地方。赵多多跑了，四爷爷赵炳也跑了。村指导员、上边来的干部，都跑了。镇上有些人没有跑，有些人跑到半路又给截回来了。还乡团里有镇上逃出去的，更多的是镇外的人。他们由镇上人领路，挨家认东西、找人。后来四十多个男女老少给驱赶到老庙旧址上，我也在里边。还乡团的人骂着穷鬼，点了一堆大火，扔进火里一个人。那个人开始跪下来哀求，还是给扔进去。他爬出来，浑身是灰，头发焦了，又给扔进去。四十多个人吓呆了一半儿，吓哭了一半儿，不少人跪下求饶。我闻到了火里的气味，这一辈子也忘不掉。我常常想起那股味儿，有时走在路上，不知怎么就闻到了那股味儿。这当然是错觉……那个人烧死了。是个小伙子，只当过几天民兵。他死之前喊的最后一句话是：'不关我事呀，老天爷爷！我不知道……'剩下的四十多个人里，有个小孩子想跑，背枪的人就踢倒了他，让他仰面朝天，用脚踩他的肚子，说：'你跑！你跑！'小孩子喊也没有来得及喊，嘴里流着血就死了。为了防止逃跑，他们找到一根铁丝，穿进人们的锁子骨里。铁丝带着血，从这人皮下拖出又插进那人的皮下！他们用刀捅、撬，老太太小孩全串到一起。临到我了，一个人用血乎乎的手按住我的头，要用刀子撬我的骨头。有个人喊：'他是老隋家的大少爷，不能穿到一串上！'也就放开了我——到现在我也不知道是还乡团的人喊的，还是那四十多个人里面喊的。那根铁丝的两端都有两三个人扯着，扯的人一用力，被串了的人就撕心裂肺地呼喊一声。就这么在场子上扯来扯去捱到了天亮，满场上都是血。天蒙蒙亮的时候，一串人被牵到一个大红薯窖边，一个一个往里推。见素，你没见那些人的眼神，见了你一辈子也忘不掉。他们什么过错也没有，吃了上顿没下顿，只不过留了一点斗地主的'果实'。全推进了窖子里，哭叫声惊天动地。还乡团往下扔石头、铲土，有的还往里解溲……不说了，见素，不说了。你想想当时的情景吧。那时候我刚刚七岁啊，假如我能活到六十岁，我要有五十三年记住这个场面。我怎么受得住。时间太长了。我注定这一辈子是完了，一辈子要在惊恐里过完，没有办法。你可能会说：'这个我也知道，我也知道红薯窖里活埋过四十二个人。'可是见素，你没有亲眼看见！你没有听见他们呼喊的声音！这可差得太多了。如果听了看了，一辈子都在心里，会压得你喘不过气来……"

抱朴终于说不下去了，身子紧靠住墙壁，咬着牙关。见素的手抖抖地去衣兜里摸烟，摸出了火柴又掉在地上。他给哥哥燃了烟，又给自己燃上。他开了一扇窗子，看了看含章的窗子，又合上去。他自语般地说："真是只有想不到的，没有做不到的。洼狸镇发生过这样的事，可从现在人们的脸上看不出来。老庙旧址上泥土的颜色也看不出来。人哪！人哪！有的这么容易忘事儿，有的到死也忘不掉。人真是不一样啊……哥哥，你太苦了，你活得真不易，真不易。我该帮帮你，怎么帮你？你真该有人帮帮。也许你自己才能帮自己了……哥哥！"

抱朴握住弟弟的手，用力地握着，说："你和我不一样，可到底还是最明白我的人。只有自己能帮自己，这句话说得再好也没有了。我正在拼着劲儿，帮着自己。这好比去举起一块大石头，举着举着，两个胳膊发酸也不能颤、不能抖，咬住牙关。一软下来，什么都完了。我正拼着劲儿。一点儿不错，我在自己帮自己。我寻思往事，我算账，都是自己帮自己。我常常想，人哪，你到底能走多么远？就一直走下去吗？让人最害怕的绝不是天塌地陷，不是山崩，是人本身。真是这样。谁如果不服我的话，就请他来一道翻一翻镇史吧。有的镇史上没有，都记在人的心里。光害怕不行，还得寻思下去。洼狸镇曾经血流成河，就这么白流了吗？就这么往镇史上一划了结了吗？不能，不能轻易忘记，得寻思到底是为什么。大人小孩、男男女女都要寻思，辈分最高的和辈分最低的都要寻思。人要好好寻思人。人在别处动脑子，造出了机器，给马戴上了笼头，这都不错。可是他自己怎么才能摆脱苦难？他的凶狠、残忍、惨绝人寰，都是哪个地方、哪个部位出了毛病？先别忙着控诉、别忙着哭泣，先想一想到底是为什么吧。不会同情、不会可怜人，一个老太太吃糠咽菜活到了八十岁，正该是为她祝寿的时候，却用刀尖撬开了她的锁子骨，又把她活埋到红薯窖里！人哪人哪，这就是人群里发生的！老太太没有一点错，活得老老实实，吃谷糠时，里面的虫子又白又胖，不舍得扔，一块儿煮了。假使她真有错，八十岁的老太太又怎么不能原谅？她爬了一辈子，再有几尺远就爬到头了，怎么不能高抬贵手让她再爬一会儿，爬到头？……见素哪，我真不敢想，不敢想。有时我坐在老磨屋里，不知怎么就听到一声尖叫。我知道这是幻觉，我难过得哭了。谁来救救我，谁来救救人？没有。人靠人救。我每逢看到那些耀武扬威、满嘴谎话、只知道穿着好衣服欺压人的人，心里就恨死了他们。他们一有机会就传染苦难。他们的可恨不在于已经做了什么，在于他们会做什么！不看到这个步数，就不会真恨苦难，不会真恨丑恶，惨剧还会再来到洼狸镇上……见素，你想过这些没有？你想到这些没有？如果你没有想到想过，你怎么配去掌管粉丝大厂？你没想过，你就不配为洼狸镇做任何重要的事情！道理再简单没有：越是做大事情负大责任的人，越是要多想想苦难，学会恨一些人，学会寻思往事。这个一点不能含糊，含糊了，苦难迟早又要来了。见素，你今夜，就是现在，得回答我，你平常是不是常常寻思，常常恨那些传染苦难的人？你回答我。要老老实实。"

见素咳了一声，说："我……不怎么寻思。但我恨死了赵多多。"

"那不行。越来我越明白了，你不配为洼狸镇做重要事情。我原来想的没有错，你就是不行。你不该觉得大材小用，你该明白你必须做一个对镇子来说可有可无的人，你必须安于这个。你没有别的办法，你万一成了镇上至关紧要的人，镇子不会有一点好处。有人喜欢夸赞脑力，说有脑力、有勇气，就是个了不起的人了。我要问说这个话的糊涂鬼：想法用铁丝穿起一串老少的人没有脑力吗？没有勇气吗？你让他发挥脑力和勇气吧！也不要小看了那些只会说好话的人，不要小看了那些又谨慎又听话的人，当年就是这些人服从了脑力和勇气，具体动手去扯铁丝。还是那句话，重要的不在于他们已经做了什么，在于他们会做什么。小心地避开那些人、提防着那些人吧，避开了他们的脑力，我敢保证是镇上人的福。我这样说你会不高兴，会气得要命，可我还是要说……我说得太多，有时就接不上原来的茬儿了。我本来要告诉你我的病是怎么得的，我还是说这个吧。我要把我心里搁了几十年的事情全告诉你。一说到这里我就害怕起来，我这是最后一次跟你讲过去的事情了。我怕你听了刚才的故事和我下面要讲的这些，也犯和我一样的毛病……"

见素声音低低地说："我不会。小时候染不上那个病，就再也染不上了。

你讲吧哥哥，我好好听。"

"那就讲吧。我不能老把它们放在心里，这憋得真难受。见素，我要讲早几年女人的惨故事……你不要这么盯着我，不要急着插嘴。还是镇子上的，还是那几年发生的。有一天下午，就是我去看开大会以后第四五天的一个下午，一个地主关在地窖子里，不知怎么逃跑了。全镇的街巷都由民兵把起来，挨家搜查。最后还是没有搜出。搜的同时，另有人带民兵拷问那个地主的家里人：一个女儿、一个儿子。他们和父亲分开关在两个地方。那个地主是镇上一霸，四十多岁上糟蹋了粉丝房里洗粉丝的两个女工，其中一个有了孩子，上了吊。那个女工的哥哥就参加了拷打地主女儿和儿子，听人说用枪托捣他们的后背和屁股，逼他们说出父亲逃到哪里去了。说不出，又捣。再到后来，又用枪托乱捣起来。到了晚上，几个民兵都争着看守他们，那个女工的哥哥说"还轮不到你们几个"。他一个人看守了两天两夜。第三天上开始，几个民兵都去看守了。不久，地主的女儿就死了，几个民兵扛到河滩上埋了。可怕的是后来，是那个早晨。我到现在想起来还后悔，那天早晨不该到外面去……我走到街西头，看到一伙人围住一棵树大笑大叫，有的还跺脚，就跑了过去。见我过去了，有人就扳开前面的几个说：'闪一闪，让小东西开开眼……'我不知是什么，就往前钻挤，到了前面一看，一下就吓呆了！我不信这是真的，可又分明是前天埋掉的人绑在了树上。她身上有一块块血印、伤疤，可全身还算雪白的。没有一丝衣服，闭着眼，像睡着了。乳头没有，上面结了黑黑的血块。下边一点，见素，亏他们想得出哪！他们在她的阴部插了一颗萝卜……我当时没有想是有人把她又从沙土里扒出来了，还是民兵根本就没有埋她。我哇哇地哭了，哭着跑回了家。母亲和父亲都吃惊地问我，他们惊吓怕了，以为又出了什么坏消息。我没有告诉他们。我一直没有讲，对谁也没有讲。这像一粒带血的种子一样，埋在我胸口，一埋就是几十年。我也没有对桂桂讲。我为咱们整个儿人害羞，这里面有说不清的羞愧劲儿、耻辱劲儿！老天爷也许有意让我这辈子必须看那么一眼，好让我记住什么，一生都想着它打颤。这些事难道离我们太远吗？一点儿也不！就像发生在昨天一样，一切真是清清楚楚，清清楚楚！有人却转眼就忘了，好像什么也没有发生，平平常常的一个洼狸镇。不是，我知道不是，我亲眼见过，我要告诉大家说：不是。我想不明白为什么要杀了她，想不明白为什么要那样杀她；想不明白为什么不埋她或者埋掉又扒出。她流了血，血上又沾了黄沙，为什么不赶快再用黄沙盖住？盖住她的脸、她的手、她的乳头、她的那个地方、她的全身？为什么不盖住？不甘心吗？太美了吗？可是把一朵菊花踩烂了又吐上一口唾沫，能插到花瓶里吗？我一遍一遍地想着问着，一遍一遍难过地流泪。夜里我搂抱着桂桂，不知怎么有时就想到了树上的人。我浑身打战，桂桂害怕地问我病了吗，我说没有。我紧紧地抱着她，我抚摸她，我加倍地对她好。好像有过了那个场面，世上的所有男人都普遍地对不起女人了。男人应该羞辱，因为男人没有保护女人。从那一年往后，所有活着的男人都应该千方百计保护女人，用各种方式方法。谁不这样，就应该赶出洼狸镇去！桂桂夜里生病，她哭的时候，没有声音，只隔着一层泪水望着。我想苦难怎么都加在了女人身上……桂桂，你嫂子，不久就死了。葬她时，我动手挖了个深穴。有人说行了，太深了，我说不行！我挖呀挖呀，我把她埋在最深处……"

　　见素听不下去了，这时把头伏在哥哥的膝头上，痛哭起来了。

　　抱朴用手去扶他的头，他不肯抬起来。这样哭了一会儿，他自己昂起头来，擦干了眼泪。他双目灼热地望着抱朴，那神色好似在说："你讲吧！索性讲吧！我听，我在听……"

　　抱朴稍微平静了一下，擦了擦额上的汗水。他接上说："像我刚才讲的，镇史上都没有。这是镇史的缺陷。你千万不要小看了这一笔的有无，它会影响一代又一代人对镇子的看法。后辈人不明白老辈人，后辈人的日子就过不好。他们以为老辈人没有做过，就去试一试，其实老辈人早就做过了。我几次想找李玉明、找鲁金殿，要求趁这批人还活着，赶快修改镇史，赶快。可是我没有那样的胆子。我想的多，做的少，差不多只配坐在老磨屋里了。我一想起要做点什么，就心慌。好像什么都不怕又什么都怕。不是镇上的人、不是老隋家的人，就永远也闹不明白这是为什么。刚刚能安安静静坐在磨屋里了，这多少也是个福。我坐一天，有时坐半夜，走回去洗洗脸，吃饭吃得饱，再睡觉或者读书。我一遍又一遍读《共产党宣言》，知道这是跟我们的镇子、跟苦命的老隋家人分也分不开。这不是一天两天能读懂的书，得用心去读，而不只是用脑。这种安静的日子才来了几天？后来的事你都记得，不用我说了。后来赵多多一次一次领人到我们院里，用一根铁钎往地下钻探。这差不多是捅在了我的心上。镇子上有了造反的，我们不敢出门。红卫兵一次一次来抄家，我把父亲留下的书藏在一个棺材里，上面又用罗子筛上浮土，这才算躲过去。你和我都被绑上游斗，咱们俩的额头上都给贴了父亲的照片。

街两旁围看的人都大声问：'头上是他妈的什么鬼影？'另一些人答：'老东西的！'他们笑，笑过了呼口号……晚上回来，我做饭，你咬着牙，脸色发白，一声不吭。你的模样让我想起了母亲。她当年敲碎了自己的手指骨节。我真替你害怕。见素，我们的日子就是这么过来的，一天一天地捱。我们差不多都没有畅快地笑过一次，不知道笑是什么滋味儿。我不愿出门，不愿见人，就是在自己院里走路也是轻轻的。我那时候怕任何声音，做饭时锅盖不小心掉在地上，发出响动，就赶紧四下里看一看。有一次我过河，踏过窄窄的小柳木桥时正好迎面遇上老多多。他错过身去时狠狠吐一口，咕哝说：'干掉你！'我听了心里一哆嗦。见素，几十年来我就仿佛在等待着被谁来'干掉'，小心得不能再小心，生活得没有声音，唯恐有人记起我来，把我干掉。"

见素听到这儿呼吸变得急促了。他不安地站起来，又坐下去，一双手在膝盖上摩擦着。他说："不知怎么，见了老多多我的手就发痒。他那个紫乌乌的喉结，就短那么一刀了。我看他哪里都短那么一刀，我也不知这是怎么回事！所以我不会让他安安稳稳得到粉丝大厂，决不会。我和你不同，我心里憋足了一股劲，我的一切事情，差不多都是这股劲儿搞成的。我开始明白你了哥哥，你没有那股劲，就是这样……"

抱朴摇着头："不对，不是这样。我没有那股劲吗？不，我有。我不是恨着哪一个人，我是恨着整个的苦难、残忍……我日夜为这些不安，为这些忧愁，想不出头绪，又偏偏拗着性子去想。我恨有人去为自己拼抢，因为他们抢走的只能是大家的东西。这样拼抢，洼狸镇就摆脱不了苦难，就有没完没了的怨恨。你想想吧见素，父亲、爷爷、老爷爷，老隋家的哪一辈人比你的本事少？他们保着大粉丝厂，让它发达兴盛，名声都到了海外。可最后还是保不住它。你能让粉丝厂姓隋吗？你有那样的力气吗？你应该寻思一下这是为什么。有些道理父亲早就寻思好了，可惜他明白得太晚。他知道你今天这个样子，一定会失望、难过。我说过，一个人千万不能把过生活当成自己一个人的事情，那样为了自己就会去拼命，洼狸镇又会流血。老隋家的人都是受过大苦的人，他们再也不敢为了自己活着。应该想一想镇史上记了的和没记的，不要以为那些事情那么遥远。洼狸镇人受的苦太多了，流的血太多了；他们饿得厉害，吃树叶吃草，最后把白土和石粉也填进嘴里。上年纪的人都记住了这些，李其生的老婆是咬着破布埋进土里的。应该想一想过生活的办法，谁都要动脑，不能要懒，不能把指望寄托在哪一个人身上。不能再犹豫了，不能再拖拖拉拉，像死人一样坐在磨屋里了！我一遍一遍催促自己，一遍一遍地骂着。我会走出磨屋，挺起腰来，这也许都能。可我永远不会抛开镇上人，不会从他们手里去抢东西，他们只剩下最后一件衣服了，我不能去抢他们。我只会一块儿和他们想过生活的办法。你知道我一直读着那本《共产党宣言》，因为从根上讲，这几十年对洼狸镇影响最大的就是这本书了。它不那么好懂。你读下去，慢慢看到写书人的两双眼睛了，也就算懂了一点点。他们看过的苦难比谁都多，要不他们不会写出那样的书来。为什么这本小书要用英文、法文、德文、意大利文、佛来米文和丹麦文，用全世界的文字印出来呢？为什么？就因为他们在和全世界的人一块儿想过生活的办法。我读着读着，常常流出眼泪来。这是两个好心的、胸怀像大海一样宽广的学问家。他们钻研真理，一丝不苟，没有一点小心眼。两个忠诚的人，都是好父亲、好丈夫、好男人。他们要说的话太多了，可是你知道，话简短了才有力量。于是他们常常一句话或几句话就分成一个小段落，缓慢又有力，是最自信的人。小书的第一句话就说：'一个幽灵，共产主义的幽灵，在欧洲徘徊。'第一句话就让我激动起来。我想象着这个幽灵、那个徘徊！想象着它飘飘过了芦青河，在一片黑夜里来了洼狸镇上……见素，你必须想象，你听风吹树叶，你看窗外的黑夜，你想象那个幽灵。两个伟大的钻研真理的人这样告诉了我们。他们只想着那么多的人，只想着让受苦的人摆脱血泪，又善良又坚决。他们没有一点小心眼。有小心眼的人只为自己想一点小办法，想不出这样的一种大办法。用小心眼去解释大办法，也会把事情弄糟。所以，见素啊，我读它的时候，都在安静的时候，在心境清明的时候。这样才会没有偏见，让真理激动你自己。见素，我劝你也读一读它，体会这种特别的愉快心情。你早就该读一读。"

"我也许读不懂。""用心读。""我不像你。我文化比你浅。""用心去读。""郭运给了我一本白话《天问》。""先读读它也好。"见素睁大了眼睛："你读过？"抱朴点点头："嗯。也是郭运给的……"他说着，重新燃上了一支烟。他吸着烟，咳了起来……他又问："你开始读了吗？"见素摇摇头。抱朴说下去："读吧。也得用心读。你只能读白话译文，你读不懂原文本。过去父亲有一本两种文字对照的，是镇上来的一个老师送他的。读这本书也会激动。读它，你会觉得如今的人眼光短多了，还不如过去的人能寻思事情。屈原一口气，问了一百七十多个问号。'请问远古开初的事情，是谁传述下来的？那时天地还没有形成，根据什么去考定？那时宇宙一片朦胧浑沌，日夜不分，谁能够穷究出来？……'他一开口就问到了根本。他差不多净问一些根本。今天的人想的差不多全是眼前的事情，心胸越来越窄，这真可怜人。你没有听探矿队的李技术员讲'星外来客'吧？我那时望着一天星星，心想：那些星星上如果有人，他们全是什么样子的？他们怎么判断洼狸镇的是非？他们怎么看承包大会上的争夺呼喊？我想不出来……他们也会死吗？死的时候也要火化，要哭丧？他们都有吃不完的东西吗？也开斗争会、也用铁丝穿过锁骨？要这样的话可怎么办！我想来想去他们的心不会像洼狸镇人这么硬，不会。如果一样的话，那些星星夜间就不会放光了。我一天傍黑在城墙下边看见一个瞎子，背着个破布包，手拿竹竿往前走。他老了，两个眼窝都往外流东西，一步只能走半尺远。我问他这么晚了到哪里去，他说到远处去，我让他留下来吃东西过夜，他摇着头，只说到远处去。那天我望着他半尺半尺地往前挪动，心里想：他的家里人哪去了？他什么时候才能走到头？我们，包括我，为什么眼看着他一个人往前走？能不能专为他这样的人发一些专门的车子和食物？如果这样做了，不是挺好吗？我们没有力量吗？这样的瞎子很多吗？如果很多，怎么一年多过去了，再没有一个让我看到？一个洼狸镇一年多里使一个瞎子免除苦难，我不信就做不到。还有一回我去城里有事，半夜里就看见一个老婆婆去垃圾桶里拣东西。她哼哼着，快走不动了，伸手在桶里翻。突然她手扎到什么东西上了，尖叫一声抽回来，另一只手把扎的东西拔掉，然后再去翻。她把破纸和绳头捆了，拖着走了。我一连几夜都看到了她，按时来，按时去……我的心里酸酸的。我老觉得这是我的妈妈。怎么回事？我们连帮一个老婆婆的力量都没有了吗？我不知道。我只知道、我只认定，如果眼睁睁地看着这样的老人这样过生活，哪怕只有一个这样过生活的，那么就没有理由把我们的国家和日子夸得多么完美多么神乎！有人可能说，你说一说轻松，你如果帮了这个老婆婆，又立刻会有另一个；再帮，还会有！我的回答是：帮！再有，再帮！只要整座城市不是靠垃圾过生活，怎么忍心能让一个快死的老婆婆靠这个过生活呢？那些管理这座城市的人不是和管理洼狸镇的人一样，说自己最公正、最廉洁吗？他可能说没有看到老太婆，那怎么我一个乡下人多年进一次城就看到了？！真没看到，你该半夜蹲到垃圾桶跟前！第一个晚上你该帮她拣破纸，第二个晚上你该让她坐在暖和和的家里……"

抱朴的声音越来越高，见素叫了他一声，他才闭了嘴巴。见素说："哥哥，你想得太多了，太细了。你还是想想你老隋家，想想自己吧！你的心放得太大、太远，结果自己过那么苦……小葵走了，你心上的人也没有了。一切都摞到了数上，你该好好想想这些。你把病根拔了吧，这样就全好了。哥哥，你四十多岁，我三十多岁，我们两个还年轻。干什么都不晚，哥哥！"

抱朴两手按着自己的额头，喃喃地说："小葵走了……"

"她走了。我也要走。我跟你说过，我要进城去。你自己好好过吧……"

抱朴抬起头说："你不能走。你该留在洼狸镇……老隋家的人不该再四处去游荡。老宅大院里就这么兄妹三个人了，我是老大，你该听听我的。你一个人进了城里，我不放心。"

见素看着窗子，不断地摇头："不，不。我都想过了，我主意已定。洼狸镇没有隋见素立脚的地方了，我还是得出去闯一闯。过去想走也不行，如今欢迎进城经商。叔父早年出去游荡了半辈子，结果比父亲下场好……我早晚还得回镇上，在这里扎根。我也会常回来看家……"

抱朴还想说什么，可没等张嘴就听到了一阵笛声飘过来。还是那种透着遮掩不住的欢乐的笛音。抱朴呆呆地听着，昂着头颅。

天蒙蒙亮了。

第十八章

洼狸镇人遇到了连阴连雨天气就显得特别惊恐不安。他们都咕哝说："像那一年。"那一年春天连阴连雨，一连半月没见日头是什么样子。沟渠干了一冬，这会儿哗哗地流水。田野踏进一脚会陷没小腿，野草飞快地荒长起来。人们从来没见春天阴雨连绵，心生怪异。后来这年的夏天一次就死去了四十多个人，惨不忍睹。"天哭了"——洼狸镇人恍然大悟地说。雨刚下了一个多星期的时候，街巷上就滑腻得不行。张王氏那会儿还是刚嫁到镇上没几年的新人，穿了红衣服在街上走，一不小心就跌倒了。赵多多背着枪从巷口转出来，走过去拉她，顺手给她揩着泥水，到处揩。张王氏骂着："老赵家的一条公狗！"赵多多二十岁了，唇上有了胡须，脸色黑紫。他小声说："再骂？……过来些，给你个果实。"张王氏走过去。赵多多从裤腰里摸出一个戒指。晃一下给了她。她知道赵多多领民兵看管关押的地主和斗争出来的果实，这些东西有的是。她嘻嘻笑着问："从哪家的闺女身上弄的？这年头就是你得手……我告诉你，如今人家都不往明处戴了，随便找个地方一藏……"赵多多又对她动起手来，她又骂起来，只不过也不躲闪。她又问："得手了吧？小心伤天害理，叫雷打了你……"赵多多哼一声，眼睛往一旁斜斜说："早晚剩下了？识好歹的，皮肉少受些苦。哼，工作队那个王书记说我要在他手下当兵，非把我毙了不可……"张王氏快意地笑了笑。

　　这个赵多多脸上的胡须像是一夜之间生出来的。人们印象中他还一直是个躺在乱草堆里的孤儿，可怜巴巴。那会儿他像鬼魂一样在街上飘游，连老赵家族里的人也不怎么管他。他是靠吃乱七八糟的东西长大的，肚里装的最多的野物大概就是蚂蚱。他胆子很小，不敢看杀猪的。可是杀猪人扔掉的一些东西被他拣到了，他就烧一烧美餐一顿。有一户地主常常在场院上杀猪，赵多多听到猪的嚎叫就跃起来往场院上跑。可是地主的老黄狗卧在那儿，他伸手去拨弄肮脏的猪毛，老黄狗就扑过去。他差不多什么也没有弄到，老被咬得身上流血。老赵家的一个人见了他这模样就说："它咬你，你吃了它！"接上就教给他一套办法：用一根细绳拴个倒刺铁钩，钩上挂一块干粮，当狗咬紧了时，就把它钩住牵到河滩上去。他照着做了，果然就钩到了黄狗。它在绳子的一端滚动、哀叫，就是挣不脱带倒刺的铁钩。鲜血一滴滴洒到土里，老黄狗绞拧着那条绳子。他看着老黄狗挣扎，两手乱抖，最后"哇"地大叫一声松了绳子，头也不回地跑了。这年里他好几次差点饿死在乱草堆里。一个雪天，有人掏出两个铜板，让他去干掉老黄狗。他实在饿坏了，就再一次用铁钩钩到了它。这次无论它怎样哀叫翻滚他都不松手了，直咬着牙把它牵到河滩上……后来他才知道给铜板的人是土匪，那些人当夜就摸进去绑了黄狗的主人，把他拉到野地里用香头去触，最后还割下他一个耳朵。赵多多胆子慢慢大起来，他常常去钩猫狗。一只狗吃不完就藏在土里，变臭了也舍不得扔。他真正不挨饿了还是当了民兵以后。他有了枪，见了活动的家畜就想打。夜里捆绑地主，他用力地勒绳子；拷问的时候，他就伸了香头去触。也许是荤腥吃得太多，他很快结实起来，还过早地生出了一脸胡须。就在这个连阴连雨的春天里，他当上了自卫团长。

　　人们估计雨一停，老庙旧址上就会开起大会来。大会已经在雨前开过两三次，那种会不错。地主和富农的东西被抬出来，一件一件由长脖吴记下。后来东西多起来，也就不记了。东西堆在农会的几间屋子里，后来又分下去。这家分一个柜子，那家分一个瓷缸；花衣服和布料女人喜欢，接到手里不停地抚摸。光棍汉拣出一条花裤子，爱不释手，咕哝说："裤子里边是什么？"他们在分东西的场子上乱跳乱蹦，胡乱唱一些歌，要求先分死物，后分活物，分分分。可是到了半夜，不少人家都偷偷地把东西送回原主手里了。他们叫开了门，悄声说："这个柜子我认出是二叔你的，我给你送来了……就这么个世道，二叔可莫怪我！"最先发现的是小春记的父亲栾大胡子，他当时是农会主任。他立刻报告了工作队。王书记就领人重新抄回来分下去，结果还是有人往回送。赵炳正在镇书房（学校）做先生，忙着跟长脖吴清理登记果实，已经不去书房了。他对栾大胡子建议说："哪家收回了东西，就关到地窖子里。让分果实的人家想送也找不到主。"他的建议很快被采纳了，于是有人就给关起来。男女分开关，一家子人也要分开。可是后来还是有人把分得的果实送出去，堆在原主的院门口。工作队王书记召集干部开会，说最重要的还是发动群众。"这不是个简单事情，要比我们预想的复杂十倍。这里面有恐惧心理、习惯势力，还有家族因素。让他们放下心、壮起胆子，还有许多工作要做。"会上号召干部要真正深入到群众中去，挨门挨户，分头进行。要特别注意发现和培养积极分子，由点到面地带动起一批人。跟群众交心交底，让他们明白这是一块儿打天下，消灭万恶的剥削制度。胜利不能坐着等，胜利靠大家一齐动手去争夺。共产党是领路人，八路军就是穷人的靠山。王书记主张暂时把关起来的人放回去，栾大胡子很不痛快。正这时发生了一个意外情况：一个地主的女儿跟镇指导员睡了觉，指导员就让民兵自卫团撤了岗。结果这个地主携带着细软跑了。自卫团发觉后逮他们回来，于是指导员的事情败露。指导员的职务被撤掉。栾大胡子眼睛通红，骂骂咧咧，说关起来的人一个也不能放。赵多多是全镇最早的一批积极分子，这会儿又做了民兵，他跟在栾大胡子身旁，常到关人的地窖子里去转。他解下腰上的皮带抽打那个逃跑的地主，抽一下骂一句。他听赵炳说这个地主玩的一套叫"美人计"，这会儿就一边抽打一边喊："再叫你'美人计'！再叫你'美人计'！"他还点燃了一篝香，往那个地主的腋窝里触了一下。地主大嚎一声往旁一蹿，头撞在墙上流出血来。王书记知道这个情况后狠狠地批评了赵多多，并以此为例对自卫团的人进行教育，禁止一切残酷刑罚。栾大胡子不以为然，说赵多多苦大仇深，而那些地主老财在兴盛的年头才叫狠呢。王书记说我们是共产党，可不能重复敌人那一套。栾大胡子有些恼火了："我们整天发动群众，真发动起来了，你又怕了！"王书记也严厉地说了一句："发动的是群众的阶级觉悟，不是发动一部分人的兽性！"栾大胡子的胡茬子一奓一奓，再不吭声。夜间，王书记坐到农会主任的炕上，检讨自己白天态度粗暴；但对原则问题却仍未让步。他希望对方能与工作队一起严格执行土改政策，对这场运动的眼光再放长远些，告诉群众绝不能乱打乱杀图一时痛快，而要彻底拔掉剥削根子，建立一个新社会。栾大胡子爽快地说："你是上级派下来的，听你的。"发动群众的工作愈来愈深入，这期间妇救会和民兵组织起了很大作用。工作队还亲自编了一些配合土改工作的新歌谣，让儿童团说唱。街头巷尾到处是议论土改的群众，那些长期闭门不出的人也走了出来。老庙旧址上又开起大会，积极分子率先登台，一批又一批诉起苦来。大会越开越热烈，全场人不断地呼口号，那声音像山洪一样轰响着。洼狸镇终于被愤怒的火焰点燃了，接上是剧烈的燃烧。

雨下着，细细的雨丝变得粗了。有时候缓慢地、大滴大滴地往下落。这时候工作队王书记、农会主任栾大胡子、镇指导员被叫到区上开会。会上狠狠批了土改工作中"普遍存在的"右倾路线，即"富农路线"。上级领导特别点了洼狸镇的名，说这里的土改工作太"和风细雨"。王书记被来区里检查工作的上级领导好一顿训斥。他回到镇上时忧心忡忡，无所适从。栾大胡子不停抽烟，一对拳头时紧时松。只有赵多多眉开眼笑。

当夜，赵多多和几个民兵把平时最不顺眼的几个家伙脱光了衣服，放到一个土堆上冻了半夜。几个人瑟瑟抖着，赵多多说："想烤火了？"几个人跪着哀求："赵团长，开恩点火吧……"赵多多嘻嘻笑着，用香烟头儿触一下他们的下部，高声喊一句："火来了！"几个人两手护着身子，尖叫着……这一夜轻松愉快。天亮了，栾大胡子急匆匆找到赵多多，说有人传地主麻脸藏下了一罐子银元。赵多多说："这个好办。"他让人把麻脸绑了，绑得全身紧缩如球，然后端放在桌面上。他问："一罐子叮当响的东西呢？"麻脸说："木（没）有。"一个民兵就站在桌子上，猛地一脚把他踢到地上。另有人将跌下来的麻脸抬到桌子上。赵多多又问："叮当响的东西呢？"麻脸说："木有。"桌上站的人又是狠狠一脚。麻脸的鼻子、嘴巴，到处都流出血来。赵炳听到消息走进来，喝住了几个民兵，让他们出去一会儿，他跟麻脸有话说。赵多多领人走了。赵炳解下麻脸的绳子，叹息不停。他读过不少书，说话常常半文半白，好像越发加重了分量。他说："江山都改了色，一罐银元又有什么用？"麻脸咬着牙。这样咯咯咬了一会儿，说："我不是痛银元。我是恨！"

赵炳又叹一声："民如草芥，恨它何用？我劝你把什么都看淡些……无非几个铜臭！"这样又谈了片刻，麻脸说了一声："罢！"闭了闭眼睛，讲了银元的藏处。赵多多他们回来，赵炳让他们送麻脸回去。赵多多说："急什么？我和麻脸吸一根烟再走……"赵炳离开后，赵多多燃了烟，吸一口就放在麻脸身上按一下。麻脸滚着，滚着，可是并不喊叫。赵多多收了烟，说："烟瘾不小，晚上接着吸。"晚上，赵多多一个人来了。他笑眯眯地看着麻脸，问："吸吧？"麻脸不吱声，只看着他。这样看了一会儿，突然麻脸的手往上一提，猛地扑过来，直抠进赵多多的眼窝里。赵多多忍住了疼，极其麻利地抽了砍刀在脸前横着一挥。麻脸的手腕砍折了，倒在地上抖着。赵多多不停地眨眼揉眼，走到近前，用脚踏住了麻脸，低着头咕哝说："天黑，我也看不太清……"说着掂掂砍刀，照准了麻脸的眼睛那儿就是一下。麻脸的脑壳给砍碎了半块。这是他砍中的第二个人。

　　雨丝不断，镇子织在一面雨网里。街巷上，张王氏滑倒了，栾大胡子滑倒了，史迪新滑倒了，隋迎之偶尔出门也滑倒了……镇上连日传着一句话，说不好了，上级有了指示，要开杀戒了。风声越来越紧，民兵身披蓑衣，日夜在街上巡逻。半夜里有枪声响一下，然后又沉寂下来。狗叫着，小孩大哭。老年人在窗前吸烟，自语说："要开杀戒了。"只是传着类似的话，并未杀人。但是渐渐街巷上出现了眼睛通红的人，抄着衣袖，默默不语——人们说将来开杀戒时，就是他们先抓起刀子。红眼睛见了赵多多，压低了声音问一句："怎么样了？"赵多多匆忙地往前走着，只扔下一句："快了。"人们站在街头上议论关起来的那些人，什么都说。有人说："这一回，恐怕'面脸'活不成了。"大家附和："'面脸'活不成！""面脸"是一个地主的外号，因为他的脸盘白大松软。人们都记起他的一些事情，恨恨地吐一口："呸！"有一年他家里的一个使唤丫环跑出来，死也不回去。问她，她说"面脸"家的营生没法干了，杂活都得她来做，还得给"面脸"穿衣服。听的人大惊，问："裤子也是你给他提上的么？"丫环红着脸点一下头："嗯……""面脸"活不成了。还有人说："'叫驴'也活不成了。"大家附和："'叫驴'活不成！""叫驴"是又一个地主的外号，他长了黑黑的长脸。他有两个老婆。小老婆跟长工有勾搭，他就把长工额头上烙了杏子大小一个印子，又让人将长工按住剜去了一枚睾丸。这个长工只活了一个多月，死的时候裤子被脓血染透。"叫驴"活不成了。还有人提起一个叫"瓜儿"的富农，说这个人该放了，这个人不错。这个人老实得要命，一年到头舍不得吃全粮，净吃些地瓜、玉瓜、南瓜、嫩葫芦之类。他常抹着嘴巴说："瓜儿不孬，好入口，软软和和……"大家差不多将关起来的男男女女都分析遍了。结论是有三两个活不成，不过一开杀戒也许会有四五个活不成；有几个年轻女人如花似玉，自身贞洁自然难以保全，该建议早给她们找下人家，过自己的日子。这样议论，都知道雨一停就开起大会来，男男女女拉到会场上，结论自然也就有了。

雨又下了一个多星期，才慢慢地收了。接上去开大会——结果与大家的议论也不尽相同。这连续不断的大会与连阴连雨一样给人留下了永远不灭的印象。整个洼狸镇像一锅沸水，热气弥漫着古老的镇城墙……到了炎热的夏天，人们渐渐明白了那连阴连雨是上天的哭泣。全镇的人都后悔不迭，后悔春天开会时没有多杀他几个。雨后的会开得不够劲儿。夏尾还乡团回来了，眼睛全是红的。镇子上的土改积极分子和干部差不多全跑光了，但也有落到他们手里去的。落到他们手里还不如落到沸水锅里。栾大胡子本来已经跑走了，后来又暗暗潜回镇上，腰上别了一枚手榴弹。他翻一堵土墙时被逮住了。还乡团连夜研究处置这个大胡子。有的建议"放天花"——头顶砸入一枚长钉，猛地拔出，红花四溅；有的建议大剖膛；有的建议零刀剐死；有的建议"点天灯"——将头发拢起，浇上煤油或豆油，然后点火，观赏那红中透蓝的火苗；还有人建议"五牛分尸"——将头与四肢各缚一牛，喊起号子，同时喝牛，身分五份。最后的主意被采纳了。这要找一个宽大的场子，自然又是老庙旧址。在一个阳光明媚的上午，栾大胡子在多人的注视下，被绳索套住，缚上了五头黑牛。栾大胡子大骂不止。有人喊着号子，另外五人各自鞭打黑牛。黑牛仰脖长啸，止步不前。又是鞭打，又是长啸。这样折腾了半天，五个牛才低下头去，缓缓地往前拉。栾大胡子骂着，最后一声猛地收住。接上是噼噼啪啪的碎裂声。血水溅得很远；五条牛身上同时沾了血，于是同时止步。当夜，还乡团又从碎肉中分离出肝来，炒菜喝酒。他们喝着，都说吃了这样的菜胆子立刻见大。为了证明，有的起身而去，带回一村妇，当众奸淫，又当众用刀削下两只乳房，最后又把刀子扎进下部，哈哈大笑。喝完了酒，他们决定把逮住的四十多个男女老少当夜"办了"。办法是用铁丝穿成一串，然后活埋到红薯窖里……他们办得十分顺手。最后只剩下了一个妇救会主任了，是故意留下来的。大家捆了她的手脚，让她一丝不挂地躺在一张门板上。离天亮还有一段时间，他们之中的有一个人带了怀表，掏出来看了看说："快快快。"接上他们把她轮奸了。一个胡须发红的老头子伏在她身上，只会哼哼笑，于是大家就笑他。他恼羞成怒，一发狠，咬下了一个乳头。大家睡着了。半上午时分，他们醒来，第一件事就是竖起门板，让她亲眼看着：他们把她孩子的两腿捆到合起的门扇环上，说一声"好"，猛地踢开门扇——小孩子给劈成了两半。妇救主任的头歪在一边，拍了拍，早已昏死过去。

还乡团折腾了半月。他们走了。镇上人用泪水冲洗着街巷上的鲜血。他们咬着牙齿，不停地惊恐。埋着一具具尸首，后悔得不行。他们后悔当时——就是雨后，没有把那些家伙更多地宰一些。那些大会开过了，还有机会再开那样的大会吗？人们回忆着会上的一些细节，用来解着恨。当时所有畏手畏脚的人，这会儿都有些抬不起头来。大家恨不能重新开一次才好。

……记得那时候雨刚停，会就开起来，会场四周都架起了枪。第一个斗争的对象就是"面脸"。工作队王书记主持大会，在台上坐的还有农会主任栾大胡子、妇救主任、镇指导员。自卫团长赵多多领几个武装民兵在台侧站着。台子的另一侧是做记录的赵炳和长脖吴。两个民兵押上了"面脸"，妇救主任就领人呼起了口号。"面脸"的手在腿侧抖着，低着头不敢看人。几个星期关下来，"面脸"的颜色多少有些灰了。口号呼罢，王书记和栾大胡子分别做动员讲话。接上是诉苦，一个一个站到台上来。诉苦的人历数了"面脸"横行镇上的桩桩罪行，渐渐哀切悲壮。到后来有人上台就扑到了"面脸"身上，拳打脚踢。一个老太太手足无力，只得用牙齿去咬。王书记喊着民兵阻拦，赵多多就领几个人围上去，牢牢地按住"面脸"。这样诉苦的人可以尽情地踢打撕咬了。"面脸"跪在台上，磕头如捣蒜。台下喊着："不饶！不饶！"正喊着，一块石头从台下飞上来。这样有可能误伤台上的干部，赵多多就绑了"面脸"，牵到了台侧。那里有个木杆，杆顶上垂下一根绳子，民兵就把"面脸"拴上，然后升到高木杆上。

人们仰脸控诉，声如雷鸣。有一个老汉手持镰刀，走到杆子下边，猛然砍断绳子。"面脸"倏然落下，跌得七窍出血。一伙人围上去就踢，老汉挥手挡开，伸着镰刀问台上的干部："我儿子给'面脸'扛了五年活，伤了腰，卧炕不起。我要剜'面脸'一块肉煮汤给儿子治腰！这个要求过分？"干部还未表态，人群就嚷："快割快割！"老汉于是低下头去，在一阵惨叫声里剜下了巴掌大的一块肉，高举过顶，对台上喊一声："我们账结了！"说着跑走了。王书记拍案而起，吼了一声什么冲下台来。栾大胡子也随着蹦下台子，对王书记嚷："今天就吃他'面脸'的肉！怎么着？你护着谁？"王书记大着声音说："我护着上级政策！我们是八路军共产党，不是土匪！你也是共产党员，你知道杀一个人要经'巡回法庭'！"他们正喊着，又有人举着镰刀向前挤，王书记赶忙去劝阻。混乱中，不知谁的镰刀砍中了他的臂膀，鲜血立刻顺着他瘦削的身躯流下来。一场人全慌了，栾大胡子叫人赶快给王书记包扎。王书记看也没有看自己的伤口，直盯着栾大胡子说："你是个党员……"大会当天就停止了。王书记连夜召集干部开会，会上决定由他去找上级汇报，同时坚决暂停一切斗争会，杜绝乱打乱杀的现象。会散已是下半夜两点了，王书记没有休息，用未伤的左手把一支手枪掖进腰里，上路了。天亮了，镇子上死一样沉寂。栾大胡子咽不下这口气，病在了床上。第二天大街上又混乱起来，赵多多报告栾大胡子，说群众"又起来了"，怎么办？栾大胡子气呼呼地说："把他们赶回家去！"……人群涌到街上、会场上，再也没人能把他们赶回去了。他们自己开起会来，上来就是用藤条抽打一个大少爷，一口气把他打死了。接下去斗争一个胖老头，斗到半截上不知从哪来了他老婆，死死护住老头子。因为分不开他们，有人就把他俩捆到了一起，推倒了揉起来，直到听不见嚎叫声为止。后来终于轮到"叫驴"了。赵多多押他上台之前先收拾了他一通。赵多多盯着他说："你还两个老婆？奶奶的！"说着朝他裆部狠狠一脚。"叫驴"疼得在地上滚动，嘴唇发青。他给押上去，刚刚站稳，那个死去的长工的母亲就哭着冲上台来。赵炳一看来势太猛，就上去扶住她，让她先诉苦。她站住了，一拍膝盖喊叫道："我那个儿——"就昏倒在台上了。几个人急忙过去摇动她，掐她的人中。这会儿人群已经围住了"叫驴"。扑打声，叫骂声，啊啊的喊叫声，混杂在一起。一会儿老婆婆醒来了，人们才停止了踢打，回身对她说："老婆子，我们大伙儿替你出过气了！"老婆婆爬到血肉模糊的"叫驴"跟前，晃着满头银发说："不行，不行，我自己，我不用别人替！"她说着挪到"叫驴"的脖子那块儿，低头看了看，狠狠地咬了上去……会开到第三天上，剩下的几个地主富农也全押到台上。如果他们之中有人平时结下了仇人的，这一次就难逃性命。"瓜儿"的女儿长得娇美，赵多多两年前曾经跳墙突破了闺房，被"瓜儿"当场逮住。可是"瓜儿"并未揍他，只是怒斥了一顿将其放走。这一次，赵多多捎着枪，专在"瓜儿"的面前晃荡。他手里握了个绑生猪皮的藤条，不断摇颤。他这样晃荡了一会儿，终于在"瓜儿"面前站住，照准了老头子的额头，"啪"地一下。"瓜儿"

应声倒地，两手扒着，嘴巴啃了一些土。赵多多弯下腰，看了看，又照准后头那儿连击三下。"瓜儿"完了。

大会继续开着，人群像潮水一样在老庙旧址上涌动。第四天上，工作队王书记回来了。他是和"巡回人民法庭"的同志一起来到镇上的。由于日夜操劳，伤口发炎，王书记发着高烧。人们是用担架把他抬回镇上的。半路上人们要把他送到医疗队去，他死也不肯，只是执拗地伸出一根枯瘦的手指，指着洼狸镇。他们进入镇子时大会仍在进行，王书记让"巡回人民法庭"的同志将他抬上台子。全场群众见到了担架上的王书记，立刻停止了喊叫。王书记让人寻找栾大胡子，有人告诉他病了。王书记说："抬也要把他抬来。他必须到会。"他让人把自己扶出担架，靠在一块旧门板上。一会儿栾大胡子被担架抬来了，人们都对他几天工夫就变花了的长胡子感到惊讶。"巡回人民法庭"当场要来赵炳和长脖吴的大会记录看了。这上边记满了诉苦者的话，整整三大本子。从诉苦的情况看，如果所诉均是事实，那么批斗对象当中至多有五人该是死刑。可是几天来的大会上已打杀了十余人。法庭干部大为震惊，在会上表示了坚决而明朗的态度：严重违反上级政策；不符合法律程序；这种乱打乱杀的失控局面必须有人负责。在干部讲过这番话之后，台下立刻有人呼口号，喊打倒富农路线，打倒打倒等等。王书记让人把他扶起来。他的目光扫了扫会场，人群慢慢平息下来。他讲话了，声音微弱得快要听不见，但那坚定的语气却是全镇人都熟悉的："……要打倒就把我打倒吧。我已经挨了一刀，再打倒也容易。不过我在这儿一天，就不准乱打乱杀。谁借机杀人，破坏土改，我就先把谁抓起来！你有冤屈你诉，你杀人，还要法庭干什么？这不是八路军的政策……"他说着，身子摇晃了一下，旁边立刻有人去扶他。会场上，一点声音也没有。……

血和泪交织的夏天好不容易过去了。埋过四十二人的红薯窖由长脖吴记入镇史。他特意将春天的连阴连雨也记下来，但十年以后又被红笔涂去。夏天过去了，整个秋天都被悲愤之气笼罩起来。接着一场空前规模的大参军运动开始了。难道静等着人家往红薯窖里推吗？老庙旧址上又开起大会来了。工作队王书记已经调走，栾大胡子壮烈牺牲。镇上的指导员和自卫团长赵多多就成了主要主持人。不久赵炳入党，登堂入室。他因为文质彬彬，又是老赵家辈分最高的，号召力极强。整个老赵家在土改复查中都表现得刚勇泼辣，一派振兴之势。赵炳常在会上慷慨陈词，晓之以理；台下口号不断，热泪滚滚。

赵多多领民兵不断呼叫着："快参军啊！快光荣啊！没过门的媳妇也要送女婿呀……"整个会场热烈无比。当场有人报名参军，人们给参军者佩上红花，骑上大马，在众人的簇拥下绕镇城墙徘徊几次，然后直送县里。一批又一批的人送走了，到后来街巷上很少再能见到昂首挺胸的小伙子了。镇指导员有一次动员赵炳也去参军，说你这样的年轻人到部队上进步才快。赵炳说一点不错，我已经朝思暮想半月有余，无奈工作太忙。立即参军！立即参军！指导员十分高兴。谁知第二天赵多多喝得满脸紫红，摇摇晃晃找到指导员，当胸将其抓住，说："奶奶的，四爷爷赵炳走了，我们谁不走？都走了，剩你个土皇上，早晚还不被人干掉？你早晚被人干掉！"赵多多拍打着屁股上的砍刀，说着。指导员好不容易挣脱了，期期艾艾地退着。第二天他就病了。病好之后，上边来人调查起他的问题来，他惶惶然了。长脖吴和赵多多日夜在一起嘀咕，长脖吴已经写好了三张呈子。赵多多对调查的人说："他是指导员，可是栾大胡子死了，妇救会主任死了，他一根毫毛也没掉，还能跟敌人没勾搭？有人亲眼见他在还乡团来的时候往镇上跑过！"一个星期以后，上边来人了。指导员还没弄明白怎么回事，就给绑起来了。接着往县上送。赵多多领着民兵送了一程又一程，路上对指导员说："我的话这回信了？我们还没走你都给抓了；若是走了，还不就干掉了？"指导员咯咯地咬着牙齿，一声不吭。他再也没有回到洼狸镇上。不久，赵炳就当了高顶街的指导员。

从连阴连雨的日子里开始，赵多多就隐隐觉得有些该做的大事情没有做。比如老隋家的事情，就是他的一块心病。老隋家在过去的几十年里一直是洼狸镇上不可动摇的一个家族。老李家、老赵家，只有仰视的份儿。可是赵多多后来发觉老隋家的基石开始慢慢松动了。他渐渐敢于领人进隋家大院了。他看着大院正屋的朱红柱子、在柱子下缓缓游动的一两个使女，手就痒起来。有一天他站在院里，对正在空地上莳弄月季花的一个老头子和一个女孩儿说："早晚都得干掉。"老头子没听明白，停下手里的小铁铲，仰脸问："干掉这些……花木？"赵多多的食指在老头子额上点一下，又在小女孩儿的额上点一下，最后扬手对正屋和几处厢房划了一个半圆，说："统统都得干掉！"老头子惊愕地望着他。这会儿赵多多又看见了茴子和隋迎之在正屋的门内闪过，就张大嘴巴看着。看了一会儿，他又咕哝一句"最好还是干掉"，扬长而去了。

当时工作队的王书记还驻在洼狸镇上，他曾几次召集村干部谈隋家大院的问题，强调：隋迎之是开明士绅，属保护对象。隋家开创了芦青河地区的粉丝工业，已是有贡献之人。因而当地政府必须谨慎对待，多加保护，尤其在土改复查中确保其人身安全。这是上级政府的明文指示。王书记所传达的指示让赵多多和镇上一些人灰心丧气。有人说："最大的人家不让碰，斗争会还有狗蛋意思。"赵多多说："上级指示？猪屁！"尽管这样议论，老隋家的人最终还是没有被叫到台上斗争。后来工作队撤了，斗争会也不开了，赵多多几个人的心却依旧发痒。他常对指导员说："干掉算了！"指导员不做声，只是摇手。当指导员被抓走，高顶街群龙无首的时候，赵多多就主持开了一个会。他几次去院内找茴子，最后被茴子撕得鲜血淋漓。他终于将隋迎之叫到台上来了，辩论这个人是不是开明绅士，如果不是，就是漏下来的一个东西了。会开得并不热烈，开到仅仅一半，隋迎之就昏厥过去……赵炳做了指导员后，制止了赵多多这样"妄做"。年轻的四爷爷说："老隋家气数到了，不用老赵家动手。你让他们自己烂吧。"

不久隋迎之死在红高粱田里。赵多多说："烂掉了一个。"四爷爷淡淡一笑："不要慌急。慢慢等吧。"

老隋家的所有外地粉丝工业全部易主，最后留在镇上的粉丝作坊也不再姓隋。隋家大院里的闲人渐渐少了，往日的热闹景象一去不复返。门前车马稀少，慢慢直到没有。院门一天到晚紧紧关闭。隋不召一个人住在院外的厢房里，有一次他去大院擂门不开，愤愤地骂着走了。他说："老隋家这回完了。"这句话被人听见了，都说老隋家自家的人认为完了，那么真的完了。与老隋家正相反的是，老赵家在整个镇子上变得举足轻重。赵炳与新任镇长常在一起运筹帷幄，共商洼狸镇的大事。赵多多一手抓起武装，弹药枪支更加精良，所有民兵一概改穿旧军装。逢年过节就真枪实弹，街巷上布起岗哨。因为国家安定不久，阶级斗争愈加激烈，四爷爷赵炳阴雨天气或夜间出来，常有民兵陪伴。赵多多每路过隋家大院，就用脚踢一踢院墙的砖石说："里面还有。""还有"什么他没说，这愈发让人觉得神秘莫测。四爷爷赵炳听了赵多多的话，只是轻轻地"嗯"一声。这样又过了不久，省里的某个领导犯了严重错误，错误逐条登在了省报上。有一条与洼狸镇有关：这个人在市委工作时，曾包庇荫护洼狸镇上最大的一个资本家。被荫护者就是老隋家的隋迎之。赵多多见了报，立即去找了赵炳，说："把大院抄了吧！"赵炳正在研究那张报，回答说："先开会，后抄家。形势已不比当年，要晓之以理。"赵多多说："时间到了，干掉就是。"四爷爷赵炳摇摇头："抄回东西，再把他们赶出正屋，已经够他们受的了，不可妄为。"

高顶街开起会来。会后赵多多领上一伙民兵，呐喊着开进大院。开始抄家了。长脖吴手捧一个本子，上面拴了支铅笔，一件一件登记。苗子手扯含章的手，身边就是抱朴、见素和仅剩下的女仆桂桂。苗子的面色惨白，秀美的细眉拧着，红润的下唇咬在了嘴里。整个抄家期间，苗子一声也没有吭。含章哇哇地哭着，见素也哭了，苗子只让他们哭去。两个孩子越哭越厉害，直哭到天色将晚，喉咙嘶哑。一个白天抄不完，民兵要留下看守。院里的几个人就用毛毯铺地，睡在上面，一夜也未合眼。天亮了接上抄，一直抄到下午。所有东西都由一个木轮车子辘辘地拉走了。赵多多临离开时宣布：院里只有几个厢房归老隋家这几个人，大正屋归公了；老隋家的人要赶紧将剩下的东西搬回厢房里去，三天之后来贴封条……抄家的人离开了院子。

抱朴对苗子说："妈妈，我们搬到厢房里吧。"

苗子仍不吭声，只是动手去给几个孩子搬被褥，把他们领进厢房里。她自己却仍回到正屋，躺在铺了厚被子的炕上，眼睛望着天花板。抱朴和弟弟妹妹来叫母亲，她也不起来。后来她坐了，手拉抱朴的手说："抱朴，你是老隋家的长子，我跟你说：你爸死了，把房子留给了我。老隋家就剩下这么一点东西了。我要替你爸看守这座房子，看守到死。"抱朴终于明白苗子是不会离开正屋的了，就领着含章和见素去厢房里了。

隋不召来到院里，再不敢去正屋。苗子见了他就骂，说他没安好心，他哥哥正在阴曹地府里等着他算账呢。隋不召灰色的眼珠失了光泽，低头走着，两条小腿比以往任何时候交绊得都厉害。三天的时间一晃就过去了，民兵来封门，苗子说把我封在屋里好了。封门的事只好作罢，但他们说再给你三天的期限，到时候搬不搬出也就不由你……这一夜苗子在正屋里不停地端着蜡烛走动，用手摸着窗棂上的雕花，摸着檐下长廊里的朱红漆柱子。天亮了，她让抱朴领上含章和见素找叔父玩去，说她嫌吵闹，要好好睡一天觉。抱朴于是就领上他们走了。他将弟弟妹妹交给了叔父，自己就转了回来——因为他踏入叔父屋门的那一刻，突然那么想回到大院去！他奔跑着，一进门就满头大汗地伏在窗子上。他见苗子安静地躺在炕上，这才回了自己的厢房。

苗子从炕上坐起来，换了她最喜欢的几件细绸衣服，又对着镜子把眉毛描长，抹了口红。她这样看着镜子里的自己，一动不动，足有半个时辰。后来她从屋角拿出一个瓷碗，吃了里面的东西，又喝了几口。她重新对着镜子，擦去了唇上的一点水珠。她接上关严了正门、窗户，从五六个地方点燃了房子——这些地方她夜里全细心地抹过豆油。房子的火苗往上爬着，她躺在了炕上，闭上了眼睛。她等待着，面容美丽而安详。

抱朴在厢房里突然闻到了一股怪味，接上听到了噼啪之声。他仰起脸来，正好看到翘翘的正屋屋檐上，一团红火成球状落下来。他喊了一声冲出去，完全懵了。他发疯地用手去捶打屋门和窗户，红色的炭火不断从屋檐往下落。门窗都关得严严的，屋内滚着烟。

苗子还是静静地仰躺在炕上，这时两手抠进了席缝里，手指上流出了红色的血。

抱朴攀上窗台，砸碎了玻璃，还是钻不进身子去。这会儿一群人拥入院门，手持斧子铁锹、水桶之类，呐喊着围上来。火舌在檐角上舔着，檐角"哗哒"一声跌落下来。破碎的红火炭披在墙上、廊柱上，又被风吹在空中。冲上来的人群手忙脚乱地寻找水井，有的挖起土就往高高的屋顶上扬。抱朴喊着：

"妈妈——！屋里有我妈妈——！"

人群在惊慌地喊着什么，他的声音谁也没有注意。他突然看到一个人手里提着斧子，就夺下来劈门。一斧子，两斧子，斧子嵌进了木头里。这会儿有一个人从后面过来，猛地拔出了斧子，只一下就把门劈开了——这个人就是赵多多。赵多多领了两个民兵匆匆地走进屋里，四下里寻找什么，最后在炕前站住了。

抱朴喊着"妈妈"，扑在了炕上，用手去摇动她。

苗子没有睁开眼睛，只是把头使劲地抵住炕面，颈部痛苦地往上弓着。

"妈妈……"抱朴大哭着，求救地看着身边的三个人。

赵多多只是看着，叼上一支烟，吸了一口又抛掉。

苗子的颈部往上弓着，快要折断的样子。突然她的头一松，身子贴到了炕上，颈部也平复下去。接上她的两手用力地抠着炕席子，席子破了，染了血。她的身子往一起扭着。赵多多跺着脚，鼻子扑扑地喷气，在炕下走着。

"救救，救救她呀！"抱朴喊着，用力地往上抱苗子。

赵多多挽挽衣袖。示意让他们把抱朴拽住，登上炕对苗子说："我让你临死也带不走一件好衣服！"说着就用力地往下脱苗子的细绸衣服。苗子扭动得越来越厉害，衣服都紧紧地拧在了皮肉上。赵多多骂着，打着她的头，还是用力地脱。

抱朴突然不哭了，大睁起眼睛望着，像是呆傻了一样。

最后赵多多还脱不下来。他起身去找来一把锈蚀的破剪刀，插进衣服下铰着。茼子扭动着，他每铰一下就发出"嗯"的一声。不断有皮肉被铰破，鲜血染红了赵多多的手。衣服铰完了，茼子也渐渐平静一些了。赵多多把她身上最后的一根布丝也撕下来，布丝粘在了手上，他骂着，用力地甩着手。

茼子一动也不动了，躺在了炕上。她的身体雪白雪白。皮肉被铰过的地方，血水凝住了。抱朴大睁着眼睛。赵多多大骂不止，一边前前后后仔细地看着赤裸的茼子。看了一会儿，他咬咬牙，又骂了几句更难听的话，然后慢慢解了腰带。

赵多多照准茼子的身体撒起尿来，两手摇动着，把尿从头撒到脚……

抱朴的眼前一片漆黑。他们把他架住拖出来。屋顶"哗哗"地往下塌。院子里，四爷爷赵炳两手掐腰看着熊熊燃烧的房子，神色肃穆。

九月寓言（选章）

　　冰凉冰凉的雨水下个不停。树木给洗掉了绿叶，田野给洗去了藤蔓。冰凉的雨锤水一样狠哩，庄稼人可不喜欢。雨水又变成了雪面，大雪盖住了昏沉沉的土地和村庄。长长的没有故事的冬夜啊，火绳冒烟的冬夜啊，听金祥忆苦的冬夜啊！光棍汉金祥抱着一大摞黑煎饼永久地离别了村庄，一村子老少想你哩。俺不能只有一个闪婆，不能听外村来拉忆苦人的地排车咯噔噔空响。金祥这一觉大睡不醒了。老天爷，这是怎么了？老想哭，老想哭，用眼泪灌灌灌又松又肥的泥土，让它长出一片好瓜儿哩。多少年过去了，大人小孩儿没有一个忘记那些夜晚，那时候香喷喷的艾草火绳熏透了庄稼人的心。

　　"好生生的娃儿，没吃一口瓜干就死哩，可怜人哪！"金祥那时已经有了大痴老婆庆余，忆苦时变得慢声细语了。眼泪和口水一块儿流，鼻子吸得蓬蓬响。"他们都是出去找吃食的，在野地里奔跑，日头把他们晒得黑不溜秋。跑啊跑，头发晒鬈了，紧贴在头皮上，连小嘴唇都晒乌了，一张嘴小牙如白雪哩！渴了喝点脏泥汤，饿了可没东西吃。小虫虫在地上爬，他们捏了吃进肚里疼得满地打滚儿。好娃儿，活一天没一天了，小肚胀得圆滚滚，肚脐眼肿得像烟锅。大叔大婶啊，可怜可怜俺这些没爹没娘的孩儿吧，俺喝口瓜干糊糊，来世变驴变马报答你呀。娃儿们成天价喊，讨不着吃食。眼瞅着不知多少孩儿小腿一翻死在夏天的土末子里，小脚丫儿插进土里。天底下真是没有咱穷人的活路了，井里不死河里死，海里不死梁上死，反正是个死。天哩，苦啊！苦啊——"

　　"苦啊！苦啊！"满场的人连连呼叫，老婆婆刚听了几句就肩膀颤抖着哭，金祥与闪婆不同之处，在于他能够更快地使全场热烈起来。没有一个人交头接耳，都齐齐地盯住这个干黄精瘦的男人。大痴老婆庆余领着大黄狗立在一边，衣襟里包了一摞子煎饼。大黄狗在人群第一次呼喊时，就跑到金祥腿下躺了。金祥长时间搓揉眼睛，一会儿就两眼红肿，痛不欲生地张望满场。如果闪婆也夹杂在人群中，他就把目光一掠而过，吐出一句："会听的听门道，不会听的，听热闹。"谁都看出金祥的性儿平缓了，心慈面软了，火上房儿不焦急了。可人们记得他没娶庆余那会儿的样子：喊叫暴跳，骂地主也骂穷人，越说越急，故事刚说了一半就嗓子沙哑，白沫挂了一嘴。庆余真能调弄男人，金祥给她折弄得温温吞吞，和和顺顺了。他抄着衣袖坐在桌边，有时自问自答，有时站起来走动两步，手插进衣服下面挠痒痒。他讲故事时还能忙里偷闲捉个把虱子。场里的老人儿越来越喜欢金祥了，他们吸着烟说："听金详忆苦得有慢心性儿，急了不中。"金祥慢声细语讲叙那些声泪俱下的往事，反而增添了曲折和不幸。满场都是止不住的哭泣："接着讲啊，接着讲金祥。"老婆婆们盘腿坐在玉米秸上，两手扑打着催促。金祥煞了煞腰带，裤子还是要往下滑脱。"我日他……"他骂着，站起又坐下，"老少爷们儿支棱起耳朵吧，俺经的苦处从这会儿说到大天亮，只当是说了个头儿。没经一事不长一智，年轻人又懂个啥？这年头的人刚吃上瓜干就忘了本，刚穿上个裤头就踢别人腚。听俺金祥把苦来忆，数叨数叨庄稼人的难处。穷人一辈又一辈泡在苦海里，喝个肚儿圆，一张口就流出苦水儿。"他抹着口水，嘴巴一抖一抖哭泣起来，"我不想哭了，可忍不住哩，苦大仇深哩，老少爷们哪个不知道苦命的金祥？给有钱人干活，一夜一夜睡场院，谷秸麦垛是俺的窝，半辈子过去才搂上老婆……不是吗？"

　　场上人越聚越多，细心人会发现连外村人也赶来了，工区的人也围上听了。那些陌生的面孔都拢在场子边上，大多是些光棍汉。他们不停地跺脚，有时牙齿还要打战。姑娘站在一边，他们一块儿哭泣。陌生的男人挽住姑娘的胳膊失声痛哭，拍打着她的肩部叫着："姊妹啊，这不是人过的日子啊！"姑娘完全沉浸到凄苦悲惨之中，连连说："就是啊！就是啊！"金祥讲述的间隙里要吃一口煎饼，这时场子安顿下来。姑娘们闻到了浓烈的男人味儿，喘息着靠近老婆婆们说："天多热啊大娘大婶……"赶鹦不知何时被一些男人围住了，她的长辫不断扫在他们脸上，男人就嚷："痒痒死了！"月亮升起来，桅灯还亮着。月光下赶鹦冰冷俊美的脸庞让人心酸。"姊妹啊，这是怎么了，这是人过的日子吗？"男人哭丧着脸问赶鹦。她的注意力全在金祥身上，肥挤过来找她，两人来不及说一句话，只是紧紧抓住对方的手。她们依偎在一块儿，互相取暖。金祥忆苦的第一个高潮来到了，赶鹦高举拳头喊了一声口号，美妙的声音吸引了众多目光。大家都随上呼叫，场里吼声如雷，四周的男人冒出热汗来。喜年、憨人、龙眼和争年他们都看见赶鹦和肥了，于是缓慢地往这边移动。红小兵与赖牙方起他们坐在前边，脏腻的酒壶在几个男人手中传递。他们旁边的老婆婆们为了抵挡严寒，头上包裹了严严实实的黑头巾，只留出两只耳朵。"过去的苦处说也说不完。"老婆婆盯着红小兵的酒壶，咕哝着。赶鹦妈在老婆婆们另一边坐了，头发梳理得十分光顺，多少有些引人注目。她不时盯一眼多嘴多舌的红小兵。大脚肥肩一边听一边纳鞋底，嘴唇收得很紧。凹脸年九在庆余四周跑来跑去掷雪球玩，她伸出针锥朝他比画了一下。

俺爷爷没有裤子穿，俺奶奶喝涮锅水长大。不瞒众乡亲，爷爷被俺老爷爷一巴掌推到井里，淹个半死又让俺二爷爷用抓钩捞上来。穷人养不起娃哩，一家人饿得哇哇哭，奶奶去讨饭，地主放狗咬。她后背上有个碗大的疤，哪年里都要露出来给俺看几遭。奶奶真是命大的人，咬不死也饿不死，还生了十六个娃儿。十六个娃儿就活下爸一个，其余都饿死病死，用席筒一卷扔了。俺爷说：走哇走哇，人挪活树挪死，咱往平原上赶吧，听说那里瓜儿有人头大。走哇走哇，挑着担子走得慌急，爷爷奶奶还是没有吃上一口平原的瓜儿。俺爹俺妈聪明，一边走一边给路边人做活儿，挣下口吃的养活我。有家富人要雇俺妈去做奶妈，俺爹说中。妈去了，奶子瘪了人胖了，还挣了一套花衣裳。为什么哩？就为妈心性儿软，待别人孩儿跟自家孩儿一样，夜夜抱怀里哄，用布边布角为孩儿做了个老虎头帽儿，上边还钉了一个铜铃。那小孩儿一摇头，丁零零响哩！富人吃的是山珍海味，吃麦子专吃头罗面，吃火烧光啃里边的瓤，吃包子一口咬下肉蛋。他们活着就为了馋咱穷人，妈说活儿再累能忍，他们馋咱不能受。还是自家凉水儿好喝，妈心里一横就回来了。走哇走哇，平原上瓜儿养人，俺一家三口顶着星星赶路，披着月亮磨脚。走不完的山梁坡地，看不完的黄土末子。一路上想歇阴凉找不到树，想喝口凉水找不到井。河水臭了，庄稼蔫了，人晒脱了皮。这不是人呆的地方啊，穷山恶水十八梁，养不胖的大姑娘。女娃儿皮儿干脸儿黄，只剩下一对大双眼儿，一副皮包骨头。这样的女娃再生下孩儿也不壮，一辈一辈下来，人越长越小。一群人还没有矮壮憨人高哩，在日头底下刨地，对付日子。"不走吗兄弟姊妹老少爷们？"爹问着，想求个路伴。他们说："贱种才疯跑野奔哩！"俺往前赶路，一路上不知看到多少没爹没娘的孩儿。暴土末子沾了他们一身，都给饿死了。

走哇走哇，走出山梁薄地，不能做个路倒啊。日头一天比一天毒，它想熬干河流、树汁水儿，熬干庄稼人的血。爹和妈咬着牙，见水就喝，见草芽儿就吃，好不容易熬过了一个夏天。谁知秋天来了，吃物多起来了，他们也快不行了。苦命人哪，眼看活不久了，一双脚杆像高粱秸子那么细。爹妈临死嘱咐我："别歇气儿，往平原上赶，去吃那里的瓜儿！"只剩我一个没爹没娘的孩儿，有谁可怜俺？天下哪有穷人的活路，俺一家三代没有赶到平原哪！爹妈一辈子赤脚赶路，死时一双脚长了一层铁壳。我也赤脚走起来，挑上了他们留下的破担子，一路讨要：大娘大婶啊，可怜可怜没爹没娘的孩儿吧，俺三代没走到平原上啊！这家给个窝窝，那家给片瓜干，到底是穷人可怜穷人。也亏了秋天到了，穷人有了指望，满坡的野物也欢势了。俺亲眼见兔子打架，野獾吱吱叫哩。有条银皮狐狸领着仨小子搬家。秋水下来了，茅草蹿到腰带那么高，干豆角泡在水里胀破了皮。俺的鼻子比猫尖，仰脸一嗅就知道有了吃物。没爹没娘的孩儿得空就趴在地上，两手往嘴里拾掇东西。坏了，肚子撑出了尖儿，站不起了，一夜一夜叫唤。

有两个扛枪的把俺捆起，抬到了一个高门大院里。老爷穿着缎子长衫出来瞅了瞅，一扬手把俺打发了。管事的把俺脚后跟上砸个洞，拴一个铁环子，系到场院上看场。脚上的血一流流了三天，一活动钻心痛，俺爹呀妈呀叫唤，谁还敢来偷场？有人按时送来咸菜米粥，哎呀多好的吃物。我说咱看一辈子场也知足了，干吗把俺捆起？有人听了报告老爷，他们也就把俺放开了。夜里俺钻到麦秸垛里睡觉，高兴得唱小曲儿。另一个看场的老人说，我像他一样，是个终身许下主儿的长工了，只准老实做活儿，不准逃跑。"我还要到平原哩！"我嚷。老人伸出手指比画着我说："你跑吧，刚一抬腿，嘎勾一枪就打下了你。野地里有暗枪瞄着，谁也逃不脱。"老人一辈子看场，没有家口，一提到老婆眼泪汪汪。他说自己老婆又白又细的皮儿，像麦子面捏成的。与她成亲没有两天就来看场，老婆来场里寻他，一块儿钻到麦垛里睡去。睡到半夜有人把老婆揪出去了，硬说是个偷麦贼。老人说到这儿大声嚎哭，我说她是我家里人哪！放开她呀！那人不听，扭着她走了。后来才知道老爷早看好了那个女人，老爷那年才四十岁，年轻哩。我尽管心里恨死了他，还是得说话公平。四十岁的老爷细高身量，鹰钩大鼻，大双眼又亮又尖，头发有些鬈。他可不难看。我老婆，就是那女人被他两三句话弄活了心，死心塌地跟上，穿金戴银了。我那会像条狗乱蹦跶，在庄稼地里跳腾，一会儿嚷："穷人妻，不可欺。"一会儿嚷："急死我了馋死我了。"我觉得满山满岭都是那女人的味儿。老爷心狠手辣又加上疯浪，扯上那女人满坡里转悠。我磨了一把牛耳尖刀，不是鱼死就是网破哩！俺先蹲在麦地里，他们溜达过来，俺就一个饿虎扑食，一刀结果了老爷，再对付那个女人。俺要问她是谁的家口，最后嘛，杀她还是不杀，全凭俺那会儿的心境儿。计划好了，俺蹲麦田里。等了三天，那两个人到底来了。我喊："着！"举刀扑上去，没想到老爷身子利索，一脚踢飞了刀子，生生把我擒了。当夜我给扔到宰羊的棚子里，闻着四处溅上的羊血，心想俺活不成了，不如自个儿弄死自个儿。俺解下腰带上吊，腰带断了；去撞棚柱子，昏过去又活了。老天爷！这是不让咱死哩。死乞白赖地活吧，俺等着天明挨刀剐。等啊等，天刚亮有几个身强力壮的人端了水盆进来，水盆里泡把小弯刀。我头嗡嗡响，只听他们商量捆上不？后来没捆我，噌噌把我按得坚牢……天哩这是做啥？天哩他们要阉俺哩！丧尽天良啊。俺哇哇大哭，求饶的话儿说下一板车。俺说不敢了，不敢了，莫划下刀儿呀，俺做个不龇牙的狗，为老爷护一辈子庄稼。天底下的好话让俺说遍了，他们狠毒心肠听也不听，噗嗤一刀，通红的血染红了俺腿根，蹿到柱子上。

"天哪！只有说不到的没有做不到的呀！好狠的地主老财呀！可怜不可怜死人哪！呜呜……"老婆婆们身子摇晃起来，两手拍打膝盖。大脚肥肩咬断麻线凑近了金祥，连连问："后来呢后来呢？"金祥站起，伸手比画着："后来你也想得出哩，这跟方起做的活儿一样。"有个姑娘尖叫一声，是方正大姑娘金敏。金敏呜呜哭，与金友老婆小豆挨在一起，嚷着："苦啊！苦啊！——"

"天下乌鸦一般黑！地主的斗，杀人的口！"场子里响起一个热烈而流利的声音。大家转脸一看，见是闪婆插话。金祥斜过去一眼，坐下了。他从内衣夹层，也许是贴着皮肉处掏出一叠煎饼嚼了几口，接上往下说。

这就是俺年轻时候遇上的一个老人，他对俺说下心事。他说那回差点没痒死疼死，从杀羊棚里出来一步一个斤斗。"不如死了好，不如死了好！"他走一路嚷一路。从那以后他发誓再不找女人了。"女人是蛇蝎野物。"他这样说哩。俺那时寻思是个公理，久后有了年九妈，才知道全是痴话。庆余待俺好哩，冬天抱住俺往大棉被底下鼓拥，呼哧呼哧喘气儿，也不嫌俺脏气。瓜干烧胃哩，两口儿暖暖和和到天明。那个老人自从动了刀儿就蔫了，有气无力。他没有多少觉，一天到晚睁大眼看场。人人都说他对老爷忠心。有时俺俩一个麦垛里睡，他给俺讲老爷长得好，心眼也善。"想想看吧，我杀他，他抓住我还留了生路。"我亲眼见老爷家管事的人拍他肩膀，那股亲热劲儿。他的鼻子不好使了，自从动了刀儿就嗅不出味儿了。老爷的妈妈年纪大了，那一年有一百岁了，吃得好，老不死。看场的老头儿说起她，一口一个"善人"。我后来看见她一遭，差点没吓死。你猜她什么模样？不太高，老粗老粗，屁股比碾盘也小不了多少。脸比揉面盆还大，红得像地瓜皮儿。头发全白了，手指一根一根像红萝卜，指甲两寸长。她看人眼珠不动，也不喘气。坐在那儿，四周东西都变小。天哩，她打嗝声音像闷雷。她喜欢吃当月的小猪，不让别人杀，都是自己亲手把它掐死。有一回她看见一头大黄牛朝她叫了一声，就让人拿块抹布来。牛绑上了，她夹住牛头，把牛嘴牛鼻用抹布捂上。牛使劲拧，四条腿插到泥里了，她还是不松手。牛一会儿憋死哩。方圆十里八里的小媳妇生孩儿，第一口奶都挤了送给她。看场老头儿那时就管着收奶。老女人力气怪大，爱跟年轻长工摔跤。长工见她张着大手呼哧呼哧喘气就逃，喊："老祖宗饶俺饶俺！"老女人一伸手把他抓住又扳倒，然后坐在身子底下。老年人记性差，坐着坐着忘了下边有个活人，一搓揉，长工的三根肋骨咔咔断了。老爷家有一个大屋，里面有一个老大的石头盆，是十个石匠凿了一年才成的。老女人就坐在盆里洗澡，让三个身强力壮男人给她搓身子。啊哎好热的水，老太婆的身子烫成鲜桃一样红，舒服得叫唤哩。老皮儿让人搓下来，新皮儿又嫩又光亮，她说还要活上一百岁哩。洗了澡躺在地上让人踩巴，喊叫哩，响声十里以外也听见。高兴了她不穿衣裳，儿子给她下跪也不穿，说："一堆一堆人都是我生出来的！"一个大红肉团在庄稼地里活动，看秋的人赶紧往天上放枪，嗵嗵！野物蹿腾起来，老祖宗哈哈笑。她屋里有一大群十三四岁的小男娃，都穿上花衣裳，赤着脚，给她挠痒。"痒啊！痒啊！"她一喊屋梁汪汪响，一些大小手爪赶紧去挠。老女人让人逮了草獾、狐狸、小狼，把它们养在一个大炕上，让它们和那群男娃待一块儿，她搂住他们睡，一翻身，压得野物吱吱叫。野物的屎尿洒男娃一身。老东西还用一支毛笔，放嘴里含一下蘸一下颜色，把一群男娃描成花花绿绿的人儿。她高兴了让他们爬到身上，不高兴了一巴掌打得男娃鼻口出血。"真舒服啊，啊呀舒服！"老祖宗一夜一夜喊叫，弄得大院里没一个人能安生。秋天里半夜老祖宗赤着身子满院窜，砰砰砸门，说要出去接冰凉的露水。她出去了，天亮时候弄了满身湿淋淋的草叶儿、死蟋蟀小虫儿。"我是老祖宗，都是我娃。"她掐腰大叫哩。看门的老头儿八十岁了，她抱住他，用手拍打他的头，说："都是我娃！"她抽烟，好大烟瘾，让人卷了胳膊粗的烟叶给她吸。快死那些年里她睡不着觉，让人把院里院外、野地里村子里，是狗都打死。还是睡不着。不知哪个恶人送去偏方儿，说找个最能睡觉的人，割他一块肉放瓦片上焙了吃保好。老爷亲眼见俺金祥倒在麦秸上呼呼大睡，就把俺捆了去。他们也把俺关在杀羊棚子里，天亮也端个水盆进来，里面泡一把刀。俺低头一看大喊："我不活了，我日他祖宗三代吃人肉喝人血不得好死……"那端盆的人还笑，一使眼色让人按住我。我再不睁眼。哎呀妈呀疼死没爹没娘的孩儿啦！我大腿根挨了一刀，血水流到脚背上："捅死我吧！行行好吧老少爷们！俺金祥真不活哩！俺金祥活不起哩！"

红小兵站起来，直盯住金祥。金友从黑影里窜出，上前飞快摸一下金祥腿根向场上嚷："老大疤瘌！"老婆婆们擦着泪水叫着："那不是人遭的罪啊！身上的肉儿呀！"金祥向站起的红小兵伸出一只手大叫："快捅死我吧！快行行好吧老少爷们！"红小兵弯腰递去酒壶。金祥大饮了一口，把泪水使劲一抹："谁要说有我受的罪多，那就算瞒下良心。俺金祥活过来不易，差不多死了七七四十九遭。俺昏死在麦秸草里，割庄稼的闺女喂俺米水，弄些止血菜嚼了抹俺腿根上。闺女家花一样香哩，那味儿吸进鼻孔里死也不忘。老天爷给俺的嫚儿在哪呀？俺躺在草垛里就这么嚷，被看场的老头打了个嘴巴。伤口长上新皮儿啦，痒得俺呼天号地。'痒死了呀！可怜可怜……'老头儿对我说：'再嚷叫！再嚷叫他们抬去杀了你！'我说杀了吧杀了吧，反正我不想活了。"大脚肥肩停住纳鞋底对众人嚷叫："痒痒的滋味儿难受啊，好比针尖儿往心瓣上划拉，哧一下从这儿下来。"她用针锥在两个鼓胀的乳房中间比画了一下。"弯口家里，憨人妈！"大脚肥肩接上喊，"谁都长过疮疖呀，收口的时候……"憨人妈在汗水淋淋的人群中与之呼应："那是啊，痒死了！痒死了！"场上乱了起来，金友领头呼起口号，大家一边呼一边顿足，发出咚咚的声音。

老祖宗吃了俺的肉还是睡不着。她深更半夜在屋里喊，砸墙，大伙儿都伏在炕上不敢吱声。她在那个大炕上乱跺乱跳，一会儿把炕跺穿了。炕洞里放出亮光儿，一下一下刺人的眼，男娃和野物都吓呆了。一会儿野物跳腾起来，一下蹿到屋梁上。老太婆一咬牙拧住一个野物，嗯嗯憋气把它掐死了。一群男娃往炕角上缩哩，老太婆伸出老胳膊一遭儿抱住。男娃大哭大叫："饶了俺吧老祖宗，留下俺当驴当马侍候您，给您挠痒痒呀！"老太婆不吭气儿，抱住他们，噗噗扔进了炕洞里。男娃哭哑了嗓子，她都不应。她找东西堵上了大炕的破口，哼哼笑。原来炕洞里藏了她的金银首饰，谁也不知道。一群男娃和宝贝金银藏到一块儿正合心意，怎么早就想不到哩？男娃要活活闷死了，他们在黑洞里叫呀哭呀，用头去撞炕面，炕面被撞得一动一动。老太婆见哪里动就坐在哪里。男娃见撞不动，就在洞里胡乱爬，爬呀爬呀，看到光亮了！那是什么？那是灶口儿！做梦也想不到有个救命的灶口儿呀！他们一串串爬出来，身上被烟油灰抹得跟黑夜一个颜色。他们摸着溜出了屋子，从阴沟里钻出大院，跑到庄稼地里了。老太婆坐在炕上不放心，怕留下这些活口，就想出个主意。她找了几床缎子被扯开，坐到灶口前烧起来。她光着膀子拉风箱，呼哧呼哧，烟火滚着涌进炕洞，她哈哈笑了。她看见炼成黑炭的男娃又变成了赤红的金娃，随着火苗儿跳舞哩！老太婆爬上大炕，坐一会儿又跳下来。她一个人闷得慌哩，到院里喊人，没人应。她儿子也装哑了。喊不着人儿，她就去砸院门，三下两下捣开，往野地里走了。俺金祥那会儿亲眼见一个白影儿往场院上来了，盯了盯才知道是老祖宗。看场的老头儿不让我跑，说你一跑她撒丫子就追，不如藏起。俺俩赶紧往麦秸垛里钻。老太婆走上场院了，大脚踩得地皮抖颤哩。她站住不活动，俺在垛子里打抖。静了一会儿，老太婆弯腰就拆起麦秸垛。趁着垛子没倒俺和看场老头赶紧钻到另一个垛子里。老太婆一边拆垛一边大声问："麦草垛里有什么藏着？"俺忍不住答一句："有刺猬哩！"老太婆拍手："俺抓刺猬烧了吃！"看场老头心眼儿才叫多，他赶紧补上一句："垛里藏了只老虎哩！"老太婆嚎一声："妈呀，俺害怕老虎！"转身拆别的麦垛去了。一直到天亮，老太婆一口气拆倒了四五个大垛子。那会儿她身上没劲儿啦。老爷这才让几个长工把她装到大笸箩里抬走。

一直到老太婆死那天，没人见她睡觉。两眼瞪得像牛眼。差不多一天要亲手杀死一个活物。杀鸡，两下拧断一个鸡脖；杀猪，一棍把猪头打碎。一条狗绑了还冲她叫，她就把铁钎子烧红了捅进狗嘴里。"俺快死了，俺要大睁眼入土哩！俺要把活物杀得一个不剩哩！"她坐在土末里嚷叫。老爷对他妈说："杀吧杀吧，我给妈去找了来！"老太婆说："给我抓个猴子去，我要杀个活蹦乱跳的猴儿！"老爷听了这句话浑身打抖，牙齿咬得咯咯响，蹦起来喊着："猴儿全杀了，妈你杀人吧！"他喊着跑了。那些天院里的老爷和太太小姐使唤人全搬到外边住了，只让一个老太婆折腾去。她要一把飞快的长刀，他们就给她。老爷还说夜里有贼进院偷盗，为防贼在门侧门后挖了又大又深的陷阱，坑底栽刀哩！有人不小心踩上去，穿个心儿透！老太婆白天晚上在院里提着刀走，就是踩不上陷阱。大伙儿都说老爷是孝子哩，尽意让老娘闹腾，只要老娘高兴，一院子家产都扔下哩！看家的人提着枪伏在大院四周，大门又从外边钉死了，哪有贼摸进去哩？可老爷后来还是不放心，说光有陷阱不行哩，院里还要下鬼套儿：用活绳扣儿拦在树边墙下，一不小心绊上了，另一边有重物坠着，活扣儿越缩越紧，把人活活勒死！鬼套儿下好了，老爷说这下行了，坏人一个也进不了院了。由老娘一个人玩耍去！大院里老太婆喊声不绝，咚咚踩地哩。又是多少天过去，里面还有动静，那鬼套儿她也碰不上。神人啦！老祖宗不死哩！野地里的所有活物儿都不停地叫唤，老爷的白头发都生出来了。又住了几天，大院里冒出烟来，老爷说："天哪，老娘放火了！"大伙儿跳进去救火，只有高大的老爷在边上看，他让管事的领人干。那是老太婆点上了屋里的被褥。大伙儿泼水搬东西，老太婆在一边笑，赤裸裸的身子抹了一大片黑灰。"救火啊，快哩！"野地里的人这么喊。不知干了多会儿，听见老爷在外边哭叫："妈呀！老祖宗！你怎么想不开呀！你死得真惨哪！"俺赶快跑出去，一看，啊呀！老祖宗浑身是血躺在老爷怀里，早没气了。她身上直冒泡儿，刀口上翻出大白肉。吓死俺了！那血流了老大一片，还在流哩。血的颜色跟咱大伙儿可不一样，红中透蓝，一闪一闪又像紫药水儿一样。"老祖宗一叫我就转身了，天哪，她把刀顶在肚子上。我还没喊出声来，她一使劲儿就进去了。"老爷对大伙儿说。大家一声不吭。俺那会儿又看了一眼，看出那刀尖是从后背穿过来哩，再说身上也不止一刀……吓死俺了！

"听听吧，这就是地主家的事儿，年轻人千万好好听，听一遭没一遭了！"赖牙在金祥歇息的当儿站起来，朝场上站立的一圈儿人嚷叫。大脚肥肩接上："就是就是！如今哪找这样的事儿？记到心里去，久后有了娃儿再讲给娃儿听，金祥也不能跟上讲一辈子呀！"老头子拔下嘴里的烟杆顶到前边一个老婆婆后背上说："就这样扎进去？""啧啧。"老婆婆抹着泪接过烟锅吸了一口："人生一世呀，怎么都是一辈子啊。咱年轻时候一天到晚在庄稼地里干活儿，累了跑沟渠里躺躺，怪恣哩。那些大福大贵的人也没得好死，还不如咱。"老头子叹息："老姊妹说的是呀！年轻时过的什么日子，如今过的什么日子……咳咳！"他拉起老婆婆的手，老婆婆嘴对在他耳朵上说了一会儿。"就是呀就是呀！"老头子哭出来，声音大了，"那年上俺差点饿死呀，爬着去找你，你捣碎了一块滑石给俺灌进去。饿是不饿了，俺在地上滚，从门槛滚到猪圈墙。疼死了，肚里有手抓俺肠胃哩。你给俺揉呀揉呀，老姊妹俺如今也没忘。正揉着老社长一步迈进门，瞪着眼呵斥咱俩。天哩，那是过的什么日子啊！真是天下乌鸦一般黑……"老人哭得叼不住烟锅了，老婆婆赶紧接住。大痴老婆庆余又递给金祥一些煎饼。金祥和儿子分吃煎饼，多余的掖进胸口那儿。爷儿俩专心吃着，年九掉下屑末，金祥就拣了填进嘴里。大脚肥肩急了："死金祥多少人等你呀！你是饿死鬼托生的呀！"金祥大口吃着，让身边站立的庆余接上讲一会儿。庆余应一声就讲开了："地主的斗，杀人的口！俺要饭拿着棍，专打地主的狗。坡里庄稼黑乌乌，俺一个人不敢进哩。俺吃的亏没有数，都低低头忍了。男人除了金祥没有好东西啊，都是害人精哩，用鞋底子打俺腚。俺受的苦哪里说去！后来俺也有娃了，娃把俺奶头哑得通红通红。金祥老实人呀，谁都欺负他，冬天也欺负他。他瘦得皮包骨。俺俩夜夜都忆苦，眼泪把炕席都弄湿了。年九小时候尿炕。俺一天好日子没过……"老婆婆们张大嘴巴听，一拍手说："庆余说的也是！拉扯个娃不易哩！"一场的人呼喊起来，其中夹杂了很多陌生的声音："熬不住劲儿了，俺等着听哩！""快呀金祥！"金祥站起来，一手插在衣服底下，走几步，慢腾腾地说："俺这就接上哩，接上哩。哎哟，虱子刚才把俺好咬……刚才说到哪搭？嗯，哪搭！"

活了一百多年的老祖宗死了。乌鸦最先闻味儿来，接上满坡野物都嘎嘎叫，从沟里渠里高粱地里往外窜。这些年从大院逃出的公鸡母鸡、羊呀猪呀也不少，有的就从庄稼棵里跑出来了。"她吃过俺的肉！"俺蹦了一下喊，谁知看场的老头凑过来就是一个嘴巴。"哎呀你这个被阉过的驴！"我骂他，不过我明白他是好意。反正老祖宗死了，老爷又修整大院。他可是个善人，给俺吃玉米饼，还给俺吃瓜面开花大馒！他娶了一大群老婆，一个比一个俊哩，最小的十六岁，长得饱鼓鼓的，小脸儿抹得像花红果儿。老爷没事了就抱着她，另一只手里还拿了水烟袋。看场老头的老婆如今年纪大了，老爷一摆手把她打发了。如今她专门看管老爷孩子的孩子。谁还记得那些从炕洞里钻出来的男娃？如今他们都从庄稼地里大叫着跑出来，破衣烂衫头发老长，满脸是灰。小姐们就把男娃分了。她们给男娃洗澡换新衣，用胭脂粉扑脸。男娃给她们打水买东西服侍小猫，还讲些老祖宗屋里的事，一块儿流泪。俺见过那些小姐，一个个细细高高大双眼儿，像老爷哩！她们的小腰像碗口那么细，用绸带系得圆乎乎，怎么看怎么好。小姐不骂人，不咳嗽，不喷气儿，也不怎么进茅厕。小姐浑身喷香，顶着风也能闻到，像玉米缨让雨水洗了那种味儿，像刚割开的西瓜味儿。她们吃饭用手捏，一次捏两三个米粒就够了。吃肉，把肉撕成麻绳样的肉丝，吃三两丝就行。喝水，用麦秸秆儿吸，吱吱一响，饱了。我可不敢说小姐不好，俺金祥有一说一。人家小姐平时都在自己屋里绣花，从不出来馋人。只有一年端午，老太太让她们出来采艾叶，才惹了一些事。那不怨她们哩！艾叶长在一口枯井边上，长在棘藤子里。护秋人提着枪赶来替她们钻进棘藤，采了一大包艾叶香死人。谁知道就在把艾叶交给小姐那一眨眼的工夫出事了！护秋人一仰脸，小姐那手脖儿手指头、胸脯儿上边锁子骨、水灵灵的眼，都看见哩。护秋人把艾叶交给小姐转身就跑，跌跌撞撞离开枯井，大叫一声说："啊呀呀，俺还不如死了好！"他一下躺在地上滚哩，一大帮护秋人赶来劝也不行。"啊呀我不行了，我还不如死了好！"小姐吓得跑了。护秋人当空扳枪，汗粒儿像豆粒那么大……

场上人大气儿也不喘。金祥吃煎饼了，场上人长长吐气。"嘻嘻。"红小兵饮一口酒笑了。金友蹿起来喊一句："好个金祥胡诌！你长谁的威风哩！你怎么好糟踏长工——刚才他的话大伙儿都听见哩！"赖牙在吸烟，像是突然醒过神来，嗯了一声。"金祥好生说！好生说！"大脚肥肩嚷。一些老头老婆子默默相视，一拍膝盖站起："老天！反了你金友！装什么假正经哩？世上人谁没打年轻时候过来？谁没个乱蹦乱跳的时候？"赖牙站起来说："辩论辩论哩，大伙儿说说！"金祥咬住了煎饼又松开，站起来提提裤子："俺亲眼见哩，这还有假？那口枯井说不定今儿个还在哩！""谁没打年轻时候过来啊！"站在场子周围的光棍汉嚷着，一个沙哑嗓子说："这本是平常理儿哩！天上有眼也可怜可怜那些人，夜夜打滚儿哭哩，骂人哩！"大家呼叫得热烈，赶鹦和肥、金敏香碗几个姑娘觉得气浪烤人。赶鹦喊："挤死了啊，热死了啊！"四周的男人似乎一点儿也没注意到姑娘们的神情，不自觉地就拍打起姑娘们的肩膀，连连说："这是人过的日子吗？姊妹啊，这真不是人过的日子啊！"赶鹦想抢一抢辫子，可是动不了。因为这会儿已经有三五只手同时攥住了它，他们望着金祥喊着："这都是平常的事儿呀！"

那个看场的老头儿不行了。俺把他抱进麦垛大洞里，喂他食水儿。他喝一口睁一下眼，说一辈子就交下俺这一个朋友。"临死俺可得跟你说句真话儿。"他这样说。我说："以前那些话都是假的吗？"他点点头。我呀，我金祥好难受！我哭了。他给我抹抹眼泪，说莫哭莫哭，你先把洞口堵了，莫让人偷听去。我堵严了洞口，他欠起身来瞅瞅四周，压低嗓门说一句：

"我恨着老爷。"

天哩，他往常一直夸老爷。我不吱声了。我看见他两眼锃亮，吓人哩。他盯了我一会儿，坐直了身子，一字一顿说："祥啊，那些地主老财都是怎么富的？咱这老爷怎么有了万贯家财？让我来告诉你罢！你自己心里有数就行了，切莫告诉别人，要杀头的！我一辈子工夫才摸清这个谜底，让我揭给你看。"我一直愣愣地听完下面的故事。嘿呀，我金祥做梦也想不到老爷是这么一个人！

最早的时候，老爷也是个黑不溜秋的野孩儿，是个没爹没娘的娃儿。他跟大伙儿一样，一天到晚钻在野地里，趴草棵里捏蚂蚱拣瓜根吃，喝烂泥汤儿。他的小肚上黑咧咧划下了伤痕，脚跟上磨开了老皮花儿。他爹他妈也是野地上蹿腾的人儿，胡乱生下他又跑了。他让热辣辣的日头晒出了油，头上戴个高粱秸子圈帽。转眼十八九岁了，身个高了，夜晚睡不着了，一嗓子一嗓子喊，嘿嘿，自己用手挠烂了自己的皮哩！他看见女人从路上过就喊："给俺当个媳妇吧——"人家回头骂一句："不死不活的臭烂东西，想得倒好！"到了秋天煞尾时，漫山遍野散开了野人儿，逃荒要饭的男女呼呼啦啦跑进地垄里。没爹没娘的黑孩儿专找没爹没娘的女孩儿，找一个扯上手就飞跑，嘴里嚷："占下了占下了！"女娃咯咯笑，伸手捶他捣他，冷不防一把掀倒在沟底。"还敢不敢啦？"黑孩儿骑上她，揪些野菊花呀臭蒿子呀往她脸上脖儿上扬。他们一会儿工夫就好了，抱着搂着痴跑，丢人现眼哩。"现世报啊现世报啊！"护秋的人手指他们笑。俺没爹没娘的孩儿吃了上顿没下顿，快活了一天没一天，俺又怕个什么！黑孩儿赤条条往河里跳，钻出来水淋淋地唱歌，胡吼一嗓子满天响。另一些男娃合伙上来抢这个女娃，被黑孩儿好一顿痛打。他真是个拼命的好手，一拳上去打掉人家两颗牙。一伙男娃头破血流跑了，黑孩儿抹抹脸上的血，扛起女娃就跑。他不歇脚，扛着跑跑跑，一口气跑到河边，扑通一声扔进去。女娃嚷："淹死我了呀，淹死了！"黑孩儿接上跳进去，把她从头至尾洗一遍，又洗了自己，这才扯上手往河滩上走。女娃高兴起来，跑起来一蹦三跳，黑孩儿追也追不上。女娃一跳跳上杨树梢梢哩，黑孩儿干着急。他央求："好女娃下来吧，俺可上不去。"女娃从这棵树跳到那棵树，飞一样，黑孩儿看呆了。直到天快黑女娃才蹦下来，黑孩儿一把抱住她说："老天，你像猴儿似的。俺从根没见这大本事的人。"女娃笑得鼻子眼挤到一块儿去，说："俺是林子里的野物哩，跳腾惯了。"黑孩儿搂住她亲不够，觉得她像绳儿一样软，小手儿像葱白一样。他低头瞅她的小脸，这才看出小脸凹凹着，小鼻子打了个漫洼儿，臭尖往上一挑，巧死俊死！她的小牙像白大米粒，小嘴唇薄薄一道儿，不笑腮上也有俩酒窝。她小身子烫手像小熨斗哩，屈在他怀里一扭一扭，往他耳朵眼上呵气儿，不知从哪掏出生果给他吃。黑孩儿说："哎哟，老天爷哩！喜欢死俺啦！俺不行哩！"女娃扑在他怀里哭了，一抽一抽像条虫虫。黑孩儿发誓说，这辈子也不离开她，不变心，上树掏鸟蛋，下河捉鱼，伸手到地里扒瓜儿，说什么也得养活她。两人说到天墨黑，找块地方铺了干草睡起来。睡不着，就小声说话儿。女娃告诉他："知道吗？我会'大搬运小搬运'呢！"黑孩儿不明白。女娃告诉他，那是个神法儿，想要什么就有什么——由她出去搬来，一会儿工夫就成！黑孩儿死也不信。女娃就问他要什么。他想了想说："要一碗大肥肉。"女娃起身走了。一小会儿月亮底下出来个人影儿，黑孩儿一眼看出是女娃，她笑嘻嘻捧来一碗大肥肉哩！两人坐下吃肉，黑孩儿高兴得又跳又蹦，说："有这手段还用在野地里窜？咱发哩！"女娃说："就是哩！我是看好了你，先来试试你心眼儿！"黑孩儿搂住她又推开："你是人还是神？"女娃咯咯笑，说不是人也不是神，从今儿个起是你老婆哩！"俺有老婆哩！做梦也不敢指望的事儿呀！"高兴了一会儿，黑孩儿又让女娃去搬座屋来，说就放这河滩上住下吧！女娃摇头说："屋在地上生了根，搬不动。再说也不能太心狠，要一点一点积攒，咱搬来一件，有人那儿就少一件。俺都是找富人家搬，他们东西又多又来得容易。"黑孩儿点点头："那你就去搬一个大柜子吧，赶明儿咱卖了买东西，赶集哩。"女娃又摇头。"又怎？""你给我梳梳头吧，老婆披头散发不嫌人家笑话？"黑娃欢喜得给她用手指梳呀梳呀，又揪根草梗扎了个辫子。女娃要去了，临走嘱咐：她扛东西回来时腰压弯了，那会儿他见了要赶紧喊"好轻快好轻快"，背上的东西就会随着这喊声一丝丝减轻。如果喊"好沉好沉"，那就一丝丝加重，她就起不来了……黑孩儿说记住了！女娃走了。不一会儿她背上驮个大柜子走来了，腰弯着，摇摇晃晃。黑孩儿赶紧喊："好轻快好轻快！"喊着喊着女娃就直起腰来，那柜子像纸盒一样分量……

"哎呀，天底下什么事都有啊！光有说不到的没有做不到的呀！"老婆婆站起来喊着，一会儿面向金祥，一会儿又转向老头子们。"多好的女娃啊，这样的女娃咱村有一个就中，保管就中！"赖牙脖子上的青筋粗胀起来。大脚肥肩龇着牙："俺要有个女娃，只让她搬来黑面肉馅饼！"弯口老叔一直沉默，这会儿鼻子里吭一声："俺让她给憨人搬来个媳妇！"一帮女人嘻嘻笑："憨人听见了吧？你爹说给你搬个……哈哈！"憨人木着脸骂："拿穷人取乐儿，我睡他先人！"大脚肥肩用针锥朝笑闹的几个姑娘一点一点，场上的笑声立刻没了。金祥站起来喊："年九妈再给块煎饼……哎哟，刚才虮子又把我好咬！"

接上数叨啊，接上揭他们老底，把挨刀杀的遮眼布一层一层撕开。俺得告诉普天底下的穷人。醋是打哪儿酸的，盐是打哪儿咸的？光腚客怎么穿上裤子？谁想封住俺的口，俺就打断他的手。告诉你吧，那个当年草窝里滚粪坑里睡的黑孩儿成了气候。他那个又好看又听话的软性儿老婆出去搬东西，今儿个一只风箱，明儿一把簸箕，几年工夫他们有了自己的屋自己的地，小木头窗上糊了白纸哩。照理说该好好过日子了，男人有了瓜儿吃还求个什么？剩下事情就是搂着老婆一宿到亮打呼噜了。可黑孩儿不，人有贪心，蛇要吞象，没爹没娘的孩儿要做人王哩。他想吃白面馍蘸肉汤儿、嫩韭菜叶洒上盐，想躺在缎子被上打挺儿，挂着龙头拐杖上茅厕！女娃白天黑夜劝他，说好生生的日子有吃有穿，圈里有猪肥了吃肉，大母鸡两天生一个双黄蛋，哪里不好？庄稼人一辈子还求个什么？黑孩儿说天哪我心里痒得慌，你又不能伸进里边挠痒。女娃想逗自己男人高兴哩，在小屋院里跳跳蹦蹦做猴戏，那样子谁也得笑哩。她一纵身跳上窗外榕树，从这个枝儿蹿到那个枝儿上，小拇指细的枝条也压不折。可黑孩儿不笑，眼也不睁。女娃再不逗他了，眼泪汪汪，说："好男人你怎么不高兴？是俺变丑了吗？"男人摇头，抬头好好看了看她：穿了水红袄儿，小绿裤儿，裤腰用大红带子扎了。那小身子包在软柔柔的衣裳里。她出挑得真好看，小凹凹脸红喷喷的像苹果，大水灵眼儿乌黑乌黑亮。他说好女娃你像用油膏搓过，油滋滋香。你好比小火烧刚出锅，又甜又软烫人哩，舍不得下口捧手上一撩一撩，吹气儿……老婆呀！啊呀我老婆天下一宝！

金祥慢腾腾柔声细语，旁若无人。场角传来了许多人的抽泣声，金祥不得不停下。那些站立的男人都在哭，肩膀往上耸动："金祥啊，你说俺心眼里去了！上哪儿去找这样女娃咪？老天爷老天爷，天底下真有黑孩儿这样福分人？""金祥啊！你不能把女娃扯来俺瞅上一眼？她活着多大年纪住在哪儿？俺不吃不穿也得攒下盘缠去看她一眼……""难道她比大姑娘肥还白还嫩俏，比宝驹赶鹦还俊还馋人呀？想不出想不出哩！"年轻人呼叫着，连上岁数的男人眼窝也湿了。这会儿赶鹦妈站起来，伸手往前一桶骂道："嘴痒了放石头上磨一磨，拿俺闺女做尺寸，瞎了狗眼！"一个男人用力拍打赶鹦的肩膀，叫着："姊妹啊，天底下哪有穷人的活路啊！"赶鹦鼻子一酸，也流出泪来。"赶鹦姐！"肥的头一歪，倚了赶鹦，"咱好好往下听吧！"

　　女娃说她再也不过偷偷摸摸的日子啦。那时候她出去搬东西给他，是因为可怜他哩。她说那些富人什么都有，穷人什么都没有。拿走富人的东西也解气呀！不过如今该是小两口起早摸黑种庄稼的时候了，再不能贪心了，贪大遭报应呀。她好话说了一笸箩，黑孩儿只是摇头。他说还想有两匹大马，有一大囤子粮食，有个黄铜水烟袋。女娃哭着扭头走了。半晌，她牵来两匹大红马。黑孩儿高兴得直蹦，劝女娃再出去一趟。女娃又扛来了一个盛满粮食的大囤子，压得头快触到地上了。黑孩儿赶紧喊："好轻快好轻快！"女娃在这喊声里一点点直起了腰。"这就是'大搬运小搬运'哪，俺要发了！"女娃直哭，说不能贪大啊。黑孩儿不听老婆规劝，让她最后搬上一年，那会儿一家子人享不完的福哩！女娃一趟比一趟回来得晚了，专拣那些发下不义之财的富贵人家搬，搬他们一个座钟，一架纺花机，一副牲口套绳，有时还搬走一个大麦子垛。人累得黄瘦，头发又疏又脆，皮包骨头。月亮下一个小瘦娃儿扛一个大麦秸垛子穿过野地，可怜不可怜死人！黑孩儿在门口迎接她，老远就喊"好轻快好轻快"，女娃就伸手把垛子擎起来。黑孩盖了一座屋又一座屋，买了一块地又一块地。后来他连软乎乎的瓜儿都不吃了，只吃白面烙饼、吃豆腐脑儿小咸刀鱼、吃小春葱蘸酱。上了秋，他买来绸子面小夹袄，年纪轻轻还扎腿带子。雇来一帮子长工、两个丫环，还开了一个烧锅。他爱吃猪肝，爱喝盅烧酒。女娃给累坏了，一天到晚咳嗽。下雨阴天，她身上散发出一股怪味儿。早些年黑孩儿喜欢女娃，闻不出；再说那会儿女娃喜好打扮，采些花呀草呀戴在身上，怪味儿严严实实给盖住了。"哎呀熏死我了睡你先人。"黑孩儿骂。女娃采来最香的月季和桂花戴在头发上，黑孩儿还说她有邪味："一股烧臭皮子的味儿。"女娃开头工夫只会哭，到后来就离他远些站。有时又忍不住，他们是恩爱夫妻呀。黑孩儿——这些年一家子人都叫他老爷了，老爷一嗅到那股味儿就推她个趔趄。女娃儿火了，有时一下蹿到树上，瞪起一对大眼看人。长工和丫环都大惊大叫，老爷把老婆揪到屋里，拉长脸问她："你到底是个什么物件？咋能'大搬运小搬运'，咋能蹿到树上？"女娃哭着说："咱是受苦受难的一对儿，是熬出头来的恩爱夫妻啊，你别拿那种眼神看俺。"你说你说，你咋能哩？"女娃说："我说我说，我不是人。""你就不是人，没有人味儿！"老爷骂着走了。从那时起女娃住厢房了。她一天到晚哭啊，头发几天就变花了，小凹凹脸上有了皱纹。老爷让人送饭给她，自己不愿看到她。他已经有了丫环捶背捏弄后脚跟儿，有给他掏耳朵眼的女人了。送饭给女娃的长工有一天从小窗往里一望，吓得碗都砸了。他看见屋里大炕上躺了一只猴子，奶头还胀着。他看了一会儿赶紧跑去告诉老爷。老爷骂咧咧出来看了，见女娃好好地躺在炕上，他打了长工一个耳刮子。

其实长工看到的真不错哩！那女娃就是一个母猴，一个精灵。她想找下个男人过日子，用力再生下个娃。她是个有情有义的母猴。她那会儿年轻，心眼好得没法说。天底下有钱有势的主儿，有几个是出汗干活挣下的家产？他们都是暗地勾连下有灵性的野物，让它们出去搬弄东西。这是真哩！有的是狐狸精，有的是野猫精。这些野物搬成一个财主就安顿下来，跟男人过一辈子；也有的半路变了心，把搬来的东西又一件件暗中搬走，要不你怎么能看到半路穷了的财主？还有的被发财的东家发现了真身，用个什么歹毒法儿把它害死。一句话，地主老财发的都是黑心财，这就是看场老头告诉我的谜底！

场上人呆呆地看着金祥。一会儿有人嚷："我说哩！怪不得咱发不了财，原来咱没有勾连上野物啊！""天哪，上哪去找母猴狐狸啊！"一个老人，是弯口老叔，他大叫着："告诉你，多去野地里窜窜！高秆儿庄稼地里什么都有，你得多进去窜窜呀！……"喜年望望方正大姑娘金敏，说："那年上俺在豆棵里压住了一个野物，它吱吱叫哩，低头一看，它从豆秸里挣出小头来，小脸儿铁青！俺赶紧把它放了……"大伙儿吸着冷气。

女娃不擦胭脂了，不梳洗打扮了，老得一天比一天快。她半夜跑到老爷窗下，叫老爷的小名，说开门让俺进去吧，咱是一对泥里打滚的苦娃儿，好不容易过上了好日子，切莫丧下良心！俺想摸摸你胸口上的疤痕、下巴上的胡茬，想喂你吃口小油卷儿。开门吧开门吧，俺已经有了三个月的身孕——咱就快有自家的娃儿了！你开门吧，摸摸娃儿在肚里蹬腿儿哩……女娃进了屋子。她真的老哩，再也不好看了。老爷觉得她像一个倒空了粮食的粗布口袋，软溜溜皱巴巴。"远些，臭哩！"老爷说。女娃哭着一把抱住男人，说俺亲手从淤泥里扒拉出的泥娃儿。老爷一动不动，眼皮都不眨一下。他心里在琢磨事哩，这会儿就说："女娃，你听话不？"女娃尖声叫着："听呀！"老爷一皱眼眉，"让你怎么就怎么？"女娃点头："俺男人叫俺干什么俺就干什么，俺是他的人，直到死！"老爷摸摸胡茬："那好吧！今后你就住厢房吧，那是你的屋，在屋里好生怀着孩子。"女娃哭了："俺想弯你怀里哩！"老爷大眼一瞪："听话！"女娃哭着，退到厢房里去了。

就是这年秋天，有个老太太找来大院，她看看样有五六十岁，其实有七八十岁了。她一进大院就说找儿子来了，见了老爷一把抱住。她说男人死了，她无依无靠找儿子哩！老爷不敢认，老太太就一长一短说起来：她和他爹怎么一路讨要，怎么在野地里生下他，一口一口喂活他；下雨了，他们用身子给他遮雨，天冷了，他们把他贴在肚子上暖着。"那不是人过的日子啊，你爹和我死过去又活过来，一天到晚搂着娃儿吃野菜，省下瓜儿嚼了喂你。直到你长大了能扒瓜儿能跟上野孩儿窜庄稼地了，我和你爹才撒了手……"老太太哭了。她一口气数叨出老爷子身上的记号：左胸脯上两个痣，腿根的疤痕——老爷刚才还将信将疑，这会儿扑通一声跪下喊妈。他让一旁愣着的人都跪下，说老祖宗回来了！就打这一天上，老爷找到了生身母，院里有了老祖宗。谁也想不到她会接上又活了几十年，成了老寿星。老爷跟老祖宗在一块儿，日子久了就交了谜底，说出这万贯家产的来路。老祖宗一听不做声了。她死也不喜欢儿媳，从进了这院就没跟女娃说上一句话。女娃给老祖宗跪过，叫过妈，老祖宗眼都不睁。她听儿子说了根由，牙根咬紧哩。儿子问她咋了，她说："哼，她能'大搬运小搬运'不是？她能倒腾来东西，也能倒腾出去。早晚有一天你又成了光腚鬼哩！"老爷急得直搓手。老祖宗的花椒拐一个劲儿捣地，说："趁早除了吧，除了她，家业才万古千秋。"

女娃肚儿鼓起来了。她在院里走，听见老祖宗出来就躲进厢房。有一天老爷进了她屋里，从怀里掏出石榴大枣，绿酸杏儿。女娃一把抓过就吃。她馋死了这些东西，可就是没人给她。她咬着果儿哭，说你到底还挂记俺！俺死也不悔了！老爷拍打她，摸她头发，她喜欢得快死过去了。老爷说："咱家什么都有了，就是缺个大碾子——你再出去搬回一个吧，娃儿生下也要用它碾细面哩。"女娃说："我有孩儿在肚里……"老爷还是搓揉她头发，说："不碍事哩，你有法术呀！"女娃把脸贴上他胸口，连连说："我听你话呀！你叫我干什么都行。俺的男人呀！……"当夜，老爷在大院门口迎接女娃，等呀等呀，月亮都歪了，野地里连个人影都没有。又等了一个时辰，天快亮了，灰蒙蒙的路口上有个黑影儿一摇一摇来了，越近越大。老爷看出是女娃驮一个大碾盘来了，小身子在底下差不多看不见了。她被压得东倒西歪，老远就喊："你快拿话儿迎我呀！你快呀！"老爷咬咬牙，往前走一步，大声喊："好沉好沉，好沉好沉！"

天哩！大碾盘一丝一丝往下落，像张大荷叶儿一样，一会儿贴到地皮上了。就在碾盘眼看沾地的时候，发出了"呀——"一声尖叫，然后什么音儿也没有了。天亮了，长工呀，短工呀，清早上田去，一眼看见有个大碾盘扣在那儿。他们一伙儿揭开碾盘，看见一个又老又瘦的母猴在下边，压成饼儿了！……

"妈！呜呜伤天害理……老天爷看见了！黑心的地主老财千刀万剐！"场上人一齐呼叫，恸哭声猛地迸发出来。"丧下良心哪！天打五雷轰啊！多好的女娃给毁哩！""这回俺可算亲耳听见了！""地主心，蛇蝎心！天下乌鸦一般黑！没有穷人的活路了，真的没有了啊！……"老婆婆哭着揪住身旁随便哪一个男人衣襟，耸动着："他家大叔，真有那样狠的男人哪！要不是俺亲耳听见，说什么也不信！你说说，你说说！"老头子们定定地咬住烟锅出神，这时身子一挣呼起口号来。全场都跟着呼，一齐跺脚。人群活动了，那些平日里说话投机的人慢慢移动着坐到一起："真是根狠心肠啊！"有人指点白木桌前的金祥："看人家说完了就是说完了，眼泪没干就吃起了煎饼。咱不行哩，听一次难受一次。"大脚肥肩低头纳着鞋底，抽着麻线，泪水也滴下来："争年爸呀！跟大伙儿说说吧，大伙儿难受哩！"赖牙站起来拍拍手："有什么苦水可劲儿倒吧，谁也不用怕谁，咱是说一天没一天了。"金祥站起，手搭眼罩往下望望说："都上来呀！有啥说啥呀！咱金祥不像有的人，自顾自说哩！来呀老婶子们、二大爷！"正这样嚷着，一个挽髻的老婆婆拄着拐站起来，咚咚走到桌边。她瞪大眼睛，嘴巴张了好几下也没有说出话，又看了一会儿全场的人，就咚咚地下去了。"老婶子给气得话都说不出哩！什么世道啊！"金祥对靠前一点的红小兵说。"我说说！我说说！"场里又响起一个老婆婆的声音。她一会儿被自己的孙子搀扶上来了，一站稳就抹起了鼻涕眼泪，"天哪！我这辈子也忘不了，那一年可把俺饿、饿死了……俺孩儿挖了块鬼姜说妈吃吧，妈说你吃吧，一推一让半天，搂上那个哭。南街上他姥爷急得吞下了一块棉花，他姥娘没牙的嘴啃砖头。俺上街一看，一个个躺倒了，有的没穿裤子——那是解溲呀，提了半截没力气了，扑通，倒了再没活过来。俺死了也不能忘了那一年，那时候没有咱穷人的活路啊！"她说着拍打着腿，突然下边有人大喝一声："你敢忆新社会的苦！好大胆哪！打嘴打嘴！大伙儿都听见了吧？"场上顿时沉寂下来。老婆婆扶着孙子僵了一会儿，接上蹦了一下，伸手指着下边那个人说："就你个驴耳朵长！人都有老了的那天！人老了记性能好？你这个鳖孙子，不得好死啊！你有娘养没娘教，用着你来指老娘的脊梁筋？"老婆婆哭得伏在了桌上。好多人劝解："权当没听见。别跟他们一个样儿……"费了好大劲儿才把老人扶下去。接上来的是一个老头儿，他的眼早已红肿了。眼糊儿把眼遮住，费劲睁也睁不开。他一站稳就说："数叨数叨吧！罢罢！不提也好。谁不知道俺年轻时候？喝酒能喝这个数——多少？二两？呔！二斤哩！俺给地主家扛长工，逢年过节他硬让俺喝，不喝就打——地主心蛇蝎心哪！不错，俺是舔破窗纸看过小姐屋里，不过那怨酒哩！如今大伙要说了：'不是一个拣鸡儿！'那会儿咱不懂哩！挨那个打呀，大伙儿看看我后脊梁落这块大疤！"老头儿说着哧一下脱了老棉袄，把身子背过去。立刻有好几个老婆婆老头儿凑近了看。"地主心蛇歇心哪！"他们同时嚷道。

喜年、憨人一伙儿不住地小声催促赶鹦和肥上去说一说。赶鹦她们不愿意。又劝了一会儿，赶鹦扯上肥的手走到小桌旁边。汗水顺着两个姑娘的毛发流下来。赶鹦撩撩辫子刚要开口，大脚肥肩嚷叫说："盘下腿坐着听去！不老不少的，还轮不上你俩！"两个姑娘对视一眼，鼓鼓嘴下来了。场上传来不满的议论："女孩儿家也有心事啊！她们也有自己的苦楚啊！啧啧啧……"赶鹦和肥又回到了原来的地方。一帮年轻人团团围住她俩，一脸愤愤不平。赶鹦说："俺长多大了也没穿双像样的鞋儿，幸亏……旧社会儿压得妇女翻不过身来，大脚肥肩常常说哩。旧社会出来的人老大不正经，胡说八拉，开会人挤了就不好生站，往俺身上挤哩！外村人更坏，用手老远比画着骂俺，还说'艇鲅'！"赶鹦说到这儿揉起了眼。一个工区青年咳了一声，说："哪里没有一本血泪账？俺爷爷年轻时候穷得没有裤子穿，逼得他扎块围布，就像女人穿着裙子。爷爷上街去，一些老婆婆就说看看是什么布料，一掀一掀。俺爷爷羞得还不如死了好哩！俺奶奶十二岁上就给老地主捶腰，老地主让她穿衣提鞋，提鞋不让使鞋拔子，偏让她往鞋跟里捅手指头。老地主趁劲儿一踩，俺奶奶疼得没好腔叫。老地主家有钱有势，想想吧，连鞋拔子都是金子做的，看一眼头晕！"赶鹦说："俺从根没见过鞋拔子。"青年点点头："穷人家孩儿上哪儿看去！俺爹十岁起就串街要饭，腰上捆根草绳，上面别一条打狗棍。一个冬天过去，十根脚趾冻掉了八个……"肥插话说："也有人冻掉九个。"青年点头："那不是人过的日子啊！穿着破麻袋，虱子滚成球。麻袋布纹理粗，伸手捉不住虱子也掐不住跳蚤，穷人的皮肉不值钱！不说了不说了，反正咱都是一家人啊！"他哭了，从衣兜里掏出了洁白的手绢擦眼。赶鹦和肥目不转睛地盯住手绢。"也不算什么金贵东西，白细布做的，姊妹要喜欢就拿去。"青年哭着说。赶鹦用肩膀碰碰肥，肥摇头。又推让了一会儿，赶鹦就取了手帕。"多好哩，你也真舍得使！"她闻了闻，说。一个三十多岁满脸胡茬的人把脸转到一边去，嚷着："金祥老叔说到俺心眼儿里去了！俺一辈子也忘不了这夜哩！大伙儿和和气气说说那些年的事儿，呕呕酸水儿。瓜干烧胃啊，躺炕上也睡不着。俺来听听老叔说话儿，跟姊妹几个拉个闲呱儿，退退火气！姊妹们啊，让咱常在一块儿吧，分什么村内村外。咱都是穷人孩儿……"喜年警觉地望望那个人，打断说："你知道俺这眼是怎么毁的？是外村人毁哩！俺跟外村人结了血仇！俺不忘，保准不忘哩！"赶鹦说："那也不关他事儿。他是好心好意。"一句话让满脸胡茬的人跳起来："赶鹦姊妹啊！俺得回去告诉村上人：赶鹦肚里跑开大船！"正嚷着，矮壮憨人挤过来，盯住了问："日你先人你家肚子才那么大不是？"说着把背在身后的双手猛地一举，两个大雪球塞进了他衣领。那人喊："凉死了凉死了！"撒开丫子跑了……

闪婆身旁也围了一些人。他们都劝她趁这会儿倒倒心里边的苦水儿吧。她总不应。又劝，她说："俺不了。今儿个是人家金祥开场的日子，俺不了。"有人夸金祥今夜说得好，闪婆摇头："他越说越慢，再也不是急性儿人。过去他蹦着忆苦，一只手往天上指。一呼口号满脖儿青筋。今儿个他一句口号也没有，金祥不行了……"一个人说："婶子！俺听你一说话儿心里就妥帖。逢上你忆苦，俺说什么也得早早来，坐最前边听。俺听了好难受！老想些旧社会的事儿，想过了俺爹又想俺妈俺姥娘。难受啊！难受啊！"一个老头子眼泪濛濛对闪婆说："俺这些老人不比年轻人儿。俺不用听那些事情关节儿，不用！俺只要打眼一看你和金祥的模样，心里就难过了，就想起旧社会的事儿了！"一个正吸烟的老头子赶紧附和："一点不错！有时走在大街上，一眼看见你坐在大槐树下，俺心里就打滚儿，鼻子就发酸……"闪婆感叹："一个村里的老人儿剩不下多少了。咱得多聚聚啊，多拉拉老呱儿。顺便也让年轻人听听，知理知表。他们泡在蜜罐里，装在糖盒子里，他们知道吗？像我孩儿欢业，那大点儿就穿上了裤衩儿……"

"谁要是忘了那些事儿，谁就是没有良心！"大脚肥肩站在一边说。大脚肥肩一说话大伙儿都得安静下来。她的针锥刮几下头皮，发出刺耳的声音。她的头皮多么结实啊！红小兵一边抿酒一边想。他将酒递给赖牙喝，又给左右的老婆婆们喝了一点。她们对金祥嚷："年九他爹！你这些年让俺流了多少眼泪？几瓷坛子也装不下呀！你快别讲哩，你让俺过几天舒心日子吧，好不容易吃上了软乎乎的瓜儿。不过几天不听又馋得慌，胸口这儿闷。俺知道非找你不可。有时提着蒲墩子、戴上围脖儿出来一看，场子光光的没人儿。大长夜间，咱上哪去？急死个人！你知道人老了觉少，能一夜一夜数叨过去的事儿才好。你是不知道，有时外村使地排车来拉你，俺也悄悄跟了去。你说来说去就那么些事儿，不过俺喜欢听！真哩，喜欢！"金祥坐在桌前点头："老姊妹放心。俺活一天让老姊妹听一天，保准。俺不像有些人，在故事里面掺些杂七杂八，不规矩。这好比红小兵的酒坛，掺不得水哩！"红小兵大声应道："金祥老哥说得铁对！"金祥又嚼起了煎饼，然后说下去。

别忘看场老头啊，没有他就没有这些故事。他躺在垛子里，一句一句揭出了那个谜底，接上就死了。我的老友这一辈子活得真不易哩。他没儿没女，一个人嚼着瓜干看场。我过去还以为他也成了老爷的人呢，这会儿才知道他是暗暗怀了谜底。他的心劲多大。老友死了，我一个人在场院上孤孤单单。夜晚老长哩，野狗咬，虱子爬，心烦得睡也睡不着！我好孤单，漫山遍野乱跑的嫚儿没有一个跟俺拉个呱儿。人活着不如死了好啊，两眼一闭什么都不用愁了，不用馋瓜儿了。睡不着的夜里俺想起了爹妈，想起了他们临死那会儿的叮嘱：快些奔平原去啊，平原上的瓜儿养人哪！我一想这些两腿就发痒，跑哩跑哩，不能给老爷卖命了！俺老友被俺藏在垛子里，俺舍不得埋下他。这会儿我告诉老友要分手了，泪珠儿叭嗒嗒滴。我知道野地里有暗枪，心想点上垛子，烧着这一场院的秋粮，他们也就顾不得俺了。俺想到这儿就动手点火。大风一刮，那些大玉米秸垛、地瓜蔓儿垛，一齐烧起来，大火球一个一个往空里蹿。俺老友也被这火焚了。四面八方的人全叫着往场上跑，狗汪汪汪。俺撒腿就跑，跑向平原哩。俺回头看看那又圆又亮的大火，心想平原上的瓜儿就这么又大又红哩！跑啊跑啊，奔平原啊！

"金祥有一手哩！行啊金祥！"红小兵站起来嚷。

"你早干什么去啦？早该发火！"赖牙拍着腿。

"这一辈啊，什么没经？一想起老爷我就牙根痒，我心里不饶他！"金祥站直了身子，"老少爷们，你们说能饶了他？"

"不饶不饶！"满场里的人一齐喊道。

金祥缓缓坐下。场里响起年轻人叽叽喳喳的声音。突然赶鹦振臂呼喊起来，那声音圆润响亮极了：

"饶他不饶？！"

"——不饶不饶！"

"饶他不饶？！"

"——不饶不饶不饶不饶哩！……"

外省书（选章）

一

　　"我从不想让你全部赞同父亲，孩子。是你出奇的善心感动了我，让我觉得活下去还值得。人的所有，一切，哪点儿都有来龙去脉。你的那份善心就活活像我。得了，不说这些了，你多想想，站在他站过的地方想一想——这样一来就理解了他，说不定还要佩服他哩！"鲈鱼抓住每一点机会说服师辉。他认为有生之年最重要的事，就是向女儿做出解释。至于其他人，那就去他的吧！

　　鲈鱼一生见过多少可爱的、完美无缺的女性。为了她们，他算得上勇敢无私，差不多舍弃了一切。幸亏他选择了无产者的道路，不然就会为一路的丢失痛悔不已。父亲富有、体面，因为爱国才从南洋回来。他把所有家财都奉送了革命党。日本人来时，父亲随撤退的队伍回了老家，那里聚集了许多显赫的朋友。鲈鱼十七岁多一点的那个暮春，结识了一个二十多岁的姑娘。当时姑娘正在医院陪伴一个年纪稍大的人。她戴了眼镜，皮肤洁白，刚刚脱去一个寒冬的臃肿装束，轻盈丰满，美丽得十分具体。她是在一个走廊里看到他的，他一下就不动了。她推开一扇门进去，他就记住了那门。

　　原来那个姑娘是北方人。他们相熟后一起逛街、去公园，她把他当成了小弟弟，一个南方的小向导。他让她摘下眼镜，只为了看清那双眼睛：真是摄人心魄啊。幸亏姑娘失去了眼镜视界朦胧，没有发现他焦灼的眼神。十七岁的这副眼神准会让她呼喊起来。一个下午他们在公园里，姑娘告诉他要回北方了。他的心一沉，什么也没说。他只想哭。后来他一下抱住了她。她惊讶："你病了吗？"他紧伏到她的胸前，准确无误地吻着高耸的部位。她赶紧推他，用尽全力却推不开。她一阵愤怒："我走时不会找你告别的！南方孩子原来这么坏！"

　　他把病人离去的时间了解得一清二楚，届时对家里说一声"去寻朋友"，跟上就去了北方。后来的一截道路坎坷曲折，但他从此留在了北方。原来那个姑娘是随军护士，而且有一套粗布军装。他毫不犹豫地参加了她所在的部队，一心想的只是靠近她，哪怕让她为自己包扎伤口：像别人说的"挂了点彩"。那个年头恰是军人最危险的时刻，子弹又不长眼，结果他很快立了二等功，代价是三处中弹。他真的在那位护士的照料之下了。

女护士承认，他是自己从军多年来所见到的最勇敢最英俊的小伙子。不过她没有流露一点过分的温情，唯恐送去半点鼓励。伤很快好了，他出院时恨不得把地上踢个窟窿，总是恶叫，直到把她引到身边。他吼：我就这么走了！她为了安慰止息，就抚摸他的头发。他立刻温顺了。离开的前夜他蛮横得很，终于说服她去了近处的一排杨树下。她后悔那致命的树下一吻——刚刚小心地吻了他一下，他就说："我明天就去战场了，这一回非战死不可，我发誓！"他们不知怎么倒在了树下。她的反抗他甚至没有感到。事后女护士哭了："天哪，我这辈子完了！""为什么？"女护士把他汗湿的头发抚上去："你见过我在南方陪那个男人了吧？我已经许了他了。"

二

他一生都把那个女护士当成了爱的启蒙老师。在残酷的战争环境中，他知道哪里才是最温暖的地方。后来部队南下，一路打下去，他再也没有见过那个护士。这期间他又立了一次功，因为在异常强烈的渴念中反而没有了恐惧。战争结束后他设法以最快的速度返回北方：坚信以女护士为开端，他的爱在北方。和平环境降临得突兀而又不祥，这种环境可能不利于他的寻觅。驻防，地方工作，城市农村，既紧张紊乱又婆婆妈妈。这里有多少女人哪，一个个带着过分的乐观，只知道笑。那些保持了战争期间的一股冷肃干练劲儿的女人，比如什么委员会妇救会里的人，倒让他觉得既合胃口又顺心顺手。他当时刚二十多岁，有令人喜爱的一层小胡须，细高身量却不显单薄。也幸亏了战争，使他那张清秀的脸庞多了一些冷峻，魅力也就有了。眉边的一处子弹擦伤不仅无伤大雅，反而成为显赫的徽章。他刚从一场战争中退出，却投入了另一场战争，准确点说是"追逐战"。与所有战争不同，这样的战争一旦开始就没有结束，它会绵延一生。

他在任何时候对于异性的美都不会无动于衷。他意识到：自己这个秉性是天生的、不可改变的。所以在后来因此而招致的一系列磨难中，他不仅没能悔悟，反而猜中了上帝交给他的谜底：为爱而生，为爱而死。在那个刻板拘谨的年代，他与女性相处得过于融洽了。两人之间往往刚熟悉不久，他就会自然从容地提出一些要求。对方大致是坚决拒绝，最终又以身相许，并在一生的怀念中掺杂着小小的忌恨。

他与其他人的不同在于：意志坚定，目标清晰；他从一开始就决定这辈子要舍弃婚姻。那个狭小的空间容纳不了无边的爱情，他要做一个古道热肠的爱侠。侠客的浪漫和勇武他真的具备，瞧战争结束多久了他还佩带一把手枪。手枪小巧却又致命，往往成为女人的爱物——直到那一天，直到他惹得怨声四起，不得不被开离军籍的时候，这把手枪才被迫交出。没有了武器，这是命运的转折。但无论怎样他都无法理解接踵而至的各种惩罚，好像生活在另一个星球上。刚开始只是内部处分：警告和降级，却长时间保留了他作为一个功臣的较高薪金。他被迫从一个部门转到另一个部门，脱下戎装，那受伤的躯体却依然属于战士的。深夜，一个人躺在乱糟糟的床上，想这一生，常常想自己是一条大鱼，逆流来到北方，午夜时分翻过分水线，开始回游在渤海和黄海的水系中。

那是个崇拜英雄的年代，再多的英雄也不够分享；而且教科书和报章上渲染的人物可望而不可即，远水不解近渴。所以他每到一个地方就成了近在眼前的传奇，再加上女人本来就大惊小怪，一说起战争就大声咋呼："是吗？""还那样吗？""天哪，这是真的吗？"他佐以亲历，不急不缓告诉她们：是的，战争年代一切正是那样。说到血与火的惨烈，他的口气依然是那么平静。这真是一种非凡的风度。但他的风流韵事也在别人耳畔流传，听者虽不敢苟同，却也多多少少给予谅解。有一个女性，好像是区妇女主任，有一次就大声为之申辩："也真是的，这么好的一个小伙子，到现在还没有结婚，你想想还能让他怎样！"四周的人听了略有同感，但没有一个公开应承。这话很快传到了他那儿，他压抑着感激悄悄落实了从女主任口中说出的每一个字，流下了眼泪。

在一个月光流溢的秋夜，他们认识了。当时他们都在一个庭院里开会，他借着月光端量，发现这个女人三十左右岁，耳大口方，绝说不上俊美，但有一股风风火火的劲儿。会议结束了，各自走散，他却特意转道追上了女主任。他们站在一棵散发着辣气的野椿树下，握了握手，都说认识对方十二分高兴。他说："我都听说了。真感谢你的支持。"女主任笑了，这笑声在静夜显得太响。她笑过之后说："有人玩起真刀真枪不行，挑别人小毛病一个顶俩。

这么着，你在这个地方只管放手大胆地干，工作嘛，不必缩手缩脚！"他发现自己今夜真不像个男人了，总想哭。

他陪女主任边走边聊。一路上他得知女主任也不顺遂：男人经常与之吵嘴，她火了就一个嘴巴打过去，一个大男人家竟把她告到区里。"现在好了，他去外地工作了，眼不见心不烦了。"他滋生了同情。女主任的住处很简陋，不过是一大间牲口棚改造的宿舍，空空荡荡，散发着一股牛粪味儿。一进门，女主任就用开水冲了两大碗炒面，推给对方一碗，自己先呼呼喝下去。他喝了炒面，静坐在那儿。他觉得唯有这里保存着战争年代的一切气息，给人许多安全感和信任感。他直盯盯看着她，嗫嚅道："你多么优秀！你身上全是咱老区的传统！我怀念呢！"女主任笑了，一笑即露出满口坚硬的牙齿，让他大失所望。不过他从很早以前就懂得：看人一定得多看长处。所以他又重复了一遍："我怀念呢！"一边说着拾起了对方的手。他发觉这手是火热的、沉重有力的。"真是一双战士的手啊！"他夸着，挤弄着，不能停止。女主任不太习惯这种缠绵，不止一次用疑惑的目光打量这个人，好像面对一个冒牌货一样。女主任终于忍不住了，双手一抽站起："我这人是个直性子，干脆明说了吧，你想干什么？"他心头热胀，伏上她的耳边说了。她一拍大腿："就是啊，都是自己人，说出来怕什么！"

他们一整夜嗅着往日牛厩的气味，不知疲惫。女主任摸到了他的伤疤，叹息声再也不能停歇。他有些惊诧，问怎么了？她回答："我想念咱老区的生活！我想念战争！""就是啊，就是啊！"他从心里赞叹。现在他已经对这个女人的身体有了充分了解，感知了她粗韧的皮肤和强壮的骨骼，特别是长长的四肢——真是骡马一样的身躯，战争年代会为我们驮来一个光明；而今呢，解放了，没有关键的作用了。他在暗中产生了同病相怜的意绪。

三

在匆忙的生活中，他甚至没有机会回忆南方。那里是他的老家，有德高望重的父母，还有一个姐姐。南下时他曾匆匆返家一次，这才得知父母已经去世，他们临终还念着他呢。还好，姐姐师凤告诉弟弟：最后一年父亲总算与这边有了合作，可以说父子俩殊途同归了。他所能了解的只有这些。当时他还不知道这有多么重要：在后来一次又一次的审查中，那些声色俱厉的质问中总有一句："你父亲到底为什么从南洋回来？"他总是简明扼要回一句：

"因为爱国。""国多了，他爱的是哪一个国？"他又答："中国。""哪一个中国？"他翻翻白眼："这你就可以去查了，要我说嘛，是我们的中国。"

他直到很久都未能认识到，那个被自己完全忽略了的父亲，用生命写下的最后一笔是多么有力的援助。如果老人最后爱的是"他们的中国"，那他什么都完了。似乎决定他一生罪行性质的不是自己，而是那个老人。鲈鱼成了一个复杂棘手的人物，勇敢，有那么一股抛头颅洒热血的劲儿，可又乱搞。一个不苟言笑的首长骂了一句："种马。"其实这位首长很喜欢他，不过有点恨铁不成钢的意味。首长闲来无事愿意与他一起聊聊，借以回顾往事，惊叹：这个孬人记忆力真好，他简直什么都记得！他总是谦虚一句："这全是受了首长的启发。"其实这些历史并不复杂也不漫长，而且与一个个女人连在一起：他总是通过回忆她们连缀起一个个细节。他未能忘记她们当中的任何一个，无论交往的时间多么短暂。有的也不过是紊乱匆促的工作间隙中一次触摸、一下亲吻，甚至是会心的一个眼神，都被他植于心田。但他仍然无法全部记住她们的名字，因为时间太紧行程太迫，相互分别的叮嘱又太多，这反而丢失了最重要的东西：名字。他不得不在内心深处寻一些特征作为她们的指代，如"小鸟爪""猫嘴""兔兔""小红狸"之类。这些外号有的是一打眼就生成的，有的是交往过程中逐渐清晰的。如那个留下了深刻印象的妇女主任，他就一直把她叫成了"骒马"。他喜欢用动物的名字称谓她们，一生都保留了这样的习惯。他相信如果丢失名字算个过错的话，那么双方都有责任。这因为双方情感太烈了啊！想想吧，热烈拥抱，不顾一切的寻索，有的刚一触手就激动得大哭，忙不迭地倾诉往昔的委屈，这一来宝贵的时间就所剩无几了！但最重要的原因还在于环境，想想看吧，战争中曾经产生了多少无名英雄，更何况其他！

尽管有首长那样的人宽宥保护，一次次清算还是不可避免。审查追问者当然大半是男的，他们很快剥去受审者"功臣"的外衣，用语无情而凌厉，一路追杀过来，让人招架不住。他在围堵剿杀的窘迫中也常常滋生敬意，忍不住用另一种眼神去仰视他们：这些血肉之躯究竟是用怎样的方法使自己变得坚韧不拔？靠的是钢铁意志吗？真的，任何伟大的事业都需要这种非凡之人，是他们组成了冷酷无情的屏障，让温湿中繁衍的病菌无从侵入。他简直走投无路，吭吭哧哧的应答，有意无意的遮掩，一切都为了她们的利益。他庆幸自己总有那么多记不住名字的人，这反而促成了他的痛快交代：兔兔，小鸟爪儿，妈的，你们要真的不嫌麻烦，那就满世界里去找吧！高高在上的审查者终于疲萎，汗珠渗出。这时他就暗自快意。在一次次类似的经历中，他也会发现一些并非纯粹的人，这些人白白坐在了那样的位子上，却完全不受尊敬。比如从他们的厉声追问中，他很快就听出了其他意图。他们想假公济私满足自己的窥视癖，尽管喝斥越来越响：你必须从实交代！当时手在哪里？什么时候、怎么给她褪下来了？哦咦，她又怎么对你？

不知为什么，有一次审问者是个女的。这是他一生中唯一的一次经历。那是一次秋天的审问，当时他正在一个果园里忙着，一个人过来说："你去一下吧！"那严厉的目光和口气仿佛让他期待了很久，他爽快应一声就走了。他们去了一座老式地主庭院，这儿的每块砖石都砌得一丝不苟。那个人把他送进二道门就说："你自己进去吧。"他轻手轻脚迈过当年地主打造的又宽又高的门槛，又穿过一条廊子，这才来到轩敞的正房。他抬头一看立刻"啊"了一声：一位女人正在木桌上俯首研究案卷。奇怪的是他竟看不出她的年龄，只能大致确定在三十至五十之间。不过从她的表情上、从轻轻一咳中，他判定对方是一个握有重权的人物。

很久之后他还能记起她讲话的方式：缓慢，沙哑，严肃中透着不易察觉的一丝和蔼。她没有像其他审问者那样照本宣科先问一遍籍贯年龄之类，而是上来就说："你的情况我已了解。今天叫你来不过是进一步核实，我们可以放松些谈。"他吐了一口气，开始想：妈的，真倒霉，人一辈子犯了这一类错误，就得接受一些没完没了的盘问——主要是麻烦，没头没尾。他稍稍仔细端量她，发现对方的目光也相当留意。她说："我以前好像见过你。"他摇头："这是绝对不可能的。"她又说："反省是必要的。只有反省才能改正。还有，既然这样，你为什么不早点结婚？""没有合适的。"冷场。她像在看着窗外自语："你这样会害了她们。你忘了她们，她们呢？个个都像你吗？所以说你的罪怎么定都不过分。"他点头："您这样说，我也无法反驳。"她走过来，背着手在他面前踱了几步。他马上看清了她修长的身躯，还有臀部丰腴柔和的线条；往上瞥，则是一双深陷的、异族人一样的眼睛。他的呼吸变得急促了，鼻子发出了塞气声，这引得她回过头来："你要说什么？""我，我……暂时想不出什么。"

四

其实当时他差一点吐出一句："我的一些主要案情，大半是在老房东那儿发生的……"女审查者的面容和语气将他带入了诚实恳切的思绪中，他一感动就差一点倾吐了一切。还好，在最后的一刻他总算克制住了冲动。

无论在城市和乡村，都有那么多情深义重的老房东，他们对于战士和公家人总是照顾得无微不至。我们的胜利离不开他们。可惜历史的一页翻过，胜利者一个不剩地找到了自己满意的住处，特别是有了长久的宽敞居所，也就忘记了当年的一个个老房东。他们在急行军或执行公务的路上，如同一棵棵遮风避雨的大树，有哪个过路者还回头寻找它们？而他不同，他在进城后真的回去拜访过几家老房东，甚至特意爬上他们的大通铺睡了一夜，试图重温旧梦。只有他自己知道这是一种凭吊。当时的条件就是如此，七八个十几个挤在一起，倒头便睡，极少失眠。他曾与战地医护人员文工团员赶过几百里的长路，那时每个人都喜欢他这个乐观风趣的人。夜间睡在老房东烧得热乎乎的大炕上，男女挤在一起，疲惫战胜了一切。可是他还记得一次午夜醒来：身侧就有一个齐耳短发的女文工团员，这小姑娘只要不闭眼睛就要蹦要唱，人送外号"柳莺"。白天她用小拳头捣过他的胸部，此刻睡着了，一张小圆脸猫似的，鼻翼随着呼吸一动一动。他盯着她多皱的嘴唇，忍不住亲了一下。她竟没醒，只是伸出舌头舔了舔。他那一刻觉得天底下再也没比近在咫尺的这个女孩更可爱的人了，一双手急得乱抖。他一丝一丝把手伸进了她的军衣内。她醒了，惊恐的目光盯住他，嘴张得很大却没有出声。她从对方的眼睛里读到的全是乞求。她用尽全力躲闪，可惜挤紧的大炕已无多少余地。就这样，她眼含热泪感受着那只热切的大手，任它探访过羞涩的乳房，还有连自己都未曾触摸过的其他地方。

那一次"柳莺"并没有告发他，可是一路上总是躲开他。目的地到了，大家分手告别。"柳莺"不理他。他走开了很远再度回望，见她正目不转睛送他。他忍住了，想：未来的日子多着呢。他怎么也想不到的是，那个年代要走失一个人真的很容易。几天后他匆匆赶回，竟连个人影都没看到，他们都开拔了。他当时真想大哭一场。没有别的办法，他只能去打听所有可能了解去向的人，结果谜一般奇特：没人能告诉那一队人马的去向，他们简直是从地球上消失了。他又寻到了那个老房东和他宽阔慷慨的大炕，只有躺在这儿，才敢确信发生的那些事都是真的。

另一次与女伴同时歇息的机会更为奇特。那是个冬天，团部来了一个身裹棉大衣、头部被层层围巾包起的女干部。护送她的人留下大红关防就走了。

碰巧他要去东部有事，首长就说："你陪她吧，要多照顾客人。"他们就上路了。天真是冷极了，没有雪，干冷干冷。夜里宿到一位老房东家，火炕烧得真热，他们一进门就脱了棉衣。原来女干部年轻得很，一双眉毛像描的，神色安详。房东家很穷，所能提供的只有这一个火炕、一床薄被子。他犹豫了一会儿说：让我再找一户人家吧。女干部阻止他："算了吧，一夜好凑合的。"他们合盖一床薄被，和衣而卧。一开始并不冷，到了后半夜炕凉了，两人冻得牙齿磕碰。他们就说话熬时间。后来都发现两人离得太远，薄薄的被子形同虚设，这是难以抵御严寒的重要原因。他们对视一眼，然后紧紧相拥。女干部说："我们能这样，你长得好是个重要原因；还有，就是天太冷了。我以前从未这样。"他只点头不说话，偎在她的胸前，品味着这不期而至的深长的幸福。

分别时他们一再约定。后来的几年中，他们又一起结伴远行了几次，而且每一次都宿在好客的老房东家里。他独自一人上路时，夜里睡下之前或半夜醒来，总有难忍的伤感。他有时大呼小叫："这样是不行的！"有一次他的喊声惊动了房东：一个三十多岁的媳妇走进来，摸摸床铺，又揪揪被子，问他饿了吗？他好像一生从未这样懊恼过，"嗯"了一句，声气很粗。女房东赶紧为他做了一碗热粥。他一边吃一边自语："事情就是这样啊，我们一旦离开了人民，那就什么也不行！"女人在一旁看着，满眼都是钦羡。他交还空碗时，出其不意地动了她的鼻子一下。她凝在了原地。他去抚摸她，她的脸变得像红布一样，声音如同蚊子："俺不愿意。"他把她抱到炕上，她还是重复那句话。她一直重复着那句话，到了天明才蹑手蹑脚离去。

事实上就是这样，他铸成大错的一生大致可以分为两个部分：战争年代包括建国初期，再就是后来的和平时期。前一个阶段也可以简单称之为"老房东时期"，这个时期延续的时间很长，以至于直到晚年睡到自己家的床上，半夜醒来还要摸索着寻找大通铺上的人。因为这个时期留给他的印象太深了。他的这个习惯只有妻子一清二楚。妻子后来悔恨不已，感到嫁给这样一个仪表堂堂的人是个错误时，已经太晚。半夜，每当她看到男人拖着个赤裸的巨人躯体在床上爬来爬去，就知道他又在半睡半醒地寻找大通铺上的伙伴了，于是立刻拧他的屁股一下。

女审查者的声音，还有她的目色，都让他有一种见到了"自己人"一样的亲切。特别是她的那一句"我以前好像见过你"，让他身上一颤。不过他无论怎么都想不起。难道她会是"老房东时期"的一员吗？要知道这也并非毫无可能，因为就自己所犯错误的深度和广度而言，涉及人物之多，其中出现个把极有出息、既有政策高度又有温情暖意的领导人才，也是完全可以理解的。他想在她那双美丽特异的双目指引下，一起寻觅"老房东时期"的某些感觉和气氛。但这只是泛起又伏下的念头。为了保险起见，他最终还是打消了这个冒失的想法。

女审查者继续在四周踱步。她说："好好回忆，也好好反省吧！你可以好好总结一下自己，给自己做个实事求是的鉴定——你会有这个能力的！"这语气再一次令他感动。他很愿依照她的要求去做。他回忆了，最先想到的当然是那个贸然闯到南方的北方姑娘，那个爱的启蒙者；他于是发现自己入伍以及战斗的目的不纯。接着又是回想一场场战争，负伤，还有其他。他发现自己已经走过的，无非是一部爱与奋斗的历史。他嗫嚅，慨叹，不知从何说起。女审查者说："你就简单地概括一下自己吧！"他盯着她，最后脸都涨红了。他有些口吃：

"我是一个革命的……情种。"

五

如果没有婚姻也就没有孩子。婚姻令人厌烦，但其结晶却是光芒四射。他认为自己和妻子明显的以及潜隐的美，都一丝不留地凸显在那个小家伙身上了。他在她十一二岁，也就是"刚刚长出个小模样儿"的时候就看出了这一点。他们把全部的疼爱都倾注在孩子身上，所以尽管两人在后来越来越憎恶婚姻，也还是尽可能长久地维持。关于这场悲剧的起因，两人的答案都差不多："那个时候还是太年轻了！"他们简直是毫无共同之处：一个高大、浪漫，热情无边；另一个小巧、拘谨、十二分羞涩。他们竟能走到一起，这大概只有用迷信观念才好做出解释。

他结婚不久就认识到：这场人人羡慕的婚姻将毁掉所有。看看"婚"字就知道：这真是女人让男人发了昏啊！而妻子恰恰对这个字有相反的解释：只有女人发了昏才会嫁给男人！不管怎么说，悲剧要开始了。爱情这个东西一旦来临就把理性赶得远远的，所以谁也难保对爱情永不后悔。一念之差，什么烦恼都来了。他真不明白自己是怎么陷进去的，在当年竟会丢失原则，做下结婚的蠢事。他后悔自己不该到东部半岛这块犄角似的陆地，因为这里与别处就是不同：到处绿蓬蓬的像充斥了魔法。他是随一个小组来处理一宗与基督教会有关的麻烦事的：当地有一所相当先进的西医院原属教会，日本人来了自然易手，后来又是接受"敌产"之后的一沓子杂事。他原以为这所医院起码还能开开门诊，有几个洋医生，特别是有十个八个小鸟依人样的小护士，来后才彻底失望。他本来看过上级展示的一些照片和文字材料，知道这所医院有相当讲究的三层门诊楼，有占地近三英亩的院落，并且在半岛最早拥有一辆轿车。院长是个美国人，对当地民众非常友好，曾亲自为我们的一位团长施行过一次手术。后来院长死于日本人之手。现在的医院基本被毁，当地民兵几年前放过一把火，所剩物品器械也被抢掠一空。他们一行本来是要尝试恢复这所医院的，现在看或者放弃，或者从头开始。

当时他们驻在一所中学校园里。学校也由教会创办，与那所医院同属大陆上最早的一批教产。学校保护完好，古松蓊郁，西式楼房粉刷一新。校长最初是一位修女，后来换了两任。最后一任姓胡，解放后仍然留下治校，是一位准基督徒。他有一位宝贝女儿在学校就读，已到了最后一个学年，毕业后到哪里谁也说不准。那是一天傍晚，鲈鱼在卵石小径上散步，听到藤萝架的另一面有脚步声。他马上感到这会是一位身材轻盈的少女，不禁走了过去。看到的是个背影，小巧甚至稚弱，脚上是极少见的小鹿皮靴。他咳了一声，她回过头来。

就是这回头一瞥决定了两人的命运。且不说他认为这个姑娘与以前见过的所有人都大为不同，就是胡春嫡自己回忆当年一幕，也承认这个身着军装的伟岸男子真是人间少见。当时她想：天哪，一个人怎么能这么英姿勃发呢？看他和蔼、从容，满面春风，就如同想象中的新中国似的！她对他笑了一下。他们就这样结识了。他在学校住了约一个星期，尽一切可能与那个姑娘见面。他觉得这个小体量的女孩像个艺术品，又被神灵高高兴兴雕琢过，任你怎么挑剔都找不出缺憾。于是他对自己反而增添了奇异的恐惧。他太了解自己了，知道女人在自己面前都成了易碎品。这可不行。他甚至舍不得去亲她一下，他突然没了这份胆量。

小组要离开了。临走前的一个晚上，没有月亮。他与她相约在藤萝架下。他总说那一个字，说爱，然后又说将要开始的焦思之苦。他使用了半岛人惯用的一个夸张说法："这真不是人遭的罪啊！"她一直严肃倾听，这会儿笑了。他在她低头时飞快拥上去亲了一下。她"呀"一声挣脱，蹦开："你怎么能这样？你是这样的人？"她不停地擦嘴，哭了，哭着后退一步，转身走了。他几天来已克制到极点，这会儿还是孟浪了。他骂自己一句，追上去道歉、解释，全无效果。她走了，剩下他一个人站在夜色里。他抿着嘴唇咕哝："怪了，还有不能亲的姑娘？"

他的半岛之行几乎改变了性格。他变得少言寡语，食量也减少了一半。他给那个不能消失的姑娘写了一封信，用了漂亮的楷书。一连几封都没有回音，他知道这是最后的莽撞所致。好像就是从那时起，他对于宗教信仰这一类东西有了极大的神秘感，有了一点惧怕。他对胡春嫡受过基督教的致命影响这一点深信不疑。只有那种怪异的文化，或许再加上一点血液里固有的儒学因子，才能使这个简洁弱小的姑娘变得凛然不可侵犯。人的强大原非外表。他记得这之前，也就是"老房东时期"的顶峰阶段，自己遇到的各种难缠的姑娘可谓多矣，哪个也没到了这种地步。他特别不能忘怀的是一位叫"高山"的姑娘，她当时是一支战地演出队的领队，可是多么刚毅顽强，对武装崇尚迷恋到了极点。他从与之相识到最后那一刻，走过了曲折漫长的一段道路，这全要依赖自己的不屈不挠了。最后的时刻，仅仅是卸装就差点儿花掉了全部时间，让他在一边急得跺脚：她一圈一圈解除那长得无边、打裹得一丝不苟的裹腿，又摘下斜挂的盒子枪铜扣皮带——盒子枪套与胯部有一个固定锁环，需要"啪"一声打开才能如数取下这道披挂；又宽又硬的优质牛皮武装带，上面有配备各种小武器的挂钩与衔钮、一个个拴东西的小孔，她从上面仔细摘下双刃匕首、指南针、子弹囊盒、战地工具集束袋，这才能解下皮带；手榴弹是挂在另一根带子上的，它与手枪背带交成了叉状，这样既可进一步紧束军衣，又能够尽可能多地随身悬物，如针线盒和割炸药引线的日本折刀等。特别与他人不同的是，她在解下这一沓子器械，把稍大一些的上衣脱下时，尚在腰部、在内衣之上捆扎了一副铁鞭——这可是练武功的人才有的呀，他刚要去抚摸那圆乎乎的镖头，反被她伸手一抖挡回。接着她吐气缩身"咔咔"一解，整副的铁鞭就"哗"一下堆在了一旁的衣物上。她这才露出了笑容，对怔怔呆立的人说："来呀！"

比起高山，胡春嫡的武装有过之而无不及，但却是无形的。这是他在后来长达三年之久的攻伐中深刻体会到的。

六

在开离军籍的最困难的日子里，鲈鱼主要依靠对一个女性的思念才活下来。他从未停止写信，也从未得到回应。要到地方工作了，组织上征求他的意见，他说自己喜欢更偏远之地，那个半岛犄角，在那儿也许更有利于他的改造；至于工作嘛，如果有涉及到宗教部门的那就再好不过了。当时一提到"宗教"二字人们马上会想到佛教，那个谈话者就不无讽刺地问一句："你还想吃斋念佛吗？"他无话可答。他是因为思念一个人才提到了宗教。

他真的被分到了半岛西北部，那儿是他的梦想之地。工作与宗教无关，是到一个畜牧研究所任副所长。他手持函件来到那个灰马皮一样颜色的两层旧楼报到。接待人员对他十分和气，说："上面已经来电话关照过了，希望你到所直辖的畜牧配种站去分管工作，说你爱好和擅长这个，专业性很强的。"他什么也没说。为了一个人的缘故，他什么都可以忍受。再说这也的确是革命工作的组成部分。

工作开始了。配种站里的人要穿白衣服，这令他高兴。全部是四十左右的男性，原有一个女的，据说忍受不了刺激而要求调走了。有品种优良的种猪种马种羊，还有一只基本上闲置无用的种犬。在种畜们纷纷被牵出工作的时候，他作为一个有职无权却格外受人尊重的副所长，只好在散发着膻气的办公室独坐。为了解除他的寂寞，老站长找来一大叠动物图谱、繁殖手册给他看。膻气充斥了整个走廊和每一个房间，这使他从心里体谅那个要求调走的姑娘。"这真是用人不当啊！"他感叹，想象那个分配自己以及当年的姑娘到此工作的人，其心情是否有相似之处。同样的工作，就看让谁干了，这就是领导的艺术了。所谓"行行出状元"，那"状元"肯定出在分工与爱好的契合点上。他看到老站长为一头交配了四次尚未怀孕的母猪忧心忡忡，看到他牺牲午休时间亲手为小母猪做交配托架时，就知道这个职务真是许对了人。他为老站长的敬业精神所感动。他从来认为：无论做什么，要么不干，要干就要全力投入。

除了看动物图谱，余下时间就是与那只同样寂寥的种犬待在一起。它高大、胸肌隆起，但是面容和善。它忠厚的眼神看着他。他拍拍它的大头颅说："我理解呢，这是英雄无用武之地啊！"一会儿他又看看窗外，那儿是教会学校的方向。他问它："我还会在藤萝下找到那个人吗？"

其实他在报到之前就溜进那个校园一次，并设法打听到了那个姑娘。对方在当地非常有名，谁不知道校长的千金。当他得知胡春媂毕业后没有离开，而是在毗邻的一所小学当了教师时，两眼立刻涌满泪水。那一天他朝圣般找到了藤萝，直呆了许久才离开。

　　小学实际上与原教会学校仅一墙之隔，而且中间有一扇小门相通。他有许多时间来藤萝四周散步，在上学与放学的两个时段盯着那扇小门。大约是第三天傍晚他看到了：真的是她，丰实，小巧，掖下还夹着两本小书！她的旁边还有另一位女人……他的呼吸与心跳全停，不敢呼叫，直看着她从不到十米远的那条小径上走过。他记住了她那张红扑扑的脸庞，从侧面看到的挺挺的小鼻子。回到宿舍已经很晚了，无心吃饭，无心做任何事情。他去了办公室，在一片膻气中刚刚叹了一声，那条种犬就迈着大步走来。他抚着它肥厚的嘴巴，又握了握它的前爪。很长时间里，他与它都未发一点声息。

　　这一夜难以入睡。天一亮他就细细修脸，又穿上了那套半新的、已经拆掉了领章的军衣，看了几次镜子中充满血丝的眼睛，然后头也不回地出门了。他直接去了那所小学，向老传达出示工作证，让对方领他找人。这一天正巧胡春旖上午没课，她正在办公室备课就被喊出来了。她被来人吓着了，一双手使劲按着胸口，只引他往前走、走。他们在藤萝架下立住。他第一句话是："我写来很多信。我怕你走开。"这句话让对方十二分震惊："怎么？我会走开？""你会。三年前我在这儿得罪了你。"她的泪水再也止不住。他说："我向上帝发誓，我从那时到现在，一直爱死了你！"胡春旖泪眼蒙蒙看着他："我现在不信上帝了。可是我信你的话！"

　　鲈鱼却宁可相信这是上帝的安排。他的所有懊恼被半岛上的海风吹个精光，失去军籍的痛苦也没了。他对自己说：人嘛，总不能打一辈子仗吧！只要有她那双深情望来的眼睛，世界就无一不美。他把所有空闲时间和偷来的光阴都用来找她，有时她在教室上课，他就把脸贴在窗玻璃上——胡春旖恳求他不要打扰她的工作，他就大叫："我爱！我想！我再不见你就得死！"他们一起散步时，他向她倾吐了三年的淤积：全部的思念，当然还有欲望。他说作为一个人，一个女人，就算是妙龄少女吧，怎么可以这么可爱？而且她在这种地方竟然得到了完整的保存，也真算个奇迹；而这奇迹，实话实说也只有咱新社会才可以发生。旧社会，还有西方的资产阶级，早就无情地吞噬了！胡春旖对他的话有一多半不能理解，询问这是什么意思？他急得抓耳挠腮："老天爷，看来没有我们军人的直爽劲儿你是不能明白了！不过，然而，我已经在心里发了誓：在你面前，就是要了命也不能说一个脏字！怎么讲呢？就是说，你至今还没有被那些万恶的家伙动过一个手指！"

七

在鲈鱼宿舍，胡春媂看着他从办公室带回一叠又一叠动物图谱，竭力忍住惊讶。他与她共览，说："你如果仔细些看，会发现人与动物的神气是完全一样的。"他们一起认识了犰狳、豺狗、貉、阿拉斯加狼，还有小浣熊、紫貂、蜜獾。她看图识字般按住一个彩图，说她以前与父亲一起去林子采蘑菇时，肯定见过这种叫林狸的动物。他早就翻过多遍，已经可以向她讲解同属海洋鳍脚目的海豹和海狮的区别，讲草原上穴居的土豚和蹄兔。他说有的动物之所以特别稀少，其主要原因是交配生育中某个环节的缺损。胡春媂对他身上散发的浓烈膻气不能容忍，不得不几次掩鼻。他说："没有办法，这主要是工作性质决定的；如果非要找点其他原因不可的话，那就是我生活中太缺少女人了——爱得要死的姑娘连碰一下都不能。"胡春媂涨红了脖子："可是，可是，这样总不行啊……"她仔细瞧他，见他双眼的红丝仍未消退，嘴唇裂开了血口。出于疼惜，她伸出小拇指抚了抚他的嘴唇。仅是一下，他就一跃缚住了她，没命地亲吻。他感到她泪水的咸味，嗅到了她头发上散出的香气，心头一横，一只手迅速准确地触到了她的乳房。她像个豹猫那样挣踢，最后甚至动用了牙齿……她疼惜极了，看着他流血的手："我不能，因为我们还没有结婚！"

多半年的时间过去了，他的无数努力全部落空。他绝望了。有一次他满含怨恨找到她，说："我一直想给你取个外号，直到昨晚才想好。"她的眼睛亮晶晶的："快说，是什么？"他咬了咬牙答道："石女。"

两个月之后，他们结婚了。他承认，这个被称为"石女"的姑娘给予自己的快乐与幸福，几近"老房东时期"的总和。这是个据为己有的艺术品，全身无一瑕疵，粉白中透着红润，每天早晨在第一缕阳光的照射下，呈现出初生的红薯嫩皮的颜色。他想到了那个笃信基督的岳父，认为近在眼前的美妙源自中西合璧式的孕育。这进一步加剧了他对宗教诚惶诚恐的感觉。而胡春媂在婚后短短一个月的时间，就尝过了人世间全部的辛苦与欢乐。男人那赤裸的巨大的身躯让其想到来自深海的某种肉食动物，她直到过了许久才敢于抚拭这上面的伤疤。但是，一种宝贵的让人无可奈何的拘谨保持始终。她有一种惊喜一直没有告诉男人：以前那种浓厚的膻味儿没了，再也不用在屋内喷洒香水了。其实他什么都明白，那时一下就拥住她说了一句顺口溜："女人是个宝，男人离不了！"

鲈鱼对自己经历中的某些部分守口如瓶。有一年他领一帮畜牧专业的实习生到乡下整整待了两月。大学生有男有女，一个个心气很高，令他个个喜欢。不知多久没有这样的感觉了，与老乡在一起，与生气勃勃的年轻人在一起。暖煦煦的春夜睡不着，他像当年的老房东查铺那样，半夜醒来去男生和女生通铺一一看过。在女生们轻微的鼾声里，他觉得这个世界溢满醉意。有一个女生的脚伸到了被子外，他想揪揪被角盖住，可是一抬手就疼惜起来。那个女生在抚摸中没有半点惊慌，只是欠起身子看个究竟，然后重新睡去。他吻过了她的膝部，止不住爱抚。这样一连两夜。白天他试图辨认那个慷慨的女生，想不到困难到了极点：她们全都一样，一律叫他"副所长"。第三天夜里，他仍旧在那个时刻那个铺位上寻找，想不到刚一伸手就有人大喊一声，随即灯也拉亮了。

他一辈子都认为：肯定是她们不得已调换了铺位，那儿睡了另一个姑娘，而绝非对方背叛了自己——记忆中从未有人出卖过他！这下完了，很快来人把他从乡下实习点调走，而且第一个关口是押到就近的一个公安警点，没问上三五句就戴上了手铐。"这简直是胡闹了，你们搞错了吧？"他喊了一句，把沉甸甸的铐子往桌上一砸。一个胖子笑眯眯的："是你搞错了，老乡，那是人家县长闺女呢！"原来这个胖子也是南方人。而且多么不巧：县长的女儿，这就是她冷酷无情和大惊小怪的全部理由吗？

这个事件的结局是行政拘留十五天，属于当时极为轻淡的处罚，其原因是上边有人为他说情。最大的受害者是胡春旖，她差不多死去活来，真是做梦也想不到这个高大英俊的男人会这等卑劣无耻。在他离开的日子她只想一件事：如果他承认这是真的，那么离婚就是必然。他回来了，脸上并无特别的痕迹。她尽可能平静，只让他说明这一切。他并不急着按她的要求去做，而是像个孩子一样缠绵，铁紧地抱住了小妻子言之凿凿："我的宝物啊，我怎么向你解释呢？这么说吧，没有什么力量能够把我们分开，这个世上没有！"胡春旖的泪水哗哗流下。但她还是问："到底是怎么回事？"他抓自己的头发，拍腿，在屋里咚咚走，嚷叫："你对我是太不了解了！这件事全是误会，当时真是不巧……世上要找我这样尽职的人，恐怕今后也就难了！你还让我对你怎么说？"胡春旖一下又一下吻他变长的胡茬，安慰他，说这次哪怕什么都不做了，也要为丈夫的名誉去拼上一次。想不到丈夫听了严厉制止："你太糊涂了。你给我算了吧，这事就让它快些过去吧！"

<h1 style="text-align:center">八</h1>

怎么对自己的女儿解释这一切呢？我不愿责备"石女"，因为她尽管薄情寡义，我还是至死都爱着她。我相信如我们那样奇妙的爱情，还有我们一起享受的那些光阴，这个世界上再也找不到了。我承认自己欺骗了她，那是因为她严格苛刻到了耸人听闻的地步。我可不想失去她。就在我被拘留回来的当年，我们有了孩子。孩子渐渐大了，形势也越来越严峻。那是个无事找事的怪年头，不巧我又有了一点儿事，有人就新账老账一块儿算，总算把我抓进了监狱。我们当然离婚了。从监狱出来我仍旧在配种站工作，像样的职务没了，我必须亲自管理那两头傲慢的种猪。这期间我浑身脏臜气，脏臭出奇，一天到晚往那所小学校跑。到底是老夫老妻了，她到底还是动了恻隐之心。我们这就有了第二次结婚。谁知好景不长，世上再幸运的人也难保没个三长两短，我又一次为那些鸡毛蒜皮的事儿进去了。这一下不用说又是离婚。几年后放出来，都以为我要沿街乞讨了，哪想到上级还是没忘当年的功臣。他们问我有什么要求。我说年纪大了，去一个地方清静吧！就这样选中了市郊的老油库。临行前去那个配种站告别。妈的，真是时代变了，现在干那个的都是小青年，男男女女一上班就笑嘻嘻牵上种猪种马出来。我还惦念那只种犬，发现它还是闲在那儿，就牵上它走了。

鲈鱼在油库并不清静。虽然他进驻不到两年光景这儿的贮油设备就废了，但光顾此地的人仍然很多。那只种犬因为经多见广，对来访者大多不理不睬。它发现来此造访的主要是年纪在五十左右岁的女人。她们有的是在林中捡柴采蘑时进来喝水的，有的则是远道慕名而来。由于旅途实在遥远，她们常常午夜时分才敲响油库大门。所以大多数时间这门彻夜虚掩，这种情况一直到后来，到"狒狒"进驻之后才告结束。客人们发现：油库主人真的开始走向老年了，除了那双眼睛偶尔闪过当年的神采之外，其余都显得有些笨重了。而且很容易就看出这儿的生活一团糟：锅碗从来不涮，杂物满地，简易食品包装盒扔得到处都是。屋里最多的是书，他与大多数人不同的是：永远手不释卷。

远道来访的主要是当年的女战友以及女干部。她们都设法安慰他，在逗留的有限时间里为他洗洗涮涮，做几顿像样的饭菜。不过她们之间竟然没有在此碰面，好像每一次光顾的都是他的"唯一"。时光流逝得多快，夜里他们躺在大得出奇的火炕上，丝毫用不着提示就可以回顾当年。不过他颤抖的手掌下已是她们发胖的躯体了。"没有那么危险忙累的日子啦，平时就是睡呀吃呀。"她们现在连句像样的情话都不会说了。令她们吃惊的是，这个男人在对异性的热情方面简直就没有多少变化，仅仅是喘息的声音粗一些，这在浓黑的夜影里倒像一只雄性林野大兽。她们说："这些年哪，真像是白过了一样！"

有一天半夜，他刚刚合上书要睡，突然听到有人风尘仆仆闯进院子。他一惊，还没来得及开灯，就听到一个粗大的女声像念戏文一样喊道："姓师的，你听见没有？我今个是取你的爱来了！"他一开始以为是听错了那个"爱"字。慌慌开灯。闯来的是个女人，身个足有一米七五以上，深色衣服，长脸，大眼，五十五六岁。她的睫毛根部纹成了深灰色，这使她在五十支光的灯下直望过来有些吓人。"不认识我了？"她的嗓门依然很大。鲈鱼胸口发紧，摇摇头。"不认识也无妨，就算我是个夜里投宿的路人吧！"她说过就去身后摸来一块火腿啃食，又喝了一碗开水，一抹嘴巴上了炕。他趁对方用餐竭尽全力回忆，还是没有结果。女人手搭在他的脐部，早已泣不成声。他想安慰她，她却一擦喜泪欢笑了。

这是个怎样的夜晚哪。他怎么也想不到，这样一个女人竟有过人的温柔。在最为柔情蜜意的那一刻，他甚至想到了在杨树下与第一个女护士分手时的感觉。这显然不是一个生人，可他硬是想不起来。对爱过的女人也要遗忘，这在他看来更多的不是生理方面的原因，而是一种道德上的堕落，是永远无法原谅的。"你还记得那个夜晚吗？"他故意这样问，总想引诱对方说出来。可她这时已深深沉浸，充耳不闻了。他发现这个大手大脚的女人全力表达的不是强烈的爱欲，而是过人的热情。真的，哪个好女人不是怀旧的高手。可她到底是谁呢？灯光下他发现了一双凹下的眼睛，还有平静下来的那种矜持，脑海里突然闪过了一个人：女审查者！他吸了一口凉气，不敢相信。他暗中扳着手指算了算，判定那个人如果健在，那么年龄至少也要在六十五岁以上。显然这不是她。

九

他二十多年前就认为自己像一条大鱼。由于他在夜晚常能摸到那颗多愁善感的心，所以不愿把自己比作鲨鱼之类。海豚吗？太俏了一些；而海狮又似乎过于粗鲁。他喜欢深海里最大的动物：蓝鲸。伟大的生物，雄奇的历史。不过他有自知之明，不敢去做这样的比附。来到老油库之后他曾彻夜翻弄动植物图谱，一直为没有一个贴切的外号而苦恼。最后他在模样体面、体量适中、多在河口游动、常常要吞食一些小鱼小虾的鲈鱼跟前停住了。"嗯，这还差不多。"当夜他就给自己命名了。

他从女儿的神气中多少可以判断母亲的影响：一直处于依恋和拒斥的矛盾之中。诚然，她对自己有这样一个父亲绝谈不上骄傲，但也算不上耻辱。他总是提到那些随手散落在老房东家的军功章之类，巧妙地提醒孩子多想想那段辉煌时期，并纠正母亲的偏见："看看她那个小模样，可爱倒也是可爱，境界嘛就谈不上啦，我对她是十二分的了解！"女儿一般并不顶撞，她仅是按时探望，在恪尽父女之责的同时，体味着一个家庭的全部不幸。鲈鱼总试图通过女儿了解妻子的日常起居，比如她还像过去那样，每天半夜咕哝三两句梦话，两点左右起来小解？她闭口不答，可能认为这是同属于女人的一些秘密。"你要注意，她有个清晨晕厥的小毛病，特别是白天过于兴奋的情况下！"鲈鱼多么牵挂，严格讲没有一天是真正忘记了她。女儿有一次不无严厉地质问："既然这么爱母亲，既然这都是真的，那你为什么要跟那么多坏女人来往？"鲈鱼摇头、叹气："我的好孩子！你到了哪年哪月才能理解自己的父亲？他是个常人吗？他的感情，他的胸怀！他可以毫不费力在心里划分许多房间，一辈子都把最大的一间留给了你妈！"

师辉已到了三十，可还是不准备考虑婚姻。鲈鱼说："孩子，在这个问题上我无法提供像样的见解。你知道父母的婚姻都不成功。我只担心以后——永远一个人吗？"他的眼泪出来了。她这时是真正感动的，但什么也没说。她认为与这样一个父亲讨论婚姻并不合适。她心里其实有一个隐秘的见解：这绝不是一个适合结婚的时代！

那见解不是一两句能够解释清楚的。它需要讨论，需要一个真正能够思想的人来听。她找不到这样的人。有一天，出其不意，她在这儿遇到了一个少言的老人，就是从京城回来的史珂。她凭直感认为那是一个可以好好谈话的老人。但她仍然什么都没说。因为她什么都不了解。

她认为父亲有一千条缺点，但有一个优点无可怀疑，就是他的善良。他总是牵挂许多人。他好像从来不问自己独居荒野，将怎样拖着一个病残的身躯度过晚年。他饮食潦草，起居随意，高兴了可以通宵达旦地阅读。他对女儿一再提出的要求只是：拿书来！

在遇到史珂之前，师辉曾在父亲屋里遇到另一位老人。那是个迷失在林子里的孤寡老人，大约有七十多岁了，当时破衣烂衫蹲在大铁炉子跟前喝一碗苦茶。他已经在这里待了三天，提前把这里的食物吃光。父亲不仅把自己贮备的香肠和苏打饼干送给他，还把多余的衣服拿出来。当老人穿上大得出奇的条绒裤子时，她忍不住笑起来。老人再三道谢要走，师辉和黄狗"老憨"一块儿把老人送出林子，分手时老人说："我这遭真是遇上了好人，要不我半夜非冻饿渴死不可！"她送人回来，一眼看到父亲站在窗前望着，泪水盈眶："那个人比我还大两岁，靠捡垃圾为生。他听说海边有蘑菇，天一大早就来了，结果一进林子再也出不去了。这就是老人，穷老人，老人……"她握住他的手安慰着。

师辉相信，史珂的出现将会是父亲荒唐而又不幸的一生中的大事，因为他已经走入了晚年。两个老人相距不远，这真是太好了。想想独居老人的勇气，她就感到了惭愧。因为她越来越知道孤独是怎么回事。当父亲拖着一条腿走过来，伸手抚摸她的头发时，她真想把他不堪的历史全都忘掉。她只想偎进他的怀里，只想哭。她在用力忍住。

她最愿看到的场景是：史珂坐在大铁炉一边，父亲坐在另一边，两位老人手边都有茶、有书……

刺猬歌（选章）

三十年的诅咒

珊婆记得清清楚楚，最初失去心上人的时日，正是一个秋天，是满泊乌鸦叫得最欢、林中野物胡蹿乱跳的季节。她当时什么都不相信，消息传来时正咕噜噜吸着水烟，听了第一句就恼上心头，恨不得抡起水烟袋砸到传话人的头上。几天过去了，良子还是没有踪影，于是她小声说一句"肯定是走失了"，起身就去了林子。

无边的林子在当年是有威有势的，大树一棵棵上挂天下挂地，一个大树冠就能住得下野物的一家三代。地上溪水纵横葛藤绊脚，一拃长的小生灵们在草叶间吱哇乱跑，向闯入林中的生人做着鬼脸、打着吓人的手势。她真的好生美貌，这在莽林中也同样得到了证实：有那么几个雄性野物一路跟定，口流涎水，朝她比画一些下流的动作。那时她后屁股上插了一支短筒小铳、侧边裤兜里还有一柄皮把攮子，要结果一两条小命是再容易不过了。再说她心情恶劣，正恨不得找一两个喘气的物件放放血呢。可当她把小铳拿在手中，往黑乎乎的筒子上吹口气，四下里睃目时，反而犹豫起来。

那会儿她发现自己真是孤单。草中、大树梢上、灌木后边，甚至是水边，都有各种野物盯住了她。她终于明白，只要手中的东西一冒烟，她就得被扑上来的这一伙撕成一绺一绺。说不定先是几只雄性莽物按住她蹂躏无尽，而后才是一场报销呢。珊子生来没有这么怕过，这会儿躲闪着四周蓝幽幽的眼睛，大叫一声："良子你好狠的心！"随即把短铳扔在了地上。

那个季节真是倒霉至极。丢了良子，又丢了短铳，二者都是百求不得的心爱之物。就为了能够把这两桩心爱之物重新抓到手里，她在这个秋天一次又一次独身入林。她相信那个逃走的负心汉就像短铳遗在林中一样确凿无疑。"你就是变成鹌鹑在林隙里飞、扮成蘑菇待在阴凉地里，我也得把你揪到手心里，握在巴掌中，该拔毛拔毛，该下锅下锅——这回我得让你好好舒坦舒坦了，让你知道大闺女一脚跺下去，踩得你鼻口上血，呼天抢地活不成！我还没见哪个鲁生野种敢拿我这样的黄花大闺女打哈哈哩，连杀人不眨眼的响马都不成！"她大骂，边骂边深入林中。

当年一个过山的响马一眼看中了她，揪到马背上驮了十余里，露着黑刺刺的胸毛不说人话，最终还是没能如愿——她设法让另一个大响马帮了自己，而这个大响马又死在了头一个响马的弟兄手中。"两个响马都没坏了咱的风水，不信老驼叔看看咱！"她当年泼泼辣辣让唐老驼看自己，唐老驼气愤至极，骂道："妈的我看这个做什么！"

棘窝镇来过多少勇人，过兵，过文士，一个个见了她馋得两眼发直，就是不能近前。她抽着水烟拍打胸口说："这回他们该知道什么叫好大闺女了吧？"她对所有不幸失身的女人都十分鄙夷，说："长牙干什么？长脚干什么？咬死他们！踢死他们！"上年纪的老婆婆都相互使个眼色，说不得的啦，咱镇上出了个贞节母夜叉。

母夜叉在掌灯时分深入街巷，两眼放光，不巧一下照住了良子。"咱棘窝镇竟有这样的男人，看长了一张穆生生的小脸儿，见了凡人不语啊，穿制服不插水笔啊，大眼水汪汪看人呢。得了，这回算他艳福不浅，让他遇见了咱。"珊子毫不扭捏，更无遮掩，半是玩笑半是认真地冲他喊道："我这就把你拿下……"

她走在林中，披头散发，满脸灰痕。不久野物就与之相熟亲近起来，答应为她找回那支短铳，她说："还是先找回那个冤家吧。"她比比画画描述着男子的形貌，最后泪水涟涟躺在沙原上不再起来。一些雌性野物蹑手蹑脚离去，相互使个眼色说："咱快些去找啊，咱找到了可不能告诉她！"

在林中的那些岁月，珊子走入了真正的绝望。许久之后她才知道，她今生今世再也不可能找回良子了。于是她的诅咒开始了，从此不再停息，一直延续了整整三十年。

开头的日子，在诅咒的间隙中，珊子仍不时沉溺于美好的回忆中："你这丧尽天良、没心没肺没脸没耻的家伙，你总算让咱全身看了个遍！咱那会儿是有权位有勇谋的人，长了女人身，生了豹子胆，你不老老实实躺下受罚门儿也没有。咱呼风是风，唤雨是雨，就是唐老驼这样的人也得惧咱三分。我后悔当年没把你扔进热锅里烫成个秃毛儿鸡，那样你就不会一扑闪翅膀飞了。你这个有眼不识泰山、用蜜糖洗腚使猪粪擦脸的王八羔子，挨千刀的下贱物件，你真是倒了八辈子血霉瞎了狗眼，你怎知道，我到现如今还是一条响当当的处女！"

珊子泪水淌成小河，汇入溪水，令溪主黑鳗一阵阵心酸。黑鳗其实也是同病相怜，她年轻时候也被一条鲶鱼抛弃过，这会儿就爬上岸来安慰几句："大妹子你就别擦眼抹泪的了，他们公的就没有几个好东西，我那口子就仗着一嘴漂亮的小胡须，见了小红鱼吱溜一下钻过去，溜她那儿了，现如今哪，说不定早被人做成了一钵汤哩……"珊子大惊失色望着黑鳗，从心里佩服不已，她发现即便是诅咒，这儿的野物们也远比镇上人厉害。

黑鳗那会儿建议她就住在林中，以后谋个山药王枸杞精什么的干干："反正身上只要压个差事、有点权位就比没有好啊，当个平头百姓，这辈子的麻烦就没完没了！"珊子拍打着自己问："那你呢？我的身子呢？我交给谁？"

黑鳗在这尖锐的追问中也慌乱起来，因为这正是她至今未曾解决的问题。她流下了眼泪，对一个素昧平生的镇上女人第一次吐露了心事："大妹子啊，不瞒你说，我有一段时日，很想把自己交给一个老中医。后来，想来想去，总算忍住……"

珊子在心里冷笑："你幸亏忍住！你哪里知道，那个老中医与生前的霍老爷穿一条裤子还嫌肥呢！俺们唐老驼正想一刀咔嚓了他哩！"她仰脸看着西天，还在想自己的事，牙齿都咬响了。她在心里说：

"良子啊，你看着吧！我不光要用嘴巴诅咒你，我还要用身子诅咒你哩！我要让你在这双重的诅咒里，打着滚儿难受，打着滚儿去死！去死！去死！死！死啊！"

真正的野兽

珊子立志找一个两足兽、一个真正的野兽。她发现如今伪装的野兽太多了，一个个故意不说人话，胡吃海喝，摆出一副打家劫舍的模样，可惜一偎进女人怀里就现了原形。这些不中用的家伙那会儿全成了软性子，恨不得当一辈子情种。

"这家伙最好腰围六尺，黑脸吊眼，一双粗脚铁硬敢踩棘子，打十几岁起就杀过人；最好还是个强奸犯，放火烧过仓库，骗过亲爹亲娘和自家兄弟，连黑驴都敢日！这样的汉子难道就没有吗？在咱这孬种界上真的就绝迹了不成？"珊子抽足了水烟、喝了一瓶烧酒，在石头街上对老婆婆们嚷着。

棘窝镇的男人都绕过她走，她吐一口："小样儿，也不看看自己那把鸡骨头！"一些上边来的穿制服、留分头的男人想找她开导一番，刚开口她就把水烟递上，笑嘻嘻说："你大概还没出娘胎就给阉了吧？我得验验你！"说着就伸出手来，对方吱哇一声跑走了。

唐童那时常常痴痴地盯着珊子的胸部，想偎着她厮磨一会儿，被她捏住拉来拉去。唐童是个自小野性过人的蛮物，竟然动手摸起她来，惹得她身上痒丝丝的。她一下骑上他，两条大腿夹住了他的脖子，任其脸色绛紫喘不过气来，就是不松。待半个钟点之后，唐童躺在地上起不来了，眼也斜刺到一边，直到半天才大喘一口缓过气来，额上是豆大的汗粒。珊子说："你还年轻啊，你得好好吃些攀筋牛肉才行哩。"唐童满面畏惧，哼一声离开了。

开春时节，梧桐花开放了。这是棘窝镇不小心遗下的唯一一棵树木，它好不容易长起来，两年后才得以剪除。一些蜂蝶围着花叶旋了一圈离去，不久即有人面面相觑、小声嘀咕。一些人从窗上探头观望，目光追逐寻觅啪啪的脚步声：这声音又大又沉像夯地，从巷口响到石头街，在拐弯处的一处黄色卵石垒成的小院前停息下来。大家看得清晰，来人是一个典型的大痴士，身高足有一米九十，粗而不臃，脏腻非常，头发顶部芜乱打卷儿，下边发梢却一绺绺披散肩头；一对大板牙突出来，紧紧扣住了肥大的下唇；额上有发亮的大疤，受这疤痕牵拉，两只钢球似的眼睛有些歪；剑眉，小兔耳，身背黑色布卷，走路攘拳，戴有铁钉护腕。"天哩，这家伙真像来咱棘窝镇打擂来了！这都什么年头了，一个大痴士还这么张狂！要在早年间咱老驼早就让人架铳了！"人们趴在窗上议论，并不知道，此刻唐老驼正和儿子唐童伏在窗台上看呢。老驼认为事情既然与珊子有关，不妨先看一看再说。

大痴士在卵石小院前站定，喊了几句，可能是自报了姓名来路。一会儿院内小窗开了一道缝，肯定是珊子在从头细细打量来人。时间一分一秒过去，四周鸦雀无声。小窗上的缝隙咣当一声合上。大痴士掂拳、顿足。小窗复又打开。不知窗上人朝他做了个什么手势——事后很久观看这一幕的人还发誓，说当时并没见珊子招手相邀——反正是大痴士径直进院，又拾级而上，推门走了进去。奇怪的是无论院门还是屋门，那天压根儿就没有上闩。

之后就是最诱人最费猜详的事情了。因为一切发生在屋内，所以也就成了一个永久的谜团。全镇人，特别是正好面对着卵石小院的人家，他们一直伏在窗上，眼也不眨盯住，都抱了说不清的、相互矛盾的希望。大痴士进去足有一刻钟了，可还是一点声音都没有。也许就为了配合这一个世纪以来全镇最静谧的早晨，街上的狗和鸡未吭一声。也仅仅是一刻钟吧，奇迹发生了——至少有十人以上亲眼目睹了这个令人振奋、许多年后还要一再咀嚼玩味的场景。

反正开始是嘭嚓一声——有人说是屋门打开的响声，有人说是珊子一拳将人打出来的声音，只见那个雄壮无言的大痴士连连倒退着出来，一脚踏到门外就仰面跌倒。他的粗腿蹬了两下，可能是急于爬起来挽回面子吧，想不到被随后扑出来的珊子一脚踢向了正中部位……那嘶哑粗长的嚎吼、那伴着十二分沮丧和委屈的哼叫，让人至今难忘，所以都认为这是值得记入镇史的大事。

就在全镇人的注视之下，大痴士像来时一样身负黑色布卷，神气全无地垂头而去。从背影上看，这个人远远没有来时那么强壮，也没有当时大家目测中的高大。

那个令全镇人久久不能忘怀的事件始末，就是如此。

珊子后来从未提到来访的大痴士一个字。所有人都不会去询问屋内那一刻钟到底发生了什么。

如果不是紧紧相接的炎热的夏天发生了另一件事，大痴士就会一直被镇上人谈论下去。因为后一件事出现了，前面的种种场景和细节立刻大为逊色，甚至有点淡乎寡味了。

这个夏天的炎热镇史上并未记载，据说历史上棘窝镇只出现过一次：上年纪的人说，那一年热得麻雀抢地而死，鸡狗跳河跳井；也因为太热了，引出了令镇上人至今想一想还要脸红的反常症候——凌晨两点出现的一点可怜的凉爽中，半数以上的窗子都传出了淫荡的喧声。这些淫言浪语渐渐连成了一片，渲染得越来越大，衬托着一个个格外慵懒宁静的棘窝镇的黎明。

总之这是记忆中的第二个炎夏。中午，家家都敞窗纳凉，在靠近北小窗处安置一张木椅或小床，差不多都是一直待到下午四点左右才肯挪窝。可是这一天，就像被一个声音统一召唤过一样，不止一个镇上人突兀地结束了午休，无聊而又急切地从小后窗探出头来。他们的目光寻索一会儿，然后一齐聚焦，盯在了同一个生人身上。

这是一个说不清年龄的老男人，正在爬上石头街的一道缓坡，步子迟缓却相当有力，每走一步，略显大些的头颅就向前探一下。他虽然骨骼壮实，但个子只达到中等以下，加上天热只穿了短裤和小搭袢，所以松松的皮肤和凸出的肋骨显露无遗。他的额头突出而坚硬，泛着亮光并生着一簇皱纹，加上缓慢的步履和呈罗圈状的弓腿，使见他的人无不想到了一种动物：龟。从中午第一眼见面到后来，人们就一直叫他"老龟头"。

老龟头那天爬上坡来，擦着稀薄的汗粒，仰头望着石头街两旁探头竖脑的窗子，用一种少见的沙哑嗓子问："请问有个叫珊子的姑娘住在这里不是？"

窗户无声地关了。老头连问无果，就继续往前。这时所有的小窗再次打开。只见他不知怎么走到了黄色卵石小院前边，像畏惧阳光一样仰脸观望，后背上的布囊鼓起来恰像一副沉重的龟壳——这会儿还没容他再次打听，院内那扇小窗户就打开了——人们事后无不称奇，复叙说："怪极哩，就像事先把一切都算计在内似的，人家珊子穿了崭新的花衣裳，正从窗上笑脸盈盈招手呢！"

不用说老头就迈着缓慢有力的步子进屋了。窗子和门随即关闭，显然主人对这个夏天的炎热并不在乎。街上的人一直从小窗上盯过来，发现珊子家窗门紧闭直至太阳落山。掌灯时分，窗纸上透出温馨的光，一度还映出两人叠印的身影。这样一直过去了三天，小院里既没人出门，又无声无息。"怪耶，他们买菜打水都要出来啊，难道早已备好了多日的粮秣？"镇上人越发迷惑了。

第四天下午，天热得鸡子儿都能烫熟。小院的门打开了，只见那个老龟头像来时一样打扮，只不过神情多了一分欣悦和满足，又长又深的鼻中沟重重地垂下来。珊子搀扶着他，一张容光焕发的脸上满是甜蜜和钦敬，样子十分殷勤。她一直将老龟头送过了石头街，又站在街口小声说了一会儿话。到了两人分手的时候了，有人亲眼见老头儿迈动一双弓腿跨到了路边，原来是要采一枝打破碗花儿——原以为老头是想把这花别到珊子的头发上，谁也未曾料到的是，老人颤颤抖抖的手一下就把花儿插进了珊子的乳窝那儿。珊子低头看花，老头怜惜地拍了拍她的脸。

他们就这样分手了。

那天珊子站在镇边，一直目送乌龟似的老人缓缓离去：老人走进西面的一片苍茫之中，又折向南，那儿是连绵的群山……珊子胸前的打破碗花颤颤悠悠，映衬着一对硕大的乳房。事后镇上人不得不如实地说：那天下午珊子有些可怜，孤零零站了许久，一对大乳房被西边的太阳照得通红通红，像一对熟透的南瓜……

这些都是众口一词，所以早已不是传言，而直接就是事实：珊子在最火热的夏天过完了自己的新婚，那是如火如荼的三天三夜，从此彻底告别了处女时代。三天一过，新娘脸上的红晕一褪，全新的岁月也就开始了。

对于那个有些诡秘的乌龟般的老人，镇上渐渐有些传言，说他本是大山里的一个异人，半辈子隐下来，自有些过人功夫。俗话说好马不吃回头草，老人平生只一次光顾棘窝镇——他当是慕名而来。

收徒记

"过了这三天，姑娘闹翻天；白天睡叫驴，夜里抽大烟。"棘窝镇用一段顺口溜儿概括了珊子日后的生活情状。她本来就是个泼辣无敌的主儿，但在男女事情上主意坚定。自从把自己交给了那个乌龟样的老男人之后，整个儿人就变了。

那个难忘的夏日，她先是静养了几天，而后嫌天气太热，一天到晚不再关闭门窗，也不穿衣服，在院子里进进出出，让街上人见了大惊：嚯咦好大的光亮闺女，白胖喜人，吓死咱庄稼人不偿命啊！石头街上的人从此不再安宁，各家老人嗵嗵关窗，一遍遍嘱咐自家孩子：别再探头探脑，出门也千万要绕开黄色卵石小院走路啊，那儿是祸殃之地。

消息悉数传入唐老驼耳中。为了使沸沸扬扬的镇子平静下来，他亲自背一支长杆火铳去了那个小院，站在门口闭目长喊："你给我先穿戴齐整！"里面的很快应声，唤他进屋。老驼仍旧闭着眼："咱今个是为公务传你，你给我出来答话。"珊子穿着一件水红色小纱衫出来了。唐老驼呵斥："哒！你也是做过妇女头儿、使过铳的人，该知道军令如山倒的老理儿。我先给你说下，在自家炕上光了身子打挺儿，打断了脊梁骨我都不管；你要在外面放了光，我这铳会发火哩！"珊子点点头："成。不过你也别指望人人都端得住铳哩。"

夜里背铳巡街的后生常被珊子喊进屋里喝一壶热酒。所以全镇的后生都愿当值，不该夜巡的也赖在街上游荡。只要是出了黄色卵石小院的男子，无不对小院主人佩服得五体投地：这不仅是对一个完美肉体迷恋的结果，更有一种心智和性情的绝望般的征服。珊子在与之共处的宝贵时间里，着实从头教导了他们一番，这使一个个见识狭窄的棘窝镇男人先是瞠目结舌，后是唯唯诺诺。他们在她的大口畅饮和高声浪笑中，在她一条丰腴的长腿确凿无疑地踩在炕席子上、一只手托着青铜水烟袋侃侃而谈时，感到自己是那样萎缩和渺小。"人这一辈子啊，真是百闻不如一见，天外有天啊！"他们出门时，总是怀有一种欣悦和惊惧相掺、一种探险般的战栗和后怕等等难言的复杂心情。何时再次返回那个小院？这还真得鼓起十足的勇气，比如先要战胜溢满了整个身心的自卑才行。

"俺也来哩！"这是唐童半夜背着一杆长铳入门后说的第一句话。珊子嘻嘻笑着："你来得正是时候。吃饱了没有？"唐童额上青筋突突乱跳，盯着她，咬牙切齿。突然，他咣当一声扔了铳，铳口塞的一团棉花都震掉了。珊子刚要转身拿什么东西，他已经扑将上来，嘴里发出豹子撕咬那样的呼哧声。珊子笑笑，伸手戳弄几下，他就失了力气。当珊子去搬一壶热酒的空当，他又从身后咬住了她的脖颈，同时发狠地撞着她膨胀的臀部。珊子先是随着他嘴巴的牵拉一再仰颈、仰颈，后来就势用粗大肥硕的臀部顶翻了他。他想挣扎起来已为时过晚，因为这沉重的肉坨、这整个身体的重心再也没有给他还手的机会，只硬硬地坐上去，又顺劲儿揉动了三两下。唐童那时还算瘦削，他突然发现自己正处于被碾压的苦境，甚至在那一刻听到了膝理深处的隐隐撕裂之声，一种难言的痛楚从身体内部弥漫开来——年轻的唐童只于一瞬间弄懂了"蹂躏"二字的准确含义。他的愤怒压倒了全部的羞愧，他的嘴张到了最大，只差一寸的距离就能咬下她的一块背肉——可是她沉重如同顽石的肉身使他始终未能打破这一寸的间距。他甚至无法用手揩去耻辱的泪花。他想破口大骂"我日死、一千次日死你这个骚臭烂货"，实际上喊出的却是："我求求你……我再也……不敢了！"

那个夜晚，当唐童变得顺从，把刚刚结籽的葫芦形脑瓜偎在珊子胸前时，已是黎明时分了。珊子拍打他、安慰他，说："还是做个安分孩子、听话的孩子好。咱棘窝镇哪有像样的男人，你也一样。听话啊，瞧瞧听话多么好。"

珊子亲吻他泛着泪花的眼睛，在他长了两个旋的头顶搁了一会儿双下巴。自从那个乌龟样的老头走了以后她就突然地、势不可挡地发胖了，这使她本来就粗壮的双腿、硕大的乳和臀，都变得鼓胀厚实，从颜色到形状都有一种蛮横的、不容争执和怀疑的某种倔劲儿。那是一种先入为主的、绝对的征服意味，是它们蓄在了其中。她刚刚击败这头小豹子的，不仅是膂力和躯体的分量，而主要是蓄藏于体内的这股意味。此刻他安静下来了，她摸着他头顶那光滑的自来卷儿，倒是有些怜惜了。她说："你实在还是个孩儿哩，发不得蛮啊，要换了别人，说不定我刚才就搓断了他两根肋骨！像这会儿多么好、多么好，喝一口烫酒吧，赶走这一夜的寒气……酒把你的肚腹暖过来，咱再把你唓啦唓啦抱进怀里，呼啦呼啦咬进嘴里。你看见窝里的野鹰野猪崽儿啦？它们的毛儿都是一点一点长出来的，急了不中！"

唐童点点头，心里毫不怀疑，而且有所庆幸：她刚才真的能搓断咱三两根肋骨哩。天哩，这才叫实话实说，这才是情到真处放一马呢。这好比入了沙场，咱自觉得是马上悍人浑身都是霸气，其实哩，一交手就知道谁更厉害：咱接不住她的镖哩！

黎明马上来临。在一片红彤彤的曙色中，珊子像喂小鸟一样亲手端壶让他饮过了热酒，然后一丝一丝褪去了他的衣裳。她伸开虎口拃过、度量过他的腰围、臀部，上身和下身、两个乳头之间的距离，还有脚掌。她最后说："好好长，变成悍人镇霸也就是几年的事情——来吧，你现在只需如实告诉我，你是不是个童男子？"

唐童吭吭唓唓点头又摇头："俺早就不是了……"

珊子悲悯地眼望窗子，上下唇抿得翻起，叹息一般说："师傅领进门，修行在个人。你把好上的第一个人，快些忘掉也罢。"

就这样，唐童度过了终生难忘的一夜，特别是那个黎明。他一生都会记得满室的粉红色，记得透过窗纸的太阳照着两个赤裸的身体时，他的羞涩怎样一丝丝消失净尽……她在这样的时刻大眼泛着水光，又像猫又像猞猁，最后像狐狸。她结实而肥美的肉体的确是香的，但那是八角茴香的气味，是浓烈而逼人的。他大口大口吞食这种气味，觉得自己随着太阳的升起而长大了。

在懒洋洋的早餐里，唐童试着问起了那个夺走初夜权的男人，即那个行走像乌龟似的古怪老头——想不到珊子一听立刻爽朗大笑，声音里透出真正的幸福和自豪："再没有比他更棒的男人了。我如果知道今生会遇上这样的人，就会筑一个两倍的大炕等着他。他三天三夜教会我的人间智慧，足够我一辈子用的了。"

到底是些什么智慧呢？唐童想问，但没有开口。他开始懂得：最好不必问这么傻的问题。

渔把头之恋

珊子一直诅咒的负心人死去不久，黄色卵石小院竟坍塌了半边。珊子并不让人修补。整座小屋都是大大小小的卵石筑成，这是棘窝镇上唯一的卵石小屋。它踞在石头街的尽头足有一百年了，可是经过了那一天送葬的风雨之后却塌了院墙，接着小屋的半边也有了裂隙。唐老驼让背铳的后生前来整治，珊子同样阻止了。

"说不定什么时辰它哗啦一声把你们埋了。"唐老驼指着小屋对珊子说。他现在已经知道儿子迷上了这个女人，心情复杂。珊子哼一声："你就别操这份闲心了。"

她已经越来越多地离开镇子，一直往西、往北，在砍伐后复生的无边灌木林中跋涉，去海边看呜呜作响的浪涌。越是变天的日子她越是出门，在狂风呼啸天昏地暗的时刻，所有人都抱头归家，唯有她甩开大步迎向大野。"这骚娘们儿身上的膘子足有三寸厚，一般的寒风休想吹得透！"镇上人望着她的背影说。

珊子着衣不多，一年里有多半时间像当年的良子那样，只穿了松紧带裤子，要解裤子可以立马揪下。她的上衣总是半遮半露，好像以此炫耀着多油和坚韧的皮肤。秋后的北风扫过她裸露的胸口，胸口就变成了火焰色，那正好是男人烤手的地方。不过珊子随着年纪的增长矜持了许多，良子死后更是封门闭户，满脸都是冰冷的拒斥。人们终于发现，那个在她的诅咒中离去的人，其实已经带走了她部分生命。

她最愿呆立的地方就是巨浪滔天的海岸。由于站得太近，有几次差点被大海吞噬。有人说她可能痴迷于棘窝镇的那个传说：霍老爷的楼船仍在大海中遨游，每逢狂风浊浪之日就要泊岸接送一些陆上的生灵——珊子大概在等船，想把下半辈子浪在海上。

有人见过珊子在海边为野物接生，还说她每年都要在茫茫荒野上当几回接生婆，待这些畜生长大之后也就成了她的义子——因为蛮儿成群，到了那时候她就成了这一方势力最大的一个人了。这些传言让唐老驼将信将疑，但他深知以前势力最大的是霍老爷，那家伙就与野物串通一气。看来棘窝镇素有野物传统，这在年事已高的唐老驼来说已是无可奈何之事。他现在倚重的是儿子唐童，好在这小子紧紧勾连了珊子。

珊子离开卵石小屋就再也不想回去。那里贮存了太多的气息，让她于午夜丝丝滤过，从中辨析出唯一的一个人——良子——的气味。如今这个人埋到了地下，她那天亲眼看着一个崭新的坟堆垒起来。她在滔天大浪的阵阵轰击下袒露出双乳，与她见过的一头正在生育的海猪比试——那是一对酱色的巨乳，周围被细密的绒毛包裹，鼓鼓的盛满了浆汁。胸口的火焰被北海的凉风越吹越旺，她捧了一捧海水饮下，如同最有劲道的苦酒。她继续往西走，当面前出现一个河湾、再也无法向前迈步时，她才知道自己来到了一条大河的入海口。

入海口处有一幢小小的泥屋，它随时都会让巨浪拍碎。珊子笑了。她看到了自己的归宿。

泥屋里住了一位渔把头，这家伙真的长了一把红胡子。他在这一带海岸曾经是一个猎渔部落的强人，从十几岁起就当上把头，身上传奇无数。整个部落西迁时他独自一人留下来：传说他因为重罪在身被众人遗弃，还说他迷上了新的行当，自愿守在河口，如今一个人养殖海参。珊子进屋时那家伙正对着熊熊炉火吃着海草煮海参，每嚼一下唇上的红须就扇动一下，成卷的海草在嘴角颤动。这家伙身子半裸，肌肤泛着青光，一转脸见了珊子，立刻咽下口中的东西，随即又抓了一把海草填进嘴里。

"你让我想起一匹贪吃的大马，"珊子站在旁边说。

他擦擦嘴，又舀了一勺海参汤仰脖喝下，回嘴说："你让我想起十几年前的老婆。"

珊子嘴角漾出了笑意："她哪去了？"

"让我一口气砸巴死了。"

珊子哈哈大笑，伸手去抓一只海参吃，填进嘴里才发现它像生胶皮一样又韧又艮。她用力嚼了一会儿，咽了。她噎得泪花闪闪，一连骂了好几句粗话。

渔把头瞥她几眼，咬牙点头："好物件哩！"

屋外海风呜呜震响，小泥屋窗破门损，屋内炉火暗淡时简直冷极了，珊子冻得四下睃睃：只有半截炕席子，席上是一条脏乎乎的蓝被子。再看半裸的红胡子，额上还有汗珠呢。

天黑了，海风愈大。有一头海猪在暮色里嘶叫。一会儿门被撞响了，一撮撮栗色长毛从门缝中簪出。红胡子看看珊子，迎着门外大声喊道："今夜不行！今夜咱来客了！"喊过之后撞门声才平息下来，而后是沙沙脚步声渐行渐远……红胡子看她一眼，咕哝一句"都是野物"，跳到了炕上。

珊子独自坐在炉边添火，终于惹得炕上的人大火，赤着身子跳下："你想热死我啊！我热得不行火气在浑身乱窜像豆虫直拱家巴什儿撅撅着难道你瞎了眼？"珊子借火光一看差点惊呼出来：这家伙浑身没有一点赘肉，全是筋疙瘩攀结而成，胸上臂上更有腹部和大腿，全被棕红色的毛发覆盖，脚是椭圆形的薄片，牢牢地粘在地上，每抬一下就发出吧唧一响……她再盯他的下身，还没来得及说出一个字，就被他卷到了炕上。

两个人打成了一团。夜色里除了屏气声、击打声，再无其他声息。珊子先是甩动骡马一样硕壮敦实的臀部将其撞了个踉跄，接着伸出錾子一样的剑指猛捅他的小腹——她将在他弯腰捂腹的当口用单膝狠力顶去，顶他个仰八叉；她将把全身的重量、由于激愤焕发出来的蛮力，还有天生的一双重拳，一齐加在他的身上。她知道第一个夜晚意味着什么，如果不能如愿，那么今后每个白天和晚上都将甘居下风，都会是难熬的。更让她不能忍受的还有：窗门缝隙里都闪烁着蓝幽幽的眼睛呢。那是野物在窥视，它们不出一天就会将她的败北传遍荒原，从此让她颜面尽失。

可是一切都出乎珊子预料。这家伙只要一屏气，浑身筋脉就结成了一个个硬块，碰上去如同顽石。他几乎对她的撞击之类从不设防从不躲闪，除了对她的臀部有所畏惧之外，其他一概无动于衷。而她很快喘息得如同巨兽，汗如雨下，身上的衣装撕成了一绺一绺。待她再次尝试用身子去撞击时，对方却顺势大迎而上，紧紧抱住，足足有三个时辰没再容其脱身。他的两撇红胡子在唇上一会儿抖动，一会儿竖起，刺在她的脸上，让她突然感到了难以抵御的胜者的冷冰冰的威严。只有在这一刻，她才放弃了一切逞强好胜的念头，对其他不抱希望，只任他在这个狂风大作的夜晚彻头彻尾地拥有、吞噬。

天亮了，大海平息，红胡子光着身子下炕，从熄灭的炉上锅中捞出了一把海草和海参，嚼着踱到炕前，看着她鼓鼓胖胖的身体、身体上一道道的抓伤，赞叹说：

"你就像一种有劲道的烧酒。"

宝物

"从今以后，我得了个好老婆子，你得了个有劲的男人——话能不能这样说？"渔把头坐在一个废弃的、反扣在沙岸的舢板上，抽着烟斗端量她。

她坐在一片焦干的海沙上摆弄晒干的海参，偶尔拣出一两条小干鱼嚼着。她已经在小泥屋待了七天，从昨天开始帮这个男人干活了。她粗麻似的头发被艳阳晒得发紫，惹得对方时不时伸手捋一下。她抬头看他，看他油光光一棱一棱的身子，点点头。

"那他妈的我的下半辈子就搂上大胖老婆了。我一个人在这里干活，知道能等来什么物件也说不定。半夜有骚臭野物来泥屋过夜，膻气味让我第二天一大早把吃的东西全吐出来。大肥物件得把前边的事儿说道说道了，我也一样。"他捏着自己奇怪的大脚，捏一会儿嗅嗅手指。

珊子厌恶他这个动作。还有，他半夜散发出的体息有点像烧胶皮的臭味儿，也让她厌恶。她说："前边事儿简单，咱是黄花大闺女一个。后来嘛，跌过一两个男人，走了，没影了，你只当什么也没发生好了。"

红胡子斜着眼瞄她："你跌过的男人没让你嚼巴嚼巴咽了？那些家伙命可真大！"

"天外有天哩。那男人胳膊一搂就像给我镶了副铁箍，身上的皮儿又厚又壮，想咬都没法下口，就像生牛皮！他跟俺三天三夜的恩爱啊，你蒙上头想一天也想不出来，你不知道那是怎么一回事儿，你这个红胡子！"

他摸摸胡子："那小子也许是个野驴种儿，不过他千万可别让咱遇上，遇上了，他也就完了——他肯定活不成。我会把他肚里灌满沙子，然后一抬手扔进海里……"

这儿的天要好起来真是喜人，太阳把满岸白沙晒得热乎乎的，让人真舍不得。海蓝得像一块大玉，没有一处开花浪。红胡子咕咕哝哝把珊子扳在沙子上，两人仰躺了，看天上的白云。一会儿他又反身回屋拿来一个酒葫芦，一人一口喝起来。一支黑乎乎的铳就倚在舢板上，那是他打海鸥取乐的。"咱这日子还真不错。狗日的我这辈子全是大凶险大快乐。说起来你别吓着，我的胖娘们儿大肥物件，咱年轻时当鬼船头领，劫下财宝无数，有上好的娘们儿也顺手收了；咱使砍刀宰那些犟人，咔棱棱给他们抹脖儿。最过瘾的是劫那些大船，那上面好酒好娘们儿、金元银元多得是……我真日死他娘了啊！我真日死他娘了啊！"

渔把头大口饮酒，不再礼让珊子了。他一会儿工夫就把一葫芦酒喝光，又回去取来一葫芦。他畅饮，在舢板上跳跃，迎着大海深处狂呼，伸出一个拳头威吓什么，惊人的脏话一串串从红色胡须间飞出。珊子在一边轻轻磕牙掩去惊讶，她这辈子终于见到了一个比自己更能说脏话的人了。瞧这家伙将各种脏词儿胡乱搭配，串连组合得奇谲无比，一把一把抛向波澜不惊的大海。

"我把那些娇滴滴的花袄儿从她们假模假样的男人怀里揪走，哪个敢拦？老汉一火，回手就是一刀。咱把金币银币装进大肚儿陶罐，一罐一罐埋下哩……"红胡子说到这儿戛然而止，一扭身瞥瞥珊子，见她正低头在沙滩上描画什么，这才吹一阵口哨，抓过铳重新瞄准海鸥了。

夜晚渔把头让珊子也像他一样嚼大把的海参和海草，珊子吃下一口就想吐。他说："老婆子哎，你要比着老汉活下去，一百年也不死，就得吃这东西！大口吃！海参力气大啊，可要当饭吃下，不出几天就得鼻口一齐放血，谁也救不过来！窍门在哪？就在这海草上——你把海草一块儿吞下也就没事了！你吃！泼吃！"

珊子忍住腥气和粗涩吃下一口、两口，她再也不吃了。渔把头半夜将她举到头顶，又噼啪一下摔倒，一只脚踩住她高高隆起的屁股，没头没尾地砸起来。她忍住、咬紧牙关。一阵可怕的亲热、浑打，头发都被揪下了一绺。渔把头每夜将她虎气生生提在自己肋下，在屋里走动，看看窗外，愣愣神，又在门旁站一会儿，像是必不可少的午夜巡行。此刻大海的潮声细碎无边地汇拢而来，有夜鸟在屋顶嘎呀一叫。他轻轻咬她又黑又亮的眼睛，像要一口气咬下来、舔下来。他再次将其放到炕上时，她的双乳之间、臂上和腿根，都被他搓弄得渗出了细小的血珠。每逢这个时刻，渔把头催眠曲般的咕哝和哼叫就响起来了，它配合越来越大的海潮之声，和谐无间地汇入其中，随之一起波动。她每每震惊的是，自己不是在别处，而是在涌荡起伏的波涛之上被一个男人索要、被其不间断地挖掘和寻觅。她闭着眼睛，眩晕，沉醉，欲死欲仙，一阵阵呻吟渐渐变成了嚎叫，这声音在某一瞬间将渔把头从另一个世界召唤回来。

渔把头磕牙，抿着嘴巴，整个人糊里糊涂乐着，咧开的大嘴里露出了一颗残牙。

珊子深吸一口说："老头子啊，你有时是真能吹啊！你哪有什么一罐一罐金币银币？你是做梦了吧？"

"咱一点都不吹！要不咱怎么不跟那一伙渔人撤走呢？咱是留下守，守咱的宝物啊……"

"我还是不信！你就是挖出一小罐来让我看看，我也好相信你说的不是疯话梦话呀！"

渔把头困了，闭着眼摇头："那可不行。这或许是留给你的一些宝物，或许你连一个钢儿也得不着。这就得看你的运气了……"

七片叶子

珊子对渔把头说："昨夜我梦见镇上的小屋塌了。我得回去一趟了。"渔把头嗯一声，算是同意。

珊子迈出屋门的一刻，只听身后噉的一声，回头见他手扳着脚掌念叨："早些回呀！回呀！我离你久了不行哩！"

她匆匆赶往石头街。待看到镇子轮廓时，这才开始惊讶：自己竟然真的离开镇子安家了，一离开竟会是这么久。她急急走入镇子，当踏上石头街时，却又像害怕踏响地雷一般，又轻又缓地往前迈步。街上人对她的离与归从不当回事儿，唯独这一次用异样的眼睛盯着她。

她从他们的目光中读出：小屋真的塌了。

一点不错，昨天午夜十二时整，只听轰隆一声，小屋变成了一大堆鹅卵石。黎明前唐童已经让一群背铳人围住了卵石，并让人从中寻找一些有价值的东西，然后一一装入木箱。木箱装完了，还有大量需要装起的东西，唐童一急，想起牲口棚闲置了一口没人用的棺材，就让人抬了来——珊子一步迈入小院时，见大家正在为她敛出一些杂七杂八，叮叮当当往那口半新的棺材里扔。她的心不知怎么揪紧了一下。

唐童这个夜晚让珊子在牲口棚住下，一直陪在身边。他哭了，一张咧了老大的、酷似母亲草驴那样的嘴巴一下下碰着珊子的双乳。后来他好像又发现了什么，举了桅灯一照，发现她赤裸的身上有不止一处搓伤。

"我的老天，这是什么鬼人吃了豹子苦胆？"

珊子一下下抚动他头顶的鬐发，说："等明天去河口送东西时你就知道了。"

天一亮，由唐童和手下的几个人背铳压阵，两辆大车一直往北，再折向西，直向着河口驶去。多半天的时间就挨近了小泥屋，快走到跟前时，唐童夸张地喘息，张着大嘴迎着泥屋，像狗一样发出哈嗒哈嗒的声音。

渔把头在屋边叉着腰看，并不上前。

"这是镇上人哩！这是我的——咱的东西！"珊子指东道西，面向渔把头大声说。

渔把头正得意地捋着胡须，一个个端量这伙人；当他一眼看到了车上的棺材时，腿和手都抖嗦起来，嘴里哼叫着走近珊子："这是谁、谁死了……"

珊子这才看出他面无血色，每根胡须都在打颤，不由得一怔。稍顷，她敲敲棺材说："噢，不不，这里面装了东西，他们先是当箱子用用的……"

渔把头这才明白过来，他跑了几步，上前一把揪住牲口，一拳连一拳捣着棺材说："这是做什么！这是要做什么？这是……"

珊子好不容易才把发火的渔把头劝住。可是从那会儿这家伙再也提不起神儿了，时不时总要瞥一眼卸下来的棺材。几个人忙忙活活将运来的杂物搬下来并一一归整，渔把头从头看了一遍这些零零散散的物件，顺手拎起一副小红肚兜儿、一个浅黄色的大乳罩、两块搓脚石，说："我日他娘。"珊子说："快别磨蹭了，来这么些娘家人，你去弄条像样的大鱼待客吧。"渔把头不吱一声，拿上鱼叉和抄网走了。

唐童对小泥屋的简陋十二分惊讶，说："这根臭光棍什么都没有！"珊子悄声说了他藏下宝物的事。唐童跳起来，她一掌把他拍坐了。

剩下的时间唐童再不沉着，一双眼在前后左右乱瞅，又出门在泥屋附近端量，用脚踢踢踏踏。渔把头背着三条小腿那么粗的鱼过来，问："你要撒尿？这里没茅厕，随便。"唐童只好解了裤子，一边还在盯视墙基、放了一堆杂物的破船。

唐童离开，没过三天又回来了，肩扛一半猪排说："这儿日子太苦了，俺娘家人不放心哩！"这一次渔把头喝了不少酒，当场表演大口咀嚼海草海参的猛相。唐童朝珊子挤挤眼说："真是条英雄好汉哪！"渔把头说："其实我压根儿不用什么鱼叉！我赤手就能擒来大鱼！"说着领他们往海边走去。

这天风浪涌起来，海水呈墨色。渔把头一个猛子扎入，一直往里游去……唐童看着海里的人，对珊子咂咂嘴："这家伙待在这儿一天，咱就没法挖找那些宝物。"珊子一直看着远处浪尖上那个黑点，没有应声。唐童说："这家伙吃我一铳就好了。"珊子盯他一眼。他把脸转向远海，咕哝："这会儿给他一铳，谁也不知道是怎么回事。他就再也回不来了。"

余下时间珊子脸色难看至极。那个浪尖上的黑点开始变大，他们都看到他的大脸了，他一只手划水一只手撸着脸上的水花……珊子小着声音，自语般道："你去林子里采那叶子吧。"

唐童蹦起："知道，老牛吃了鼻口蹿血……我给你一大把。"

"用不着。七片就行了。"

这一夜，渔把头照例吞吃了一团海草：海参裹在其中，他大口咀嚼时故意做出一副怪相。他一双大手把珊子举举放放，嚷着："你这样的骚夜叉，只有咱享用得了。"他亲她，逗小孩一样弹她的脑瓜。她摸他隆起的腱子肉，夸道："你就好比一头大水牛。"

第二天下午，渔把头驾着小船进海撒参苗了。珊子沿着河东岸往南，坐在稀稀柳丛中的一块大石头上。她这样等了一袋烟的工夫，唐童就来了，满脸是汗："我早来了！早来了！"说着塞过来一大把墨黑的、又细又长的叶子。

珊子只从中取了七片：颜色深重、角质层厚、匀细俊美的。

她将七片叶子切成细丝掺进海草，裹上海参。她亲手做出的海草团子可比那家伙弄出的好看多了。

渔把头从海上归来，进门第一件事就是盯紧了这团海草："狗日的老婆子懂事不少。"

他喝水，咀嚼这海草，模样难看极了。这一回好像比平时费力十倍，但总算是吃下去了。珊子长叹一声。渔把头噎出了泪花，抒抒胡子：

"真他妈的苦啊！也许是上了年纪，这草一天比一天难吃！"

珊子端过海参汤让他饮，一下下拍打他的后背："大水牛饮了这遭，以后再也不用吃了。"

"还得吃！还得吃！"

"不用吃了，再不用吃了。"

下半夜月亮出来了。从这一刻开始珊子就披衣坐在泥屋外边。一些野物趴在窗上门上，一声连一声大嚎。她没有理它们。

"嗷！哦嗷哦嗷！啊哈嗷嗷……"

几只大型野物在月亮底下撒腿奔跑起来，沿着扑扑海浪打湿的岸边跑嚎，声音里全是惊恐和绝望。

独药师（选章）

第十二章

一

秋天深入了，整个季府正准备迎接一个非同寻常的冬天。我有一个预感：无数前所未有的大事都将在这个冬天作结。从那场可怕的劫难中挣脱之后，府中所有人都用一种特异的眼光看待他们的老爷了。对于朱兰和管家而言，我等于"死而复生"。对于一个已经确定要离开这个世界的人，他的突然出现会给周围带来极大的不适，比如对那些基本上已做好了度过没有我的日子的人，失而复得就多少意味着多余。我在一定程度上成了一个多余人，一个令人厌弃的人，连自己都觉得是一件很奇怪的事情。当我把这种想法说给事事皆不设防的朱兰时，她直直盯了我许久，说："啊，老爷受的惊吓太大了！"

朱兰坚持要做的就是让我独自待在巨大的阁楼上，认为这种方法才有助于修复累累创伤，仿佛那些天的囚禁还远远不够似的。这让我想起了长达三年的禁欲生活，再次感受了人生即是分离、独守和孤单的冷酷现实。我强制自己抛却无数亟待料理的事务，静静地躺在一张结实的小床上。

我将这期间积起的几张报纸通览一遍，想找到一些消息，关于战事、关于兄长。什么都没有。我问朱兰和管家是否有王保鹤先生的音讯。他们说前些天专门去过那所新学，到处都找不到人。我想先生一定还在南方，正为最重大的事情奔走。这沉默无声的时间幕布下面，正遮隐着多少已经发生或即将发生的惊天大事。最使我欣慰的还是从麒麟医院脱身的那两个人，他们如今也许到了南方或关外。我对那双"革命的眼睛"的恢复极有信心。

想到顾先生的眼疾、我们的匆匆分别，总有一种难言的遗憾。我突然想起有一个至为紧要的关于眼睛的方法没有授给他：看取万物都需要使用含蓄和缓的、轻淡和谦卑的目光。是的，顾先生也许惯常使用的都是锐利和逼人的目击，太急切了。我判定其眼疾绝非仅仅因为心火攻心，也还有或主要是天长日久的用力：过分着力于心身之外的这个世界了。我叹息了一声。

朱兰为我送来几样粥食。我邀她一同进餐，她愉快地坐下来。我进食时不得不停下，说："你的眼睛太大太亮了。"她的脸红到了脖子。我说："如果换上一副散淡的目光，就会省下许多、存积许多。""啊，那是什么？""是一种非常非常需要的力量吧。"

这是一个明亮温煦的上午。大约十时左右，我正看着窗外飞过的一群鸽子，琢磨它们是否属于府中的，屋门就被敲响了。朱兰站在门口，脸上是难掩的激动："老爷，快下楼吧，是她，她来了！"

我的心噗噗乱跳。我忍住不想的一个人终于出现了，她还是第一次来这儿啊，因为以前的几次都不能作数。我赶紧去镜前整理了一下乱乱的头发，极不满意地盯了几眼毫无生气的面庞，随朱兰下去。她一边走一边说："就在前楼门厅里，一个人待着。"

朱兰在厅外即悄悄离去。我进到厅内，一直看到的是那个背影。她好像在等待的这会儿认真地欣赏了那张屏风上的雕刻艺术，这时听到脚步才转过脸：我马上看到的是胸前那一大束鲜花，因为季节的关系，主要是深红和紫色的菊花，中间有几支玫瑰。她的脸色因为花的映照变得更红了，好像还汗津津的。

"谢谢您的花。"

"我说过，我要回赠您一大束花的。"

我发现她消瘦明显。但她说我的主要变化就是瘦了。我迟迟没有接过这花，它和她在一起有多么谐配啊。"伊普特院长，还有雅西，他们都要来，我先来了。"她把花递给我，稍有夸张的动作使我下颌那儿胀痛起来："谢谢您，谢谢他们……还有艾琳，真的，太久没有她的消息了。"

想不到我的一问让她眼窝红了。稍稍停顿了片刻，她说道："从金水离开她就在哭。她是忍不住了。先生，您能明白，她已经爱上了金水。"

我不知该说什么。她可能更清楚一些细节。我问："金水爱她吗？"

"不知道，他来不及说就走了。"陶文贝抬头看我一眼，又望向那个屏风，

"听说革命党有两种，一种见人就爱，一种谁都不爱，金水可能是后一种吧。"我在脑海里迅速做着判断，凭感觉认为她说得太对了，因为我首先想到的就是兄长，是的，他是一个谁都不爱的人。我不知该怎么说。陶文贝突然问：

"季老爷，您是革命党吗？"

我摇摇头："不是，真的不是。"

"啊，那还好一些！"

我们的目光撞在了一起。我没有问为什么，但我明白她害怕，害怕遇到这当中的任何一种。她的眼睛移开时，我嗓子艰涩地说了一句：

"这么久了，我一直，一直在等您的回信。"

二

我将她的那束鲜花插在水瓶中，就像与一个随时可以促膝长谈的人在一起。菊的芬芳和玫瑰的浓郁充溢了整个空间，让人有无法言喻的薰醉。分手时并没有听到任何允诺，但我相信一定会收到那封期待日久的回信。我想这极可能是在她心中酝酿而成的、多少有些神秘的、措辞像她本人一样优美的文字，既非情书，又非冰冷的通牒，而是季府多年来未曾收获的一份最宝贵的礼物。我把那个幸福庄重的时刻想象成了伟大的庆典，好像在钟鼓齐鸣的繁文缛节中降下的一道神谕，里面装满了幸运和吉祥的密码。从此我的一生将完全改变，我所获取的是与整个生命等值的馈赠。

在监所里，在那间黑沉沉的死亡阴影笼罩下的房子里，她说出的每一句话都重若千斤，供我一生品味。这好比空前绝望中射进的一束永恒之光。我那时准备捧着这光走去，将整个世界都抛到身后。

等待令人心焦。人的一辈子都是等待，再加上一些不期而至的喜悦与噩耗，安宁只是一种梦想。由此看季府传人所专注的以静谧为核心的修持，从根本上讲是难而又难，以至于不可能实现的境界。这也就理解了长生者为何稀缺难觅，"仙化"之路有多么崎岖坎坷了。

我找到管家，将这一段府内诸事详细问过，特别是他的儿子肖琦。他说犬子已去遥远边地，按以前所嘱，没有指令不得回返，也不得直接与府中任何人联系。"他差点害得老爷丢掉性命，这让我悔痛不及。早知如此，那次就不该将其从土匪手里赎出。"他说得涕泪长流。我抚着他的肩背："热血刚勇也实在难得，只不过要等合适的时间和人去召唤他。他还要等待，人生其实就是一场等待。"

肖耘雨惊异于我说出了一句颇具深意的哲思，长时间点头吟味。他补充说，在主人离开的这短短一段日子，他遵嘱与朱兰商量一些大事，发现即便在这等慌乱的时刻，她做事也是有条不紊，周到细密。就是她的提醒，他才让府中后生加强了戒备，夜间更夫增勤，白日轮换值守。无论是酒厂还是垦殖公司、药局，所有方面都保持外松内紧，未出一丝差池，秩序井然。我听了深感欣慰。

因为王保鹤先生一直杳无音讯，报上也没有披露新的战事，所以关外及南方的任何信息都不知道。这样一种封闭的沉寂或许只对修持有利，尽管刚刚经历了那一场颠簸，已经很难让人适应下来了。好像革命的幽灵一直在府中徘徊，它并没有随着上一代人的离世而消逝。这是最为令人不安的。我一遍遍回想与邱琪芝在监房里的那场深谈，当时涌起的信任与感激至今还簌簌如新。我那时差不多已将父亲一生所犯的致命大错厘清，现在却又多少有些犹豫了。在他的口中，是他而不是父亲提出了分手，两人从此走向了决裂。这是令季府很无面子的一件事，但对方那会儿言之凿凿。

黄昏时分，朱兰终于成为美丽的信使：交给我一个洁白的信封。像上次一样，我屏住呼吸爬上阁楼，将它放到细颈瓷瓶上，双手合十许一个愿，然后再小心地打开。上一封是召唤，这一封呢？啊，展开后又见短短一行："季老爷，您能在方便的时候来一趟医院吗？"

我怔住了。这太像上一封的复制品了，难道又是伊普特院长犯了眩晕不成？不管怎么，我仍如接受了最大的恩泽与默许，急不可待地下楼了。朱兰看着，以目光送来祝愿，我只说："备车吧，啊，那辆马车。"

车夫已成为熟练的汽车司机，打扮也时新起来，竟然剪了辫子，戴了日式水手帽，这让我稍感唐突。他对老爷放弃锃亮的驰骋之物而坐老式马车，不解且略有不快。我说："唔，这种车子让人更踏实一点，也更像季府的东西。"

三

我在长廊拐角僻处遇到了陶文贝。她出现的地点并非偶然，好像还有一种极力遮掩的热情。她像过去一样含蓄和沉稳，温文有礼，仍然叫我"季老爷"。这让人有点不适，这不适好像在这个黄昏变得突然强烈了，以至于不得不予以纠正："请不要再叫我老爷了。"她敛起微笑，但随后还是要吐出那三个字。显然这是一种难以改变的习惯，而非其他。我问起了伊普特院长的身体，她摇摇头："这一次是为他女儿艾琳的。自金水走后她就哭泣，不爱吃饭也打不起精神，再这样就要生大病了。"我没说什么，只在心里惊叹爱情的力量。她又说："洋人更率直更强烈，他们绝不会一直藏在心里，所以……"我说："咱们半岛人也一样，也许有过之而无不及。"

原来这一次仍然是受了伊普特院长的邀请，这使人有一种失落感。在院长办公室，我对他和医院同人表达了深深的谢意。他像以往那样谦逊平易，语气低微，生怕惊扰了什么。尽管他完全知道女儿是患了一种爱情病，却有点病急乱投医的意味，竟然对我提出了奇怪的疗法："如果季先生能够请来上次那位大夫，为她扎扎针开几副汤药，也许……"

我看看一旁的陶文贝，不得不做出令他失望的回答："我敢肯定这种治疗不会有任何效果。"

"那该怎么办？"

"如果您不介意，我想单独和艾琳谈一次，了解她的病情。"

伊普特连连点头："当然，那最好不过，非常感谢季先生。"

我与艾琳的交谈是必须的，因为与金水匆匆分手的缘故，我丝毫不知两人之间发展到了何种程度。要做到对症下药，自然少不得"望闻问切"。艾琳明显消瘦了，不过这使她变得更加可爱，一双大眼睛因思念而显得楚楚动人。"你明确表达了自己的情感？"她点头："我想是的。""他怎么说？""他好像听不明白。""你使用了汉语吗？""当然。"我想了想又问："他爱你吗？""我想他喜欢在一起，和我。"她手指自己的胸口。

能够知道的就这么多。离开之前艾琳提出如何与金水联系、他什么时候能回这座城市，都是我无法回答的。为了不让她过于失望，同时也为了表达自己的真切心愿，我说："我相信他一定会返回半岛的，只要他一出现，我就会以最快的速度逮住他，把他交到你这儿来！"她笑了，泪花闪闪。

陶文贝在外边等我。我们一起往前，彼此无话。心中翻涌的波浪发出的噗噗声是相互听得见的。沉默的适时而至，反而给人某种强烈的感觉。这样走了一会儿，停下来才发现来到了一个陌生的地方：三层上面的阁楼。啊，这儿安静极了，完全是另一个世界，石炭酸味儿淡了，换成了若有若无的青生气味，就像水。我打量，回首望着拐上来的那道窄廊，这才看出是尽头的一角。她打开外边一间，让我看到是小小的图书室："我兼它的管理员，是我们科室自己用的，院里的图书室很大，它在一楼西翼，从做晨祷的大厅往左不远就是了……"

我太喜欢这个地方了。一张拼接小木桌上放了一束干花，似乎放出了淡淡的香气。架上几乎全是英文书籍和期刊。一尘不染。我在这儿陡然静下来。我翻开一本书，发现自己的外文水准还不足以流畅地阅读。我低头深嗅了一下，这个动作让她微笑了。通向里边还有一扇门，我随手一推，她上前阻拦已来不及了。

那是一间卧房，准确点说只能是她的住处：素雅简单，洁白，没有一点多余的东西。我看到了床头和小桌上的针织披巾，还有一本厚厚的《圣经》。我轻轻合上门："对不起……"

"我请您来，除了受伊普特院长委托，还因为今天是我的休息日。我一直想给您回信，可这信要写就太长了，我又没有您那么漂亮的文法。您讲出了自己的一切，我非常感谢这份信任和……真实的感情。不过我想说的是，这在我们来说还是有些冒失，我是说对您也有点太不公平了。您对我一点都不了解，比如我从哪儿来、过去和现在，还有更多，什么都不知道！你对一个一无所知的人怎么能说那么多、写那么多？特别是，你怎么能说、怎么能保证、怎么有权力说那个字，说自己'爱'呢？"

我在心里固执地呼叫："我能，我能确定，而且我决不会错，我会坚持下去，后悔的永远都不会是我……"

她看着我，目光坦然多了，不再躲闪："我要像你做过的那样，从头讲出自己，也只有这么做了，才能有个真正的开始。"

四

"先说我从哪里来吧。我不是当地人，不是半岛人。我记事以后，不，我从一睁开眼睛那会儿就看见教堂了。我记事的时候妈妈就不在了，我听来的都是教会的老妈妈们告诉我的。她们把我收养在身边。她们说妈妈是从南边逃过来的，一路上怀着我跑啊跑啊，只为了能有个太平地方把我生下来。她遇到了教堂，看人进去祷告，就随上。她没有住的地方，一些祷告的女人帮她安顿下来，我就出生了。"陶文贝说到这儿停下，大吸了一口气。

"我们都算作半岛人，因为都出生在这儿。如果要追溯祖籍，季家也来自南方。"我说。

"不，我的'南边'大约没有那么远，听说离一个叫'仲宫'的镇子不远，离北面的黄河还不到一百里，有大山。我这辈子一定去那儿看看。爸爸妈妈都在当地兴办的一所新学当老师，爸爸还是新学校长，他让所有男生都剪辫子，让女生放足。后来出了一群土匪占山为王，他们烧了当地的教堂，抢老百姓东西，杀了我爸爸。我妈妈差一点落到土匪手里，她长得太美了。那会儿她刚刚怀上我不久，就没命地往北、往东逃……"

她眼中渗出了泪水，转向窗子。

"教堂里收留了几个逃荒的女人做义工，我妈就和她们一起了。就在刚刚住下的第三天，我出生了。幸亏有这个医院，我才活下来。我活得太难了，现在看真是一个奇迹。我特别要告诉您这个，您听了不要吃惊。"

我点点头。我想不出会有什么吃惊的事发生。

陶文贝抿抿嘴，"虽然我在妈妈体内待了九个月，可生下来只有一点点，医院的记录上说不足两千克。你没法想象有多么小，打个比方，还没有大人的一只鞋子大。幸亏医院里有温箱，我才能活下来。那时一般家庭生了这样的孩子只能扔掉。"

我吸了一口凉气。我好像面对着一个自己生下的小小婴儿，不知该怎么办。我想象她的小而又小，她的啼哭。

"医院里称这种婴儿为 small-sized term infant，是一个专门的术语，可译为'足月小样儿'。您看，我就是这么小的一个人。您该吃惊了吧？"她稍稍蹙眉，浅浅的冷笑挂在秀挺的鼻梁上。

我真的吃惊了。不是为她的小，而是为眼前这样一位身材颀长匀称、无法言喻的美艳。奇迹原来是这样发生的。我想起了杜甫的一句诗："肌理细腻骨肉匀。"是的，没有什么比这一句更能活画出现在的她了。

她轻咬着下唇，看看我："'足月小样儿'的特征是生下来哭声响亮，贪吃，肺活量大。如果能够长大成人，他们除了一般的健康方面常要发生一些状况，要操不少心之外，主要还是精神上的麻烦，比如易焦躁、偏执，比如难以想象的倔强和忧郁……总之就是这样难缠的一个人。"

我现在终于听明白了。她在警告和吓阻他人吗？我忍住没有笑。不过我的神态还是被她准确地捕捉了。她说："请记住这些特征，这是西方医学的概括。我想有必要告诉您，先生。"

我夸张地捂了一下头："我害怕了。"

"我一点都没有玩笑的意思。我自己一直在验证和感受这样一些后果，小心地接受上帝安排下的这些果实，唯有感恩……"她的眼睛又变得晶莹闪亮了。"我还想说，我的生命是天父给的，是他指引妈妈一直跑到这里，不畏千难万难，就为了能让一个'足月小样儿'活下来。我的一切都是他给的。妈妈把我带到这儿不久就离开了，她在人世的工做完了。妈妈，我不记得她的模样，只知道她是天下最美的女人……"

我的眼睛潮湿了。我想起了自己的母亲。

"我一直在教堂的人们中间长大，直到上教会学校、上医护班，进麒麟医院当护士，升医助。我平时主要是配合雅西的，"她说到这儿稍稍停顿了一下，"伊普特院长就像慈祥的父亲，他对医院所有人都要求严格，甚至有点严厉，就像父亲一样。我按时到教堂做礼拜，医院里的人大多都这样……"

"那么，"我咽了一口，"您是一个基督徒了，从很早起……"

"不，我还没有受洗。有一天会的。"

我听到这儿心里有些惶惑，甚至是莫名的不安。我小声问了一句，很像叹气："啊，是这样。您希望我还应该做些什么？"

"我想请您耐心听下去。"

五

我那么渴望倾听，只想探知她的往昔及现在，她所有的隐秘。可我又迫不及待地想让这诉说和告知停下来。我担心她还有一段像自己那样的漫长故事，尽管内容将是完全不同的。说到底无论她讲出怎样令人震惊的个人故事，结局仍然只有一个，即我对她矢志不渝的爱。

她问我："您，先生您的信仰是什么？"

我第一次遇到这个追问。有些惭愧的是，自己好像并没有什么信仰。不过我和季府的所有传人都对长生深信不疑，并倾其所能地追寻它。因为这是半岛方士几千年来的传统，这条道路既有渊源也有承续。我嗫嚅了一会儿，小心谨慎地提出：关于独药师的坚毅和事业，算不算是一种信仰呢？她沉思了一会儿，为难地咬咬嘴唇，仰脸看着我："这和我理解的信仰完全不同，我不知道该怎么说。"

我琢磨她的话。我问："信仰会不会妨碍我和你，我是说你是否会因为这个离我远远的，躲开我？"

"我当然希望您和我拥有共同的信仰。不过这应该是您的志愿才好。"

这算是回答吗？不过她说出的也极尽情理，这就像我一样：多么希望她服用丹丸，却永远不会逼她吞下肚里。我暗自笑了。

她继续说下去："那些日子里我承认被您吓坏了，我不知多少次下决心永远都不再见您。可是我决心最大的日子，也是您的朋友病最重的时候，我还得坐你那辆肮脏的马车……"

我的心因为胆怯和气愤而颤抖。我问："我的车肮脏？"

"是的，一个不洁的人坐了那么久。我每一次回到自己这里，都要把衣服洗一遍又一遍。我向主祈祷请求宽恕，宽恕你和我。那时我认为自己遇到了一个堕落到地狱的人，这人沉沦到最底层，谁也不能挽救了。您是被魔鬼缚获的人。再后来，我又觉得自己能坐在这辆车里，正是神对我的试炼，他在交给我一个最难最难的、一辈子都不能完成的任务……"

"什么任务？"

"帮助您，使劲拉住您，从魔鬼手里抢夺您。"

我觉得眼窝发烫。我问她也问自己："您，文贝，您觉得已经拉住了吗？"

"我一直努力，已经用尽了全身的力气，大概就是这样……"

我咬咬牙关："不，您还有更大的力气。你们晨祷时常说一句话，'人的力量太小了，天父的力量无所不能'，那么，您就使用他给您的力量来帮帮我吧！"

我发现自己这番话一出口，陶文贝就往前走了一步。她的一双眼睛变得那么热切。我还是第一次看到这样的目光，受这激励，我一口气说下去："您厌恶一个淫荡堕落的人，那么让我告诉您，从我把自己囚禁到阁楼上的一刻，特别是见到您的一刻，就成了一个最恪守最严肃最不容忍放纵欲望的人了，如果将来世界上还有一个这样坚决的人，那就一定是我。这是我的誓言，我再说一遍。"

陶文贝的目光转向别处，像自语似的一句话还是让我听到了："多么自信啊，多么骄傲啊，一点都不谦卑……"

我擦一下脸庞，因为渗出了汗珠，无可奈何地举起两手又放下。我说："请相信，我说的全是真话。"

她转向我："我一点都不怀疑，这是您这一刻的真话。可是您在说'将来'，那是很长很长的一段路啊，季先生您想过没有，人的一辈子要经多少事、多少关口，谁敢肯定自己永远都不犯错？我们每个人都是软弱的，都不敢肯定自己是个战胜一切的人，所以才要忏悔，才要祷告……"

我望着她，目不转睛。我一时真不知该说什么了。后来我小心又小心地问道："您对自己，也不敢肯定吗？"

"不敢。我太软弱了。"

"哦，您说过，自己是一个'足月小样儿'。"

"不是那个，我是说，因为我是人。所有人都是无助和软弱的。我们只有信靠主，再没有别的办法……"

六

这次交谈令人兴奋和惆怅。我觉得自己与陶文贝在一起总有些发懵，总是不能说出最想说的话，总是因为这些话压在心底而遗憾。当时那种令人眩晕的激切和幸福像海浪一样涌来，将人淹没。当潮汐缓缓退去时才能一点点从头寻思：发生了什么？听到了什么？意味着什么？

朱兰的目光掠过我的脸，闪着喜悦和快慰，这更加佐证了我内心的判断。是的，那一端终于有了回音，这是真实无误的、刚刚发生的。我一个人时更能够切近地面对这种真实和幸运。季府从此有了一个值得好好铭记的日子：它的主人等到了回音。

她并没有应允任何事情，可是她愿意从头开始。

我吃惊的是两人竟有这么多重要的相似：都有一个美丽的早逝的母亲，都嗜读并拥有许多书，而且都住在阁楼上。最后一条非同寻常，绝不可称之为巧合。我们的故事将来可以命名为"阁楼之爱"。我长时间伏在床上，把无法消受的感激和幸福、更有大把的希望拥埋在一片夜色中。我长时间独处，一个人咀嚼和品味，用尽全力才把浑身颤抖的狂喜压在心底，不使它变成浮浅的欢叫冲口而出。我紧闭双目，默念着一个名字和由此牵出的另一个绰号："足月小样儿"。

"这么小？"我坐起，伸手比画，大惊失色。这事不可思议却又绝对真实。生命啊，多么神秘而倔强，它是孱弱的更是顽强的，成活，长大，并且演变为惊世骇俗的美。我遭遇和见证了这奇迹，真实无误，近在身边。不过这会儿又陡增了新的忧虑：如何才能小心翼翼地爱护和保存？无论怎样它曾经那么小那么微弱，哪怕稍稍的一点莽撞和用力就会碰碎。我觉得自己未来的责任重大而神圣，绝不敢再有一丝的荒疏大意。一旦失手碰坏，一切也就无法复原，不复再现了。

尽管有点为时过早，我还是应该从现在开始，制订出一份周详的计划：关于以后，关于相处，关于爱。

"老爷，她说答应你了吗？"朱兰在我走下阁楼时这样问。

"没有。也许才刚刚开头呢。"

"不是早就开始了吗？"

"哦，那不算。那是我自己的事，她还没有。大概从今天起才算共同开始了吧。"

朱兰舒出一口气："太好了。老爷大难不死才有这样的福报。世上再也没有比她再般配季府的女人了，她天生就该是这里的太太、夫人，我第一眼见了就喜欢她，就这样想了。说真的，我私下里不知多少次想过你和她在一起的日子，那会是多么好啊。有她在这儿，我和大家都有了主心骨……"

我不忍打断这令人陶醉的唠叨，知道这番话压得她太久了。不过最后我还是说了一句："你才是这儿的主心骨。"

朱兰低低头，看我一眼。她的眼睛太大太亮了。她把热情和力量耗散给了他人、给了这个世界。我有些怜惜。

入夜时我又展开了信笺，像以往那样，在一种典雅的文法中流畅自如地倾诉。我以这种方式安顿了监房中的漫漫长夜，也在倍感孤单的阁楼上度过了艰难时光。我让幻想铺展开来并化为行行墨迹。那些无法当面陈述的期待、深爱和思念，都从笔端汩汩涌出。我发现她虽然多次来过府中，却一次都未能踏上这个阁楼，而自己则有幸窥见了她那透着芳香的居所。我今夜郑重地提出了邀约，盼望她的光临。我这会儿想起了古代白话小说上的一句话，信手写出："仙体不踏凡地。"诚然如此，但我会将这个紊乱沉闷的地方弄得尽可能的整洁，撒满娇嫩的花瓣。一个人的居处即盛满了他的隐秘，这对于那些颖悟过人的生命是无从遮蔽的。我请她来，是进一步将自己对她敞开。

我和朱兰商量怎样布置和洁净这间阁楼。朱兰深嗅了几次，说经过三番五次的擦拭，加上浓烈菊香，古籍的腐味和桧木的怪味都不见了，唯有一种特别的气息还是时不时地钻进鼻孔。"那是什么？"朱兰垂垂眼睛："是您留下的。""难闻吗？""有点像拉车的那匹青花马，对不起，真的很像……"我明白了，那是一匹三岁公马。我有些窘迫，一时不知怎么办才好。

我想陶文贝会接受这邀约的。季府中所有的建筑中唯有这儿渗进了我的心血，也才真正属于我。她如果能够在这儿待上一会儿，也就算真的走进了季府主人的世界，这是他一个人的王国。

我耐心地摆弄一束花，觉得它们当中少了几枝玫瑰。我问朱兰，朱兰又找花工。花工说暖房里的几个品种都不在季节中，但他知道教堂的那个玻璃花窖中是很多的，要自告奋勇去讨来几枝。花工刚走朱兰又在敲门，管家来了。

管家的脸色告诉我有紧要事情。他待朱兰走开就扯扯我的衣袖："老爷，咱们走吧。"

七

我们没有乘车，只闲逛一般往前。到了大街上管家才小声告诉："顾先生那边来人了，他这会儿在新学那儿，王保鹤先生先他一步赶回来。"我一阵惊喜：太好了，我夜间时不时泛上心头的牵念这一下该有了着落。我问他们为什么不住季府，管家皱眉："麒麟医院出事后就得格外小心了。王保鹤先生估计府里四周少不了耳目。不过新学那儿也不清静，因为有南北时新人物来来往往，也是惹眼的地方。"我明白时下最需要寻个合适的居处了，以后的用场会越来越大。

王保鹤先生把我和管家引见给一位教师模样的人。这人戴了窄框眼镜，让我想起了当年的西文老师，竟不由自主地用洋文致意，他马上笑着摆手说"对不起对不起"。下边没有多少寒暄，直接说起了正事。这人叫"子艮"，前十天还和顾先生及徐竟他们一起，然后去南方，又和王保鹤先生一前一后赶回。革命党人真是奔波，他们几乎没有安定的日子，所以就会衰老，服用再多的丹丸都没有显效。面前的两位实在太疲惫太羸弱了，让人看了心疼。

"顾先生手术成功，现在能够看清脸前的五根手指了！"子艮先生说。我大大失望。他说："这已经比预想得好多了！大统领也高兴得很，他说我们革命党人太需要这双眼睛了！"接下去他扼要地介绍了关外：就凭借这双视力微弱的眼睛，一场可怕的危局才得以收拾，从而避免了难以承受的大难。徐竟在关键时刻与顾先生达成一致，迅速作出决断。北方支部紧密联系的实力人物即三位新军统制先后出现异变，有的被部属告密，部分计划被侦悉。不到半年时间，一位委以"宣抚使"派赴长江一带，实际上被剥夺了兵权；一位被暗杀于酒馆，一位改任他职。"急进会"在形势急转直下的关口决定提前举义，部分新军精锐即将动作。顾先生和徐竟在万分危急的情势下，只好将小部新军撤出防区，携德制"曼利夏"步枪和大炮，与城外绿林队伍会合。

子艮先生的汗水从额头流下："尽管举义终止，但革命党总算有了江北最大一支武装。徐竟他们有一天会挥师南下，半岛全境光复也就指日可待了。"王保鹤先生看着我说："顾先生感激季府，请你们致意伊普特院长及属下。""金水呢？""他在徐竟身边。""可是他们什么时候回来？"我最急于知道的是这个。子艮先生"啊啊"两声，抬起了皮肉松弛的颈部："后会有期吧。"

这等于什么都没说。我郁郁不快。王保鹤先生抚着我的肩头去了另一间屋子，只留下管家陪子艮先生。他坐下后马上问起了麒麟医院那个事件的前前后后，目光中满是父辈的恩慈。他同意我的揣测：自我入监后发生的一切皆为康永德设计。"这是半岛上最阴险老辣的敌人，徐竟最恨最提防的就是这个人。"他顿了顿，转而问起了邱琪芝："你和他还有来往吗？"我点点头。"那就好。徐竟希望你把他抓紧一些，这个人真的重要。""是的，父亲在世时如果没有和他分手，修持也就完全不同了。"王保鹤先生摇头："徐竟并不关心这个。季府对长生术的兴趣自你父亲开始淡下来，邱琪芝就趁机扩大了地盘。如今半岛上全是他的门徒，江南也有不少，势力大着呢。各色门徒中少不了与康永德来往密切的，你知道那家伙是最迷恋长生的。这边随时都会用到邱这个人。"我琢磨他的话，不难洞悉徐竟的心思。就此我又想到了小白花胡同亲历的那一幕，当时就曾想到那个无耻的修炼者是康永德。但我不能肯定，甚至不能想象邱琪芝会是康的朋友。我说出了自己的判断，王保鹤先生点头："这就是邱琪芝的重要了，这边需要他。"

我让先生有机会转告兄长，自己一定会经常和那个导师在一起的。不过这样说时，心里想的全是修持本身。我记起了上次王保鹤许诺的那件事，就请他告诉父亲与邱琪芝决裂的真正原因。他没有拒绝，说："扼要讲来，邱琪芝一直觊觎季府的秘笈。还有，他着迷于邪术，竟然怂恿你父亲亲自去试，说季府里有这么多女仆。你母亲最厌恶这个人，你父亲最后也只好和他绝交。"王保鹤先生没有时间讲出更多细节，但这已经与邱琪芝所谈的大相径庭了。

我必须弄清这其中的谜团。这是第六代独药师无可推卸的责任。

八

回到阁楼上一阵惊讶：朱兰竟将这里打扮得美轮美奂。大束的名贵菊花品种、含苞欲放的丰腴的玫瑰，还有鸢尾，插放在映着晶莹的透明玻璃瓶和青花瓷皿里，或从上方披挂下来，于高高低低处绽放，笑靥迎人。橡木地板疏疏地抛撒一些干花瓣，不忍去踏。浅紫纱帘让室内尽染黎明光色。待在这儿，忍不住要于花丛间寻觅啾啾小鸟，它们都收声敛口。香气馥郁，似浓还淡，我深深吸进一口，闭上眼睛。朱兰一直在旁边看着我，这时说："小公马的味儿一点都没了。"

是的，就是这气味的消失才让人感到了陌生。这儿的书屋和静坐间，还有环廊，以至于餐室和净手处、厨房，都在绝对静谧的绚丽之中变得风韵卓异了。这儿的主人应该是一个肃穆雅致、腹富口俭的英俊男人，秀浓的眉头下有一双敏慧黑亮却又谦和的眸子。他是一个令人尊敬的传说般的人物，而非我这样的凡夫俗子。这个时刻如果驻足镜前，必会有一阵厌恶生出，所以我远远地躲开它。

我说："多么好啊，可惜她两天不来，这里的花就会蔫下来……"

朱兰马上答道："她会来的，她不会让老爷失望。"

真弄不懂朱兰的信心来自哪里。我预感到这一次可能就像盼望那封久而不至的信函，同样需要极大的耐心。在这儿，不是我在等待，而是这些娇艳的花在等待。两天过去了，我问那个年轻的大眼睛花工，从哪儿弄来这么多艳丽的花儿？我知道季府的老旧花房已经培植不出这么多的新品了。他说自己与教堂花房主人已成朋友："那是全城最大的花房，老爷有空一定去看看吧。外人进不得的，老爷去他会高兴。"我答应了。我知道他极想拥有那样的一座花房。

这天下午我告诉朱兰一声，就和花工走开了。我们被迎进一个有着宽敞玻璃顶盖的特别大屋，主人是一位戴了白手套的中年人。这人是从洋花匠手里接过这份工作的。"他们洋人离了花还真不行。"大眼花工说。我四处看着这些目不暇接的奇花异草，发出阵阵惊叹。高高的梯架、水池和悬起的胶管，全是未曾见过的时新器具。"医院和教堂的人常来取花，另一些体面人物也来，进项足够用来侍弄这座花房了。"大眼花工跟在身边咕咕哝哝。"医院"二字让我心口那儿一阵发烫。他见我出神就问："老爷想找什么？""哦，一朵最美的花……"

我们走出那座花房已是半下午了。我说就在一年多以前的这个时刻，我的牙齿疼痛难忍，结果就给逼到了洋人那儿。我指指医院那个方向："牙疼起来真是要命！""啊，他们洋人用什么办法给老爷治好的？""鲜花疗法吧！"他怔着，我没有停步，只沿街区往前。不知不觉走过了一些熟悉的地方：彩线摊子、小白花胡同，不由得放慢了脚步，但终究没有停留。我们向西北方的高地街走去。一会儿就看见那片两层西式建筑了，风中开始有了不同于身后街区的味道。我站住了。

身旁的人目光迷离地望向那儿。我问他："你如果生病了，敢不敢去那个地方？""听说洋人是动刀的。不过老爷敢来，我就不怕。"我拍拍他的肩膀："好样的。其实没那么可怕。"他眨着大眼睛："老爷说的'鲜花疗法'是怎么一回事？""这个么，你得自己试一下才知道。"

正说着，几声低低的喇叭响过，一辆黑色小汽车缓缓停在身边，原来是府里的车。司机下来躬躬腰："朱兰请您回去。刚才去了教堂花房，好不容易一路找过来。"我声音颤颤的："什么事情？""不知道，好像有上紧的客人来了……"

第十三章

一

季府正南门停了一副八抬大轿，一溜轿夫抄手而立，另一边则挺直了四位挎刀背铳的兵士。我马上明白是府衙里来人了。我首先想到的是康永德，心情立刻冰冷寒彻。前厅迎出的是管家，他用稍高的嗓门禀报："老爷，康大人驾到，还有公子……"我心上一惊，脑海里浮现出那个乌目滚滚的年轻协领。快步穿过前厅，没有理会两个身挎短铳的兵士，直接去了后堂。"康大人！公子！"我躬身抱拳，"让您久等了！"

康永德起座，有些气喘，看一眼旁边的年轻人："快见过季老爷！"年轻人施礼。我说："早已结识康协领，大人！"康永德做出畅笑状却无声音，气息虚赢。他看我两眼说："季先生恢复得不错。自先生回来就心心念念，早应该过来讨教。非儿，"他指着儿子，"我今个把他牵挞府上，就为了拜先生为师啊！"我心里极厌恶这个凶残的青年与自己同占一个"非"字，只是谦言："哪里哪里，大人指教！"

康非未穿军服，着缎面浅蓝长衫，那垂下的辫子似乎比上次见到时更黑更粗了。只是他的面色有些苍白，日渐冷肃的秋风使紧绷的嘴角那儿挂上了凶厉的痕迹。我此时较能够将他与那个残无人性的形象合而为一，用力压住了心中的愤懑。他一笑，转向父亲："季先生去军营之后，我已按吩咐悉数办理，几年来矿区再无烦扰。"康永德垂目："季府诸事，必得尽力。而后你需殷勤讨教了，我年纪已大……"说着站起，将康非拍拍按到座上，扳住我的肩头走出一步。我知道他要单独和我说点什么了。

我们坐到旁边的小厅中，仆人送来茶点即避退。康永德长吁短叹了一会儿说："府上老先生走后，我就成了无有倚傍的残树，说不定来阵什么风就倒下了。你为我加减丹丸吧，再就是，嗯，"他眼中射出了热辣辣的光束，"不瞒你说，你父亲在世时给我看过那方面的秘笈，如今已经遗忘荒疏……"

我此时已经捕捉到了什么，立刻在心中说：一片谎言。父亲绝无可能与他妄言邪术，更不会授予秘笈。我做出惊异的模样："啊，竟是这样！那太可惜了！父亲大半担心后代偏执自戕，离世前最不该做的一件事就是把封存的残卷填进了丹炉！"

康永德站起："有这等事？全烧了？"

"是啊，府里老人都记得焚了一天一夜，老爷不让别人插手，从碉楼下来时头上全是灰屑，像顶了花白的头发。"我故意添加了细节，以求逼真。

他重重地坐下，盯着冷茶说："没有毁于兵祸，竟自己烧了，悲夫！"他瞟着我，"府中一点都没剩下？哪怕传下几句口诀，有时也是要紧的切口，就好比找到一把开门钥匙……"我一脸茫然："那都是古人才有的大心智，季府如今不过是小心地守住一个独方，哪敢再想别的。"

康永德按着右肋哼叫，眯了一会儿眼睛，仿佛抓住空隙小眠片刻，再次睁眼又变得神情尖利了。他把肿胀的巴掌举在脸旁，像是让我看手背与脸上的黑斑哪个更多："季府太大也太过古旧了，什么妙物都会藏在旮旯里，季先生只要留心就会挖个宝贝。""那太好了，只要找到，晚辈一定立马送到大人手中。"康永德往门口瞥瞥："我那小子是找东西的好手，你日后想起什么来，尽可以招他过来。"我心跳有些快，摆手说："岂敢烦劳协领！""那就见外了，从今起他就是你的徒弟了，只管随意指派！来人啦！"他说着，一声高喊出人不意，让我心上一紧。

管家和康非一前一后进来。康永德指着儿子说："你要给季先生行师徒大礼，我今个牵挞你来就为了这个。"康非说："孩儿遵命……"管家一直看着我的脸色，这时慌慌阻止："这等大事不可草率，老爷、大人，容我一一周备，找个良辰吉日从头来过才好。"康永德不语。我拱手说："大人，那就换个帖子吧，改天再补上礼数。"康永德高兴了，点头称好。

仆人开始为客人张罗晚宴，康永德拒绝了，说拜师宴改日再说，那一定是康家来做的。临别时他看了府中半残的花园，站在园中望着那个堡垒似的阁楼问："防兵患用？""不，我自己待的地方，就好比丹房。"康永德捋着胡须："我想念季府过世的老爷啊，他若在，我就不会这么恓恓惶惶的了。那会儿我还是一个管带，一口好牙……"

二

我和管家细细揣摩康家父子造访的深意。索要秘笈？引康非入府？重温旧谊？好像都有一点，又似乎另有他图。父亲当年一度将其让成朋友，但很快就疏离了。这个人在五十岁之前极为迷恋丹丸，后来则另辟门径，只与一些奇怪人物往来。我同意管家的话：此人绝少言及上次麒麟医院的命案，也没有提到一句徐竟，显然是故意回避，藏了诡异。他让康非拜师是假，借此随意进出季府为真。"多年来季府就成为康永德的一块心病，他也多少摸清了这里的脾气，只是没有找到最后下手的机会而已。他想以这里为饵逮一条大鱼。"我问："多大？像顾先生那么大？""越大越好。"我冷笑："那样的大鱼不会游到这里了。父亲在世时是最好的机会，可惜康永德错过了，今后再也别想了。"管家沉默着，可能又想起当年南方大统领造访的情景，脸上是满足和自矜的表情。

回到阁楼，我发现虽然已经过去了三天，满屋花卉依然簇新，还是娇娇欲滴的样子。朱兰说："花儿在等一个人，她不来它们是不会枯萎的。"我们静静地坐在芬芳里。这三天三夜我绝少进入这里，夜间则去别处安歇。我不想在此留下令人生厌的体息。据朱兰回忆说那三年禁欲闭关的日子里，即便是门窗紧锁，只要从这儿路过，一种熟悉的气味就浓浓地扑过来。"老爷的头发先是又黑又亮，后来又变成了蓝色。我听见你夜里咬牙的声音。"她这样说。我想这极度的焦盼持续下去，说不定一头乌发会再次变色。我叹息起来。

这是一个寂怅难熬的长夜。朱兰准备了玫瑰香茗与我共饮，展开小楷抄写的佛经让我看。她的屋子总有一股古墨与沉香混合的气息。这会儿她又戴上了那顶棕色绒帽，稍稍敛藏的妩媚映在温温的灯光下。她让我写一幅行书，最后勉为其难地草成，毕竟难掩浮躁的心气。她却多有褒奖，说"丰实沉潜又自然散淡了许多"。我想起什么，问她多久没到寺里去了？她说已经半年了。"你只要想去就去吧，手边的事情尽可差遣他人。"我说。朱兰点头。

凌晨一起用过粥食，然后回到寝室。星辰闪闪，像一些清纯的眸子。我恋恋不舍地在窗前站了一会儿，开始歇息了。一些不连贯的梦，一些鸟鸣，牵出一个清新的黎明。半上午时分被一阵敲门声惊醒，朱兰出现了。她喜悦的脸庞写着一天的吉祥。我那会儿真想将其紧紧拥入。"老爷，我还是得喊您起床……"

是的，我已经从徐徐北风中听到了一个佳讯。这会儿她正待在客厅中，准备和我一起登上那个不无神秘的阁楼，一座男人的隐修秘堡。我脚步匆匆赶往那儿，穿过窄窄更道，先朱兰一步推开了小厅的门。陶文贝果然在里边，脸上是悄藏的紧张与羞怯，甚至有点手足无措的样子。啊，多好的一天啊，我的芬芳四溢的花的堡垒啊，这会儿就要迎接一位仙女，她拖得长长的裙裾后边，走着一个丧魂失魄的王子。

朱兰打开阁楼的门即退去了。陶文贝的鼻翼动了动，显然对扑面而来的花香始料未及。她像犹豫什么，最终还是跨了进去。我在近旁好像听到了一声惊叹，或是其他，但没有从她脸上看到异样的神色。她深入几步，回首看我一眼：那是温情暖意的一瞥。我心中的某一部分瞬间融化了，只紧紧抿着双唇。她小心地探寻，先是一个一个空间进入，退出，站上回廊，在披挂的大束鸢尾花下边站了许久。我离她只有几步之遥，担心错失了任何一句心语。这极短的一段时间里我迅速滤过了那三年自囚的全部不幸，特别是那排"马牙"被她和洋人雅西轮番推敲的尴尬。仿佛所有的煎磨都为了这一刻。我领悟至此，需要多么强大的意志和丰富的阅历，才能拥有此刻的平静、不动声色、举重若轻……我的嗓子发痒，不止一次紧紧捂住了嘴巴。

她从回廊上的一个方孔往外望了望，回首问："这是作什么用的？"

"为一场战斗准备的。"

"是射击孔？"

"不，所有，这里的一切，都是为了一场战斗才搞成这样。这是必胜的，如果失败了，它的主人就得去死……"

她惊慌地看着我："这是季府的工事要地？"

"啊，是的。"

"武器在哪儿？"

我盯住她，上腭发紧，但还是字字清晰地说出来："没有其他任何兵器，只有我自己，赤手空拳；不，只有我的诚实、我的矢志不渝，我的勇气和爱……"

三

谈话急转直下。陶文贝终于明白了我在说什么，一双手不由得护在了高高的胸部。那儿有一对潜伏的小鹌鹑，我梦中都想缚获它们。我心里说，我这个急躁而忍韧的侠客是弹无虚发的，我既然跃入了壕堑，那就是绝杀的开始。我剃去了满脸胡须却并非真的文弱，日夜谴责薛蟠般的粗陋却依然凶鲁。我忏悔我泣告，我急不可耐我野气大发，像个驯服的狼狗一样紧紧夹起了尾巴。我必要获得自己的心爱。我面对这无可争执的绝色，深深地垂下头颅，声音艰涩地说道：

"我是实话实说。我一点办法都没有。"

她一直看着我，大概在想对方究竟是防御还是进攻，以及怎样应对这裹了糖衣的飞弹。她终于微笑了，说："这里的主人可不能失败，因为他在以死相逼……不久前，当他真的面临那个凶险时，有人吓得魂都没了。"

说到最后一句，我发现她的眼睛有些异样。我马上明白她指的是我进监房的那些日子。我永远难忘这样一个事实：万分危急之时，就是对面这个弱女子，竟将一桩命案揽到了自己身上，只为了让一个男子免死。我的呼吸急促起来，暂时找不到一句话来应对。

她又恢复了刚才的微笑，问："如果这场仗打了个平手，比如和平解决了，这儿的主人又会怎样？"

"我，我也不知道……因为我不知道什么才是'和平'。"

她笑出了声音："季老爷，我们生在乱世，也就凡事都想到了战斗。其实这真的不是战斗，一点都不是。您说呢？"

我满脸烧灼。我连忙说："是的，陶小姐，您说的对极了。这不过是一种比喻……"

"再也没有比不当的比喻更误事的了。我们还是别要这个比喻吧，因为这儿太美了，这一屋的鲜花太美了。还有，这是多么别致的建筑啊！我从来没见过这样的地方……"

她的赞美让我兴奋。这是在赞美主人的居所，多少也等于对主人的直接肯定。我渴望她的这个思路一直向前延伸，直到最后的抵达，那其实就是我的胜利，不，就是双双获胜了。我双脚踏动，搓着手："不好意思，不知该怎样，这当然是为您准备的，也还是配不上您。"

"我哪有您想象的那么好。季先生，我接到您的信后一时不知该怎么做……来之前想啊想啊，生怕让您失望，因为您是那么直率的人，我真的没有见过您这样的人，让我超出了想象。可我还是害怕了，因为我们要做的事情太大了，大得不敢往前……"

我一个字、一次细细的呼吸都不放过。我真想大声鼓励甚至推她向前：没什么可怕的，我们做的是一生最好不过的选择。但我害怕莽撞，没有说出这句话。

她从回廊绕到左边，最后在书屋伫立。她抽出一本书，是关于养生的："您的世界太深奥了，"她翻动，又把书放回原处，"说真的，我怀疑人能够长生。""这一点都不需要怀疑。""您真的这样认为？""真的。我担心的是人要犯错，是它妨碍了长生。""怎么才能不犯错？"我皱起眉头："这正是最难回答的，就为了它我才筑起这座阁楼，让自己冥思苦想。我想尽办法专注和安静，一切都为了寻找那个正确的答案。"

我们一起来到静坐间。她试着坐到一个硕大的蒲团上，双目垂帘。"啊，这真的很静，"她说。我想讲述放思绪于遥渺的那种境界如何形成，又忍住了。她抬头看着前方，一会儿又转向我："他们洋人是信星座的，我学了一点，瞧了先生的星座。您是天蝎座，上升星座是金牛，月亮星座是摩羯。如果再早生一点点，您的上升星座就成了白羊。所以您有时那么倔犟那么顽强，有时又天真无邪。而我是水瓶座，还有上升星座和月亮星座，与天蝎最不相合，简直是两极！我们走近了只能有一种解释，那就是相互间太好奇了……"

我差不多停止了呼吸。我在心里叹服：是的，好奇！对一个生命探险般的好奇！为这险峻的历程宁愿花上一生，无论这一生有多么漫长！我希望对方也像我一样，也受这强大的好奇心驱使，一直向前。

"您信星相学吗？"她睁大了眼睛。

"我一点都不懂，不知它是不是中国'紫微斗数'那一类……请告诉'天蝎座'和什么最为相合？"

"巨蟹座、双鱼座和处女座。"

我有些不安。我不知她最终要说什么。我惴惴地期待，不敢看她的眼睛。

她说："季先生，这么长时间了，我一直在想从结识到现在，所有的事情。我发现我们已经结下了这么深的友谊，相互间这么信赖。如果您能够、能够同意，我们今后将成为最好的朋友……"

"只是……朋友？"

"最好的朋友。"

我觉得一股寒意在胸口那儿漫开。我一下口吃了，像在询问自己："如果，如果两个人都想为对方舍弃生命，哪怕只有一次这样的冲动，还会止于、还会仅仅做个'最好的朋友'吗？"

她没有回答。

四

"我只是她'最好的朋友'！"我告诉朱兰。我的语气与脸色让她颓丧了。她沉默了一会儿说："也许这种事开始就是这样吧，老爷性子太急，她大约从来没经这些。再就是，她从小和洋人在一起，有些洋人的脾气也说不定。"我很快否定："错了，据我所知洋人在这种事上才敢作敢为呢，他们更直接更大胆！""如果是女洋人呢？""我说的就是女洋人！"

陶文贝走后，满室鲜花立即萎靡了，散发出酸酸的气味。我让朱兰帮忙把令人心酸的这一沓子清除一空，然后一个人坐在那儿发怔。我好像从这一刻才突然想起：已经许多时日了，自己正处于最紊乱不宁的颠簸之中。这正是修持者最大的禁忌。是的，应该收缰止步了。这会儿我承认：自己的所有痛苦都来自麒麟医院。我不由得想起了一个人，一闭眼就能看到那束沉沉下垂的马尾辫。屈指算来，从禁闭自囚的四年多来，我和他只在监房中见过一面。这是多大的疏失啊，它的后果有多严重，也许会随着时间的流逝而逐步显现。我还记起了王保鹤先生转达的兄长徐竟关于他的叮嘱，对那种革命党人的急切陡生斥拒。

我只想早些见到这个人，他实在称得上我的导师。

我和朱兰言一声就出门了。像过去一样，穿过西街区，沿着那些曲曲折折的巷子拐来拐去，直至迎面望见苍苍的邱家大宅。还是直接去丹房，不料大门紧闭。扎了围裙的书童正从草顶廊子里出来，见了我好像毫不惊讶。他的目光神色依然如旧，躬身施礼，而后在前边引路。

我们又去了几年前初次见面的林中草寮，眼前情境与过去一样，令人想到这是一次重新开始。邱琪芝背对着我，大约过了十余分钟才双手抚面，然后缓缓站起。我上前一步，他抬了一下手，走出草寮。我们一前一后走向了丹房。书童已备好香茗，燃起了薰炉，到处都是檀香气息。邱琪芝几乎没说什么，甚至不愿多看我一眼。我饮茶，像他一样沉默，最后还是说了一句：

"我错了，没来探望您……"

他摇摇头："能在梦里会面已经不错了。"

我不知他是否真的在说梦境。我自己几乎没有梦到他。我想听下去，可他不再说什么了。我感动于那次监房的交谈，对他的每一句话每一个神情都未能忘怀。我说："老师在最后时刻，我是说险些成为最后的那个时刻，去探望了我。我会永远记住您的话。"

"不过一些平常话嘛。记住也好。"

我想起了他那时流下的两道长泪，知道无论如何他是爱我的。这之前我一直疑惑那个阴幽的用心，担心自己被摧毁。这其实是低估了自己，而对方也许始终坚信他的这个徒弟。他想得很对，我最终还是挺过来，从冰火两重天中转活了。我说："我记住了您的话，长生修持就是最大的仁慈。"

"季府传人不会离开这条大道，我们都不会。那次我以为真是最后一面了，心疼难忍。当时我想眼前又是一例：无论多么坚韧卓绝，刀铳下边都一样。这之前一直想去掉你的刚倔，用尽所有办法，最后还是失败了。我那会儿哭的就是这个。"他垂着眼睛，并不看我。

"我会铭记的，然后再从头开始。"

"那太好了。其实嘛，我早说过，季府才是半岛人的指望，是他们的心，这颗心不跳了，那些人就一块儿死去了。几千年来这条根脉一直未断，它就在半岛上扎根，一有机会就像藤蔓一样伸到南南北北。平时隐在暗处，是土里的根脉。"

"我知道，从父亲那会儿起，季府的这些朋友就越来越少了。他们都先后离开了……"

"那是因为他们绝望了。"

"可是您身边的人越来越多，我也成为这当中的一个。"

邱琪芝站起，声音微微提高了一点："你以为我能代替季府吗？不，谁也不能。你一辈子都不要忘记自己才是它的主人，是第六代传人，这声望传统是积累了几百年的！你如今来我的丹房，不过是一路相携罢了，是我对季府的旧情，是一种报答……"

我有些感动，不知说什么才好。

"我承认在半岛、在江南江北，没有人比我的徒弟再多的了。不过他们没有一个比得上你。他们没有季府这样的根柢，就说书吧，自秦始皇焚书以来，方士秘笈藏起最多的莫过于半岛，半岛上首屈一指的又是季府……"

我立刻警觉起来。我想起了王保鹤先生关于"觊觎者"的那番话。

邱琪芝有些慵倦，坐下饮一口茶："放心，收好那些书，我一辈子都不会染指。守护这些珍宝是季府的事情，让它的传人来干吧。"

五

我已经用尽了所有的力气绕开一个人，她就是"最好的朋友"。我从心底厌恶这几个字，甚至用诅咒来对待它。阁楼中余留了一种声音，它总是悄悄响起，却能够直抵耳郭。我不止一次想逃离这个地方，就为了躲开这声声悄语。万念俱灰之时我还是对邱琪芝说出了心底之苦，但没有吐露那个芳名。他点头："这才是最难根除的东西。""怎么才能挣脱啊？""死亡。"

大约为了能够让我舒缓一下，邱琪芝要与我同出一次远门。其实也不算什么远路，只不过是郊外的几处地方，他每年都要光顾。早在我们上路前书童已转告相关弟子，这样一路饮食周备，匪痞滋扰也可免除。我再次见识了导师的伟力：弟子遍布四方，他就像一个无冕之王。

我们先去了城西北三十余里的镇海寺。那里原是一处佛寺，后易为道观，如今已十分冷清了。寺中只有三两人做日常打理，主持人是最年长的道人永晏，邱琪芝的老友兼弟子。永晏未着道服，一身农人打扮，多数时间也在周边菜地里忙碌。这里除了以前遗下的旧物，实在不像谈玄的地方，平平常常。邱琪芝说喜欢的就是这个，他最厌弃"习气"。在他看来道服、香火、八卦图种种，大半都有"习气"之嫌。"一切以自然为好，如同最高格的气息周流不施意念一个道理。"

永晏和蔼可亲，让身边两个年轻一点的人准备吃物。邱琪芝说这里有最好的粥食，小菜也清纯可心。用餐时才知道这里简单精细，并不求品类的繁富。所用食材大致出自寺边田地。"生鲜。"邱琪芝说。有一种黏黏的碧绿菜蔬，是此地独有的美味，生于井边，像苔又像幼小的瓦松，是嫩玉米的良伴，做粥妙不可言。"滋味是一方面，和脾顺心更重要。"邱琪芝用一把苹果绿小匙搅弄汤钵，教我怎样品尝：舌尖先触，在口中徐徐漾开，会感知秋末的促织鸣叫。在他这里将味觉与听觉混淆起来，已经不是第一次了。

餐后饮的是寺中的茶，是永晏亲手炒制的，保留了稍浓的烟火气，据说更能够"打食"，即尽可能去掉食物在胃中积起的"沤气"，让人通体清新。茶后他们谈起了夜观星辰的感受，这属于"目色"，我赶紧留意听着。永晏说："至半夜时分，至多凌晨两点这会儿，东北勺柄上方有一股青橘气。"邱琪芝点头："若泛出了蟾酥味儿，那就要小心。等月亮出凹时，细细松松地迎它，会有藏红花的香味扑鼻而来，这是最得意的光景啊！"永晏合掌看着对方："这儿也不过有那么三两回，难忘。"

谈了一会儿天色暗淡下来，邱琪芝起身去一间窗扇洞开的屋子，我们随上。从这间屋子望去，可见远处的山影和由清晰而模糊的稼禾田垄。窗户开得很低，窗台是厚木做成。地上铺了毡子，上面再加蒲团，一望可知是静坐间。邱琪芝鼻子抽动，说气息较去年更好了："清，也醇厚。"永晏点头："今年已经两次了，静坐时有三只蝴蝶绕着我，直到摩脸起身它们才离去。"邱琪芝叹息："这才是自然一体。那会儿你与一株玉米一棵树没什么两样。"说着转脸看我，重复一遍："没什么两样！"

令我欣喜的是，两个人谈什么都不避我。永晏指一下我说给老友："他父亲，季府老爷是我的熟旧！我们早先谈得拢！他的丹丸我也吃的，后来才耽搁下来。"我看着他耳旁生出的一撮白发，真想说：重拾丹丸吧！说了一会儿，邱琪芝想起了一件重要的事，因为口气明显变沉了："小景来过没有？""来过，住不下，两天走人。"我听出"小景"是一个人，而且是邱琪芝众多弟子中的一个。他目光冷僵，看着愈加深浓的夜色：

"多么聪颖的孩子，根性也好，可惜。这都是南方害的。"

从他们交谈中我渐渐知道：小景是邱琪芝最喜爱的一个弟子，近年去了几次江南，接触了什么人士，从此再也不能静心了。

"南北地气有异，南人北上成就大事，北人南去凶吉参半。小景不该往南走，他让我半夜想起来心疼。"邱琪芝闭了眼睛。

永晏说："我再见他时会好好说的。我让他跟我做田里营生。"

"那真是再好不过。"

"最早他随我采药，那是多好的孩子，脸像大红苹果。"

邱琪芝睁开眼看我："南方是个害人的地方。"

他的话我不敢苟同。不过我这时倒想起了一个人，就是管家的那个断指儿子。

六

我们在镇海寺待了三天，然后沿城北划了一道大大的弧线，去了一片山地。这里丛林茂密，偶有裸露的大石，很是醒目。一路都有人迎送，换了两次车，接待甚为殷勤。邱琪芝一路默默，并不言谢。山下早有人备好轿子，一直把我们抬了上去。到了山间才发现这里没有人烟，走了许久才见到一座寺庙，并未歇下，还是往前。这样走了大约两个钟头，抬轿的人说一声"到了"，我们就置身于更高的山石之间了。

这儿又深又静。我们下轿的地方是一块石头平地，四周林木缠满了藤蔓，缀了熟透的大小野果。没有阳光。鸟鸣于厚林密草之间，声音闷远。我看看邱琪芝，见他扑打一下衣衫往前走了。这是一条羊肠小路，石头踏得光滑，一直穿过裂开的巨石才看到强烈的阳光。原来这儿是大山的豁口。迎着光亮的北侧有一个很大的山洞，邱琪芝说："到了。"

这山洞口部开敞而内部狭窄，再走一丈余又见开阔。我忍住了惊叹：洞中铺了厚厚的山草，上面是桧柳编成的席子。如果将入口处看成前厅，那么窄处算是长廊，更开阔的地方就是内厅了。从这儿往左往右都有形状不一的小洞子，里面有更细致的铺设，有被褥。正看着又听到了潺潺水声，循声寻去，见不绝的山泉落进石壁上一个凿成的方槽，就是最好的水盆了。洞子东邻有垒成的厨房和贮物间，两个人正在那儿忙碌。

我发出赞叹。邱琪芝告诉：这里已经有几千年的历史了，半岛上几乎所有的大方士都来这里修炼。"徐福来过吗？"我念念不忘的还是那个乘楼船入海求仙的人。"怎么会不来！不光是他，所有成就长生大业的人必得来此落脚。他们在洞中磨炼开悟，得真力去习气，最后成了。""您经常来吗？""说不上经常，两年一次吧。这些年来得少了，因为山上闹匪。"我说绑了管家儿子的土匪就在大山中。邱琪芝鼻子一哼："前些年有个大匪竟在这里安下营寨，我让人捎信给他，说也忒大胆了，你知道这是什么地方？大匪吓跑了。"我吃惊："这些杀人恶魔连官府都不怕！"邱琪芝"嗤"了一声：

"官府的厅堂年份太短，镇不住大匪。"

这里的食物像镇海寺一样简单，只是风味有异。邱琪芝餐后告诉：早年来这儿的人施行苦修，将"气息""目色"等等与"膳食"分开，以为吃物粗陋更好。后来才知道是大谬，于是也就改过来："从此这里就小心恭敬地对待膳食大事了。"我说："我真是喜欢这样。"他瞥我一眼："你是季府老爷嘛。"

入夜我们各自回自己洞穴静坐。这里不是沉寂，而是垒垒山石之中的混沌，人在其中先是小到了极微极弱，渐渐才生出根须似的，与四周连在了一起，自己也沉到拔不动拽不脱的感觉。这与在阁楼上完全不同。气息周流也变得粗壮而浑重，不再如以前那么纤细清澈，而是呈漫流覆盖状笼统灌注无边无际，稍顷再褪去、游走、回旋，如此久久不息，循环往复。所有陈旧牢固的锈物都被移动和打磨一遍，或擦拭一新留下来，或扯碎了再冲走。我不敢让意念驻足片刻，总是释放出更多的随意。

我将此地得来的悟想告诉了邱琪芝，他说那就对了："所以然，那些初生牛犊就不宜在此久留了，对它们来说这里的犁耙太重了，这种耕耘太累了。那些上年纪的人也是最后才来这里，比如当年的徐福他们，到一定火候必得进山了。"我不安起来："我也算个初生牛犊啊！""那不一样。你跟我已有一段时间了。要紧的你是季府传人，打一出生就算这个行当里的一头老牛了。"

我不再询问。来自他的话让人受不了。我真的觉得如一头"老牛"那般稳健厚实了。这会儿一种难言的豪迈和傲岸加到了身上，并且持续了很长时间。这个夜晚让我明白了许多，深知以前的稚嫩无知有许多都因为误识这个人太重。由此我又想起了陶文贝，心上明亮闪烁，就像在荒芜凄冷的山石间突见桃花一般。我叫着她的名字，说你真该随我来这大山里啊，我们在这里幻想和展望，也许全都不一样了。在真正的大山之中，你这块"顽石"也就容易搬动了。

我多想提出一个唐突的请求：让邱琪芝出面说服陶文贝。我认为他是无所不能的。但我终究没有。她只要一出现就占据了全部心身。我觉得双手灼烫，在夜色中举起时，好像看到了指尖上有赤色的火焰。我捂住了脸、头发，整个人都在呼呼燃烧。

七

回到季府的第一件事就问朱兰："陶文贝有消息吗？"想不到朱兰眼圈马上红了。她不说什么，我只好再三请她讲出来，因为任何耽搁都会是致命的。朱兰掩了门从头说一遍，我惊得说不出话。原来在我离开的第三天陶文贝来了，因为我不在，她和朱兰一起谈了很久，还看了那一幅幅小楷和佛经。朱兰对她喜欢极了。可是在离开前她突然说："我觉得你和季昨非老爷真是天生的一对，你们太应该在一起了。"朱兰当时吓坏了，惊得脸色都变了，好不容易才镇静下来说："我是府里的下人，发誓做个居士，一辈子不嫁。在我眼里您早该是府里的太太，我会待您和他一样，这样一辈子……"陶文贝没等她说完就打断："你和我只会是姐妹，而永远不会是太太和仆人。朱兰姐，您记住我的话吧。"

我长时间品咂这番对话。我想她来季府显然是找我的，而并非为了对朱兰说出那些话。不过她既然说了，到底是表示了对我的进一步拒绝，还是隐隐的试探？再推论一步，她是对我和朱兰发生过的那一切永不原谅吗？无论是怎样的结论，都让我心底滋生出深深的痛苦。

这个夜晚我实在难以平静，因为思念和委屈掺在一起，鲠在心头。我又习惯地坐在灯前，展开信笺。写分别之后的行程，从镇海寺到大山洞窟。信中只有长思和沉湎而没有抱怨。她是心中的小羊洁白无污，是一生的奢求和爱护。我知道这封信并非为了寄达，而只用来自己抚痛。正写着又有敲门声，我将信笺收入屉中。

朱兰说管家来了，他刚刚得知老爷回府，就匆匆赶过来。我想已经这么晚了，肯定有什么大事。肖耘雨在一楼小厅中坐等，脸色因兴奋而发红，见了我一下站起："老爷呀！"他握住我，手有些烫。我让他坐下。他尽可能放低了声音，却让我听出有一种压抑的激动："有徐竟他们的消息了，这回是好的、您会高兴的。是这样，他们开始从关外运送兵员和武器了，买通了日本一艘客轮，已经运了两批了。"

我觉得这消息太突然也太重大了，忧虑也随之生出："啊，这是不是发生得太快了？这么多人怎么安置？""早仔细筹划过，他们都暗暗转到东山了，和原有武装汇合起来。""是徐竟的决定吗？""肯定是和顾先生一起，经过南方同意……"我松了一口气。他再次站起："老爷，这一天估计为期不远了，我是说整个半岛的光复。这和上两次大为不同啊！"

夜里几次醒来。思绪怎么也离不开登州得而复失的那两场战事，一闭眼就是鲜血淋漓，是牺牲的几千个青年……我在心里祷告：神灵啊，保佑这个多灾多难的半岛吧。管家将这个消息当成了天大的喜讯，可留给我的却是忐忑和悲伤。

我整整一天都在徘徊。先是在阁楼上，后又到了府中庭院。花园中除了一些菊花还在盛开，其余的花卉开始脱下绿叶。秋霜逼近了。我又登上了那座碉楼，从高处望着大半个城区。今天这儿的硫磺味儿好像增大了，一阵阵钻入肺腑。这让人想到不久即将降临的一场战事。而时下的城区没有任何异样，仍旧是疏疏的行人，是高高低低的屋顶上方那层薄薄的雾气。

我从碉楼下来时脚步变得急促了。关于战争的消息只能闷在心里，因为这是一个秘密。伴随着战事徐竟和金水都将到来，或许还有顾先生。他们都是我想念的人，但我害怕紧跟在这些人身后的硝烟和血迹。我在碉楼下站了片刻，然后直接走出大门，去了街区。黄昏时分的麒麟医院染成了红色，我在离它不远处看了一会儿，心里一阵急切。这个黄昏让我觉得再也无法等待了，因为胸口那儿早就填满了火药，这太危险了。

去过了诊室，还有病房区，全都不见她的影子。我犹豫着是否闯到三楼的阁楼，最后大着胆子登上楼梯。这儿一下静得令人胆怯，须将脚步放得轻轻。外间图书室就是她的领地了，敲一下虚掩的门，再敲一下。我接连敲击，节奏如同心跳。门终于开启了。

如果不是错觉，那么自己第一眼看到的人大不同于往日：一只小羊羔自然不会憔悴，但缺少睡眠的痕迹仍然明显。她眼白上有血丝，神情在低落和讶异间急遽转换，显出了匆促。她双唇微启，牙齿闪亮，"季先生"三个字若有若无。她将门打开三分之一，像做着一个艰难的决定。门扇在她手中微微颤抖，最终还是拉开了。

"我想来告诉您一件紧急的事情……"我开口说出这样一句，马上又有些后怕。

"什么事情？"

"我也说不清……不过，肯定是紧急的。"

"到底出了什么事？您慢慢说。"她为我倒了一杯柠檬水。

"我也不知怎么说。只是觉得我们快要来不及了……"

八

我想她以后回想起来，一定不会认为我在这间图书室中说出的话是耸人听闻。可怕的半岛事变即将发生，而且会一场接一场，几乎再也没有间歇。在这覆盖和摧毁一切的巨变与动荡中，我们将没有时间讨论和决定个人的事情，而这事情实在是太大了：关于爱和不爱、拥有和放弃，甚至是新生和死亡。我这样说一点夸张都没有。

面对她的一再追问，我却不能将革命党即将光复半岛的行动透露一丝一毫。"那到底是什么事啊？与我有关吗？""当然，与所有人都有关。"我抿抿嘴，焦渴之极，大口畅饮柠檬水也无济于事，"所以我们必须加快，因为时间真的太紧迫了。"

"到底要做什么？"

我不相信她真的听不明白。我一口气喝掉了所有的柠檬水，气喘吁吁："就是我们之间的，就是一直在做的，就是阁楼上的，就是您几天前从朱兰那儿听到的……就是这些！"

她退开一点，咬住了嘴唇。

我大声问："您为什么那样对待朱兰？您不该这样，她是最善良的一个人……"

陶文贝涌出了泪水："请相信我季先生，那会儿我一点伤害她的意思都没有，只是觉得她付出的太多了，她的心全在您身上，她最应该和您一起……"

"可是这之前我已经全部地、毫无保留地告诉过您发生的事情，讲过了她那个不可更改的决定。"

"对不起季先生，请原谅我。"

"那么，"我看着她颤动的肩头，"您能够收回那番话吗？"

"我能。"她抬起头，"请转告朱兰大姐我向她道歉。不过最后一句是不会改变的，她与我永远都不会是主人和仆人的关系，她是我的大姐。她也不该是你的仆人。"

我点点头："真的不是，从来不是。"

陶文贝欣慰了一点，微笑着看我。这样只一小会儿她又皱眉："告诉我为什么来不及了？到底发生了什么？"我无法说出真正的理由，只说："以后你会知道的，这是真的。我想在这件大事发生之前，我们要做出那个决定。"

她不再问下去，低下了头。再次抬头已是泪水盈眶了："我说过，我们俩太不一样了，要走到一起，除非是相互太好奇了。您一次次让我吃惊，我想自己一辈子都不会明白、永远都要好奇……您说的对，发生了一件事情，我必须快些作出决定。不过您怎么会知道这件事情？"

她怔怔地望着我。这一刻我才醒悟：她说的这件事与我讲的半岛光复毫无关系！啊，原来在她那儿真的发生了一件大事……我尽力不让什么流露出来，只等待和倾听。

"季先生，您一次次让我害怕，更让我好奇。您为了我竟然死都不怕，那是我亲眼看到的……"

"是的。但不光是为了您。不过我真希望全都为了您……"

"我明白。我说的是一个能够为我这样去做的人，我对他什么都不该隐瞒。今天我知道您已经察觉了，那就全说出来吧。季先生，也许上次去您那儿就该说了，因为那时这事已经发生了。"

我不想遗漏一个字。我把呼吸放轻。

"我说过自己的身世，我的一切都是教会和医院给的，包括我的生命。我全部属于它、爱着它。伊普特院长好比父亲，艾琳就是姊妹。还有一个是雅西，他是我的兄长。他一辈子都会保护我，也是我的老师。我知道他一直喜欢我，我只把他当成了亲哥哥一样。可我喜欢他，没有想过要嫁给他，真没想过。后来他就直接说出来了。在我去阁楼的前三天，他正式向我求婚了……"

我的汗水从脖颈流下，身上却有冷冷的感觉。我问："您？您呢？"

"我不知该怎么办。但我和您想的一样，再不决定就来不及了。我一连几天慌得睡不好，天一亮就想，明天该让谁帮我？是您还是他？"

我上前一步，马上就要碰到她了，这才止住脚步："当然是我！让我帮您，我已经做好了所有准备！文贝，事情真的太紧急了，眼看就要来不及了。从第一封信到现在，其实我一直都在等您回信。那天险些就要永别了，您说季先生还不能走，我还没有回您的信呢！您的那声呼叫我会记一辈子，我那时就告诉自己：一个人能活着、活下去多好啊！他会等到您这样一位姑娘的回信……"

九

可能因为过于急切和激动，到最后我的嗓子竟沙哑起来。我的心扑扑跳，多么害怕在一生中最需要好好表达的时候却突然失语。我有暴暗病。我轻轻按着自己的咽部，直直地望向她。我发现她那一头乌发在愈来愈暗的光线下变幻着，泛出了浅浅酒红。她的头低低垂下，由于离我太近了，触到了我的胸部。我一动不动，害怕惊扰她伤到她，害怕雷鸣般的男性心脏会吓跑她。挨紧些吧，这小羊羔的重量哪怕再增加一分，我就会紧紧地拥住她。

那一刻真的呼吸停息，人如槁木。我无比敏锐地感受着她的发丝触动着胸前的衣服，发出谁都听不见的沙沙声。这样只一瞬，我感到了小羊羔头部的重量：轻盈到几乎没有。可是我真怕连这么小的倚重都会稍纵即逝，于是双眼紧闭，松松地缚住了她的后背。那一触之间我的双手感受了不安的一动，但猎物未曾继续任何挣脱的努力。我一点点加重了双手的力量。我的嗓子真的哑了，因为接上呼唤就没了声音。

这真是糟糕、不幸到了极点。我张了几次嘴巴，还是发不出声音。焦急中我伏下脸庞，将双唇挨近了她滑软的头发，同时大口呼吸。那种熟悉而又陌生的香味儿流入肺腑，头部因为窒息而一阵眩晕。她这样轻轻依靠，像要埋首睡去，从未想过对方如何承受。我已经难以用同一种姿势站立，只不敢活动，最怕将安睡的人惊醒。可只过了一会儿，她仿佛已经睡足，小心地用力，抬起头来。我生来第一次这么近地迎视这张面庞。我吻了一下她的额头，她躲开了。我呼唤她，可是发不出声。

"啊，您，您怎么了？"她受惊了。

我指指喉咙、嘴巴，比画着。后来我发现了一旁的小桌上有纸和笔，就取过来写道：

"对不起，我的哑喉病犯了。不要紧，很快会好的。"

"啊，你啊……"她疼惜了，过来搀住我。

我身上满是力量，只是嗓子无语而已。我回应她的只能是比刚才大上十倍的簇拥，是不顾一切的比比画画：完了，她不懂手语，情急之中我竟然把这一点给忘了。她极力挣脱，摇头，最后倔倔地挣脱出来，抵紧书架，好像正做着我第二次进攻的准备。我的汗水哗哗淌下，在纸上写了：

"对不起。我会安静下来。"

她理一下头发看过来，一点生气的样子都没有。如果不是误判，那么我从她的神气中还看到了一点欣悦。我的喉部胀得发疼，只要和她在一起、只要离得近了就会这样。我不敢抬头，焦躁，对自己厌烦，一只手竟然自作主张，歪歪扭扭写出了这样的一行字：

"让我简单地吻你一下吧。"

她只用眼角扫一眼那张纸，脸唰一下红到脖子。她往旁闪了一下，却还是让我吻到了她的脸庞。这种事情无论如何都难以突兀地终止，当我双手拥住她的时候，她就用力扭开：

"看看你写的字。"

我真的歪头去看，她趁机挣脱了。

天完全黑了。忙碌了一天的城市安静下来，从楼梯间射来温温的灯光。一个伟大的夜晚降临了。我努力镇定自己，知道暂时分开的时候到了。她看着我，伸手为我梳理了一下弄乱的头发。

我下楼，穿过长廊。在长廊一端站了片刻，去一楼。刚踏进大厅时她追上来。因为我不能说话，她无声地陪伴，一块儿来到大门外边。

在门旁我费力端详着铸铁图案，想起了很早以前的那个问题：上面铸了什么花卉？我比画、指点，她最后总算明白了，小声告诉：

"洋蓟。"

第十四章

一

因为幸福和暴喑症一起来临，我无法一诉衷肠。不过我的狂喜因为无从诉说而深入弥散到身体各处，整个人看上去既饱满激越又沉稳端庄，更像一个交了旷世好运的老爷。朱兰很少用手势询问，因为她只要瞥一眼就能洞悉一切，在她面前我已经很难有什么秘密。我与异性的任何交往在她那里都无可隐匿，比如和小白花胡同往来那一段，她凡事不问，最后却连一些细枝末节都了然于心。现在我最关心的还是哑喉病何时痊愈，不得已连服了几剂药局多毛先生的汤药。也许是我的焦虑让这个人乱了方寸，着急中他竟然给我贴上了那种沿汗腺游走的膏药。

因为实在难以等待，我最后还是要去麒麟医院。车夫迷恋那辆汽车，对如何驾驭这辆马车已稍显生疏，怀抱长鞭的模样有些异样。我是在仔细盘算过的时间去那个阁楼的，结果还是屡屡扑空。最后我不得不去诊室找人，比比画画的样子让她笑出来。"别这样魔怔了，"陶文贝把声音压得极低，"好好养病，我会去府上的。"我急急地做着手语："可我千万次地想你，什么都做不下去。"对方把一张处方笺推到面前，我看了看，不假思索地写上："正吃汤药。"

好不容易捱过了三天，这天上午九点终于能够简单地发音了，可这会儿又绝不适合去那里找她，因为是晨祷后最紧张的查房时间。我想选择晚饭前的一段，那才是幸运的时刻。大半天无所事事地待在阁楼里，几次试图坐下来，努力让自己走向"遥思"，结果总被一只无形的纤手拽回来。午饭后歇息了一会儿，下楼时管家已经在客厅里和朱兰说话等候了。管家将一张名帖递过来，让我一怔：一个赫赫有名的人物来了府里。这人是保皇党的首领之一，经过几年逃亡流离之后，如今可以半隐半显地南北游走了。但他的出现仍让我吃惊。管家说老先生这次是路过，想拜会第六代传人。此人当然令我好奇，只不过现在已没有多少心绪见他了。我只得更衣，在管家陪同下去前楼客厅。

面前是一个历尽沧桑的老人，诡谲而随和。两撇胡须很沉。面色不佳，虚浮。管家告诉：老人带了四个太太上路，另有两个留在他处。我这会儿离他四步之遥，却仍能嗅到一股旧樟木的气味，好像还掺了一丝膻气。他盛赞我的"形貌气象"，我知道这是奢辞客套而已：自己哪有什么"气象"。老人虚言道尽即转向其他，管家刚刚离开就问起了养生诸事。这就对了。但没有说上几句他就反客为主，全无请教之态："老夫以为丹丸仍须借重金石。"我惊异："那要死人的啊！"他的思绪荡向别处，笑吟吟地说："还有动物血，终有大用。"我不再说话。他沉吟一会儿，身子探过来，开口问的竟是房中秘术。这让我眉头一皱。他说："先生该是此中高手吧。我想气息意念当为机枢……"

我想邱琪芝在这儿也就有话可聊了。我的嗓子仍不利落，清一清说："想不到先生日理万机仍能专注此事。""不然，做大事者必有大欲存焉。"我稍持异议："据我所知，那些革命党人并非如此。""先生错了，那才是最能爱的一帮家伙。不能爱者，说到底不过是一些小革命党人罢了。多言了。"他不再说下去。我立刻想到了兄长徐竟，觉得他可算足够"大"的一个啊。我在心里为兄长打抱不平。

老首领告辞前讨了一些丹丸，作为答谢，留下一副墨宝：一挥而就，潦草之极。管家如获至宝，我说由你惠存吧。

客人走后的一段时间里我一直在想徐竟。尽管没有他的更多消息，北风里却似乎有了越来越浓的硝味儿。他已经许久没与府中联系了，想必进入了非常时刻。我想到他再次归来，或对季府于麒麟医院应急事变中的作为给一声赞许。我还是看重他的肯定。我想告诉他：你让我在另一场战争中发起致命的进攻，我这样做了，而且胜利初现。兄长，我深深地感谢你，是你在艰难的时刻给了我强烈的鼓励和催促，对此我永生难忘。

二

陶文贝报告了一个令人心痛的消息：雅西回国了。这是伊普特院长不曾预料的。院长再三挽留无果，雅西还是走了。"医院受到的影响太大了，他是最好的外科大夫啊！"她的泪水流下来。我一遍遍安慰。她日夜自责，觉得自己无论对医院还是雅西，都欠下了无法偿还的心债："那一天和雅西说了你和我的事，他先是一声不吭，后来还是祝福我。他把自己关在屋里。第二天有个不大的手术，他手臂发颤没有做。昨非，这事不能瞒着院长了，我该跟他说了。"我认为这是必须做的。我完全想得出雅西的伤痛，他开始给自己疗伤了。我愿这个为我治好了牙齿、为顾先生开启光明的男人能够早日度过这段煎磨。这种疼是致命的，可怜的雅西。在他眼里，如今的陶文贝可能变成了美丽的小狠人儿。

我揽住她，止息她的泣哭。她哭得更重了。她一边哭一边轻轻吻我，一只手捋着我硬倔的头发。我猛地抓住了她的手，又按住她胸前那对趴伏的小鹌鹑，急切而用力。她往上跳了一下挣出，睁大一双受惊的眼睛："你该不是个坏人吧？"我声音低到快要听不见："不是，真的不是。"

从此我在她面前变成了一个幸福满溢却又谨小慎微的好人，不敢越雷池一步。当我被爱欲和莫名的渴念折磨到无以复加时，就使用了暴喑复发时才有的举动：在一张巴掌大的纸片上写下一个不大的奢求。她闭上眼睛，我却要像个深知肉香的老猫那样抿着舌头走开。"快让我们成婚吧，季府里缺了你就全完了！"我在她的耳边呼叫着，让她一时不知所措。

她把我们的事情告诉了伊普特院长。院长单独接见了我，以父亲的目光抚摸了我许久，说："这是我最好的孩子。"我说自己一定会用上一生去爱她、追求她。"'追求'？"他重复这个词语。"是的，这场追求才刚刚开始哩。"他稍显愕然地看着我，沉沉的大手放在我的肩头。

我料定这个寒冬前后将要发生的那场事变会毁掉一个完美的计划，担心那之后我们的婚姻将会成为泡影，因为无论我还是她既不会有时间，也不会有心情。我多次暗示给她，她却一脸茫然地盯视我，好像对方正在编造一个弥天大谎，目的是更紧地攫住猎物。这样盯了一会儿她开始安慰我，说自己不会逃开的，她就在这里，在你伸手碰得到的地方。我已经有些绝望了。到了最后，到了忍无可忍的极限，我只好让她先发一个誓，然后就讲出了那个惊天秘密：半岛光复行动即将开始，它不同于以往所有的战事，而是一场天翻地覆的巨变，势必影响到每个人的生活。她呆了许久，看着窗外出神，大概又看到了整个西医院挤满了伤者和死者的惨象。

陶文贝许多天都没有和我见面，她在躲着我。我想大概那个消息吓住了她。焦灼无措中我又想到了伊普特院长：文贝在整个半岛、在这个世界上都没有一个亲人了，这儿就是她的家，他就是她的父亲。我突然觉得自己时下缺失一个要紧的步骤，就是没有向那位老人郑重地提出婚嫁大事。我还想到了管家等人，他们该承担的角色。府中主人的婚配大事毕竟难以草率。

再次见过了伊普特院长，他表示理解且极欣慰，这使我觉得本次行动意义非凡。而后又和管家和盘托出一切，请他着手准备大小事项。管家眼中闪着喜泪，认为从此季府有了崭新的日月。他不停地称赞那个女子，认为她的姿容天下无双，同时对主人的眼力极为钦佩。事情暂且局限于我、管家和朱兰三个人。

陶文贝愿意面对我了，说要好好谈一次。这让我喜出望外。她比我所能想到的还要率直和冷静，让我暗暗吃惊。商谈的地点就在她的阁楼，我们坐在那张拼接小木桌两边，各自面前放了一支笔和一张纸。我觉得有点奇怪：她怕我情急之下又一次犯哑喉病吗？后来才知道是另一层用意。这事情因为无比重大，所以有必要一一记录下来。我的额头汗津津的。

所有条件都由她提出，而我在她面前是无条件的。最后议定：婚事在冬季来临之前举行，采用最庄重也是最好的方式，就是按她之愿去教堂里完成那个仪式；参加婚礼的人要少之又少，女方除了伊普特院长和艾琳等几位同人，再无他人；季府只请朱兰和管家、外加一两位至友亲朋。新房选用了我那个像工事一样的阁楼。最令我不解的是她特别提出了一个多少有点苛刻的条件：婚后的大部分时间仍要分开居住，彼此单独过自己的生活。她的理由是只有如此才能真正从事原来的、各自专注的志业。她希望二人既要有共同的家，也要有个人的家。我在这附加条款面前许久未语，不知道这还算不算一对真正的夫妻。我也不知这是洋人皆有的癖好还是她个人的别出心裁。我把一声长长的惋叹咽进肚里，仔细记下，签字，交换。

三

从她的阁楼离开时我更加确信：我们两人之所以走到了一起，真的是因为好奇。我们总是让对方不断地感到惊异。还有，就是自己以前的那句宣称显然要在日后变为现实：漫长的一生都会用来追求对方。她永远处于切近而又遥远的前方，需要我不停地追赶。她就像一棵"洋蓟"，此地罕有。对我来说，这将是格外辛苦和幸福的一生。

秋风扫尽落叶，大喜之期逼近。紧张是难免的，甚至一度超过了喜悦。我暗中让那个多毛医生准备了一点嗅药，以防新婚之夜因极度兴奋和其他而昏厥。在那个时刻，我认为即便死亡都不会有什么稀罕。我尽可能不让朱兰在阁楼上铺设和悬挂红色饰物，总觉得这种淋漓的刺激会产生难测的后果。朱兰不解，说大喜日子红色才是必备啊。我告诉她：多来点绿色吧，入冬之前的绿色才是无比宝贵的。

如同原来议定，一切都按她的主意有条不紊地进行下去。我们没有了"夫妻拜堂"那样的老套，甚至没有新娘的盖头和新郎的红花。朱兰实在觉得不忍，在府中那些寒冷的枝条上系了一些吉庆的红结，成了宣示主人婚庆的唯一标识。尽管如此，我发现幸福不仅没有因此而稍有减弱，相反却在以令人吃惊的速度增加，以至于在跨入阁楼的那一刻，作为当事人的我无论如何都难以承受了。昏厥的风险提前到来，我不得不偷偷嗅了两遍多毛医生交给的小囊。她后来发现了，问我嗅的是什么东西？我说是能够让人安静的药物。她说季府总有一些奇奇怪怪的东西，接着也伸手讨去嗅了一下。

其实她自始至终都过于安静了。我暗中留意她的一举一动、她的神色，发现从教堂仪式到乘车回府、踏进阁楼，脸上总有一丝微笑是不曾改变的。当她回答神父"我愿意"时，那笑容也是照旧，而我却怎么也掩不住声音的颤抖。她环顾我们的新房，与记忆中那累叠繁茂的鲜花完全不同：到处绿莹莹的，一片初春的颜色。这里简洁之极。她并不急于像个本分的新娘那样端坐床上，这床已由单人换成了双人，大而结实；而像来到了一个从未涉足之地，小心仔细地探过了每一个角落，从静坐间到书房，到回廊，到宽大的浴室和厨房。最后她在悬了一只竹篮的滑轮那儿停住，显然一眼就明白了它的用途，忍不住笑出了声音。这是我第一次听到她这样发笑：不够清亮，掺着气声，但相当稚嫩。这笑声让我变得松弛了一点。

夜里无论如何要点燃一支红烛。季府的镏金玉瓜灯换上了红罩，让新房洒满橘色，包括我们的面庞和眼睛。我坐在她对面不知倦怠地看着，当喘息声变得急促起来时，她竟然替我取出了那个小囊。我说："从教堂到季府，这条路太远了。"她说："比我原来想的近多了。"我只要一靠近，她就用那只小囊对付我。它的气味有些怪，令人心里痒丝丝的。我没发现它有什么特别的功效，这会儿怀疑那位多毛医生真正擅长的还是制作膏药。我说："没用，只要和你在一起，什么药都没用。"说着不无鲁莽地拥住了她。我们一动不动，僵持在一起。我在她的耳旁叙说起来，渐渐变成急急的呼唤。她害怕了，推开我。她的手碰到我额头时觉得发烫，就细细地试了试。我伏在她的胸前，像一个饥饿难忍的婴孩。我的双手试着在她身体上默读，她却像一本不愿打开的书。我把她紧抱胸前的双手挪开，她则把我的手背到身后。

凌晨时分，不知是那只药囊的作用还是连日来过于疲惫，我终于睡着了。醒来时那只红烛已经熄灭，身边是空的。阳光从窗帘缝隙透入，这会儿至少是上午八九点钟了。我踮着脚去每个隔间里寻觅，最后在静坐间的毡垫上发现了她，已经睡着了。我担心人会着凉，取了毯子轻轻盖上：这一刻她还是睁开了眼。我钻到毯子下边，像她一样仰脸躺着。我看到她的双眸晶莹闪亮，神采动人，显然有一夜好眠。"我试过像你一样静坐，后来就睡着了。"她说。"我以后会教你的，这个不急。""其实这是最好的催眠方法，不是吗？"我笑了："正好相反。这个时刻身体是最积极的，只不过看上去安静。"她深深地看我一眼。我悄声说："再这样下去，我害怕哑喉病又要犯。""不怕，那是你最可爱的时候。"

整个上午我们只是躺着。最后我提议她不妨学一点哑语，理由有三：一是多掌握一种语言总是好的；二是毕竟我有这个病根，以备不时之需；三是当有些话难以启齿时，比画出来要容易得多。她同意了，轻轻地吻我一下。这成了一个点燃的动作，我不再那么驯顺了，不知怎么竟使她的上衣剥落下来。也许是一种错觉，我看到那两只比想象中大出许多的小鹌鹑，从洁白的护胸中露出的边缘部分呈杏红色，或是红薯的颜色。她羞惭而绝望地看我，并没有马上阻止。我无比小心地将双手覆盖在它们上面，这样约有一两分钟。她缓缓地穿好上衣，站起。她踱到窗前，用力地拉开沉重的帘子。屋里一瞬间洒满了强烈的阳光。

四

她新婚之夜后即离开，回到了自己的那个"家"。这提醒我婚前约定完全有效且需要恪守。分手时问了归期，她以商量的口气答："周末？"我守着空空的新房，觉得自己是全世界最有福的倒霉蛋，一个手足无措的新郎。朱兰一眼就看出了什么，她为我做了可口的粥食，目光送来抚慰。她问夫人什么时候归来？我说还要几天之后。她说："她可没有阻止你去她那儿啊！"

朱兰的提示无比重要。我横横心闯进了陶文贝的阁楼。仅仅两天没见，整个人就有了这么多改变：眉毛舒展，脸庞灿亮，那让人目光不敢触碰的胸部有了一种挑战的力量。我说："我是闲了没事来教你哑语的。"说着从身后抽出了那本以前与朱兰用过的小书。她欣喜地看着它，嘴巴微张。她的这个动作是我记忆中最深刻和最喜爱的：小羊望着嫩草时就是这个模样。我像个兄长那样转到她的身后，双手按着她的肩部陪读，不断为之排忧解难。"啊，真有趣，不过也太难了。"我鼓励说："这根本难不倒刚学会吃草的小羊。再就是，"我做了一个动作，"一切贵在实践。"

只一刻钟的时间我就教会了她关于"爱"的简单对话。她红着脸比比画画，是天下最动人的模样。我冷不防将她一下抱起，她惊呼："不行不行，你的力气太大了⋯⋯"我把她托到床上，发现这儿过于松软了，人一到了上面就要陷下几寸。天色暗下来，我说让丈夫在这儿休息一会儿吧，他真的困了。说着打起了哈欠，歪上床头就闭了眼睛。我发出了轻轻鼾声，她把我的鞋子脱下，犹豫片刻又脱掉了我的外衣。我蜷曲了一会儿，一边呓语一边脱着衣服，最后只剩一条短裤了。一对吃惊的目光从赤裸的躯体上一寸寸掠过。

我真的睡着了。睡梦中我觉得一只温热的小羊挨近了，偎在怀中。我为她一层层褪下多余的布绺，她用没有生角的头颅顶着我的胸部。像一只大瓷娃娃那般润滑，又像一只不知名的顽皮野物。野地里才有的那种气息，太阳照射一天之后散出的混合气味，被我大口大口吸进胸间。她的手不再阻碍，随着全身一起微颤。夜色太浓了，除了那对闪闪的眸子什么都看不见。我让灯亮起，她却穿上了浴袍。在恳求的目光下，这浴袍像幕布一样徐徐打开。"我其实是担心你长得疙疙瘩瘩。""这倒不会。"她很快又闭合了幕布。到了第七幕的时候，我终于大着胆子喊叫：

"咱们还磨蹭什么？"

她一边紧紧地束起浴袍一边说："这里可不是新房。"

这个周末来得太迟了。法定的新房总算派上了用场。自五年多之前的禁欲闭关到现在，我没有接触过任何女性。因为欲火和其他火焰的焚烧，我身上有了一股怎么也无法驱除的焦炭味。她在我胸前和腋下嗅着，呛着了一样大咳两声。因为无法遏止的爱，再加上深深的好奇，我们在许多时间里都在彼此挖掘、探索，无法分开。睡眠是不得已的事情，但我们渐渐发明了一个妙法：一边做梦一边要着，梦话就是情话。天亮了，她不得不回到医院上班，我却扳着手指算着从晨祷到查房再到回诊室的每一段时间，想寻找一些机会，最后只好选定餐后午休的一个半小时。我让人快快备车去医院，车夫抱着鞭子站在堂外，我挥挥手："汽车，那个更快。"我气喘吁吁踏进阁楼时她刚好用完午餐。我表情严肃地说："快些，已经来不及了。"

除了周末，我们每个夜晚都在医院的阁楼上度过。她急于实践刚刚掌握的几句哑语，由于初学的生疏和急躁，常常让我看得昏头昏脑或目瞪口呆，如"我爱你我想你"，她却比画成"你把我扔到楼下吧！"。我把她紧紧抱起，生怕一不小心真的失去她。这种无休无止的缠绵最后让我们胆怯起来：耽误了许多必要的事情，比如睡眠、吃饭和其他。我提出一个比较可行的计划，就是让我们两个人时不时地闹一点别扭吧，这可各自安静一点。她欣然同意，而且接着就生气了，不再理我，离开阁楼时竟不辞而别，咚咚地踏着楼梯走了。

我回到了府中。朱兰问怎样，我说："很不高兴。"她不再多问，只把艾叶和忍冬花装在瓷罐里，那是冬季沐浴时用的。周末终于到了，府里用汽车把太太接回。她踏上台阶时微笑瞥我，我把脸转向一边。晚餐后她花了较长时间洗浴，出浴后有一股似曾相识的香味猛地袭来。我忍不住吸着鼻子，啊，这气味让人一下入迷和沉溺起来，不由得回想，追溯恍若隔世的从前。可能因为已经陷入了陶醉和迷惘吧，记忆中一片空白。后来，当我触及到她滑润异常的躯体，在黑夜中拥住和抵紧的那会儿，这才想起了大嘴白菊的那个夜晚：她用玉米水沐浴了身体……我来到浴室，真的在浴盆中找到了遗落的黄色颗粒。

这是无边无际的拥有。两人没有一个提到我所讲述的那场沐浴故事，只是心照不宣。她多么细心又多么慷慨，竟在这个时刻记住了并且模仿了。我因此而加倍爱她，感激她。她真的是大地的果实，让人享用不尽。这个夜晚我为她讲述没完没了的故事，还装着昏厥、郁郁不快，以及其他能够临时想出来的花样。她不止一次在灯下端量我的睡态，嘴里小声念叨：

"多么古怪的人哪！一个孩子！"

五

康非来到了季府，进门即拱手称师，身后是抬了大小箱盒的一拨人。我以为是来正式行拜师礼的，后来才知道是新婚贺喜。"老父身体不适，我代他来了，也把他的一句话捎来，'老友竟瞒下这等大事'。老爷子真的生气了。"我一边解释一边请他入内，心中生出特别的警觉与厌恶，认为新婚不久即有这样的恶少踏门，无论如何是不太吉祥的。落座后我担心他重提拜师仪式，好在没有。"父亲说其他人不宜为师，除非是季府主人。"康非看着窗外，"我真想去看看老师修持的地方啊。"我摇头："那儿改做婚房了。"

康非不愿久坐，说要看看庭院，我只好陪他去凋零的花园和有些局促的花房看了，然后又在久已不用的族上老宅转了一会儿。"我小时候在这儿小解，被人呵斥过。"他指着更道折弯处，哈哈大笑。我请他多多关照西部那个关闭的矿山，体恤那些失业的矿工，他说无须多虑。但走了几步他又压低声音说："乱党蠢蠢欲动，兵营也不安闲啊。往后季府有用得着弟子的，千万言语一声。"我说少不了烦扰协领。

送走康非我立刻找到管家，问起了矿山的事，他说："有一个矿工被兵营抓走，后来又使上银子赎出；另外在碉楼北边老宅下打开了一间密室。老爷这期间不宜打扰，本也不算大事。"我当即和他赶往新发现的那个地方：密室就在老储物间下方，隐蔽极好，且有防潮和透气设计。我们持烛进入这个足有一丈见方的穴室，马上嗅到了明显的硝石味儿。我打开角落的一只木匣，里面是空的。"我琢磨是存放火药的地方。"管家说。我却觉得这是当年的金石库，正好与南面的丹房谐配。我问有几个人知道这里？他说只有一个。我当即决定暗中将此地再加整饬，密锁消息，然后将封存的那些秘笈全部搬来，此事至为紧要。

从密室出来后管家又谈了一大笔银两的支出：王保鹤出示过徐竟的条子。"啊，徐竟从关外回来了？""他这会儿在哪儿不好说，这期间肯定有过往返。""住在新学吗？"管家为难地摇头："那里也不好住了，风声太紧。"我对徐竟绕开季府尽管有些不快，不过总能谅解。"王保鹤有个助手，那人是海防营副总兵的朋友，这人也是南方来的。""又是副总兵！上次就是因为他才出事的……"管家摆手："两个人。那一个死了，这一次是新任。"我还是替王保鹤先生担忧。我固执地认为自己的老师是最好的新学创办人，最不宜去兵营那些地方。

我又想到了金水，一直觉得有一件非做不可的大事，那就是兑现自己的诺言：将他送到艾琳面前。我知道这个年轻人出现的地方总是伴着凶险，但没有办法，那双蓝眼睛的串串泪滴让人不忍。陶文贝曾询问几次金水，我告诉她：革命是世间最诡异的职业，不到万不得已，他们的腰带必须扎得紧紧的。陶文贝对这种回答极为不快："你说到了哪里！我是说他们要见上一面，艾琳害了相思……"我明白。我的意思无非是说为了某种特别的事业，有时需要断绝最基本的欲念。这有点像我愤而闭关的那几年，那时我每天苦盯着窗外楼下的菊芋花，硬是让左腮肿成了皮球。

我对管家再三叮嘱："只要徐竟归来，也就少不了金水，你知道了一定让他来见我，哪怕只有一小会儿。"管家说："好的。不过他如果还跟着顾先生就不好说了，那位先生一直没有渡海，他来半岛时，总攻就要开始了。"我的心怦怦跳。是的，那是不可避免的一天。我回忆着与顾先生相处的日子，心中一阵茫然。那么幽默多趣的人，而且和善，况且有一双仅能看清脸前五根手指的眼睛。也就是这样一个人，却会决定半岛人的生与死，让这里血流成河。

阁楼上的长夜有些冷。我紧紧拥着陶文贝，说她有大鱼一样的身体，有小羊一样的声气，有小草獾那样的嘴巴。我对最后一个晦涩的比喻不得不作出解释：那种动物食过甜瓜之后嘴巴长时间湿漉漉的。她伸手拍拍我："啊，好大的甜瓜。"我们将长夜分成一段一段，分别用来讲叙、逗嘴、吵架、做梦、生气和要。我没完没了的缠磨让她费解：她生气了。我不得不问这是实打实的，还是我们计划之中的项目之一。她粗声说："就是生气了。"我不得不求她谅解，说出一直闷在心里的那个最大理由：

"我以前说过，现在必须告诉你了，那件可怕的大事也许很快就要开始了。真不幸，我们怕是没有太多时间过这么好的夜晚了。我舍不得。我真的害怕，害怕快要来不及了。"

六

第一场雪下来了，比浓霜稍厚。天气却异常寒冷。我独自一人度过了寒夜，而且被两个相衔的梦境逼醒：邱琪芝背向我坐着，我一直盯着那根马尾辫。他转过脸时我吓坏了，因为是一副极痛苦的表情，而且脸上挂了冰凉的泪珠。余下的时间我再也睡不着，就在床上静坐。

天刚亮朱兰砰砰敲门，这么用力使我紧张。她说你去前楼看看吧，来了一个有些古怪的青年，执意要见老爷，说有十分上紧的事。我随她出门，刚迈出一步她又返回，取了一件裘衣给我披上。门厅里站了一位瘦削的孩童模样的人，我远远的就瞧见了他的发髻，马上认出是邱琪芝的书童，对他的一早出现有些诧异。

　　"老爷！"他叫着，瞥瞥一旁的朱兰。我让他说下去，他这才吐出一句："师傅让你去一趟，就这会儿。""什么事？""就这会儿。"我搓搓手，答应了。朱兰说早餐以后也不迟，我摇摇头。几乎没有再想什么就随书童走出。我料定事情紧急，路上问他，他支支吾吾。他的脚步快到惊人，像飞一样。我们入了邱宅，马上钻入草顶长廊，直接拐进那间铺了蜡染被褥的卧室。一个又笨又大的橡木橱子镶在墙上，书童奔它而去，钻到其中拨弄几下，竟拉开了一扇暗门。我忍住惊讶随他穿门而过，他又返身将橱中机关复原。脚下是一条漆黑的地道，他举了一支小小的蜡烛。转了几个弯，好像是一截不短的路。一扇槐木门被推开，他说一声："到了。"

　　眼前的情景让我不敢相信：一张小床上蜷着脸色蜡黄的邱琪芝，旁边是两个人，一个是目光发暗的中年男子，一个是头上缠了黑布的鹦鹉嘴。没有一个人说话。邱琪芝抬了抬手，我走过去。"我要见你。两天了，我要见你。"他的手火烫。"发烧？"我看一旁的人。他们不语。书童上前撩开被子，啊，胸部有伤，血迹染了绷带。他把被子再撩开一点，我这才看到小腹右侧也包扎了，有血渗出，棕黄色的药粉也染红了。"这是怎么回事？"我叫起来。中年男子嫌我声高，马上做个手势，把我拉到角落。

　　他简要讲了事情经过：十天前邱琪芝的弟子小景被道台府监禁了。一个叫秋月的女子是康大人的熟人，多年进出康府，暗中却听小景使派。他们一直在谋划刺杀康永德，可是事情还是败露了。秋月当场被杀，小景给囚起来。他们料定这个人水深，就往死里折磨。邱琪芝得知消息再也坐不住，最后由几个徒弟引见，终于进了康府。他一边和康永德的人周旋，一边设法搭救小景。前天夜里终于捉到一个机会，他们就动手了。想不到府中早已做好防备，结果小景虽被救出来，却死了两个徒弟，邱琪芝也中了火铳。

　　我听得浑身发冷。这怎么可能？那个顽皮的秋月，笑声朗朗的秋月，就这样没了？小景我是听说过的，他是师长牵念的爱徒，如今竟惹出了这样的大祸。我返回床边，按住邱琪芝灼烫的手："必须快找麒麟医院的人，这事一点都不可耽误。"他脸色一冷："我说过，别找洋人。不妨，我有最好的刀创药。"他的声音已经变腔，这使我觉得问题严重。我说实在不行就让药局的人来一下吧。他说："不急。你坐一旁就好。"我只好坐下。他的手搭过来。

我仔细看了这间屋子：比平常的卧室大一点，仅一床、一书架、一只水罐和火炉。炉子走烟及通风想必经过了巧妙设计。我的目光最后停留在书架上。他说："这些书比丹房那些重要许多，不瞒你说，有几本还是你父亲送我的。"我有些好奇，但此时已无心谈书。身边这三个人想必是主人最为倚重的心腹，这当中竟然有鹦鹉嘴。邱琪芝突然竖起一根手指，鹦鹉嘴立刻上前。她解开了他胸前的绷带，又开始敷药。中年男子小声对我说："上边伤得不重，下边重。"我在屋里急急走动，待鹦鹉嘴站到一旁时再次伏到床前。我说必须马上让药局的人来，邱琪芝闭上了眼睛，算是默许。屋里全是他呼吸的气味。我匆匆离开，身后跟着书童。

我以最快的速度领来了多毛医生。行前嘱他多带刀创药，并细细讲了伤情。他进屋后一直躬着腰，大气都不敢喘。当他一丝丝解开下腹的绷带时，那双深陷的眼睛猛地睁圆。他重新换过药，然后又在一些穴位上扎针。我待他忙过后将其拉到一边。他说："腹部伤到了深处，这回麻烦大了。"邱琪芝厌烦他人在一边嘀咕，哼叫着，我赶紧回到床边。他仰脸看着白色屋顶："还记得我在丹房里练点穴功？这是为了乱世防身，果然用上了。"中年男子转向大家："凭师傅的功法，十个八个人是近不了身的。"邱琪芝白他一眼：

"我说过，火铳是个坏东西。它比我们所有人都快。瞧，我这一次也上了它的当。"

七

无论邱琪芝愿意与否，我还是和多毛医生一起离开了。我马不停蹄去了麒麟医院，一见到陶文贝她就小声告诉："前天和昨天都来了官府的人，像是追查伤号。"我说正是这样，那个人是我的师傅，也是季府最老的朋友，他再不救就没命了。她想起了被我强拉去季府的那一次，默不做声。整个事情守密是首要的，我们仔细计划了一番，商量怎样取走药品之类。我们先是回到府中，然后再乘车转几个街区，最后放空车回府，徒步钻进小巷。

邱琪芝已经烧得有些迷糊。文贝为他检查伤处时他都没有睁眼。鹦鹉嘴站得稍近，警惕地盯着文贝。文贝转向我："必须马上注射，口服药也不能间断。"我示意她快些。可就在她摆弄针剂的时候，鹦鹉嘴发出了"嗯唔"一声，接着床上的人睁大了眼睛。他紧盯陶文贝和她手里的针管，问我："这人是谁？"我抚着他的手："是我太太。""啊？走开！走开！"他的手挣了一下，拍打床板。我凑近了恳求："师傅，这是一定要做的，我在这儿，我为你担保！"他闭上眼睛，声音微弱却不失严厉："让她走开！"

我们只好回到府里。陶文贝十分悲观，说邱琪芝拒绝这种针剂，至多再坚持三两天。"那会怎样？""会死。"我紧咬牙关，告诉她：那人最恨你们洋人医院，除非强迫，是不会接受这种治疗的。"我真不明白。愿天父保佑他。让我从今天开始为他祈祷吧。"她的眼睛湿润了。我沉静了一会儿，想到了一个办法：是否可以将文贝的白色药片弄成粉末，然后掺裹到药局的小丸当中？我说出了这个主意，文贝说太好了。我们立刻动手制作起来。

邱琪芝在鹦鹉嘴的服侍下吞了我的药丸。我一直没有离开。这样过了半天，一直昏睡的人睁眼找人，鹦鹉嘴凑上去。他对她咕哝几句，她就取了粥食，他竟然吃掉了几匙。我高兴极了。待他吃过了第二遍药，我才感到了难忍的饥困，就离开了。文贝一直在等我的消息。她虽然高兴，不过仍旧担心，说没有手术和针剂，最终能否挺过来还毫无把握。

我休息了一夜，再次匆匆赶到邱琪芝处。还是那三个人守在屋里。我一进屋就明显感到气氛轻松多了。走到床前，邱琪芝微笑："到底是季府药局先生。好了以后，我该听你的，从头拾掇起那些丹丸了。"

我没有说话，抓着他的手坐下。我觉得他还在烧，不过轻多了。他刚刚吃过了半碗粥食，情绪是三天来最好的，这会儿瞥瞥我，向几个人挥挥手。书童和中年男子都离去了，只剩下一个鹦鹉嘴。他见我不安地看她，就说："我们俩该好好说点话了，她不是外人，跟在身边一辈子了。她的这种嘴能把所有秘密锁在心里，嘴唇就等于锁扣。"我没吭声。

"如果为师的没有猜错，你对我还有些不放心罢。这里静僻，咱好好说说吧。你放心，官府搜过宅子两次了，以为这时候我才不会傻到回家。他们去北山找那些石窟了，然后还会去镇海寺、去别的地方。我那些顽皮徒弟会把他们弄得团团转。说咱们的事吧，你想知道什么？"他眯着眼，抚摸我的手。

我马上想到了死去的秋月，心上一沉。我在想她身边的白菊她们，一阵阵不安。我说："我常常想，你把我引向她们，这和那些徒弟调弄康永德的不同又在哪里？我为此几次与您绝交，我想父亲也是这个原因才和您闹到分手……"

"问到了根上。我得如实说出：我那么做，是相信第六代独药师没那么傻。你要知道，在诸多修持方法中，我最不敢涉足的就是这个。我想让你试一下。这好比打仗，将军不上火线。你冲上去了，或生或死，就看自己的运气了。"

我垂下眼睛，"师傅不觉得这样太狠了？"

"做大事怎可不狠？"

"您还一直盯着季府的秘笈吗？"

邱琪芝眼睛睁大一下，又眯上："不错。不过这是抢不来的，你父亲过于小心了。我承认自己这辈子都在和季府较劲儿，争做半岛和江南江北第一人。这尽管是业内之争，不过也和争夺江山差不多，算是人性顽瘤吧。可惜你父亲后来没什么兴趣了，等于把所有围着季府的人都送给了我。我倒觉得没意思了。原以为你是对手，后来才发现你只配做个徒弟，不过是我最喜爱的徒弟……你和小景，是我最看重最爱惜的两个徒弟……"

他说得倦了。

不知是委屈还是感动，我觉得双眼热辣辣的。

八

邱琪芝在谈话的第二天凌晨就重新高烧起来，尽管加大了吞服药丸的剂量，仍未起色。文贝认为所有的办法已经用尽，除非住到麒麟医院。但后来她又怀疑伤处化脓，说即便雅西在也凶多吉少了。我可能要眼睁睁看着一个一百四十多岁的老人死去，想一想痛彻心肺。文贝交给我一把新药，我问这是什么，她说："止痛药。"

我和多毛医生一遍遍商量对策，他想到的最后办法即熬制一种"拔毒膏"，这种膏药如果加大某几味剂量，可以说力大无穷：吸出溃烂脓血，催生新肌。我别无他法，也就同意了。

我们赶到病人身边时，他已经长时间没有睁眼了，汤水不进。鹦鹉嘴端一只盛粥的碗侍立一旁，双唇紧锁。我们眼睁睁看着多毛医生将巴掌大的膏药贴到了红肿的腹部。

从此多毛医生和我就没有离开，饿了喝一点粥食。我们盼着奇迹到来。每过几个时辰就要换一贴膏药。当撤下的膏药积下一堆时，床上的人睁开了眼睛。他的目光已经散了，靠嗅觉和触觉才能找到我，松松地握住我的一根拇指，费力地说着什么。我把耳朵对上他的嘴巴，这才听清：

"为师的对、对不起你。我骗、骗了你。我是说，我现在只有、只有一百一十岁……"

"啊！这不可能！您和我爷爷下棋……"

"那是我父亲，是他、他和你爷爷下、下棋。我父亲活了一百、一百零六岁……"

我的泪水流下来，"那也是高寿了。"

"不过相信我，我、我不中火铳，轻易就能活二百、二百岁，然后仙、仙化……"

泪水流到了嘴里。我说："我相信，师傅。我一点都不怀疑。"

凌晨三点，所有人都听到了大鸟扑打翅膀的声音。鹦鹉嘴仰脸捕捉那声音，一低头就喊起来："唔唔！"我们看过去，发现邱琪芝已经停止了呼吸。他的脸色还是像孩童那么细嫩。中年男人哇哇痛哭，蹲在了地上。

我擦了一把脸，脸上是焦干的。可我觉得大把的泪水涌出，不得不躲到角落去待一会儿。

两天之后，我从一场昏睡中醒来，第一件事就是吩咐备车。"朱兰，陪我一起吧，我要去小白花胡同。"她点点头。我们坐在马车中，直到驶上街区都未吭一声。车子在那个彩线摊前止住，我们下车。

朱兰走在前边一点，我们一前一后。这里还是原来的样子：青青石板、石缝有干结的小草。我们不敢踏出声音，生怕惊动了什么。

那扇原木小门上挂了一把大锁，贴了封条。朱兰闪在一旁，让我站得更近。我的头抵在门板上，门发出了哐当声。我从门缝往里瞧着：小院里仍旧扯着一道道晾晒布料的绳索，只是空空荡荡，一点声音都没有。

中篇小说

蘑菇七种

一

叫"宝物"的是一条丑陋的雄狗，难以驯化。它的品性实际上更接近于狼。给它取名字的人是这方世界的君王，叫"老丁"。它从小就皮毛脏臭，脾气凶悍，咬死了很多同伴和猫。有的雌狗赶来与它亲近，也被它咬伤了。很多人想打死它，都没能得手。可老丁的话它句句听，二者之间心心相印。老丁说："宝物，你遭嫉了。"它的恶毒的眼睛湿润着，盯着这个像石头刻成的老人：消瘦矮小，额头鼓鼓，口是方的，张开很大。智慧的主人哪，英勇无敌，威震四方。宝物细绳般的小尾巴摇了三次。老丁被烟卷烤黄的食指翘起来，刺着头顶短短的毛发。

天色暗下来时，宝物出巡了。

这片林子永远是水气淋漓，天地濛濛；青蛙乱蹦，河蟹飞走，长嘴鸟儿咕咕叫唤。宝物跑着，浑身的皮毛不停抖动。有一次它被树隙的蛛网挡了一下脸，就愤怒地跳起来。蜘蛛给逮住了，接着被"咯嘣"一声咬碎了滚圆的肚子。它大叫着发出咒骂。可它不知咬死的是一只巨毒蜘蛛，毒液正渗进它的嘴角。

一个黑面高个子背着枪转出来，笑着叫它。它像没有听见一样跑起来；跑了一会儿，又突然止步仰脸，鼻子"蓬蓬"地闻着什么。一些姑娘们挎着篮子走出来，见了宝物吓得尖叫奔跑，蘑菇撒了一地。它向前追逐，直把她们赶得很远很远才转回来——一个面孔白净的年轻人正用一根柳条串起姑娘们丢弃的蘑菇。宝物撒一点尿，走了。

暮色苍茫，树影如山，宝物出巡了。

它的三角形脑袋被树叶上的水珠弄得湿漉漉的，残缺的牙齿从紫唇间露出来，昂着硬邦邦的长鼻梁。星星还没有出来的这一瞬间，一股滚烫的热流在它毛发间涌动。那是一天的映照蓄成的电火，凉风摩擦着毛皮，电火就在身上爆开。它像被一些细线勒住了，不停地挣吼，向着夕阳沉落的方向奔跑。回返途中，它遇见什么就想咬死什么。那些不知道在宝物出巡的时刻回避的蠢物，理所当然地要倒霉了。它的鼻孔吸进一万种林中气味，让其徐徐地流入，小心辨别。蘑菇的味道最清晰，它们的形状、颜色，都如同看到一般。它在林中生活多年，跟老丁学会了吃蘑菇。老丁有神力啊，无所不能。它离开那个枯瘦的老头，脾气总是坏透了。毒蜘蛛的液汁更深地渗入，它吼着在原地转了一圈。一只刺猬急急地从灌木中钻出来，球成一个刺蛋。宝物将它埋起来才往前走去。它登上一处沙丘，前腿直立，小灰眼珠瞄向四方。五棵最高的杨树，加上五棵黑色的橡树，等于十棵。它跟老丁学会了个位数的加法。土丘下边白沙如雪，绵软可爱，曾有一对狗男女躺着聊天。他们都是林边小村里的人。还有个雌狗叫皮皮，总是打了红脑门，宝物差一点爱上它。皮皮窜到林子里，那时宝物凶猛地扑上去，咬豁了它一只耳朵。小皮皮滴着血汁，哭着跑了。这个小林场啊，一主三仆，还有一个宝物。它有着统揽全局的气魄，兢兢业业。老丁香甜的鼾声使它无限幸福，醒来时静静倾听，睡去就做关于老丁的梦。它知道老丁对它有多么好：据理力争，硬是从总场场部要来了它的口粮。原先宝物一无所有，总场场长申宝雄虽与它同占一个宝字，却无一丝同情。老丁力争不懈，宝雄才算松了手，每月从手缝里撒出十斤粮食。它吃着官粮，没有月薪。这都是老丁的神勇啊。智慧的主人，英勇无敌，威震四方。宝物在林子里奔驰，热汗横流，万难不辞，只为一人守着疆界。

　　毒蜘蛛的毒液渗入了胸部的脉管。巨大的、难以忍耐的烦躁在胸部漫开，恨不能撞倒一棵橡树。这林子里有毒的东西可真多，连蘑菇也有毒。吃了毒蘑菇就算活不成了。老丁认得它们，总是用两个手指夹住扔出来。"毒蘑菇演化出的故事万万千，俺宝物也通晓一二三。小村里驻队干部中有个公社女书记，满脸横肉有黑斑。只因搞上了参谋长，把毒蘑菇放进丈夫碗。丈夫贪吃又贪睡，半夜三更一命归西天。参谋长领人把案破，说小案一桩有何难，无非是革命干部误食毒蘑菇，自古天下美事难两全。久后遗孀有厚福，说不定招个贵婿进庭院。女书记闻听破涕笑，说化悲痛为力量革命路上一往更无前。这就是民间事那么小小一段，日月风尘埋下了沉冤。"宝物那时候正处于患难之时，它无意中向黑洞洞的那个小屋里瞅了一眼，就看见了参谋长和女书记。女书记把几颗花顶毒蘑菇揣进了衣兜。宝物承认女书记干得漂亮，嫉恨得牙齿格格响……蜘蛛毒液渐渐涌入了心脏。它尖叫一声倒下，两爪插进土里。灰眼里有什么闪了一下，将熄未熄。幻幻的蓝影儿在眼前飘着，飘着。它的头昂起来，又重重地耷拉下去。它看见林中小屋蒙在一片蓝色里，老丁蹲在宽大的锅台上，手持小木锨搅弄热气腾腾的铁锅。他周围有三个人，伸长了脖子。哎哟，好鲜的蘑菇的气味啊，好馋人的气味啊。这蓝色使四个人像金属制品一样，他们机械地活动，手脚关节的折动嘎嘎有声。老丁唱起了下流的歌，木锨搅动不停。也只有他亲手做成的汤才如此诱人。白色的蒸汽往上冒着，与一种蓝色汇到一起，又渐成红色……蓝色终于全部褪尽，黄色和红色弥漫起来。最后，所有的幻影全不见了。那个毒蜘蛛的阴魂绕着它回旋三周，无可奈何地要离去了。"这就是民间事那么小小一段，日月风尘埋下了沉冤。"它恶狠狠地盯着蜘蛛的阴魂。

二

老丁手里的木锨像一支橹桨，摇啊摇，铁锅里面起波澜。一边的三个人咽着口水，咂着嘴。"文太！黑杆子！小六！"老丁在锅台边唤了一句，他们立刻应声："哎啦！"老丁又摇了一会儿，向一旁伸伸手，白脸文太赶忙递过去一个黑色小瓷瓶。老丁握紧瓶子，照准锅心就是三甩。文太转脸看了看其他两人，朝锅台边的老人一竖脑袋。黑杆子咧着大嘴，抄着手，快乐地蹲下又起来。小六脸色苍白，眼睛不停地动。黄色的玉米饼摞在一边的一块木板上，冒着热气。这个夜晚不用说有一顿好饭：喝蘑菇肉汤，吃玉米饼。老丁要喝酒，那是一种味道纯净的瓜干酒。如果老头子高兴，也许会分给三个人每人一口。黑杆子白天在林子里打到了一个猫头鹰，文太和小六认为它的肉不能食用，被老丁呵斥了一句。它的肉与蘑菇配在一起，味道诱人。老丁的话从来没错过。汤熬好了，老头子从锅台上蹦下来，热汗涔涔。他唱着歌，文太和黑杆子不停地笑，老丁于是更起劲地唱。小六脸庞木木的，老丁就在唱词里加进了一句骂他的话。小六的脸红了一下，接上又白了。文太提议开饭吧，老丁瞅瞅屋外的黑夜，又歪头听了听说："宝物许是遇上了麻烦，它早该返回了。罢，不等，开饭。"话一停，黑杆子抄起大铁勺，在四只碗里一一点过。有一个印了金边的大碗里蘑菇多汤儿少，不用说是为老丁准备的。老丁说吃吧吃吧，饭后再不见宝物，那么黑杆子就掮枪出去找找吧。他说着大喝一口，又到身后黑影里摸出了一个酒瓶。酒香一下子散开来，文太激动得手都抖了，呼出一声："丁场长……"小六狠狠地盯一眼文太。老丁一抬手拍了一下文太的肩膀："喝口喝口。"文太抱住光滑的瓶子吮了一大口，咕的一声咽下，愉快地大喘。黑杆子起身点燃了桅灯。黄色的亮光罩住了小屋，四人围坐着，脸色通红。小六嚼玉米饼的样子很怪，左腮总是凸起一个拳大的瘤。老丁说："六儿牙口不好。"大伙都笑了。牙口如何如何，一般指牲口。

　　这片林子属于几十里地之外的国营林场。十年以前老丁一个人在这小屋里看管林子，总场为了加强管理，又派来三个工人。老丁自封为场长，而总场方面只将他们四人唤作"林业小组"，并临时指定小六负责。小六十四岁上入过团。四人当中，只有小六衣兜上有支无水的钢笔。老丁吃饭时常常托物言志："南边那个小村里有个花狗，狼狗样儿，两耳竖起几寸高，龇着牙瞪着眼。有一回它和宝物争东西，都替宝物捏一把汗。宝物又瘦又小没神哩。谁知它三两下就把花狗干倒了。人狗一理，切莫让装出的模样给唬住。"文太接上："老丁场长所言甚是。您老经过万水千山，烽火连天，然百炼成钢。就不像一些小人，鸡肠狗肚，阳奉阴违，必欲置人死地而后快。"文太在总场时读过很多有"毒"的古书，并且常常背诵书上的话，引起了总场办公室秘书的嫉妒。秘书告到场长兼书记申宝雄那里，文太就给贬到了这块僻远的林子里。黑杆子听了文太的话哈哈笑着，十分快意。他听不出两人的意思，但知道是冲小六去的，就笑。他原想笑过之后会得到一口酒，但老丁并未慷慨到这个地步。黑杆子像文太一样对老丁入迷，任何情势下都不会恼恨。他咂了咂嘴，觉得这个夜晚稍微有些寒意。刚来林子里不久，老丁就将自己的十七斤半重的土枪送给他，说："你负责武装吧。"从此他就枪不离身。武装多么重要，谁都知道枪杆子里面出政权，而老丁竟然把枪杆交给了自己这样一个莽汉。他一时无语，唯有感激。

　　"这种蘑菇可是稀罕。你们看它什么模样？细脖儿小脑，像肥豆芽儿。这叫'小砂蘑菇'，味儿最鲜。我在这林子多少年，这种蘑菇可吃不多。嘿哎，文太你哪里整来这么多？"老丁用筷子夹住一个蘑菇。文太说："我知道丁场长的口味儿在哪里——就不厌其烦地采找……"他讲到这里觉得有一对冷冷的目光射向自己，一转脸，见浑身被夜露湿透的宝物突然出现在黑影里。他的腮肉抖一下，急急说："宝物回来啦，回来啦。"老丁搁了酒瓶，又着腰踱过去，伸手撩起它的下巴看着。宝物僵硬如铁，纹丝不动。"宝物！"老丁大喝一声。宝物洒下了两滴泪水。老丁大惊，严厉地扫了三个人一眼，说："你们谁欺负它了？"三个人都摇头否认。老丁沉思半晌，点点头："它受调弄了，我知道。可怜的狗。它就是不会说话罢了，它有肚量啊。一条好心眼的狗。"他说着倒了一点汤汁，又小心地掺了三滴酒，送到宝物面前。宝物闻了闻，眼前又掠过一片蓝色。"无非是革命干部误食毒蘑菇，自古天下美事难两全。"那个恶毒的猫头鹰曾经怎样诅咒过它呀，眨眼竟成杯中羹。它快乐地饮了一大口，品着一种熟悉的气味。这气味多少有点像那个公社女书记身上的味儿，于是它怀疑是同物异形，暗中盘算准备私下一访，去看看那个女干部还在不在了。它要从参谋长的屋里搜索起来。说不定参谋长也是个善于使用毒蘑菇的角儿，如果那样女干部真的要倒霉了。宝物很快地、心事满腹地喝完了蘑菇肉汤，抿抿仍然肿胀的嘴唇，退到一边看着四人进餐。除了小六以外，其他人都吃得大汗淋漓。老丁把金黄的一个大玉米饼放到膝盖上掰断，取了一半咬着。他像个满口钢齿的小型机器，在吞噬金块儿。他把酒瓶儿放在左脚边上，不时拾起来呡一口。小砂蘑菇被他夹住，先咬去小圆顶，再咯咯地嚼掉茎子："美味啊！先记文太一功。"文太摇着手，瞥了宝物一眼。宝物只用左眼看着文太。老丁又唱起歌来——宝物出巡归来了，老头子安心了，歌声自由自在。他把京剧和民间小调掺在一起，一会儿昂扬刚烈，一会儿涓细温柔，净唱些古怪的传闻。所有人都差不多吃饱了，跟老丁一起快乐。老丁一边唱一边又摸出那个制成不久的特大烟斗。黑杆子抓上烟末，文太划亮火柴。他吸一口，哼一句，断断续续地诅咒着一个小人。宝物忍不住兴奋活动了一下前爪，不停地瞅脸色阴沉的小六。突然老丁伸手一指宝物说："嘿，笑了笑了。"宝物真的在笑，那颗残缺的牙齿都露出来了。"要想人不知，除非己莫为。你说呢文太？"老丁笑眯眯地问了一句。文太一拍膝盖："那是当然的了。"他又推拥一下黑杆子，重复一遍："当然的了。"黑杆子看看小六，鼻子里发出"哼"的一声。他背上枪，暗里跟踪过小六，让老丁知道了，被老丁好一顿训斥。老丁说："六儿也不易哩，由他做吧。"不久文太去小村的小卖部取酒，老七家里告诉文太一些事情，让他捎话给老丁，说小六来买走一片泡制墨水的颜料。老丁恼了。他料定小六要把墨水灌到那管笔里，向总场写点什么。那个估计不错，因为半月之后总场派来了工作组，场长兼书记申宝雄亲自挂帅。一时间黑云翻滚，天低云暗，虽然撼山易，撼国营林场一分场难，但也总嫌麻烦。事后老丁让文太去总场活动，历尽艰辛才搞来小六报的黑材料。老丁目不识丁，让文太读了读，开头几句就差点让老头子昏厥过去。老人冷静了两天，对文太说："怎样对付这个，我考考你。"文太半晌不语。老丁说："还亏了是个读书人哩。对付这个容易哩，我党有个好办法，就是把阴谋变成阳谋。公布黑材料吧。"文太无比钦敬地看着老丁。第二夜，他们趁着小六不在，捻亮了桅灯，将黑杆子召到屋里，让宝物端坐到它的位置上。文太一字字念起，大家一声不响。宝物坐在黑杆子左边，面色极为冷峻。

那个秋夜的风声至今响在耳边。那个秋夜猫头鹰凄怆地叫着，一直伴着文太的朗读声。宝物听不明白，但愤怒与时俱增。如果老丁有令，它将把那个黄脸青年撕碎。它用舌尖舔着残牙。想不到小六白纸黑字，如此凶狠——敬爱的场部领导党的组织见字如面，一共青团员在遥远的这里谨向您致以革命崇高敬礼，并同时汇报当地惊心动魄的斗争以及全面腐化的可怕现实。有人即老丁野心勃勃目无领导，不顾上级三令五申私自称林业小组为一分场并自封场长。革命职工敢怒而不敢言并且渐渐同流合污。本人早年入团宣誓响彻云霄，独自奋战，死而后已。这里虽然环境险恶民不聊生伙食很差，如每顿饭三两粗粮二分菜金，但尚有野菇可补其不足。最难忍受修正主义磨刀霍霍，狼狈为奸。他们让黑杆子掌握反革命武装，火药味很浓。这里还养了一条资产阶级走狗，取名宝物，向人民咬牙切齿。总之，这里已是一个针插不进、水泼不进之独立王国。是可忍孰不可忍的还有，老丁与当地民众间不三不四者勾搭，多次密谋，不可告人的勾当我看也有。老七家里与老丁过从甚密，中间由文太奔走。注：老七家里即一四五十岁民妇，相貌一般，性情残暴，成分在中农与贫农之间（待查）。她现为小村代销店售货员，以职权之便私销老丁等人干蘑菇，付以烧酒。烧酒作为资本主义货物，上级早已列为控制商品，但老丁从小店倒卖大宗。他们整日借酒浇愁，谈论黄色下流之极。上层建筑舆论阵地要占领，他们还借机散布不满情绪，今不如昔，拒不组织上级及党委多次布置的文件学习心得体会，不办墙报，不开展政治。老丁与老七家里究竟如何，仍在观察。是否有染，难以断定，因为并未亲眼看见。更为可恶的是，老丁散布谣言，将驻村女干部与一参谋长强加于人。注：众所周知，谁反对解放军就是反革命；军民团结如一人，试看天下谁能敌？且女干部为人和蔼，不笑不说话，早年曾为全社先进人物，学生时期就有突出表现，如用手捧牛屎至庄稼地等。总之此地已成反动黑窝，本人虽然坚定，但毕竟寡不敌众。当然，本人辜负党的期望与培养，没有负起领导责任，也应当检讨。切望上级及早进驻小林，使云消雾散。急急。再次致以革命崇高敬礼。

赶走了工作组，又进一步将阴谋变成了阳谋，小六算彻底失败了。那个夜晚读完黑信之后，大家久久不能平静。老丁在昏黄的灯下踱来踱去，终于在宝物跟前停住了。他蹲下，抚摸着它的头颅，说："你也听到了，黑信里点了你的名，骂你是'走狗'。"宝物无语，胸部急剧起伏。它的目光紧紧盯住一个黑暗的角落，文太起身去看了看，发现了小六穿过的一只破力士鞋。黑杆子捏紧了枪杆。那个夜晚啊，那个夜晚猫头鹰的凄厉的叫声啊。"君子能忍自安。"最后还是老丁说了这样一句，送去了无限的慰勉。从此之后小六还是小六，老丁还是老丁，似乎两不相扰。但大家都看出小六大势已去，再也没有往日的精神。老丁在林子里理所当然地决定一切，而且小村里的人也敬他三分，都呼唤："老丁场长！"那个公社女书记与参谋长仍在小村驻扎，节日里还要代表地方政府向老丁送些吃物，以示关怀。本来天下太平，一切正常，如老丁守屋，其余到林子里或劳动或管理招来做活的民工；每到黄昏，宝物出巡，绕林区一周有余；宝物归来，正好开饭，如饭间有酒，老丁则饭后乘兴神聊，讲他一生的经历和见闻，惊天动地。老七家里与林子里的人继续合作，不间断地提供烧酒。大家都很高兴，唯有小六蔫蔫地来去，安心做活。不幸的是前不久他突然精神起来，双目如电，宝物不得不尾随其后。就在发现小六兴奋异常的第七天，宝物眼瞅着他进了小村，入了小店，又买走了一片化制墨水的颜料。宝物赶回林子，对老丁做出几个危险的脸相，老丁于是派文太速去速回，直接找老七家里。老七家里说这是小六买走的第二片颜料。

"我今年六十岁了，瞒过我眼的还没有哩！"老丁抹着嘴巴说着，狠狠吸一口烟。他把烟全吐向小六那儿，使小六看起来像个雾中人。他停止了吸烟，手打眼罩向前看着："六儿在哪？你藏在烟气里了，你当我看不见？我把你看得一清二楚。我早说过了，瞒过了我眼的还没有哩……哼哼。"文太两手拍了一下，呼叫着："说得太好了！"黑杆子也嗤嗤地笑了。宝物兴奋得伏下又起来，同一动作重复多次。小六嫌热似的解开了第一个衣扣，活动了一下。老丁的脸色通红，瘦小的身躯一抽一抽，每动一下都有什么地方发出咔咔的响声，像是骨头响。他蹲在一个木墩子上，细细的两条腿不断调整着重心。"要说我这一辈子啊，嘿嘿，什么没经过？是不是，是不是？"他一边说一边将头转向宝物，"我闯荡南北，死去了又活过来，用手指从肋骨里抠过手枪子儿。要说怕的人嘛，也有也有，不过不是男人，是女人，哎哎！她们越对我好我越怕。是这样哩！"老丁说着站起来，挥动了一下大烟斗，捻小了灯苗。宝物瞥瞥四周，见其余三人都屏住了呼吸。它看到了老丁钢一般坚硬的骨骼，看到了在其间奔流不停的血液。那是活鲜如朝霞的啊。老丁——木墩上的石刻老人——双目闪亮……它看到一片化制墨水的颜料掉进水里，有一个黄瘦的手臂进去搅搅搅，刚刚搅匀，被更有力的一条胳膊端了。墨水从黄瘦青年的头上浇下来，通身都黑了，像炭做的人。智慧的主人哪，英勇无敌，威震四方。宝物知道老丁又要讲他那无穷无尽妙趣横生，同时又是真假难辨以假乱真、全世界最辉煌最瑰丽的一个人的历史了。它悔恨当年没有与老人同在一起，化为那无尽故事里的一个小小生命。再看文太黑杆子甚至是卑劣的小六，都习惯地、毫不含糊地振作起来，用钦佩的目光注视着老丁。

　　"人人不同，物物不同，我是老丁。"老丁这样开头，"天底下没有我这样的做人法，我日他妈所有现成的做人法。见天不死，见地不死，见铁不死，我这个老怪物死不了啦。有酒就喝，有好东西就吃。就给一万个大官牵过马骡，也给数不清的女人下过跪哩！皇帝吃的好饭我不嫌，牛马嚼的东西也不孬。人是机器，加了油就转。我是一直让它隆隆转，隆隆转，转到死，加马力，火火爆爆一辈子。我早就说过，我是省长以上的经历，也算老革命，也算老红军。在延安，我烧的木炭比张思德都多，没死，也就没出名。我也进过三五九旅，开荒种地纺棉花，还种出一棵一人多高的辣椒，首长看了说：好。我不识字，不过外国人进中国，到了北边都是我当翻译。我把驴一般都翻成骡。鬼子让我投降，那年我是师长，我打了鬼子一记耳光子。后来四五年吧，鬼子先降了。你看吧，我过的桥比一般人走的路都长。我为什么后来没有被提拔起来？还不是我有那毛病——喜欢女人。我又没有文化。没有文化做不成首长。你三个四个好好听，宝物好好听。这些当假就是假，当真就是真。没有什么大不了的事。反正有一件是真的：我是个轰轰烈烈的人！我不做后悔事，做过就不悔。我敢打光棍，敢报仇，敢一个人住这林中小屋。别人说我我不听，全当苍蝇瞎哼哼。我从南边跑到北边，最后相中了这片树林。这里风水好，蘑菇多，他妈的一辈子就这样打发，强似神仙。我不依恋钱，不依恋朋友，依恋的东西只有一个：自己的血性！哎哎！"老丁说到这儿喘息不停，伸手取水。文太每逢这时候就激动得脸色煞白，神色不安。他全身颤抖，像弹簧一样突然从地上跳起来，向老丁脸前伸出了拇指，喊一句大家早都熟悉的话：

"你活得英勇啊！你不甘平庸啊！"

喊毕，精力全失，如泥土一般柔软地落下，再无声息。老丁声调软下来，开始了真正的长谈。那是些真正的故事啊，去伪存真，去粗取精，永远消化不尽："我喜欢上的人哪，车拉船装。我说过，我连朋友也不依恋，等于说我不重友情。我明明白白告诉，我是这样的人。可是有人要叫我喜欢上了呀，我能跑去为他死。有一年我去了南方，那里热燥，夜里睡觉要枕一个中间灌凉水的瓷猫。这是为了冷静头脑，要不，第二天早上起来尽做糊涂事。我刚去哪懂这里面的道理？结果昏头昏脑地做事，惹出来的故事一辈子也忘不尽。我在一个荒山林子里摘紫果吃，吃得牙紫唇紫，不停地打嗝。那片林子比咱这林场密上十倍，野猪都有。虎狼倒不多，咬人的东西少。我吃果子，往前走。当年十八岁，身强力壮，不怕鬼神，头上包了蓝布。这天我遇上了一个老人，他领我回到一处林间宅院。那是个逃乱的富人，一看大宅就知道。他家里有丫环，有太太，有小姐，有鸡和猪。也有一条狗，比宝物差多了，不会叫。小姐像面捏出来的，说话的嗓门细溜溜，胳膊活像一段藕瓜。她的眼神我不说了，我要说，今夜我受不了。那是无法抵挡的一双眼，能穿透万水千山，打倒千军万马。一句话，我一辈子只见过这一双眼。见这双眼之前，我的身体还像牛犊一样壮。就是这双眼让我支持不住，身上热一阵冷一阵。你们不知道，太好看的眼睛败你的神气，这是定准的原理。不是吗？我不说这双眼了。我只想说她后来参军，所在部队连连失败，恐怕也是害在这双眼上了。当兵的让这双眼看一下，你想还会有好结果？我保证他们连轻机枪也抱不动，还想打仗？这是后话了。先说我和她往来这么一段又一段。那一天我隔着篱笆望见了她，她的眼睛从篱笆空儿里望了我一眼。我立刻倒下来，也不顾脚下有一摊狗粪（那是多么窝囊的一条狗！），怎么也站不起来。丫环来拉我，太太来拉我，那个有大福不会消受的老人也过来拉我。所有人都沾了那条破狗的粪（我就不明白为什么这样的狗还不快宰），又叫又跳。这就惊动了她呀，她走过来，我们使劲拉了一下手。有一股电从第二根手指传到肩膀，把我电了一下。我不知怎么流了泪，眼泪汪汪，想这辈子就到这儿吧，这已经是合算的了。她呀，我敢说是个神仙下凡。我怎么说也不过分，一句话，把我杀了我也得要她。那时我觉得走千山爬万岭，原来就为了她这个人！让我住在老林子里吧，我一辈子不到外边去，我就死在老林子里！我不知道世上还有比这更轰轰烈烈的事，不知道我要了她和打下一份江山到底哪样更合算！这个小姐！这个小大姐！这个一眼就能把我看倒的闺女！你别跑啊，我不知从哪涌来一股勇力（自古讲究杀身成仁），一家伙把她扛到了肩上……"

"你活得英勇啊！你不甘平庸啊！"文太大呼。

"林子里百兽都惊了，一齐跑出来昂头看我，它们见我扛着她。百兽惊了，半晌才缓过神来，撕破嗓子似的叫。太太丫环也呆了，老头子抱住了自己的头。我扛着她往上走，走了一会儿又怕磕碰了她、惊吓了她。我把她放下来——天，她不停地哭，两肩一抽一抽，哭个没头。怎么办？我煮她太厉害了，我真的害怕了！我说，我不敢了，我撤退了，你自己管住自己吧，我真的撤退了哩。我那会儿说着退着，一头扎进了树林子里。这片林子黑乌乌的，不见天日，什么兽类都有，我日夜和毒蛇做伴。没有逃路，我也不想离开。我天天吃那种紫色的果子，打她的主意。毒蛇把头伸向我，我不停地泻肚子，该死的紫色果啊！我那会儿在水坑里照过我的模样，头发像没沤透的麻绺，眼像牛眼，鼻子嘴巴全是紫的，还有一道道血口子。我死了也不愿离开林子，因为离开林子就是离开了她。我被蛇咬过七十二次，自己救命，嘴吮草敷。野鸟来啄我的眼珠，我一只眼皮上盖一顶蘑菇伞。除了吃紫果就是吃蘑菇，烧了吃，生吃，红的绿的花的都吃过，什么样的有毒我全知道。这可不是人过的日子。我搭的草窝样子像鸟窝，夜间就蹲在里边。这个窝儿一天天搬得离大宅近了，渐渐听得见院里人咳嗽。我心里有事，就编了歌来唱，我这副好嗓子还不是那时候练成的？我唱的歌凡人不懂，里面净些花哨事，都用了反语。我相信那女人听得懂。我的歌是有气味的，不甜不酸，都是刺鼻的辣气，男人听了就跑。这歌还是带颜色的，是松树蘑菇顶上那层黄色。这色儿飘悠飘悠像朵云彩，把那个小姐一下子包裹起来。我唱：你当我不知道你头下的瓷猫缺了水？你当我不知道你的发卷里有个虫？虫儿半夜掉出来，瓷猫活了一口咬住虫。头枕瓷器是蓝花的，彩釉的，景德镇买来的，小驴驮来的。你当我不知道你一年里做了一百个梦，一百个梦都等我来圆。北边来的大汉专打南边的蛇，你就是一条软绵绵的美女蛇。我就唱这号的怪歌，我保证她在偷着听。那时候我心里的火气足，唱着唱着烧得慌，眼泪流到胸口上，胸口上面结个疤。这样唱了八十天，半夜里偷偷去扒窗。十个窗户有九个是空的，小姐学会了隐身法。

"有一天老人陪着小姐来打鸟，一枪打在我的屁股上。说起来没人信，铁砂子印在皮上，用手一扫全掉了。老家伙瞪得眼睛像铜铃，说我肯定是妖怪。小姐笑着对老人说，我是个唱歌的人，肚子里面有文化水。不如领家去念念报。老人点头同意了，把我领回去，不过让我跟他那条破狗同住一间草棚。原来小姐常年住在林子里不识字，闷得慌，要找个识字人读读报纸。她说这上面肯定有意思。我难过得要命，因为你们知道我也不识字。不过我可不说心里话，把报纸端到脸前念。我念得多流利不打结，像真的一样。我手指大黑字说：这是题儿，叫'知道了就得学着做'。我念道：'知道了就得学着做，不做还行？俺这报从不唬人，是一张好报。俺们办报人用一百八十间大瓦房做抵押，保证不说一句假话。说的是世上有男人又有女人，女人要和男人好。男人千辛万苦不容易，从南南北北跑了来，你铁石心肠也要变。再说你身子骨不硬是不经风的草，哪如倚在一粗壮泼辣人身上？男人劳累手脚粗，裂口道道有精神。冬天不怕冷，夏天不怕热，能做木匠能打铁。吃馍吃草都可以，一刀砍上就流血。破裤子穿了千千万，哪比得你滚烫的小身子净穿绸缎？说起来话长做起来事短，我们不如把那事儿从头好好盘算……'正念着老家伙走过来了，我赶忙接上念别的：'天上下雨有水了，蛤蟆叫了。种谷子，种玉米。雨后天晴了，上山采蘑菇。红的是松板，黄的是粘窝，花花绿绿有毒哇。柳条儿，编笊篱；白苇子，织席子；席子上，摆被褥；被褥上，躺着爹和娘……'老家伙听了听，说：'报上就这些事呀？怪不得说十个识字人九个驴，登了些什么杂七杂八！'我说：'可不是怎么！'小姐催他快走快走，他吐了口怨气，就走了。我接上念：'夜间星星肯定在窗外，那不碍事；小猫从屋檐上往下探头，也莫惊；不用往炕洞里烧火，身上有火。半夜三更，狗都睡了，一男人躺在草棚里怎么得了？还不如去喊他，拍三下巴掌……'我念到这里，听见她呼呼地喘气；我斜眼一扫，见她两手抓紧裙子边，乱颤乱颤。我收了报，说就念到这里吧，明天续上。说完我就离了石凳，回我的草棚去了。这夜里那条破狗不做人事，一会儿起来撒了三次尿，恶臭难当。我恨不能立刻躲开。可我到哪儿去睡呢？星星斜了，半夜三更了，我在草棚四周走来走去，没有一丝瞌睡。我这样走的那会儿，还不知道这就是那个最了不起的黑夜。这个黑夜，用一个皇帝的宝座我都不换——这是俺停了一会儿才知道的。我这么走，游游荡荡，解了小溲，又是走。谁知我一抬脚黑影里'叭叭叭'三声击掌，我一愣，全身瘫了。我咬着牙，好费力才回了三声。一会儿，一个女的，是小丫环，过来牵上我的手往黑影里跑跑跑。

"我从一个用青藤掩了的后门钻进去，一眼见到了她。俺这会儿才涌上来勇力，三两步上前卷了她去。她说没想到会哭的男人像只老虎。真是的，英雄是我啊，哪是别人。我不信哪里有我的对头，要是有，那他活该倒霉，注定憋闷……不说了，只说我们那时的革命友谊，嘿，千难万险不在话下。天呀，这是真金不怕火，怕火非真金，我老丁年轻时这么小小一段。"老丁说到这里从木墩上跳了下来，"我恨天底下有那么多假正经的狼狗眼！那天天亮了，青藤掩窗，我用大手封住她小嘴。我说你等着瞧，我早晚会去队伍上的，身背宝剑做个大将军。她说好人不当兵，好铁不打钉。她这话让我笑了一辈子，因为她想不到以后自己会当兵。那夜我对她说，我发个誓，今后谁伤害了你，我就用宝剑刺透他的心，用钉子砸进他的脑壳，用火筷烙他最疼的地方。我发了誓。这誓发得惊天动地。谁知日后树叶落了，十年过去，部队上出了叛徒。那叛徒花一角三分买了一片化制墨水的颜色，写了一封黑信，把她出卖了。她给抓走，受了酷刑，一条腿跛了。她带着跛腿进了延安，解放以后又进京，又回省，现在就分管着咱这一省的妇女——我哩？我后来与多少人恩爱，可我不忘我的誓言。我现如今住这林子里，有心事啊。我在找那个买走一片颜料的人，一刻不敢松懈。谁买了一片颜料？我像个密探一样活着哩。告诉你一声，告密的叛徒，我找到你的时候，你也就算活到头了。"老丁将头放低，眼珠上斜，四下里瞄着。当他的目光掠过小六的时候，小六脸色煞白。"我探到了他，他也就算活到头了。"老丁咬着牙，点一下头重复一句。"想不到从过去到如今，当叛徒的都是买一片化制墨水的颜料。嘿嘿，鬼哩。不过世上没有不透风的墙……我们闲话少说吧，还是接上那个夜晚说下去吧。那个夜晚我们两人难舍难分。她流着泪说：'想不到这世上还有你这样的好人。你真好。'我也知道我好，不过我比起她来，又能好到哪里去呢？我向她发誓，誓言铮铮响。我们两人手拉着手，不愿松。我钻出青藤那一会儿，心都要碎成八块了……"

　　老丁的嗓子像被什么噎住了，他朝空中挥了挥手，不愿说下去了。宝物一直高昂的头颅垂下来，细绳似的尾巴紧紧贴在腿上。它悲凉地哼起来，下巴压到了前爪上。小六的脸埋在双膝间。黑杆子一直呆着，停了一瞬，眼泪一串串流下来。只有文太像僵住一样盯着老丁。后来，他如梦初醒般跳到老丁面前，握住了那双瘦骨嶙嶙的老手，不停地摇动着，摇动着。

三

"他买走了一片化制墨水的颜料？"文太眯着眼问老七家里。老七家里把头凑到他耳根："买了，是这个月初七那天傍黑。"文太咬咬牙，骂了一句。老七家里坐在柜台上，黑布衣服包住了双膝。她从货架上摸了一块糖咂着，松松的腮肉活动起来。她问："老丁身子可好？"文太点点头："场长心胸开阔啊，不像我。"老七家里把滑溜溜的糖块一不小心咽了。文太又问："一片颜料多少钱？"老七家里做个手势："一角三分。"文太点点头："叛徒从来都是舍得花钱的人。"他见老七家里手指甲很长，其中小拇指甲快有一寸了。出于好奇，他攥住这手看了看。老七家里笑得乱抖："真好孩子。"文太赶紧松了手。他瞅准机会偷了一块糖，然后随便扯几句就告辞了。在路上，他咂着糖，又想起该将这糖果留给丁场长，于是赶紧取出，用原来的糖纸包了。

文太琢磨，要抓到证据，也许还要到总场一趟才行。那些颜料早晚化成一些有毒的字纸，经邮电局捎到总场。可恶的总场，可恨的书记申宝雄，还有他的鬼秘书。文太在总场场部工作的日子真是不堪回首。后来他到了老丁管辖的地盘，这才发现世上原来还有这样的自由境界。更美妙的是邻近林子就是一个小村，小村里形形色色，有演化不完的故事。这些贫穷的村里人对林场职工格外羡慕，因而被个把姑娘爱上是轻而易举的事。林场里杂事繁多，如给未成年树打杈修枝，给苗圃清除杂草，锄地，点种野豇豆等等，都需要从小村里招些民工，每人工资六毛四分。领民工做活是最愉快的了，那时领工人像个将军，说什么话都是不改的命令。姑娘家"格格"笑，不听命令可不行。不听命令不要工资啦？再说工人阶级可是领导阶级，不听领导行吗？还有老丁，他是最使人心悦诚服的老人了，在林子里对付日子、对付邻近小村里的人，都有不尽的经验。有这样的老人掌舵才叫幸福哩。可怕的是出了叛徒（什么年代都有这样的东西），总场就派来工作组骚扰。那真是斗心斗智、腥风血雨的日子，多亏了老丁稳如泰山，运筹帷幄，这才化险为夷。不服老人不行啊。回想工作组当年可算是机关算尽，结果寸步难移，一步碰到一个陷坑。如今呢？又有人买走了一片化制墨水的颜料！文太最怕的是把他从老丁身边赶开，那样他又要回到总场了。

总场哟，不堪回首的日子哟！

那时的文太留了分头，衣兜上像小六一样插支钢笔。总场旁边有一处师范，三年没有招生，到处陈灰积土。他有一回闯进去，认识了看管图书的一位老头。他借回了很多书，日夜不停地看。有一阵眼睛发花，他就乘机戴上了一副左框残破的眼镜。场党委秘书读过完小，但偏偏嫉恨一切的读书人。他自己戴了眼镜，但对其他戴了眼镜的人不能容忍。文太在这两个方面都犯了忌。秘书的话差不多也就是总场的话，秘书说要查一查文太是怎么回事，总场也就开始查了。首先是跟踪文太，发现他频频出入一个破书屋，里面不阴不阳，蛛网密布。一个老人蹲在书隙里咕咕哝哝，手忙脚乱，看上去面无人色。天哪，原来文太常常接头的就是这样一个人。跟踪的人感到无限惊异，报告了场部，场部指示再探。文太一头钻到旧书堆里，半天也不出来；有时好不容易露出脸来，那个老头子凑在他耳边小声说上半天，样子过分亲昵。跟踪的人不能理解，往回走的路上反复思索，渐渐脑海里出现幻象，将看到的情景一再演绎。他再一次汇报时，说文太已经被书毒坏，嗜书成癖，竟能将头部扎入肮脏的书堆长达三个小时之久。由于被书毒害，多种病症同时爆发，行为格外怪异，比如竟和一个老头儿贴在一起，老头儿亲吻他耳垂下边一点。两人成天关在阴暗的角落，不思茶饭，非盗即娼。老头一双瘦瘦的手一挨近文太就抖个不停，抚摸拍打，显然是个谬种。如此大恶如不及早铲除，林场上千职工受到侵害只是早晚的事情。秘书听罢说这一下好了，罪证确凿，千头万绪归根结底，那就准备办起来吧。文太全无察觉，一边还洋洋自得，整日大背着手走路，甚至对打字员姑娘产生了非分之想。他背诵着从书上学来的动人词句，口若悬河，在打字室里一待就是半天，出来时热泪盈眶。他讲述的都是千古少有的爱情故事，比比画画，像是亲临其境。打字员的父母是本场老工人，老两口开始商量怎样处治这个用心不良的小子。秘书告诉他们上级早有安排，请静观事态发展。文太在这一段对人倒格外和蔼，工作也勤恳主动。又是一个星期过去了，打字员用机器打出了这样一串字："我爱文太。"她的小信封被秘书巧妙地截拦了，秘书伪造文太的笔迹写了数量相同的四个字寄给了她："去你娘的。"打字员哭成了泪人，从此再也不愿见到文太。文太正在打字室窗外痛苦地徘徊，场部基干民兵就把他逮起来了。连夜的审问，用树条子抽他，毅然决然地没收了眼镜和钢笔。审问的结果是一无所获，因为所有的令人不安的东西都是书上学来的一些词句，以及由此而催化出来的不好的念头。这一切如今都装在他的内心即肚子里，只有适当的机会才会说出来。这像食物中毒或消化不良一样，在一定的时刻总会呕吐。场部决定一方面将前因后果如实通告小老头所在单位，另一方面将文太交给群众监督劳动，听候发落。

最难忍耐的是等待处理阶段。文太每天默默劳动，不敢胡言乱语。所有的人都可以呵斥他，他需要讨好所有的人。场长申宝雄的老婆趁火打劫，责令文太每天在劳动间隙里为她采十个鸟蛋补身体，如果可能的话，还要顺手采两斤蘑菇。鸟蛋一般都在树顶，因而文太天天爬上爬下。他瞧着小鸟蛋美丽的花纹，常常感叹不已。蘑菇很多，大半是松树蘑，他在短时间内即可采摘两斤。由于经常出入申宝雄家，一般的人物也就不敢随便刁难他了。申书记的老婆生吞鸟蛋，身体果然一天天伟壮，敢于和文太一试力气。她抱住文太的腰，轻轻一扳就把他放倒了，接上是胡乱胳肢。文太笑着在地上缩成一团，滚动不停，一会儿就上气不接下气。渐渐他怯于去申宝雄家，有时手提鸟蛋和蘑菇进退两难。申书记老婆的热情却一天天高涨，对文太不仅是胳肢，还要抚摸，说："年轻人的皮儿滑。"日子久了，她教给文太一些奇怪的举止，让他变得胆大勇敢。文太看到了一个从未看到的怪异世界，觉得以前看过的毒书何等荒唐。文太从申家出来，脾性泼辣起来，再也不像从前那么文弱。"师傅领进门，修行在个人"，文太交往女人的方法千变万化。那个打字员给他带来的灾祸显而易见，为了报复，他将她得到了又抛弃。为了报复更多的人，谁对他呵斥过，他就在申书记老婆面前说谁的坏话，到后来弄得人人自危。他从未放松过采蘑菇和找鸟蛋，认为这才是立身的根本。久而久之，他对全场的蘑菇知道得一清二楚。就在他一切如意、正设法整治那个秘书的时候，申宝雄多少领会了老婆心底的一些秘密。但他不敢冲撞老婆，只好想方设法对付文太，在这个小伙子身上寻找巧妙的主意。他采了些香泄叶偷偷掺在文太送来的蘑菇中，使老婆大泄了三天，连说话都有气无力。文太几次送来蘑菇，申宝雄都如法炮制，结果老婆再也不敢吃文太的蘑菇了。但她仍让文太来送鸟蛋。申宝雄无奈，只得将香泄叶熬了浓汁，寻机会就在碗中滴入几滴。老婆很快被泄得面黄肌瘦，文太来看她，两人也只能眉目传情。香泄叶使申宝雄赢得了宝贵的时间，他想出了一个更好的办法，就是流放这个白面书虫。当时有好几处属于林场管辖的小林子，而其中离总场最远也是最荒凉的，就是老丁这片林子了。谁知文太被流放后反而因祸得福，他很快就忘记了与场长老婆挥泪别离的场景。老丁身边的岁月像蜜糖一样粘稠而又甘甜，他们与邻村人结下的各种友谊使他永远着迷。只有这儿的生活遇到危难的时刻，才派他到总场走一趟。上次小六的黑材料，就是他从申宝雄老婆手中取走的。

当年文太来到老丁这片林子时，正好是初秋天景。老头子用蘑菇汤菜招待了他，汤汁中有诱人的肉块。原来老人的枪法很准，只一枪就可以打下从空中飞过的老鹰。老人还会下各种套子皮扣，准确地套住林中的兔子和猫獾。当时黑杆子早就是老丁身边的一个人了，老丁睡梦中说出的话他都要照办。文太在寂寞的时候讲了总场时的一些事情，流露出无限的懊恼。老丁仔细地看了看他被树条子抽上的浑身疤痕，又小心地抚摸了他被场长老婆无情地耍弄过的枯瘦的身体，破口大骂。老头子说要用一个月的时间滋养这个年轻人的身体，用更多的时间教会他过日子的新方法。随着皮肤日渐滋润，文太发现老丁是一个无所不晓、历经沧桑的奇人。这个人年事虽高，但气血旺盛，欲望像火焰一样熊熊燃烧，新异的想法一串串从鼓鼓的脑壳生出。老家伙曾经爱上的女人也多，而每一个都伴有激动人心的故事。文太被他的经历弄得目瞪口呆。刚开始他还将信将疑，到后来就真假莫辨，与老人一起激动，一起燃烧，一起过舒畅的快乐的生活，也一起荒唐。谈到整治仇人的方法，老丁可让文太开了眼界。老丁说到场长申宝雄，就哼哼一笑说："挨树条子抽的该是他哩！"后来工作组进驻这儿，文太亲眼看到了这个场长是怎么被整治的。林子里一切的一切差不多都被调动起来了，什么蝙蝠蜘蛛、长蛇狐狸，还有地枪树箭，一切的一切都出动了，变活了，赶得申宝雄一伙胡跑乱窜。村里的人也不容申宝雄在这儿藏身，像是要农民造反。那可真是个给人灵聪的古怪节日。老丁像个皇上一样，安安静静坐在他的帐子里，听外面风吹雨打。那帐子是一块紫布做成的，刚看到时文太可吃了一大惊。帐子顶上落满了灰尘，约有二指多厚。帐子就挂在一个大土炕上，半罩着老丁——他平时盘腿而坐；身后的灰墙上，显赫地挂了一把宝剑。后来他听说帐子是老七家里送来的，那是用一些商品的包皮粗布做成的，又染了色；宝剑是村里一个专制利器的老铁匠锻出来的，如今这铁匠已抓进了监狱。老丁会舞剑，连舞两个钟点，大气也不喘。他十天半月就要磨一次剑，使它永远闪着寒光。文太长时间地盯着这剑，看着它的银刃和镶了黄铜的剑柄。他总以为剑中凝聚了什么奇妙骇人的故事。老丁用粗粗的食指抹着剑刃，问："你说剑是干什么用的？"文太想了想，说当然是健身的了。老丁摇摇头："剑不是刀，更不是枪，剑是报仇用的——我有仇人哪！我在暗地查访一个仇人……那仇人露面的时候，我凭鼻子也嗅出他来。"文太深深地吸了一口凉气。

工作组狼狈地撤离之后，林子里重新繁荣和太平。百兽齐鸣，你呼我应。黑杆子高兴得当空放枪，老丁头愉快地为分场同人亲手做了几顿蘑菇。小六与大家同时饮用汤汁，并未感到心中有愧。老丁在喝汤时曾说："看过古书的人都知道，是一个叫吴三桂的人勾引来清兵——千古留下骂名啊！"老丁还给他们耐心地讲了林中蘑菇，说别看花花绿绿，归结起来也没有多少。要辨认它们很难，因为虽是同一种，由于生出的时间不同、天景不同，它们的模样也大相径庭。更可防的是毒性，人们都知道有的蘑菇只几颗就可以毒死一个人。他讲到这儿看看宝物，它深深地点了一下头。"毒蘑菇演化出的故事万万千，俺宝物也通晓一二三……"它尾巴摇动着，唱着一首又古老又新鲜的歌。老丁接上说，他这一辈子对付蘑菇的经验埋在肚里多可惜，总有一天他要与识字的人合写出来。文太听到这儿说：这才是"著作"。老丁点点头："伟人大半是有著作。"他们谈到了最高兴的时候，你一口我一口喝起了酒。由于老七家里按时收购他们的干蘑菇并付以烧酒，他们与她的友谊已经牢不可破。终于在七月七鹊桥相会的日子里，他们以一分场全体职工的名义请来了她。老丁亲手做了蘑菇给她吃，几个人开怀畅饮。老七家里是个没有节制的女人，喝得大醉，说一些昏头涨脑的话，还伸手去捏黑杆子。老丁火了，一巴掌把她打倒在帐子里。这一夜老七家里就在帐里呼呼大睡，而老丁却与其余的人燃一堆大火，在露天地里待了一宿。文太与黑杆子都说老丁不回帐子，不仅说明老场长作风过硬，而且德行高洁。天亮时老七家里走了，留下一些秽物。大家对于邀请这样一个人都多少有点后悔了。他们由老七家里又议论起村中小学刚来的一位中年女教师，一致认为她是一位独身。他们对她极其整洁的装束赞叹不已，说她全身的任何一处，都是神圣的、值得尊敬的。"多么文雅！"文太说。"而且，她是个独身。"停一会儿他又说。这个夜晚他们议论着，最后决定请这位老师领学生来场里采草药勤工俭学。

女教师领学生来到林子里这一天，是全场的一个节日。老丁再也没有耐性守在屋里，一直在林子间检查工作。女教师让学生散开，她一个人手持柳条篮采药。这些药材晒干之后，就要卖给老七家里的小店。老丁在女教师不远处活动，后来索性走到跟前。女教师说："丁场长，您忙！"老丁摇摇头："忙什么！我管的树多，你管的人多，管人不易。人都有一个脑儿，树没有。再说，你是孤单单一人，你一个人过日子不是？难。"女教师笑笑："不是这样的——

他在另一个学校工作，离远些罢了。"老丁急忙摇手："不会不会，你肯定是个独身。你也太客气了啊。"女教师苦笑着，又摇了摇头。老丁弯腰替她采起草药来，每采一棵，女教师都说一句"谢谢"。老丁终于忍不住，说："谢什么？我这个人你是不了解，了解了就好了。不能谢了，那样就远了。""可您是场长啊，听人说工作很忙。"老丁拍一下膝盖："哎，莫听他们胡说了。我是个领导干部，这不错。不过能有多忙？比起你来，啧啧！我看重你哩——你来这林子里做活苦哩，我不忍心哩！我要替你做哩……"老丁去取她的篮子，扳开她的胳膊，她不得不严肃一点地拒绝了。老丁搓着手。这会儿文太和黑杆子都转过来了，他们每人手里都攥了一把药材，凑过来投到了女教师篮子里。女教师又谢他们，他们只是笑。老丁呵斥他们："只会笑，只会笑，一点礼貌不通。一边忙去吧。"两个人应着，看着女教师，退着走了。女教师说："您太严格了。"老丁温柔地看着她："是吗？其实不是。我说你不了解我嘛。日子久了，女同志都夸我是个好心性的人。想想看，女同志多苦多累，女同志宝贵哩。不瞒你说，我也是个独身。话说起来也就长了，我这个人眼眶太高。就是这样。"他说着，没有注意女教师惊讶的眼神。这会儿他一转脸看到了小六衣着整齐地从一旁走过，就小声补一句："那是个品行低下的人……你我相识得太晚了！你看我一转眼年纪就大了。你怎么也想不到我有多少人生经验，更想不到我身体多么好——这方面场里的青年也就不行了……"他正说着，远处又传来文太和黑杆子的呼喊和歌声——在他的记忆中，黑杆子可是从未唱过歌的。他皱皱眉头。停了一会儿，他又笑了："我说过，独身不易哩！你为什么要一个人过苦日子？当然了，你像我一样，眼眶太高。这是真的。不过事情总要解决才妥帖。比如，遇上年纪稍大些的领导同志，咳咳，就应该考虑……最体贴人的好人都在老人里边呀！世上女人有几个明白这个？到了明白那一天，什么都晚了！"女教师听不下去，一挥手打断他的话说："丁场长，我不是告诉过你吗？我早有了爱人了！"老丁一怔，不认识似的看着她，继而摇头笑了："不会不会。我明白这个，你是不好意思说真话。你肯定是个独身，同志们早就看出来了。这有什么？我也是独身。独身就说独身，怕什么？"

女教师领她的学生采了半天药材，谢绝了林场的进一步邀请。老丁和其他人都十分兴奋，还喝了一次酒。老丁说："有文化的女人就是和一般人不同。我很佩服她。"文太点点头叹一声："多么文雅！"他们一致认为林场与小学校的某些教师同为公职人员，应该加强联系，互通有无。老丁当即检讨了他平时对小学校关心不够，表示今后要有足够的重视。他说今后要经常去看望同志们。他还指示文太明天就送给女教师一些干蘑菇，以改善她的伙食。第二天文太照办了，回来时带了一些女教师的回赠品：一些学习材料等。文太说：女教师开始执意不收，我说你不收我就不走了！她终于屈服了，收下又过意不去，就找些书让我带上。"学校里能有什么！"他这样说。老丁听了，两眼闪着光亮，两手抖着接过材料，又抱到帐子里去了。他抚摸着封皮，用食指按住一个个标题黑字，又试试硌不硌手。夜晚，他把小六和黑杆子支开，只让文太念这些材料给他和宝物听。宝物刚开始还算精神振作，像往日那样昂着头颅，但只听了一会儿，就打起瞌睡来。老丁却一直全神贯注地盯着印得黑麻麻的材料。文太念完了，老丁一声不响；文太抬头去看，见老丁流出了大滴的泪水。文太喊他，他不应。停了会儿，他嗫嚅道："这是她亲手送我的书啊！"文太上前握住了老丁的手，摇动着，沉默了半晌。老丁咬咬牙关，在帐子里盘腿坐了。后来，他闭上了眼睛。文太小心地下了土炕，站在黑影里注视着老人，祷告般地说："我明白了丁场长。我不说，可我明白。您好好歇息吧，我又一次理解了您。我相信，一切的胜利都是属于您的。您好好歇息吧。"

第二天，老丁与文太反复商量，写出了林子里第一篇文章。文章基本上是老丁根据自己的经历、结合文太在总场的一些教训口授由文太进行文字润色而成。他们将大字抄好的文章贴在了小屋的墙上——因为小六在黑材料中曾攻击这儿没有学习心得和墙报，他们早就想予以回击，只是心绪不佳没有灵感。女教师与分场的交往激起了才情，再加上批判学习材料的启发，他们决心一试。黑墨是锅底油灰用烧酒调成的，毛笔是野鸡毛儿做成的。文太将老丁哼出的话加以润饰写下来，觉得老人是如此大才，如果读过几年书，那恐怕更是个了不得的人物……文章贴在了墙上，一会儿黑杆子和小六、宝物都站在一边看起来。看着看着，小六在心中惊叹不止。黑杆子与宝物很快走开了，只有小六紧紧咬着牙关。他承认老丁仅就文才而言，也似乎是不可战胜的。这显然不是文太的思路。小六恐惧的眼睛扫来扫去，最后忍不住念了起来：题目——《蘑菇与书籍比较观》；副题——改造世界观之我见。正文写道：俺通过反复学习比较，觉悟提高数尺有余，认识了矛盾无处不有无时不有，事物既对立又统一的两个方面。大者宇宙小者砂粒，其理同也。比如蘑菇这东西，本是我们人民的口福，而剥削阶级却大口吞食。又比如书籍这物质，本是劳动者学习之所用，智慧之记载，而剥削阶级却用来毒化青年。蘑菇书籍，两相比较，一个生于树下阴湿之处，一个产于案头桌上之间。天气有阴晴干湿燥润之分，人心有明暗冷热喜怒之别。所产之物，皆由内外因之不同而不同。有的蘑菇花花点点，模样如伞，其表层如美女之衣、鲜花之色，引诱人们取而亲近；亲近之后又要食之，结果毁也。因为这蘑菇毒气很大，外媚内昧，其狼子野心何其毒也。由此推及书籍，其封皮也花花绿绿，硬壳绸缎烫金点银，实际上包藏祸心。白纸黑字，铁证如山，毒素比蘑菇又何止大上十倍。古人有读书变痴者，今人有读书反动者，就是书籍有毒之明证。再如有蘑菇色分七种，不一而同，或温或凉，或鲜或涩，或补或毒。有人食一种浅绿蘑菇，之后大笑不止，口吐狂言，对常人多讥之；有人读了一些书，而后自视清高，不愿接受群众改造，甚至藐视工农。二者何其相似乃尔。再如有人食了蘑菇，眼神恍惚，全身无力，大吐大泄；有人读了一些书，结果四体不勤，五谷不分，手不能提篮，肩不能挑担，终成废人。二者又同。又有人食一种怪蘑，兽性大作，不断奔向无辜异性，医生诊为脏癖；而有人被毒书淫化，伪装才子佳人，乱搞男女关系，陷于资产阶级谈情说爱而不能自拔。凡此种种，不一而足。反之也是同理。如食小砂蘑菇，清鲜可口，耳聪目明，实为烹饪之佳品；有人学了批判材料，明辨是非，通晓大义，得知国不变色之原理。如有人爱食一种柳黄，滋味很似鸡腿，营养又胜过鸡腿几倍，煮汤则汤汁油黄，做菜则混鱼混肉；而有人坚持学习宝书，数十年如一日，渐渐意志坚定，成为英雄。再如一般的松板粘窝，其貌不扬，实为佳肴。邻村小店主持人即老七家里，常年坚持收购此等干蘑，为民造福。村上人食物粗糙，大致糠菜瓜干，但村里人个个强健，双目炯炯有神。俺想这是依赖蘑菇之滋养。反之一些地富反坏分子，小店控制对其蘑菇供应，平时我场又不允其本人及子女前来林中采菇，于是眼见得他们身体枯槁，气息奄奄。最好之例证乃本文作者之一丁场长是也。他年近六十，精力超过常人数倍，走路啪啪有声，睡觉呼呼打鼾。他精血远未衰竭，不瞒世人，至今尚有常人之那种要求。不过他坚持学习，思想很通，个人生活处理得当，很好地承担了该分场之领导职务。而一般之学习材料、批判所用之书，与那种蘑菇的原理更是一般无二。如小学女教师虽然至今独身，却加紧学习，所有行为皆未出偏差。她美丽大方，衣衫整洁，不媚不俗，已博得分场同人一致赞誉。她艰苦朴素，发扬老革命根据地某些精神，带领同学勤工俭学。而且抓紧自身学习读书之同时，尚有余力送分场干部职工一些书籍材料，在此再表感谢。比较到此，俺想原理看官想必已见分明。蘑菇书籍，异物同理，不可不慎之又慎，严重对待。君不见蘑菇大毒，食者周身发黑，须发脱落，顷刻间一命呜呼；君不见坏书误人，夺其心魄，有人竟能迷狂到持刀行凶，无法无天。所以说读书一事，万不可小视。本文另一作者即文太对此感慨良多，在此恕不多议。总之一切结论皆出自勤奋实践，俺们是林中主人，终日食菇，无师自通。食蘑菇求的是强健无疾，学材料为的是心红眼亮。俺们决心提高警惕，防修反帝，站好最后一班岗。在此敬请革命群众指正。……小六读了一遍，不觉浑身淌出汗来。他突然预感到打文墨官司自己也不是对手，一瞬间陷入绝望。这时候天色已晚，墙报渐渐模糊。他站在屋前，看着宝物扑出来，朝他瞪了一眼，向林中跑去——它到了出巡的时间了。

大约就是墙报贴出的第七天上，小六到村中小店买走了第二片化制墨水的颜料。老七家里的情报也令老丁心神不安，文太于是急匆匆去了总场。申宝雄老婆肥胖如初，见了文太如获至宝。文太问起最近小六的动向，她连连摇头。文太垂头丧气地归来，一走近林中小屋就愣住了：墙报下正站着一个陌生青年。

这个青年十八九岁，像小六一样枯瘦，穿了一身学生蓝装，正一边看报一边皱眉，看样子极善于思考。他的背上还背着方方的行李，并不放下。文太在一边观察了一会儿，就走了过去问："你找谁？"年轻人捋一下头发，回答：

"我叫军彭，是从总场来报到的。今后我要在这儿工作了。"

文太一愣，但马上笑着伸出了手。他心里却想：不早不晚，正在这个节骨眼上！

四

老丁每天要用很长时间来训导他的狗。这个工作要等几个人离开小屋时才做起来。宝物凶残有余而灵慧不足，唯有老丁不这样认为。最早的时候他发现了这条脏臭的狗会斜着眼看人，心中一动。一条刁怪的恶狗，老丁想。他调整它的饮食和坐卧，渐渐让其有了固定的工作时间。比如它平时护住小屋，傍晚才是出巡的时间。它不属于任何人，只属于老丁。老丁怒喝一声，它就抖着身子伏下来。有一次老丁病了，它守在一旁不吃不喝，还不时地流泪。近来它斜着眼睛去看小六，还要露出那颗残牙，走近他，像老人一样哼几声。不久前老丁教会了它一位数的加法，它常常用来计算林子里被偷伐的树木、小六在小屋中的出入次数等等。老丁又教它两位数的运算了，由于急于求成，反而扰乱了以前的一位数。老丁非常懊丧。"六把镰刀加四把镰刀，几把？"老丁大叫。宝物细细的尾巴夹在后腿间，声音颤颤地叫了七声。老丁大骂起来。看来他不得不放弃两位数的教育。老丁认为这条狗没有数学才能，就开始教它另一种本领：侦察。老丁弓着腰，在小树间一弯一弯地走，东看西看，伏下，又走。宝物的腰也弓起来，像他那样贴在小树干上，最后伏下。"嘿嘿！"老丁笑了。他们做累了，老丁就讲一些故事给它听，也讲那些男女的事情，宝物就露出了那颗残牙……日子久了，宝物的神情和步态很像老丁了。它跑进小村去，人们见了它，第一个反应就是想起老丁。它厌恶的人，人们以为老丁也不会喜欢。常了，有人就试探着它的好恶以判断老丁对某某人的态度。可是后来，又有人发觉它对同一个人不停地摇尾巴，转过脸就露出了残牙。这真让人费解。它在小村里横跳竖跑，为追一只鸡，有时竟能像猫一样登上屋顶。村里老汉鼓励年轻人说："快把它砸死算了！"年轻人急忙行动，用绳子勒，用套子套，甚至还在一块肉里下了毒。结果宝物轻而易举地躲过了灾祸，倒是小村自己的猫狗遭了殃。驻村工作组的参谋长说："看我的。"他从套子里掏出一把闪闪有光的小枪，又示意工作组的女干部看着他——两手端起，闭一只眼，一扳机子。宝物一动不动地注视着参谋长，在他扳响机子的一刹那，腾空而起，跳起足有三米高。参谋长的枪刚要连发，不知为何卡住了壳。他暴躁地拍打着，咒骂着，宝物却箭一样飞过来。参谋长还没有弄明白女干部在身旁为何惊叫，宝物就从他的肩上蹿过，把尿撒到了他的脸上。四周的人被惹得哈哈大笑，参谋长只顾弄他的枪。这会儿宝物并未逃开，而是出人意料地复扑过来，扯去了参谋长的一道衣边。不久，这一绺黄布就握到了老丁的手里。老丁注视着小村的方向，小声哼了一句："那好，咱来走着瞧吧。"

宝物忠于职守，是全场楷模。它喜欢暮色茫茫的树林，觉得这浑浑一片藏下了无穷无尽的奇妙。黯淡的光色中，它弓着腰往前跑着，有时跑到一只长嘴鸟跟前，长嘴鸟还毫无察觉。很多生灵都准备夜归了，它们招呼着收拾黑夜里吃的东西，一家子热热闹闹。宝物偏爱突然冲到它们中间，将它们一股脑儿赶开。最小的那一个跑得慢，它就叼上，扔到多刺的荆棘上。有一只老獾领着一只小獾，大模大样地从它面前走过。它愤恨地叫了一声，它们一闪就扎进树丛中去了。宝物受到了巨大的藐视。有一次它看到小獾自己在啃食大獾留下的碎肉，就把小獾赶到一边去。它将三个最毒的蘑菇搓成泥汁撒在碎肉上，躲起来看着小獾回来吃掉了。小獾抿着嘴，宝物乐坏了。它跳出来告诉小獾：你是必死的。当然，从此这个林子里再也没有出现这只小獾。有一次它用同样的方法整治一只狐狸，那只狐狸笑着说：你说林子里谁是王？宝物说：我是王。狐狸说：我也看你是王，又有肉又有蘑菇，我看王吃吧。宝物骂了起来。狐狸笑着跑了。宝物后来才闹明白，狐狸话中的寓意是：你是个该死的王。它震怒了，火气烧得它不得安宁，鼻孔边上很快生了火疮。它一连几天嗅着狐狸的臭味，都没能成功。后来一个偶然的机会它才发现：那以后，狐狸身上沾满了野花瓣的气味。它想让黑杆子的土枪对付这个刁钻的敌手，黑杆子曾跟着它跑遍了林子，身上划了大大小小的口子。狐狸善于变化，有一次变成了老丁，将宝物恶狠狠地揍了一顿，就在狐狸得意地离去时，宝物闻到了臭味儿，一抬眼，见"老丁"衣襟下有一条粗粗的红尾。宝物示意黑杆子开枪，黑杆子没有看见尾巴，反而一怒之下用枪托捣了它一下。从此它觉得有一个红狐狸分去了林子的一半，而林中所有的生灵，包括树木花草，都在暗中分为两派。它从大杨树下跑过，如果碰巧有个树枝掉在它的身上，它就认定杨树降了狐狸。狐狸必除，它这样对自己说。一切的办法都使尽了，看来只得求助于老丁，而老丁无法明白它的复杂用意。一气之下，它偷偷毁了小屋旁的鸡舍，又将菜田搞乱了，并采集了林中散落的红色狐毛，成一束咬在嘴里，一声不吭地卧在脸色发青的老丁身边。老丁火气日盛，怒斥持枪的黑杆子，于是黑杆子加紧追杀红狐。几天过去效果甚微，"红狐"又毁掉了南瓜秧。老丁无奈暗中查访，用十六斤干蘑菇请来了小村里一位偷偷作法的法师。那是个骨瘦如柴、脸色灰暗的老人，手持一柄银色拂尘来到了林中。老丁及文太、黑杆子陪伴着法师，在林中徘徊。法师满脸的灰尘令宝物不能容忍，但它没吭一声。想到那个敌手顷刻间就要遭殃了，它无比高兴，从心里感激老丁。智慧的主人哪，英勇无敌，威震四方。宝物注视着法师的一举一动，渴望奇迹发生。法师从衣袖中取出一面精致的铜镜，利用树隙的微光反射着什么，小心地转动。突然法师大喝一声："哪里逃遁？"接着，铜镜不转了，他只用一手悬住，一手指着镜心说："看看吧，里面映出来了——

一只老红狐狸，没有牙了。"老丁等几个人轮番凑过去看了，都说没看见什么呀。法师一拍脑袋说："噢，你看我忘了，你们都是凡眼哪！"他说着小心地将铜镜平移到一张白纸上，纸上画了八卦。法师指天指地，口中念念有词，接着收了铜镜，点燃了白纸。纸灰升向天空那一刻，法师猛地伸长了手指，指着飘飘黑灰喝一声："去——！"黑灰在风中很快消散了。法师搓搓灰脸说："行了。它已经被我贬了。久后也许出现在林中，不过已经不碍事了。"老丁问："你怎么不抓获它，宰了它？"法师小声说："一只狐狸闹到这步田地也不易，道行不浅了。都是通星宿的，不能太过了。"老丁醒悟地点头。文太和黑杆子也吐出了一口长气。宝物站起来，抖一下皮毛，匆匆地奔向林子深处了。它重新觉得是个王了。它向着夕阳叫着："王王王！"满林子都回荡着它的声音，威严更重了。它让老乌鸦停下来，给它扇一会儿风。老乌鸦离去时已是呼呼喘，它追上去又拔下一根黑羽来。它叼着黑羽往前走，见老鹰在撕咬一块兔肉，就用羽毛去换兔肉。老鹰只得忍气吞声地拾起黑羽毛飞掉。宝物有滋有味地吃了兔肉，步子懒散。它走了一会儿，看见了甲虫。几个甲虫慌慌地躲。它让它们都站住，一米远立一个，它要一步踩一个甲虫，从它们背上跳过去。这是带有试验性质的举动，宝物兴冲冲的。甲虫只得一字摆开，最后一只甲虫是它们的母亲。宝物先助跑，然后踏上了甲虫后背。甲虫抵抗着巨大的压力，宝物利用甲虫身上的弹力往前蹿跳。六加六等于十二，宝物高兴得恢复了一位数的运算能力。它从十二只甲虫背上蹿过。当它的脚落在最后一只大些的甲虫身上时，它有了一股莫名的火气从腹股沟那儿升起来，就在脚下使劲碾了一下。大甲虫没来得及叫一声就化成了黏乎乎的一摊。宝物对一群甲虫的嚷叫充耳不闻，跳着跑了。树隙间所有的蜘蛛都在逃避，它们知道宝物最恨的就是它们了。蜘蛛在背后叫宝物为"丑凶神"，并编了一套咒语咒它。那咒语像标语一样，呈一条条透明的细丝从树梢悬挂下来。宝物跑着，只要挨上垂挂的细丝，就是挨上了咒语。它们快乐地想，诅咒必定会应验呀。蜘蛛们的咒语是恶毒的，它们并不咒宝物马上死去，而是咒它有一天突然落入两个狠毒的人手中，让它受尽磨难。比如两个人最好是一男一女，一阴一阳，夹带着邪火整治折弄这条赖狗。两个人天性顽劣得也像宝物，俗称狗男女。狗男女治狗当然内行，他们会合伙侮辱宝物，让它死去活来。它们就这样唱念咒语，一边还弹着丝琴。茫茫夜色里，一时充满了蜘蛛的恐怖的歌声，宝物听不明白，只是不安。也许就是这歌声才使它不快，让它尽早结束了这一次出巡。

老丁很留意小村里的事情，特别是关于驻村工作小组的一些情况。来林中做活的民工一口一个丁场长地叫，十分乐意告诉他一些情况。他还从老七家里那儿得知，参谋长常来小店转转，喝酒解闷儿。老丁问她：动不动手脚？老七家里说：有时也动，不过都是喝醉了的时候。老丁一拍膝盖：那也算！他很快在小店里会见了参谋长，并以对待下级的态度跟对方说话。参谋长终于火了。老丁用一根食指点住他的左胸部说："不用急躁，哎哎，慢慢来。我告诉你，我们林场是工人阶级，你当然知道那算个领导阶级。俺掌握的情况很多。比如你在小店的事儿……嘿嘿！"参谋长脖子红了，半晌无语。老丁又说："我看你还是多支持我场工作，少些麻烦，是啵？"参谋长说："也是，也是。"第二天，参谋长亲自送给了老丁一包烟丝、二斤猪肉。老丁收下了。参谋长一出小屋的门，宝物呼的一下扑上来，他大叫一声返身回屋。他从门缝里盯着气势汹汹的宝物，听见口袋里的小手枪急得吱吱响。他颤抖着嗓子对老丁说："场长！我有一句话不知当说不当说。"老丁的眼一瞪："说嘛。"参谋长捋了一下头发："我这人哪，敬重的人不多，您算一个。您是有威仪的人。不过恕我直言，您的狗还不行。它该是有勇有谋的一条狗，这才配您场长。不过我知道，这也不怨您——它没有经过军训哪！"老丁连连拍手："对对，没有！它越来越浑了，最近连一位数的加法都忘掉了。这是没法调教的一条狗。"参谋长一丝微笑在嘴角闪了一下，说："老场长不嫌弃的话，让我牵去训一个月吧——那时它就是一只'军犬'了。"老丁兴奋地说："那当然好喽！谁不知道军犬厉害？那才好哩。"老丁说着与参谋长紧紧握了握手，参谋长抽出手时还打了一个敬礼。老丁全身热乎乎的，立刻唤来宝物，在它的泣哭声里上了三道绳索，并亲手将绳索的末端交到参谋长手里。

宝物怎样离开了小屋，是它一生也不会忘记的。开始缚绳索的时候它完全懵了。后来就是流泪和挣脱。它全身的筋络都显现出来，皮毛起又落下，在原地弹动了五六次。老丁斥责了它，它呜呜地叫，委屈无限。绳索的末端握到参谋长手里的那一刻，它简直绝望了：那目光使老丁愣了一刻。后来老丁挥挥手说："走吧走吧，到那里你就会记起一位数的运算了。"宝物嚎着，两爪抵在地上，死命地抗拒参谋长的牵扯。"你看这是个很犟的狗。"参谋长对老丁笑着说一句，在老人不注意的一瞬间却用小拇指点划宝物的鼻梁羞辱它。它狂怒起来，两爪将泥土扬飞。老丁终于被激火了，抓起一根树条，猛

中篇小说

165

地抽了它一下。宝物无声地垂下了头。它夹起尾巴，跟上参谋长走了。村边上，迎接他们的是公社女干部。她远远地就鼓掌，还跺起了脚，宝物马上闻到了一股独特的臭气。参谋长走到她跟前，挤挤眼，指一下宝物：

"今天就开始军训。"

宝物从离开老丁的那一刻就决定了要忍耐。它只在心中哭泣，不是为自己，而是为智慧的主人。它不能原谅主人的这次荒唐。就这样，它安静地让参谋长和那个满脸横肉的女干部又在身上加了两道绳索。它已经没法奔跑了，只能在原地小步挪蹭。女干部嘻嘻笑，这个丑女人。参谋长说："听说它忘记了一位数的运算，看我教它。"说着解下腰上的皮带，抽了宝物五六下，大声问："三下加四下，几下？"宝物紧紧闭上了眼，脑顶皮毛像手指一样竖起三道。参谋长又抽打起来，女人浪声大笑。后来她用手去搔它的下颌，被参谋长制止了。他们嘀咕几声，不知从哪儿找来一个膻味很重的皮套，要努力套在它的嘴上。宝物用力忍着，到后来终于忍不住，猛地一甩长嘴。参谋长狠狠一皮带，正好打在它的眼眶上。半个脸肿起来。它全力挣扎，残牙一连数次露出，咬破了自己的上唇，呜呜的叫声传出很远。参谋长还是打它："这就是军训。军训可是严格的，日你奶奶，军训了。"女人也笑，伸手在参谋长身上动了一下。参谋长手里的皮套子掉在地上，在女人耳边说了句什么，女人说："哎呀哎呀。"她全身抖起来。参谋长"哼哼"地笑，用脚将皮套踢开一点，然后用一把锈瓢从便所舀来一些尿。宝物以为那是要泼到它脸上的，就紧紧合上了眼。谁知一会儿伸过来一根冰凉的棍子，宝物不理，棍子就在脸前捅来捣去。它火了，狠狠地将棍子咬住。棍子是铁的，锈层被它咬脱了，它还是咬。智慧的主人哪，英勇无敌，威震四方。宝物可不想在这两个凶残的敌人面前给老丁丢脸。它带着一股豪情和愤怒，差一点又折断一颗牙齿。但就在这时，铁棍绞转了一下，它的嘴给弄得张开了——一瞬间它明白是上了歹人的当，不过已是无可挽回地受辱了。半瓢尿哗哗倒进嘴里，又一股股滚到喉中，恶臭难当。宝物被浓烈的氨味冲出了泪水。参谋长说："军训能哭吗？"宝物的泪水被解释为哭，是它一辈子都要咒骂的啊。它在地上滚动、蹬腿，不停地呕吐，翻了四五个跟头。参谋长连连说："训没训过大不一样。不一样，你看你看你看。"女的鼓掌。宝物想到了雌狗皮皮，皮皮的泪呀，那时的皮皮的求饶声呀。你这个雌狗女干部，你早晚变成皮皮。宝物躺在尿液上，呼呼地喘息。可是参谋长用一个铁勾勾住它身上的绳扣，像拖一条死狗似的拖到身边，仍坚持给它戴皮套子，一边戴一边说："一旦打起仗来，说不定有化学战哩，你不戴防毒面具还行？"说的时候下手狠起来，几下子就给它戴上了。这时的宝物真可笑。女人接过皮带抽它走，参谋长则喊："起步——走！一二一二立定！卧倒！滚！前边是坑，是河，是流弹……"他们把它推倒又扶起，用脚狠狠地踢。女的累了，说："这么折腾多费劲，还不如糊上黏泥烧烧吃了。"宝物身子大抖了一下。参谋长摇摇头："老丁呢？玩笑。"他们说着将宝物拴到了小院角落一个碾砣上，进屋去了。约摸有半个钟点，参谋长才走出来。他松松垮垮地坐在破损的门槛上，喘着说："你来治这条癞皮狗吧，我看着。"女的说："俺也累了。"他们"格格"笑了，商定明天让民兵来继续训导。宝物注定要捱过一个漫长阴冷的夜晚了，它真想赶在天亮之前死去。它躺在那儿，当太阳沉下去，小院罩在昏黄的光色中时，一股燥热和微微的兴奋突然使它抬起头来。它茫然地四处观望着。哦哦，到了每天里宝物出巡的时间了。

　　它一天两夜未吃到东西，被各种各样的基干民兵训练，见了一辈子也见不到的花样。有的把它绑在树干上，给它实行假枪毙；有一次子弹真的从身上飞过，亏了皮毛脏乱阻隔了危难。有的把它坐在胯下当马，并不停地用鞭子打；它怎么驮得动，就死死地伏在地上。有的在地瓜饼里卷上一个小爆竹，冒着烟丢给它；它以为是饼烙糊了，刚刚咬到嘴里，爆竹就响了。还有人给它汤喝，刚喝了没有三口，一个大癞蛤蟆从里面大模大样钻了出来。总之是受尽了侮辱和捉弄，还伴着深深的惊恐。有的甚至想出这样的主意：烧红一个铁条，在它臀部烙上一个阿拉伯数码，像军队的战马编号。这亏了有人提醒说它最终属于老丁，才免了另一场皮肉之灾。一伙民兵走后，它真的快要死了。昏昏沉沉地躺在小院里，听着小屋里的动静。它知道那个参谋长和女干部并不安睡，日夜喊喊喳喳。他们在夜晚弄出的各种声音，它非常熟悉。在它最痛楚的时刻里，竟然有人在花天酒地。它暗暗诅咒他们一起死去，不停地诅咒。它一直未曾察觉的是，它自己早已中了蜘蛛们的咒语。它咬着残牙，等待着奇迹。小屋里仍旧有喊喳声，渐渐宝物怀疑他们在策划一个前所未有的巨大的行动。它扬起脖子不停地向上嗅着，突然头在空中凝住了！它嗅到了一种毒蘑菇的气味！这气味它可是熟透了……毒蘑菇肯定就在附近——要被派做什么用场？经验告诉它，毒蘑菇出现在哪里，哪里就要有奇妙的故事了！一阵兴奋像闪电一样从脑际掠过。灿烂耀目的金黄色伞顶在一个角落闪动，一男一女在它的光焰下活动，两双眼睛射出了热辣辣的光。它闭着眼睛，那幅图景却是再清楚也不过的。要有一个奇妙的故事了。小屋里日夜喊喊喳喳，真的要有一个奇妙的故事了。宝物的残牙被咬疼了，它快乐地闭着眼睛。不知从哪儿涌来了一股力量，它费力地挪近了那棵可恶的树，用后背抵住树干，四腿绷紧，让身上的绳索像弓弦一样绷紧。接着它一下一下咬嚼着绳子。毒蘑菇灿烂的金色映耀着快要断裂的绳索。"嘣"的一声，弦沉闷地奏响了。宝物坐起来，不知脊背折了没有。它试着站了，一阵阵钻心的疼。它小心地挪动，到后来一跳一跳跃出了小院。出了院门，那股气味又追上来，它终于咒骂着转回身。小屋门缝射出微弱的光亮，它像人一样立起来往里望着。左边的眼睛肿大了，就是这只眼睛看到了屋内的龌龊和恶毒。参谋长和女干部紧紧搂抱，他们中间才是那一把闪闪发光的蘑菇。它们的花色斑点都清晰可见。小油灯一闪一闪，蘑菇也一闪一闪。参谋长拿起一个小伞，放在眼前旋转。女干部欢快得装出要死去的样子。后来他们疲累了，说就那样吧。女干部用一个蓝色的手绢包起蘑菇，又把它放在小桌的玫瑰花旁边，接着吹熄了油灯。

宝物在夜色里爬进了小巷子。它急于寻到一点吃的喝的，浑身索索抖动。无数的鞭伤棍痕揪心地疼，它就咬折了身边的草木。有一个灰色条纹小猫在黑影里一跳闪进一个门洞，宝物紧走几步追上去。它看了门洞的木槛，心中有些快意。小猫在门洞里边轻轻地舔食一碟黑粥，宝物哼了一声。小猫伏下身子，后退了两步。多么香甜的食物。宝物张大嘴巴，只两下就把粥吸光了。身上有了热力，很快就不再抖动了。宝物用后蹄将小猫蹬翻。灰色条纹小猫的腹部竟是如此洁白，宝物忍不住揉了一下。小猫求饶地咪了一声，宝物大怒。它咬住皮毛将其提起来，重重地摔在地上，又迎着一张胆战心惊的小脸呼出了两天两夜积存的怨气。它把小猫全身都弄得又脏又臭，让它和自己身上的气味一般无二。宝物知道它的主人是小村里的一个地富反坏分子，它当然不敢不柔顺老实。宝物最后把小猫坐在屁股下边，像老丁那样眯着眼抄着手。它多么思念老丁。智慧的主人哪，第一回中了歹人的奸计。宝物眼中涌出了泪水，泪水又滴在小猫的耳朵里。后来它咬住了小猫的耳朵往门洞深处走去。它们进了屋门，听到了屋子主人有气无力的鼾声，看到了他们身上盖了一条破麻袋做成的被子。宝物在小猫的指点下找到了干粮篮子，扒开蒙布见到了一碗地瓜干糠团。它咬一口，又赶紧吐掉。多么臭的食物，多么反动的主人。宝物大骂着离开这儿，又跑进另一条巷子。它一连潜入五六户人家，都寻到了盛食物的篮子，碰到的差不多全是又涩又酸的糠菜瓜干。后来它好不容易咬死了一只鸡，将血吸净，再慢慢吃肉，直吃到太阳升起来。一群人在大街上刷刷走过，它马上想到了民兵。肚子饱了，它想找个地方躲到天黑。让老丁一个人待在空空的小屋吧，让老丁试试失去了宝物的寂寞和痛苦吧。它这会儿不知怎么竟想到了那个倒霉的雌狗皮皮，渴望着看到它的通红的脑门。它呜呜叫着向前跑去。

皮皮有一个圆圆的小草窝，弯在窝里害着相思病。它思念一条奇怪的恶狗，印象深刻。当这条潦倒的恶狗像闪电一样出现，皮皮差点昏厥。它的圆圆的屁股往后缩退，黑缎子一样闪亮的鼻头微微颤抖，又像某种成熟的坚果。宝物首先咬了它一口，让它泣哭。它的豁耳一动一动，像在回忆往昔那次甜蜜和不幸交织一起的经历。宝物瘦小英武，宝物勇力无限，宝物是林中之王。皮皮激动之后趋于平静，唱起了凄凉的情歌。宝物生来第一次将自己的遭际向另一条狗叙说，讲了它永生难忘的两天两夜。不过它小心地隐去了被灌注尿液的情节，只向其展示腋下的创伤。说到参谋长和公社女书记，那两个名字的音响是从残牙尖上流动过去的。皮皮不识好歹地泣哭，渐渐使宝物厌烦了。它恢复了仇恨和凶残，尽情地、毫不怜悯地蹂躏着皮皮，直到把皮皮的颈部撕咬得鲜血淋漓。皮皮大叫着，叫声怪异，宝物怕走漏消息，就狠力地窒息它。它不叫了，不过也半昏了。宝物就在它的圆圆的小窝里睡下了，睡梦中还要踢皮皮两下。皮皮浑身都被汗汁浸透，俊美的脑门上留下了三道牙印。它想安抚一下林中之王，这个仅仅在极短一段时间里才属于它的暴君——它把嘴对在宝物的嘴上，闭上了眼睛。它闻到了一股烟味，心中诧异：宝物像人一样会抽烟吗？宝物的呼吸逐渐变粗，不去理会皮皮。皮皮把烟味吸到肺腑中，幸福得无法言说。而此时宝物梦见的却是老丁，那个像石猴一样的老人双目闪亮，正吸一杆大烟斗。它的梦一直做到太阳西沉的时刻，就准确无误地醒来了。皮皮的嘴仍然对准了它，它就狠狠地吐了一口，迈着出巡的步伐向大街上跑去。奇怪的是大街上的人都急匆匆地走着，踏着血红的地面，谁也没有注意到宝物。它想在飞快挪动的这些腿脚上都咬上一口才好。人们渐渐聚集到一所茅屋跟前去了。宝物也挤在人群中间。茅屋里有人高一声低一声地哭着，哭诉说她不活了可不能再活了。宝物露出了残牙。它的鼻子扬着，突然在空中僵住。一股蓝色的气味飘到了它的鼻孔里。它闭上了眼睛。

灿烂的金色伞顶映耀得它睁不开眼。毒蘑菇在微笑。

哪里有毒蘑菇，哪里就要有奇妙的故事了。宝物每一根毛发都激动了，不顾一切地钻到最前面。于是它亲眼见到了披头散发的公社女书记跪在那儿，怀抱着一个脸色发青的男人——他已经死了，满身污秽，半截舌头咬在了牙齿外边。她的身旁站着参谋长，他手中握一把亮锃锃的小枪。女干部哭着："俺是多恩爱的一对夫妻啊！俺从来都是一条路线啊！不瞒同志们，昨晚俺还有那事儿哩！"头上包黑布头巾的老太太们哭了，痛惜地拍打着双膝。宝物却在一堆呕吐物旁边发现了那方蓝色的手绢，暗暗发出两声冷笑。它无声无响地取到手绢，返身跑走了。此刻的林中小屋里正端坐着老丁，老头子听到了熟悉的喘息声大吃一惊。当他看到满身血迹、半个脸肿胀的宝物，立刻大喊了一声。宝物伏在地上，昏了过去，只是口中仍含着那方手绢。老丁一眼认出公社女书记的物件，因为她曾在他面前掏出来揩汗。老头子记住了它一片蓝色中间画了一个金黄的毒蘑菇。他连连吸着冷气，半天吐出一声："他们要谋害宝物哩！"由于极度气恼，老丁额上渗出了一层汗粒。一会儿文太和黑杆子都大叫着跑来了，报告说小村里大事不妙了，公社女书记的丈夫来探视她，误吃了毒蘑菇，周身青硬而死。老丁闻听半晌不语，直看着那个手帕。后来他让文太取了手帕去找老七家里，又对着他的耳鼓说了几声。一会儿老七家里慌慌张张地跑来了，对准老丁做了几个手势，说："还不是这样的事？也让毒了！"老丁严厉地用双目扫扫四周，说："人命关天，我们是工人阶级，是领导阶级哩！我们能不管吗？这个案子分场是查定了。"他看看文太："这回是查定了。"文太找来纸张，几个人匆匆地往小村里赶去了。小村里，参谋长已率先成立了调查小组，并把结果写在了碗口大的一张纸上。纸的空余部分，还画了死者误食的毒蘑菇的图样。老丁看了现场，又分别找人谈话，参谋长再三阻止也没用。公社女书记对老丁说："俺男人死了，俺的眼泪都哭干了哩，你算什么？"老丁招招手，让她挨近一些，对在她耳朵上说了句几十年没说过的粗话。女干部吓得跳开了几尺远。又过了三天，老丁弓着腰回到了林中小屋，对宝物亲得不能再亲。他一边抚摸着它的三角头颅，一边编出了一首歌。他唱了一遍又一遍，后来连宝物也记住了："毒蘑菇演化出的故事万万千，俺宝物也通晓一二三……这就是民间事那么小小一段，日月风尘埋下了沉冤。"他唱啊唱啊，有一天参谋长来了，刚听了一句就脸色煞白。老丁只是唱。参谋长拱起手："好爷爷不要唱了，俺一辈子都孝敬您老，您才是高举红旗的人。"老丁不唱了。第二天参谋长和女干部送来了一筐子烟酒，老丁眼也不睁地哼一句："抬进来。"他们把东西递上去，老人像瞎子一样摸了摸，说："不错。"参谋长害怕宝物，躲开了。老人又摸了摸女干部递上来的酒瓶，重复一句："不错。"

宝物周身的伤慢慢长好了。它像往日一样的丑陋和精神，也像往日那样，在暮色苍茫的时刻里急急出巡。

五

林子里的活计很杂很多，常要招来一帮子民工。老丁坐在帐子里，让文太、黑杆子及小六管理民工做活。他们在人群中走来走去，大背着手。老丁很少到林子里，有时遇上顺眼的姑娘，就让她到小屋去补麻袋。一分场有很多麻袋，都是用来盛树籽的。老丁让姑娘坐在破麻袋上穿针走线。他认识的姑娘很多，大多都有过深入的谈话。这时的老丁温柔体贴，循循善诱，使做活的姑娘满脸通红，下针紊乱，不止一次把手掌捅出血来。姑娘们都穿了土布衣服，那彩色是野萝卜花、沙蒜叶子染出来的，而且打满了补丁。老丁从隔壁的厨房取来金黄的玉米饼子，端来剩下的蘑菇菜汤让姑娘吃。她们每逢这时什么都不顾了，一会儿吃得满头大汗。姑娘抹着嘴，喘息着，看着老丁。老丁说："分场是国家的，国家哩什么没有？和国家的人好上了才是福分。小村的人像蝗虫一样多，他们遇上个国家人难哩。说到我这个人，年纪是大些，不过思想可不旧。俺是个'人老心红'的人。"他说着拾起姑娘的手，一下一下拍打，目光里射出无限的希望。姑娘涌出了泪水，求饶道："丁场长……"老丁生气地把手扔开："这有什么！你啊真是个没有见过世面的人，你让我怎么说你？也罢也罢。看看你的眉眼吧，打心里让我坐不住。"他转身取下了宝剑，亮亮姿势舞起来。姑娘坐在那儿，他围着她边舞边转，让道道剑光不时映到她的脸上。姑娘用手挡着脸，老丁就越舞越快。姑娘尖声叫起来，倚在了他的身上。老丁拍拍她说："你看见了我的剑法？我有好剑法。告诉你吧，丁场长的剑是用来报仇的。说不定哪一天我辨出那个仇人来，就是一剑。我舞弄起它来，十个八个人近不了我的身。别人的剑亮，那是上了电镀。我的剑哩，是风砂磨的。一把好剑哪。省里一位首长要花上千块钱买走，我睬也不睬他。我是一场之长，理该有一把宝剑。"姑娘泪痕未干就笑起来，老丁也笑了。他给姑娘梳了头，还给她扎了个奇怪的发式，看上去像一个猫头鹰。

有个叫小眉的姑娘常来补麻袋，挣六角四分五厘的工资，比一般民工多出五厘。她长得黑乎乎的，脸是方的，下巴往上翘得很厉害。老丁第一次见到小眉就说："真好。"其实所有人都不会说小眉漂亮。村里的姑娘们在一块议论说："最丑的就是小眉了。"春天的风把小眉的脸庞吹暴了一块块白皮屑，这皮屑直到秋天还留在脸上。她瘦瘦的，肩头很尖，破旧的衣服灰迹斑斑。只有一双黑黑的圆眼平静地亮着，比所有人都成熟，像个过来人似的。老丁觉得她很实在，实实在在地要玉米饼吃，实实在在地索取工钱，这之后，才安稳地坐下来缝麻袋。老丁认为对待她，也应该实在一些才是。她不会像其他姑娘那样狡狯刁泼——她们什么都骗走了，吃得肚腹圆滚滚的，甚至在老丁的怀中伸长着腰身拧动（后来老丁才明白那只是为了有利于消化）。到了关键的时刻她们却寸步不让，又哭又笑，做出不同的鬼脸，像抽走一条手巾那样从老丁怀中抽走她们的身体。老丁想到这里就无比忧愤，一个人时叫着她们的小名痛骂。他是怀抱全新的想法跟小眉相处的。小眉补着麻袋，右手里的粗线擎得很高很高。她的神态像是在给自己的娃娃缝制单衣。老丁看着她，她也偶尔抬头看看老丁，两人有过一场动人的谈话。老丁说："世上的一些事不能看得太重，是吧？"她把针插到麻袋上："是的。"老丁又说："我不知道你怎么看这林场。""林场老大。"老丁用食指刺刺头顶："嗯，实在。不过你怎么看这场长呢？""场长是你。"老丁笑笑："实在，实在。"他磕磕烟斗："要是场长跟你好起来呢？"小眉拉出长长的线："不行啊！""怎么就不行？""俺不乐意。"老丁端正了烟斗："怎么好不乐意？""俺是老大。""老大咋了？"小眉抬起头："俺姊妹四个。我说过俺是老大嘛。一家子人里面，老大走了邪路，个个都走邪路。"老丁紧皱着眉头听完了她的话，一拍膝盖："实在啊！"他全身松软地歪在那儿，目光像即将熄去的灯苗。有好长时间，老丁一句话也没说。他望望宝剑，又望望小眉，用手轻轻捋着胡须。小眉补好了一个麻袋，将袋角掖进去，像披个雨衣似的披在了身上，继续补另一条麻袋。她的刘海从袋角上探出来，黑黑的小脸闪闪烁烁。老丁的双手举到脸前，摇动着："好姑娘啊好姑娘，你生就一副好心肠。我一辈子背过脸去，还是能记住你模样。"小眉笑了："唱歌似的。"老丁站起来，往前挪动一步说："你是个通大理的人，说话不多，句句有板眼。好啊，快熄了你场长大叔的心火吧，快点吧。"小眉点点头，咬断了麻线。她站起来，欠身到干粮篮里扭下一块玉米饼填到嘴里，往门外走了。老丁咬着牙关，最后问一句。"真的不行吗？"

小眉点点头。老丁猛地扬了一下手臂。小眉长腿一撩跑进林子里去了。

做活的民工永远被蘑菇引诱着，无法安心工作。因为蘑菇不一定什么时候就出现。他们把蘑菇用柳条串起，挂在腰带上。蘑菇的老嫩不同，品种不同，颜色斑斓。文太、黑杆子、小六和军彭，都分别率领几伙民工。文太有时和民工一块儿采蘑菇，一会儿又嫌他们耽误了活计。民工说：林场的工钱忒低，俺来做活也是为蘑菇哩。文太哑口无言。他不断采个颜色鲜艳的献给姑娘，姑娘接到手里说："有毒有毒。"文太不得不掰下一片放进嘴里嚼了，说："有吗？"蘑菇的品种很杂，什么有毒，什么无毒，谁也讲不准。大家只采绝对有把握的，比如小砂蘑菇、柳黄、松窝和杨树板等。有一种蘑菇叫草纸花，刚生出时雪白莹亮，接上就发黄；两天之后它变得像天空一样蔚蓝。大家都说草纸花是有毒的东西。有人不信，试着嚼了一点点，结果手舞足蹈。文太说这不一定叫作毒，它不过能让人添些毛病罢了。他不厌其烦地对她们讲解各种蘑菇的品性，并和她们一起到树丛深处采蘑菇。他的话一般姑娘都不太信，因为他常常话中有话。他说："我说话都是有根据的，我的古书底子很厚。"不少姑娘都跟他保持了淡淡的友谊。文太在跟她们的交谈当中常常要说到老丁，一说起来就没有节制，误了工作。他说："我们都要学习老丁。丁场长是个了不起的人，可他从来不说自己了不起。比如对待蘑菇，他是熟得不能再熟，一辈子就吃这个。他闭上眼也知道你手里抓到的是什么蘑菇，错不了也。有毒的，毒在哪里、吃多少能死、吃多少能半死，他都知道也。你们也不用躲着他，像防什么一样——其实迷上他的人万万千千，只是他不肯那样罢了。再说他要真想干点什么，防也白防。他会使剑，还会点穴。你动得了吗？老丁坚强啊，党性强啊！"文太口吐白沫，像吃了毒蘑菇一样。姑娘们问："蘑菇有多少种？"文太严肃地点一下头："七种。老丁场长说这里也不过七种。你别看到处花花点点的，其实都是演化出来的，归根结蒂也不过是七种也。"姑娘有的傻笑，文太用食指去捅她一下。都说文太不是正经的人，说丁场长没有教育好他。文太气愤地嚷叫："这话也就是在这儿说吧，在别处说站不住脚！说我文太可以，说老丁场长那不行。"民工当中的中年妇女跟文太关系良好，这些人差不多都让文太想到了总场场长申宝雄的老婆。他跟她们谈笑自如，几乎没有奥秘，一直轻松愉快。文太在她们面前自觉小如顽童，母爱在这片林子里泛滥成灾。文太这时真不像个领工的，对她们百依百顺，跑前跑后。她们一会儿让文太这样，一会儿让文太那样，使文太累得直出虚汗。有一个大河蟹从树阴下沙沙地横行过来，中年妇女一片惊呼。文太就在众目睽睽之下伏身爬着，跟在它后面爬了几十米。大河蟹在旱地生活久了，品性近于蛇，也像蛇一样有毒了。所以大河蟹每一次都是安然走去，步态潇洒。文太闲下来时也议论一下小村里的事情，说到参谋长和公社女书记，就"格格"地笑。他说："女书记年轻时怎样，我还不知道？"中年妇女说你知道个什么！文太的鼻子蹙起来："总有一天讲讲她那些好事。有意思啊！"他提起小村里几个地富反坏，立刻咬牙切齿。有一个叫金松的富农，又瘦又小，走路一摇一摇，一口气就能吹倒，脸上生满了老人斑。文太对他的模样特别不能容忍，说："我一看见他气就不打一处来。反动的东西，你不打他就不倒。"说过小村，他又议论起分场里的事情。这照例要从赞扬老丁开始。说到宝物，他机警地四下瞥瞥，小声说："不过老丁对宝物也太偏心眼了。有些机密的事情，跟它说不跟我说。听故事时，好位子也让它占了。"妇女们忿忿的："一条狗懂什么！"文太摇头："哼，它的心眼都在里边，除了老丁谁也提防。不瞒你们，它是个仇恨妇女的东西。"大家尖叫了起来。文太接着又说起了小六："小六可不是个平常人。如果发生了杀人案，凶手肯定就是他；如果有人强奸了妇女，那个罪犯肯定也是他。他比某些蘑菇更毒。你不要看他又黄又小，人莫可貌取。那是让阴险的盘算压制得长不太大罢了。近一段时间我场出了叛徒——我们正在追查——我可没说是小六——老天做证我没有说是他。我只是说人民应该怀疑他，而怀疑是允许的。不是吗？听老丁场长说，很早他就被叛徒出卖过，他心爱的人（即小娘们儿）也被叛徒出卖过。当然了，那是战争年代。不过今天也是硝烟滚滚哪，看看老丁舞剑吧，那真是刀光剑影。老丁说，叛徒总要查出来的；而一经查出，他也就活不成了。我最后要提醒你们的是，小六不可不防，毒蘑菇比起他来也算不了什么。平时不要跟他说话，没有好处。走路也不要离得太近，没有好处。他这个人闹出了天大的事也不必大惊小怪。一句话：他是真正的坏人了……"中年妇女们一声不吭地听着，姑娘们紧张地喘息。这样安静了一小会儿，突然她们之中有人喊道："文太，你是好人，你能回小屋里偷一块玉米饼给咱吃？"不少人呲起嘴来。文太半天不吭气。"能不能呀？"又有人催问。文太摇摇头："不能。只有老丁场长一个人经管玉米饼。那是国家按人头发下的口粮，是我们工人阶级（即领导阶级）的食物。"人们失望地叹气，搓着手。有一个一只眼大一只眼小的中年妇女一下子躺在沙土上滚动起来，嚷着："老天爷爷给块玉米饼嚼嚼吧，俺也不枉活了这一遭哩。""那是人家的食物，啧啧，人家的食物。"大家叹息着散开了，又蹲下来做活。这会儿树丛摇动起来，像刮过了一阵风。小眉从树丛中钻出来，脸色通红，一直向前跑去。有人叫她，她也不停，直跑到另一群民工中去了。文太盯着她的背影，突然意识到那些民工是由小六率领的，就不安地向前走去。

　　小六率领民工的方法与文太差别很大。他不闻不问，只是苦做。那片化制墨水的染料引来了申宝雄，但要令他后悔一辈子。好像就是这片染料把他给染黑了，他成了一个该死的黑人。不过他就不信总场场长申宝雄会一败不回。晚上，他睡着了还紧紧咬着牙齿，把希望咬到牙缝里。他做过的最可怕的噩梦，就是一个石猴似的老东西从紫帐里走出来，手持一柄宝剑。这些日子他不停地颤抖，肌肉越缩越紧，整个人越发显得干瘦了。有一天他球着身子在苗圃里拔草，一个黑乎乎的姑娘从跟前走过，他正好抬头去看云彩。他看到的是她的一双大眼。有一股浓重的苦艾味儿从她身上飘过来，令他不能安稳。他说："不准乱跑。"姑娘站住了，嘻嘻笑着说："你真瘦。"他喝一声："胡说。你叫什么？"姑娘坐下来，一下一下把眼前的小草拔净。临走的时候她告诉他自己叫小眉。从那以后小六就记住了她的名字，常在心里念叨："小眉小眉小眉。"他去过几次小村，一个人在街巷上溜达。他遇到的都是不愿遇到的东西，比如老七家里向他冷笑，见他走过，就在身后泼一盆水；有一次他拐过一条巷子，见宝物从另一条巷子里探出头来。夜里风声大作，千树摇动，像有一万个小眉来到了林子里。他赤着身子跑出去，跑离小屋没有多远又被藤子绊倒。那一次他被寒风吹病了，浑身火烫。病好之后，他暗暗发誓再也不念叨小眉了。可是不久小腹疼病难忍，他苦苦捱着。第十天上颈部右侧生了个疮，然后是溃烂出血。半个多月之后伤口才见愈合，这时候痒得他恨不能哭喊出来。一阵又一阵的折腾，令他骨瘦如柴，喘息比猫还细弱。他还是没有忘记小眉，只是不念叨了。他要想法使心中的一切让小眉都清清楚楚。决心已定，他就行动起来。一连几天他坐卧不宁，连宝物也感到了有什么事故要发生了。他知道事情周折无限，不过还要耐心等待。也就是这苦苦等待的时刻里，一个崭新的人物出现了，那就是另一个枯瘦青年军彭。他是总场派来的！小六当时心中一动，立刻想到了申宝雄。一线崭新的希望霎时把小眉冲没了，他最急于弄明白的就是军彭这个人了。他低头拔草，心中却不停地琢磨军彭。小眉跑过来了，他又嗅到了浓烈的艾草味儿，但这味儿已经不像这之前那么诱人了。小眉喘着站在那儿，不住地呵气。小六僵硬地站起来，一说话就口吃。小眉说："你们国家人真怪啊！"小六敷衍着，眼睛却向一旁望去——他发现军彭正披了学生蓝制服在树丛里活动，像是踱步。他一动不动地望着。小眉说："哼呀，你还不转过脸来。"小六转过脸，正好看到文太向这边走来，就躲闪似的往军彭那儿走去。小眉蹲下来拔草了。

军彭在踱步，目不斜视。

文太藏在树叶后面了，他要看小六怎样走过去、军彭又是怎样对待他。文太认为小六第二次买走了一片化制墨水的染料，总场就派来了这样一个人，需要琢磨。如果军彭是申宝雄的人，那么必然与小六接头；若军彭是申宝雄老婆的人，那就必然来与文太接头。当他眼瞅着小六向军彭接近，一颗心不禁怦怦跳起来。他想关键的时刻真的来了。他拉了拉树条，以便看得更清楚些。他看到军彭仍在踱步，小六走着"之"字接近。军彭与小六只隔了一丛柳棵了，一转脸就彼此发现了。小六伸出手掌，竖着往前一推；军彭一愣，慌慌地点头——文太把一切都看在眼里，心中快乐得像有一只美丽的小虫虫爬过。他想那肯定是暗号不对。这就是说，他们一开始接头就不顺利。他继续看下去。小六费力地绕过了柳棵，腰多少有些弓，小步向前踮着，老远就伸出了手。他们握手了。握着手，小六仰脸又说了什么，军彭像耳聋似的侧脸倾听，听完之后用力握一下对方的手，松开了。小六枯瘦的身子斜楞着，那嘴像被木胶粘住了一样，动了几动也没有张开。后来小六伸出了右手并很快成拳，发狠地往下一沉。军彭严肃而平静地点点头，抹一下头发。他重新踱起步来，小六也愚蠢地跟上，学他那样背起了手。他们一边走一边说话，偶尔打打手势。文太猜不出说话的内容，但敢肯定两个人并没有接上头——或者是申宝雄派来的这个人根本不信任小六，或者压根就不是申宝雄的人。但文太坚信此人在这个节骨眼上来到这儿，必定肩负使命。他想我要出马了，我要当着小六的面亮一亮古怪的智慧了。真正的暗号别人是听不出来的，而内中人一嗅就知道。可怜的叛徒坯子，只可惜没有心智。文太想到这里提了提衣领，跨出了树丛。他想活该到了打断你的时候了。两个人正低头走着，文太在后边咳了一声。军彭立刻回头，小六脸色蜡黄。文太对军彭打了个敬礼。军彭也打了个敬礼。文太说："辛苦辛苦！"军彭摇摇头："哪里哪里！"文太注视着他的眼睛，一动不动，并且一边看一边暗中往前移动。军彭眼也不眨，但目光故意落在一旁的一株野蒜上。这样过了约莫有五六分钟，文太的眼睛一动未动。军彭看着野蒜，一声不吭。后来他终于大喊了一句：

"文太同志！"

文太长长地吐了一口气，面色和缓起来。他接上问："宝雄同志可好？""好。""宝雄同志爱人可好？""好。"文太点点头："那我放心了。"停会儿他又问："总场对这儿有过指示没？来时见了宝雄及他家里人没？没？没？那好那好。"小六在一旁死死盯住，双手插在衣兜里。文太瞥瞥他，想：多么坏的一个家伙，把手插在那儿！如果兜里有个枪，他会在抽出手来的那一刻打死我们的！文太咬咬牙，重新与军彭对话。军彭是个极为消瘦的青年，这一点文太过去估计不足。他第一次离这么近打量对方，发现了他微微发青的眉宇间，有一道深刻的竖纹。这使他显得庄严有余。文太在心里骂了他一句。不过文太微笑着，始终亲切地与他说话："你认为分场工作情况怎样？领导和群众如何？总之，初步印象。"军彭"嗯嗯"应答，说："我认为是好的。这里有这里的特殊性，即普遍性与特殊性的统一了。这儿条件当然会艰苦，不过不艰苦还要你我这样的革命青年干什么？有命不革命，要命有啥用。就是这样的。望我们团结一致。"文太紧紧握起对方的手，摇动不停："太对了，太对了，你几句话就说到了我的心坎上——总场派下来的人水平就是高——当然我们都是派下来的……"他揉了揉眼睛，不愿松手。军彭接上说："刚才我已经跟领导，就是小六同志谈过这些想法了。"文太的双目猛地睁大，转脸去寻找小六，可那家伙不知何时已经溜走了。文太大呼道：

"天哪！你把一个什么人当成了领导！他怎么能是领导！他把一个不熟悉情况的同志欺骗了呀……"

军彭不解地摊摊手："他说他是总场任命的组长。"文太吐着骂道："特务！叛徒！这是一分场，这里哪有什么'组'。他专找新来的同志钻空子哟。我们有场长，场长有办公室，他在办公室里办公，他就是老丁场长。你不是已经见过他了吗？那才是真正的领导。走吧，你们该好生谈谈了，走吧，我领你去见我们真正的领导——他大概这会儿坐在帐子里呢——你知道上了年纪的领导人一天一天都是坐着。我们走也。"他说着扯上了军彭的手，拨开树木枝条往前奔去。"民工呢？我们在工作呢！"军彭嚷着，身体往后用力。但文太就像什么也没有听见，满脸发红，不顾一切地往前跑。"我认识老丁同志，我难道没见过老丁同志吗？"军彭一边走着，还是嚷。文太点点头，又摇摇头："那是另一回事，那时你还不知道他是领导嘛。这就不一样。你有没有这样的体验：同一个人，你把他看成领导，再去端量就什么都是了。老丁场长可不是一般的人。你猜小村工作组有个参谋长是怎么评价老丁的？他说：你是个有威仪的人。你想想吧军彭同志，想想这是什么情景。"军彭再不言语。他们就这样手拉着手来到林中小屋，路途上磕磕绊绊，甚至遇上了一对漆黑的蝙蝠双足相连挂在树枝上，遇上了盘腿端坐的狐狸，他们的手都没有松开。小屋旁，宝物的窝空着，四周也一片沉寂。文太捏紧军彭的手，小心地上了台阶，跨进了空洞洞的屋子。屋子的一角就是沉甸甸的紫色帐子，里面传出轻轻一咳。文太也咳了一声。"谁呀？"帐子里传出了老丁的声音。文太忙答："老丁场长，我领军彭同志来见场长了。他原先不太了解情况，所以来迟了。他现在非常想见见领导，做一些汇报等等。"帐子里一点声息也没有。军彭让文太捏住的那只手已经渗出了汗。军彭盯了文太一眼。又停了两三分钟，帐子里传出了一声："走近些来。"文太松了手。军彭揩揩手上流动的汗水，走上前去。老丁端坐帐中，背后的墙上是悬起的宝剑。他闭着双目，眼角一动一动，问了句："何时参加工作、主要社会关系、出生年月日？"军彭点点头，双手不由得贴到了双腿的裤缝上，背答："参加工作约有半年，社会关系无，可能是二十一年前风雪交加的一个夜晚出生。这些如实载入档案，档案现正捆在背包上的一双白力士鞋后面，用一块油毡纸包了。"老丁睁开了眼，不满地哼一声。军彭接上答："领导尊听。我本是一烈士遗孤，生前不知父，生后不见母。我在党及贫农老大娘的抚育下生长成人，接受哺养。后入学念书直到完小，而后回乡务农，主要负责在沟边渠畔点种蓖麻、向日葵等油料作物。再后来上级照顾让我就业，就业后听说先父曾在这片林中打过游击。为继承先烈遗志，我反复要求来这里工作。简单汇报就是这些。"话音刚落，老丁一下子从帐中跳下来，紧紧地攥住了军彭的手。"你原来是烈士子女，可你这么瘦小、这么朴素。这更让我尊敬——文太！"老丁喊了一声，文太赶紧上前一步。老丁一手指着军彭说："你今后要向他来学习。"文太点点头。老丁说："好了，这次我们一分场算是加强了。以后的情况你会一点一点分明。有什么困难、有什么要求，你只管找我提出。全场从工人到宝物，一共六个，分工不同。反正这一下是加强了。"军彭被突如其来的巨大热情烧得不能自持，双脚频频踏动。老丁想起了什么，又问："先烈——我是说你父亲，叫个什么？"军彭答："听说叫吴得伍。""有什么特点？"军彭低头思忖："听说，他脸上左下边有块疤。"老丁抬头看着窗外，说："噢，噢。"老丁对军彭又说了些激励的话，然后就打发他去林子里了。文太站在原地未动，老丁掩了门。文太说："场长，很严重。"老丁说："哦？"文太重掩了一下门："今个我发现小六去跟军彭接头，可没对上暗号。我一下明白了，来的不是申宝雄的人！"老丁大笑："烈士子女嘛！他会是申的人？"文太皱皱眉头："我试了试，送了新暗号，知道也不是申宝雄老婆的人。""那也好。毛主席说白纸才好。白纸能重新描上花儿。"老丁的话一停，文太拍一下手，夸道："丁场长脑力绝了，绝了。"

　　接下的一段时间里，老丁突然变得无精打采的。文太跟他说话，他也不愿回答，蔫蔫地躺在了帐子里。文太注视着老人，见额上的横皱不停地蠕动。老丁躺了半晌说："文太啊，我心里有火。"文太一声不吭。又停了一会儿，老丁又叹了一声："这话我也只能跟你说了：我心里有火。"文太伸手握住了老丁硬硬的手掌，紧紧握着，一切尽在不言中。这样握了一会儿，老丁坐了起来，一手搭在文太的肩上："我一夜里在帐中滚动三两次，睡不沉。睡不沉哪。你可能知道这是谁的效力，这是她，那个女教师，一个方方正正的人。我想念她呀，觉得她没有一丝儿不好。我装在心里，只是不说。一辈子我喜欢上的人太多了。不过这些年把我折磨成这样的，还是头一回。我不知多少次在帐里看她给的材料，字字都亲。我们怎么不能给她一些写成的东西呢？让她也这么一字一字看，字字都亲。几天来我就琢磨这个。我想顺便也夹带几斤上好的蘑菇。你知道人家是有文化的人，看重的是纸上的字。一张嘴就说出的话，太轻，人家不看重，你说对不对？"文太想了想，说："你是指写一封求爱信？"老丁一拍大腿："就算是吧！"文太飞快地搓手，双手搓热了，又一下捂在脸上。老丁逼近了问："怎么样？快快动笔吧。"文太又搓手。老丁等着回答，等不来，也搓起了手。停了一会儿，文太弓下腰，到锅灶底下刮起了烟油灰——他要用烧酒调制黑墨汁了。老丁搂住了文太："我们是上下级的关系，可最好的兄弟父子也不过这样。文太，我念你编，咱的成败全在信上了。"文太不说话，只是一下一下刮着。他在积蓄内力。结果第一天只是用来调制油墨，第二天端着油墨坐在帐子里，激动得手抖，无法落笔。直到第三天夜里他们才把信写好。信装在一个牛皮纸袋子里，文太想了想，又采了些红色的花瓣放进去。信在送走之前，他们一遍又一遍朗读。老丁眼里汪着泪水，差不多整整一封长信他都背得上来了。信中写道："尊敬的国家女师，请先领受俺林中人道一声安康。在下心中激动，以至于提笔忘字，更不敢直呼芳名，故而称您为女师耶。知您重责在身，为国训材，时间尤其宝贵，所以言短情长，并选择洗练之文法制做此信。时逢半夜三更，室外黑色千里，万籁俱静。遥想您来该场之情景，勇气倍增。不知此时此刻您是否安睡枕上，正进入香甜之梦乡？该寝室必定异常简朴，适合无产者居住，素雅大方。且有无数学习材料文化书籍和教学仪器，并有一个能拨拨动动的铁架地球蛋。素花锦被裹您纤躯，随徐徐呼吸而微动，满室芬芳。哪似我处这般肮脏贫寒，臭汗熏人。季节已临深秋，我心诸多凄凉。几次欲去校舍一叙，无奈双腿如铅，胸跳如雷。可见我心仍如童男一般火烈鲜红，青春未熄。每至深夜三星西斜时分，我必坐起向南即校舍方向观望，全身大抖，之后还要喝三碗凉水以镇阳躁。吾辈有幸也不幸在林中一睹芳容，接上再不能安眠。其情景如电影一般反复演出，思绪万千，口中喃喃。眼见得两颊变红，手足脱皮，日日呼其姓名见其倩影。将心比心，您在舍中独自一人也必然不堪其苦，做多方设想。人之常情我最知晓，因而能够体贴爱抚。独身之苦，苦似红铁烙肉，常人无法想象。您清晨即起，漱口刷牙，穿戴齐整梳头三遍，又用粉红香皂洗了脸面，光滑如玉。然后走向舍前空地缓缓挪动谓之散步，引逗百鸟齐声鸣唱，其中雄鸟居多。不是芳心不动，实是意志坚定。待到铁钟一叩，嗡嗡有声，千家小子鱼贯入室，上课开始。一只小手紧握木条名曰教鞭，在黑板上来往指点，疼煞林中老人。我愿化一孩童端坐其中，嗅您气息闻您芳音，至死不归。我想您通体无一处不洁净，真正是完美无瑕。方圆几十里空气清爽宜人，必有气体蕴您贵腹又从鼻孔排出，能辨者是您爱人无疑。在下说到此大胆吐露真情，唯有我日夜可闻异香。看您双肩圆软平整杯水不荡，背肉丰厚又能显腰形，一望可知是学识丰富之处女，非领导而不嫁。我虽资历深远，品德高尚且身为一场之长，但比您微不足道，恰似一短短毛虫。可欣慰者唯筋骨韧壮，百折不挠，经得起您长年摔打。说到此愿再进一言：您不必在日后同枕之时过分拘谨，因级别及革命经历不同而视为畏途；实际上他平等待人，礼贤下士，死而后已。也不必因其年迈而小心翼翼、鼠目寸光、过分昵爱问寒问暖；事实上他久经磨炼无比泼辣，皮如村童，那时节无一刻可安稳。小家建立，吃荤吃素由您而定，挑泥担水让我去做。据估计很快会有贵子，哇哇大哭令人欢心。到时候穿针走线做成一件小袄，穿上后只露出红色小脸及手部脚丫。哺乳期多食米饼蘑菇，催其奶水，并辅以米粥。经考证小砂蘑菇最为适宜，可令文太多方搜寻，每日一碗，对此他已许下保证。这期间必有学生来探女师，团团围住我室；我定然按时前去驱赶，让其作鸟兽散。至夜晚风摇树动，如鬼泣哭，我当怀抱妻女，右手持剑而眠。睹娇儿样并端详您之睡态，幸福无比。唯担心我爱心太切，深夜里手脚过勤而误您安眠。到时候为求两全，宁愿让您缚我手足以待天明。妻子在哺育生产期必然释放浊气，昔日芳香化为些许腥膻。但幼童鲜嫩如花，其瓣也薄，阵阵菊味与母中和。总之小家三口世人皆羡，一场长一女师一未来之接班人。写到此我不觉泪如泉涌，手脚火烫，您见纸上块块斑点，即是泪痕。想当年众女把我追逐，避之唯恐不及，但毕竟偶有损失，男人名节难以保全。至今吾尚独身，皆因眼光太高。后半生遇上女师也是万幸，如蒙看上一眼，死而无憾。从今后白天骄阳是您笑脸，夜晚星月是您明眸；风吹草木，是我泣诉。还求您多来林中采药寻菇，如逢天色太晚投宿林中，更是全场革命职工之殊荣。最后还望您多多保重身体，避开世间各种可能之伤害。荒村陋室，刁民无数，青壮光棍，最为悍暴。如您一人外出散步，最好藏一银针袖中，冷不防歹人蹿出，或可扎他。亦可取灰面一把装入花衣内兜，悠悠然双手插兜而行，见恶人则扬手以灰迷其双目，始得脱身。也有刁民性情胆怯，往往做出种种淫相，不可正视。总之处女之身如花之鲜、如果之嫩，千万当心保存。切不能自毁自弃，不虑千日只求片刻，成终身之恨耳。忠言逆耳利于行，良药苦口利于病，还望您坚贞不屈，保持到底，坚持到最后胜利，做到童叟无欺。林中老人含泪顿首。敬上。致革命敬礼。八月二十二日丑时。"

老丁双手抖着以面糊封了牛皮纸袋，又捆好了一大包鲜蘑菇。

六

为稳妥起见，近日黑杆子与小六共同率领民工做活。这样小六身旁就有了一个背枪的黑汉。小眉有一次从家里带来一个烧得黑乎乎的地蛋给小六，被黑杆子从中截了，掰开看了看热气腾腾的瓤儿，又嗅了嗅，才还给小六。小六一个人去树下解溲，如果久了，黑杆子也要跟去。只有猎物在远处鸣叫时，他才离开一会儿。有一天他手里提个野鸡从树棵间探出头来，一眼望见小六直盯着前面几尺远的小眉，就急急呼喊："文太！文太！"文太闻声赶来，黑杆子用枪指指小眉，又指指小六。文太走到小六跟前，端量着他说："工人阶级能这样吗？"小六哼一声："我不过看看。""工人阶级能看看吗？"黑杆子在一旁附和文太："幸亏丁场长不知道。"文太商量说："好不好写个检查什么的？"小六大嚷："我没有钢笔水。"文太笑了："那你买一片化制墨水的颜色干什么了？去年一片，今年又一片，对吧？"小六不语，黄黄的小脸渐渐转青。文太走开了，一边走一边咕哝："还是丁场长说得好——吴三桂勾引来清兵，留下千古骂名啊！"小六像肚子疼一样蹲下去。黑杆子说："你这样就像个兔子，不够我半枪打的——嗵！"小六伸手去拔草，汗珠从额上流下来。一会儿军彭弯着腰走近了，说："小六同志，我对你有看法的。"小六瞥瞥黑杆子，军彭就请他走开了。军彭说："你说自己是作业组长，经了解是夸大其词。"小六激动地跳起，喊："我！"军彭说："是你。"两人再不说话，互相注视了三分多钟。后来小六把手伸到了衣服的夹层里，掏出了一个破破烂烂的纸片——这是总场场长申宝雄写给他的一封信，他已经保存了两年多。宝物的嗅觉太敏，在这片林子里几乎无秘密可言，所以他只能将其带在身上。他牢记这是申宝雄的真迹，睡觉时也放在内衣小口袋里。信上有一处曾提到他为组长，但那两个字恰巧被折叠得模糊不清了。小六指点着纸片让军彭看，军彭耐着性子读了几遍，最后认为总场场长申宝雄十分器重小六。但"组长"二字无论如何是看不清的，也就无从判断那个最主要的问题。小六急得抓耳挠腮，把信对在阳光上，结果还是辨认不出。军彭在树隙间踱了一会儿步，转过身来说："这是什么时候的信件？"小六沉默着，说："本来我不愿提起。不过这事情已经暴露了——他们（我不点名字）不知如何使用了特务手段，也许总场秘书部门及关键方面藏有坏人，他们反正搞到了我写给总场的信，老丁鹦鹉学舌，将阴谋变成了阳谋，当着文太、黑杆子和宝物的面读了我的信，意在挑拨。你看的申场长的信，这是场长亲笔回信。这信是历史见证，十分宝贵。我之所以给你看，是为了证明到底谁是这片林子的领导，为了真理。"军彭点点头，但说话时声音微弱："可以的。不过，然而，虽然是这样，但是那两个字是看不清的。"小六失望地看着在远处做活的小眉，长叹一声："我总以为我们是一条战线上的，谁知……"军彭握住了他的手，耸动了几下："必要时需要外调的。我基本上是信任你的。余下的事就让实践来做个证吧，你知道一切都不是天上掉下来的，是实践得来的。这就是哲学。"小六牙齿磕碰着："我听懂了，是哲学。"

军彭刚刚离开小六，文太就走上来了。军彭对文太说："我们谈了一些哲学。"文太拍拍手："我们这里和总场不一样——那里人不懂哲学。当然了，申宝雄老婆还懂一点。我们这儿在老丁场长领导下，基本上是学哲学用哲学，如今林子里已经有很多哲学了。内因外因，蘑菇正反两个方面——伞顶和顶下瓢儿；两个方面互相转化——比如太阳一晒，伞底变得和伞顶一样干硬。很多的，说不尽。"军彭接答："说不尽。比如小六同志及老丁同志的职务问题，说得尽吗？"文太愣住了："小六同志还存在个职务问题吗？你又怎么了军彭同志？"军彭皱起了眉头："事情都有正反两个方面，这才是哲学。老丁和小六谁是正面？比做蘑菇也可，他们谁是伞顶？还要调查研究哩。"文太惊呼道："要不是我亲耳所听，谁讲我也不信，你怀疑起了老丁场长！这可是你亲口说的，军彭同志！你竟然听信一个叛徒的话——他什么事情做不出来！也就是刚才一会儿，他还差点犯了腐化的毛病。你竟然去听信他。"军彭有些胆怯地眨眨眼："我只是说还要调查研究。"文太哼了一声："该调查的早调查了。不是吗？当初申宝雄同志接到小六诬告老丁的黑材料，连夜率领调查小组赶来，结果如何？小六何其毒也，必欲置之死地而后快——遭殃的反是总场领导一干人马。他们又吐又泄，像过街之小鼠，连村中小民都以白眼视之。得道多助，失道寡助，毛主席的话忘了还行？这其实也是申宝雄怀疑老丁的必然结果。对老丁怎么能怀疑呢？军彭同志，你是先烈遗孤，快快转意还来得及；如果是别人在怀疑老丁，我是不会这样规劝他的。你不知道，老丁场长对先烈的后代是十分爱护的。"军彭不吭声，但慢慢握住了对方的手，说道："我非常感谢你。感谢你阶级的友爱。但我必须指出的是，小六手中也有一点证据。我还要用力思考几个月才能答复你。再说总场调查组在这里的情形我也不知道。我当时如果是调查组成员也就好了。"文太重复一遍："那也就好了！"说着心中一阵快乐。他想真该让军彭见见那个阵势啊。他最后握了握对方的手，离去了。

文太对老丁讲了军彭的态度，老丁用焦黄的食指刺刺头顶："他来这里就是归我领导了，他不好，那是我没有把他调教好。"文太笑着："他还后悔没进申宝雄那个调查小组哩。"老丁也笑了："机会有哇。不是小六又买走了第二片化制墨水的颜色吗？机会有哇。"文太大笑。回想调查组进驻林子的日子，那可真是个使人聪灵的节日啊。文太有时真恨不能再经历那么一场古怪的节日呢！

那时候的一分场啊，真正是火火爆爆。

申宝雄率领着七人工作组进了林子，宝物迎头大叫。有一个背枪的人瞄准了宝物，黑杆子就从肩上摘下了十七斤半的土枪瞄准对方。宝物前胸挺起，让秋风撩起脏臭的额毛。正这时老丁从小屋走出，对申宝雄深深一揖道一声"上级"，然后呵斥黑杆子说："这杆枪能装二两半土药，人家的枪只装一子儿。你一枪还不是灭了人家调查组？收起收起！"说完又拧了宝物的耳朵说："党派来的人你也咬？！你看准了，前头那个脸发黄、嘴唇上有个红点的人是咱书记。"老丁将所有人都喊来小屋门前站队，宝物站在了队尾。老丁说："稍息！立正！报数！"大家一二三四地报了，宝物也哼了一声。老丁弓着腰跨前一步，说："报告书记，全体人员集合完毕。"调查小组中有人在笑，文太瞥了瞥，见是女打字员。申宝雄说："稍息。解散。"老丁敬了礼，说："我们一切都实行军事化——您知道，我是经历过战争的人。"申宝雄歪一歪嘴巴，不愿答话。老丁又说："热烈欢迎调查小组！从今后全分场都听从您的指挥。可惜我卧病在床，不能帮您。"申宝雄冷冷地打断他的话："等候调查结果吧！"接上申宝雄安排小组的人都分开住，一半住林中小屋，一半住林边的小村。他们与参谋长和女书记率领的工作组汇合了。申宝雄往来于林子与小村之间，及时将最新情况汇集一起综合分析。所有指示都由女打字员用打字机打出。申宝雄披着大衣在室内踱步，口中念念有词，比如：报，该组已进驻小林；该组已展开工作；该组与邻村工作组携手合作等等。为欢迎调查小组，老丁抱病从帐中钻出来做蘑菇汤，让全组人一人一碗。申宝雄仅仅在喝汤那一刻才对老丁有一丝好感，喝毕态度照旧。老丁坐在帐中，紫色的布帘低低垂挂。文太和黑杆子有时把头钻到帐缝里咕哝几句，老丁咳几声他们就走开。最忙的要算小六，浑身绷紧，频频奔跑，领小组的人查看林中管理情况，又带申宝雄暗中观察老七家里。他们甚至买了她的干蘑菇收做样品。驻村的参谋长和公社女干部被老丁压迫多日，以为翻身在即，就兴高采烈地置办酒席，让申宝雄喝得满身赤红。他们历数了林中人的种种陋习，特别嫉恨的是老丁天天喝酒，并指出他对身着军服的参谋长指手画脚，唯恐天下不乱。所有情况都与小六的上告材料暗暗契合。几天来空气紧张，一群乌鸦在小屋上空嘎嘎大叫。黑杆子怀抱土枪，嘴唇发紫，见了猎物也不敢扣动扳机。文太一连几天没见老七家里，因他发觉调查小组的人在店门徘徊。这样约有五天。第六天一早，老丁出人意料地走出帐子，在门前空地上舞起剑来。老人全身是勇，剑如铁链绕周身旋动，晃得人眼花，一招收起时，总要跺一下脚，再发一声响亮的呐喊。所有人都围住了他看，大气也不出。老人收功时文太跑上前去，严肃地敬礼。老丁点一下头，将剑贴到后背上，又弓着腰回帐中去了。也就是这天下午，调查小组的人有两个掉进了林中陷坑，其中一个浑身沾满粪便，令人恶心。第二天小组的人又一齐呕吐，接着大泄，频频出入茅厕。有一根长蛇倒悬屋顶，向下伸着叉舌，让睡地铺的人一夜没有合眼。天亮了，他们还要睡眼朦胧地到林中调查，结果有半数以上挨了马蜂。蜂窝奇怪地长在小径旁边，他们绊了一条桑须，蜂窝就从树上跌落，接着一群恶蜂围上来。于是，调查组的人个个脸庞五官肿得走了形，并且发青，所以再也不受尊重。调查小组的人进了小村，村里人视他们为怪物，并不与其认真谈话。老丁对申宝雄说，这是因为您的人初来这里不服水土，再说又不熟悉地形地物，难免出些差错。申宝雄半信半疑。就在老丁说这话的第二天，调查小组的人在去小村的路上遇见了一个红毛狐狸，它端坐路中，似笑非笑，前爪提在两侧，有人端起枪来，它就变为申宝雄；放下枪来，它又复为狐狸。大家尖叫着跑回来，见总场场长正披着大衣念着什么，让打字员打字："报，该小组进展迟缓；报，该小组行动受阻，原因待查。"人们大惊失色，面面相觑。他们说："场长，你刚才还是狐狸。"申宝雄给了说话的人一记耳光。女打字员反应不及，接着打上了"场长是狐狸"的字样，打字纸被申宝雄一把扯下来。

调查小组自顾不暇，文太和黑杆子就趁机钻进小村。老七家里再也无心待在小店里，挨门挨户送去了干蘑菇。她把总场新来的一帮人说得一无是处，还指名道姓地说领头的是个流氓。文太重新调查起公社女书记丈夫的死因，亲自找目击者谈话，谁谈过话，就在一个小本上按一个红指印。当小本子被红色指印排满的时候，他就去找女书记和参谋长。参谋长似乎有些虚脱，不停地出汗；女书记坐不住，一会儿出去一会儿进来。文太在她离去的间隙里扼要介绍了她的经历和趣事，参谋长直打喷嚏。文太说女书记自小凶残过人，八岁上杀过猫，十岁上杀过狗。其父浓眉大眼，双臂粗过碗口，常常教女儿摔跤。她入了初中，当过铅球运动员，并在体育课上多次将体育教师摔倒。后来入了高中，担任团委副书记，工作大胆泼辣，常常以身作则。生理课上，她征得老师同意，登台结合自身实际讲解例假与青春期特征，通俗易懂。当时号召大办农业，全校师生来往路上都要身背粪筐，收拾起一路的牛马粪便。她的粪筐最大，而且内分五格，自觉地将各种粪便分类存放，以便科学施用。偶尔忘记带筐，她就将路上牛粪捧到庄稼地里，并且决不洗手。入高中的第一年她就入了党，到方圆几十里去宣讲自己的先进事迹，一时间都知道出了女英雄。第二年她的表现更为突出，为了学好批判材料，常和支部书记在小屋讨论一个通宵。有一天半夜里下起了小雨，她跑出来给学校饲养场盖干草，并吵醒了所有的驻校师生，干草盖好雨也停了，大家这才发现她周身只穿一个三角裤头。事后公社领导激动地召开大会说："为了国家的财产，连那些方面也不顾的同志，不是感人至深吗？这里，哪还有什么资产阶级的羞羞捏捏！"高中毕业后，她被结合进了公社领导班子，再停一年，又接了老书记的班。最有必要提及的是后来，是她与一解放军进驻小村的情形。参谋长说这些我都亲眼目睹，了如指掌。文太说你当然比我了解喽。不过你知道她怎么欺负自己男人的事吗？参谋长无言。文太接上介绍了她男人矮矮胖胖，是老公社书记的儿子，贪吃贪睡。女书记嫌男人不爱活动，常年消化不良口中发酸。她住到小村里更是为了摆脱男人纠缠，从不主动回家。男人来寻她数次，都被她关到门外。有一次男人带了铁勾绳勾住了窗棂，这才攀进屋里。两个人打闹半夜，男人身上处处青紫，大亮时分才呼呼睡去。她是另有新欢，为达到长期鬼混之目的，该犯用一种叫"长蛇头"的毒蘑菇毒杀亲夫，恐其不死，数量过倍，先搓成碎屑，再拌以黄酒，煮汤加肉加蛋花加葱白，使其鲜味扑鼻。该犯一贯好逸恶劳，屡教不改，不杀不足以平民愤。同案犯男，身高一米七五，老谋深算，长于教唆，用心险恶。该犯与上犯勾搭成奸，遂起杀意，手段残忍，构成死罪，就地正法。此布，切切，人民法庭。文太越讲越流利，参谋长汗水淋漓，急急用手去掩他的嘴巴。文太一掌打掉对方的手说："坦白从宽，抗拒从严，何去何从，快快选择！"正说着女书记进来了，她一见参谋长脸上的汗水，一下子跌坐在了地上。她慢慢从裤兜里掏出很久以前绘成的那张毒蘑菇图形，空白处还写了调查死因的过程及结果。参谋长接到手里，双手交给了文太。文太在上面按下了自己的手印。参谋长打了敬礼，然后说："请转告老丁场长，我们坚决站在他一边，而且要发动革命群众。"他说这话时正好黑杆子和老七家里及宝物一行三个从窗外走过，行色匆匆。文太说："人民行动起来了。"

文太从小村归来的第二天，正是大雨。大雨下到傍晚，闪电照得天宇一片银亮。巨雷轰轰爆响，林中小屋集中的所有人都不愿言语。正这时门外一片嚎叫，申宝雄领着三五个人像落水狗一样出现了，一头一头往屋里撞。大家全愣了，一问，才知道是小村里的人不让他们住在那儿。村里人不怕大雨，手举三齿钩和铁钉耙将他们的住处团团围住，说要砸死这几个祸害村庄的人。后来是工作组的参谋长和公社女书记出面劝阻村民，危急时刻参谋长抽出小枪向上打了一发。他还想打第二发，但这时小枪照例卡壳了。国产枪质量不行。申宝雄领人慌慌地逃出重围，顾不得带上行李和日用物品。他们浑身乱抖，嘴唇发青，每人脚下都流了一汪水。因为要打地铺，一汪汪水使原宿小屋的几个人十分不快。没有办法，只得赶紧加打地铺，分开铺草和被褥，七八个人挤在一起。大家挤着，都抱怨来林子里调查算是倒了霉。申宝雄不愿与别人一起挤，但又没有办法。正这时老丁从帐里下来，说让总场场长睡他的大炕，他干脆为大家打更。申宝雄不加推辞，脱了外衣钻进了帐子。当他赤着身子滚入被窝时，突然尖声呼叫起来，说痒死了，痒死了，双手乱抓挠跳出帐子。原来那被单经人用痒痒草精心搓过，老丁心里有数，老人一边弯下腰安慰他，一边在暗中抽掉那片被单，然后自己钻进了被窝。老人惬意地将被角围紧了膀头说："场长，恕我直说一句吧。你没有这个福分。"申宝雄抓挠着，无言以对。这时文太从墙角的铺上走下来，说："无论如何申书记不能跟大家挤，您睡我铺吧。"申宝雄哼着到文太的铺上了。文太走到地铺跟前，在黑影里摸了摸几个人的脑袋。他躺的地方正好挨着女打字员。为安全起见，平时女打字员的铺与别人的铺之间放了两块红砖。文太半夜里摸了摸红砖，觉得又凉又硬，就偷偷地撤掉了。他与女打字员紧紧地搂抱一起，彼此心照不宣。两人重叙旧情，泪水涟涟，窃窃私语直至天明。起床那一刻，文太稍稍离开一些，并重新摆好那两块红砖。由于红砖安然屹立，所以最终也无人怀疑会发生什么事情。但女打字员却经历了永远无法忘怀的一夜，天明之后不停地向文太使眼色。这容易暴露事情，文太从她身侧走过时狠狠拧了她一下，以示惩劝。两个人都在寻找新的机会，咬住牙关作了成功的忍耐。后来调查小组的人要去林子里看一处现场，申宝雄也出门联系事情，女打字员就乘机溜到了老丁的帐子里。文太求老丁借用帐子。老丁虽然厌恶别人因这种事占用帐子，但要服从斗争需要，也只得应允。文太与女打字员难分难解，眼睛都哭得红肿了。女打字员说："你在总场那会儿，怎么好那么没有良心？"文太说："我也想不到现在会这么热爱你。我想这是战斗加强了我们的事情。"女打字员一下接一下地吻着文太，说："我一辈子都要向着你，你让我干什么我就干什么。申宝雄王八蛋。"她表示要将申的话一式两份，一份上报用，另一份就交给文太。文太又给她布置了新的任务，两人才流着眼泪分手。

　　调查小组这天进入林子深处，归来时伤痕累累。因为宝物在林中大窜不停，山猫野狸都被驱赶出洞，逢人便咬。狐狸和乌鸦一直围绕他们盘旋，空中陆地皆有凶兆。数不清的毒蛇挡住了去路，如茅草一般成团成簇。他们生来没曾见到这么多的蛇，只觉得头皮发麻。蝙蝠一反常态地白天出动，横冲直撞，将冰凉的分泌物甩到他们脸上。他们躲着蝙蝠和脚下的蛇，脸上又糊满了密密的蛛网，黏稠腥涩，脱也脱不掉。更有村里人来林中采菇，一个个打着树皮裹腿，拿了奇怪的弓箭，向他们射出竹签。这些大多不能伤人，但也让人胆战心惊。打猎的人还胡乱做了地枪和树箭，一不小心踩中了机关，立刻有一块木头从半空里砸下来，半天工夫已经把三个人的头顶击出了肿块。他们见有人在树隙里施放一种奇特的白烟，使用的是一些见所未见的草本植物，也正是这些烟雾使潜身树隙的虫蛇飞奔聚拢。蝙蝠捕虫，并被气味诱出。狐狸溜出来散心观阵。大野猫踏着蛇头而过，嘴里衔一只花斑老鼠。他们又气又怕，胆怯地询问林里的人凭什么要折腾外来之工作人员。对方答道：俺们是折腾野物的，捎带着也采采蘑菇，这是老丁场长早就允许的，只有那些最凶恶的人才想以调查为名祸害我村，封锁林场，断我生路。你们瞎懵懵闯进了猎阵，非我等之过。他们听了无从对答，对方拍手大笑说：输了输了！他们哭笑不得，只得择路往回走，谁知陷坑比前段又增加了数倍，并且做得毫无破绽，他们轮番掉入深坑，双脚已经跌得肿胀无比，行路艰难。有几个陷坑里还混入了硕大的河蟹，它们在黑暗中一直向上举着大夹刀，有人落入夹刀之上，它们就用力一剪。结果落坑人有不少被夹破了手足，尖叫声令人惊怵。人们从陷坑里爬出来，衣裤上还挂着碗口大的蟹子——它们在沙地旱岸上生活久了，早已改变形态习性，身上生满了绿毛，模样就像一种恶鬼。有人恨中生嫉，点一把火烧熟了蟹子，然后去抠蟹肉吃。宝物在一边笑出了残牙。不一会儿吃蟹的人腹部鸣响，捂着肚子又蹦又跳，手脚抽筋。这个人需要半个钟点才能苏醒。一行人在林子里拖拖拉拉往前走，顾不得拨开挡路的枝条，结果衣服全被扯破了。他们走出林子的那一刻，打裹腿的一些人跟在后面嚷："都怨申宝雄！都怨申宝雄！俺跟老丁场长亲，他是俺们领路人！"调查小组的人连声长叹，进了小屋才舒一口气。他们进门就见到了眼睛红肿的女打字员，觉得一班人马个个不幸。但她红肿的眼眶内闪动着炽热烤人的光彩，看上去愈加美丽，调查小组的同志感到了另一种安慰。这天直到很晚申宝雄才回到小屋，回来时面容十分颓丧，不愿多言多语。女打字员亲手为他捧去热汤，又用一条花手巾为他揩去额上的虚汗，他于是目不转睛地盯住了对方，像是突然间发现了什么。他接着讲了这天去找参谋长和女书记的情形，说眼见得他们进了一个小院，追上去却不见人影。小院北端是一间小屋，门虚掩着，他推门进去时，恰好有一个无须老汉笑眯眯地往外走。他问那两人可在，老汉点点头。小屋里空无一人，他刚要返身出屋，老汉已在外面咔咔关了门，又用木杠从下边顶实了。他无论怎么拍打都无人应声，接着门板下的猫道里冒出了白烟，白烟一颤一颤，看来有人在后面用扇子扇。白烟有一股臭味，而且辛辣刺鼻，他很快就咳出了鼻涕眼泪。一个又老又哑的声音在外面喊："呛呛狐崽啊，呛呛狐崽啊。"就这样他昏了过去。醒来时天色已晚，屋里白烟消散。他这才发觉衣衫不整，皮肉上留了墨印，身前身后都画上了一个很大的王八。申宝雄说着解了衣服，让大家看皮肤。女打字员认真瞅着，说："画得脖儿短了些。"申宝雄发誓要寻驻村工作组的两个领导算账，有人提醒他这涉及到与地方领导的关系，特别是军民团结问题；而那两个领导未必就是这场荒唐行为的支持者。申宝雄叹着气躺下来。

这个夜晚风声很大，树木有的被刮折了，发出了刺耳的尖叫。野猫狂嚎不止，小屋四周好像有一万种野兽在奔跑。一个古怪的鸟儿在远方呼号，像是预告着崭新的灾变。睡在地铺上的所有人都合不上眼，惊恐万状。这是他们进驻林子以来最凄凉的一个夜晚。每个人都有着伤痕，这创伤在深夜里折磨着他们，恨不能大哭大叫一场才好。睡不着，就坐起来打抖，有时伸手在暗中拧别人一把。被拧的人尖声喊叫一句，申宝雄就严厉地斥责他躺下去。好不容易睡着了，又要做噩梦。申宝雄朦胧中感到了巨大的恐惧，像寻找母亲一般不知不觉偎在女打字员的怀中，被对方狠狠咬了一口。直到天色将白，申宝雄才捂着伤口睡着了。这时女打字员一个人悄悄地爬起来，从一个角落里拿来一个酱色小瓶。小瓶中爬动着几个毒蜘蛛，她取到手里，把它们的肚腹捏碎，让绿色的汁水全滴到申宝雄的伤口上。最后一个蜘蛛的汁水很盛，她让它流进申宝雄半张的嘴巴里。一切做完之后，女打字员又躺下了。天大亮时，地铺上的人忙着穿衣服。唯有申宝雄还在昏睡，有人要唤醒他，文太从一边的铺上下来阻止说："领导心累。"话刚停申宝雄突然闭着眼大笑，胡乱扭动，接着光着身子跳起来。女打字员瞥了他一眼，急忙捂着眼睛喊了一句："哎呀妈呀！"接着她哭起来，骂着流氓，奔向了老丁的帐子。老丁急忙出来扶住她，一下一下拍打着，以镇惊悸。这时候申宝雄已经离开地铺，头颅可笑地硬硬昂起，两眼无光，双手在空中抓着。停了一会儿，他的头又猛地垂下来，像是颈部折了一样。他恸哭起来，含糊不清地喊着，嗓子已经变了音："全是蓝颜色！我看见了蓝乎乎一片，太阳也蓝乎乎……东方红。有一条小虫溜溜溜爬上山去。全是蓝的。哎呀好累呀，我是小虫。我要咬我那个，她不是个好东西，有一天她和……我知道！我是蓝色小虫。我是全场一把手。我让她们入团，多发三个玉米饼。她们有的愿意。两个，三个，不，四个五个，蓝色越来越黑气，像钢板一块。我爸是让我和妈妈用枕头闷死的。他咽气那会儿盯住我看，我撒了手。妈妈给我洗身上，洗一遍又一遍。姥姥给我狗肉包子吃。包子皮是蓝的。上面有个五星。我爸被妈妈用一块紫花破床单裹好，像竹筒一样圆。她们跟我走，我们进了仓库，领料员上了北京。我一拍桌子谁不怕。秘书老婆做水饺。秘书走了，又回来。提拔两个，或者一个。用布条绑上，狠狠勒。我光着身体叫唤，雪花落了一炕，变成绒绒，绒绒全变蓝了。蓝花一闪一闪，妈妈和姥姥来了，又拿来三个包子。我把第三个交给上级，里面是四十张十元票子。工农兵学商。东西南北中。打字机咔咔，咔咔，蓝字出来了。我扑上去，抓住她的手呀，不放呀。她跟了我工作五年。她不。我总得去，闯过关卡。上了山下来，蓝色一片，小黄花像星星一样炸了。我抱住你，拨开枕头。枕头上有血，那是他吐的。我爸我爸我爸，嘿嘿嘿，蓝色驳壳枪。一颗红色五角星。妈妈来了，地铺多潮湿。香泄叶，我那个喝上了，泄……你走吧，奶奶的，一笔账记下了。我得到的比你多，你算也算不清。你还很嫩，尽管吃了蘑菇，嚼了古书。你赚下这笔也不易。我有远大计划。秘书是一例。不过他得了的你不会得。内因外因，哲学全是蓝色的。蓝色的小虫钻到枫叶子里，钻进去。蓝色退开吧，我好累，蓝色退、退、退了吧！蓝色退了……"他大叫，眼神尖尖的，又渐渐熄灭了。他的动作快得让人不能置信，又怪异得令人费解。女打字员不时从指缝里看一眼，骂着："天哪，他那样那样！"老丁拍打她，看她的脸。文太指着申宝雄说："大家听到了吧？暴露了真实思想。别看前言不搭后语，他怀着不可告人之丑恶世界观。这怎么配做总场书记？又怎么配查老丁场长？这总而言之是个反动东西也！是可忍孰不可忍！快快滚出我分场，不可稍待，急急如律令！"大家目瞪口呆，互相瞅着。这时老丁放开女打字员走过来，对大家说："他这是中了邪了，不过也吐些真言——不许外传，他是负大责的人！要爱护咱总场的头儿，听见了啵？"大家全答一声："是啦！""那好，让我给他赶赶邪火。"老丁说完取一个木凳站好，这样就与申宝雄一般高了。他先弹了他几下脑壳，接着又左右开弓地打了他一顿嘴巴。申宝雄被打过之后，蔫蔫地坐下来了。老丁指示：穿上衣服，捂上被褥，让其发汗。人们遵旨忙活起来。

申宝雄大病了三天，病好了之后全身还残留着一些紫斑。老丁说："申书记，快快调查吧。"申宝雄说："不查了。""这不好。事情半途就废了？这不好。""不查了，不查了。"申宝雄说着召集起调查小组全体成员，宣布撤退。老丁再三挽留，又一次做了送行的蘑菇汤。他们临走那一刻，女打字员哭了。老丁愤愤地训斥她说："哭个什么？革命青年志在四方！"文太在帐子后面吻着她，说："记住战斗之友谊吧。"

老丁吩咐小六送走调查组，说："你能请客也能送客，是不是？"小六一声不吭，脸色发白。

这就是申宝雄率调查组进驻那么小小一段。那时的一分场啊，真正是火火爆爆。

七

早晨，老丁踏着落叶唰啦唰啦往前走，文太见了跟上去。秋风很凉。宝物从后面追几步，又立住了。老丁有时仰脸望望树隙间的天空，有时看看脚下的小草。松树碧绿，枫叶通红，橡子在地上滚动。文太追到老丁身侧叫了句："丁场长。"老丁站住了，额上的横皱积起一叠。他瞪了文太几眼，往前走了。文太咬了咬嘴唇，把手插到头发里。想了一会儿，他拍了拍脑瓜走回去，对正在烧火的黑杆子说："出来一下。"黑杆子跟出来。他说："真玄。""怎么咧？""丁场长后天就该过生日了，那是他的六十大寿。"黑杆子"哎哟哎哟"地叫起来，黑乎乎的大手摩擦着裤子。文太叮嘱道："我们赶紧布置起来吧，老丁自己不好说什么。这时候更要注意某些人的动向，防止破坏。我去转告驻村工作小组，还有老七家里。采蘑菇的事交给小六，但不说是干什么用。多采，柳黄和松板最好。"黑杆子为难地说："新来的军彭呢？"文太想了想说："不能瞒他。不过我来说吧。"他顾不上吃早饭，先找到老七家里。老七家里一见他就拍了一下腿，说："了不得了！"她露着黑紫的牙根，一手指向街巷说："毒蘑菇昨夜个又毒死人了，看看吧，这会儿工作组也去了。""谁？""黄花小女。刚十七岁哩，小名叫小野蹄子……看看去吧。"文太吸了一口凉气："是从你手上出去的干蘑菇吗？"老七家里又拍一下腿："俺都是收购来的哩，混进个把也毒不死人。她吃了鲜的。"文太又想起了公社女书记的男人，"毒蘑菇演化出的故事万万千"，一句歌儿从脑际飘过。他扼要地讲了老丁过生日的事，然后急急奔向街巷。

　　一群人围住一个小茅屋。文太拨开人群跨进去，见参谋长叉腰站在大土炕下，一边是公社女书记。两个女青年用皮尺量着什么。死者是一个少女，面容安详地躺在墙角。她的头发是金黄色的，像嫩嫩的玉米缨。老父亲坐在炕头上，两手按着膝盖，不停地抖。有人问他一句，他呜呜讲不清，大滴的泪水往下掉。文太没有搭理参谋长，双手拄着膝盖弯腰看小野蹄子。她穿着圆领儿小花布衫，一条半长的柔软的小绿裤，上面满是补丁。从裤口上伸出的一截腿脚黑中透红，有树枝划上的疤痕。一双很小的脚，脚上没有鞋子，只有硬硬的茧壳。一只手压在身子底下，一只手伸出来。手是小的，同样是坚硬的、黑黑的。她闭着眼睛，眼睫毛显出黄黄的一道。她睡得好香，没有人能够吵醒她。金黄色的头发散在肩膀上，瘦瘦的小肩膀撑开头发探出来。她的左腿屈着，右腿伸开，像要奔跑。昨天的田野上就奔跑着这个金黄头发的姑娘。那时，她的翘翘的鼻子被霞光照亮了，一蹦一蹦地跑。风把头发扫向一侧，红头绳脱了，头上好似系了一面小旗帜。如今，她睡着了还在奔跑，永远是梦幻，永远是梦幻。一道绿色的汁水微微连结着她的下巴和黑漆漆的炕角，她就沿着这汁水爬了一个夜晚，爬进了永远的黑暗里。炕角是她吐出的东西，那里隐隐可辨粗劣的食物和几片没有嚼碎的花蘑菇。一个邻居老太婆颤颤地走过来，从门框上取下一个柳条笊篱，指着食物让大家看。这是人人都熟悉的吃物，全村人都吃它，吃了几十年。这是发霉的瓜干切成的小方块，上面粘着树叶和糠末。一股酸味直刺脑门，闻过都皱眉头。吃它的时候要费劲儿，把脖子往上伸一伸，咽下去。老头子和老太太、小孩儿和半大的孩儿都要吃它。老人吃过了出去晒太阳，年轻人吃过了出去做活。老太婆指着笊篱上一个坑凹说："看看，这是小野蹄子昨个吃掉的一块。她悔不该吃那蘑菇，苦命的丫头。"另一个老婆婆在一边用袖口抹眼睛插话："可怜见的。她吃什么？吃什么？"这会儿老人一眼瞟见了文太，就说："比不得你们，吃香喷喷的玉米饼。给村上人一口玉米饼嚼嚼吧。"文太没有做声。他很难过。这时参谋长与公社女书记听到了什么，抬头瞥见了文太，就走过来。"又一起中毒事件。"参谋长说。文太看着小野蹄子："多么悲惨。"公社女书记喘息着："老丁和你最懂蘑菇，该研究个方法告诉群众。现在时兴'群众办科研'嘛。是吧。"文太点点头，但心里从来没有像现在这样厌恶她。他说："老丁场长早有打算。他本来就该有著作。不过这得他过了生日之后——他马上要过六十岁生日了，全场都很重视。"参谋长看了女干部一眼："同志之间可不兴祝寿。"文太愤愤地顶一句："这是总结老人六十年革命生涯的时候，怎么能叫'祝寿'！"参谋长"嗯"了一声，纠正说："他小时候不能算那种生涯的。"女干部使了个眼色，又拍打一下文太："这样吧，地方政权会考虑的，请你先转达我们的意思，改日再登门——现在还要处理案件哩。"文太看了看小野蹄子，走了。

文太讲了村庄里刚刚发生的事情，恳切要求老丁场长能在百忙之中传授分辨各种蘑菇的方法。军彭在屋内踱步，止步时举手拥护。老丁说看来著作是非写不可了，群众反映强烈。老丁走开，文太对军彭讲了给老场长过生日的事，认为该写一篇《老丁颂》，到时候让老人没有防备，高兴高兴；同时，也可以宣泄心中长期积聚的敬佩之情，一吐为快。军彭对后者有些犹豫，说这样做是否有些过了？文太说："你不知道老人的经历，所以才那样说。他是党和国家的宝贵财富，听一篇生日献辞有何不可！这也符合广大职工的心愿。如不然，那才是亲者痛仇者快的事情哩。比如小六，他会高兴为老同志过生日吗？不会！他一心想的是篡权谋位——我第一次揭出了事情的根源。"军彭无言以对，文太准备纸墨去了。傍黑，老七家里送来了一瓶烧酒，还从衣襟里掏出一只鸡——那是她悄悄从街上偷来的。她走后参谋长和女干部又送来一块生肉、一顶翻毛皮帽。小六不知道要有什么事情，只是忙着采菇。他已经好几天没有说一句话，嘴唇生了裂口。他在默默等候另一件事情，胸中的火苗一刻不停地燎着他。他采了满满一筐蘑菇，用怀疑的目光盯着来来去去的人。宝物用舌头舔去了身上的脏痕，比往日更加勤快。太阳还没有落山，它就出巡了——出巡时间比平时提前了一个钟头。老丁黑杆子都回来了，他们手里提着猎物。锅里的蘑菇汤滚动起来，肉块在水上翻来覆去。老丁坐在帐子里抽那个大烟斗，一声不响地等待。宝物提前赶回来，全身沾满了野草籽，散发出一股古怪的气味。军彭在屋中踱步。文太略带严厉地招呼小六搬动桌子，接着是布好木凳。文太刚要说什么，老七家里闯进来了。她头颅探着"蓬蓬"吸气，绕桌一周，然后从衣怀里摸出了一把绿色糖球、一根小耳勺。文太不快地盯她一眼，撩开帐子说："老丁场长，请您老入席了。"老丁咳一声出来坐下。黑杆子满脸是汗，嘴唇有些抖。老七家里把刚带来的东西献上去，说了些祝寿的话。军彭皱眉。文太说："今个是您老六十岁生日。革命生涯千万里，我们晚辈不能比。请让俺先敬丁老一杯水酒。"说着举杯，率领大家一饮而尽。黑杆子说："这是咱一分场最兴盛的时候，人员最多哩。"老丁点头，又将手掌向老七家里抖抖说："你代表地方了。你比那个参谋长和女干部强上百倍！他们的东西我不稀罕。看看那个翻毛皮帽吧，我什么时候戴过这东西？地主才戴它哩。"几个人于是厌恶地盯了一边的皮帽。宝物哼一声，咬住皮帽送到屋外去了。大家又喝了几杯酒，文太站起来大声说道：

"老丁场长，请听俺们写的献辞吧！是给您的献辞！"

老丁眉毛一动，忍不住说："还有那东西吗？"文太看看所有的人，从怀中掏出一沓白纸，展开念道："老丁颂。林中有一矮瘦老人，名曰老丁，不可不颂。该老人至今日深夜十二点半左右满六十岁整，老当益壮。六十年前情景实在遥远无法测知，想必是降生一美妙孩童全家欢喜，接着用母乳精心喂养。时逢黑暗世界，军阀混战民不聊生，老丁足迹印遍山岗平原，一度沦落民间。俗话说古来将相皆出寒门，艰难生活造就英儿。老丁幼时即熟知各种人情大理，稍大更是精明过人。瞻望其鼓鼓方额便可测丰富智慧，端详其圆圆大口亦当晓能言善辩。尘世间各色人等，无不为之倾倒。老丁年轻时刚勇过人，猛力常在，令无数妙龄少女神魂颠倒；然老丁严于律己，浅尝辄止，毅然参加革命。从此他金戈铁马气吞万里如虎，偶尔思念往日情谊泪水不断。革命圣地他曾去过，与伟人握手，与钢枪做伴。不知穿破多少糟烂草鞋，也不晓吃过多少奇怪草根。待千里江山红遍，他在丛中笑。资深功厚，草绳系腰；安邦治国，鞋露脚趾。试想普天下老人皆似老丁般勤俭节约，祖国将省下多少金钱银两。话说岁月如梭，斗转星移，老丁鼓额之上已见六道横纹，时不我待。到此时丁老方忆起终身大事，彻夜不眠。东南方有凤凰专落梧桐，咱小屋有巨龙潜于大江。水一到渠必成秘而不宣，人一走茶就凉坏人遭殃。曾几何时歹人无限猖獗，黑云翻卷。有小人脸色蜡黄胆大包天，行为可疑，眉眼猥琐，不足挂齿然实在令人气恼耳。唯老丁胸怀宽阔，不计前嫌。有信心有众望也有威仪，四方人物皆心悦诚服甘受领导。革命者解放全人类始解放自己，丁场长至老年愈加体贴众人。正人君子，最重情分；小人耿耿，声色犬马。老丁以亲身所历教育青年，勉慰一分场同人艰苦奋斗。广播恩泽必收良报，宝物尚能跟随左右如同小儿绕膝；倒有恶少反目为仇，日夜窥视居心叵测。同室而眠，何必操戈；用心歹毒，必露马脚。好老人戎马一生，本该在林中安享天年，谁想到巧遇鼠辈盗窃粮草。俺们众志成城无坚不摧，一生追随您之足迹，棒打不散。观您牙齿望您肌肤，深知气血远未衰竭；如对异性偶有思念，更表明身处盛年。如此作保守之推算，丁老可有一百二十之寿限也。到其时科学大振，更有梦想不到之怪技，或许阳寿又可再延。总言之丁老治理林场可愈加耐心坦然，大可不必归心似箭。您之安康实乃人民福分，恳切希望多多保养。遥望革命一生浮想联翩，颤颤抖抖词不达意。小文太斗胆执笔草草成文，万望您老不吝赐教收下区区颂文。一分场全体国营职工敬撰，于阴历九月九日晚秋日落之时。"……文太读得满头大汗，待读毕双手捧献时，见老丁的泪水已经盈眶。老人擦一下眼睛收了颂词，小心地放到被褥之下，蹲在地上叹道："你们是最了解我的人哪！我奔走一辈子，谁曾说下这么多公道话？这会儿死也值了，我算交了几个真正的朋友……老七家里，给我斟酒！"

老丁与所有人一一碰杯。军彭咽下之后大咳，老丁用手背理了理他的咽部。小六也慢慢喝下，肚子疼似的弯着腰。灯苗一跳一跳，老丁的脸变红了。他响亮地笑着，离开座位，用手掌拍打着大家。拍过宝物之后，又拍小六，手掌绷成了一把刀状，在脖根那儿砍了一下。老人重新坐好，瘦瘦的身子球成一团，又挺直说："我这六十年哪，跟谁去数叨？谁又能听得明白？老天爷不容我这个轰轰烈烈的人哪！我只能趴在这林子里，守着宝剑。我不愿说起那些事了，可它们成堆儿往我眼前扎！我什么没见过？什么没听过？什么人没打过交道？我老丁十次八次也死了，不过又转活过来。我说过，我是省长以上的经历，长征那年我背上背了个外国人，害了疟疾，叫什么斯特斯特狼。有个首长喜欢烟儿，草地上哪儿找去？我用榆树叶子拌上香油给他抽。他抽了一口说：不孬。到了延安，我住在最大一个窑洞里，桌前摆三部电话机，一部通前方，一部通后方，还有一部直通总司令部。我夜夜披上老羊皮袄读《论持久战》，读也读不懂，因为我不是个识字的人，这你们知道。跑去找我的大学生女的不少，都喜欢革命人。要不是后来我去打游击，说不定会犯那错误呢！我其实有个心上人，就是我沦落民间那年头弄上的，后来也参了军。不过她跟上哪股部队，哪股必败。她是个让男人疼怜的东西，都去疼怜她，你想会有人专心打仗吗？俺与她千恩万爱，说不尽的情谊，分手以后想也想死了。她说：'丁啊，咱别去扛枪了。'我说：'这枪说什么也得扛，枪比你还金贵。'她哭着跑了。我是个大丈夫，有火气，我要爬山越岭革命哩！男子汉不能窝窝囊囊一辈子，他得在身上印十个八个枪子儿才是真格的！我头也不回往前走，逢山过山，逢河过河，追赶咱自己的队伍。嘿，追上一看，黑压压不见头尾，一个个破衣烂衫。这就是穷人的队伍！"老丁说着一下子站起来。宝物迎着他昂起头部。所有人都屏住了呼吸，连军彭也怔住了。文太先默默地偎在那儿，后来一跃而起，在老丁眼前竖起拇指大呼：

"你活得英勇啊！你不甘平庸啊！"

"我跟上队伍革命，一个人还是革命。从延安下来，就一路上打着真假鬼子，往这林子里来了。那时独身一人，人又年轻，违背纪律的事多少也有点。我打打走走，半月不到，谁都知道芦青河两岸有个老丁啦。老丁是个手拿盒子炮的人，一瞄一个准。我穿了军装，后来军装被树杈子划烂了，我就脱下扔了。帽上的五星我留下，那是证据。我光着身子打枪，见过的人都说你看你看了得。我一天见个妇女在河湾洗衣服，就喊她。她跑，我当空开了一枪。后来她不跑了，我才慢慢走过去。这是我犯错误的一件事，不过我不避讳。当然了，我临走取了一套衣裤，你想干革命没有衣服怎么成？妇女非给我两套不可，我说傻呀傻呀，你家丈夫要穿怎么办？她说就告诉他河水冲走了！你们看，战争年代的人民多么好，哪像现在这样。我穿了衣服走了，一去不回，打起了游击。游击游击，主要是游。不会游的人就不会击。我成天提着一杆枪在河堤上晃晃荡荡，喝得醉里咕咚，胡乱唱着什么。这就叫游。我唱：鬼子都是王八蛋，煮熟了以后用盐腌。小伙子今年十七八，哪个相好的没仨俩。没吃黑猪肉还没见黑猪走？当汉奸的死了不如狗。老子有枪整一杆，呼隆呼隆打下半边天。我这么唱，惹得那些老乡不住声地笑。他们都知道我老丁是个没有多少正形的人，连首长也知道。要是按照正规法律处罚我，十个八个也早抓起来了。你知道不能的。因为人人都有些毛病，都有些好处，比如我呀打仗好。我立正都站不稳，可一听见枪响两眼锃亮，身子也不抖了。我的枪专打敌人的脑门心。我最恨的是假鬼子，见了他们一个不留。我有两个叔伯亲戚都是假鬼子，都让我杀了。其中一个按辈分我该叫他爷爷，胡子都白了。他是八月十五那天落到我手里的，当时他正就着黄瓜拌猪肝喝酒。我闯进去，缴了他的枪，然后忍不住馋跟他喝起了酒。他敬我一杯，我敬他一杯，直喝了一小坛子。喝了一会儿他说：'好孙子放了我吧。'我这才记起要办的事情是什么。我说：'爷爷，不能放你。'他理了理一把白胡子，说：'你奶奶在家想我啊。'我说：'你知道挂记她，还出来当假鬼子啊？'叔伯爷爷不吱声地喝酒，脸红得也像猪肝。他又说：'放了我吧，枪归你。'我说：'枪早归我了。咱俩走吧。'他站起来跟上我往外走，我盯着他穿了厚裤子的两条腿，那裤子油渍麻花的。我们两人走到了河滩上，四周没人，安安静静风景怪好。叔伯爷爷站在一棵老柳树下，流着泪珠说：'好孩子，放我回去吧，我再也不当假鬼子了。'我摇摇头，推上了扳机：'转过脸去吧，爷爷。'老头子最后盯了我一眼——我一辈子也没忘那眼神。他骂了一句：'狗娘养的孽种，我的魂灵也会灭你。'我不敢再想什么，一扬手打了他一枪，他抱着柳树倒下去。那一整天我都嗅到了血腥气，钻到柳树林里不愿出来。我后来买了些吃的东西送给了叔伯奶奶，老人家一辈子摊了个不正经的男人，像守寡一样。她见了我一把抓住我的手问：'好孩儿见你爷爷了吧？'我说：'见过。'她说：'快让他来家啊，地都荒了。'我没吭声。临走我丢下一句：'让地荒着吧，他回不来了。'"

小屋里静极了。一会儿，老七家里抽搭起来，眼泪滴到了酒杯里。小六不认识似的看着老丁。军彭不安地站起来，踱到窗前，又折回来坐下。文太的泪水一直在眼眶内旋动。老丁又饮了一口酒，接着说下去：

"那时候咱这片林子可大，没边没沿，用来游击可真是好。仗打起来，有时饭也吃不上，只得吃林子里的果子蘑菇。那时水汽淋淋的。吃物也多，光蘑菇就分不清，一咬咯吱咯吱，怪鲜的。遇上鬼子来采蘑菇，我就撂倒他两个。外国人重营养，打死了一拨又来一拨，看来非吃上这东西不行。他们还要伐木头，用汽车拉，我就专打干这营生的。林子里当时算是游击区——地图上这地方用点点表示，点点画到哪里，我就游到哪里——只是后来才知道原来林子里还有另一个人。当然了，这是后话。反正群众那会儿知道只有我一个人算是革命的队伍，千方百计让我高兴。我说什么就是什么，没有找茬儿的。所有地主（这东西实在不多）都被我收拾过，我识破了那么多美人计。地主家小姐跟我好，我也跟她好，不过有个条件，就是支持咱八路军！反动的东西，再好咱也不能交往，这是一理。有一回我在一个富人家宿下，天亮时分让假鬼子包围了。这时候我已经有了双枪，就一手一枪地干，让小姐给我准备子弹。小姐眼明手快，俺俩忙了半天，才把敌人打退了。这样的小姐哪找去？我想让她奔咱根据地去，她舍不得父母。这就多少看出她有些反动了。也罢，我自己进了林子。这时节我身上的枪伤已经有好几处了，我想等到见了首长那天，也不讲功劳多大，只把衣服脱下就是。有的首长装作有大功的样子，其实全身光溜溜的，没疤没痕的，功在哪里？他娘的。比如有那么一个人我不说是谁，他现在又是场长又是书记，有一次洗澡我见了，前前后后看他，就是找不见什么。我问：'功在哪里？'他娘的。他不如我的女人！我战争年代交往的女人，哪个没受过红伤？她们咬着牙继续跟上队伍，有的站在路口给咱队伍唱歌说竹板，说：'快快走，快快干，翻过大山是好汉！'那是给行军的鼓劲哩！和平年代的女人也有模范，我看准了的不多，只有两个，一个是你老七家里，另一个是申宝雄老婆。老七家里你不用撇嘴，要明白天外有天。听文太讲她可不像男人那么混账，事事坚持正义。要知道世道发展到了今天，两口子也不一定就是一条线上的人。对她最了解的要算文太，小文太深入虎穴，得了虎子。反过来说，情同手足的人也会丧下良心。比如说我在林子里打游击那会儿遇上一个快死的年轻人，用掐穴的办法把他救下来，又教育他参加了革命，跟上我干。我把自己的驳壳枪给了他一支，教他如何打敌人脑门心。后来的事我真不愿说。他长得又瘦又小，脸色蜡黄，不说你们也知道像谁。我可怜他，有好的尽给他吃，想喂胖他。夜间寒冷，我用衣襟盖住他的小腿弯。有时半夜刮大风，风钻骨缝呀，他就哀求说：'丁司令丁司令，让我钻进你胸口那儿吧。'听听他没有血色的一对小嘴唇多么会说，跟我叫司令哩。我说：'罢，钻吧！'他就倏的一下滑到我大襟衣裳里边，贴在我身上。他真瘦啊，骨头硌我；他的嘴里老有一股邪味刺我的鼻子，还不知好歹地'夫夫'吹气。有好几次我真想捏住他的脚趾把他抽掉扔了。后来我还是忍了。为什么？就因为他是个革命的战士了。再说我也该有自己的儿子，他这样在怀里屈着让我多少动了父子心。有时候我抱着抱着就觉得是自己的儿子长大了。不过我还没有老婆呀，儿子，哪来的儿子！臭东西，嘴里一股野蒜味儿。你们看，我哪里对不起他？白天，我让他正步走，用树根给他扎上腰，教了他一首老根据地的歌。谁知到以后，到了战斗激烈起来的时候，就是他把我们卖了——那个人跟我一起，另一个革命队伍的人——这也是后话了。我要说的是有那么一天，我在林子里摘桑葚儿吃，登上一棵树，发现远处一群苍蝇嗡嗡嗡。我知道不好，就跑了过去。离开那地方老远，我就闻到了一股臭味儿。扒开树枝一看，我发现了一个快死的八路。他的一条腿坏了，动不了，饿也快饿死了。那条腿呀，烂得吓人，上面白白一层蛆虫，臭味就是那上面发出来的。他快死了。我扒树枝时发出了声音，他的手指就按到了扳机上。想想看老七家里和年轻人，想想看，快死的革命队伍的人还这么坚强！我看了赶紧摆手说：'莫按下手指呀，我和你一模一样。'他不信，手指还放在扳机上。焦急中，我从裤兜里摸出了那个红五星。我就这样挨近了他，他也昏过去了。我闭着嘴不喘气儿，用茅草做成小笤帚给他扫去蛆虫，扫一下我的心缩一下。多么疼啊！革命多么不容易啊！扫完了蛆虫，我又给他喂桑葚，嚼一口，用手指给他抹一口。后来他转醒了，我们谈了起来，越谈越亲。我知道他也是老区来的，领头的就是刘志丹！他一个人坚持在这林子里打游击，腰里还别一卷地图。图上的一角画了些点点，他说这是他的游击区，我那时知道了这区里还有另一个人在游击。我从交谈中知道他打死了不知多少敌人，只是前几天被敌人的小手炮打伤了。他是个老实人，不喝酒不抽烟，有点空闲就看地图。他是个好人哪，太好的人不能打游击——只会击不会游，哪有不失败的道理。我给他打来了野物，烧得喷香喂他吃。我端量了他一会儿，见他个子不太高，脸上有块疤。我问他叫什么，他说：'我叫吴得伍。'

"他叫吴得伍，我一下就记住了这个名字……"

军彭一直聚精会神地听着，这会儿带着哭音蹦了起来，喊："那是我爸呀！我爸我爸我爸……呜呜呜……！"

老丁离开座位，一下子夹住了军彭的脸，用手拍打着、抚摸着，泪水哗哗地流下来。老人说："不错，正是你的爸爸。好孩子你不要难过，不要哭。好好干，好好继承先烈的遗志。我那会儿用野物喂他，他活过来了，你不用担心——你听我讲下去。"说着放开了军彭，回到座位上。老人流着泪水喝口酒，又夹了肉片，费力地咀嚼："这真是个英雄。他被我救下，从今后俺们一块儿干，再加上那个小瘦东西，革命队伍一下发展成了三人。三人总得有个头儿，我们决定选出个政委来。照理说吴得伍看得懂地图，当政委最合适，我跟小瘦孩儿说好都投他一票。谁知小瘦孩儿嘴上心里不一样，暗暗投了我一票，这样我得了两票——另一票是吴得伍投的——我成了政委。我怎么能当政委？久后我怎么有脸去见刘志丹？我真想把小瘦筋的头拧下来。小东西高兴得嘻嘻笑。我说不用笑，夜间睡觉你站岗。吴得伍这个人——军彭同志我要说你爸句坏话了，他哪里都好，就是有一条，太顾恋老婆。睡到半夜里他常常没了影儿，这开始让我起了疑心。我怕他是个通敌的人，你知道战争年代人专往坏地方想呀。我后来暗暗跟上他走起了夜路。好家伙，你爸手提盒子炮行走如飞，爬了一座小山，跨过芦青河桥，又转过三个大村镇。他走了足足有四十里，我跟着他累得嘘嘘喘。后来他在一个小土屋跟前停住了，敲门三下，出来个女人。我怕他们是有勾搭的那种事情，后来才明白革命队伍的人是不拿群众一针一线的，不会那样的。真的，原来他们是夫妻。干革命多么不容易，回家睡觉要跑上四十里，来回八十里，天亮前还要赶回宿营地。从年岁上掐算，军彭同志，你是那些黑夜里有的一个人了。那时我对吴同志多少有些看法，心想你对女人也太迁就了，也不管是什么年头。不客气说，他算个喜好女色的人。我以政委的身份批评了他，他没有吭声。后来呢？后来我为这个后悔了一辈子。原来他早作好了死的准备。一个快死的人了，怎么不可以？他是最后亲近女人了。人到了快死的时候自己知道，人是有古怪灵性的。但是我相信他不知道会死得这么简单，他那些日子只知道有什么从天边逼近了，就像一块黑色天气，上挂天下挂地，不声不响地凑过来了。他知道死的日子快要到了，得赶紧留下个后人。他想得不错。后来真的出事了，小瘦东西不见了！我们两个人满林子找，怎么也找不到。天刚蒙蒙亮，我对吴得伍说：'恐怕不好，小瘦东西要是把我们卖给敌人，我们就算完了。'老吴是个好人，思想不转弯。他说：'怎么会哩？'我说还是防着点好，就拉他一下往东跑下去了。跑了没有几步有人嘻嘻笑，我一看，原来四周的大树底下都蹲了假鬼子。完了，我估计得一点不错。我这会儿把手里的枪一下插进腰里，说：'你们先别急着动手，死活一会儿就明白。我先要把自己家的事办完——小瘦东西趴在哪？你给我出来，本政委要见见你！'没人吭声。我又喊一遍，有个角落沙啦啦响，那个小瘦东西真的站到树底下了。我一见他恨不能把他的头砍下来。我大喝一声叛徒，他吓得直抖。我问：'小瘦东西，我问你，我把你当亲儿子待，救了你的命，我哪里对不起你？'小瘦东西擤着鼻涕，哼哼着说：'对、对起。''那你为什么还要卖我、卖你吴大？'他揉着眼，半天才说：'人家对我更、更好，人家给我好饭吃。'我死也要死个明白，就问：'什么好饭？'小瘦东西答：'包子。'一群假鬼子哈哈笑起来。我快给气死了。就为了几个包子出卖了革命队伍，向敌人告密，老天爷可是亲眼见了。我一下抽出枪来，第一个打叛徒。谁知小瘦东西被后边的人挟上退下了。接着他们喊着让我俩投降，俺回答的是枪子儿。吴得伍好枪法，一枪打一个。俺俩边打边退，我的胳膊受了伤，老吴的腿受了伤。他跑不动，我就连拖带拉拽他走。他的血啊，把我全身都染红了。后来老吴的肩膀又挨了一枪，一说话就冒血泡。他说的话电影上也常演，就是嘱咐我替他交党费。先烈哪里都好，就是太挂记钱了。我说替你交就是，这会儿要紧是突出去。他说不行了不行了，我说行行行。他不走了，要用枪打自己的喉管，我火了，夺了他的枪……"

"爸！我爸我爸我爸！"

军彭再也不能支持，大叫着，碰翻了一个菜碟。

老丁又一次起来抱住军彭的脸，拍打着安慰他，等他平静下去，才坐在座位上。"老吴同志牺牲了。他死得很勇敢。我第一回见人死得这么勇敢。刘志丹手下的人就是行。他死了，我突出去了，全身都是他的血。他的血比什么都红，像红云彩一样啊。我一辈子会记住他流的血，我老丁什么都不怕，不怕人暗算，也不怕天塌地陷。我跟俺们吴得伍扛着钢枪打天下，地图一角的小点点就记下了我俩的游击区！我要一个人打游击了，打一辈子游击啊！吴得伍啊，你放心走吧，我一个人待在这游击区啊！"

老丁说着说着喊起来，单腿跪地，昂着头颅向南望去。宝物从它的位子上离开，匆匆地在酒桌四周行走。黑杆子激动中和老七家里靠在一起，抹着眼泪。文太的脸红一阵黄一阵，胡乱搔着头发，终于又一次弹跳起来喊一句：

"你活得英勇啊！你不甘平庸啊！"

他喊完气力顿失，像泥土一样瘫在那儿。小六瞥瞥周围的人，伸长脖子吸了一口气。军彭一直在哭，这会儿揩揩泪水，上前抱住老丁说："老丁场长，老丁场长！受孩儿一拜吧！孩儿不知道你是先烈的战友，不知道你们一起浴血奋战……孩儿对不起你呀。我，我还暗暗怀疑过你不是场长。从今后你老说什么就是什么，我把你当成父亲。我要革命到底。"老丁的泪水滴在军彭的头发间，伸出粗老的大手按住他说："好孩子我不怪你，吴得伍没了，还有我哩。谁敢欺你？不瞒你说孩子，你丁叔的这把宝剑就是用来查访那个叛徒的，早晚刺在小瘦东西的脑门心上。记住啊，人不可轻视吃物，那个叛徒在当年还不就是为了几个包子出卖了先烈？叛徒都是告密的好手，他不在了，他儿子也会在，我凭他的长相就能猜个八九不离十。好孩子，要继承先烈的遗志，要跟我一起查访那个叛徒。你没听人说吗？有人把国家变色的希望寄托在第三代第四代身上。军彭，记住咱们林子里出过一个叛徒——这个告密的好手，让咱查访到的那天，也就算活到头了。记住，记住叛徒的长相……"

八

小六不停地喝凉水。后来全身热烫，像被火烤过了一样。他唇上爆起白皮，嗓子沙哑。早晨或深夜天气凉爽时，他就赤着脚到林子里奔跑。有一次脚背上刺了一根大棘，让黑杆子给他拔出来。林子里有白色的杨树干，光滑得很，他抱住树干身子就软了，嘴里呼唤："小眉小眉小眉！"从林子里回来，眼角发红，嘴上的裂口流着血，后面还紧跟着宝物。黑杆子没好气地问一句："你痴了吗？"他夜间在床上翻滚，哎哟声接连不断，文太真想给他拧下一块肉来。有一天半夜他坐起来写什么，钢笔尖沙沙有声，众人一齐举灯围住他看。只见一张白纸上印痕重叠，只是无色，原来钢笔无水。白天他随别人一块出去劳动，神色焦虑。有一次他拦住了军彭的去路，说："军彭同志，没人能跟我谈一谈。你能够跟我谈一谈吗？"军彭冷冷一句："谈什么？"他的手抖着说："谈谈……爱情。"军彭用厌恶的目光盯住他。他说："一阵一阵，像浪一样往前顶，我受不住。我受不住哇。这是爱情啊，我受不住。我寻思她模样，睁眼闭眼都是她。第一回的，第一回有个爱情了。她像不明白。一阵一阵往前顶啊，这些日子又猛烈了……我！军彭同志！跟我谈谈这个吧，我憋不住了，我憋死了，我不行呀！没一个人跟我说话，我不行呀！"军彭哼一声："你不是买了一片化制墨水的颜料吗？你会写嘛！""不行呀，不行呀，我只买过两片……"军彭厉声质问："第二片呢？！"小六的脚抬动着："我、我……""你是个阴暗的人！你这样的人也配谈论爱情吗？"军彭说完大踏步向前走去。小六僵在原地，后来大仰着脸，跟跟跄跄往前赶。他见到做活的民工，一步闯过去，睁大眼睛四处寻找，问："小眉？"妇女们大笑："谁还不行，非得小眉不可吗？"他说："小眉。"他出了林子，一路匆匆奔向村子。他在街巷上转着，有时还弓着腰。有一次小眉真的出现了，他扑到跟前问："你怎么呢？你快呀！"小眉嘻嘻笑着，从衣兜里摸出一张纸片，捏住一角抖着，转身就跑。她边跑边回头，希望他追赶。他叫着追起来，赶过一条巷子又一条巷子。有一次正好参谋长和公社女书记转出来，一下拦住了他的去路。他从他们中间穿过，参谋长一愣，拔出了小手枪喝道："站住！"他不听，还是跑去了。参谋长让民兵把这个人逮住，绑住押到办公室盘问了一番。小六呜呜讲不清楚，民兵用枪托捣他。小六一边抵挡着一边嚷道："哎呀，好香的野艾草味呀，好香呀。野艾草味呀，好香呀，一阵一阵的野艾草味呀，哎呀，我受不住的艾草香味呀……"民兵都笑了。参谋长用手托起他的下巴看看，说："是不是误食了毒蘑菇？"他让人去喊林场来领人，文太就来了。文太给小六松了绳子，又取一瓢凉水给他当头浇下来。小六不喊叫了，摇着头，摇去了满脸水珠。往回走的路上文太斥责说："你想怎么样？告诉你，损坏林场与地方关系的事劝你还是不要做。"小六说："我想小眉。文太，我想小眉，我不行了。"文太说："劝你还是不要做。"小六说："小眉呀，小眉呀，小眉小眉小眉……"他越说越急促，后来撇开文太一个人向林子深处跑去。

文太本想将近期小六的情况向老丁汇报，但后来发现这不能够。老丁躺在帐子里，像小六一样翻动着身子，见了文太一把抱住，说："文太，我心里有火啊！"文太知道老人又想起了女教师：那封信仍不见音讯。老人耐心地等待了七天，第八天上，他终于受不住了。老丁说："人家不愿意吗？我寻思她会愿意。"文太一拍大腿："她当然会愿意。她也许高兴过分了，一时不敢回信。"老丁叹息着："折磨死我一个老人了。我耐不住性儿啦，老想跑去看她。我一遍一遍想她的肩膀，走路的稳重样儿。上次她来采药，我和她说话多顺荏儿。我知道她喜欢我。"文太想了想道："喜欢和喜欢不一样。她如果喜欢的是你的职位，那就不能算真正的爱情了。"老丁有些不高兴地盯他一眼："说哪去了！她是那样的人吗？她喜欢的是我这个人。"老人在炕上活动一下身子，把头压在枕头上咕哝着："尊敬的国家女师啊，俺林中人先向您道一声安康……您也不能不理别人的死活。您的心好硬啊，林中人怎么受得住。我们都是公职人员，更应该多体贴才是！国家女师！国家女师！我要在这里骂您哩，国家女师！"老人的脸在枕头上颤抖摇动，整个瘦小的身躯弓起又放下，帐布被震抖了。文太惊讶地看着，心想老人与小六是绝对不同的两个人，可这几天的情状却是相同的。他那么替老人难受，知道这一切对一个老人是无法抵挡的——那像火苗一样燎着胸口啊。他紧紧握着老丁的一只手，又把这手贴在脸上。他自语一般急急地轻轻地呼叫着："老丁场长，我比谁都理解您老！您是个重感情的人，您待我们场里人恩重如山。我真想帮您，可又帮不上忙。您老多保重啊，您老自己多支持着一会儿吧。我真恨那个国家女师，让我骂骂她吧。"老丁从枕头上抬头插一句："不许骂她！"文太急忙说："我怎么敢骂她！像您老一样，我是说说气话。我多想看看她的模样，她多么稳重大方！她多么文雅！我一辈子看不到比她更美貌的女人了。"两个人紧紧搂抱在一起，互相捶打后背，久久不语。

这个夜晚，文太陪老丁在小学校舍四周徘徊。他们指点着寻找女教师安睡的那间小屋，后来见黄亮的一扇小窗上映出了女教师的影子。她在端杯喝水。老丁紧紧盯住，说："看见了吧？她尽喝水。哎呀，我算见她了——你知道我不敢来看她。"文太握着老丁的手，弓着腰往前走几步，说："老丁场长，我真想过去拍拍窗纸，把她叫出来。"老人阻止了。他说这只隔了一层窗户纸，一戳就破的，就破的。后来灯熄了，老丁说："她睡下了。看着她孤单单的，我心里真不是滋味啊。多好的姑娘，四十多岁了还是独身！我们怎么早就没有发现呢？这事咱也有责任。我们应该早早让她结束独身生活。"文太信心十足，用力握了一下老人的手："会的。一定会的。"他们继续沿校舍旁的小路走去，长时间沉默着。小路两旁的草叶有露水生出来，夜已经深了。老丁接着又讨论了一旦婚期来临，他们要做些什么等等。他们讨论了每一个细节，比如新房的安置、酒宴请不请参谋长和老七家里等等。较为一致的意见是坚决不请公社女书记。还有，在婚期的前后十天时间里，要让黑杆子和宝物特别注意一下某个人。天有些凉，天空的星星又大又白。老丁看看校舍的方向，见它无比安静地呈现一溜黑影。不远处的小村庄有狗的叫声，叫声停了就更加寂寥。他抚摸着自己的胸部，轻轻哼唱起来。后来这歌声就大了，引逗小村里的狗齐声呜叫。老丁唱着，唱罢对文太说："她会辨出我的音调来。我相信这夜晚她是睡不安稳了。多好的一个夜晚，我唱了歌给她听。"他的话音刚落，一个黑影飞快地奔过来。老丁一眼看出是宝物，说："它来了。它是不放心我呀，走吧！"

老丁的事情使文太越来越沉重。他等不到女教师的回信，像老人一样焦虑。他对军彭说："快十天了，就像钝刀割肉，谁受得了。"文太讲了事情的前前后后，说："老人把你当成儿子一样，别人我才不讲。"军彭在小屋里踱起了步子，停住说："让一个德高望重的老同志在婚姻上折腾成这样，我们是不称职的。"文太点点头："不过怎么办呢？"军彭只顾自己说下去："老同志为革命战斗了一辈子，晚年什么幸福不该得到？我们眼睁睁看着他这样，对不起他啊！"文太久久地握着军彭的手，默默无语。

老丁越来越消瘦。几天来他不吃饭，只喝一点蘑菇汤。后来他病倒了。文太、军彭和黑杆子焦虑万分，用各种野物给他补身体，又请来小村一个中医开了汤药。老丁的病时好时坏，参谋长和女书记代表地方来看过，彼此使着眼色。老丁对左右说："什么医生也除不去我的病根。"参谋长问："病根在哪里？"老丁不语。他们走后老七家里又来了。老丁握着她的手，再三抚摸。老七家里亲了亲老丁鼓鼓的额头，哭了。文太说："我从来没见过这么动人的爱情。"他们此刻最恨女教师，都认为她比不上老丁场长一根毫毛。夜间，秋风吹得人心里一揪一揪的。小屋里，只有老丁和小六的铺子发出叹息声。两个不同的人，在同一个夜晚害了同样的病。风一阵大似一阵，野物凄啸。有鸟儿扇着翅膀从屋顶上经过，带来了隐隐约约的雷声。文太也睡不着，朦胧中见军彭一个人披着衣服在屋里踱步。风把什么吹得尖响，像一阵阵邪恶的口哨。宝物从屋角爬起来，转着身子将尾巴压到屁股下，才重新躺了。夜深了，黑漆一样的雾气从窗缝涌进，蒙到了文太的脸上。文太觉得军彭爬上铺子，黑杆子起来小解，之后又到干粮篮里拧了一块玉米饼填到嘴里。一阵咀嚼声引来了三两个蝙蝠，它们呼呼飞着，紧贴着文太的眉毛滑过去。林中一棵大树折断了，发出"咔啦啦"的巨响。文太似乎看到折断的大树枝叶下，有一个褐色的大河蟹支起笨躯爬过，沙沙声如同急雨。一片片泥土在风中开了裂纹，接上无数的蘑菇圆顶钻出地皮，一望千里，令人惊悸。每一个蘑菇顶部都生出一只眼睛，张望着黑夜。文太心上一紧，泪水从颊上流下来。他爬下铺子，伏到窗口上望着，见无数的树冠猛烈摇摆。突然，他看到黑漆漆的丛林间飘出了一团白影。白影在跳动，可以辨出是一个舞动的人形。文太"啊啊"大叫跌在地上。黑杆子一翻身滚下来，抱起文太。文太说："看看！"白影跳得近了，离窗口只有十几米远了。老丁哼哼着爬出帐子，小六也到窗前来了。那个白影呼叫着在原地跳动，声音粗哑。文太吸着凉气，声音颤颤地问："你是什么东西？"白影答："我是人。"文太说："你是谁？"白影又答："我是小野蹄子。"文太尖叫："你不是！小野蹄子死了，让毒蘑菇毒死了。"白影跳着，哈哈大笑："我就是小野蹄子。我把命丢在林子里了，我来找我的命啦……"文太离开窗户，说："妈妈呀，小野蹄子真的来了！"白影继续呼叫："我是小野蹄子啊！我来了！"她喊着往前扑，屋里的人慌乱起来。黑杆子去取枪，忙乱中走了火，把屋顶打了个洞。这一下大家都记起鬼是打不得的，绝望中向后门挤去。白影长长的毛发在风中撩动，很快靠近了窗口。一屋的人全跑出了后门，四下奔去。老丁跑在最后面，他的头脑被凉风一吹，清醒了许多。后来他站住了。

白影翘着脚去摸干粮篮子，大口地嚼着玉米饼。

老丁看得清楚。老人轻轻地靠上去，猛地将白影抱在怀中，任她大叫着挣扎，只是不放。后来她失了力气，一下子疲软了。老丁给她掀去头上的麻绺，褪下身上的布单。她哭了，连连求饶。老丁这才辨认出是来小屋里补过麻袋的一个姑娘。老丁厉声喝问为何装鬼？她说："俺饿。俺想拿走干粮篮子。"老丁说："你可知这是犯大罪的？"姑娘身子抖着，直说："俺饿呀！"老丁让她吃玉米饼，她泪痕未干就两手捧住吃了起来。老丁把干粮篮子摘到帐子里，帐里立刻充满了玉米饼的香味。她哭着，说再不敢了，不敢了。外面的风继续刮着，野物不停地呼号。老丁把所有的玉米饼都包好，交给了姑娘。姑娘走的时候谢过老丁，说要把这些玉米饼交给年迈的奶奶和姥姥。她再也不敢了，不敢了，她趁着夜色溜出去，没有忘记那个白布单和一团麻绳。天亮时分几个人从林子里钻出来，见老丁正躺在帐子里呼呼大睡。军彭感叹道："真正的唯物主义者是无所畏惧的！"文太说："我听见白影儿在尖叫，吓死我了！我到处找老丁场长，还当老人被鬼掳去了——那样场子就得塌了天了。"小六脸无血色地爬到铺子上，用床单蒙住了全身。一会儿，床单颤动起来，传出了抽咽声。军彭厌恶地转过身去，在屋内踱起了步。早饭时老丁醒来了，神情安定。他招呼大家吃饭，黑杆子取过干粮篮子见空空如也，不知如何是好。老丁说："它们被鬼取走了。鬼也饿呀，他们都是贫农。"一句话说得大家不语。小六的呻吟渐渐弱小，后来就睡过去。文太和军彭动手熬了点蘑菇汤，勉强吃了早饭。文太讲起了小野蹄子金黄的头发，军彭瘦削的肩头抖了几下。他恳求说："老丁场长，人民多么需要你的才智！早一天写出《蘑菇辫》，早一天挽救出一些人。您老贡献吧！"老丁点点头："不是不写，是工作太忙。一个分场有多少事情，我实在闲不出手来。写是要写的。"文太在一旁催促说要尽快为老人笔录。"伟人大半是有著作的。"他说。老丁拍拍手："也罢也罢，那就写起来吧。"接下的时间里文太调制黑墨，老丁闭目养神。他们坐到了帐子里。这期间一些闲事都由军彭和黑杆子照料，宝物常常跟随小六。以前写任何东西都不是这般艰难，这似乎要花费很多个时日。文太出来时总是急匆匆的。

小六在林子里劳动，蹲下就不愿活动。他的对面有一个年老的民工在拔草，他就闲下手来喊："你是小眉吗？"老头子斜他一眼。小六说："然而不是。"做活的民工中有细弱一点、穿了鲜艳衣衫的，都被他认作了小眉。他伸手去捏人家的头发，被人家打了嘴巴。小六沮丧地蹲下，揪掉一株草。宝物在他身旁撒尿，臭味刺鼻。它对小六笑着，残牙露出来，呈漆黑的颜色。有一次一只小野兔子不慎被它逮住，它就在小六眼前二尺远的地方宰杀猎物。小兔吱吱叫着，一道血水溅到了小六身上。小六退一步，宝物就咬起猎物逼上一步。血腥味顶着他的鼻子，他捂着鼻子拒绝呼吸跟前的空气。然而宝物耐心地咬开毛发极为细腻的小兔腹部，咬出尚在跳动的器官，咬出一个杏子大小的紫红色的东西，咬出一个像碧蓝的石头似的东西，又咬出一瓣菊红的叶片。它咬着，舔着上唇。小兔内脏中分离出一个活跃的东西，在沙上滚动了一下，接着蹿起半尺高，又往前一蹿，蹿到一边的小树丛中。小六呆住了，一动不动。宝物呼的一扑，长嘴到树丛中拱了几下。一会儿，树丛中有什么"呀"的一声哭了。小六木木的脑瓜在想：那个蹿跳的东西大概是小兔的灵，小兔的灵刚死去。宝物折回来了。小六惊讶地发现：宝物丑恶的脸膛一瞬间被印上了绿得发黑的几个箭头，这些箭头指向各不相同的几个方向，像是要撕碎一张肮脏的面孔。小六说："你……"宝物迎面一吼，然后去吃剩下的肉块。黑杆子揎枪走来，手里捏着三两个又大又黄的柳树蘑。他粗声粗气地对小六说："玩什么名堂！"小六指指宝物，黑杆子怔住了。他对宝物说："玩什么名堂！"宝物在原地一卧，接着四蹄一腾，一阵沙烟爆起来，一下子迷住了两个人的眼。他们搓着眼，等沙烟消尽了再寻找宝物，它已经无影无踪了。黑杆子大声叫骂起来。小六一个人做活的时候，不免又陷入沉思。有姑娘之声在树丛震响，他必然身体抖颤。野艾草的香味阵阵扑鼻。他举了一束野艾草不停地走。在幽暗的林子里，蜘蛛的网子不断地将他罩住，他奋力摆脱着。蜘蛛在树梢看着他挨上咒语，心中兴奋。蜘蛛把从未有过的恶毒咒语抛向了这个枯瘦青年，因为他的面部已经显出了不祥的兆头。小六若无其事地举着艾叶往前走，后面传来了军彭严厉的呼叫，他像没有听到。后来他走出了林子，向小村方向奔跑起来。蜘蛛的咒语追逐着他，他疯了一般向小巷子里跑。

一个缚了草绳的奇怪的残土墙上，有着四方小洞。小六惊喜非常地趴在洞口向里望着，嘴里一声接一声咕哝。他想把身子扎进那个洞里，但总也不能。小方洞的深处有什么在活动，他激动地哭起来，肩头抽搐着。这样停了不知多长时间，突然有一个老头子穿了黑衣服，手提一根木棒走过来。老头子摸了摸小六的后背，伸手抓住拉出来，照准头部就是一棒。小六像一捆谷秸一样倒下来。老头子骂了一句，弓着腰跑开了。停了没有一分钟，一只黑黑的小手在小方洞里摇了一下，一会儿一个黑黑的姑娘跑出巷子，大叫着拍打倒地的小六。小六怎么也不醒，黑姑娘就一下下拍打，后来还抚摸起他变硬的胡茬。她四下里看着，急出了眼泪，嚷着："你好狠心哪爸！你把他给打死了！"她嚷着，捧住小六的脸，在鼻子的一侧亲了亲。不一会儿，小六醒来了。他一定睛，立刻大叫："小眉小眉小眉！"他紧紧地、毫不犹豫地抱住了姑娘。小眉像被勒坏了一样，脸庞憋变了形，一双小手狠推小六。小六松松手，说："妈呀！"小眉说："你刚才死了。"小六两手按住她的肩膀说："我等你的音信！我等！你怎么了？你怎么了？"小六发疯地摇她。她"格格"大笑，一下蹦起来，跳着后退，说："嘻嘻，等什么音信？嘻嘻。"小六拍着手叹息："怎么办哪！又美丽又愚蠢的人！叫我怎么办哪？"小眉凑前一步问："什么是'愚蠢'？就是长得黑吗？"小六哭丧着脸没有回答，只好伸手按住她，不歇气地吻了一会儿。他们在一块儿的时候，正有一个四五十岁的中年妇女在巷口上看。他们吻一下，她就咬一下牙，下巴用力地点一下。她手里提了一包干蘑菇，正要去小店里。她是老七家里。她的一双大黑手正按在墙上，十个手指把土皮抓下了屑末，哼哼地笑着。停了一会儿，她觉得眼前模糊，就用青布衣襟去擦眼。擦完眼，人家两人已经分开了。只听小六急急地喊叫："收到了吗？"小眉笑着嚷："收到也不稀罕！"小六一跺脚："我问收到了吗？"小眉从衣襟里掏出了两张纸，在远处抖着："就是写了黑麻麻的糊窗纸吗？"小六说："天哪！你不识字。这是信哟——我天天等你回音，天天……你！"小眉嘻嘻笑着，一边抖着一边跑，让小六追赶。小六真的追上去。这边的老七家里两眼放出了光亮，焦急得直搓巴掌。她的脚抬了几下，但终于没有挪动。焦急中她拦住了从另一个巷口拐出的一个老头子，对在他耳边说了几句，然后转开了。老头子双手举拐一声断喝，小六回了头。老头子招手让小六过来。小六不解，老头子又喝："给我过来！"小六挪过来，老头子狠狠一拐杖，骂道："你撵闺女家！"小六捂着头躲闪，又想起了什么往回跑去——可是小眉已经不见了。

小眉抖着纸片往前跑，被老七家里拦住了。她一手挟住干蘑菇包，一手飞快地揪了小眉一下，把她揪到另一条胡同口。老七家里问："手里是什么？"小眉把纸片背到身后，不吱声。老七家里说："拿着吧！反正你是睁眼瞎。什么时候了？还不快找个识字的念出声来，你知道那上面藏了什么？你就不害怕！"小眉疑惑地看她，问："你识字吗？"老七家里骂道："识你姥姥家个地瓜蛋！我不识我不会找学问人吗？"小眉又说："我不愿找参谋长和女书记。我想找女教师。"老七家里做个吓人的手势说："天哪！女教师这会儿正白天黑夜想着老丁呢，焦急八叉的，她看了这些字纸，好的地方她还不偷换了去呀。这可不行。"小眉急得要哭，老七家里说交给我交给我，说着一把扯下信纸往前跑去。小眉跟上她跑，她说："回去等吧。我没告诉你结果，你千万不要再靠近那个蜡黄脸小六了，啊？！"小眉这才止步。老七家里跑着，到小店扔下蘑菇，又往林子里跑去。宝物迎着她打哈欠，她不睬。进小屋的时候，宝物将她拦住了。她大叫，立刻被黑杆子捂住了嘴。她想骂，军彭披着衣服走来了，说："不要吵。"老七家里压低了声音："我要见老丁场长。"军彭摇摇头说："对不起。这不成了。"老七家里刚要喊，黑杆子又捂嘴巴。军彭解释说："老丁场长近几天与文太（他仅仅做记录和细部整理而已）正作《蘑菇辨》，谁也不得打扰。万望海涵。"老七家里急出了汗水，紫色的嘴唇爆起白皮。她从衣襟底下摸出叠起的纸片，晃一下说："俺是报材料的。"军彭说："那报给我好了。"老七家里说："臭美。这材料俺只报给老丁场长。"说着她跑开了。停了没有几分钟，老七家里重新跑到小屋跟前，不说话，只从怀中掏出那几张纸——上面已经插了三根鸡毛。军彭上前看了看，知道鸡毛信是火急的，只得放她进去。老七家里将信纸掖进帐子的褶缝里，然后坐在炕下一个蒲团上。稍顷，帐子里有些混乱，文太和老丁骂起来。老丁从帐布间探出坚硬的头颅问："怎么到手的？"老七家里答："从小眉手里取来的——她也不认字儿。"老丁走下炕来，咬咬嘴唇说：

"事情透底了。原来小六为这个又买了一片墨水颜料。嘿，鬼东西，这下算明白了。"

老丁将宝物和黑杆子、军彭叫来屋内，讲了事情的原委，让文太宣读小六写给小眉的信件。老人很快活："听听吧！咱一分场就是出才人。听听才人想了些什么花里胡哨的东西。这回谜底算揭开了哩，嘿，小六是个什么都会写的大才人。他想小眉了——那闺女可实在，他眼力不能说错。文太念念，念念。"文太清了清嗓子，说："他的文法不顺，不过同志们凑合着听吧。"他念道："题目，求爱信：接正文——亲爱的小眉小妹您好。接到这封信件您必然感到突然慌乱，恳切期望您能稳重大方。这信的目的一言以蔽之，仅为了送去些感情构成一对革命战友而已，别无他求。先介绍一下本人政治面貌及其他基本情况，供您夜间思考。我生于古历二月，生日较大。家庭出身雇农：房无一间，地无一垄，父亲外出时穿母裤，而母只得卧炕并以黄沙埋住腰部以下。可见成分比雇农还贫因而苦大仇深坚决革命斗争。十七岁入团并且宣誓，介绍人一个姓李一个姓张（他们如今不知去向未再联系）。本人积极开展政治努力学习要求进步身体健康。注：身高一米六五见硬，略显黄瘦但并非疾病，因七岁那年开春患过蛔虫（并不传染），食虫药三包，泄下死虫无数，痊愈。社会关系方面父亲早死，母亲为一家庭妇女，没有兄妹。现存世上尚有姨母三闺女的外甥（呼我为舅）一人在家务农。总之政治面貌清白根红苗正且成长在红旗之下。本人常常忆苦思甜牢记父亲讨饭被地主放狗咬伤及冬天在大雪地冻掉九根脚趾等事。地主逼债如狼似虎闯入我家，见母用黄沙埋住下身即用力拽起无所不用其极。血泪账一本本记下，共同生活时我会常常与你温习并互相鼓励前进。您本是我阶级兄妹，在林中一抬头见了便产生深厚感情，夜间尤其思念（白天稍差）。思念您周身上下一处处手足头脚等等，心中激动万分。您之眉眼如革命闪电，电光石火稍纵即逝；您之两腿如同总场场部的那匹灰斑骒马，又踢又蹦一奔千里无敌手。小脸黑油油是劳动人民本色，虽然脚上有牛粪然而革命者喜欢。您泼辣大方艰苦朴素，有一次裤子破了还坚持在林中劳动直到天黑。所有方面我都看在眼里喜在心头，几次想吐露又怕您把我当成流氓所以小心观测。观测结果就是这信。我思想深处即内心激动万分。有时恨自己没能出生在您左边小屋，同为村童一起拔苦菜搋泥蛋赤身洗澡，由小到大进入学生时代。说不定恋爱更早发生互相无所不知，成为新一代人民公社社员，结婚时老支书赠咱俩一副镢头、一个小铁锄外加系了红绸的宝书。我们为革命种好良田及进行科学实验，志在广阔天地炼红心。我看你小肩膀很瘦即产生可怜，甘愿献上一切。您诚然不够丰满，但我坚信您是一块好钢。您不像有些中年妇女，与坏人勾结满身臭气，脱离农业生产经商反而自以为得意。任何人与此等妇女一旦结成夫妻都会痛不欲生自暴自弃革命半途而废。所以今去信并非只求男欢女笑席上枕间意志消沉。我与您即便有了那后代也仍旧坚持正确路线互为进步表率，并不因那种事而毁了原则于一旦。年头长久必生出些老皱，但我信您是个老树红花儿，又吐新芽。红旗漫舞战歌嘹亮，高路入云端。我如能收到回音，就飞跑到小村看您，到那时再请介绍苦大仇深的双亲二老。我这信一发出就专心等待，盼你能不辜负革命战友的期望。本人正处于特别时期，度日如年有余（仔细情况等以后面叙），总之有人一手遮天，唯恐天下不乱。谢谢，致崇高战斗敬礼。紧紧握住小手。盼亲爱眉妹速复。于阳历七月七日一早。"

"他妈妈的！"黑杆子大骂了一句。

"多么狂妄，然而多么无知、多么腐化！"军彭挥了一下手。

"这显而易见是一封反动的信。"文太说着瞥了一眼眼睛发红的老七家里。她这时揉一下眼，骂道："天哪，这个年头谁给俺做主呀！他信上说那个'中年妇女'还不是说我？指桑骂槐……"老丁大咳一声问："你亲眼见他们牵上线了？"老七家里拍一下腿："可不！我还见他们搂着哩。""这个大才人哪，净想好事，嘿嘿。"老丁笑着，招呼文太到帐子里写字去了。宝物昂头看着小六睡过的铺子，打了个响亮的喷嚏。

九

暮色苍茫，树影如山，宝物出巡了。

紫色帐子里仍旧盘腿坐着老丁。老人闭着眼睛说话，一边的文太把黑墨滴在纸上。湿漉漉的草叶绊着宝物的腿脚，它跳腾起来，正巧把一个七星瓢虫吸进鼻孔里。蜘蛛的长长丝线从树梢垂挂下来，宝物小心地躲开。文太埋下头滴着黑墨，老丁的手一沾他的头发，黑墨就一溜溜滴下去。智慧的主人哪，英勇无敌，威震四方。宝物鼻孔里的七星瓢虫箭一般射出。在一处残破的树坑边缘上，一溜儿生出五加六十一个蘑菇，有蓝有绿。它嗅着，弯着身子绕开了。参谋长和公社女书记躺在炕上，他们中间是一簇灿烂的金黄色伞顶儿。宝物至今身上的骨节还要在阴雨天里疼痛。它盼望那两个人挨上蜘蛛的咒语。水淋淋的藤蔓和树叶很快把它的皮毛湿成一团一团，水渍到皮肉上有一阵奇痒。沙土上印了深深的人的脚痕，分别散发出小六、文太及黑杆子的气味。有一处似乎散发出文太和老七家里混合的气息，宝物万分惊奇。林子里已经洒过几十次雨水，还是洗不掉申宝雄一伙人的肮脏。宝物觉得他们的气味有点像失效的粪便。申宝雄老婆的气息似乎也通过男人曲曲折折地传递过来，那是一种难言的霉烂丝绸的气味。文太身上一旦沾了这种气味，就必然去过总场场部。它嗅出这种气味，知道事情会有吉祥的结果。大河蟹浑身绿毛犹如青苔，凶恶的双目像没有长成的手指，一动一动指点江山。宝物认为出巡的时刻遇上它们，多少是个凶兆。老丁坐在帐中，文太滴出黑墨。一切都会逢凶化吉。老人多少时日没到林子里了？记不清了，算不出了，遗忘了一位数的运算。

就在宝物出巡归来的时候，老丁和文太从帐子中走出来，拂去了衣衫上的尘土。《蘑菇辨》写成了。军彭上前握了握老丁的手，表示祝贺。黑杆子兴奋得手都抖了，握不牢枪杆，十七斤半的土枪落到了脚趾上。他拐着去洗菜洗蘑菇，点火做饭。老丁满脸红光，长长地舒气。小六长时间蒙着床单呻吟，老丁伸手摸摸他的脑瓜说一句"大才人"。蘑菇汤做好了，宝物抿着嘴角。老丁招呼大家快快坐下，让黑杆子将小六拉起来吃饭。烧酒的味道使文太坐立不安，他的左手捏紧了右手腕子，摇动不停。老丁让文太先饮一口，说他几天持笔最为辛劳。文太美美地喝了，擦擦鼻子说："辛劳的是场长您。这是您一生经验。我不过适时记下了您的智慧。"老丁微笑不语。老人让军彭和黑杆子都喝了酒，还给宝物的小碟中滴了五六滴。最后他把酒瓶递到小六手里说："你也喝口吧，今天是大赦的日子。"小六木着脸，一口饮去了好多。老丁怔怔地看着，说一句："好。"小六弱不胜酒，脸色一会儿变得血红。灯火点起来，光亮下每个人都兴冲冲的。老丁今夜饮酒很多，一会儿哼哼呀呀地唱起了歌。这歌声是大家十分熟悉的，只有军彭对其中不洁的词儿一时还难以适应。老人唱道：我是个他妈的老皮起皱的好老头啊，火气太旺，六十岁了还出头油。想想十八九二十郎当岁，那时候力气大似牛。睡过多少革命觉，糊糊涂涂跟多少人儿结下了仇。不知道累，也不知道愁，打江山跑遍东南西北，瘦得像个猴。他唱着，直唱到不久前闹鬼的夜晚，他说那可是个好鬼。文太惊恐地看看军彭，又看看宝物。最后老人唱到了女教师，自然而然地将那封信化成了歌儿。"国家女师！国家女师！"老人的筷子从手中脱落下来，泣不成声。文太扯一下军彭的手，两人离开了饭桌。"我从来没有见过这样动人的爱情。"文太声音涩涩地说了一句，再不吭声。这个夜晚小六早早上铺躺下了，呕吐了几次才睡过去。老丁直到深夜才算止住泪水。老人在最激动的时刻曾将文太几个人的头搂了，不停地拍打。那时刻宝物早已坐在了老丁的怀中。军彭说："我们一分场团结得像一个人一样。"他们商量了很多事情，都认为斗争形势发展很快。至于《蘑菇辨》，无疑是群众搞科研运动中最重要的成果，他们决定先向小村工作组负责人通报，然后当众宣读；适当机会，该成果将越级上报。

　　第二天一早，文太找到了参谋长等通报了科研成果。女书记拍一下参谋长的肩膀说：再也不会有小野蹄子以及那个亲爱的人的事件发生了。参谋长一笑说不会了。文太接着谈到了小六，指出该同志近来行为反常，场里与贵单位取得联系，以免恶性案件发生。参谋长说不了解情况，难以插手。文太不高兴地说："军民联防嘛。再说他常常跑到你们管辖范围哩。"参谋长拍了拍脑袋："此人我抓获过。"文太笑着一拍手："就是他也，小脸蜡黄。你们不知道，他近来常常打一贫农女儿之主意，该同志叫小眉。"公社女书记瞪大了眼。参谋长说："戒严了就是。"最后分手时参谋长问过了老丁场长的身体状况，叮嘱对方千万代他们问好，请革命老前辈多多保重等等。文太一一应允，走了。参谋长与女书记立即差人将小眉传来工作组办公室，命令其立正站好。

小眉不知何故，嘻嘻地笑。女书记喝道："严肃。"小眉不敢笑了。女书记掏出一个小本子，边问边记："年龄；性别；家庭出身；主要社会关系。"小眉艰难地答了，只是不懂性别。女书记厌恶地告一声："就是'女'。"又问道："你与小六进行到什么程度了？"小眉不懂。女书记拍一下桌子："睡没睡过？"小眉的泪珠一串串流下来。女书记看了一眼参谋长说："看来睡过了——很严重。"小眉抽咽着："你、你骂俺了，你把俺看成什么。"参谋长一摆手："不必纠缠，送她到合作医疗那儿查查。"他们推着小眉走了。一路上很多人跟上去，到了一间小土屋跟前时，已经围了一圈儿人了。小眉想跑脱，几次都被民兵逮住押回。赤脚医生一男一女，真的打赤脚，脚上沾了泥巴。他们把小眉抬上一个土台子，小眉又蹬又踢。没有办法，只得上来几个民兵按住，捆了手足。布帘内传来小眉"呀"的一声大叫。一会儿女书记与赤脚医生走出来，满脸汗珠。"情况怎么样？"参谋长问。女书记说："还好。"他们重新推拥着小眉到办公室去了。参谋长严厉地训斥说："告诉你，已经检查过了。你现在觉悟还来得及。小六有严重问题，决不许你与他来往。这是命令。"小眉说："俺不听命令。"参谋长从腰里掏出了小手枪，"啪"地放到桌子上。小眉说："打死俺也不听。"

小眉房子四周有了持枪的人。

小六手持艾草跑进小村。拐进了小巷子，他又渴望伏到那个绑了草绳的土墙上，把头扎进小方洞里。可是一个民兵在土墙边挡住了他，往外不断地推拥他。他喊着："我要见小眉！"民兵把枪横过来，一下子把他推倒，骂道："去你妈的！"小六爬起来，不甘屈服地喊破了嗓子："我要见小眉——"他的长声大喊引来了五六个民兵，他们把他拉起来，横竖楞揍，一会儿有血迹渗出鼻子。有人还把他的裤子撕成了一个破洞，让他正好不能遮羞。小六捂着破洞滚动，染血的脸又沾了沙土。后来他把脸贴在土上，久久不动，像要吞食土块似的。正这会儿公社女书记喊着赶来了："闪开闪开，让我看看流氓是个什么样子。"有人把小六拉了起来，女书记瞥一眼说："哎呀！"她又看了一会儿，喝一声："还不快跑，等会儿参谋长来了，非用小枪打你的脑门心不可。"小六一怔，接上撒腿就跑了。女书记也走了。一会儿一个穿得破破烂烂的中年妇女往小眉家走去，民兵们见是老七家里，也就未加阻拦。小眉听到小六的几声长喊，早已哭成了泪人。老七家里从怀中掏出一张破报纸，小眉当成情书抢到贴在了胸口上，问："信上说了什么？"老七家里四下瞥瞥，说："孩儿，你被人耍了。信上尽是有毒的词儿，你这么点年纪怎么受得住。他想用毒信把你骗到林子深处，用毒蘑菇把你害了。"小眉抱住老七家里，身子直抖。抖了一会儿她说："不过我想他呀，我老想要跟他。我一个人待在屋里试了试，不行。我老想要跟他。"老七家里伸开黑黝黝的五根手指，在小眉头顶捏了一下，骂道："臭东西！到底是个没脸的货——幸亏我来。告诉你吧，我是个过来人，什么都知道。我找明白人打听了小六，人家说那是个有脏病的人（看看小脸蜡黄！）。他不中用。让他沾了身，你身上就慢慢烂，先是下边化脓，接着头发全脱。鼻孔眼里往外掉小蛆，小蛆又变成苍蝇……""哎呀妈呀！"小眉尖叫起来。老七家里接着说："知道怕了？最厉害的关节我还没说呢。"小眉嚷："别说了别说了。"老七家里拍着腿："偏要说！偏要说！他身上有个地方生了癫，谁见谁怕。到了半夜就疯癫，瞅你睡了，用小刀儿剜你的肉……"小眉昏了过去。老七家里用长长的指甲掐住她的人中穴，一用力，嘴里发出"嗯"的一声。小眉嫩嫩的上唇被掐出殷红的血。

这个夜晚下起了雨。小六躺在林间沙土上，让雨水洗着身子。他十分安静，一个大癞蛤蟆从腹部爬过，他一动未动。两个红眼睛的、小猪一般大小的动物在一边吵闹，他就像没有听见。这个夜晚不回小屋去了，让雨水淋死自己才好呢。他冻得瑟瑟抖动，头和脚快挨在一起了。呻吟引来三五只乌鸦，它们在头顶的枯枝上躲雨观察。他觉得身子底下有什么在蠕动，用手一摸，原来湿土滋生出了一簇簇蘑菇。他在蘑菇的圆顶上滚动，它们很快碎裂了。他感到一阵快意。雨水顺着枯枝及蹲在上面的乌鸦身上浇下来，他索性脱了衣服。赤裸的身体被雨水抚摸着。浓烈的艾草香味被雨水冲击着弥漫开来，他胡乱披一件衣服奔跑起来。黑暗中，他又一次准确无误地伏到了捆绑草绳的土墙上，把头颅深深地扎入土洞。他呼喊着小眉，小眉在屋子深处颤抖。"我是我啊，我是小六……"小眉用一个布单裹住身子跑到土洞一侧，大口喘息。小六哭了，说："亲爱的眉妹，你该回答我信。要不，你再亲我一下吧。"小眉停了半晌说："想不到……遇上你个坏蛋。"小六泣不成声，：："你回我信！小眉小眉小眉！"小眉跺跺脚："鬼才回你！你这个毒蘑菇！毒蜘蛛！"小六嚷着："放我进去，放我进去呀！"他的头用力往前挣，脖子转动着。小眉慌了，拾起一个剁猪菜的木墩，轻轻砸了小六一下。小六的头往回缩着、缩着，瘫坐在土墙根上。雨停了。东方有了曙色。戒严的民兵又要到来了。小六觉得四周全是一片红色，揉揉眼睛站起来，扶着墙走出了巷子。林子就在远处，林梢像火苗一样红。他大口呕吐起来。

小六一直未归，小屋中的人怀疑出了事情。上午时分，参谋长与女书记来到小屋，要亲睹科研成果；而老丁则坚持要在全体人员面前宣读。于是黑杆子和军彭宝物四出寻找小六。一会儿他们分别从林中和小村归来，都说没有见到踪影，只是在小眉后窗洞那儿发现了抓挠过的三两道印痕。时间宝贵，已经不能再等了。老丁只得带着一点遗憾，让文太宣读。宝物与女书记挨坐在一起，闭上了左眼。文太介绍了成文经过，然后缓缓读道："《蘑菇辨》——谨以此文献给女书记之亲夫及女青年农民小野蹄子及古往今来一切误食毒菇之不幸人民——愿他们安息。观历来之典籍，虽对蘑菇多有记叙，浩繁如烟，却仍未精确分明。甚至有人借文墨而颠倒黑白，以菇论姑，黄色下流不堪入目。盖因文权不掌工农，文人墨客没有实践。近代之书又称蘑菇为菌类，本文作者大不以为然。一菇出土，清香扑鼻，亭亭玉立，其伞部如少女之裙褶，何菌之有？吾认为蘑菇本一植物，其梗为茎，其伞为叶，分木本草本两种。俺老丁一生吞食此物无数，深得口腹之乐。幼时牙牙学语，生母即喂以菇汤，现仍记汤色乳白，略有米醋酸味。后长成青年，流浪山岗，从未断此等补养。再后来进入小林并负该分场之重责，更是在树丛湿草间往返来回，神出鬼没，因蘑菇绊脚而倒地无数。其形其色其味，耳濡目染烂熟于胸，且能举一反三。读书是学习使用也是学习而且更其重要。我难忘一初秋天景气候凉爽，本人清晨小解后食一灰菇，结果昏迷不醒映出幻象，男女追逐于汽雾之间。如此情景另有三次，于是私判灰菇为不洁之物。又如一种红菇伟壮约有半尺余，颜色诱人亲近并做多方假设。其梗丝丝如肉，呈杏红，鲜丽不忍烹用。待到次日煮汤一碗试饮，始觉清香透过肺腑，直贯丹田。然不消一日三刻，只觉口渴难耐，蹦蹦跳跳见异思迁。俺老丁深知悔之晚矣，吓出一头虚汗大者如豆粒。有合欢树又称芙蓉，其根部善生绿色大菇，观其状必有剧毒无疑。此菇稍老，伞顶破败如絮，令人再添三分厌恶。岂不知取来晾晒一干，可做冬令之佳品。老七家里小店所贮之菇以该类居多，且据农户反映最抗消化，实为备战备荒之物资。吾曾再三咀嚼以究其因果，发觉此菇梗部韧壮如老牛之筋。李子树左侧常生黄色小蘑，其貌不扬，伞顶平坦如板，并有波浪圆形花纹恰似树彭之年轮。此物大凉，不可多食，否则大泄如注。苫草根下生一零星小菇，大如指顶，微微腥臭，有小毒。闻听十里外之雇农家小女食后不省人事，昏厥于路旁，被一麻脸车夫席卷而去（注：此案于十五天之后破）。有一种怪菇初生洁白如雪，其形如小小芦笋，村姑多爱采集。此菇其名也怪，单单一个字如同常人呼叹，谓之'嘿'。嘿在幼时鲜嫩娇美不可言说，一到老壮即不可食也。其梗枯瘦僵硬，其顶干结鼓胀，观之如老式烟斗，并果真散布出烟油之味。如有毒蛇追来，采一株嘿扔下则可退蛇于片刻。再有一种菇类很像马兰之花，蓝蓝如小灯亮盏，生成一簇。该菇切不可与韭菜配。曾闻一老者食过此等菜肴，尔后青筋暴起，双目如铃，在街上奔跑三天，逢人便打。有麻斑的蘑菇亦不可食。皆因其麻点为瞌睡虫所啄，啄时留下唾液。食过该菇，必有昏睡，重者再不复醒。有歹人曾将此菇研成干末以备用，做案数起，切望革命群众再加警惕。有一种片菇薄薄无梗，像树叶飘零于潮湿泥土之上，人称其为'瓜干'。取瓜干炒蛋胜似肉片，因能壮阳，故一般同志多喜之。又有小小蘑菇微小如豆，滚动于烂草之间，颗粒呈红黄，有人多疑为蜥蜴之蛋卵。实际上该豆菇营养超群，以做汤为最佳。唯不足处乃不易保管之弊，脆弱如冰，风光之下稍顷即逝，化为一摊白水。有一菇类其状如小人，头颈胸腰皆俱，乍一看眉目清秀。该菇食时下部必除，不然则骚臭难闻，三日后两股生出红色斑点，历久不消。俺老丁曾在柿树下一青石右侧捡得一片红色圆菇，置于掌上，自觉可爱而久久不忍抛弃，携在袖内。回屋后与鹌鹑合烹，食后通体舒适，肌肤明滑润滋。至半夜心情愈加温柔体贴，追忆数十年与同性异性之各种友谊，热泪盈眶。之后数日，观林中少男少女，皆引为亲生之骨肉，欲怀抱亲近拍打以克尽父泽。我认为此菇必含有益人类之特别怪素，只惜仅此一遇。吾以为蘑菇一物花花点点，实难遍数，犹如人类。优者如英雄模范，劣者如地富反坏。性质居中者为多，有益无损，聊可充实饥肠，恰似广大群众。当然群众是真正英雄，在此再缀一笔。至于蘑菇一物是否有性别之分，历来莫衷一是。窃以为万物皆赖此而繁衍，唯菇类可逃耶？否其性别者实为少见多怪之正人君子，躲躲闪闪貌似一生不曾同房。其实大至伟人小至昆虫，原理相通，不必讳饰。君不见有菇艳丽丰腴，生于花草之侧，迎风摇曳，仪态万方？君不见有菇挺直干练，长在石树之间，独立傲视，坚定苗壮？两相比较，不言自明，在此不再赘述……说到林中之菇，虽斑斓无限，然细论也不过七种耳。小砂蘑菇，多产于花生棵下，属菇中珍品。灰包不可食，但老壮之后可敷伤创，堪称一宝。另有柳黄松板、杨树菇及草纸花，皆可炒可炖。需指出唯草纸花一种，稍老则不可采集，食后全身奇痒。最毒不过长蛇头，幼时金黄可混迹于柳黄，人常误食。少则须发皆脱，多则顷刻身亡。

如女书记之夫及小野蹄子所食之菇皆是。分辨之法颇难，常用者以舌舔之梗部汁水，如感微麻则速速弃之……"

文太口齿清晰，一字字吐出来，听者无一遗漏。老丁在一旁闭着眼睛，轻轻随音节拍打膝盖。所有人都不响一声，陷入沉思。参谋长在文太停歇时评述道："这是一部真正的科学！唯一让人担心的是过分深奥，怕是难以普及到群众中去……"军彭打断说："你该知道这是老丁同志几十年经验结晶，是著作。你们要跟群众讲解。不是吗？"参谋长想了想，点头答："也是。"女书记评价说文章很好，尤其是开头一句即肯定丈夫是误食毒菇而亡，很有实事求是的精神，是唯物主义的。不过这也令她追忆起旧时情意，添诸多伤感。

整个下午大家都在寻找小六。参谋长和黑杆子是有枪的人，这时候持枪在手。老丁怕真的发生了不测之事，也从帐中取下了宝剑。几个人分头在林中奔波，老丁与宝物同走一路。他认为唯有宝物具备嗅觉特长，对它寄托很大希望。林子深处昏暗潮湿，青苔滑腻，各种虫类交错奔走。大河蟹抖着绿毛，举起长钳示威。有大鸟在丛林另一面呱呱大叫，见到人迹又飞上最高的树，像石块一样搁在枝桠上。黑杆子粗粗的嗓子喊叫："小六！小六——！你奶奶的，跑到哪去咧？"一群乌鸦大吵着从头顶一掠而过。参谋长从另一条小路抄过来，正好遇上老丁，弓着腰建议说，如果仍找不到，他将命令小村全体民兵出动。老丁拒绝了。女书记紧紧跟在参谋长后边，见了宝物急忙躲闪。女书记衣衫不整。参谋长看到宝物向他暗暗狞笑，就用手拂了一下脸，发觉头发上缠了很多蛛丝。文太在远处招唤老七家里，一会儿两人手拉手从树隙间钻出。大家坐在树下歇息。老丁看看天色，用食指小心地抹着剑刃。他说："我们歇歇脚再找。他必定是藏在林子里……他是逃不脱的。我这里可没有忘记他。我以前告诉过你们，我在这林中一直查访一个仇人——这个人也许早就死了——不过他会留下后代根苗。这个人也是告密的好手，也会买一片化制墨水的颜料。我琢磨这是那个仇人的儿子。我记住了仇人的脸相……"四周一点声息都没有。整个林子都在倾听。大家互相盯视着，紧绷着脸。

天傍黑时黑杆子发现了一片破碎的蘑菇，接着又看到了一绺头发，发色枯黄，他认出是小六的。黑杆子粗暴的嗓门很快将大家唤到一起。人们在四周勘查踪迹，不久即听到了微弱的呻吟。大家围了过去。

小六蜷曲在一团青草上，嘴角流出了黑色的血。四周全是呕吐物，其中多半是未曾嚼碎的蘑菇，一片片被绿色的汁水连扯着。一股浓烈的蘑菇味儿散发出来。

宝物嗅着呕吐物。老丁托起了小六的头。"误食了毒蘑菇？"小六无力地睁了睁眼。老丁站起来喊："快快把他抬到合作医疗去，快快！天哩，林中人也出了这事……"他让几个人折树枝，又让几个人脱下上衣，将衣扣系好又穿进袖子，两支木杆做成了担架。小六被抬上疾走起来。老丁一边随担架快走一边说："小六！你抗住劲儿——一会儿灌上泄药就好了！哎呀，你在林中吃了多少年蘑菇，还辨不清楚。你到底年轻……"小六的黑眼珠快没了。灰中透青的眼白渐渐翻转到正中。老丁让人停下，大喊着："小六！小六！"小六的手抽搐着扳一下老丁，老丁将耳朵对在他的嘴上。他的声音微弱得没有第二个人听见。然而老丁听得非常明白：

"我不是误食。我是故意……"

小六说完死在了担架上。

有人呜呜地哭起来。奇怪的气味立刻引来林中无数野兽，它们在四周窥视。巨鸟又一次出现了，在最高的大树桠上蹲着，沉甸甸的。宝物绕着担架跑动，不让任何野物接近这儿。它的细绳般的尾巴摇动几次，偶尔抬头一瞥老丁。"毒蘑菇演化出的故事万万千，俺宝物也通晓一二三……无非是革命干部误食毒蘑菇，自古天下美事难两全……这就是民间事那么小小一段，日月风尘埋下了沉冤。"宝物的脑际又飘过了那阵歌声，它一昂脖子，真的向着吹来的林风狂唱起来。

十

林子里第一次死人，这个人的葬礼还算隆重。下葬那天场长兼书记申宝雄领着一帮人赶来了。他们全是上次进驻这儿的调查组成员，因而至今脸上还带有一丝晦气。小屋的人对他们都很熟悉，一个一个上前默默地握手。他们带了一个小小的花圈，中央是一簇鲜艳的蘑菇。参谋长和女书记也带来了一些人。整个葬礼都由老丁主持，老人站在高处，那额头比往日鼓得更厉害了。他历数了死者一生大事，对其乳名及生日时辰都记得一清二楚，令人惊讶。再也没有人比老丁更熟悉死者的了。他呼叫着小六，说人固有一死，或重于泰山或轻于鸿毛；小六如果晚死几年也许会重于泰山，现在还不行。不过人死了，开个追悼会，以寄托人们的哀思。"小六啊！小六啊！"老丁呼唤着，泪水从眼眶中一串串跌落下来。他让黑杆子和参谋长一齐放枪，他们照办了。老丁说今天的葬礼让他想起了战争年代——那个如火如荼的年代啊，那个生生死死的年代啊！多少先烈比如吴得伍同志就是被叛徒出卖身亡——让我们踏着他们的血迹前进吧！老人说到这儿扫了一眼军彭，军彭大声喊起了"爸爸"。老丁上前扯起军彭一只手领到众人面前说："看到了吧？这是烈士留下的一个遗孤。如今他在林场继承先烈的遗志了，他的大号叫作军彭。"葬礼结束之后众人悲切地散去，老丁及小屋的人当晚点起蜡烛，摆上了丰盛的葬后宴。老七家里眼睛红肿地赶来小屋，从怀中掏出两瓶烧酒。老丁一一给人斟酒，摆摆手掌让大家喝酒。他拿起杯子，先洒到地上一点，然后一饮而尽。这是跟小六告别的酒啊，这是多么有劲的酒。肥嫩的蘑菇颤颤地被夹起，抛给了宝物。宝物一下连一下舔着明亮的鼻子。老丁的脸红了，把头转向窗户，背向着大家。文太和军彭叫他，他不应。停了一会儿老人转过脸来，让大家吃了一惊：老人满脸都是泪水。"丁场长！"大家叫道。老丁摇摇头，长叹一声："小六走了。我越来越孤单。我想他啊！他生前是个贪嘴的人，最后还是害在了嘴上。他该早一天听听《蘑菇辨》。我还想国家女师，我心里有火！"老丁说着用力揩掉了泪水，蹲在了木墩上，大声喊着："我早说过，我是天不怕地不怕、一个轰轰烈烈的人。我不知死过多少回，最后都是死里逃生。我的命比常人强硬，一辈子是个反叛人。我反天反地反皇上，一生只信服红军。我的朋友如今都在北京和省里，可我不找他们。我依靠的只是一桩：自己的血性。我自小流浪啊，赤脚扛枪到处跑，没有家没有窝，最后才寻到这片林子。这里是我和吴得伍打游击的地方，是我查访叛徒的地方。我老了，可我心里还有火。我要去找国家女师！她一个人在小学校里，我想她。我要告诉她我一生的磨难、一生的故事，我要领她走上革命的路，沿我和吴得伍走过的芦青河往前闯！我要告诉她我和她生死在一块儿，一辈子不分开。国家女师！国家女师！你听不到我一个老头子的嗓门吗？你心硬哩！你是我老丁的人，我要扯上你的小手往前走哩。我什么都不怕，我只有一辈子！等到我跟小六在阴间会面那天，我会哈哈大笑。国家女师！国家女师！你听到老丁的嗓门了吗？你听不到，你再也听不到。我老丁送走了一个年纪轻轻的人，我老丁永久不死哩！"老人呼喊着，嫌热似的解了衣怀，饮下满满一碗酒。文太怔怔地望着老人，不觉间握紧了军彭的手。后来他终于跳起来，伸出拇指叫道：

"你活得英勇啊！你不甘平庸啊！"

一阵雷声震响了窗户，接着浇下了哗哗大雨。小屋在闪电中摇摆不停，一会儿屋内传出了老人的歌声。这歌声是从一张合不拢的嘴里流淌出来的，吐字不清，音域宽广，一瞬间压倒了雷鸣。老人在闪电中摇晃着瘦小的身躯，啊啊地唱下去。

又是一个黄昏。

宝物蹿跳在水汽淋漓的林子里，一眼看到了小六的坟尖：一簇簇蘑菇顶伞鼓出新土，被夕阳映得金光灿烂。它有些恐惧地闭了眼睛，轻轻地绕过去。当蘑菇味儿渐渐淡了时，它才重新奔跑起来。

暮色苍茫，树影如山。宝物出巡了……

一九八八年三月至九月写于济南、龙口

瀛洲思絮录

齐人徐市（市，也作福）等上书，言海中有三神山，名曰蓬莱、方丈、瀛洲，仙人居之。请得斋戒，与童男女求之。于是遣徐市发童男女数千人，入海求仙人。

《史记·秦始皇本纪》

秦始皇大悦，遣振男女三千人，资之五谷种种百工而行。徐市得平原广泽，止王不来。

《史记·淮南衡山列传》

徐乡城，汉县，盖以徐市求仙为名。

《齐乘·古迹卷》

第一章

……

在漫长无边的徘徊中，在经年累月的沉湎中，人会认梦成真，呓语不息，以至于手记自诵。分不清是我还是徐市，乘楼船登瀛洲，宽袍广袖。从此一别卞姜（注：卞姜，齐人徐市的妻子，东莱人。），挥泪而去。

徐市（福）为秦王采长生不老药一去不归，携走三千童男童女。斯人离去三千年，历史传奇或已渗入几代人的血脉。我们已渐渐不再满足于此岸的遥想，于是转而倾听彼岸的诉说。

……我一度非常谦卑，以便遮掩内在的顽皮和狂妄。只有极少数人知道我的底细、我内心的隐秘与曲折。我常常在深夜、在一人独守时让思绪任意飞翔，放纵心猿于九霄。那时我已过而立之年，开始学会了息声敛口，极少诉说和相告，哪怕是对挚友、对爱妻——我与她已不能分离。我对其何等疼怜。多少年了，她因我而历尽坎坷，我们真是相濡以沫。她总是无望地期待，直到最后。万般愁绪都连着一个"走"字一个"逃"字。无言的长夜，卜姜吻我不止。

她原是商人之女。黄县这个地方出了不少巨贾，贩桑麻、粳米、丝绸，去临淄、泰南，西走鲁国，远涉长安。她的家世颇有来历，算来还是滑稽多趣、大名鼎鼎的淳于髡的表侄女。

我们都深藏了一句话，都知道秦吏不会让我们同登楼船——随着那个时刻的挨近，夫妻二人都缄口不言。午夜青杨细语，南风徐徐，此岸在赠予我们最后的温情。

后来一切果然不出所料……

儿女情长，英雄气亦长。几年光阴转瞬即逝，我成了一个小心翼翼、四十岁两鬓皆白的俊男。我离开了她，我们从此永远只能隔海相望。我的故事太多了，如今都留在了那个海角、那片大陆。我也远离了对手。遥望彼岸，此时依稀可见阿房宫里烛光辉煌。这让人衰老的光，这让人迷恋的光。而今我足踏凄凉蛮地，正可以像春生野草一样茂长。

当年，我在百无聊赖、无计可施、等待和观测之时，几近绝望。经验和苍老的皱褶都掺在其中了。人在疲惫中成熟。懒得行动中的行动往往也可举大事。

我三十八岁那年的一个黄昏，发现持简之手颤抖不已，视物昏花。一阵惊惧之余，心生万分急切。它催人奋力，又加剧人之萎颓。我常常也只有让顽皮的畅想来稍稍滋润，等待来年如期萌发之青杨。

长期以来，海角上只有少许人知我酒量，也知我身世来由。他们都是守秘的命友。如若不是一介草莽，那么放怀狂饮者可能正预示了他的顽皮。而在秦王的那班臣僚眼里，世上的顽皮者或可不必提防。这自然是个小小诡计。

能够一走了之的人，都是旷百世而一遇的妄徒、圣人、色鬼、术士，是从不兑现的大预言家，或者是个酿私酒的人。我后来被看成了他们当中的一个。我最好沉默。

那是一场庄严的赌。本钱很大，押上了身家性命。我一直悄悄埋藏着使命，后世人却要一再地发掘，并将其放在阳光下照晒。可是他们不会知道这使命的青苗萌发在什么根须上。他们怎么也弄不懂，因为终究与我隔开了十八重的冥界。我很爱后来人，爱他们的鲜嫩如花。但爱又极易埋没理性，我镇定下来时，却不由得生出阵阵悲凉。

他们往我身上涂抹难闻的垢物，比如把我说成一个绝望而无义的骗子，尽管并没有多少依据。这种涂抹与我当年做过的事情性质相似，所以说等于应了"吾之初衷"。可怕的倒是另一些人的相反的举止。

那些人是些虚荣的地方主义者，所以又会施予我双重或多重的误解。古怪的推测，小肚鸡肠的盘算；连船队航行之迹都茫然无知，更遑论其他。他们的虚情假意于事无补。地方主义者从来睥睨精神，却又企图依此挽救萎缩的经济，甚至公开无耻地宣称要以之骗取物利。

他们奉我为"伟大的航海家"。"伟大"倒谈不上，因为东渡瀛洲者我既非第一人，也不是最后一人。那些黄县沿海和周遭岛上渔人，不止一次在风暴中抵达这片无名的荒凉。与他们不同的是，我将这片荒凉派上了更好的用场。对于一个人而言，关键是要有超凡脱俗的眼光，那一瞥之间的识别、鉴定，以及心中生出的奇思妙想，往往是凡夫俗子一辈子都难以企及的。

我说过自己曾经狂妄而又顽皮。有人会直盯盯地看着我两鬓的白发，怀疑这种"夫子自道"。其实他们不懂。智者就在游戏中衰老。有时游戏也很麻烦。

嬴政王可视为我的游戏伙伴，而非仇雠。我当年甚至多少喜欢上了这个目如鹰隼、鼻如悬胆的西部人。他的衮袍与冕旒都遮不去那一身顽皮相。有游戏能力的人即便尊为帝王，也未能免除这一特征。嬴政当年长我许多，一举一动颇为敦厚，步履迟缓。他像一切热衷于游戏之道的人一样，乐于忽发奇想，筑长城建阿房，拜月主求仙药，愈到老年愈是迷恋起这些玩意儿。

作为东莱故国的贵族后裔，我的仇雠是齐，而非秦。秦为齐之仇雠。这之间的交织参错真是奇妙。齐灭莱夷，而秦灭六国。齐是莱夷人的直接毁灭者。虽然齐人后来乐于说齐莱一度交好，化莱为齐；但实际上那是齐人灭莱，空取渔盐之利。齐人做梦也想不到的是，"螳螂捕蝉，黄雀在后"，齐国很快重蹈莱夷的覆辙。这即便不是通常莱夷人所说的"报应"，也算是命数。

国与人的命数一样，神渺变幻不可推测。

我自有一个预感，它关乎秦王嬴政：这个"千古一帝"身后也隐隐追踪着一只小小的"黄雀"，这恰是他始料未及的。他已疲惫，而那只千娇百媚的"黄雀"正当青春，在三月天里翻飞嬉戏，以逸待劳。我预感到他也"快了"。

　　谁身后没有一只小小的"黄雀"呢？

　　午夜走上甲板，从海湾里望去，到处是密挤的楼船。这在荒凉之地的土著看来，无异于一场梦魇。飘忽游移的灯火与水波互映，流动闪烁，神妙难喻，在我看来也是五千年未曾经历的奇观。

　　这正是我的一个首创，一次得意的杰作。从闪亮的船灯上判断，赖在船上者大有人在——我已三番五次令全部人马分营逐日登岸，一月内筑屋垒城，安营扎寨，船上只留少许守备……看来经常返回楼船的不仅是"童男童女"，还有弓弩手和方士。他们像我一样，需要经常嗅一嗅船上的气味。舱里满载了莱夷的气息，彼岸的烟薰。

　　我曾把他们频频返回船上视为怯懦。因为土著时常劫营，较之岸上新营，船上毕竟安全多了。现在看是我在妄断：能随我穿越茫茫浪涌叠嶂、穷十万水路者，哪有这么多怯弱之辈！

　　像我一样，他们这是最后的徘徊。……看着这片摇荡的船灯，我心中渐渐生出一个残酷的决定。

　　这个夜晚，我仿佛看到彼岸的卞姜潜然而下的泪水。捧起你纤纤十指，抚弄你散发着丁香味的柔发，吻去这满脸晶莹。我在这午夜异乡为你祈祷了，同时也告诉你一个惨凄的决断：十日之内，我将下令焚烧所有楼船。

　　这就切断了退路。

　　同行挚友纷纷设问：如若秦兵征讨，我们将无楼船水上对阵，岂非死路一条？答：吾辈身后是平原广泽，即时必引秦兵于陌土，决一死战。又问：若土著倚仗土熟势众，群起而攻，无楼船周旋，又复何为？答：借土求存，蒙恩在先，非万不得已不可与土著纠战；即便生死攸关之刻，也只能背水一搏……

　　如上场景反复对演。吾虽言之凿凿，心中却不免愁伤。

　　午夜的茫海，闪跳的灯光，在送达和预言什么谶语？我自知不可自恃自负，听任冲动，信从匹夫之勇。可是与我同行者有所谓的"方士"，他们是流徙多年、越过荒原和城邑苦苦寻觅的学人罪臣；有痛别故土父兄、稚嫩如花的三千童男童女；有勇气过人、历经十二次死灭的弓弩手；有冶炼打造、修筑测设、技盖天下的百工。这些人不仅需要"落地"，而且需要"生根"。

这一行人与秦王嬴政展开的游戏，是千年不绝的、冤鬼一般的纠缠。

嬴政王的死灭尚可期待，但与他面貌迥异、神髓相同者却会衍生不息。如此一来，一切将未有穷期呢。

我与卞姜这二十余个春秋，有多少分离聚散。她一开始既知我的来路，也深知我的去路。随上我，就好比乘上了颠簸之车，忍受长旅饥渴，捱过寂寞冬夜，还要经历绝险的危崖。我们遍尝苦汁的煎熬，真是九死一生。一般的男儿忏悔已经轻若鸿毛，她不必再听一声一字。对命的感知和彻悟使她的双眸漆黑如子夜，美丽如祥云。在后来的日子里，我们常常相对无语。要说的似乎又太多；那就来世再说罢。我是宁可相信有个来世的。我也许将人生看得太奢侈了……

这习习海风让人想起那次齐都临淄之行。当年我立刻被这座东方最繁华的都市给迷住了。不消说，我们莱夷故国的城邑是无法与之媲美的。可是莱夷故国有着另一种庄严气象。临淄街头熙熙攘攘，那一片有光泽的脸，还有身上叮当作响的饰物，都给人难言的感触。这是无法表述的。

在一个富庶敦实的国度里，一再地言说自己的亡国之忧显然不合时宜。我那时一刻也没有忘记，正是齐国的刀戟折伤了莱子古国。可是我已经在那个秋天扑扑落地的叶片上，看出了此地的不祥。

那个秋天，强秦于中南部连连得手，还远未迫近齐国。这里还是一片升平。齐国依仗自己强旺的兵源、巨大的无可匹敌的财富，还有独特的文化上的优越感，傲视于东方和西方。强秦对齐国之恐惧已尽在不言之中。作为一个莱夷人，一个隐名埋姓行走在齐都的莱子国贵族后裔，我必得深深藏起那种嫉恨、羡慕、焦思和惆怅……各种复杂难言的心绪。我踯躅于临淄街头，回顾了莱子国长达五十年的历史，两手生满汗粒。

难忘第一次听齐乐。那是使人心魄荡动的享用，超过了一场盛宴。以前传闻孔丘闻齐乐而醉，以至于长久"不知肉味"，这次亦有同感。我深知一种艺术植根于一种文化，而一种文化又植根于一种土壤。时间的隐秘、命运的隐秘，都掺和在如泣如诉之中了。相当完整和周备的物质与精神的历史、老大居傲的自信与慵懒，都能从中隐隐地感到。我不知当时热衷于展放"大言"的孔丘是否要暂时敛声失语？反正在我看来，一种成熟的、独特的艺术，必会传递出无法言说的压迫力——它在让人赏悦的同时又悄悄地折伤一个异邦人的自尊。

当然，如果我是个"世界主义者"，那时的心情又当别论了。可惜无论那时还是现在，我都未能升华为那样的一个"主义者"。我的血脉在作祟，我不得不向自己投诚。尤其是在当年，我只懂得遵循莱夷人奇特而淳朴的义理。

长期以来我都在苦苦求索齐国灭亡的根源、它在更早时候所出现的颓败的端倪。这种求索当然包含了更根本也是更重要的探究——我们莱夷人自身的命运。这在我的先辈那儿，已经作过了许多。但这种探究是无有止境的。今天，一个人不能因为一场亘古未见的大迁徙而中断这种探究，不然就是对自己民族的亏欠。

卜姜，我的至宝，我的露珠和羔羊……夜深了，我尚能在这楼船上滞留多少时日？舱室里有你的气息。你和孩子在船队驶离黄水河港的前夜还伴我留在船上。只是在最后时刻，在那个黎明，秦吏宣谕，将我们生生分离。那是个令人不堪回首的时刻、一个人所能经受的最惨烈的场景。那才让人明白什么是"骨肉分离"。港口上，子与父、妻与夫，慈母与娇儿，哭成一团。我亲眼见号啕之声催动了尘埃，一霎时遮去了霞光……

我令手下人展开一庞大工程，沿新营周边山麓筑墙。有人立即指斥我重演秦王筑城之苦。此言或许有理，但却是不得已而为之。从长远计，此岸也需要一座"长城"，当然会比秦王的小多了。从营地北侧二十里之山麓修起，沿山脉蜿蜒西行一百六十里。此工程不可谓不浩大，但可以分别施行，按急缓分段修砌，并不求一朝一夕之功。真正拒敌者既非砖石，也非利刃，而是人心。筑城的紧迫当唤起悚栗之心。

焚船大火直烧了三天三夜。这火光会让我一生谨记。所有人都呆立岸边，泪水不断。最后有人跪向彼岸喃喃祷告。我得用力忍住。

大火引来三五成群的土人。他们站在山岈呐喊，后来又惊慌疑惑，久久不语。

有人担心他们四散逃去后会把这消息分布开来，给营地引来新的劫难。这种担心极有道理。我已让各营加强戒备，值勤兵士增加一倍，同时加紧武器打造。随船带来的铁料终有用尽之日，百工开始在四周山上勘查铜铁矿源。

土著大致使用石器，尚不晓织造冶炼之术。他们携带的武器只是木杖、弓箭和石擂，身上裹缠的是草叶树皮、兽皮茅荐。为首的头人只在额上添一羽冠，看去倒也威风。可怜他们勇武有余，马匹也像主人一样峻烈，只是不堪一击。他们射出的箭镞都是一种黑色硬石琢成，除非近射瞄准，不然很难致命。尽管如此，营中仍有数人中镞而亡，原因是箭镞上抹有一种毒液。邪毒到底如何解法，医士们也束手无策。

如何对待土人，内部争执极大。有人断言：疆土之争从来是战而胜之。他们例举秦与燕赵、齐与莱夷。也有人指出我们面对的并非强虏大国，而是土著草民，乌合之众，切勿赶尽杀绝；再说浩浩楼船蜂拥而至，实在也够他们惊惧的了：以前未必就没有较文明先进之种类出现，那些人带来的极可能是欺凌和鲜血。最不能忘记莱子国破城之惨，莱夷人移居、遣散、灭绝。那时强悍的莱子国不可谓不勇，简直个个视死如归，但面对人多势众的齐兵还是落个战败。今日土著之处境犹让人想起昨日之莱夷。

营地遭受的劫掠越来越频，新坟叠叠——所有坟碑都面向彼岸，愿漂泊他乡的鬼魂得回故土，至少是能够遥望。

对土著的征战趋于激烈。

我面对流淌的鲜血，滋生了前所未有的惧栗与痛苦。我决心用尽一切办法制止战争，无论付出何等代价。弓弩手言词锐利，悍气正盛。营中谋士们抓耳挠腮，莫能果决。我令兵士后撤一百里，然后与土著相机议和，并赐予布匹、盐块、草药……

此番举措就像当初下令焚掉楼船一样，遭到群起而攻。为防万一，我让近身卫士日夜巡视，并混入百工武士之间，将一切谋变危厄剪灭在萌动之中。半月已过，战事稍息，营中尚未出现大的变故。但这期间有五个伍长被撤换、三个方士受到严斥。

土著把刚刚成熟的粳米掠走，并一度用马匹践毁水田。众人激愤。在我看来这宛若顽皮的孩童，可恼之余尚有可爱。我料定他们在抢掠与毁坏中也会学到不少益处呢。

深夜，除守卫的兵士而外，营地一片酣睡。独步帐外，仰望空中星光闪烁，难以平静。至下月初六我将度过四十六岁生日，每想及此就使我一阵惊栗。倏忽已近五十，对莱夷人而言，五十将是一道大坎，能否安度还是未知呢。我到底与空中哪一颗星辰对应？这也使我颇费心思。尽管属下有过肯定的指认，但我只当成猜谜一般的意趣，内心里并不认可。

作为黄县境内最权威的一个"方士",我不可能荒疏了简单的占星术。不过我在摆弄那些罗盘、龟板、谶文之类,心中常常泛过一丝苦味。我不敢说自己是一个蔑视神灵的人,但却不能不充满了疑虑。这种时而临近时而飘逝的大胆念头在我二十岁之前就产生过。当时我认为这是诸种罪愆中最重的一种。

我发现此岸望到的星空与彼岸竟是同一片。这不禁让人猜想天宇之阔大,俗世之微小,想到人间巨变、漫长历史、种族的演化生灭,也尽是时光长河中短短一瞬。这让人不寒而栗。而个人的荣辱愁苦又如同山峦一般沉重。看来人的功名业绩直到最后也是想象生成,本质重量微乎其微。

如此而言,我将如何评价这场惊天动地的海路迁徙?

像追究莱夷人的神秘历史一样,我将去悟想自己的命数。我还没有愚蠢到不信命数的地步。我后来简直随处都能感知它的存在。是的,今夜此时它也仍然伏在身边。它将伴随生命的全部里程。我想行至五十岁的那一刻,也该对诸种莫大问题有一个圆满回答了。

手下人早在登岸之前,大约是船行中途时,就扯下了桅上的"秦"旗。随行秦吏兵士半数被杀,半数归附。这些秦兵几乎全部从西部入齐,口音怪异,与之相处多日竟不能辨析语义。完全倚仗别人转述。他们比起东部沿海人种,显得粗粝矮小,但更狡灵。作为征服者,他们简直没有什么自知自明,差不多个个居傲自大,目中无人。西部人的优长与陋习,他们一无所遗地携来,并悉数贯彻推行。这些人固守秦地一切观念,顽强抵御齐莱风俗的熏染。东部人视为不祥的黑色,他们却尊为高贵的颜色。辛辣的烈酒,酸气大发的粥食,都是他们特别喜好之物。几乎个个厌恶腥味,对海鱼和贝类有一种本能的反感。而莱夷人素有生食海鲜的习惯,喜芥末面酱,这是必备的佐料。此地饮食习俗为西部人所不齿,他们斥莱夷人为"蛮兽",而忘了自己的族先曾在很长一段时间被称为之"蛮狄",视为野蛮恃武、尚未文明开化、至少比齐鲁落后五十年的种族。事实证明人类极不善于记忆,而失去记忆的结果总是先使自己受辱。人类的不同群落在文化上应有的个性与骄傲,往往让位于武力和强权的征服。似乎有了后者就有了一切,尤其是有了文化上的优越感。这何等荒谬。

船上人早已在暗中准备好了"徐"字旗。记得那个风平浪息的夜晚,几个人带着神秘的眼神将它展放在我面前时，令我何等紧张。汗粒生满额头，我竟顾不得擦掉。"君房（徐市字"君房"），不必再犹豫了啊，是时候了啊！"他们声声劝导，一片至诚。我只问半途事变，问制服秦吏后的善后事宜。这是自我安定的缓解之机。他们回答了什么我并未在意。但也只是在那一刻的海风吹拂中我才突然醒悟。我声音轻细，却是异常坚定："把这几片布绺扔到海里去罢。"

几个人大为惊愕，面面相觑，唯不搭言。终于有一老者双手大抖叫道："君房！天赐良机啊，再犹豫不得，日久必会众人躁动，心无归宿……"

我望着半隐半露的银月。船上总得悬点什么。我忽然记起舱内有一面绘了阴阳鱼的八卦旗，看来只得悬它了——我不得不说，我这样决定心中忍住了极大的厌恶。

他们再无反驳。看来没有几个人愿意说出心中的厌恶。或许多年来的"方士"行径，阴阳鱼的腥风已熏进心扉，早已不存厌恶。

我当然不敢睥睨阴阳，尽管它不是东莱的国学。我曾经求学稷下之门，亲耳聆听阴阳五行家的宣讲，对其深奥渊远大为叹服。我承认齐人邹衍集阴阳五行之大成，他最能吸引我的即是批驳儒墨的"中国即天下"。何等痛快，淋漓尽致！它与我心中某些期待和畅想正悄悄切合。他说"中国"仅是整个天下的八十分之一，有九个州，此可谓"小九州"。而天下类似中国这样地域宽阔者共有九个，每个都有小海环绕，这可称之为"大九州"。

邹衍的"大小九州"思想是我有生以来所接受的最大恩惠。我承认后来的一些奇思妙悟并非一人向隅而生，而是植根于很早之前稷下之士的"大言纵论"。当时闻其言思其理，犹若石破天惊。

既然每州皆有"小海环之"，那就不得不想到船。

至于后来频繁的祭祀、宣道，各种法术的演示、神仙学说，就不能不让人烦腻。可是舍此就无以生存：既不能取信于秦吏，更不能诚服于草民。在这个海角，在莱子国故地，一群"方士"已将邹衍之说推到一个极致，而且在形式上已走向了更为神秘荒谬的地步。阴阳旗下这种荒谬是如此巧妙地得到了掩饰，简直是庄严而神圣地大行其道。在当地人看来，世上一切皆需求问"神仙"，事事莫得逾越"道法"。

我知道自己终有一天会将阴阳八卦旗挥手投入海中，现在还不是时候……

城邑筑起，"长城"也蜿蜒西去四十里；土著们渐渐相邻为安，而且多有欣欣来者。他们得益于医药之术、五谷种植、器物打造、盐铁工技，百日之间飞跃了一千年。

诸事顺遂之时，人会滋生难言的愁绪，正可谓孤独寂寞。常常回想昔日的紧张与峻急、那稍有闪失孟浪即毁于一旦的历险。一般的游戏没有这样的历险，所以也仅仅获得一般的、微小的快感。要有灵魂震荡、根性漂移的大快感，就不得不冒绝大风险。

如果游戏的对手是秦王嬴政这样的鹰鸷，其快感也就可想而知。奇怪的是我在面对他时，阵阵泛起的恐惧与惊栗中还掺杂着一丝同情和怜悯。那时他就很像一个老人了，用力挺起的脊背已无法掩饰地驼下，咳嗽声较一般人更为粗浊；他那把卢鹿剑仍像传说中那样悬在腰际，不过却更多地让人想起一把竹箫或其他饰品，并无寒气环绕的威力。

我知道这些莫名其妙的情愫的滋生，远非一个智识人士出于文化上的孤傲，而有着更为隐蔽的深层动因。它源于生命的奥秘。我当时对他明显的老态感到了快意，进而产生了同情。

任何人都无法阻止那一天——让后来者内心滋生同情的一天。可悲之至。秦王并非像传闻中长得那么高大，在近处看去，他甚至有些羸弱。我想这多少也因为他那奇怪的、远非健康的脸色所致。很显然，他身上的华丽服饰已显得有些滑稽，与枯槁的形容反差太大，而且过于宽松。我注意到，他在端详我的时候，有几次是故作威严了，双目在努力闪出冷光。他在寻找"皇帝"的威声和感觉。他太疲累了，后来说话就颇有些家常气了；有两次他甚至免除了我的跪拜礼。

嬴政虚弱的身躯一半因为操劳、酒色过度，一半因为那些可怕的丹丸。进入齐地之后，他所能得到的各种丹丸较往日多出了十倍。有什么"赤丹""黑丸""玛瑙红"和"金粒"，其实五颜六色皆欺世之徒所为。

当年喜好神仙异术、生长不老药者，多为功成名就的人。他们就此结一生，有些于心不忍。他们的长生之欲甚至不能简单斥之为贪生怕死、谋求更多世俗享用；因为其中的确有一些义务和责任在。他们建立和贯彻的功业，自认为刚刚行进中途呢，就此撒手未免轻浮。他们在大口吞服丹丸的同时，也未必不对其充满怀疑。大概在深夜的宁静中，他们最为嗤笑的恰恰也是自己。这大概也可以称为"自知之明"了。不过这还不足以阻止他们自己荒唐的举动。

我深知嬴政王的远虑近忧，所以能应对得体，进退有节。对其既不能虚言敷衍，也不能如实相告；有时要表现得疑惑重重，仿佛对命数惴惴不安；有时却要列举说明，言之有据。倾听者不仅只一个帝王，还有阴郁狡猾的丞相李斯，有左右一班文武。他们皆不是等闲之辈。

回想月主祠莱山下，秦王东巡营地那赫赫威严、重重冠盖旌节、彤云雾雨一样的幔帐……巨大的、生来未见的长营铺满厚毯，上面绣有五色菊花。所有这些都需庞大车队驮送，劳累无数草民。嬴政东巡三次，气势一次比一次浩大，身体也一次比一次衰萎。他作为一个治绩卓著的人物、一个好色之徒，都同时给我留下了深刻印象。秦都掠集了六国的财宝与美人，一霎时粉黛无数，让老嬴政在其间步伐踉跄地奔走。

我仍怀念那种奇异的对话——盖世帝王与莱夷贵族的对话。一个雄居一统中国，一个心怀亡国之恨。秦灭齐丝毫不能引起我的快意，反激起我更大仇恨。我当时恨的不仅是暴秦，还有宿仇齐国。齐王拱手交出的不光是齐地膏壤千里，也包括泱泱莱夷。这一切暂且压抑，以持续一场奇异的对话，倾听异地君王那衰老粗糙、如同枯木折断时发出的"咔嚓"声。

他实在是老了，百疾缠身。我亲眼见他在短短一会儿工夫就起身去后帐三次。那显然是去解小溲这类，不消说肾气虚羸。丞相李斯对嬴政多有奉迎，诸事皆百般怂恿，可恶复可笑。李斯之流，我已无法在内心为其寻一丝辩词。而在其他功过人物身上，我皆能将身比身，量人度己，生出许多原宥。

秦王，就此别矣。

今天大概是我登上瀛洲以来最为欣悦的一天。我照例到了深夜仍未能入睡，轻轻抚摸一天来的感知与记忆。

历时两个多月，派出的绘图勘查者终于归来。他们此行至少受到三位土著头领襄助，不然一切都无从谈起。他们将把瀛洲山脉河流、环卫岛屿，一一绘上丝巾。眼下所勘的只是"大尖山"一带，约莫方圆三五百里而已。整个事项全部完成至少需要两到三年。"大尖山"是视野内最显著之山脉主峰，在我看来也是瀛洲的标志，因此我为之命名"蓬莱"（"蓬莱"，即今日本"富士山"）。

绘图者言及一路见闻，令人神往。待一切就绪，营地内外给以闲暇，我将亲自率人游历。瀛洲山河之美，以我所见所闻，并不亚于莱夷之邦。时下大部区域仍是刀耕火种，渔猎方式殊为老旧。一些见闻在我听来常常忍俊不禁。他们崇尚一些奇怪的神祇，举行特别的仪式，这在来自彼岸的人眼里简直就是愚傻疯癫。但我还是奉劝左右：不可轻率布道，不可妄言尊卑，一切皆由土著心性。如此日久，事情自然会良性演化。

我一度非常推崇"无为而治"之道，但又自忖一切皆有限数，"无为"当中遵从的"义理"又是什么？须知一切都会在"义理"中运行。这个念头折磨我许久。那时我还是一个顽强的"莱夷复国主义者"，一心所念之，就是尽一切努力恢复莱子故国。于是我不能不更多地研琢治国之道。在总结先人行迹治功时，我常有一些痛苦的发现。这些发现与后来所经历的一些困厄一起，动摇了复国的决心。

世上一切荣枯兴衰都消长有序。一个民族有"向上"与"向下"两种积累，这种积累虽然有时出奇地缓慢，却有极大的韧性和不可逆转性。他们一旦发生，非得有强力而不能终止。"向上"即健康与生长，即走向开阔与永恒；"向下"即萎缩和消沉，即逐步结束的过程。它们有时又颇难辨析，一时的假象也可能遮掩本真，使人得出完全相反的结论。

无论是东莱国、齐国，都曾经引起世人的许多误解。曾几何时人们还以为它是无可摇动的泰岳，想不到西风吹过，顷刻间土崩瓦解。

一个统治者不可不爱"人事"，但更重要的是爱"山河"。令人遗憾的是，我从历史典籍中倒看不出古人对此有多少深刻的认识。他们过于热衷于权变、武功，结果白白耗失了许多生命。生命之伟力往往潜隐不显，统治者误以为将其调动起来，比如秦王的修筑长城、楚国的泽国大战，即充分利用了它的伟力。其实这更多的是耗失。生命的伟力主要表现在"创造"上，"创造"即不可重复之生长，一如生命本身。给生命以自由，让其焕发"创造"之力，并加以引导和积蓄，那么这个民族才有不可限量之未来。

"山河"即四境之内，即流动之水和凝固之山。爱"山河"不是一味争抢，不是占据，而是栖居之权获得之后，与之发生的依恋之情。人不能将"山河"据为己有，再神圣的统治者也仅仅能够做到"栖居"。体悟生命与山河的关系，即体悟"子"与"母"的关系。大地生殖不息，从小小昆虫到赫赫巨兽，从微末苔痕到参天大树，何等神渺难测。以拘谨之心对待"山河"，去看守与卫护，敬若神明，正是栖居者的本分。

人世之间，除了"山河"能让一个民族获得伟力之外，其余皆不可信托。齐与东莱之毁灭，可以从中找出一万条依据，但有一个共同的征兆却从来被人忽略，这就是：两片土地上的栖居者早已不爱"山河"了。他们已经在不知不觉间"反客为主"，妄自尊大，对大地失去敬畏。这样的结果就是在一切方面的为所欲为，没有节制，最后耗尽生命的伟力，迎来衰败的结局。

由于这个过程是漫长的、一丝一丝完成的，所有谁也难以察觉难以挽救。

耗失生命的方式是各种各样的，于是这又成为一个十分复杂的话题。剖析这一切，分条梳理，也许要费去我这个漂泊者的下半生。

这确是我最愉快的一天。因为这一天我伸手触及了心中美好的悟想——"生命""人事"与"山河"之间的关系。我凭直觉揣摸到了什么，所以才对勘查绘制如此重视，视瀛洲寸土寸金。我深知它是滋生万物之母。每一片"山河"都有自身的力量，无可匹敌。对它的信任，是走向健康与强大的开端。我常常端坐帐外，一动不动地凝视"大尖山"——蓬莱山。它碧绿的基座、苍蓝的山腰、白雪积叠的尖顶……真是美丽如画。它让我想起黄县中西部的莱山。

第二章

每天需要亲自料理的事务繁复杂乱，如浪涌山峦般堆积。左右一二位伴随多年的挚友戏言：功莫大焉，开国之君！被我严厉制止。我的口吻之重、声气之粗，事后连我自己也稍稍吃惊。有什么拨动了我之心瓣，一下下楚楚难忍。

我恐惧于走进那个结局。它像一个难逃的围网，正将我牢牢罩住。我变为一头喘息的动物，已经挣扎了许久。待这动物喘定，筋疲力尽之时，我大约就要称"王"了。

我未曾见过几个能够"挣扎"的王。他们都丧失了那种能力，然后被左右移入殿阙供奉起来。王在高座上休养生息到声气粗壮时，再发出几声吼叫。但那已非人声。

他们时下正急于把我变成那种人人畏惧的稀罕动物。这是残忍的预谋。令人心寒的是预谋者正是我的一些挚友：我们曾共赴危难，咬住牙关忍了几十年。他们问我还等什么。这连我也难以回答。因为我自知离那个完美之境、那个长久的想念还尚为遥远，还待描绘；比如说它该有神思一样的随意和自由，有纵横驰骋的辽阔和旷远，有既不自囚又不他囚的安定从容，有日月巡回般的美好节奏，有四季轮回那样的变幻斑斓。

这都是在漫长苦难之中形成的梦想。它也许永远是个梦想——但我不能去亲手毁坏破碎它。

它还能存在多久？

面对左右，我已无语。他们说：君房已经变了，变得难以揣测。我想告诉他们，迅速蜕变的恰是你们自己，而非君房。我在固守和持续那个梦想，而你们正在告别它。自从庞大的船队驶离彼岸，一粒心籽即开始霉变。那一刻岸上旌旗高扬，秦吏吹响螺号长管，你们唇边只藏下一个讪笑。船队与秦王维系之纤弦正在断掉。记得我当时登上后甲板，凝视船后束束白浪，心中何等快慰。我知道这个时刻，历史上最奇异难解、最隐秘也是最易招受误解的伟业，已经进入了巅峰状态。

那个时刻我就稍稍预感到，尔后向我们这些人逼来的，也许将是比秦王还要难以规避的什么。它无以名之。它的力量无可匹敌，因为它就出自我们心中，是从我们自己命性之根上萌发的叶芽，它饱含的毒汁将使我们自身丧尽青春。

这也等同于死亡的威胁。一个人震栗恐怖之余会产生不尽的愁绪和痛苦，还有悔疚。这种死亡比起肉躯的毁灭更其可怕。因为后者是自然的、谁也不能逃脱的。另一种死亡则是先于肉体的，那就分外悲凄。它会粉碎我们的全部希望。

在四十七岁生日的前夕，我极想把一切重要思绪廓清。哪怕先让其清晰起来、疏朗起来也好。这太难了。眼下正有无数繁琐，每天至深夜还有诸多呈报、重大事务、消息。因为事关城邑和营区安危，我不能漠然置之。这期间给我巨大震惊的是，前一个月营内有人谋反，领头的竟是随我多年的"方士"！他在暗中笼络了三个伍长，甚至不惜使用叛心不死的秦吏。

谋叛在数天之内即被平息。那支小小的队伍逃向蓬莱以北，妄图与一支桀骜不驯的土著会合。他们携走了大批武器，还有草药、丝绸。可怜这干人马还未能与土著合手，就被淳于林将军率领的护营兵士围困起来。战斗结束之快大大超出我的预料，待我得到消息与一队卫士赶到，那里已是一片狼藉。

叛者头目，那个十余年来一直忠心耿耿的方士太史阿来，在最后时刻畏罪自杀。随他自杀的还有两人，一个是三千童男童女的领班，那个面皮有些浮黄、生着一对硕大乳房的女人。此人年届三十，颇有姿色，一对黑目灼灼有光。另一自刎者是归附的秦吏，四十有二，面皮黝黑，平日里闷声不语。

所有叛者都被缴械，此时一一缚起双手，全身大抖。我让身边人传话淳于林将军，请他为这一拨人松绑。我的命令被执行了。

自刎者皆给予厚葬。他们的坟头都留在蓬莱以北地区——一班人出逃之地。我想他们既然慌悚逃离城邑，想必是心生厌恶，于是就让他们安息在远一点的地方。

此事件让我产生的惊惧久久不能消逝。我一度放弃了一切事务，在帐中独思。

头脑一片混沌，而且伴阵阵剧疼。医士赶来为我号脉，煎药扎针，用木槌击打穴位，料理半晌。可是周身仍疲累无比，常常涌出虚汗。我不得不卧榻休息，倾听自己的呼吸。我抑制着不去想"太史阿来"四字，可是总也不能。我还能记起两人一块儿去乾山（乾山，在黄县徐乡古城东侧）大祭的场景，仿佛仍能嗅到燃过的香木气味，看见他手扯袍袖，悉心摆放祭器的模样……秦王第二次东巡登临莱山，我携几位方士前去拜见，其中就有这位黄脸疏须的男人。

思絮飘到碧波涟涟的海上。那是船队驶向中途，秦旗纷纷扯下之后。自上船以来，我一直保持深夜到后甲板踱步的习惯，即使风狂浪大也要勉强去站一会儿。那一天风清月朗，我从舱中出来。护卫的兵士通常把住通向后甲板之路；在楼船的最顶部舱口还有一个值夜者，他从那儿可以瞭望大半个甲板。

我仰望天空，像往常一样久久凝视故乡之月。尔后就是去看那神渺难测的夜海。记得那海极为平静，颜色苍蓝；靠近船体处，不时有一二跳鱼飞起。后来我听到通往楼船底舱的木梯在响，声音迟缓，不像是我熟悉的脚步。月光下一个身影出现了，是个女子。她身躯略胖，那长长的、在身侧悠动的一对长臂让我一眼就认出是女领班。我心里立刻有些不快。

她在那儿停留了一瞬，后来还是大胆地走来。我伫立甲板，觉得落在她头顶的月光有点怪异。其实这女人一直引起我的注意。我在船队尚未出发时就观察过她，从那对黑得发紫的眼睛里看出某种神秘意味。她的面色像胡萝卜那么红润，裸露的双臂像被河水长久浸过之后，又经太阳炙烫，熟得如同刚刚出笼的发糕。

"我的先师！"她垂下头，在离我两步远的地方低声呼叫。

"为何深夜不眠？你有什么要紧事情禀报吗？"

她双臂按在心口处，实际上紧紧地抱住了自己硕大的双乳："先师！我睡不着。我被奇怪的灵光照着，从上天传来的声音进入耳郭、心中，让我喜悦又害怕。我激动得疯癫一样在舱内走。后来我觉得必得把所知所闻一一禀报先师了……先师，我一直瞒着您的是，我是一个'通灵者'……"

她的声音在冰凉滑润的月光下显得阴郁低沉，让我心中一动。我不自禁地发出"哦"的一声，她立即抬起头来。

我看到她满眼里都是晶莹的泪花。出于感激和怜惜，我的手动了一下。那只是一种下意识。可是她却猝不及防地靠在我的胸前。我清楚地感到了她那一对巨乳是何等温热和柔软。但我的头顶像被一只冰冷的重锤敲击了一下，浑身一震，我立刻把她扶正，让她好生说来。

"我真是个'通灵者'。这样许久了，在夜深人静之时，我能够与天上的声音对话。那是无声之声，只有我一人清楚……"

"哦！那声音说了什么？"

"那声音告诉我，新王率领我们踏上的，将是鲜花遍地的极乐之地。我问谁是新王？那声音说新王即在后甲板上踱步……我的先师，我若有一个字的编造，那就是欺君之罪了！"

她跪下来，浑身抖动。

我这一次并未立即将她扶起，而是害怕地退开。我在五步之遥看着这个胖胖的女人，强抑着说不出的震惊。这样许久我才轻轻吐出了几个字，自己也首先感到了它的威严和重量：

"你回舱里去罢。"

"我的先师！"

"回罢。"

她抖抖站起，泪水哗哗流下。她嗫嚅："我永远是先师的奴婢，永远……先师可以把我扔了，像扔一只小虫，可奴婢的心是不会变的……"

她消失在通往下舱的梯口。

一种得意而又厌恶的复杂情绪攫住了我。那个夜晚我睡不着了。在后来很多日子里，我都想把那个噩梦般的场景遗忘，可是不能。一个人的时候，我只求助于对卞姜的回忆，想让她来帮帮我。

那天，在蓬莱山北，几具血肉模糊的尸体让我从惊愕恐怖中镇定下来。我仔细看了太史阿来最后的面容，发现他出奇的安详。我又看了那个"女通灵者"，觉得她比生前美丽，甚至有些娇艳；只有眉梢那儿，留下了明显痛苦的痕迹。

因为新建的城邑经受了第一次谋叛，无形中比过去显得肃穆和沉重，简直有了一点古城的端庄和神圣意味。淳于林将军未经我的许可，自发决定了诸多事项，城邑内更加戒备森严。我的居所有了双倍的护卫者，我将其驱散，他们就在不远处游弋。

淳于林是个英俊的中年人，少我七岁，具有无可置疑的莱夷血统，而且还极有可能是卞姜的族亲。我们有十余年的友谊，他曾随我多次远游密访，是一只藏而不露的莱夷利剑。他给予我的则是双倍的安宁和双倍的痛苦。我不认为自己这一生还会像倚重他一样，去倚重任何人。

我在五年多的时间里，毫无来由地为一种感知而痛苦。它折磨着我，一度甚至超过了任何其他忧烦。我莫名地觉得他与卞姜深深相爱。这种爱好像无法言说，也无从考查，因为它仅仅埋藏入心。有一段我曾暗自留意，观察他们在说起对方名字时，或可出现的特异神情。没有。其他蛛丝马迹更是难觅。我只是有一种感知——可惜我从来都相信自己的感知。因为在其他方面，这感知总是被一再地验证。

大约是秦王第二次东巡、在琅琊拜见这位黑衣帝王之后的第三天深夜，我一直毫无睡意，而且悚悚之感越来越浓。我仿佛感到说不清的危难正在逼近，如闻巾帛裂断之声。我一遍遍坐起。四周皆无声息。我知道帐外有游动的士兵，戒备森严的秦王大营自不必提心吊胆。我又和衣躺下。只是一会儿工夫，那种极大的危难逼近感又出现了。我再无犹豫，起身取剑——也就在这一刻，我看到两个黑影闪身入帐。我猛喝一声，举剑迎击。混乱中一人被我刺伤，另一个很快蹿去。

类似场景还有三次。都是我的预先感知能力救了我。

淳于林对我忠贞不贰，这无须怀疑。而卞姜是患难与共的夫妻。我们一起捱过了血泪交织的日月，也有欢畅忘我的时刻，我们生下了两个儿子，一个早夭，一个现已长成，就是与母亲从不分离的"小林童"。卞姜怀念我们一起居住徐乡北面丛林小屋的日子，故而给孩子取名留下一个人"林"字。可如此一来又占了另一个人的"林"字。类似不着边际的胡思乱想还有许多，都合在一起折磨，让我徒添皱纹。

我甚至认为，淳于林对我的忠诚至少也掺和了一点对她的挚爱。我也相信淳于林正因为这爱而经受无法表述的巨大痛苦。因为爱的确是一种奇怪的物质，性欲、拥有、冲动，它们与爱还是有所区别。爱之不能忘怀、不能摆脱，就像不能赶开自身形影。只要日月星辰不灭，这形影就不灭。我深深地领受和经历了，因此我不仅懂得，而且无力责斥淳于林。

只是我无法战胜深埋深处的嫉恨。它如毒蛇一样缠裹，又如火焰一般焚毁。

对于这次叛乱，我深信不疑是太史阿来与"女通灵者"的一次绝望的合作。他们是一对通奸者、妄想狂、浪漫的信徒、走向极端的追随者。我还毫不怀疑，他们这十几年来对我都一片忠诚，这忠诚浓得无法剖析和定量，也许只有死亡才可以与之相比。他们都可以为我去死。至于死的方式，倒是各种各样，他们会仔细选择。眼下的结果仅是方式之一。

如果说他们的叛乱是为了加害于我，那还不如说是在寻找死的方式，是匆匆走向殉道的结局，是铤而走险地表达对我的忠诚——最后的一次表达。因为他们想加害我，完全可以把握更好的机会。这种机会真是多得俯拾即是。比如与秦王及手下鹰犬的周旋历时十载，还有选童男童女、打造楼船备五谷集百工，随时告密构陷，都可以置我于死地。他们那时睡着了吗？当然不是。

我重温往昔，一个个场景历历在目……太史阿来登临瀛洲以来，曾屡次劝我称王，几乎每次都声泪俱下：那个月夜船头，鬼迷心窍的"女通灵者"——我突然明白，那个女人听到的"天上的声音"，其实只不过是他们簇拥一起时的谵妄之语。

他们太性急了。他们感到了时光的无情催逼，觉得有点来不及了。他们大概不会自信成功。因为他们都知道我手中有一把莱夷利剑，出类拔萃、超出想象的锋利。至于那三个随同的伍长，本来就是几个愚人武夫——他们的愚蠢和胆怯到了这种地步：直到最后也未随新主自刎。

随我登上瀛洲的各色人等多达四千人。但我还是对太史阿来和"女通灵者"的死亡感到痛惜。

这痛惜是真实的。伴随他们一起死去的，是一生再不能重演的岁月，是彼岸的时光，是莱夷之地的烟火气……愿他们安息。

整整三天的时间，我的思绪都围绕着太史阿来与"女通灵者"，渐渐生出疲惫，我再不愿想他们，于是打开大门步出营帐。我想到那些作坊里走一走，那是百工们一显身手之地。城邑内分设"六坊"：丝织、炼铁、锻造、制简、物器、盐工；还有"三院"：经卷、缮写、大言；至于士兵操练、防卫布置，除了我定期参与筹划而外，差不多全部交予淳于林将军办理。军机大事从来是一国一城之首务，关乎生死存亡。但我对这性命攸关事体却越来越厌倦。如其说我一概推给淳于林是出于极度的信任，还不如说是为了规避，为了免除烦扰。我最喜欢去的地方是经卷、缮写和大言三院。

不消说这三院的设置是受了稷下学派的影响。当年稷下学宫的盛况令我倾倒，至今想起仍是如此。我决心让彼地萋葖之花在此岸灿烂盛开，而且有过之而无不及。经院是贮藏经典宝藉之所，并蓄有至佳学问者、随船而来的几十位"方士"——这些所谓的"方士"大半一踏此岸就扔掉了原来的营生，再也不"言必称神仙"了。他们分别来自六国。经卷院称得上是整座城邑的心脏地带，我视为手足。缮写是抄录经典之所，为防万一，从彼岸携来的宝典文书四千二百一十六卷册，要逐一抄写备份，并分别存放，以避水火兵乱；其次，学士每有崭新著述，皆由经卷院议定，也必由缮写院大录数卷，或存起或传阅。大言院是学士诸人每日辩论之场所，设有讲坛、边座、听席、记录；邑内一切有益之思、深邃之想，都不必忌讳，大可一一放言。所辩论者，题目愈大、愈远离俗务，即愈被珍视。所言皆大：大境界、大气度、大念想。愈是如此，则愈受尊崇。

三千童男童女分布在六坊中。他们与年长者不同之处，是每人每月要进十二次学坊。学坊授课者皆为名士，分别讲授义理、算学、天文、农耕、渔盐、武事、文书，共七项。每半年考试一次，优异者给予奖赏。七项中的突出者，则特予鼓励，以备后用。我常常走入作坊或学坊，只见童男童女或繁忙纺织，或朗朗诵诗，心中大喜。

三千童男童女，灿烂如花。

我不由得愈加思念起儿子小林童。他今年该是十六岁了，正如这些孩子差不多的年纪。他如今怎样，正是我日夜牵挂之处。母与子相依为命，我孤儿与寡母！唯担心哪一天秦吏对他们母子下手。秦吏绝望中不会放过他们。

我叮嘱卞姜：如骨肉分离那一天真的来到，一家人不能同船启程，那么首要一事就是携小林童隐入民间，远离徐乡。我把民间密友一一道出，卞姜哭成了泪人……

我从不记得她号啕大哭过。她总是无声地流泪。这不是一般女子的泣哭，不是一般的悲伤，而是面对宿命的无望。她熟知莱夷人的全部历史，对来路与归路有明晰无误的洞察。她为人生的短促、虚妄、怯懦、无能为力而哀恸。她从这不可逃脱的分离和撕裂之命运，看到了为人的全部隐秘。她已经无话可说，只有让那一双溪水潺潺而下。对于小林童，她已经付出和将要付出的，是我的十倍。我从未看到一个母亲像她那样携带自己延长的生命。那不仅是无微不至的呵护，还有面对一个新鲜生命所表现出的震惊诧异、巨大的喜悦——而一般的母亲在自己的孩子面前，一切都淹没在疼爱怜惜之中，即所谓的母爱之中了。神秘的母爱是无须区别的，可是一个女性面对自身分离出来的又一个生命，面对这人世间最大的奥秘，仍然有忍不住的惊奇流露出来。她对世界充满感激，这感激使她一次又一次热泪盈眶。

她感激的泪水与绝望的泪水掺在一起，流到了我的唇边。我品尝了天下最苦涩的液体。我长达几个时辰拥抱着她，唯恐这芳香温暖的躯体转瞬即逝。她在最后的时日里表现了过人的温柔。我想这是世上一切最优秀最聪慧的女子才具有的德性和灵悟。你纤纤十指滤过了急促无情的水流，把漂来逝去的游丝挽在掌中。无言的抚摸啊，默读了几十年的辛酸与欢娱。没有一个人——他或者是今生的挚友，或者是来世的智者——能够稍稍体味这午夜里的恐惧和哀愁。这都属于我们两人了。

可是在这个蛮荒之地的午夜，却必须由我一人面对这恐惧和哀伤了，还有其他。我必须面对人生最怯于面对的东西：背弃。我尽可能不去想这些，可是它总是不由自主地来打扰我。对爱、对一个约定、对无与伦比的信托和念想……这一切的背叛。它伤及灵魂，让人几度绝望。我的至宝，我的露珠，我的羔羊！你明白我在说谁吗？

当然，我首先想到了太史阿来，这个十余年里的挚友、追随者，还有那个如影似幻般闪动在身侧的"女通灵者"；甚至还有淳于林，这个让天下君王都会心生嫉羡的美将军；接着就是你了……我想我是疯癫了，一个人在最孤单无望的时刻，也许会滋生一些疯迷无稽的幻念。如果是这样，那么我也是一个罪人了。

我只确凿无误地知晓，我无比地思念你，还有我们的小林童。

我问淳于林将军：太史阿来和"女通灵者"为什么会自刎？

淳于林将军奇怪的眼神看着我，一时未语。

我觉得他的目光威严之中透着温情，确是魅力无穷。即便经过了几个月的风浪颠簸、一年多的疲于奔命、常人难以想象的百事操劳，他还是这么英气勃勃。这使我心里稍有不快。我记起他比我年少七岁，大卞姜一岁……我的目光从他脸上移开。

"先师，他们犯下了弥天大罪，死有余辜，也只能这样了结自己。"

我没有说什么。很清楚，淳于林的意思是他们死于恐惧。有一点儿。从彼岸过来的人熟知对待叛乱者的各种刑罚：车裂、肢解，甚或更为可怖的处置。不过他们在最后真的想过了这些？我浑身一震，悚悚之感涌过心头。不过我将努力从中寻出别的因由，更深的因由。那一对血肉模糊的躯体让我不敢凝视，但最后还是走近了。我惊异的是，太史阿来与"女通灵者"都大睁着眼睛。

死者的眼睛闪出一层莹光，那光浮在上面，即将消失。我极力想从这大睁的双目中看出一丝愧疚或其他什么。没有。但我相信总会有的。除了愧疚，还将有深深的斥责，但唯独没有仇恨，这是我能够肯定的一点。

淳于林说："如果不是追剿及时，他们一伙与那些土著合到一起，从蓬莱山撤走，祸患也将无穷呢！"

说得极是。这些人对于刚刚立足的城邑而言，必将构成心腹之患。他们送给土著的，不仅是精良的武器，还有可怕的计谋；除了这些，更令人生畏的将是无法探测的心之伤痕。这些我都反复想过了一千遍。可是我一直未能说出的感觉是，除却这一切而外，他们那对死而未瞑的眼睛呢？透过那层虚虚的莹光，我看到的是动人肺腑的忠贞，甚至还有爱——他们爱我，这正是他们用生命回告我的！我知道他们绝望地爱我。这种爱有时是难以表述的，人与人常常如此。为了这困难的表述，有时真的是需要生命的，尽管生命对于每个人只有一次，它异常珍贵……

正是这最后的念头重新泛起，使我再无心与淳于林谈下去了。我们最后草草议了一下筑城和防务，就匆匆分手了。他有些意犹未尽的样子，壮实的肩部拨开幔帐，无声离去。

他离去很久我还沉浸在思索里。因为我发觉自己的头脑从未像现在一样清晰明朗。我突然明白太史阿来与"女通灵者"精心策划的叛逃，竟是一桩连他们自己都不相信的荒唐之举。以太史阿来的周密与远谋，以"女通灵者"的狡狯，他们不难看到最后的结局是什么。他们会像无知的儿童一样接受这无聊的冲动、热迷于致命的游戏？或者是几十年的困厄坚守与秦吏捉谜般的斗法使其疲惫不堪，踏上此岸仍看不到个终点，伤心之至？而他们心目中的"终点"只有与我一起才能到达，离开了我，他们将是无能为力的，这我从"女通灵者"甲板上的那场倾谈中已略知一二。

他们在逼我走向那个终点，以死相谏。

我从未像现在一样怀念亡人。我在整整多半天的时间里紧闭屋门，想过了与他们在一起时的一切细节。特别是太史阿来，我们确是一对难友；除了他满脸细密的皱纹让我不能忍受而外，我差不多喜欢他的一切。他足智多谋，老成持重，不像我这个游戏者，总也进入不了角色。他有时甚至与我一起，构成了一枚钱币的阴阳两面。我那时总也不敢设想在失去他的那一天，我及我的事业将会怎样。因为他大我十余岁，会先我而去：每念及此就让我一阵伤痛。最想不到会有眼下结局。

自我们相识以来他差不多一直是我的提醒者。秦王第二次东巡，我们一起拜见始皇，归来后就由他筹划了一场祭祀乾山活动。那一次声势浩大，费尽心机，围观者不仅来自徐乡，还有黄县境内千余笃信神仙术者。秦王嬴政登莱山拜月主已有十一日，浩浩车队先锋已抵芝罘，却不断有秦吏将乾山盛举禀报上去。这博得秦王极大兴趣，也使黄县一带秦吏不敢妄为。尔后祭祀活动连绵不断，我们藉此邀集了八方挚友、沦落民间的百十位学士，让他们成为清一色的"方士"。这些人历经摧折，分别来自六国。秦王悍暴，一扫六合，名扬天下的学士纷纷隐匿。他们如同溪水一样从西部高地流向东方，自鲁入齐，再入莱子故地，在一块巴掌大的海角驻足。这块海角小得难以承受如此重量和巨大光荣。终有一天这海角会因不堪重负而坍塌。

太史阿来当年脸上还没有这么多细密的皱纹。他的脸有些苍黄，望去仿佛涂了一层蜡油。他说话时总发出拉动风箱似的"呼哧"声，走路摇摇摆摆，又让人想到他会不久于人世。可是那一年的夏天，当一个秦吏贸然闯入几个正在密会的"方士"中时，他突然挺剑而起。秦吏剑术颇精，且呐喊不断，步步进逼，气焰嚣张。其他"方士"中有持剑者，立时出鞘相助，却被太史阿来喝退："别让这狄戎的血污了你们！"他面无惧色，沉着应战，平时的剧喘也消失了。随着一声霹雳般的呼叫，太史阿来挺剑一击，刺进了秦吏左胸……从此再无人将他视为孱弱之辈。

登瀛之后的第一要举是焚毁楼船。此举惹得一片斥声，特别是淳于林将军，简直面红耳赤；就差没有恃武护船了。赞同者凤毛麟角，其中即有太史阿来。此场景让我日后不断记起，感佩交叠。所以后来频繁议事，凡营中机要，无不与之商定。修长城、建城邑，都得到他的强力赞许。但我觉得其贡献至大者，还是帮我设置了"六坊三院"。

回忆像潮水般涌来，难以自持。我先是默念太史的名字，后来竟至大声呼起。护卫兵士被惊动了，营外一片急躁的走动声。我镇定下来，推门出营，看一片围拢的暮色。远处，城垛下游动着几个荷载的兵士，太阳的余晖把他们身上的铠甲映出闪闪铜色，煞是壮观。我又听到了战马的嘶鸣，这让人想起那个叛乱的凌晨……一切都消逝了。他们作为一座城邑、彼岸迁徙者的叛逆，自绝于蓬莱之北；曾几何时，他们还与淳于林将军一起，成为我心中的麟凤龟龙。

几千年后，当我那些彼岸的亲戚经历了几番极度的繁荣和贫困之后，将会一再地想念我，苦苦寻觅我的踪迹。他们越来越确定无疑地相信我是一个航海家、探险者、术士，甚至是一个巧言善辩的江湖骗子——只是出于自尊和其他原因，他们才不好意思把后者说出口罢了。其实真正的"航海家"是我募来的周边渔民、海上老大，还有个把通星相辨潮汐的"百工"。留给我的真实角色就只能是一个"骗子"了。他们说的并没有错。不过历史分派给我这个"骗子"的倒是一个大角色，让我去骗骗那个自视甚高的"千古一帝"。我正因此而心生得意。世上一切心怀叵测的"小人"都时常会涌起这类得意，尽管我最终还是扮演了一个大角色。

我说过自己的顽皮、狂妄，那是骨子里的东西。有时也并非如此；人们看到的只会是一脸的端庄。祭祀、祈祷，我所做的一切都需要端起架子。我的顽皮只不过使我独自一人时，面对铜镜做一二鬼脸。那是我至为愉快之时。想象中，有不少载于经传的"大人物"都有偷偷做鬼脸的癖好。我因此而喜欢他们，也喜欢了自己。

我终有厌烦自己的那一天，到了那一天，我将设法结束自己的生命。现在还不到时候。面对一片狂窜疯长的青草、杂树，日夜嗥叫欢鸣的野生动物，哗哗奔涌的河与溪，与水汽中蓝黛变幻的蓬莱山，我的喜悦非常人所能体验。像那个令我倍感尊敬和厌恶的人物嬴政一样，我也有非同小可的自尊自大；所以我也偶尔说一句"非常人"云云。因为我有了这个资格：是我把三千年来最杰出的一些人物搬运到了这片偌大陆地上，又将其像羊群一样放开。

仅仅有率众出逃之举，还仍有点"常人"味儿。能在一片"平原广泽"上"放羊"，就不是"常人"了。但我告诫自己千万不能做个"牧羊人"，不能有栅栏，更不能有鞭子——我之"非常人"说，是因为"放羊"之后，"牧者"自己也化而为"羊"，欢腾跳跃于绿草白云之下。他、他们，与一片土地上的诸多生命一起，或咩咩唱，或啊啊唱，应和着海浪千顷。

我深知那班挚友要把我变成"牧者"。他们不自觉地让我把"羊"迁地而"牧"，自己宁可做"羊"。他们希求的不过是饲喂的精细，而不是奔向大野的流畅。他们只是面对那个嬴政莽汉的宰杀之危，才奋而登舟。这正是我的恐惧与悲伤。我悲的是同类挚友。因我转眼已近五十，大限将至，无法预测未来的一天。我所要做的，也许只是赶在这一切来临之前做下些什么。

于是我力主设"六坊三院"，特别倡立"大言院"。彼岸膏壤千里，竟无处吐放"大言"。人无大言，必类虫犬；国无大言，气短如雀。"六坊"与"三院"互为支持，缺一不可。淳于林等喜"六坊"，厌"三院"；殊不知它们好比躯与首的关系。失去"三院"，"六坊"中的丝织坊会织出长丝勒围自身；炼铁坊会锻出利剑戕绝肉躯；盐工坊堆出的盐山也会把莱夷的三千童男童女腌制起来。其他几坊，亦是同理。

不必讳言，我最爱去的场所即是"大言院"。不仅如此，而且还鼓励和率众前去那里。一杯清茶，席地而坐，倾听辩家们"辩理驳难"。我敢说这里容聚了各色学问，举凡儒家、道家、墨家、法家、名家、阴阳五行家、小说家、纵横家、兵家、农家等等各派，都有倡明主张的机会。他们据理力争，吐言锋利，几次让我感动得泪湿双眼。我想起了少年时节远去齐都稷下的情景……有人轻扯衣袖，原来是最年长的"方士"。他是父辈，我该称他"先师"，但他和左右对这一称呼坚辞不受。他们只维护一人的尊严，只将我称之为"先师"。老人此刻口中喃喃，后来浑身颤抖："君房，大言误国啊！"

我不敢应。我只能婉拒，并引经据典，排列史实。我推举齐宣王齐闵王时期的稷下名家学派的田巴——此大言高手，千余年后人这样记载他的行迹：

"齐之辩士田巴，服于狙丘而议于稷下。毁五帝、罪三王，訾五伯；离坚合，合同异。一日而服千人。"那是何等的辩才！又是何等的狂放不羁！齐王如何对待？"齐王聘田巴先生，而将问政"。齐王恭敬地称其"先生"，齐国非但未亡，而愈加昌盛。反过来，到了齐闵王后期、及至齐王建时，稷下学日渐衰落，齐国也走向了末路。

"君房，他们所言对你多有讥讽，真是口无遮拦啊！"

我笑答："君房又算得什么，区区亡命之徒！稷下学士尚可以'毁五帝、罪三王'！"

一言既出，四周再无议论。但也只是数月，又有人愤愤然："君房设置此院，原为扩言路，促思辨；可今日听辩家驳难，所言皆掷地有声，批驳无情，长此以往，势必言出一家；众人恐之，何能放言？"

我反问："批驳无情是放言，大言是放言，说'大言误国'是放言，'众人恐之'也是放言；自古放言者未能禁言，而持兵器者才能禁言；既如此，何忧之有！"

他们一时无语。他们应该明白："大言院"如果不允许其"辩理驳难"，那也只好改名为"颂诗院"或"礼赞院"了——可是这类院所只嫌其多不嫌其少，自古如是。

从大言院出来后，几天时间让我心中不宁。回味一番才明白过来，我也刚刚放过一番"大言"啊。想到此不禁有些耳热。

不久淳于林来舍，面有难色，吞吞吐吐。我让他有话直说，怎可如此期期艾艾？他说很久了，城邑中有些议论，只觉得不便言与君房，现在想了想，君房知道了也好。我催他说罢。他于是说："城中人议，君房也不是个实在人啦，简直是……是虚伪！想想看吧，逃离秦王，到这边儿又是筑城，又是修长城，操练兵马；有军机，有政议，令行禁止样样俱全，他不是'王'又是什么？可他就是不称'王'。这反倒别扭，何不干脆点儿？不是'王'的王让人见了更作难，跪也不是，不跪也不是，礼法无处尊行，'万岁'也无处喊得；类似尴尬也实在太多，城里人都觉得无法做人了！……"

我感到一颗心在加快跳动。因为这些议论有几句不免切中要害。可是我正在渐渐笃定。我想，筑城、护营、修城、操练兵马并非是只有"王"才能做的事情。如果登瀛后不加紧去做，不仅秦兵追剿之日必定灭亡，就是土著扰乱也不得安宁。如此这般只为生存。生存之虞不除，又何谈其他？只是这样想，并未说出。

第三章

　　如果她们当中有一个在身边，也必会减轻我之痛苦。近来，说不清的误解和扰困，让我心情沉重，体态也沉重。我再无力像往昔那样顽皮。这是可怕之兆。人心不会顽皮地跳动，就是衰败颓丧的开始。我的爱人曾在过去给我诸多战胜困厄的勇气。她们有如此奇力，总使我大为惊骇。我有时不愿、也不敢正视她们的力量。

　　现在我又想求助于她们了。可是我顾虑重重，万般虚伪。我窥视过那些如鲜花吐放般的"童女"。如今这些孩子都一一长起，面色姣好，有了娇嗔的眼神和阿娜的形态。不止一个男子武士、方士和百工犯有强暴之罪，皆被处予重罚。我觉得自己有绝大的责任保护她们，只是这种保护的方式令我三思。

　　她们如今和那些抛家舍业的武士、方士学子一样，都需要婚配了；还有那些长出了茸茸胡须的"童男"，都到了婚娶的年龄。城中人丁不兴，衰者亡故，新儿不增，长此下去将不堪设想。我原有个设计，并在船上与左右复议：让三千童男女年及十七即捉对婚配，不得拖延。可转眼他们已是十八九的青年了，仍像原来一样独守。我像是已经遗忘了什么，迟迟不愿将许诺兑现。我已看到了诸多责备的眼神。

　　昨日又有一男子（一个年过四十的炼铁师匠）被捆绑起来。他平时腼腆少言，目不斜视，想不到而今也会胆大妄为起来。禀报称：该匠师借送取缝补衣衫为由多次进出丝织坊，而且磨磨蹭蹭久不离去。有一天为其缝补的女工——该女工上个月刚满十八虚岁，相貌甚为娇美，只是略胖，坊中人呼其"水胖"——忙误了工时，日落后尚在苦做。可怜"水胖"正穿针引线，该匠师即扑将过来。"水胖"虽经剧烈反抗，但终因势单力薄，于事无补。

　　整个事件再清楚不过，禀报者却扯三挂四絮叨许久。我已有些疲倦了。对方仍在愤愤然："更可气的是，我等将奸犯捆了，正欲押走，'水胖'却哭叫挽留，为匠师求情呢。要不是她衣衫撕破，之前又有几声呼救，我等必把她当成奸犯一同捉将起来！"

　　我制止他再说下去。

　　"先师，如何处置呢？"

"哦，不必处置啦。"

"这……难道、然而……嗯？！"

"请下去罢。"

他极不情愿地僵在那儿，像肚子疼似的，右手使劲挤弄了一下小腹，咬着下唇退出。

我深知此事不加处置的后果是什么。以前对此类事件颇为严厉，至少需断其右脚小趾，并在额上留下刺记。须知这是在秦吏酷刑下减免数倍的结果。如在秦地，奸贼被乱棍打死、石头砸死、剜睾除势，皆是平常处置。如果匠师之事漫传开去，城邑之内必会风气败坏，暴行叠起，最后硕果也将不存。我放弃惩处匠师也是遵从了那个受害少女"水胖"的请求，因为这请示之中蕴含甚多，她对匠师心生欣悦也未可知。但无论如何，从大业计，此事仍不可荒疏。于是我急忙摇响手铃，让卫士复送定夺：对匠师罚三月薪俸、施杖二十。

卫士应声而去。我仿佛看到那二十杖纷然落下，匠师疼得满地滚动。还好，将养十日又可以去炼铁了。

我的命令总是得到很好的执行，这不能不使我滋长一丝自负。如果说在徐乡、琅琊、黄水河港附近的船场，我十分懂得使用嬴政赐予的权威规划行程、征用物器人口的话；那么在这之后，嬴政的权威已丧失殆尽，我完全无所依托，没有权杖，也没有武备。我虽是莱子故国的贵族后裔，但说到底只是一介书生。我在长达四十余年不屈不挠的求索中只获得了自己的信仰。这才是坚实无欺的，在我心中日夜燃烧得火烈，冶炼得纯洁。它最终又成为淳于林、众"方士"与挚友们共同求索之物。淳于林拥有兵权，可是他与众伍长、那些悍强的将军们一样，唯对我失去反抗之力。这就是信仰的力量。信仰也有显而易见的"专横性"。随着事务的增多、年纪的增长，我习武时间越来越少，有许多次出门时甚至将剑遗在室内。卫士们已经习惯于在十步之外护卫我，而我却常常忽视他们的存在。他们在信仰和思想面前已化为无情的物器，仅仅取代我遗在室内的那把短剑而已。

我珍视信仰如同生命。正因此，我必得警惕它的变质、它弥散和辐射出的蛮横和乖戾。我同时视无信仰者如草介，却又爱惜每一株草木，因为它们是蓬勃的生命……我到了检视自己内心的时候了。我知道蛮横无理地强加于人的，无论以怎样美好与圣洁的名义，都将在未来被视为不义，或是罪恶。

每想到此额头一烫，豆大的汗粒滋生出来。

我发现在内心深处，在幽闭的角落，有一颗隐秘而阴暗的种子。它非常苛刻与嫉恨。它阻止了我更敞亮愉悦地行动，而只让我阴郁地徘徊。我知道，三百艘楼船启碇之时，一个铁定的冷酷也就形成了：几乎所有年长的百工、方士和弓弩手都失去了岸上妻儿。秦吏让他们不得不有一个留恋，以便早日归来。他们当中只有极少一部分知道此行将一去不归。而三千童男童女中，男女数量恰好相当。也就是说，这些苗长茂盛的少年已成天然婚配；而当他们一一结对之后，年长者将永远失去了人生的机会。

我也是一个年长者。我为此深深地哀愁。

诚然，我有办法做成自己的事情，可那样既是不义，还将冒触犯禁忌的风险。

我终于在政议之日提出了婚配问题。我当时尽可能使用平淡的语气，内心却极为紧张。我留意了一下，发现至少有三个老者、两个中年人手指抖动；其中一个脸色蜡黄，吐言混乱。关于三千童男童女、遗在彼岸之妻、夫妇之道、天地伦常，一时费尽了口舌。没有一个人能够统一他人观念。对三千童男童女的婚配虽无人反对，但有人却提出若干限制条款，比如说女子须小于男子三岁以下——初看近于常理，细推敲却大有曲折。因为所有童男童女当初择选都在十四、五岁之间，就是说年龄大致相当；如果依此建议，势必有大批童男童女失去婚配——女子本无妨碍，因为有大大长于"三岁"之差的男子在等待；苦只苦了一批童男。

提出这一建议显然荒谬。可奇怪的是它很快得到多数人的应和。此事令我颇为苦恼。最后我只得将该条款搁置，留待大言院辩论。这一来又使参与政议者大失所望。

经过大言院三日辩论，又是几日复议，好不容易才将条款一一拟定。关于"男子需年长女子三岁以上"的条款自然废除，但又附加了不得已的另一条款：婚配关乎城邑存亡之要，所以望全体慎之又慎，年长者优先择偶。我知道这一附则实施的结果会是一场剧烈争夺，惨剧必将生成，于是又添一款："强制婚配者严惩。"

值得欣慰的是，尚有为数不少的男子拒不婚配。原因是对彼岸妻女日夜挂念，有时呼其芳名泪水不断，发誓终生等待团圆一日。此情此景令人悲酸难忍。我不得不告诉他们：团圆之日只是来生的事了。但他们置若罔闻。

我对这些苦念者有说不出的敬重。他们昏愦之处不难察见，但我也宁可信赖这些"愚夫"。我自诩顽皮，却唯独不敢对心爱的女人游戏。我的目光一转向她们，拘谨与诚挚、依恋与乞求、自尊与敬慕……一齐生出。我永远感激她们所给予我的一切。我在这几十年的遭遇之中甚至发现了一些神奇的原理：无论是多么博学多才、心气高远的男子，在特定时刻，都会领悟到一个心爱女子的深邃与博远，领略她那颗明净而尊贵的灵魂。只要这女子温柔和煦，就会生出难言的深刻与尊贵。她在德行方面，永远是男子的师长。我常常惊异万分地注视着这一发现，坚信不疑。即便是未经雕琢者，即便她不识一字，也仍然不失其深奥绵长。她们舒展和缓的眉梢会透露出人生的全部恩惠与从容，那令人神往的自信，一个男子何曾有过！

我不得不承认，我越来越恐惧于失去她们的援手。她们的支援之力，巨大到无法形容，这些，愚钝之人无论如何也难以感受。由此我又想起了那位滑稽多趣的远亲淳于髡，他与大儒孟子的一场有名的辩论。人问："男女授受不亲，礼与？"孟子答："礼也"。人又问："嫂溺，则援之以手乎？"孟子答："嫂溺不援，是豺狼也。"如今有灭顶之灾的不是女子，而是男子。他正忍受思乡的痛苦，疾病的折磨，事务的缠裹，孤单的煎熬，再加上对未来的茫然……这一切需要多么坚忍的毅力才能战胜。我一直未对他人透露的是，近半年来时常感到左胸不适；还有折磨人的脚气病。我未求助医师，而是自己小心翼翼地治疗。长期以来我都是一位好医师，曾在三年多的游荡期间为人医病。我当年以善用大黄出名，百病皆求之于泄。人之虚弱萎靡，是为毒火攻讦所致，欲扶体必先驱毒。可是多半年来自我医治并未奏效，疾病时好时坏。特别是脚气病，夜间痒得不能入睡。这反倒使我多了忆想的时间。

我与卞姜多有分离。我们的婚姻既早且好，算是最为完美的姻缘。她嫁我时刚刚十六岁，身体纤细颀长，双目柔煦如同春水。我一想起这一生有可能伤害于她，就感到战战兢兢。这伤害会是难忍的、无意的或不得已的。反正我总担心会有那些伤害。她最初的痛楚和哀哭令人一生难忘。我曾暗下决心，用一个男子的忠贞和强大、迎接万千繁琐和操劳的双手，像捧起一个婴儿一样，小心地照管她。我会让她一生免除饥寒之苦，身体丰腴硕胖，容光闪烁，双眸明亮。后来她的确变成了一位高贵华美、体态丰盈的夫人。她从来不曾浓妆艳抹，因为她的资质太优良了。

我爱她到寸步不离的地步。我因这过分沉溺之爱而一度变得孱弱。她的款款细语足以支持我长久的热情，她对情感的洞察细微又使我愈加贴近。心与心的紧密难分，生命的知遇之恩，让我们共同拥有了一段最珍贵的岁月。我甚至因为她而减少了对淳于髡的厌恶之情。

　　我并未见过这位先人、徐乡城的奇才。他理应博得后人的尊重。我生得太晚，但我出生后他仍健在，而且是齐闵王手下一个最为特殊的人物。他活跃于诸国之间几十年，得到的爵位和赏赐数不胜数，几代齐王都与之过从甚密；就连傲慢的梁惠王也对其敬佩不已，两人曾有过三天三夜的长谈。这对于家道衰落的贫儿、一个入赘者，已经是个奇迹了。我从小受过母亲教诲，嫌其"忘族卖才、取悦仇雠"。我开始甚至不愿娶卞姜为妻；先是她娇美逼人的容颜攫住了我的魂魄，后是她过人的睿智和德行战胜了我的心灵。

　　我们一开始就有许多相似的话题，其中之一是关于淳于髡。她认为与其说淳于髡服侍了强齐，还不如说他襄助了庶民。其理由是她这位远亲运用自己的睿智与勇气，来往于齐鲁燕赵之间，直谏于帝王诸侯之中，避免了多少战乱，革除了多少积弊：这正是男儿的良知作为啊。

　　我并未立即赞同。不过她的话让我不得不去思虑一些至大问题。这一切常在脑海中纠缠不清，让人痛楚忧烦。民生与社稷比较，民生至上，社稷次之；可是社稷即民生啊——我对这长久以来的思路开始怀疑了。这也是我对卞姜的爱所促使，让我有勇气去触碰这个绝大的命题。也许淳于髡超越了社稷，走进了民生。可是我却因为他而耻辱而愤懑。他折损莱夷的是什么？即非自尊，又非物质；江山固在，人民固存。齐灭莱夷久矣，莱与齐的疆界只能刻在心中。莱齐混血，共抗暴秦；可秦统一之后的齐秦之恨呢？此恨绵绵无绝期吗？

　　我哪一天才会真正原谅那个足智多谋的远亲？

　　权衡忠勇道德的至高原则又在哪里？

　　这一切我终会探究个清楚。现在我只是沉浸于往日的温馨，寻求于彼岸的幸福。我在这难以摆脱的纠缠之中，忆想和愧疚，兴奋和哀痛。我在无法解脱的矛盾蛛网中挣扎，为了你和她——为了你们……这种种难言之苦愁、之焦思，即便"日服千人"的田巴再世也说不分明……

　　一切缘起于那次远游。完婚半年之后的卞姜为我打点行装。我将要去齐都临淄。这是第二次临淄之行，心中说不出地兴奋。第一次去临淄我还是个孩子，稷下学宫的老先生们说我是"一个娃子"。那次受了母亲的鼓励，她说那里聚集了天下第一流的学问家，金碧辉煌的厅堂里日夜辩论激烈，声音洪亮，手掌翻飞。我仿佛望见一个个诸子们目光炯炯，面红耳赤。母亲话语中对淳于髡多有指斥，但又认为他是莱夷人所能贡献的最为聪慧的人物。"你或许能见到他，不过他也该老了——他比我还老呢！他二十多岁时我见过，那时他穿得可真寒酸。"

第一次去临淄没有见到那个名声不佳的老人。当年稷下学宫已隐隐露出败象，虽然看上去一切依旧。最老的先生相继去世，只剩下了荀况。齐襄王雄心勃勃重修稷下学宫，提稷下后学为"上大夫"，但稷下学似乎再也没有了往昔的沉厚宏阔。我一意追寻那个姓淳于的老人，却渐渐被齐都的繁华弄得头晕目眩。这是真实的情形，我作为莱子国的后裔，有时是羞于袒露真实心情的。我好像在极短的时间内就明白了莱夷何以灭亡。在更为强大和开放、自信得近乎松弛的邻邦面前，那个严谨而粗犷的游牧人的城邑是难以抵御的。我承认在齐都三天之内看到的洋玩意儿，抵得上莱地十几年的观览。这里才称得上世界之都，车毂击，人肩摩，连衽成帷，举袂成幕。大街上美女如云，身上的各种饰物叮当作响。我像一个迷失了旅途的人，久久伫立十字街头。

卞姜叮嘱我早些回返。我们已经难舍难分。我知道强大的思念会阵阵催逼，让我无法忍受。是什么吸引了我在这样的时日远行？是华丽的齐都吗？是母亲的目光，是她的目光指示之处。

她让我从齐人的陌土之上寻觅一颗种子。它被我的祖先遗失了。齐人用弓与马征服了莱夷，可当年莱夷有世界上最好的弓、最快的马。莱夷人织出了天下最绚丽的锦缎，锻出了天下最锋利的长剑。然而这些都未能延缓它的消亡。关于民族之谜是最有诱惑力的，我一生都会致力于这种破解。我心底常常滋生出悲凉彻骨的、奔赴和投入的勇气。

那次去临淄并未如想象那样简单。我在异国徘徊得太久，耽搁得太多。直到那个早晨，我与荀况的学生亨话别——这是荀况最小、也是最有才智的弟子。亨中等个子，气宇轩昂，说话时明亮的目光总是紧紧盯住对方，鼻翼翕动不停。亨当年刚刚十八九岁，坐时身躯挺得笔直，服饰洁净简朴。世上再也没有像稷下学子那样嗜好辩论的了；而在后学中间，再也没有比荀况这个最小的弟子更好地承袭这种风气的了。他在即将分别的时候也抓住一切机会与我驳辩，使我不得不认真对待。

好在这次辩论刚刚开始即有人敲门。进来的是一个女子，神情出奇地平静。与这位小弟子一样，她也穿了简洁的服装，但细看起来做工却讲究到了极点。与其他女子不同的，是周身上下没有一件饰物。这在上层女子中是绝无仅有的，就连我对面端坐的亨，身上还挂有闪闪的玉佩。我以前见过她的侧影，只是一闪而过，知道她是一位史官的女儿，叫区兰，饱读诗书，是城内闻名的才女。这次近在咫尺，我的目光刚刚抬起，立刻就有一种灼烫的感觉。

她那对圆圆的、漆黑的眼睛至为特异。她似乎只是不经意地瞥了一眼……她与亨是一对挚友，还极可能是一对恋人。这我完全凭一种感觉。可是那轻淡的、一闪即过的目光却使我脸上留有长久的烧灼感。我差不多没有听清他们在说什么，只是后来才发觉两人的声音渐渐激烈起来。原来亨又不失时机地与区兰进入了新一轮驳辩。与之形成鲜明对比的，是区兰那平缓而执拗的声音。这声音可真美，柔和得能融化坚冰。她义理清澈，驳难析疑中透出别样的温情。也许这就是让我产生那种判断的依据吧。对方却毫无通融，步步进逼，言辞愈加锐利。区兰笑了。

这一笑使她显得何等妩媚。我再没忘记这一笑容。我想这是一生中所看到的最美的笑容之一。

可是她这一笑却激怒了那个驳辩对手。亨立刻气恼站起，嘴里发出"哒"的一声，拂袖而去。

区兰不愠不怒地待在原地。后来她缓缓转身。那黑漆漆的目光又掠过我的脸颊。我这一次发现她的脸倏地红了。她好像叹息了一声，垂下了长长的睫毛。当她重新抬起眼睛时，那目光闪出了双倍的明亮。

我说，我被她阐述的义理给深深打动了。

她并不急于谦逊地表述什么，只是略有好奇地看着我，认真倾听。她不自觉地微微张开嘴巴，让我在不经意间看到了那白玉一样的牙齿。

我无法将其忘掉……

后来，当第三次去临淄城的时候，我发现自己心里正装满了特异的急切。真害怕这种心绪如河水般将我淹没。我深知母亲的目光蕴含了什么。这一生，唯有母亲，让我一想起就满面羞惭。使她失望之处真是太多了。可是有些命定之物人是无法回避的，这是我后来才明了的一个玄机。我终于得知遥远的临淄等待着的到底是什么。

许久之后，当我们可以无所禁忌地相互倾诉之时，才知道这真是无可逃脱的命数，它融合了人的全部欣悦与悲伤，还有那沉重如磐石的、注定要落在肩头的使命。

区兰说她那一天像被一只手推拥了一下，不由得要迈进亨的房间。而这之前他们之间刚刚有过约定：每个月只相见一次，各自研修。这主意当然是亨首先提出的。她谈到这个荀况晚年百般宠爱的小弟子时，立刻满面羞红。看得出他们之间既有过热烈的爱慕，又有过难言的龃龉。对后者区兰闭口不谈，偶尔触及即颇不自然。她只说亨原来绝非如此，他是过于执迷老师的义理了，对先生"天地者，生之始也""天地合而万物生，阴阳接而变化起"倒背如流。先生仙逝之日，是他悲伤欲绝之时。从那时起他就不通儿女私情，却愈加精于研琢。先生的学问在他那儿几经打磨，已经光可鉴人。他抄录著述可以几夜不睡不饮……区兰说他们从小一起求学、研习；他之与她，已像同胞兄妹般熟悉和亲近。她说得泪花闪闪，把脸转向窗前。她说那一天她是无论如何不能安坐案前了，总有一个无声之声在心底提示：快些去罢，如若耽搁就是一生的惋惜了。她于是不顾那个约定匆匆而来……跨进门，一切如旧，亨身躯挺直与人驳难。可是她感到一种异样的重量落在身上："哦，原来那是你的目光！"

我们紧紧相拥。我可能一生再无悔疚——这奇怪的感念在与卞姜最初时也曾产生过。我多么幸运又多么轻薄。可又的确找不出什么虚伪之处。我真实地感知了；她们都是流进我心头的泪珠，让我有了终生的润泽。

就像对卞姜的感觉一样，区兰是我生命的一部分。她一连几个时辰在我身边，久久伏在我的胸前。她后颈上金色的茸发让人无比爱怜，我伸手轻轻抚动，领受那种滑滑的、丝绒一样的触感。这又让我想起猫咪颔下的温暖与光润，想起它们那柔顺可人的一切。她的耳垂、手指甲、下巴，都能使我涌起阵阵感激。我甚至急于把这一切告诉另一个人——母亲不在了，这人世间最亲近的也就是卞姜了。我的极度幸福和欣畅必须与她分享。我已经不能支持了。

冷静下来我才知道自己多么荒谬。卞姜会伤心以至绝望的。她有过人的悟性和宽广的胸怀，可是她仍将无法承受。她爱我容我，首先只是爱我。

区兰承袭了家学，是当时唯一一个出入稷下学宫的女子。齐王在她十一二岁时听过的她驳难析疑，大喜，第三天传话要蓄为宫妃。她那个史官父亲踉踉跄跄奔得家来，泪水涟涟抱住女儿，女儿得知了原委，马上跳出父亲怀抱："给孩儿一把短刀吧！"父亲问何用，她说到了那一天用呢。

齐王只得放弃这一念头。不过在临淄街头，每当齐王华丽的车子驶过她的身边，总要停留片刻。齐王在车内发出一声长长的叹息。

也许就是那声叹息吸引了我。我极想见识一下齐闵王。传闻中这是一个爱士如命的角色，只要听说有士自远方来，必放下手头的一切驱车远迎……当然这只是开始的情形，及至后来，那些士们口沫横飞，他就斜着眼瞧他们了。我通过亨和区兰的父亲见到了这位齐王。原来他是一个瘦削的中年人；与别人不同的是，他通体瘦削，唯独小腹高高鼓起。这种特别的体态让我不太舒服。

齐闵王把我视为境内之"士"，一会儿热情一会儿冷漠。他也许寂寞了，竟然想与我讨论义理。我只把他当成亨一类辩驳对像，出言犀利而无所顾忌。齐闵王从座位上起立三次，最后又沮丧地坐下，发出长长一声叹息。

我想说，这叹息真是很美的声音。

最后闵王挽留我长住临淄，并许诺赐我田舍。我坚辞不受。

我对区兰复述了那声叹息，她笑了。我们一次又一次拥吻。那个紫玉般的夜晚我们几乎一夜未眠。诉说太多太长，今生也难以收束。我们只能相互揩掉感激的泪水。

我周身都充斥着她的气息。这气息已渗入血流，又从毛孔溢出，风雨和时光也洗它不去。我渐渐害怕与亨对坐——而他却抓住一切机会与我驳辩。过去我们辩论互有胜负，而今我却节节败退，使亨得意中又有些手足无措。他终于对我失去了兴趣，斥为"毫无长进"。看着他那翕动的鼻翼、秀美的眉梢，我无论如何不可思议：不爱美人爱义理。

而我从区兰，还有卞姜身上，却感知了深刻的义理。原来它们共为一体，同物异形，只在不同的时刻闪射出不同的色泽。

原以为临淄之行只是短暂的分离，想不到如此之久才回返莱夷。卞姜在迎候我。

我不敢迎视她的目光。她吻我，泪水湿了面颊："说了吧，我的君房！"

我就说了，我的卞姜……

如果在海角，像我一般的人物没有三两个妻妾倒也不可理解。可是我曾对卞姜信誓旦旦：今生只与她厮守。轻若鸿毛的誓言，男儿的誓言。她哭过了，最后催促我接回区兰罢。

至今犹记齐闵王那声长长的叹息。可惜的是后来，是他对稷下学子的背弃。几乎所有出自稷下学宫的言策义理，都被他视为虚言妄义。而这之前不久他还说"寡人甚好士"。他原来只想模仿先王，并期望做得有过之而无不及。之后，他那叹息代之以威厉的斥喝，稷下学士四散奔逃，游学他方。这使我特别关心荀况老先生的小弟子亨。每念及亨，我的心中就有难以抑止的亏欠之感。我的关切是由衷的。因为后来我与临淄渐渐疏远，与亨的朋友也难得谋面；关于他的消息只是道听途说，难以确证。有人说齐闵王与学子闹翻了之后仍与亨少有交往，并借机打探过区兰；也有人说齐闵王在五国合纵伐齐，燕人攻入齐都时逃奔莒地，稷下学士中唯一追随他的就是亨了。也有相反的说法，说亨在这之前很早就与齐王分道扬镳，当时亨心情恶劣，一方面因为齐王对稷下学士虚与委蛇，另一方面是区兰的离去。他出走临淄，再无音讯，而且多半是"小隐于野"。

后一种说法更能令我信服。我深知一个男子是不可能漠视区兰的。

齐闵王治下的齐国由盛而衰。他自视甚高，却无力抓住历史赋予的良机。随着齐国军事上的节节胜利，他再不提"寡人甚好士"了，忙于对外扩张，利令智昏，对稷下学士的一切谏言都视为迂腐不通。结局即是后人所载："南攻楚五年，蓄积散；西困秦三年，民憔悴，士罢弊。北与燕战……而又以其余兵南面举五千乘之劲宋。"

齐闵王的残生竟至如此：五国合纵伐齐，燕攻入齐都临淄，齐闵王逃奔莒地，复被杀身亡。齐国遭到空前惨败，几近亡国。

齐闵王被杀的消息传到徐乡之后，立刻引起了震动。莱夷人普遍感到快意，认为这一结局是对连年扩张、居傲凌弱者的最好回答。而在我内心却是复杂的意绪。起初我和卞姜、区兰都同样震惊，之后是唏嘘不已，是或多或少的追忆和总结。区兰来徐乡已有三年，算是明媒正娶。她与卞姜亲如姐妹，融洽之至，已传为美谈。当她听到闵王被杀的消息时，正在剖一条青鱼，手一抖，割伤了左手拇指。殷红的血立即染了垫板，女仆惊得大呼——她们一直反对夫人下厨，可是夫人坚持要亲手为我煎一条青鱼……区兰顾不得包扎伤口，僵在了那儿，直到我和卞姜跑来……

我眼看她的颊上两道泪水流下。我的惊讶并不亚于听到齐王的噩耗。我再一次体味了一国之君的崩溃给予人臣的强烈震荡。我知道区兰对齐闵王的藐视和不屑，她甚至多次背后取笑；对他后期的荒谬无道，更是愤恨交织……这其中似有不解的奥秘。如果说她为身亡的闵王而流泪，还不如说是为自己的母国而悲伤。她凭直觉理解，即便是一个无道之君，如此的结局也预示了社稷的悲哀。对于她而言，这真是来到了国破家亡的十字路口。

她的父亲已到迟暮之年，还在忠心耿耿服侍王室，这一次生死未卜。战乱之中已难觅准确音讯，区兰直到最后也未见父亲一面。

她的死是我终生不解之谜。她虽比卞姜大一点，比我则小两岁，如此稚嫩的生命却要提前熄灭。她长期以来承受了多少沉重，可她从未呻吟；直至最后，对我流露的都是最美的笑容。时光何等匆忙，一切宛若眼前。她因爱而远离母国，告别了年迈的父亲，回绝了才华横溢的亨、能够发出长叹的国王。多么毅然果决的女子。她那一双颀长笔直的腿，一开始就让我心生惊悸。我总是小心拘谨地触动这双腿、这润滑的肌肤。一股犹如三月椿芽般的气息把我围拢裹卷。她的永不褪萎的端庄也使我感到莫名的困惑。我从不敢奢望在漫长而短促的有生之年会遇到区兰一般温馨典雅、纯美甘冽的女子。在她面前，我一再地感到了自己的污浊不洁，还有起伏不安的浮躁心情。她则一如既往地热烈着、沉静着。

可以想象莱夷给予她多少难言的苦痛。她终生都在努力适应、融合，最终也未能如愿。她不服水土，无端地消瘦，还有过三次流产。她做梦都想像卞姜一样获一娇子，结果还是事倍功半，空受摧折。她不爱莱夷的一切，土地、山河、风俗，还有其他；她仅仅是爱我一个，只为"这一个"而来。她因我而获的痛苦，真是太多太多了。

有许多的时间我既不能待在她身边，也不能顾恋卞姜母子。我要与强吏周旋，要迎接从临淄和六国远涉而来的学子。他们先后来到徐乡城，这座所谓的"百花齐放之城"。游学的人越来越多，当代大儒在此皆留足迹。我陪他们祭乾山、登莱山、拜月主，梦想重塑稷下。未曾想它短暂得转瞬即逝。区兰生前最厌恶的就是那些"言必称神仙"的方士，像孔丘一样斥拒"怪力乱神"。我对方士们热衷谈论的邹衍"大九洲""小九洲"，及由此派生的航测与占星术仍给予认真对待。我同样不能消受方士们的装神弄鬼，他们团制的花花绿绿的丹丸；他们甚至散布长生的谎言，玩弄起死回生的把戏。这一类妄徒倒在一定程度上迎合了官家，其时几乎没有一位官宦不热衷于方士之说。

区兰病逝在那个秋天。肯定是因为灵性的哀伤感怀，庭院一棵盛开的木槿一夜间全部垂落。卞姜哭干了眼泪，抚着我的额鬓：那里陡生许多银丝。

我默然注视着邑内这场巨大操作。婚配通令颁布十日，街道场所各处尚无异样。但我早已不存侥幸，对可能出现之任何骚乱都预防在先，嘱淳于林将军加派游动卫士，并对"三院六坊"给予重点护佑。淳于林显得英姿勃勃，仿佛比往日精神数倍。

第十三日，"三院"中一位须发皆发的老者请求晤谈。他是经院元老，多有沉默，一月间说不了几句话，常令后学敬畏。这一次他突然踉跄进门，刚刚坐定就抱怨起来，说闻听外面已沸沸然，各色男子皆携一女子而去，正所谓各得其所；他潜心经卷，无暇他顾，事已至此还请先师特别选配，以成不才之美……我耐着性子听完，惜无良策。如此踌躇半天，也接着他的话头抱怨下去，说自己忙于城内事务，更无暇为自己寻一女子，又难以对下启齿，正想找他这样的资深先生搭一援手……

老者直眼瞪了我半晌，口中"啊啊"，颓然而去。

我却毫无幽默快意。我明白自己正经受前所未有的苦厄，心中再清楚不过，我与离去老者有同病相怜之虞。我觉得自己真的老了，腰弓，双腿出奇的沉重。我发出了一声长叹——这声音让我想起几十年前齐闵王的那一声叹息。

每日都有人来按时禀报。我不满足于他们的照本宣科：某人于何日完婚，年龄家世籍贯，自愿婚配云云。我总是打断他们，所问之事又无足轻重。我察觉自己的脾气在无端增大，于是让其一一念来。这种禀报繁琐之至，三千童男童女，外加他人，要开列一长长名单，似乎究之过细。后来我令其择要报来，只需将伍长、三院先生以上者逐一禀报，其余略可概说。

令我大吃一惊的是淳于林将军：他已择得十八岁少女，且为莱夷籍人，父母皆为桑农。

我大声追问一句："自愿婚配吗？"

"正是。"女子甚为畅悦。

"嗯……"

接着我就有些疲倦了，于是禀报终止。脚气病在不经意间发作，不得不唤来医师。他为我抹一些暗黄色的药汁，散发出一股硫磺臭味儿。

为了抑止双脚的奇痒，我在暮色中奔出营帐，一阵疾行。卫士大为诧异地跟在不远处，相互观望。我从"六坊"转到"三院"，但并未驻足，又急急奔向城北；在城门四周徜徉片刻，又复返城。我在铺了砖石的东西大街上走过，低头看着车辆留下的浅细辙痕。它在刻记这座新城的历史。街道上行人稀疏，他们不断抬头观望。大概城内没有几个人不认识我。偶尔也可以见到几个土著，其衣饰已与他人无大差异，只有神色与肌肤、五官身躯等标记了自己的血统。这些土著入城日久，大多已能操作六坊工艺。向土著开放城邑是我的一个重大举措，我深知此举实是利大于弊，不仅可补城内百工劳力之缺，而且可加快同化；土著居此有五代之久，对本地脾性奥妙所知甚多，正可传授，此为紧要之需。

暮色中的街巷仍然寂寥。可见新生繁衍再不敢拖延。双脚之痒似有缓解，我往营帐走去。

淳于林已在帐外等候多时，我邀他速速入内。几日不见，这位将军愈加神彩飞扬，眉宇间全是喜气。我除了致贺之言，别无他辞。淳于林将军谢过，接着颇为严肃地说出两件急需禀报的大事。

他说三千童男女中的女子已将全部婚配完毕，少有越过禁令者，总之皆大欢喜。偶有违禁者，已给予严惩。我忽然记起一事，打断他问：

"那个叫'水胖'的女子呢？"

"她自然去寻那个铁坊的匠师了。"

我感到宽慰。淳于林继续说下去："只是女子少而男人众，如此以来平添愁苦；土著女子中多有愿嫁者，又恐血源不同，禁忌固大，想请先师定夺……"

我明白此事关乎重大，一时难以决断。我让他再说第二件事。

淳于林吞吞吐吐："这第二件嘛，是关于先师您的……婚姻！那女子原在丝织坊，先师见过，不曾留意而已。她倾心先师日久，只是不敢。这一次几经择婚者催促也毫不动心，焦虑中对我吐露心事，说愿服侍先师一辈子……君房，这是天意啊！"

我的心跳有些加快。我不信会有哪个少女甘愿如此。但我忍住了，问是哪个少女？

"她叫'米米'。"

"不可。再不能有第二个'区兰'了。我有爱妻，她在彼岸……"

"谁没有爱妻？"

我仍旧摇头。

第四章

闲下来的时候，我愿——比较那些有意思的人物。这些人物曾在不同的方面执掌重权，正可谓"炙手可热"。人世间执掌权力的方式和兴趣原是各种各样。我不能将其一股脑儿地混到一起，而只愿分类比较。我不相信人的兴趣是一样的，而只能说人在某些方面的兴趣是一样的。

对于有些人物，不消说我有点爱恨交加，喜厌参半。而另一些，我在激赏其才华与谋略的同时，简直要生出深深的憎恶。有一些人虽让我信赖和依托，给我人生的温暖和安全，可也正是他们让我产生出长长的嫉妒。这后一种奇特的情感妨碍我与之更加亲密无间，并滋长真正的痛苦。这种心情是有害的。

秦王嬴政对我而言真是魅力长存。我承认私下里琢磨他的时间最长，也最有兴味。较之另一些同样贪婪土地、人口和骏马兵士的野心家，如齐闵王、楚王、梁惠王之流，秦王倒要有趣得多。直至晚年，他的顽皮劲儿还是十足，迷恋于各种不成体统、其实也并无多少指望的实验。这些实验像儿童闹剧，来得快去得也快；这与他盛年的一些颇为严肃工整的决策相比，既草率随意得多，也有趣得多。当年他修万里长城、缴天下兵器以铸铁人、统一度量衡和文字，每一件都做得惊天动地。于是他博得了"大手笔"的美称。只是后来，当他听到了身后那一只时间的"黄雀"在振翅，这才开始把目光收缩回来。回视往日的伟业，他感到自己何等幼稚与可笑。

我深知，人也正是在"幼稚与可笑"的时候才会有伟大之举。人在感悟了天命之后，就会表现出疯癫般的好奇和令人难以置信的顽皮。

嬴政竟能如此荒唐，违背人人皆知的常识，将纵横征战、日夜操劳的疲惫之躯投入三千粉黛之中。他误以为亲近青春必获得青春，青春也像流感和脚气病一样，能够相互传染。

失望之余就是贪恋丹丸。他不仅求助于术士异人，而且还亲手搓制起五颜六色的药丸。好在嬴政颇有心眼，他兴之所至弄出来的丹丸总不愿第一个品尝。伴他左右的尝丹宦官忠诚而蛮勇，可以大口吞食。他们不止一次手捂肚腹在厅堂乱滚，哀号不休。但为了观测药力，医士通常并不援手，或等待缓解，或眼看气绝身亡。试丹者死去，秦王总赐以最好的棺木，加以追封。于是竟成美差，宫内人踊跃补缺。

天下最有名的术士不断被引进咸阳。秦王也由此大开眼界。他第一遭见到东海人时，对他们光滑的肌肤、炯炯发亮的双目感到好奇。他甚至推测东海人食鱼日多，且祖辈出入海屿，混生出锃亮浑圆的鱼目也未可知。最令其惊诧者是黄县人氏。该县为秦王天下初定后第一批钦定的郡县，管辖范围颇广，囊括了临淄以东的大片沃壤，属东海重镇。黄县人头脑活络，长于经商，身材颀长，口音怪异如同鸟鸣，过于喧哗。秦王对其多有异趣，特别喜爱他们携来的贝壳、珍珠、鱼骨，以及用此类物品研琢的玩器饰物；其中有一种异香扑鼻之植物，名曰"邕草"，可悬置厅堂。此物原产于东海，在碧波万顷之仙岛，其地扑朔迷离，幻化无尽，常有仙人居之。"邕草"仅是黄县沿海一带渔人偶然迷失方向漂至仙岛所获。该宝物不过是海中万千珍品之一耳。

秦王惊喜非常。他突然记起李斯为其演示的"大小九洲"之说——当年丞相李斯来秦不久，异端颇多，将六国学说一一道来，给秦王印象至深的即有孔丘、荀子之说，再就是邹衍这一奇论。东海仙岛想必是"九洲"之一，欲登洲必求助舟船。妙哉奇哉！从前齐国也多有美女饰物玩器传来，除齐都宫廷使者馈赠，大多为商人所携。咸阳城内有人戏言，说齐之商人手眼通天，除了不能摘下月亮，什么都能搞来，只要获利丰厚就成。

自从齐闵王问政以来，秦王从齐国获得了不少好处。此人极重名利，对文治武功心向往之——这也是古今来所有人主未能超越之处。齐闵王一生可分为三截：一截求士，二截重商，三截耀武。求士是问政之初，因为临淄城以"稷下学宫"名闻天下，齐闵王决心发扬光大，将稷下学宫搞得轰轰烈烈。可惜学士们议而不治，大言刺疾，终于令其不能容忍。于是转而重利，笃信商可强国，名商巨贾一时宛如国之栋梁。结果商贾远去鲁、燕、楚、秦，愿为厚利而冒各种风险，全无禁忌。

秦王于是得知，咸阳城内充斥齐之物品，更有稷下学宫游说之士、落魄政客，有商人贩卖和拐挟的美女……不少齐之重卿甘愿归附，出言献策。这也是丞相李斯用心网络的结果。以李斯之见，天下齐国至强，齐国灭则天下得；而时下齐国实属几十年来至混乱至无法度、上下贪婪奢华之秋，正是秦国大有可为之时。一时齐之幕僚纷纷来秦，大量稷下学士游来咸阳，商贾重金一掷长安。

齐闵王的耀武时期，齐国已近尾声。商业的畸形繁华遮掩了国力虚脱，一度真正强大的齐国已堕于谵妄混乱之期，底气虚羸。这时的齐闵王颇沉不住气，十分任性，疆国之争若姑嫂斗气，动辄举兵，终惹得周边怨怒，结果换来一场"五国合纵"，齐闵王逃亡莒地，被杀身亡。尔后虽经齐襄王、齐王建倾力为之，偶有振作，但毕竟大势已去。公元前二二一年，秦王寻得一个时机，自燕国南下攻齐，虏齐王建，齐灭。

几年前，巧言善辞的齐国巨贾来咸阳，献齐地奇巧予秦王，博得嬴政赞叹；巨贾立即不失时机再度邀宠，说秦王英勇盖世，名满天下，何不去东海一游？秦王大笑曰：本王足不出秦，留待来日罢！

这一天说来也真是快啊。

当秦国疆界远达东海之后，这个狄戎之王未食前言，立刻准备第一次东巡。他带着极大兴趣走出咸阳。对于东方，他心中充满了神秘感，还有无尽的渺茫。神仙闪现出没之地在齐国之东，那里是古莱子国，接连了碧波万顷。他让史官找来所有东海卷宗，认真研读了莱子国史，对这个骑马民族的迁移史、兴衰史好好琢磨了一番。

这些可从对答中得知。我在第一次拜见始皇时，就为这个帝王的渊博所震动。他对莱夷的始祖、孤竹与纪两个氏族的分合、莱夷人定居海角的一干旧事无所不晓。我在暗暗惊诧中有了一个决意，于是并不讳言自己是莱夷后裔，但却掩了三去稷下的行迹。我欲强调的是这样一种民族心理背景：莱夷为齐所灭，于是不能不耿耿于怀；莱夷人臣服秦国，是因为秦惩暴齐。我特别流露出自己土生土长东海，自小追逐神仙术，传得衣钵。

秦王大喜，命人赏赐玉帛。于是一场游戏、一场亘古未有的艰难斗智开始了。秦王做梦也没有想到对面的"方士"会成为他最后的对手。比较这个对手而言，他知道对方的东西实在是太少了。我在这场斗智中一开始就处于有利地位。我在暗处，并且是有备而来。比如说我曾花费几个月的时间研读秦史，对秦王所有重臣，特别是赵高、李斯一干人物的履历也不陌生。自秦王东巡以来，浩浩车队所经之处，我都派人打探，一路风声皆入我耳。

这个鹰鸷般的暴君必遭报应。东巡前三年咸阳城内已发生过"焚书坑儒"

的重案。秦王焚千年典籍、坑天下名儒，蛮愚之恶闻所未闻。其残暴逆行迅速传至东海，所有学问家、政议家、名士儒生，一时皆隐民间海角。徐乡城的"方士"之多，术士之盛，都达到一个极数。这是不幸之秋的一个奇迹，是莱夷故地最神圣的一页。也许只有它才能稍稍挽回一点莱夷的亡国之辱。我作为一个贵族后裔，在连年颠沛流离、游学思虑的痛苦之中，走入了连自己都陌生的精神之旅。我开始稍稍收敛那种顽劣的游戏之心。我在不自觉地改变自己，由一个复国主义者变成为一个充满疑虑的探求者。也正是这些年，我对心爱的区兰之死越来越感到惋惜。

毋庸置疑，她死于亡国的忧伤。莱夷早已化为齐的一部分，但在她心的深处，唯有临淄才是齐的象征，正如同徐乡是莱夷的象征一样。我敢设问：如果齐国在齐闵王的掌握之中，举兵四邻，民不聊生，齐国再强固再威赫，与他人幸福又有何益？不仅无益，而且只有灭顶之灾。国内权族交织，弱肉强食，富贾官家沆瀣一气，即便葆有社稷之尊，与民又有何益？

盲目而昏愦的民族主义者实为不义。狭隘的爱国者总在国君、国土、国民……之间陷于迷惘，丧失为人的大悲悯。这其间关乎人的大自尊大义理，尤其不可糊涂妄议。社稷其名也恩重，于是就尤其不可借其名而妄其行。离开了义理去讨论利益，必有妄行。区兰在为齐之灭亡洒下悲悼之泪的同时，也该为齐之新生给以祈祝。朽木已崩，新生未成，妄行背义的齐闵王哪值得区兰如此同情。

比起她的齐国，我的莱夷，我想还有一个更为尊贵之物，那就是应有的义理。它当然要包含对母国的忠贞，可是真正的忠贞总是对义理本身无损无污。比如说我不能因莱夷之利而损伤齐民，更不能为它的千秋永立而使万民涂炭，掳掠四方。

对这一切的索源驳难确是精严到不可想象，非得面壁功深之人而不可得。一般的"爱国者"唾手可取，他们可以一任性情；而那些大爱国者何其难觅！他们除非有大眼光大境界不可；他们的挚爱之心不可稍稍剥离至真的义理，二者总是并行不悖。他们将终生为之探究。所以我衷心倾慕的，就是这些为至理不辞辛苦、不畏艰难、游走四方之士。他们当中杂有名利之徒也原不为怪。这一类人嗜名利如性命，趋之若鹜，也恰是士的死敌。他们与鼠目寸光的历史投机者一样，是战乱、饥馑、倾轧之源。他们没有义理的热情，而只有权变之术和苟且之巧。

秦王焚书坑儒的讯息传来，莱夷人如闻哀声，如见烈焰。这个愚蛮残暴的狄戎之王一举焚毁了所有典籍，随之又屠杀了儒生学士。坑与焚毁掉的，不仅是记载和生命，而是人类的信托和希冀。

我跪拜秦王之时曾在脑海中闪过：我与齐王之恨至少也掺杂了"私仇"；而与秦王之争，却完全是面对了一个"公敌"。

恨到一个极处，人也将沉静下来。我与嬴政的周旋看似稚儿游戏，实则沉静深远。我之追随者有方士三千，挚友两百。他们言说神仙，巧言善辩，祭祀、丹丸、道法样样皆备。他们一致推我为"方士"之首，大肆吹嘘，说我有呼风唤雨之功，移山填海之力，上通神灵，下达冥界。总之我平生最为厌恶之物，一时却无不招揽自身。

秦王身边有一形销骨立的男子，即丞相李斯。皇帝东巡须他相伴，可见此人之重。他面色萎暗，目如蟒珠，闪射紫光。一股阴凉之气从其身上生出，散射到四周，让人有悚悚之感。这是一个真正厉害的角色，属暗拨乾坤之流。略翻史册可知，此类人物总是威重半世，最终却未必逍遥。我愿给予至厉之诅咒。李斯首先对稷下学士背逆，其次又辅助和借重暴戾。早在焚书坑儒前数载，他就构陷害死了天下最杰出的人物韩非。他与韩非同属荀子高足，当年韩非来秦也为投奔学兄。秦王与韩非畅谈痛快击节，即引起李斯嫉恨。其时他已非昔日可比：当年从上蔡西投秦，在吕不韦门下做幕僚；后被秦王拜为客卿，言听计从，擢升廷尉，终于跃居相位。韩非之死，李斯难逃罪责；焚书坑儒，李斯当为学奸。

我回李斯话时格外小心。此类卑鄙人物素喜言辞贿赂，我即转而大谈其书写之美、学问之深。李斯得意地发出几声干咳。因为第一次东巡赵高并未随行，所以他更无所顾忌，吐言放肆，对前来拜见的方士随意侮辱，以泄胸中莫名之愤。开始我略有不解，后来渐渐明白：咸阳儒生全部杀绝，左右只剩下一班臣僚，无人与之谈诗论文，更没有智力较量，于是也心生寂寞。方士们唯唯诺诺一片颂词，终于使其不再耐烦。他想挑逗方士与之辩论，但终未如愿；焦急之中自己放言无疆，大谈先师荀子，还有孔孟、儿说、宋钘，直说得额头汗迹斑斑。他后来猛然转身盯住我："你等怎不发一言，嗯？"我忙施礼："在下只晓得些神仙事体……"

李斯咆哮几声，再不出帐。

秦王兴致高时去琅琊、成山头，并让我与几个"方士"随行。真是天赐良机，我一路未曾停止宣讲"神仙"，并多次出示能够"长生"的彩色丹丸。这种丹丸只不过用鱼骨粉搓成，吞服无碍。

从琅琊归来十日，有人报黄县北岸海中出现幻象奇景。因为快马来报，路途又短，所以当秦王一队人马赶至海边，海市蜃楼正演示清晰，闪烁迷离愈加生动。如此情景直延续一个时辰，秦王看得大醉。我当即指出这是神仙所为，所演示者即为仙人境界。

秦王那对细长眼稍稍瞪起，盯得脸上发疼。

"欲求长生不老之药，必得抵达仙境！"

始皇瘦削的双肩抖动起来，脸上肌肉阵阵牵动。这是我第一次，也是最后一次看到这个千古一帝兴奋成这等模样。我默默等待。

"那你与我速速取来！"

我摇头："谈何容易。仙境遥在天边，其间又有恶浪巨涌，非巨舟大舸、人众粮丰而不能至……"

"朕为你备下一切！"

秦王一声令下，船场即开，黄水河湾一片斧凿之声。我被封为始皇寻仙船队命官，船场、征粮秦吏和兵士也由我统辖。一切想必不会顺遂，因为李斯很快布下自己耳目，名为辅助，实为监督。我不得不将一部分精力耗在李斯身上。有几次李斯甚至公开对寻药一事斥之为"大谬"，我都冒死力谏方才挽回。秦王未必对海角方士笃信不疑，只是奢望日盛。

李斯无法解释海上出现的奇景，于是一连多日在海边游动，踽踽而行。侍从高举冠盖为其遮风蔽阳。海市蜃楼本无预测定时，李斯终究空手而归。齐郡守在十日内竟数次来船场督查，并伏设无尽麻烦，可见若不是秦王旨意，他可以轻易取缔船场。寻仙药、长生，眼下还只是秦王一人之事，无论李斯还是其他人，都不过阳奉阴违。他们只把嫉恨与仇视撒在方士身上。李斯与齐郡守将使我在船队出海之前就精疲力竭。

比较而言，李斯及其同僚不太相信"仙人"居地，也不奢求"长生"之药。但他们认同邹衍开创的"大小九洲"之说。同是百艘楼船入海问路，李斯企盼秦之武威远播"九洲"，而嬴政王更多想到采回仙药。看似荒谬的嬴政比起丞相李斯更像一个"醒者"。李斯博学，也更贪婪功名，为此可以舍命。嬴政则与之相反。扫平六国之后，尽管天下颇不太平，危机四伏，始皇帝还是顾不了那么多。他以一己之躯面对整个天下，深知命之不存，九洲尽取又有何用？既然"朕即天下"，那么朕不存则天下不存。

李斯则要多情一些，对社稷山河、对嬴政王，皆自作多情。"千古一帝"都在全力准备自己的后事，一个丞相又算得了什么。

如上是我对李斯一伙的苛刻。比起一个学士的叛卖、以同类鲜血换取荣禄者，更厉的诅咒也都使得。入夜我在船场巡察，心中苦痛非人所知。我对丞相灰暗的面色略有吃惊。我想这是阴毒之火、殷勤低贱的操劳加在一起的折磨，他不会有更好的面容了。人的心绪性质会浮上仪表，嬉戏、荒唐、庸俗者，或者是端庄整严、缜密不苟、求真自省者，都会在眉宇间留下痕迹。我曾震惊于自身面部微小而明晰的变异——我不止一次恐惧于铜镜，深感在其面前暴露无遗。每当自己过于嬉戏，不思进取之时，面部即有轻浮之色；而当我精进不懈、心怀辽远之间，铜镜即映出正气充盈之态。我对此观测许久，简直无一例外。人若颓唐，故作端庄也徒劳无益。人需慎独、内守，长此以往方可敛住正气。正气可以逼退淫邪，反之亦为同理。如同李斯一类阴郁者，心绪必会对其长久滋蚀。

我不想因李斯这样的叛卖者而为学人羞愧，正像不必为那些残暴之徒而为人类羞愧一样。在这个繁衍不息的神秘时世上，圣者逝而再生，渣滓涮而复聚。闻所未闻的妄徒凶暴、触动神怒的凄惨酷烈，也将会一再生发下去。若此，人将以韧抗暴。

后人将对我东渡时间和地点、航行路线兴致渐高。特别是我那些彼岸的亲戚，面对各方猜测，必多愤懑。其实这也情有可原，因为时隔两千余年，一切皆无踪迹。有人将我东渡之日定为"农历十月十九日"，并由此而生出一个"徐市节"。我心中感激有之，感慨亦有之。本人率众三次渡海，时间地点皆有变更。但"农历十月十九日"显然是个错误。秦代以农历十月为年首，我未在年首出海，因水流季风不合。三次出海时间分别为农历六月、七月、八月。最后一次即为秦始皇二十八年，即公元前二百一十九年的农历八月。

那次原打算自黄水河港启程。船场即设于此，因此地处良港，而且丛林茂密，整个海角西北部和东部山峦皆有韧硕大树。历时六个月造起大船七十余艘，又费时两月征集粮草人工。秦吏随船者甚多，多为齐郡守所遣，其用心不言自明。启航时逢六月，天水一色。然季风水流并不相合，船队本欲取道海角北湾，经庙岛群岛达辽东南之老铁山，东驶高句丽半岛，入鸭绿江口。此路缘海岸而行，沿岸陆上丘岭连绵，山岭凸立，陆标甚明，海内则多有岛屿，港湾锚地不绝。因在近海徘徊多时，西风仍盛，后不得不取道琅琊。

琅琊自春秋起即为半岛东岸良港。而秦王东巡时多次于此泊船，又经整缮。船队入港后大事休整，避入琅琊附近的利根湾。秦吏恐有异变，兵士遍布利根湾陆上十里，殊为可笑。这一切动作皆由齐郡守策划。齐郡守原为齐王建时一官吏，公元前二百二十一年引秦兵自燕南下，后得迁升。叛逆奸贼，其恶尤甚。

利根湾口介于大珠山嘴与斋堂岛之间，为避风绝好去处。斋堂岛本一荒芜小岛，我曾在休整闲暇率几位方士登岛，实行斋戒，沐浴更衣祈祷，故名之。十日后起锚沿岸北上，进入灵山湾；此湾东南可望灵山岛，足为海上屏障。船队泊灵山湾，经五日休养，充补淡水，继续沿岸北行。至此达成山头，亦即始皇帝登临之地。一线沿途山脉连绵，水礁碍厄甚少，小湾遍生，可随时行止。

船队驶出成山头水域，即见茫茫无际之渺。船队开始东航，直驶高句丽半岛。此时西风吹拂，间有微弱南风，一帆风顺。船行三日后，无奈南北走向海流愈盛，且自成山头至高句丽半岛的海上跨径远达几百里，渐渐偏离航向；五日后，我与驾船人及众方士商量，改航路向西南，尔后绕路西行，驶达另一大港芝罘。该段航程虽遥远曲折，但天然港湾及避风锚地随处可觅，山深水阔，不失为最佳路径。

如此盘桓日久，丧失时间，及九月风向遂变，船队只得回返黄水河港。齐郡守亲临问罪，出言狞厉，命秦吏封查船队所有物品。我强忍愤激，述说航路险要曲折，并让随船秦吏一一佐证。我着重申明：为始皇帝采仙药、抵九洲泽国，乃天地间第一伟绩，岂能一蹴而就？更何况船队海上周旋搏击三月，艰辛非常，劳绩俱在，犹可为再次出航探得正路，何罪之有？齐郡守见我声色益壮，言之凿凿，只得悻悻而罢。

我奏请重辟船场，打造坚固楼船，一切再加周备，等待良机出航；同时择莱夷地方最精良之船夫渔人，并携船场领班、我的挚友淳于林，备好一切必需之物品，随时轻便出海。

临行前我与卜姜泣别。她自知凶多吉少，再三叮嘱淳于林一路辅佐。淳于林是莱夷护城将军，曾秘密联手数名尉官反戈，起事前二十日秦入齐，乃罢。船队初航淳于林即充作百工登船，原手下尉官也随之成行，只待船至中途相机事变。卞姜泣哭不止，尔后一向刚强的淳于林将军也流下泪来。这使我稍稍吃惊。

我与淳于林几人只驾小船三艘，但装备精良，人手绝佳。俟一切准备停当，季节已近农历七月。此时风水正合，据渔人言传，七月间水流改向，可凭借天时沿北部海岸绕行，一直漂流至庙岛群岛。该航路已被渔民走熟，他们多次由黄水河口起航，先抵南北长山，再砣矶岛、大小钦岛、南北城隍岛，穿过老铁山水道，抵达辽东半岛。下一段路程即是由辽东驶往高句丽半岛东南，去对马、冲岛、大岛，登北九洲沿岸。至妙之处是船航至高句丽半岛约一月余，正可赶上瀛洲海域左旋海流的单向自然漂流。如此只消半月余，即可登上瀛洲。

三艘航船于七月上旬如期出海。

正如渔夫所言，航路颇为顺畅，自长山列岛至北城隍岛水路曲折，然全无风险。最为可怖的是横穿老铁山水道，水色苍黑，流急涌大，令人毛骨悚然。至辽东后稍事休整，补填米水，再打足精神驶向高句丽。一路艰辛难叙，几度绝望。好在自高句丽南岸募得一本地渔夫，施以重金，答应驶船。渔夫熟稔水道，尔后几经风险终算如愿。山光水丽之处可为瀛洲，然船帆只在周边小岛徘徊，难以登临。

从小岛远望瀛洲，可见沃壤千里，峰峦碧秀。淳于林恃武气盛，勇力可嘉，但临近陆地又不得不速速退却。陆上土人颇多，身着树皮兽衣，语言浊怪，持弓携棍，似不可近。

尽管如此，一干人还是喜不自禁。

在小岛上流连半月，天气渐冷，不得不尽快归去。归路风险依旧，只是较来路坦然；船至高句丽北五十余里处一船触礁，船上五人只救得一个，其余皆被急流卷裹、巨鲛吞噬。淳于林曾用弓箭射中一鲛，然其身带箭镞依旧悠游。余下一月之里程有惊无险，唯随船一渔夫年迈不胜劳顿，暴发热病，挽救无效死去。归路上我与左右挚友再三议事，最后意见归一：此次迁徙为亘古未有之大举，必得成全；所计划步骤，不能有一毫闪失；择人谋事，慎之又慎。为堵塞疑迹，约定登陆后不得言说瀛洲真实，只可敷衍水路凶险，有巨鲛阻碍，不得近前云云。考虑到此一去将永生不得复返，几人齐声叹息。

有老者献策云：蛮荒之地人疏土寒，区区百人不胜孤寂，日后也不得蕃茂繁华；若能一举携来数千人口，久远之未来方有大业可图……

老者所言甚是。所有人都长久不语。有人想起莱夷之南部蛮地古俗：河妖与海妖兴风作浪之际，常抛童男童女祭之。于是议定：为求得仙药，抵达彼岸，必射死巨鲛，以童男童女奉与海神。

归来后未去船场，也未急于搪塞郡守和秦吏。我只将极多时光留与卞姜和小林童身边。她与稚儿望眼欲穿，思我心碎。我未曾讲叙风浪险绝下的死亡生还，只轻描淡写掠过。凭卞姜之聪慧颖悟，不难理会其中的艰辛。眼下她全是欣悦，简直有些大喜过望。历经几月的海上腥咸，此刻我们紧紧相拥，只觉得她周身都散发出春草的清香。小林童轻咬拇指，我把他们母子吻过又吻。

余下的日子我一人藏入后室，杜绝一切来客。后室逼仄，但有一隐蔽通道可达草堂。草堂从来无人问津，四周有密密围篱，中间是一二亩菜田。草堂内有书简三五籍，笔管一二支。这是我一人静修之地，也是我舐伤抚疼之所。在长达三年的时间里，我曾在此览阅无数简册，抄经四十二卷。思远古辩义理，沉浸痴迷不知回返。卞姜居于十步之遥，我却把无数柔肠埋于悠思。夜深我尚无睡意，轻轻踱过通道，寻找呼吸之声。

母子二人已经入睡，小林童枕着母亲手臂。母子何等安详。一样的鼻翼、嘴角、眼睫，甚至是同样鲜润的肌肤。满室洋溢着槐花的香气。我听到细微的、异样的呼噜声，原以为是小林童发出，后来才看到他们身侧有一只鼾睡大猫。它肥胖浑圆，毛色闪亮，小小鼻子精巧绝伦。可见我离家后母子寂苦，养育起这可爱的生灵。

我蹑手蹑脚走开，想到最后撤离的日子，无论如何不可遗下这只美猫。

草堂离船场尚远，仿佛可闻当当斧凿之声。与母国分别的日子即在眼前。一场剧烈艰苦、难以预测的较智较力也将开始。我不止一次细细想过嬴政那细长的眼睛、李斯那灰暗的面孔。现在我是沉然笃定、敛起精力之时。我必须把一切都想在前边，不得孟浪。妻与娇儿给了我特异的力量，还有对区兰的珍贵忆想。我渐渐加强了一个理念：作为人子，我已赢获全部幸福，蒙恩盈足；剩下的只是对上苍的回报了。

我欲施行的绝非一般的善，而是大善。这必使我蒙受巨大痛苦，它们会竭力折磨我、伤损我，使我不时临近绝境，全凭一己勇气挽回。我还会遭受几千年的大误解，牺牲之后又要裹糊污浊。我必得对这一切全数有个预料，然后再迈出致命一步。属于我的全部时间只有六十年左右，而这之前已相当啬吝地花掉了多半。

接着是再三筹划。

对秦王、李斯、齐郡守的禀奏要点；楼船数目、童男童女数目、兵士、弓弩手……淳于林着手起事，缜密周备，万无一失。太史阿来则负责运藏经卷简册。我亲自选择随行"方士"。其中一部将同淳于林暗置的伍长一起充作"百工"。事变地点择在穿越老铁山水道之后，"同舟共济"会使秦吏松弛警觉，加上疲惫惊险，正可动手。淳于林说一旦事败他即自刎，大局尚可挽回。为最坏打算计，起事筹划细节只由他一人与各伍长传布。

入草堂六日，齐郡守派人来传。卜姜依嘱说我渡海染疾，已去民间求治。秦吏三番五次寻来，卜姜依旧将其挡开。

第十一日，我脱去宽松袍衫，身着徐乡城方士祭祀之衣，面容肃穆蹀出草堂。齐郡守一行人马正在官邸迎候，我登上饰有金色冠盖的华丽之车。经过几天静卧滋养，我自觉底气充盈，面色尚好，唯在前额留有一处淡淡艾草炙印。

郡守官邸煞是威严，左右幕僚偶尔低咳，垂目视下。我施礼朗声禀奏。我用徐缓清晰、确凿无疑的口气，提出包括三千童男童女在内的一揽子计划，并强调此一行非同小可，势在必得。

郡守立身起座，大为惊骇。

秦王嬴政第二次东巡即在我拜见齐郡守不久。这实在出乎意料。始皇帝不顾远途劳顿，进入齐地之后直接取道琅琊，可见求取仙药之切。郡守不敢稍有怠慢，一面追随迎候，一面命我火速前去琅琊。

我出海求仙的庞大计划看来早已禀报上去，因为我从嬴政眼里看到了异样神色。那是一对沉重衰老的眼神，可是这一次闪出了再明显不过的微笑。在这双眼睛面前，我感到了自己的恐惧。这一次李斯并未随行，而代之以中车府令赵高。赵高微胖，肤色甚好，慈眉善目，口音清纯。只是他常常发出一种怪笑。这笑声令任何自尊的男子丈夫都不能忍受，我真为之捏了一把汗。可是秦王未有丝毫愠色，看来早已适应了这古怪的声音。我发现赵高对采药一事出奇地感兴趣，详细问过了一切细节，连船行海上的大小解诸事都一一问过，鼻子里发出满意的哼哼。

秦王几乎毫不犹豫地应允了我提出的一切要求，并嘱身边几个文武官员和郡守全力督办，不得错过八月出海佳期。接着就提出一个令我胆怯心寒的问题：他将亲自陪我去海上射杀大鲛！

我于慌乱中不知摆手说了什么。众人大笑。我终在这笑声中镇静下来。我说："大鲛只在水深浪急之处，未必马上寻得；再说皇上至尊之体，怎可出入水浪涛涌之险？"

秦王哈哈大笑。

第二天五艘楼船自琅琊湾入海。秦王左右皆是弓弩手，我被邀至身边。他青筋暴起的大手持弓待发，令人焦躁又可笑。我祈求大鲛快些出现，以了却这场煎磨。郡守一干人马都在最后一艘楼船上，所有随行者都被告知，一俟巨鲛出水，不可慌张，立马禀报大王，由大王亲手射杀。

船队在海中游弋多日，未见大鲛，只发现了不少鸥鸟。焦愤中秦王一连射杀了十余只鸥鸟，其弓上之力令人叹服。

第十六日，船行至成山头南侧，寻觅巨鲛不见，又去芝罘、黄县。在黄水河港造船场巡视一番，复又登船东去。船行过芝罘不久即发现一巨鲛，全体大呼，恐惧兴奋交织。追逐约一个时辰，巨鲛隐匿。秦王大畅，令船队火速搜寻。船行至成山头北侧，巨鲛终于又现。这一次，秦王命左右不得喧哗惊扰，只耐心靠近，然后连发数箭，大鲛血水遍染一片海浪，渐渐不支，翻转肚腹。众人山呼"万岁"，压过了海浪的呼啸。

第五章

登临瀛洲已近四个年头，再过几个月我将满五十岁生日。在我的生命中，我一直恐惧于"五十"这个数字。按莱夷人的平均寿命计，我已属侥幸之人了。近日来左胸痛疼频仍，脉象有变。我知道这是万事入心，思虑过甚。可是正像人无法遏止日之起落，也无力抑制驰骋游思。除了心病，脚气病也日见嚣张。若不念万事开端未有结局，我也许早已了结了自己。在心病和脚气病猖獗之前，腰骨和颈疼曾把我弄得痛不欲生。我一贯对那班医师不太看重，后来也不得不请其为我诊视。一看到他们灰暗的面庞、那三绺长须和长长的手指甲，我的气就不打一处来。可我还是忍受他们号脉、用一片铜板压住舌根，特别是伸手翻我的眼皮。最后开出的是几付熬煎得棕黄中泛着墨绿的汤药。他们照例让尝药人尝过，然后让我喝下。三付药用过后病疼似有缓解，于是，我就把为自己备下的东西暂且藏了——那是几颗断肠草配制的药丸，吞下后只需片刻，一切也就结束了，并未有多大痛苦。这种剧毒药丸自从我从齐都最后一次归来就一直带在身边，秦王东巡时，我甚至把它存于贴身衣兜，以备不时之需。一旦面临暴君的惨刑、疾病的折磨、无望的绝境，我都给自己留下了这条出逃之路。只是这一可怕的怯懦没人知晓，无论是卞姜、区兰还是淳于林诸人，都只看到我的另一面：忍辱负重、胆大果决。眼下我又在彻夜不眠的煎熬中琢磨那几粒致命的丹丸了；有一天，约莫是三更天里，我憋气爬起，在灯下直盯着三粒丹丸看了许久。那真是一次绝大考验。我身上遍生汗粒，等待巨大诱惑丝丝消退。后来我总算胜了。

每一天黎明我都显得神采依旧，经过梳洗、饮用提神的汤汁，两眼闪出光亮。卫士们已在营帐外换了三班，在门前来回踱步，曙色映着身上的甲胄。他们见到我总是略有慌乱地行礼，我则轻拍其肩以示谢忱。

淳于林禀报：自城邑北面五十里山岭修筑的城墙，至这个夏末已砌四十里；至秋冬两季将砌完中段六十里。砌城之伕多为城内征用，土著为换取粳米、织品，多踊跃投入，故进展较前大增。下则设以排污水道，如此将杜绝蚊蝇脏臭漫延滋生。我听后大为快慰。特别是铺设排污一事，本由我大力倡议，然建城之初却未能实施。百工中的"建造长"自恃名高艺精，径自设计。其实此举非我独创，而是从临淄得来。临淄作为天下数一数二的繁华之都，一切皆有条理，地下水道纵横交织毫无紊乱，清浊有序，出入分明。本城因未设地下排污水道，三年来山洪溢入，污水涨出，恶臭满城，几处疏畅出口都被石砾堵塞。

除了筑城诸事，我更关心的还是兵营体制、操练防卫等等。淳于林在这方面勿需催促，总是新奇迭出，日日精进。三年来由原来的十五营扩展至二十六营，且器械愈加精良，火器品种多达十二种；抛石机、炮、飞箭、冲锋车、登城云梯、火擂，都迅速增置。兵士盔甲添置数种，金甲由一年前每营四十二件增至八十余件，整整多出一倍。三年来与叛贼交火一次，击退和剿除土著劫匪十余次。兵士严格遵守我的旨令：对土著的打劫围拢以驱除打散缴械劝降为主，不至万不得已不准伤其性命。此类尤在我一一督察之列，所以三年来未曾逾矩。

淳于林一年前欲改变兵士建制，变各"伍长"为"总兵"，并由"总兵"下辖"三伍"，配以全部各类兵器，以单独完成大战项目。此事项之提出，主要为提防秦兵来剿；其次闻东部土人血统颇杂，混有辽东人、高句丽人，甚或有秦地船民也未可知。他们安营扎寨渐成气候，时常劫掠。淳于林多次准备东征，以扫东部灾殃，皆为我劝止。我认为一切尚不到时机，时下坚固城邑强兵自防为要，东部流寇草贼若不犯我，暂且可与之遥相安处。

我在交谈中特意观察了这位将军。有人说淳于林自从与娇女完婚之后更为俊拔；娇妻甚得宠爱，心手皆巧，从当地土人学得制作海鲜三法。莱夷人也有生食海物之俗，但与此地有所不同。淳于林衣饰也好于往日，简直是风尘不沾。在我缄口不语时，他的脸色略有泛红，叫了一声"君房"，再无下文。我并不追问。其实这位将军也有苦不堪言之处：所带兵士、总兵伍长，常有骚乱发生，有时还颇为严重。上个月有两个携带武器逃去，至今下落不明。有人发现他们曾与土人女子一起，于是十有八成是到土人处"入赘做婿"去了。我不知土人风俗，也不知他们时下可否无恙。总之，两个年轻人必是忍无可忍，方才取此下策。淳于林在报告此一叛例后议论："如果开放与土人通婚的禁令，一切也就迎刃而解！"

他的话令我不得安宁。因为自开始择女完婚以来，未得婚配者不在小数，这一部分人义愤填膺。可是事关血脉种族诸等至大事体，我却不敢轻言可否。最后一次提交政议，并将这一难题送至大言院。我密切注视大言院，发现一片沉默。原来大言院有三分之一学士尚未婚配，他们就此难题不敢轻率，正抓紧时间出入经卷院。其结果必是引经据典，一发而不可收，一举促成心愿。

一切不出所料。大言院终于展开辩论。辩论终了无非是"可"与"不可"相持不下。令我惊讶的是，并非所有未曾完婚者都是同一种言论，他们当中有人竟坚持反对与土人女子通婚，认为如此一来无异于"亡国亡种"。驳难者反问"国是何国、种是何种"？结果又引出万般繁琐，从炎帝黄帝上溯，说到盘古，最后又大骂"狄戎"，说西部蛮夷入齐后一切都不成体统，一塌糊涂了。

大言院的辩论至少使我想到：既然七国混一、古今混一、四方混一，为何城邑之内不可混一？此莫非作茧自缚？我私下将种种想法议论于"方士"之间，他们当中年老者愤然，而年轻者则合掌而歌。问淳于林，他稍稍赞赏，并借机提出织坊中那个要"追随先师一生"的女子。

"她叫'米米'。"淳于林大概怕我已将其遗忘，故意提醒一遍。

其实我从未忘记她的名字，在脚气病猖獗之夜，我甚至喃喃吐出过这两个字。我认为这是两个至美之字，是再好不过的莱夷名字。莱夷稻米当为七国之首，而且引种时间早于南部泽国，与桑织并为二美，炫耀于世。"米米"也会炫耀于瀛洲吧。想到后来自觉心口灼热，隐隐不安。我曾决意不再有第二"区兰"，只身一人度过暮年。"暮年"二字何等凄凉，不过也多有悲壮。脚气病、左胸闷疼，都使我不能入眠。在这不眠之夜，我特别渴念一个诉说之人。

有几次，也许是不经意间，我又走入了"六坊"中的丝织坊。所有女子皆自顾忙碌——因为这里已成规矩，无论何人查看，皆不得慌张起立耽搁操作。我在织机前走动，像往日一样不时伸手在光泽的丝巾上拂掠一二。我对这些女子名字一概不知。她们个个垂目，并不看人。偶尔有人抬头，旋即又去操作。时下这些女子已非昔日，她们皆已婚配，满面红色，娇媚胜过常人。

有一女子颇瘦削，纤弱然而妩媚，皮肤微黑。她在片刻间三五次抬头望来，待我注视又匆忙低头。灼热之感从胸口掠过，我在心里念道：米米！我从旁走过，禁不住再次端详，双脚如石块般沉滞难移。女子旁边一人小声嘀咕，全是熟悉的莱夷乡音。惊喜中我终于听到那人呼她"米米"……这时才注意到米米穿了件深绿色手编绠衣，内衬粉色丝缎。腰上束的是水红带子，颈上饰有小小玉贝。她长了微微上吊的凤眼，额头鼓得像鹿；后来我发现其眼睛也闪闪如鹿。她太瘦小，两只羞惭的乳房像秋天的桃子。

米米原来如此之小。我开始深深怀疑起许久前淳于林的传话。我怕她是听从别人授意，认命般地耽搁了婚姻。如果她在童男中尚有自己的意中之人，那我就是一个蒙羞的罪人了。

从六坊踱出，四周光色仿佛一齐笼罩，无数目光盯视过来。卫士照例在几十步处走动，我却宁愿他们远在视野之外。有人从大言院和经卷院走出，至近前恭敬施礼，呼一声"先师"离去。

他们敬畏的声气使人振作一些，将我唤回眼前的时光中。举目四望，一阵无法忍受的孤寂泛上。我一瞬间明白，之所以在深夜难以拒绝那几粒要命的丹丸，除了疾病的纠缠，也还有其他痛苦。

我及挚友、百工方士童男童女，整整一座城邑的人，都是一些漂流者、从大陆母体上分离出来的孩子。一旦分离，也就丧失了顽皮，从此要直接面对人世间的风霜雨雪了。截断回返之路，剩下的一条路就是继续前往，愈走愈深，走入自己的未知。

我向卫士做一个招唤的手势。他们飞快上前。"传我的旨意罢，我已决定让各色人等，土著人、秦人、莱夷人，此岸与彼岸种种，自由婚配……"

卫士张口结舌，脖颈伸长。我再复叙一遍，他们才应声而去。

听了几次大言院的辩论，令我追思很多。我在百忙中不得不多次出入经卷院，翻动那透着特异气息的卷宗。有些简册已非常陈旧，字迹脱落，韦编绝断。我对经卷院的管理者颇为不满；但对方辩解说，这些经卷大半由七国辗转汇集，经多处匿藏移动，才运至楼船；登临瀛洲之后，经卷院中所有人手——其实也只有区区十几人——全力抢救古籍经典，有的已断断续续转交缮写院抄录；几年来差不多已无暇研琢攻读著述。……翻动经卷时腾起的淡淡尘埃，又让我强烈地怀念起老友太史阿来。

对于我和我的左右而言，他是友谊与学术之链上断绝的一环；对于整座登瀛者的城邑而言，他则是完整历史之页中漏掉和滑脱的章节。对于他，我一时不可能有再多透辟的分析。他与那个"女通灵者"的行为够独特的了。他们既不是一般意义上的叛逆，又不是蓄谋日久的贼子。他们的忠贞与诚恳简直人人皆知。

我以前曾想过，他们的死亡之中埋藏着对我的深爱，也遮蔽着对自己的绝望。没有人站在历史进程之外向他们指明：殉一个无冕之王远非值得；他们自己也还不到绝望之时。他们的忍受力太差了，他们过早地吞服了自戕的"丹丸"——当然与我的"丹丸"不同，那是冰凉的剑，是金属所制。人在忍受中会发现奇迹，历史和人心会发生出乎预料的逆转。人总要违背自己的意愿行事，走相反的轨迹。人的最初意愿只是一种动力，它只负责把人推向一定之轨。然后这意愿就失去了定力。人在自己的轨道上滑行，滑向固定难易的方向。太史阿来与"女通灵者"性急到不能等待；他们在嚓嚓作响的滑行中竟然一无所察，认为人和历史命运之车已然停滞。

仅仅为此，我又洒下一把同情之泪。

我不想回想在中途事变不久的甲板遭遇。"女通灵者"在月光下热气腾腾如同烤红薯般的双臂、高耸硕大的乳房，都给人强烈的感觉。特别是在挨上我身体的一刻，我即真实无误地感知了她的肉体，那种特别的温煦和弹性、一个人在极度兴奋中的震颤；那天，她散发着夏天第一批熟杏的气味。在刚刚笃定和历险之后，长达一月的海上之行使我精疲力竭。我在这位女性放肆而颇具勇气的刹那依偎中，获取了他人无法理解的安慰。尽管接上去我出于各种考虑疏远了她，心中也还仍然残留着某种谢忱。

她显然并非一个浅薄可笑的女子，这在其后来的选择中即可见一斑；但她突兀冒险的举止——甲板上的冲动——简直又让我无从解释。像她这样一位年纪略大、富于冒险、体态丰腴的过来人，也许更适合我一点。我从来没有将其当成一个"通灵者"，而只看成一个潜在的肉体伙伴。尽管她颇为精心地构筑描绘了其"通灵"的异样功能，我仍然没有留下过深的印象，而只有丰富强烈的肉体记忆。总之她是一个奇妙的、不可多得的女人。

比较而言，"女通灵者"比米米更能够吸引一个逃亡者。她的死差不多像我的多年挚友太史阿来一样，让我深为震动。我正有许多话要与之交谈，想不到她走得如此匆忙。

太史阿来在多大程度上令其臣服并支配了她甲板上的行为，如今已无法查寻。我知道太史阿来是一个诡秘异人，常常作出一些不可理解之事。记得我与他从乾山祭祀完毕第二天，一同去黄县归城、莱南，然后西行临淄——后因事耽搁未至临淄，与三五"方士"一起经东海沿岸一线返回徐乡。行至一渔村过夜，太史阿来与房东女主人交谈甚多，并应她之请作了道法。第二天一早启程时，女主人尾随不舍，泪眼濛濛，令太史颇尴尬。我一再让其劝止，女人仍随。我只得亲自劝其返回。女人泣哭不止，说随太史抛家舍业在所不惜："他是人世间第一个让人舍不得的男子，只与你说不清细……"我只得令太史了结此事。太史于是只消片刻私语，那女子就恋恋不舍地回身去了。我总设想他正以相似方式使"女通灵者"追随。

太史阿来从来睥睨婚姻，自称杜绝酒色，又在徐乡一带常有风声。一寡妇受雇为其浆洗做饭三年，尔后事发，在族上严加追问下吐露详情：太史阿来行为极其乖戾，而且十分沉溺，举止怪异到意想不到。寡妇曾向族人展示身上数处印痕，叙说一二，听者大为惊骇。族人合伙缉拿邪癖之徒，我只得令人藏匿，转至黄县北海桑岛。寡妇在族中再无颜面，数次寻死，终究投井自溺。加上"女通灵者"，太史阿来此生已携两女走入冥界，可悲可叹！

自秦始皇第一次东巡至今，我与同伴结识、相聚、流失，不知有多少人次回合。我已疲惫。秦王二十八年之前更是令人慨叹不止。历经多少险境，再背负出卖之绝情凶恶，心上愈加冰凉。

我如今可由几字概括：多病、疲惫、麻木、多疑。麻木是多次挫伤摧折的结果，而多疑却是存活的必须。在内心深处，我不敢让这样一些触角收束伏下，而必须大张开来。我并不相信这里是一片最后抵达的精神陆地，正像我不信三百艘楼船装载了同一种义理一样。人可共赴危难，但这说明的也仅仅是"共赴"之特殊、固定的时段。人生危难瞬息万变，"共赴"者将会不断组合、聚拢和分离。韩非与李斯同为荀子弟子，一个却死于另一个手中。他们之间的差异不仅是"义理"，还有世俗之异，还有血源之异。我不相信李斯之流，首先是不信任他的血脉。他是远在彼岸的背弃者、出卖者，双手沾满学子鲜血的罪孽。

太史阿来忠诚于我的，只是我身上的一部、生命中的一程。时过境迁，我即让其感到陌生。我们寻找的"义理"原是如此不同。踏上瀛洲，漫漫长路又将起步，能够伴随者不知尚有几人。我警惕的竟至于还有自身！我害怕意念与肉体对抗、害怕灵魂的遗弃，害怕无谓的迁徙。

太史阿来留给我强烈震撼的不是死亡本身，而是生之嬉戏、邪癖、私欲——这一切相加都不能剥夺的"意念"。他这一切曾与我心魂深处的一部悄悄吻合。但也仅是一小部分和一个阶段而已。他曾在徐乡的某一个深夜，声泪俱下地言说那个"意念"。他牢牢记取的是莱夷人的祖先和业绩，并自始至终是一个"伟大的复国主义者"——仅由此而论，他也是一个纯粹者，一个高尚可敬然而却又是害莫大焉的妄人。

他在莱夷人的自尊和威严、利益与机会面前可以丢弃一切。为了那个"意念"他可以丢弃怜悯、道义，而且永远没有罪恶感。我实在看不出在这一点上他与李斯、秦王和齐闵王之流有什么本质区别。当然这些人很容易在狭小的层面上找到狂热的颂扬者，但这也丝毫无助于他们。

在太史阿来为自己激动之时，我却为自己而悲伤。我发现年届四十，却来到了人生的十字路口，对以往滋生深切怀疑。我怀疑一个消失于彼岸的故国能否存留于他乡。我怀疑世上许许多多东西，包括社稷，有时真的会是一去不再复返。这一切当时并未说出，一方面因为还没有疏理清晰，另一方面也为了回避剧烈论争。太史阿来收集了所有关于莱夷故国的经卷，哪怕是只言片简。他对自己的来路与去路毫不怀疑。我不知该怎样评定和判断这位迅速衰老的、一度是相濡以沫的兄长。我发现源于内心的炽热火焰已将他烤得枯干。他脸上皱纹细密如同灰尘。

我渐渐不能支持他的"意念"以及这种"意念"的方式。那是一种极其世俗化的精神提摄，至为现实又至为明朗。比如说它支持一部分人索要土地、城邑、特权，以及其他种种好处；它并不排斥这样的思路：为了这一部分人的获取，可以向另一部分人掠夺，可以造成另一部分人的莫大痛苦，直至死亡。

我于是渐渐恐惧于太史阿来。

但我也曾被其误解为源于同一种思路和目的的狂热。我深知他今后会由我身上产生出长长的悲凉绝望，直至仇恨。他会以另一种方式表达对"旧我"的忠诚。他需要我的"回返"和"归来"。但这已不能够了。

我常常想起在徐乡城的一次对弈。那是从临淄稷下来的几位弈人——他们闻听徐乡是一座"百花齐放之城"，诗书琴棋之风甚盛，特来切磋商榷。我率众士大礼迎之，并安排对弈析难。对弈中，徐乡一方对稷下一方，十六局胜九局，费时七天七夜。观棋者甚众，气氛热烈，有人兴奋得不能支持，手舞足蹈，甚至口吐狂言。其中最为活跃者乃太史阿来。他并不参加对弈，但每局都牵动神思，败则神伤痛楚，捶胸顿足；胜则啊啊呼叫，忘乎所以。最失礼处，宾客未走，他即与一班方士在驳辩中讥讽起来，并由弈技引申到莱夷与齐人种族优劣之比较、国势之衰盛轮回、齐人之不义——鲜廉寡耻、勾联蛮戎，必沦为亡奴等等。双方愈吵愈盛，无法止息，最后太史阿来竟愤然而去；当夜，太史阿来又率人围困宾客馆舍，呼喊叫骂。幸而有淳于林一干人前去解围，方才了结一场尴尬。

事后太史阿来不以为耻，余气犹盛。他说：莱子国怎可负于齐愚？幸好略胜一筹，若蒙羞，他愿舍命一搏！我问他：仅此之一命，搏一局之输赢，岂不太亏？谁知他听后青筋暴起，拍胸噗噗有声，曰："大丈夫视尊严若性命，士可杀而不可辱！"我再无言。我觉得徐乡人以对弈定荣辱，已蒙辱在先。

齐国宾客离开徐乡三日，我犹在苦思之中。除对弈而外，驳难，甚至比试剑法、骑射，徐乡之士都常有出色之处，令我喜悦畅快。这是至朴素之情感，皆由水土培植。不爱水土，极为荒谬悖理，犹如疏离背弃生母。但不能以对弈竞技，轻言社稷之尊。我在这畅悦狂热中感到了危兆。

种族和社稷，此二者太重了。

她容不得轻薄肤浅之徒的无忌无度。她不容各种各样的损伤。她的强大雍容，即在于蕴含、沉然，还有肃穆。一己之心往往难以度测，她的尊贵、挚爱，都应潜于血液与不言之中。

她总是通过显示深厚而彻底的义理，来表达自己的尊严。一切离开这一基柢的表达，无论多少热情炽烫激烈，都会造成相反的结果，使其长久蒙羞，伤及骨髓。它支持下的热情将不会耐久；它赢来的富强也不会长远。

在一种虚妄的热情支配下，一个部族的大部甚至全部都会踏上歧路。歧路即是末路。昏愦狂妄的君主恃民族之众，幻想着不受追究。其实一个民族既可犯罪，也就难辞其咎。昏君相信"民众是永远不会错的"，"君即民众""君即社稷"——实际情形则是："民众"既会犯错，"君主"也非社稷。无论有多少诱因，民众的行为仍是一种集体行为，即多数人在某一前提和某一心绪状态下达成的一种妥协一致。太史阿来的"忠贞"与"热情"相当通俗明了，众人尚来不及思虑也就拥赞了他。对他一度不能质疑，犹疑就要受到唾弃。

我至尊至贵的莱夷之母啊，我有何言？

如果正道换来的是唾弃，那就将我唾弃吧。深夜人声四息，我甚至想，就让我忍受这一代一世甚或永久的误解吧，就让我拿出不可思议的巨勇吧！谁来给我这勇这力？谁来给我这心这志？没有，只有我自己生得获得，然后才用得。

我坚信在后来的一切艰难时日中，甚至是后来人一世复一世的无涯之中，每个人将忍受的最大艰辛，都是这追思寻路之苦、这自问自答之苦；此苦无边无际，伴人一生。

回想从莱夷徐乡到临淄访学、民间长达数年的游荡，我都在一种质询、矛盾和纠缠中活着。有时我顿觉豁然开朗，有时又四无通路，步入绝境。意像通明，脚下阻塞；脚下畅然，义理全无。沟通虚与实、言与行、动与静、远与近，即让人耗失全部体力。有时我极想寻一个大致不错的通路行走，比如访学苦思和抵抗蛮暴。但后来发现这条"大致不错的通路"又将人引向大相径庭的异方。同是访学，纷纭的义理也会把人缠裹；同是抵抗蛮暴，却会让人援引各种手法。其结果将不堪设想。看来寻一个"大致不错的通路"也远非易事。

随着强秦东渐，四水归一，我的悟想纷乱匆忙。去临淄、访稷门、入民间、集同道，无非是寻一个简便可行且不可耽搁的途径。我反复思虑：在此非常之时世，我要做与必做之事到底是什么？拒秦已不可能，复莱更是遥远，归附即是罪孽。吾欲将何为？

这个时世有多少人像我一样心怀哀伤。他们从西向东，仿佛七国之崇山峻岭渗出的涓流，汇入了底层，化入了民间。他们各怀念想，一颗心并非分属七国。这都是时世的哀伤者和寻路者，都在痛苦地想念。秦王统一七国之后，更大的野心是要统一人的想念。于是繁杂而众多的想念也就没了去处。

想念是至为重要的。给众多的、如春日繁花般绚烂的想念找下一个去处，也就是时代的大善。

这个路径在心中渐渐明晰起来。我终于认定：它即是"大致不错的通路"！

我于是谨依心示而行，不分门派，不穷义理，只为保存想念；我引众学士儒生东去海角、再入徐乡，尔后同做"方士"。一时徐乡成为名符其实的"百花齐放之城"；地远心偏，鞭长莫及，加以秦王喜好神仙之术，热衷不老丹丸，齐郡官吏也多多效法。一时间对"神仙"存疑者为吏甚难，对"丹丸"摒弃者几近愚傻。唯"方士"大行其道，优哉游哉。太史阿来第一个尊我为"先师"，我每每拒之，他即勃然变色，结果也只能勉强为之，对这一称号逐日习惯。

其实就"方士"的道法与礼仪事项而言，徐乡本土有一些真正的"先师"，而今在这座城内却成为末流；一个个愤愤不平，又莫名其妙；他们出示典范，太史阿来就斥为"大谬"；日久之后也只得臣服，以"先师"之礼待我。

太史阿来常以焚书坑儒之凶警示"方士"，以激发抗暴之心。这原不错，只是失于浮浅。日久，已有多人不能见容。我甚为苦恼。我多次想与之深谈，又不知缘何谈起。我巍巍然以"先师"自守，他总是温顺肃穆，甚至诚惶诚恐。于是我渐生疑窦，发觉有进入角色之辱。这角色的规定者即太史阿来与一班追随者。也许仅仅是在我进入角色时他才如此谦卑。我且忍耐，因为时下也只能如此。我发现太史阿来以及周边为数不少的方士，因过于迷恋自己的角色而达"忘我"境地，渐渐将命性与角色混而为一。我只在内心认定他们的激愤、焦思和痛心疾首多少有些自欺和欺人，但无从找到戳穿的切口。

如上想法往往是一闪而过，是我独自一人的悟想，并未道出。我太需要他们，正如同他们太需要我一样。我亲眼看到来自七国的儒生名士、各色人等在经受如何痛苦。他们正进入另一囚笼。这囚笼无形无影，却紧紧相逼，使一切违背莱夷的义理都隐退消匿。这个囚笼给人以肉躯的安全，却又给人以灵魂的戕伐。

半夜出了一身汗粒，胸跳如鼓，伴以阵阵痛疼。我挣扎起来喝了一口水，吞下三粒医师的药丸。这些治胸疼的药丸都按验方制成，呈墨绿色。接着再不能入睡，心慌胆怯。脚气病也屡屡冒犯，时下虽被扼制，但不知何时又会嚣张。颈骨像镶了一块陌生的木节，麻胀刺痛，有时真要令人破口大骂。我知道这样下去终不是办法，事情总该有个了结。作为一个略通医术的人，我明白自己身上的所有疾患都将不治。那几粒致命的丹丸仍在诱惑，我正小心而缓慢地走近它。放不下的是此岸彼岸的牵挂、一座城邑的未来。我对身边一切事业的明天不敢设想。强烈思念卞姜、区兰、小林童——这个夜晚我突然觉得他的那一对微微上挑的眼睛有些异样。

这样一直捱到黎明，开始洗漱、用餐、晨读。接着是一件连一件的禀报，于是胸疼和颈部疾患全部无影无踪。我发觉自己最喜黎明到日落这一段光阴，深惧夜晚。我想寻一个伴寝之人。我让守夜卫士夜里陪我说话，如果困了则歪在榻上歇息一会儿，醒来续谈。这样我觉得略可忍受长夜。

陪我的卫士已跟随两年，以前似乎未曾多言。他十九岁，家在徐乡南边村落，自小随父捕鱼，十六岁入城做织工。他当年作为划桨手上船，登临瀛洲后被淳于林选作卫士。所有卫士都经淳于林亲自审定，从五官举止到身世亲戚，一一验过。这个叫"甘子"的年轻人眉目极为清秀，身体细长，手足柔软，开始回我话必挺胸昂首。我让他随意些，自己也斜倚榻上与之对谈。所谈皆莱夷旧事风俗，如观乾山祭祀典礼、春天渔夫祭海、婚丧礼仪……甘子渐渐没了拘谨，笑声朗朗。夜半之后，有时我不知不觉间睡去，一觉只是片刻，醒来却见甘子睡得深沉。他睡相甚美，双目夹出长长一溜睫毛，让人想起安眠的羔羊。

我有时长达一个时辰站在安睡的甘子旁，屏息静气，唯恐将他惊扰。我想起了小林童和其他。在这样完美无缺、蓬勃向上的青春面前，我有一种难言的羞愧和感激。有好几次我莫名地流出泪来。甘子吐纳的气息含蕴了芳香，那面庞如丝缎一样闪亮，又如七月之果。后来我出了帐子，见有卫士在不远处踱步。仰望星空，又展望紫黑色远山，心中颇为安然。朦胧中觉得帐中正睡一顽皮温驯的孩子。

这一天政议结束时，两个长者留下，未曾开口即跪倒在地。这使我大为惊骇。自来瀛洲，除了几个捉回的叛将伍长惧死而跪，还极少有人行此大礼。我慌然搀扶，他们好不容易才站立了。我说："这万万使不得！这会折杀我也！"老者泪水在深皱中闪烁，尚未开口先仰天长叹。我一再请求赐教，他们才直言不讳起来。

原来他们所求者有三：一是立即收回成命，禁止城邑中人与土人混血通婚；二是来瀛洲日久，欲图大业久远，实不可无君；三是从社稷子嗣计，先师必须择娶，万不能再有耽搁。

三者都在一再禁言之列。我料定二老的确是鼓足了勇气。连我也觉得欲做成这三条颇为容易，若不做倒是极难了。他们反复强调此乃全城人之心愿，只不过别人没有胆量直言；而他们年事已高，早无挂碍。

我只能婉言应对，答应仔细斟酌。他们离开后，我愈觉从未有过之沉重。船队驶离黄水河港那一刻，我望着船尾翻起的波浪，心想一切刚刚才开始。我想得不对了，此一行既走向了开始，又走向了结束。

我将像拖延自己的生命一样拖延下去，对三项要求未做一丝变更，并坚持不列入政议。我知道二老的勇气来自多方支持，其力量恐难预料。我也知道自己处于特异危险之中，也许使命已经完结，从中途事变甚或更早时日就该由另一个人接替了。这个人会是谁呢？

这一夜甘子久久未来。

大约三更时分有人笃笃敲门。我以为是甘子，上前开门。门前跪着一个女子。她伏在那儿，但我从瘦瘦的肩头一眼就认出是米米。

"请站了罢。"

"不，先师！您答应让我服侍才能站起……我知道这是命定的。"

我没有愤怒，只有压抑了的一丝狂喜。我问："谁告诉你是这样？"

"不知道……我只知这辈子不能离开先师了！"

"那你站起来罢！"

第六章

我想简明扼要地追述一下莱夷人的历史。这颇困难，但我还是想努力寻觅一个"原来"——我知道任何类似的企图都会大有争议。比我更为"好事"

的大有人在，他们引经据典的能力并不逊于我。不过这在我也是必做之事。长久以来我都疲于奔命，几乎没有时间作出这些梳理。而关于一个民族的任何追忆，都不可能不影响到时下正在形成或遵循的义理。也就是说，我及我的同道走到了时下一步，是必须如此的。

只要稍稍回眸，就不能不为自己所从属的民族而自豪。这是一种源于血脉的情感，它并不能淹没清晰的思路，尤其不能淹没至善的义理。我的莱夷族是后来中原大族所蔑称的"九夷"之一。"九夷"后来的变故多到不可言说，其名称由于时间的久远、复杂的演化，已大致不可据信。但"莱夷"肯定在"九夷"之中。夷族居于东方，黄河下游、濒临大海，拥有当时天下至为发达的文化：发明了陶器和文字。历史上记载的"孔子欲居九夷"，即是这位游说访学之士最后的选择。他的选择当然出于物质和精神两个方面的考虑。"九夷"在漫长的历史演化中几经变迁，分化瓦解到惨不忍睹。他们经受了来自西部强敌的进逼，不断向东退却，最后全部缩居于一块不大的滨海地区。这个过程不堪回首，灭国的灭国，迁居的迁居，降附的降附，其中大部已融合得无有踪迹。

莱夷族是"九夷"之中最为强大和倔犟的一个部族。它由若干个胞族组合而成，其中最有影响的又是其中的两个胞族：孤竹和纪。他们好比是莱夷族"两兄弟"，在纷纭复杂、酷烈壮阔的时世有令人泣下的行迹。我不得不说，像所有英雄部族一样，他们的悲欢离合、从兴起到衰亡的真实历史，就是一部动人心魄的史诗。

莱夷族起初是一个游牧民族。它在遥远得无法追述、几近淹没的历史年代里就定居在东部海角，其中心地区即黄县莱山北麓；距莱山二十余里的归城故城，那高大的夯土城墙屹立风雨，千年尘埃也难以淹没。许久以后的考古学家对待复杂的历史往往会有眼花缭乱和犹疑不决之时；比如说他们会把归城莱国故地误为齐灭莱之后由临淄一带迁移。其实归城故城是莱夷人最初也是最重要的一个城邑，在长达几千年的时光中都是莱子国都。远在夏代甚或更早，它们的势力范围已达泰山以南地区；黄河西岸的大片土地也属于莱夷人治下。这是当时天下最为富强的东方大国。

莱夷人在东部海角定居的时代，老铁山海峡还没有发生陆沉。从海角到辽东半岛的遥远路程可以骑马穿越。所以这个游牧民族自从远古时期就自由来往于北至贝加尔湖南岸、东至高句丽半岛、南至胶州湾这样一片不可思议的巨大陆地。从当时的地理版图上看，其国都定位于后来的海角地带是颇有远见的。当时看不出地理意义上的狭窄感；而后来由于打通了海上通道，地理上的偏僻和局促就更不存在。至于这个骑马民族如何缘起，又经过了哪些更早的分合衍化，已难以追述；人们只好无一例外地求助于神话。从有文字可稽的历史中可以看出，莱夷族是生存于黄县海角一带的"土著"。他们擅长骑射、冶炼和丝织，发明了文字——直至西部狄戎、鬼方、白狄族东侵，再到秦统一文字，历经了几千年的融合演化，文字仍源于莱夷的发明，并能跨越八千年风烟，直接呈现于后人。丝织业的繁荣传统在八千年后也不会湮灭。其时的"现代人"将会在半岛地区看到最为华美的丝绸。至于冶炼，那更是无可驳辩地直接记载于文字："铁"字的"失"部即由"夷"字转写。由于莱夷人的国都位于老铁山南部，铁矿资源极为丰富，莱夷人就在海角地带建立了庞大的冶炼基地。

我认为莱子国在西周以前时期达到了强盛的顶点。这是不同胞族合力开拓的结果。孤竹与纪这两个胞族起到了中坚作用；而纪族又是最强大繁荣的一个胞族。莱子国自西周之后走入了低潮期，但这个过程极其缓慢，远比后人认为的要缓慢得多。有人把莱子国的衰变完全归之于纪与孤竹的分裂和相互背叛。这是非常荒谬的。两个胞族间有过龃龉，但尚不可以称之为"背叛"；"背叛"不能让整个胞族承担。莱子国的衰败萎颓是不可挽回的命运。

令人一直费解的是，历史上为什么一再发生这样的事实：比较落后的民族取代了比较先进的民族聚居权。这已是一个不变的结论。中原以及东部生活比较优越，当文化落后的民族取得了聚居权之后，往往又会被更为落后的民族所驱逐。那一段的历史图表几乎无一例外地可以做出这样的阐释。以莱夷人为代表的诸夷创造了灿烂的文化，却在最后没有能力保护自己的社稷，有的甚至几近灭族灭种的悲境。

莱夷人有一个强大对手：周。周的势力从中原一带扩展到黄河以东，终于主导了泰山以东广大地区，迫使莱夷人迅速东撤。其实周人的族居地也并非中原。周之后人总乐于说自己的始族为轩辕氏黄帝，完全是出于一种虚荣；另有一说为"东海人"，也出于同样原因。周氏族其实是源于比较落后的白狄族；白狄族与犬戎、鬼方等都是古代同以"犬"作为氏族图腾的北狄族，他们的居地最早在西北部。远在夏代以前，白狄族的一部就沿黄河来到中原地区，他们是姬、姜两个胞族。有人说姜太公是"东海人"，自然非常荒谬。白狄族因其落后而在中原颇受歧视，所以后人总是抹去自己的血缘痕迹。他们把姜太公说成"东海人"，又说成是中原土著（河南汲县人），显然都出于这样的目的。

姬和姜姓的婚姻，使两个胞族结成了更为紧密的部落。周氏族在中原立足之初与夷族有过极为美好的合作。其莱夷族的孤竹一部即在泰山以南、黄河中下游一带与周人过从甚密。孤竹曾不无争议地将一块富饶的属地划给了周氏族，这其中的代价是什么一时还难以明了，但的确是一个重要的历史事件。周氏族与莱夷人值得怀念的合作期当是这一阶段。"鱼族"作为周氏族中的一个胞族，也属于姜姓；而"嬴"姓属于另一胞族"龟族"。他们都是白狄族的后裔。秦始皇姓"嬴"，也不难寻其血缘流脉。有人称其为"狄戎之王"，并不显得多么唐突虚妄。

周氏族中的"鱼族"曾是中原地区的一个"大族"。在历次复杂的战争和兼并、融合之中，后来已被消失得几乎杳无踪影。在悠远的古代，它显然经历了一段极为痛苦的时期。这当然不排斥后来越来越强大的周氏族的内部分裂。当年与孤竹合作最好的就是这个鱼族；同时也可以预想，这种亲密无间的合作的结局会是什么。它导致了周氏族内部的分裂。有一个时期——想必是至为艰难之时，鱼族人的足迹遍布东部，这显然是莱夷人对其施予的特殊恩惠。再到后来，当莱夷人与周氏族彻底决裂、发生了所谓"东夷四国结盟反周"的事件时，鱼族倾向并参与了夷族的行动。这是一个重要事件，是不同的氏族溶血的过程。

所以面对复杂难言的史实，我渐渐已不满足于以族划界，一味排斥狄戎。那将是狭隘和浅薄的做法。因为在漫长的演化融合过程中，有时血缘的关系远非第一要素。不同的部族可以在不同的物质文化环境中寻找共同利益，共赴同一种命运，完成同一种义理。我提出了这种推论，虽依据了强大的史实依据，却遭到了太史阿来的剧烈反击。他是个"血缘至上"论者，在不顾基本史实、歪曲历史真相的基础上抛出了一整套谬论妄言。后代人强作攀附、无中生有地寻找某些血缘佐证以求得结论的做法，简直与之如出一辙。

后来人不止一次地得出"万族归宗""万世一系"的结论，说华夏大地诸色人等差不多皆出于"炎黄二帝"；有人甚至画出了"黄帝像"，这就更为可笑。因为无论"黄帝"还是"炎帝"都不是一个人的名字，而只是氏族的名字。

传说仅是传说，不能认虚妄为事实。如果根据正史的记载，黄帝乃少典之子；而少典乃炎帝神农氏所生，这又把黄帝族与炎帝族合二为一，此说本身也就彼此矛盾。

真实的情况显而易见要复杂得多。无论是"黄帝"还是"炎帝"族，也无论是"九夷"还是源于"白狄"的"鱼族"及其他，在漫长不可考据的演化之中都经历了地理与血缘的巨大演变；因自然灾变和战争而造成的迁徙——混合、分化以及融血，其具体渊源已完全难以测知。因此我即便极为重视"血缘"，即便赖此寻觅和确定自己的情感脉络，那也只得无可奈何地去做一个"世界主义者"了！

无论如何，历史上的周氏族与莱夷族之争是至为遗憾的事情。类似的遗憾在古今历史上尽管屡见不鲜，我也还是感到了十分痛心。这当然不仅因为它导致了莱子国的衰败。这场争端引发了剧烈的战争，并产生了莱夷族内部孤竹与纪的反目。两个兄弟胞族的失和也是一个氏族衰颓的重要动因。

曾有人认为孤竹与纪的争吵不休以至最后分道扬镳是对族上遗产的争夺；还有传说认为仅是为一件具有象征意义的甲胄、一只日行千里的宝马发生口角。这皆不足信。他们矛盾之不可化解，必定与莱夷和周氏族的历史性争斗有关。关于"孤竹的背叛"更不足信。在激烈复杂的氏族战争中，彼此的俘获、降诚常常发生，但就整个孤竹而言还是至为清白的。他们与纪的和解过程也将有助于说明原由。

早在殷人入侵莱夷的时期，孤竹就曾与纪分手，远途跋涉穿越老铁山海峡北上；但那不是反目，而是与殷人斗争的需要，等于是一场战略转移。当时的周氏族尚未成气候，他们倾向于孤竹，所以才有了后来的合作，有了孤竹分割属地，让来自西部的白狄一支有了栖息之地。当时殷与莱夷人的战争甚为酷烈，莱夷一度丧失了西部大片土地。迫于形势的严峻，莱夷人北上寻找新的栖居地也完全必要。大约是几十年之后，北上的孤竹立足已稳，同时莱夷与殷人的关系也趋于稳定，这时孤竹的大部才重新沿老铁山海峡返回海角。

后来的周氏族对莱夷人的反目为仇，使两个氏族间的关系大为复杂化了。起因颇为曲折难索，但必定与周氏族内部的强大胞族鱼族有关。鱼族是一个强盛而慷慨的白狄族分支，他们与莱夷族中的孤竹曾有过精诚合作。这就在客观上损害了周氏族的利益,于是先产生氏族内部斗争,接着又是周氏族与整个莱夷族的长期战争。这场战争中鱼族的一部进一步融入莱夷,而另一部则归于他们的血族。孤竹在战争初起时就受到纪的追究和指斥,但并未达到分庭抗礼的地步。当时的西周步步进逼,莱夷族似乎也没有可能再分化了。他们唯一的出路就是合力抗敌。

莱夷族倚仗强大的国力击退了西周的入侵,领土范围大致恢复了战争初期的规模。这时孤竹与纪的矛盾才重新突出起来,冲突日益加深,于是孤竹一支人马重又沿殷人入侵时北上的路线穿越老铁山海峡了。他们最北达到了大小兴安岭,甚至是贝加尔湖地区;往东南则到达高句丽半岛——这些地方素有孤竹人的后裔,其时大张双臂欢迎来自故国亲人的悲喜之情可想而知。孤竹此次北上当然不同于殷人入侵时期,大有一去不归、分土而立的意思。但他们仍视黄县海角的莱子国为母国。

也就是这个时期,暂时平静的周氏族与莱夷族的局势重又紧张。本来西周面对强大的莱夷无可奈何,但由于孤竹北迁,莱夷族自身的荒疏,周氏族又开始了新的图谋。战争一开始就非常激烈,周人重新越过泰山和黄河。黄河中下游的土著过去曾受惠于莱夷,为了表示对莱夷的忠诚甚至更换姓氏为"纪",而这一次却迅速转向了周氏族,并作为先锋进攻莱夷。莱夷军队撤过黄河,又东撤四十里,最危险的时刻甚至撤到了莱州湾。

纪不得不派出快马北上求援。而差不多与此同时,远在北方的孤竹也得知了海角的危急,正披星戴月马不停蹄赶赴故国。这是至为紧张动人的一个历史过程,可惜史书上绝少记载。孤竹人过于慌促的回返因季节不合,大约有三分之一兵员战马冻死在大雪冰封的迁徙之路……及至春天,孤竹人终于赶到了海角。一场空前酷烈的故国保卫战开始了转机。

莱夷国因此而得已生存。但他们付出了何等惨重的代价。

早在孤竹第二次合众北上时期,居于西北方和西方的狄族、犬戎也开始了东移。他们与周氏族有着血缘关系,同属白狄族。狄族与犬戎族的东侵路线颇为曲折,大致一支来自北方,一支来自西方。虽然入侵的白狄族与早已在黄河中下游定居的姜姓和嬴姓同属一个血族,但如同当年"鱼族"的分化融合一样,其间也经历了兼并、战争、妥协求存等相当繁复的过程。他们最终共同面对的是一个强大的莱夷部族,一个拥有灿烂文化的莱子故国。不难想象狄戎东侵对于正在进行的周氏族与莱夷族这场战争的巨大影响。结果是长期的平衡和对峙被打破，强大的莱夷族不得不割地东移，退居于胶莱河以东地区。这是莱夷人历史上最感屈辱的一段，可是历史的悲惨演变并未止于此。

战争的结局是莱子国领地收缩，版图大变，土地仅剩强盛期的三分之一。而从西部、西北部东下的狄戎族却获得了极大生存空间，不仅获取了中原，而且雄视东部和南部。他们实行了新的分封，划定了更为明确的势力范围，半岛西部地带产生了一个"齐国"。这是周氏族派生出的一个强大的东方之国，日后它将有世人瞩目的作为：它与西部狄戎的另一分支也将有复杂的合作与对抗的历史。这盖出于新的利益关系，其结果又是新的战争、新的分封、新的一轮吞并和灭亡。在此期间，遭受更早也是更大不幸的，乃是莱子古国。

周氏族在取得了对中原和半岛地区的控制权之后，对以莱夷人为首的众多氏族实行了严厉统治。这在今天看来仍然令人震惊。没人能够设想一个文化落后、至为野蛮的氏族，能对包括像莱夷族这样先进氏族在内的一些部族实行如此有效和有力的统辖。这说明在长期的土地争夺、侵入和氏族兼并的过程中，有一些部族是专于探究的。周氏族以永久统治者的气魄，在很大程度上打破了血缘的局限，而遵从全新的、合乎历史与时代的义理行事。比如同属白狄血统的鱼族，虽然在战争初期就有了分化，归附于周氏族的并未受到文化上的限制；而今也许出于对一种背叛的后怕，即便是归附了的鱼族，周氏族也给予了严厉而冷酷的惩罚，大有扫除鱼族一切影响的企图：凡与鱼族有关的所有铭文、刻记、简册，都一律毁弃；而且还进一步将鱼族迁至遥远的西部。对待其他氏族也采取了类似方式，尤其是对于莱夷族留在黄河中下游的痕迹，全部彻底予以扫除；对于那些散居的异族则统统迁移：或西部，或南疆；而中原和半岛西部则迁入其他居地的繁多胞族和部落。

大约在短短二三百年的时间内，来自西部和西北部的狄戎族完成了至为艰巨的文化与政治的分割兼并、混合统一。如此而来，一些氏族也就很难以血缘的力量重新集结了，从而也就免除了历史上曾经发生的那种"四国结而叛周"的事件。当然许久以后又会滋生新的问题，因为没有了血缘的纽带，也还有物质的、义理的、政治的、地理的……各种各样的纽带。新的纷争可以一度缓和，但不可以永久消弭。这即是人类悲剧的奥秘。为消除这一悲剧之源，需要的时间也许要久远得多，也许远远比狄戎改造和夺取中原花费的时间更多；它所需要的时间，可能抵得上人类有生以来的全部历史。

齐国产生之后，与莱子国的对峙期并不太长。莱子国已尽全力振奋国家，曾经采取了军事、农工等各方面的诸多新政，但终因不合历史大势而归于失败。最后的居地失去之后，莱夷人一部分沿孤竹与纪开辟的路径回返北方；一部分被迁移、流散四方。齐人不像周氏族最初对付鱼族那样严厉，但也相当苛刻。莱夷人的最后一部分固守海角者不得不沦为铁盐丝织百工，成为强盛齐国"渔盐之利"的一部分。

莱夷古国毁灭的悲剧，带来了永远不能消除的遗恨，而这遗恨又派生了其他。它造成的历史之回响，将会产生可怕的、多方面的震荡。王室沦落，庶民流失，走上了令人不忍目睹的悲命亡路。余下的、潜隐不彰的、更久远更揪心的，是绚丽逼人的莱夷文化。天下人的技巧、富庶、文字简册，盖无出其右者。但也正像后人多次指出的严酷现实一样：在古代，往往是比较落后的部族取代了比较先进的部族。这种取代一方面造成了新的交流和新的进步；另一方面先进文化的被淹没、不被完整地传承，又不可避免地造成了历史的倒退。这种代价也许才是人类的大哀伤，令人类难以承受。

人类的这种替代、战胜与被战胜的方式，曾让我久久伤怀。我不能理解的是，为什么物质极大丰富、文化极为发达的莱子国，尚敌不过处于野蛮时期的狄戎？当时的莱夷人衣着天下最华丽的锦缎、手持天下最锋利的宝剑，却要败于手持棍棒铜戈的敌军。天下最好的骑兵也属莱子国，人口虽略居弱势，但由于鱼族及黄河中下游诸多夷族的联合，也非致命弱项。莱子故国灭亡的原因到底是什么？

我相信它终有化解之日。不仅是莱子国，还有其他种种历史变数，也似乎可以从此一窥端倪。我将由故国之悲探索开去，直至穷穿义理。在此我早已失去了顽皮之心，而代之以满腔的庄严。我无法游戏于历史和人类的至大悲伤之中……

我不得不承认，我的族先一度——不，而是在长达千余年的漫长时光里——陶醉在自己特有的文明之中。他们丰饶的土地，辽阔的疆界，最先进的冶炼织造技术，特别是相当周备完美的文字，都足以使其有自豪的理由。作为一个民族，他们过于强烈地记取了一种优越感；他们既不能从一种特定的感觉中走出，也无法超越这种感觉。这就可以让整整几代人陷于一种盲目，而丧失起码的分析。历史的进步和发展常常借助于感觉，但并不完全依靠和倚仗于感觉；它更为倚重和凭据的倒是分析。分析就要冷静笃定，要有"定量"。我的祖先往往在一种陶醉中首先给自己"定性"：自己最先进最优越，文明程度最高；既有强大的物质，又有卓越的文化；从现实的双边和多边安定上看，也拥有武装一流的军队。"性"已定，"量"的分析也就不屑于去做了。一个傲慢的民族常常是极不喜欢麻烦的。

如果嫌分析麻烦，那么更大的麻烦就会接踵而至。

先进科技在军事上的应用对于战胜当然是至关重要的。但它不是唯一的决定因素；它总是受其他因素双重或多重的制约。还有一个可怕的现实，那就是时代的局限。由于处于刚刚挣脱野蛮时代的阶段，莱夷的锋利宝剑、射程更远的弓弩，比起西部狄戎和其他部落的棍棒、铜矛和弓，尚没有更本质的飞跃。这种先进和优越的距离尚不足以起决定作用。另一方面，由于物质的迅速积累，莱夷人的生活已经相当舒适了。在与其他部族的交换方面，铁、盐、织绸这些对于中原和西部南部最具诱惑力的商品，莱夷人是唯一的出产者和制造者，它可以用较少的劳动量换取其他部族极多的劳动量。这种巨大的反差一方面使莱夷的财富得到更多积累，另一方面又促进和刺激了享用。

大概今天很少有人相信，当时的莱夷人已经如此奢华。上层人物自不待言，仅是城邑之内的平民，即在节日里穿绸衣系玉坠，身携宝剑；饮食讲究，烹调师已得到尊宠；每个村落都有自己的酿酒师、制陶师；莱夷人的音乐即是后来齐国音乐的发祥地；有人甚至估计，从强盛之时的齐都临淄的情形也大致可见莱子故都的繁华。其城邑面积，齐都显然要大得多；但它的城建、街道规划，特别是它的服饰、饮食、音乐、文字，差不多一一承袭莱子国都，并无多大改变。莱夷人当时已有了宴饮伴以舞乐的习惯，当然这只局限于上层。但即便是普通人家，起居也相当讲究。他们可以烧制各种陶器用以建筑；房屋有的已做瓦顶，铺以方砖；墙壁用烧制的灰粉涂得雪白；室内总是垒了火炕，炕上铺了芦苇编成的精美席子和毡；席上摆一做工细致的小方桌，以供宴饮之需。

莱夷人当时的渔盐业至为发达，几乎不亚于丝织、种植和冶炼。黄县东西部的大盐场已是举世闻名。渔民拥有当时最大的船，可以顺风顺水驶往辽东和高句丽半岛西端；除了捕鱼之用，莱夷人还造出了供游玩的车船。船由普通的舢板式更新为三层楼船，由顶楼、中楼和底舱构成，且中楼和顶楼舱间皆由细白苇席和毡毯辅就，舒适非常。至于车辆，独马车和牛车基本在城内绝迹，而代之以更为豪华的四马彩绘大轿车。车上丝绸冠盖，并带有水具和酒具，有暖手炉。

由于农业和盐铁丝织业的发达，商业交换在边境和邑内活跃空前。后来的齐国曾以天下贸易之都的美名流传于世，也在很大程度上承接和发展了莱夷商贸的结果。专事交换、脱离劳作的邑民大批产生，有的专事于物质集散，而且成为巨富。整个城邑，甚至大半个国家，都游走着商贾的车子。模仿者层出不穷，昼夜不舍的运货车辆把盐与丝绸、粳米、干鱼、石灰、铁制品、陶……运达泰南广大地区；有的还远达西部高原地区，更不用说长期以来即在莱夷势力范围之内的辽东、更北的黑龙江流域了。这些商品的散布也伴随着文明的散布，极大地诱惑和苏醒了尚处于石器陶器时代的西部、西北部的狄戎，以及其他游牧部族。这使许多部族以神秘钦羡的目光注视东方，亲临宝地之念也油然而生。

齐国是建立在严重削弱莱夷的基础之上的。此时的莱夷颓象已显，虽然自身还仍然处于想象的优越与辉煌。但也毕竟好景不长了。她正忍受着割地之辱，一边舐伤口，一边努力振作。可惜为时已晚。早在周氏族与孤竹交好时期就埋下了灾祸之根。长达几十年的边境交流，周氏族已非当年。他们已有了自己的百工制造，自己的剑和战车。当然直到周莱战争初起时，周氏族自己尚不能炼铁，也织不出光亮滑细的丝绸。但他们总在这种时代的交流之中获得关键性的进取。于是在战争中期，由于大批狄戎的东进，莱夷渐失优势，军事上一再失利；大约又过了十年时间，齐国灭了莱夷。

显而易见，正处于鼎盛期的莱夷人已被物质所累。丰饶的土地、渔盐之利、先进的文明，这一切都促进了翻涌奔腾的物质之河，它终于一泻千里，淹没了一切。尽管她拥有第一流的军队，但军队在特定的历史时期并非是国土和人民最有力的保卫者。一支在物质之河澎湃水流中沉浮冲刷的军队，将会发现自己是多么无力。

莱夷人曾经有效地管理了自己的国家，在一切方面几乎都做出了当时最完美的、典范式的设计。但当时西部、中原、泰南，还有北部，甚至是黑龙江西北部地区，都发生了沧桑巨变。这看起来离半岛和海角地带相当遥远，几乎是音讯不通；它们一概影响不了莱子国的生活，属于天外之变。不过这些变化会由远而近地渗透，还会直接逼近，化天外为境前。这时候才会察觉周边的围拢如此坚厚无摧。天下之大，奇迹丛生，演化无常，谁也不知道一个角落在几十年时光中会产生出什么奇迹。莱夷人看到的只是境内之变，而无视那广瀚之数。其实世上原本不存在永恒的城堡，也不存在至高至善之物。莱夷人常以自己的铁骑自豪，自诩举世无双。可是忍耐力、英勇、沉着性，在这些方面达到一个极数的民族，天下已不在少数。

莱夷人在变动最巨的年代没有静观思变，吸纳改良；她太满足于自己的往昔与今朝了。令人痛惜万分的是，她没能伸手抓住自己的历史。机会一旦丧失也就再不回返。其实当时周氏族与殷人、内部的鱼族，还有与其他氏族部落的争端及联合，与西部及西北部的联合与斥拒，更有与莱夷本身的一系列交往和摩擦，其中都包含了诸多可以研讨、可以吸取之处。战争的历史已有千年，变数甚多，当年无敌的莱夷铁骑在今天面临了什么尚是未知。而军事装备上处于落后境地的狄戎却常年征战，经验丰厚，而且蛮勇超人。这一切都藏在莱夷之师的盲角之中。我的族上在相对优厚的物质文明的滋养下，已失去开拓之师的泼辣与生猛，面对蛮勇莽悍的骑射海潮一般涌来，必感恐惧与陌生。敌手之今天，从许多方面看正是莱夷之昨天。

这或许不仅是莱夷人衰败的原因，而且是古代一切先进民族被落后民族驱赶和取代的原因。看来任何民族，在物质与文化进一步发达繁荣之后，切不可遗忘了昨天，不可放弃了吸纳，尤其不可放弃体魄与思想的操练。失去了这"操练"，后果可怕之极。一个被物质所累的民族就不会产生有竞争之力的最现代的思想；就会变成一个鼠目寸光的庸常之辈。这种人周身挂满了珠宝，但就是不堪一击。少数上层莱夷人曾经以筹划国策、御敌和富强为己任。但他们已然忘记：社稷之重不可以仅仅托付几人几代；再说一国之流习总会随风气荡动，无孔不入无坚不摧，它不可能对国君大臣王公贵族毫无影响。

我不能说对于自己族先毁城灭国之由全部了解，但起码可以若有所悟。我谨记：一个民族一不可为物质所累，二不可固守虚荣。其他呢？我想除了所能察觉的原因，余者就实难测知了。因为一个民族与一个人是一样的，一切皆有命数。天命若此，即无计可施。我如果如太史阿来一样，做一个顽固不化的复国主义者，即是违背天命。除此而外，人的敬畏血缘也该有个限数，切不可一味痴迷鲁莽。因为历经了八千年之久的演化，莱夷、黄帝、炎帝诸族，已然混血交融。我们已无法更具体地指斥狄戎。我们只能一齐听命于土地，去做土地的奴仆。土地也等于庶民，庶民为土地之草介，是土地之生化；为土地的奴仆，即为庶民的奴仆。

有如上觉悟，并能以身试法，固然需要勇气。我又何尝有此巨勇？

无法回避的是母亲的目光。这目光让我在安静之时一再记起。母亲的目光慈爱沉重，让人无力迎接。母亲的眼中包含了太多亡国之恨，她嫌亲手注入下一代血液中的尚不够浓烈，仍用这难逝的目光将其倾注。这只使我一遍遍自责与哀伤。我年纪渐大，不得不从母亲的目光中走出，走向自己的远途。

与太史阿来和那班挚友不同的是，我在一遍遍对莱夷历史的追思中，已经淡泊许多又急切许多。我不再一味地咀嚼狄戎之恨，而代之以深长的悔痛。这悔痛属于莱夷的后人，也属于狄戎的后人。我将社稷、民族、血脉、民生、义理……诸种因素混而合一，心绪复杂得无以表述。任何试图完整无误的言说，都会换来更大的误解。这误解之可怕，是因为总有人不惜抓住一切机会来曲解，以达到自己的目的。目的之卑劣常常即决定手段之卑劣。我对其充满了怜悯。

我有时不知自己代表了谁，代表了什么，我又是谁？站在了何方？我不知自己在代表社稷还是民生，忠诚于血缘还是义理，向往于母国故地还是环宇苍茫，不敢细究。因为这心中的悟想、这伸手即可按住的善之心跳。这潜而未发的勇力、这柔弱可人与猛烈无敌……我仅仅是我，是一粒一籽一尘，是稍纵即逝的一闪一跳一声。我自知只有瞬间的明了，并倚仗这瞬间而顽抗。我将在无言的反驳中坚持自己的怀疑。那些不能予众生以幸福、以希望、以延续、以完美的，无论假借了多少吓人的名义，我都不会跟从了。

我只想把这些告诉自己冥冥中的慈母，只可惜她再无闻。我还想与那个苦难不幸又是野心勃勃的太史阿来畅谈一次，可惜他已永诀。我想与区兰、卞姜，甚至是那个"女通灵者"逐一深谈，可惜也都不能够了。这些辩论与畅言，这些回告与相诉，大多也无用无益。可我仍需诉说。我自己需要这诉说。

第七章

那个夜晚我费了不少口舌才让长跪不起的米米站了。微弱的灯光里我第一次如此细致切近地端详她。像在六坊中见到的一样，她仍是那么娇媚瘦小柔弱；只是这一夜我离得太近了，又闻到了彼岸野地之气息——那雏菊与铃兰混合的香味。这是她身上散发出来的，是她的体息。我许久没有过这样深长的感动，但毕竟年事已高，一切都不易流露了。我不由自主地叹息一声。

她在这叹息里大睁双眸。我又感到了她鹿一样的鼓额与眼睛，仿佛听到一声询问："先师为何叹息？"……她仍旧穿着以前那件手编墨绿色绠衣，腰上还是那条水红带子。她在刚刚站起的一瞬有些晃，我就扶了她。她的体温与记忆中那个"女通灵者"的体温一样，有些灼人。我赶紧放开了她。后来我不止一次想去抚摸她那披散下来的长发。这头发根根爽直，黄绒绒的，蓄满了神秘的生气。我扼制了自己。尽管我感到这两只欲将抬起的手臂有着父亲般的温和，但同时也具有父亲般的色泽；是的，它已满是皱褶，手背上有了早生的斑点。我一再地管束了这双手。

我请她还是回罢，并许诺：终有一天我会召唤她，请求她的帮助；但现在还不能，现在一切皆能自理……最后一句出口，我觉得喉头那儿烫了一下。

米米坚持这个夜晚留在我身边。我发觉她有一种恐惧。我的疑虑促进了勇气，接着略有严厉地让她离开了。

米米走开那一刻，我觉得心上有什么东西破碎般地难忍。这粗暴首先伤及自身。我发现自己滥用了某种权力——是的，只有获得至高无上权力者才有类似粗暴。我的虚荣在那一刻真是表现得淋漓尽致。"米米！"我小声呼唤着，盯着她离开后留下的空虚。

我这一夜几乎没睡，无比疲惫、孤单，还有说不清的焦灼、愤慨、企盼……混合一起的情绪。之后是更多的沮丧笼罩了。有好几次我想让人去唤甘子前来陪伴，但最后还是忍住了。我小声地叹息、呼唤，发出连自己都感到陌生的琐碎言语。我想让自己的声音远达彼岸，让另一个人的耳郭捕捉。我生来经历了多少磨难、绝望，可是极少落入这样的寂寥，寂寥得简直有些不忍。我知道卞姜不会拒绝米米，可是眼下有说不清的禁忌在阻碍我走近。

天近黎明时分我仍未入睡，而且发出了愈来愈大的呻吟。这声音惊动了卫士，他们笃笃敲门，我未理睬；又停了一会儿，我的呻吟使卫士们胆怯了，他们和医师一起破门而入。我对脸色乌紫、手指甲长长的医师从来反感，这时就粗暴地对待他。他并未介意，而且比往常更殷勤地施礼和问诊。他说脚气病、胸闷、颈部疾患，这都是引起折磨人的东西，除了不得不施以重剂攻伐之外，恐怕还要请巫师帮助驱邪——一切顽疾都与邪魔有关，医师说前一天还为一个重症患者祛邪，那人现在已满脸喜色、笑声朗朗了。我打断了他的絮叨，并让其尽快离开。

帐内重新恢复静寂时我踱到了窗前。我心里明白，我而今已走到了一个坎前，眼下只有两条路供我抉择：或吞下那两粒致命的丹丸，或有一个全新的开端。这二者抉择都非心愿，只是前一个充满了更大诱惑。

夏天不知不觉地来临，我一连几天都到海边戏水。年轻时我在黄水河湾可一口气游出六里之遥；有一次我甚至不顾他人劝阻，只身一人游向桑岛（渤海湾中一小岛，今属山东龙口市）。这在当时成为奇闻，于是许多人都知道了我的水性。随着年纪的增长，世事压上心头，人在水中就难以浮起了。登瀛后也少有这样的松闲。医师说长时间海水浸泡有利于脚气病的康复，这也为我寻得了一个理由。有几次因为去海边耽搁了政议，引起了不少抱怨。

我仍然我行我素。淳于林将军为安全计加派数名卫士，大部分散在周围岸边，只择三五壮汉与我一起下水。他们驱走了城内出来游水的人，无论是土著还是他人，一概赶到礁石的东岸去了。第一天下水我对纷纷围拢的年轻卫士颇为不安，后来干脆让他们统统上岸。他们上岸后似乎更为紧张。我于是请他们到更远一些的地方罢，只唤来甘子与我一起。甘子水性极好，这一来卫士们才舒了一口气。

其实有一多半时间我们只是躺在热乎乎的沙子上聊天。甘子找来一柄遮阳伞为我撑好，自己倒暴露在阳光下。他仿佛不怕日炙，身上呈黑红色，油光光的，让人想起鲛鱼。他尽情翻腾拍水，总在我周边游动，但距离恰好，并不妨碍我。他一口气潜到水底，有时直滑翔到我的身边才猛然钻出。这一刻顶出的水花、发出的哗啦声，都使我一阵喜悦。那一头浓发被水流均匀地涂在额上，愈发像个孩子。我想小林童在这个季节也会去海边戏水的。

我们近在咫尺仰卧沙岸。我知道这是人生中难得的快意和松弛。这是双脚皲裂的苦命奔波者赢来的清福。记得初临瀛洲，当第一眼看到黛色蓬莱时，心中就涌过一个念头：我寻到了此生的清福。其实一切又是一场开始，而每一次开始都接续了一次结束。我实在走过了太久太远，也该歇息了。看着对面的甘子，我不能不为身上松皱的皮肤、大大小小的斑点而羞愧。我在不自觉地往身上涂抹沙子，以遮去这难堪的痕迹。

甘子在我无意间发出的呻吟中颇为感动。他想减轻我的痛苦，为我按摩。一只又小又软，然而却是充满力量的手掌给予我极大的享受。我想象这是小林童在我为按背、松动筋骨。有好几次我流下了泪水，只是甘子毫无察觉。

因为迷恋于戏水而多次耽搁政议，使几位老人愤愤然，影响所至，三院的先生们也都知道了他们的先师正有些乖戾。我发觉整个城邑内的人都为我痛苦。淳于林将军两次出现在海边，转悠了一会儿复又离去。我仿佛听到了他的嗟叹。因为我已下达命令：在我来海滨的时候，任何人不得打扰。我只与甘子漫无边际地闲谈，偶尔下水玩一会儿，或者让他给我按摩。

我们在几天时间里，已经不知不觉用问答的方式回顾了长达四十年的彼岸生活。我一开始就鼓励他大胆提问，不必忌讳。我首先问了他拉拉杂杂一干旧事，如小时是否喜欢打架、何时停止尿炕之类。甘子涌起强烈的思乡之情，好几次哭出了声音，使我不知所措。但我们渐渐又重新平静下来，笑声朗朗。我对他多次谈到小林童，发现甘子不知哪里真有点相似——这极可能是他们的神气。甘子听得出神，像个孩子一样微张嘴巴，露出闪闪发亮的整齐细密的牙齿。他嫩嫩的细唇就像蜀葵花的瓣朵；那双黑白分明的眼睛偶尔一眨，一会儿合拢一会儿分开的双睫，让人想到夜合欢的叶子。

我疲累时就仰卧遮阳伞下，只让他自己下水。他不想扔下我，但又忍不住。他往身上扬一点沙子，欢快非常地蹦跳几下……那细长绵软的身体简直是世上至美之物，阳光下泛着光泽；那脊沟柔和的曲线、翘翘的臀部，都使人迷醉。他跑到水边时从来不忘回头瞥我一眼，然后像飞鱼投水……我这时总是泪眼模糊。

这是再好也没有的天气了，午后太阳把所有浮云都赶到了遥远处，海岸的砂子和海水一起散发出诱人的气味。卫士们照例在远一点的地方游动，只有甘子伏在浅水处，头颅转向这边。他在引我下水，常常发出呼叫。我总在这欢快的叫声中兴奋不已。连日来不仅脚气病和其他疾病大为好转，而且觉得年轻了十岁。我在远处卫士们惊讶的眼神下，尾随甘子在沙滩上蹦跳，又和他一块儿故意半路跌倒。他在水中喊我，我终于下决心随他游一会儿。

海水暖气可人，波浪全无。有小飞鱼在四周跳荡。甘子潜水、仰泳，有时还和我比试游水的速度。我现在虽不是他的对手，但飞快划动的手臂却让自己惊讶。大约在水中游了半个时辰，甘子发现有鱼群从身侧逃过，接着又是跳起的鱼，嗵嗵落水时溅起的水花拍到了我们脸上。正在诧异，我们都看到了水中有一巨大阴影在蠕动。我大声呼喊，伸手去拽甘子。我马上想到了巨鲛。

甘子喊一句："先师！快啊！"猛力推我一下……只是一眨眼的工夫，整个人就沉入水中。我觉得那个阴影呼啸掠去，像一个巨大的浪涌一荡而过。我听到有火花在脑子里噼啪爆响，一时不知置身何处。甘子再未出现，我急急潜入水中……什么也没有，四周死寂。我浮出水面，马上看到胸前十几尺处有一片血水……

我不记得这一生里曾这样痛哭。我坐在沙岸，再无力站起。前方海水在我眼里全是血色。淳于林率几十个弓弩手迅速把一大片水岸围拢，可是一切皆无结果。甘子不回，我只求他们射杀那只巨鲛。天渐渐到了黄昏，弓弩手们还在沙岸游走，淳于林一会儿到我身边，一会儿往远处叱喝。我不知不觉倒在热砂上，后来就什么都不知道了。

醒后已在帐中，身边是医师和大大小小的先生。他们大喜过望，嘴里发出惊叹："先师，这就好了！"淳于林紧紧抱住我。由于过分紧张，他的嘴唇不停地痉挛。我闭上眼睛，后来听到了拖沓的脚步声。像过去一样，在最困难的时刻，我总愿一人去慢慢对付。

我十几天未离帐子，有两次想站到窗前，都没有成功，十天里有过三次晕厥。身上最后一丝鲜活被甘子携走，我自知末日真的不远。对此我已确信，不想再延宕犹豫。我此时极乐于追随那个美丽的孩子而去。我又想到了那几粒致命的丹丸，抖索的手抬起又放下。我把那个奇妙的时间从早晨拖到中午，最后决定是晚上……

我随着黄昏的降临而激动。这一次不再迁就和通融，至深夜，我就要亲手打发自己了。这之前还要做些什么？我一一盘算，头脑出奇的清醒。我知道身体早已破衰不堪，加上这十余天摧折，已经没有任何指望了。没有谁能够历数我自十几岁起经受的颠簸磨难，难以言喻的苦痛只有自嚼。在极度的身心疲惫煎熬之中，我多次怀疑自己能否再看到第二个黎明。身心各处无一完好，能够活到今日真是一个奇迹。天终于要黑了。该结束了。

卫士们在门外焦躁地走动。我突然想到一会儿他们在我挣扎时不小心发出的响动中会破门而入，那时必会呼来医师折腾，让我徒增苦痛。于是我立刻吩咐：今天不必守夜，只可放心回去安睡。卫士说无命令不敢撤回，我说那就散到四周好了，离得太近我难以安眠。卫士们将信将疑退到远处，我马上关门。心跳阵阵剧然，我不得不重重按住。天黑得很透，一会儿即将进入午夜。我站起来……因为长期小心谨慎的习惯，我总是在完成一个重大举动之前一再思虑检点，唯恐有所遗漏。这时我突然想起了两个人：米米和淳于林将军。前者曾对我私托了终身，我不能不让人对其多加照抚；后者则关乎一城之重，又是最忠诚的兄弟，我们最后不能不再见一面，并有所委托。我特别想把米米托付给他。想到这里不再犹豫，立即开门让卫士传唤——他们还站在门前，原来刚才退开只是应付。

那个可怕的夜晚至今想起仍非常神秘。它让我明白了上天的旨意。在重大事变的一些关节上，我还是没法违抗天命——卫士跑去，照常理只消片刻淳于林将军就会赶到；可是一会儿卫士却独自返回，说将军有事走不开，还需先师少待片刻。这使我大为惊异。城邑内竟然还有比我的传唤更重要的事情，这是从未预料的。

大约等了一小会儿——这是多么难熬的一段时间。我正在千金难赎的光阴中捱与靠，一生中从未记得有如此急切焦躁的时候。淳于林会永远为这一次拖延而悔恨的。有好几次我觉得再也不能等待，几欲先走一步；可是巨大的好奇心还是阻止了我——我想看一看淳于林将军在这个夜晚到底忙些什么……终于响起了那个熟悉的、有力的脚步声。门扇轻启，进来的果然是我的将军。

"先师！让你久等了！我实在……实在不能马上离开。"他一进门就奔过来，一手抚在我的肩头，一手托住我的后背。这是他的习惯动作，因为多日来他都听从医师的话，不让我久坐，常用这个姿势让我平卧榻上，这一次我把他的手推开，我让他坐下——"坐罢，不必太慌急。我们还有点时间……"

"先师！"他声音低沉，但非常急促。我觉得他今夜比我还要急不可耐。我立刻对这种反常的急躁有点厌恶。但我并未表露出来。他搓手——只有我知道他这个动作表明了最大的焦灼："先师，我本该马上赶来，可是，可是我真是气愤哪！"

"哦？！"

"我们正在政议，几位老先生口气颇急，我据理力争……"

我怀疑自己的耳朵听错了，大声问一句："你们开始了政议？"

"是的。已经三次了，都是在先师病重昏迷的日子……本来政议必得先师主持，可前几次请先师，先师都说：'"你们议去。'城内诸事纠缠，刻不容缓，先师有病……"

"我说过'你们议去'？"

"是的，先师忘了。这也是我亲耳听到的。"

我却无论如何记不起。这是我在甘子遇难前后说过的话吗？似乎……我决定不再纠缠，只想知道他们议了什么。

淳于林接着一开始的话头说下去："有人也太峻急，恨不能立刻就把一切做个稳妥。他们以土著近日滋事为由重提东征；还有人要废止秦人莱人与土著混血，把以前的通行婚配一一改动；更有人说时下财粮使费过大，要将六坊三院中的三院合而为一，理由是三者性质相近，何必分立铺张，空耗财力……我提出一切更动决不可行，他们即搬出先师以前的话来回敬，说先师亦主张'不能有一成不变之义理'。总之我有些动肝火了。"

我不得不承认，那一刻我恼怒了。我不得不用尽全力才遏制住什么，问："那你是何意见？你对哪些同意或持异议呢？"

淳于林不假思索："先师刚刚定夺过的，像与土著通婚、暂不东征等事体是绝不能变更的；至于合并三院嘛，如先师同意，我看倒也没什么大不了的……"

我一下站起来。但后来还是坐下："你，接着说罢。"

"也就这些了，先师！我就是如上的意思。"

我们面面相对，长时间无声。这样耽搁了一会儿，淳于林说："今夜看先师的身体比昨日好多了！这真是一个天大的喜讯啊，城内人一连多日都在打探先师病情，六坊三院都有人为先师泣哭，他们都想前来探望，皆被我阻止。先师康复即是城邑福分！先师……"他说着眼里闪出了泪花。

我在屋内踱步，自语道："是的，我的病的确较昨日好多了——是的，好多了。"

淳于林突然记起什么，急问："先师，您唤我来有事吗？"

我转身，尽量使语气平缓清晰："你告诉他们，从今以后，我要参加政议了……"

经历了那个惊心动魄之夜，我十几天里第一次变得平静。我决定抛弃那几粒可怕的丹丸，杜绝它的蛊惑。我明白：像我这样一个人，已经失去了自裁的权力。短短十几天我就弄懂了许久以来模糊不清的一个问题：这里究竟在多大程度上需要我。仿佛城邑内的这一拨人还没有下船，还在激流之中挣扎、在雾霭和风暴中乞求。记得船队穿过老铁山海峡时，汹涌波流打毁两船。其余船只一片恐慌。那是何等险绝！原来一直传言的大群巨鲛也于风平浪息的第二天出现，蜂拥而至，绕船三匝，最后向海峡对面游去。船上人未费一镞，可谓有惊无险。那两只折翻的楼船尽是秦国兵吏，可见也是天意。虽经全力搭救，但因风大浪急，大部仍被卷去……我自知船队离梦想之岸尚远，仍需诚惶诚恐，未敢懈怠。

好不容易从甘子遇难的厄境中走出。我出营第一件事就是赶赴政议，心里早做好了激烈争吵的准备。很可惜，那些热衷于推翻旧议者并非预想那么执拗，而大抵妥协在先。他们呼叫"先师"的声音与往日并无不同，施礼时似乎腰弯得更低了。我详细询问各项事宜，特别对城防、区域勘测和筑城三项给予特别注意。禀报者的罗列令我极为满意，同时也得知，所谓东部土著部落的滋扰远非传言那么严重，只不过有两三个原来分立的部落正在融合——有人敏感地将其视为即将开始的西犯图谋，而我却宁可认为是土著部落对城邑的恐惧。至于少批来犯者，也与较大部落无干。于是我更加肯定自己往日决断，再一次否定东征。

康复后第一次政议中我就洋洋洒洒宣讲了一个时辰的莱夷历史。这其中不可避免要插述若干其他部族的演化繁衍、国家兴衰之概要。这样做的目的是为了回迎那些对自由婚配、与土著人融血感到痛心疾首者。简单之回述与追溯即可看到，所谓的血统纯净论是多么虚弱无力、不堪一击。史实或可佐证的倒是，凡宽宥大度、晓理顺时的民族，那些与其他部族结合而获得壮大新生者，才有焕然一新之势。我们绝无必要将迁徙此岸的秦人和莱夷人、其他六国人皆局限于狭地，这等于自我囚禁；而以此求得完美纯洁仅是一种梦想。

结束宣讲时我提出两个议项：一，派出使者东行，联络最大土著部落，说明城邑主张，并邀请尊贵酋长来邑议事；二，从长远计，为繁荣延续彼岸诸学，倡明义理，立即着手扩充三院，并加强学坊，从三千童男童女中择取优异者充入三院。

我的提议立即得到了几个人的赞同，但约有一半人沉默。淳于林对第一项颇为积极，对第二项则未置可否。其实我并非急于实施，只是倡议在先，容人三思；若日久不能达成一致，则按惯例提交大言院——其辩论结果当然会是一片拥赞。我对第一条被采纳早有所料，重点则是第二条。它是我固执的内心所萌生。围绕淳于林在那个夜晚的复述，我震惊之余陷入深思。我对于一些人如此急不可待地合并三院感到迷惘。这与前几年有人去大言院旁听之后惊呼"如何得了"如出一辙。但邑内尚无一人对六坊提出异议。因为六坊所施皆为实务，盐铁经济缺一不可。骑马民族自立足海角之日起就倚仗的东西，今日仍被牢牢记取。可是莱夷海角繁衍至今，几千年漫长之日遗失之物却没人深究。

只有人为齐的灭亡而庆幸，没有人将其灭亡的因由想得更多。谁如果将齐灭亡的责任多少也归于莱夷，则必定引得莱夷人大为恼火。其实这种认识才稍稍与真实契和，并非虚妄到不着边际。因为齐灭莱夷之后，即承接了她的巨大遗产，特别是渔盐之利。繁荣之科技与丰饶之物利使齐国很快强盛；加上诸子之学盛行，生气勃勃的齐建起了稷下学宫，即成为第一强国，临淄作为天下第一名城而当之无愧。其时的临淄民富而敦，莱夷人讲究排场之风即被延续，最精巧的物器与最时髦的娱乐都涌入都城，名商巨贾皆出自齐。伴随其甚嚣尘上的，是日益扩大的稷下学宫。每日里名士往来，宾客盈门，论辩通宵达旦。稷下学自齐闵王末期开始走上了盛极而衰之路，因为早已为物质所累的莱夷，其物质主义对齐国的腐蚀又一次达到了一个极数：齐国人在经历了几百年稷下学的巨大精神奇迹之后，后来对于"思想"实在是疲惫了。

对思想的疲惫即必然导致对物质的狂热；接下去的结果则可想而知。

我深知自己的使命到底是什么。它也许一时难以尽述，也许因繁琐茫然不得要领；但一个人追思不绝的时刻、度过了难忍的悲伤、挨过了死亡的诱惑之后，沉静下来，也就不得不进一步认定：我的使命就是永远不允许他们表现出对于思想的疲惫，无论是何时、何地。

为贯彻这一念想，坚守如此使命，我将不惜一切代价。

甘子遇难的沙岸上垒了一个坟堆。其实仅埋了他那一天脱下的衣衫。他没有留下至为完美的躯体。我时常跏蹰沙岸，无论是深夜、清晨或其他时候，只要是悲酸难忍之时，我就不由自主地走到这里，在坟前滞留片刻，很快就仰望万里碧波。因为他消融其间。那个阴影只是一闪，一切即结束。我晚年唯一的欢乐和倚托，就这样消逝得无影无踪。因为他的失去，我的存活已非常之牵强；我究竟需多少勇气和毅力活下，只有自知。深夜，多次迷蒙中在他那张卧榻上抚摸，直到最后一刻醒悟。不止一次有人劝我搬开这空空卧榻，都为我拒绝。我大概今生都要面对原封不动的同一张卧榻了。

我在沙岸踟蹰，两眼湿润。淳于林将军从远处走来，在旁稍稍迟疑片刻，转到对面："先师，您大概忘记了吧，再有十天，就是你的五十寿辰了……城内人准备为您好好张罗一番。这是大事啊！六坊三院这两天都在谈论先师，他们都说该做了……"

我忘掉了这个可怕的日子：五十寿辰！心中马上鸣响起喃喃之声："五十了，五十岁了……"好不容易才听清淳于林接下去说了什么，就问："'该做'什么？"

"该做……该完婚了！"

我一言不发。

"先师太苦了！先师，这可不是你一己之事啊，你永生永世都是此岸之人了，为此岸计，也不该再固执下去了！"

将军眼中闪烁着泪花。我的手沉落在他肩头，像耳语一样问了句："近日见到米米了吗？"他点点头，同样耳语一般："她前不久为你的疾病日夜泣哭，后来又为你的康复欢声大笑。她差不多天天都为你祷告呢。她只说先师答应了：在最需要她的日子里会召唤的……"

我看着淳于林："什么时候才最需要她呢？我也不知道了……"

将军字字确定地说道："就是您五十寿辰的那一天！先师，让她一起走进这个日子吧，这是至为吉利的！"

…………

剩下的事情就是全力以赴迎接那个"至为吉利"的日子，我也认为这是一生中最为重大的事件之一，而在整个余生中，恐怕再也没有任何事情会比它更重要了。我暗中叮嘱淳于林：关于五十岁庆贺的一沓子烦琐尽可简化，因为我已是五十岁的老人，没有那么多精力。淳于林这一次心领神会，大概知道我只想聚精会神地完成这次婚姻——要知道这对于一个五十岁的老人而言，已经是勉为其难了。

随着那一天的到来，我发现自己越发紧张和怯懦，甚至羞于见人，不愿出门，政议之类事务只得全部停止；就连按时接受的禀报也一度终止。我甚至从卫士的目光中看出了什么。这期间我接待最多的一个人就是淳于林，我好像比往日更能无所顾忌地与之交谈，事无巨细都一一商定。结婚之事不仅对于当事人，即便对于操办者也是相当繁琐的。我主张此次婚姻尽可能做得不事声张，越隐蔽越好——淳于林说已不可能，因为城内所有人早就翘首以待了，他们准备到时候好好热闹一番。我的心扑扑乱跳，连说不可。这使将军颇为作难。最后他终于想出一个完全之策，就是将庆贺之类与婚姻分成不太相关的两沓子——也就是说在他们喧哗之时，我将与自己的新娘躲到一个不引人注目的地方。

最后淳于林提到了米米近况：她闻听先师的决定已感动得不能支持，在长达三四天的时间里不思饮食，整个人都消瘦了。这真难为了一个本来就如此娇弱纤细的人。他又说米米几次提出要见一下新郎，我立刻摆手："万万不能——我不能在婚前再见她了。因为既然时间已不太长，那就一切留待婚后商量吧——那时我们的时间将非常充裕。"

淳于林一离开我就重新陷入莫名的紧张。这对于我是不可忍受的窘况。我在屋内踱步都蹑手蹑脚；我极力想振作一下，结果发现非常之难。

在离那个日子仅有一天的时候里，淳于林总算为我在城邑最僻静处找了一间新房。那是一个透风漏气的茅屋，不仅是屋顶，就连墙壁也由植物秸秆搭成，上面的泥巴斑驳脱落。淳于林领人将内壁用布遮了，又准备了灯盏之类。卫士问为什么要这间破屋。他回答有一个年迈的方士要在这里研习一下过时道场。

第二天黄昏逼近。我开始手足滚烫，额部和颈部发热难忍，最后甚至怀疑这次完婚无法如期举行——不是待在新娘身边而是被医师围拢。但等太阳完全落下之后，我的四肢又有点发冷，手冰凉冰凉，牙齿也发出磕打声。但我明白：身体的危机总算过去了，我可以到那座小茅屋中去了。我穿了一件斗篷；出门前想了想，又携了一把短剑。淳于林在屋外等我，卫士依旧在四周徘徊。远远近近都有人点起蜡烛灯笼，有人还唱起彼岸喜庆的歌子。我在屋外伫立片刻，望着灯光闪闪、歌声四起之地，忍不住流下了泪水。

淳于林把我送至茅屋前就退去了。卫士们这一次被严格限定在百尺之外，也不知道卫护的人是谁。自从将军退走的那一刻起，我马上又陷入了紧张。有长达一刻的时间我在门前犹豫：进还是不进？我觉得手足渗出了冰凉的汗粒。

屋内透出微微的灯光，我依稀听见她小心的咳嗽声。笃笃敲门，门马上打开。米米穿了盛装，这使她看上去比往日胖了些。她费力拂一下衣服下摆，跪在地上："我的先师！"我把她搀起，喉咙热得说不出一个字。我的手搭在她的肩上，她则靠在我胸前。那股熟悉的气息浓浓淹来，我整个人都要窒息。我张大嘴巴，仍然说不出一个字。她喃喃不休，我则一个字也听不到了。我的双耳也被那股浓厚黏稠的气息所堵塞，尽管用力推开、疏通，也仍旧无济于事。

时光一点点逝过，到了深夜。她不知何时褪去盛装，像一只乳燕一样蜷在我的怀中；在全无知觉之中，她吻着我的面颊。我很快得知她是一个温厚而顽皮的孩子，双臂环在我的颈上。我的手被无形地牵引，抚过了她的全身。但我一直闭着眼睛，这样感知得更为详尽。我自信没有误解和遗漏每一个毛孔。我总是叮嘱自己，我在拥抱故地的一个孩子。我发觉她每一根骨骼都长得精巧圆润，结实而丰润的肌肤又将其一丝不苟地包裹。她周身上下像桃子一样，长满了细密的绒毛。

整整一个夜晚她都在喃喃叙说，但我一个字也没有听清，同时也没有回应一个字。我们都没有合眼，也没有分开。但只是簇拥。这一夜我未曾感到一丝的脚痒及其他不适。约莫是下半夜，不，肯定是黎明了，她想为我脱去衣衫，我阻止了她。后来窗户真的透出一点曙色，我看了看，在她的照抚下睡去。

整整一夜、一个白天，我都没有离开卧榻，但也没有说一句话。我在全部时间里都处于弱小无依的状态，只觉得她那般强大，简直是足可依恋的成熟。我觉得自己的余生真的有了依靠。半晌左右我醒来了，她先小心地为我擦去了眼屎、不觉间流出的涎水，又用温温的毛巾为我擦了脸和手。那一刻我真的觉得自己是一个婴孩。但我发觉自己更无力说出一个清晰的字了，喉头不仅烫痛，而且完全堵塞。

这样又到了黑夜。我毅然熄灭了灯火——因为她在为我脱去衣衫。我在内心里祈祷，忍受，感知了赤身裸体挨近她的那种奇异。她悉心照料，就像一觉醒来时我为做过的那样。她不停地照料我，不辞辛苦，不畏艰难。我后来剧烈喘息，但仍未发一言。她不厌其烦地照料我，真的像对待一个婴孩。后来，许久之后，当安定下来之后，她认真地、无比温柔地吻着我的额头，叹息了一声："我的孩子！……"

这一回我听到了她的声音——新娘的声音。这会儿我才如梦初醒，总算度过了新婚之夜！羞涩的潮水开始微微退去——它将在今后的几天内完全退去……我知道，我刚刚经历了人世间最羞涩的一次完婚。

第三个白天，不知何时醒来。我是被一阵杯盘碰撞声惊醒的，抬头一看，见到她正为我准备早餐；我看到的是她仅仅穿了一件内衣的纤纤背影。一阵怜惜从心头涌过，我不得不再次闭上眼睛："我作践了青春！……"

第八章

派出的使者归来后，携回东部最大部落的友好讯息。酋长赠送一些美丽羽毛、两块难以辨认的花斑兽皮。我让使者带去一对玉璧和两只金匙。使者复述：那个胡须茂长、身材矮小的酋长看了礼品，像捏住一个活物般，小心地移至榻上。

这次出使是登岸以来至为重要的举动，从此可以略略避免那些可怕对峙，起码能让城邑有一段休养生息。这也为勘测绘图者带来极大便利，以前每次出去必得带大批护卫，而且不能远行。从长远计，勘测之事比什么都重要；我不能容忍自己居于一片蛮野，对周边境况一无所知。那样居者本身也将很快沦为蛮人。

我的倡议正一一得到施行，而且比预料的顺利。因从学坊中挑选十位年轻人进入三院，所以邑内上下均十分重视学坊；负责修筑的百工长提出为学坊加建十间厅堂，立即在政议中得到确认。以前那些坚持反对与土著混血的先生而今再无烦言。新一轮筑城正在展开，城邑扩至三年前的两倍，又着手准备建第二城邑，因为不久将有新一代生出，而且土著来城人数日增。

每一年粳米丰收季节我都亲率众先生出城，一为共享喜悦，二为协助稻农。这是一年中最为欢乐劳碌之日，举城吉庆，也吸引了大批土著。土著耕作习俗已变，与城内人同播同获；食稻穿织成为一大时鲜。不断有人在指点中向我凑近，想一窥"大王"模样。我让人宣示：此地没有什么"大王"。他们以为我即相当于"酋长"一类人物，有人又告诉："也不是。"这令土著甚为困惑。淳于林将军和几个卫士一直陪伴左右，以防不测。其实自登瀛以来，除几次土著袭扰之外，几乎未遇危急。

此记忆中难得之秋日，我觉得身体真的有些康复，无论是脚气病和胸疼、颈部疾患，都得到了大大缓解。身边人都说我气色较前大好，颇有红润，走路不再呼呼喘息。他人观测与自我感觉略略相符，因为我不再恐惧于那一个又一个漫漫长夜。那些失眠或充斥噩梦之夜好像是许久以前的事了。这当然要感谢米米。她无微不至的关照让我获得了幸福，她几乎可以在我身上创造无所不能的奇迹。我在她身边的时间大约只有晚上，于是常常不舍得睡去。她为我讲述无尽的莱夷往事，或多趣或伤感，令人神往。她思念父母与兄妹，讲叙中泪水潺潺。她靠在我的胸前睡去。我觉得她的呼吸至美，喘息之声伴着胸腹起伏，让人想象那些可人的动物。我握住她软如猫蹄的手掌，看那在脸部打一个漫弯的精巧鼻梁，觉得一起返回了四十年前的莱夷河畔。

一个煦日融融的下午，米米一溜风跑进房间，笑声朗朗地报告一大喜讯：城内出生了第一个婴孩，一个男孩。我听后放下一切事务随她出门。她告诉我孩子在两天前出生，她是刚刚听说；孩子的母亲就是叫"水胖"的女子……我们一起看那个新生小儿，半路记起未带贺礼，于是差米米返回一趟，取来一块腊肉、一方丝巾。

尚未进入院落就听到了美丽的啼哭。米米在这声音中渗出了泪花。院内正有几人贺喜，他们大多是水胖和炼铁匠师一起的人，此刻一齐慌慌跪下……我让他们立起，然后又进内室。令我吃惊的是水胖原是这般漂亮一个女子！她虽然刚刚产后，头上包了一块布巾，可那圆润的脸庞上一对漆目细眉都给人难忘之印象。她要伏跪，米米将她拦住。匠师从外边匆匆赶来，未及阻拦就跪在地上。他说："先师，我们今世也不忘您的恩德！"

从水胖处出来我仍不解，问米米："我对他们有什么'恩德'？"米米低下头："所有人都蒙受了先师的恩德……"我越发惘然。

一路上不断看到卫士在四周巡视，有好几次他们阻止了行人通过，待我与米米走过才放行。类似情景以前也有，总被我阻止；看来他们并不听从。米米也几次引我走向另一巷子，这使我发觉城邑大得足以使人迷路了。几年前我常常一人在黄昏或夜间出门，那时觉得何等空旷凄凉。

也就在这个秋天的最后一次政议中，发生了一件令我大为震惊的事情。由三位老先生发起、尔后得到一致拥赞的议项称：事已至此，"先师"该是改做"陛下"的时候了！一股愤怒的血流当即冲上额头，我站起又坐下，最后发现自己突然间顿失全部力气。我此时一定是脸色苍白，大口喘息着表示了一以贯之的执拗："不可。你们不可……"

一句出口后是片刻的冷场。淳于林将军颇不冷静地站起："先师！你太固执了，你只由自己性情，耽搁的却是众人的前程——所有事项皆可依你，唯这次还望先师再思！"我从他的口气中马上听出了陌生而严厉的东西。我镇定一下，回应一句："那你们大可不必如此，从今起去为自己寻一位'陛下'吧……"

说完我转身步出厅堂。身后死一样沉寂。

我也不知怎么走回，像踩在软软的絮上，心中好长时间近乎空白。米米和卫士一块儿把我扶进室内，饮下一口姜水。在辣辣的气味还没有消失的那一会儿，我终于记起了政议中的全部场景，特别是淳于林将军那冷肃的面容。我闭上双眼，对米米的询问不予回答。这样一直到了黄昏，我毫无食欲。深夜，米米在我怀中小声抽泣许久，我只是一下下抚摸她的长发。这样过了一会儿，她突然跪了。

米米跪坐一旁，眼神与鹿毕肖无二。我让她躺下，她拒绝："先师！到底怎么了先师？"这一夜只在临近黎明时才睡了一小会儿，而且还做了一个怪异的梦。梦中那个老游戏对手又出现了，就是秦王嬴政。他在梦中与我会面，奇怪的是绝无原来那般猛厉，倒是笑嘻嘻的。他仍穿黑色衮袍，浑身上下水淋淋的；他说早在我离开那一年就去世了，这一次是跨越冥界、远涉重洋来看望老友；他在吐出"老友"二字时，面部颇不自然地抽动两下。接着他说："怎么样？如今你也是王了嘛……"

醒来后我把梦境告诉米米，她合不拢嘴巴。我又一次看到了那精巧细密的牙齿。

这一天我没有离开卧榻。因为夜间的失眠致使浑身无力，左胸一阵沉闷；还有颈部，简直像针扎一样刺疼。除了脚气病还在阴险潜伏，其余宿疾一齐攻讦。米米在一旁宽慰，后来还是有些紧张，不止一次商量去请医师，皆为我拒绝。这样坚持两个时辰，一阵刺疼使我失去了知觉。

醒来首先看到泪水糊脸的米米，接着又看到围在旁边的淳于林将军、几位先生和那个指甲长长的医师。医师在淳于林耳边咕哝几句，淳于林好像不屑于听，只专注地看我。我闭上眼睛挥了挥手。米米说："先师想自己静一会儿……"

室内极为安静。我睁开了眼，看到淳于林并未离去。我马上有些恼怒。米米呵气似的说："最放心不下的就是将军了，他昨夜亲自为先师守卫，一夜未眠……"我闭上了眼睛。从那次政议之后我即在心里告诫：你身边只剩下了一位将军，死去了一个兄弟！

我肃穆威武的将军啊，莱夷人的利剑！你挽救了多少危难，而这一次是刺中了我的左胸——所以它才如此刺疼。我似乎明白了，这座城邑已形成某种难移的怪力，它无影无形，又至为强蛮。每个人都将无从躲避。淳于林只不过是一个被征服者，他在梦幻中即走上了跟随之路。莱夷的利剑啊，昔日的兄弟！

我听到脚步移动之声，知道将军即要离开，就咕哝一句："总算离开了……"谁知道马上传来低沉温和的一声："先师，我永远不会离开您的，永远不会。"一只大手握住了我的左臂，轻轻抚动。这是淳于林的手。多少年来这只手与我一起做了不少事情。我听任它的抚摸，一动不动。我料定他还会说什么——是的，那是突然变得沙哑的嗓子："先师！是我错了，我们太性急——都想不过是早晚的事，拖延日久又怕生出别的枝节。大家以为这也像您的婚姻，开始总要推托的……"

我忍不住笑起来，但笑不出声音。

"先师！您惩罚我那一天的无礼吧！"

我仍闭着眼睛。我想说：是我无礼。但我已无力与之讨论，直到他无奈地离去仍未吭一声。后来我睁开眼睛，米米马上激动地喊了一声，把脸伏在我的左掌中。我抚摸她的脖颈、后脑，那一缩一缩的肩头。我小声说："他们想让你做'皇后'呢……"

米米不假思索地应一声："我只要先师高兴。先师只要快活起来，我就快活起来了。我是你的，你也是你的……"

最后一句有点蹊跷。"你是你的"——难道这还要怀疑吗？"多么傻的孩子！"我长叹一声。

渴望已久的东部酋长的访问终于得以实现：本月十五日月满之夜他将在一干人马的簇拥下启程，至第二天月夜到达。这个时间的选择真是完美无缺，它让人得以窥见土著人精细而浪漫的情怀。他们原来远非城里人想象那么粗蛮。这个消息让我无暇生病了。我仿佛突然抛却了全部不快，随淳于林将军和三个卫士一起出门，商量接待酋长的具体事宜。因为来自瀛洲最大部落的友谊非同小可，这对于整个城邑的历史将是重要一页。就此也正式结束关于东征的内部争执，最好地佐证了我非同一般之远大眼光。对此我颇感欣慰和得意。

酋长的使者先行到达，传递部落意向。其中稍稍令人尴尬的是酋长提出要在拜会"大王'时亲献厚礼。禀报者说到"大王"二字面有难色，我则不语。禀报者又说："我等对使者回复：此地并无称呼'大王'之风俗，如今只是称之为'先师'。他怕届时称谓有错，特意让我等再三重复念出……"我几次想打断禀报者，但还是作罢。看来要解释"先师"与"大王"之别已非易事。我只能咽下一腔苦笑。禀报者又喋喋不休说了若干，我都未置可否。尔后他终于要离去。待他走到门边的幔帐那儿，我突然大声说了一句："我平生最讨厌的就是'大王'了！"禀报者惊惧中立刻转身。我此时的额头一定是青筋暴起，因为对方惊愕万分。我对他摆摆手："去吧，没你的事了。"

我终于在满月之夜见到了可爱的酋长。他比传说中的还要矮小，但胡须发达，双目尖亮，举手投足间透出过人的灵捷。那一对高颧骨和深深的凹眼使人想起什么。他称我"先师头领"，我则顺从恭敬地接受了。酋长身边除了一些打扮与他大同小异的男子，还有几个女子。无论男女都穿皮衣饰羽毛，身上有海贝和石块做成的饰物，脸上则有彩色涂描。这一干人最为突出的部分就是那对尖亮逼人的目光。只是看得久了，这目光才会泛出热烈光彩。我为他们安排了最好的饮食起居，高大漂亮的馆舍令其大呼小叫。淳于林和众先生与我一起陪伴酋长，细细观看六坊作业，又去三院。酋长对六坊极感兴趣，看了三院则大为茫然。他伸手抚摸一卷卷经册，转身去看同行的部落中人，脸上仿佛是马上要泣哭一场的表情。步出经卷院时他突然提出要一卷经册带走——这使我大为惊讶。原来他把经卷当成了玩赏之物，准备带回去来复展放，倾听"唰啦"之声。

酋长一行在城邑盘桓三日，甚为畅美，第四日月亮升起时即要回返。他面向远处的蓬莱喃喃不停，一时全体肃立；待他转身时，所有人都看到了他眼中饱含泪水。接着他向传话者咕哝几句，然后直眼看我。传话者告诉：他的部落要与这个城邑永世修好，酋长将每年来此一次……如果"先师头领"能够容许他重返这条满月铺就的路径，那就娶下他的妹妹"乌阿"。我听到最后一句有些发怔，幸亏有人把它重复一遍。我看到月光下走出一矮矮女人，由于头上挂满饰物，已难以辨清眉眼——她正款款走出，在酋长身边安立。酋长对她咕哝几句，又对传话者说了什么。接着我听到如下的话："为了能重返这条月光铺就的路径，请尊贵的'先师头领'决断——如不嫌弃，就扯起他部落的至宝、年方十九的'乌阿'……"

那一刻所有的目光都落到了我的身上。我不由得去看那个"乌阿"。她正垂首站立，像一只夜鸟倚在兄长身边。我没有再想，一直向她走去。我看到酋长轻轻拍打她之肩部。她同时抬头，张开嘴巴咬了酋长的手指，转身向我走来。我们的手拉在一起。

酋长踏着月光之路走去，留下了"乌阿"。当夜她被人领至馆舍，只待一个吉庆之日完婚。那天夜里米米是目击者，她似乎像我一样无声地承受。第三夜，我与米米一起，在辉煌的烛光下第一次如此清楚地看了我的又一位新娘。原来她也有深陷的眼睛、高高的颧骨，那皮肤真的像红薯；她的眼睛圆得像鸽子卵，睫毛密长。她身上散发出尚麻的野生香气。我和米米都承认"乌阿"是可爱的——"妹妹就像一只小鹌鹑！"米米临离去时说。

婚礼隆重地准备，届时还要有东方部落的几位老人参加。要不是因为又一场突然袭来的疾病，我在当月就要度过佳期了。那天米米正在为我缝制一件新的丝绸衣裳，拉手试衣时，我突觉一阵头晕，接着胸疼泛开，豆大汗粒涌上额头。我在米米的呼叫声中卧下，一会儿被一拨人围住。我的嘴里又塞满了医师的丹丸。这一次我吞咽得可真费力。

这次可怕的疾病缓解之后，所有人都夸奖我的气色。他们误以为疾病也会被众口一词的声势给吓退。我知道剩下的时间不多，有许多事情已不容迟疑。胸疼刚刚过去，我又忍着脚气病发作的折磨，尽可能神态自若地参加了那一场必将载入史册的盛大婚礼。东方部落的酋长派来了五位年长功勋人物，同时又馈赠了大批羽毛和兽皮、海贝、干肉之类。我满怀谢忱收受了这批厚礼，不知如此之多的羽毛该派什么用场。

在令人伤心泣下的新婚之夜，"乌阿"与我语言不通，疼怜有余，彼此只用浅吻和无伤大雅的抚摸应答。深夜，我疲劳的躯体已非两年以前，只得安卧榻上歇息，连陪伴新娘坐一会儿的力气都没了。"乌阿"却替我脱去衣衫，又大胆地为我褪去内裤，接着发出了让人不再遗忘的"哦哟"声。她像突然之间发现自己寻了一个多么衰老的异族新郎，充斥心身的巨大惊骇无法隐藏。她无比怜惜地抚摸了我的周身，洒下了同情的泪水。

这个新婚之夜由于过分的疲劳——这疲劳随时都可以熄灭我微弱的生命

之火——连脚气病的骚扰都未能阻止我的昏睡。天不知何时大亮，"乌阿"坐在榻上看我，待我一醒立即为我穿衣，又服侍我洗漱。一切做过之后即按原定计划出门，因为米米正站在门口，要领我回去早餐。我像个依靠两个看护人的大孩子一样，哼哼呀呀地在她们之间来去，由她们穿衣、喂饭和抹嘴巴……

待我神气略好一些时，我也像往常一样走上街头。可是因为城区扩建、车辆行人增多，更因为我的衰老，我不得不听从米米和几个卫士的照料。通常我去看六坊三院，再转到那个暮年得而复失的儿子甘子墓前。我的泪水已在此洒完。在这里我想过了爱妻卞姜、区兰，我更小的儿子小林童；我甚至还想过了那个老友太史阿来和"女通灵者"。我相信，如果尚有余力的话，我会直直走到蓬莱山北的墓地上痛哭一场……如果时间还早，我就踱回三院，去抚摸热乎乎的经卷，去大言院。

大言院的辩论一如往日；或由于增添了年轻辩士，其声势较往昔更大。只不过凭我直感，声势固大，义理却并未因此而更加透晰精辟。我坐下倾听一会儿，既不打扰，也不被打扰。但有一天似乎是个例外：辩认中涉及到"开国"与"称王"之义。我不由得屏息静气起来，米米几次催我离开都被阻止。一个老先生引据"名实"之论："'名'不存何以有'实'焉？然'名实'之'名'与'实名'之'名'又有何异？是无'名'之'实'与无'实'之'名'矣！"另一先生也大说一通，引起激烈争辩。我不得不承认自己老了，思维迟钝，已经难得明了如此深奥的义理。头脑阵阵发涨，我也只好离开了。

我在路上喃喃说："他们在辩论，可见……"米米挽着我，为我擦去莫名的泪花，说："先师，您得体谅大家了。时至今日，除了找一个皇帝，他们实在也想不出什么更好的办法了。"好像只是不经意的一句，却让我一怔。我再不移步，定定地看她。她叫着："先师！我不该乱说；我再也不说了……"她慌得连连后退，竟顾不得挽我。

我却再未忘记这一句话。

想起大言院中的"名实"之争，似乎于混沌中晓悟了什么……无论是谁，眼下都"想不出更好的办法"。留给我的时间不多了，他们在我之后很快会寻到那个人的。我这些天一直回忆着甘子遇难前后那些可怕的经历。那时我一息尚存，他们却可以径自开政议、破陈规，险些将城邑引入歧途。也许我今天真的手无缚鸡之力了，真到了寻求和借助王冠之威的时刻了。仰望到处飘荡的阴阳旗，实在对其感到了厌恶——悬起它的那一天我就打定主意：总有一天要亲手把它抛到海里。这一天终于来到了。

我一连三天躺在卧榻上，全身燥热，不停地饮水。除了脚气病在加倍折磨之外，其余尚能忍受。米米误以为我又到了危急时刻，几次去呼医师都被阻止。经过连续四天时眠时醒的折腾之后，全身轻松，如同一块顽石从背上刚刚滑落。第五天上，我让卫士去传淳于林将军。

整个城邑充斥着喜庆的喧哗，这隆重非常的节日才有的特异气息掺在空气中，使人无可逃避。我不得不让米米严闭屋门，并垂下所有幔帐。可是那种气味仍要无所不在地涌入。米米也在兴奋之中，但她因为我的不快也只得压抑。满城都在传说"先师"即将称"王"，开国典礼正在紧张准备中。听说六坊三院极为激切，消息得到确认的当天彻夜不眠，各大门前边都扎起了彩带，悬起了特大灯笼。淳于林将军及十余位先生一起筹备大典。他们开始每日禀报，我让他们尽情弄去，一切决断事项皆不必禀报。我只与米米静处，大半时间卧于榻上。我想整个庆典该多么繁琐，且这班人中又无亲历类似场景人物，也真难为了他们。这必定是一次艰辛漫长的劳碌，但愿我不要在这期间不合时宜地死去。

米米偶尔将"乌阿"接来，三人同处在一起。"乌阿"每有一点时间就抚摸我的身体，总无法不为我的衰老感到惋惜和惊讶。她的小手抚摸我，大概想用青春的小熨斗抹平我苍老的皱褶。我对她和米米感谢的方式也只是在一天内三两次吻过她们的额头。

可是后来我连这种可怜巴巴的礼物也不能奉送了，因为颈部又痛疼起来，而且伴着剧烈咳嗽。为不让外人打扰我们仅存的一点宁静，我就用颤抖之手写下药方，让米米为我熬制止咳药水。一连服了几日煎药剧咳才勉强止住。但这场折腾已使我愈加精疲力竭，好长时间目色恍惚。接下去的几天，我几次把即将开始的盛典当成了正在准备的又一次婚礼，糊糊涂涂流下泪水，哀求米米和"乌阿"："我已经有过四次婚姻了，再也不要参加这样的仪式了，你们去告诉他们：饶了我吧！"

她们对我反复安慰。她们的温柔让我在来生也报答不完。我知道远离故土的女子除了用尽柔情，几乎没有任何办法来排遣自己的思乡之情和无依无靠的空寂感。她们一遍又一遍地托起我无力而刺疼的脖颈，像对待一个发育不良的婴儿一样，小心地擦去我的口水和泪痕，还有进餐时洒下的米汤。她们像看自己一件得意的刺绣似的，横竖端详我无神的眼睛、疏疏的眉毛，多皱的面孔以及花白的胡须。我闭上眼睛，真分不清两只纤手有何区别。但我嗅觉灵敏时，却能够准确无误地分辨："乌阿"有一股檀木和艾草混合的气息；而米米则是雏菊与蜀葵的味道。当我分辨出来时，就叹息一般叫出她们的名字。她们白天吻我时总是小心谨慎，生怕磨损了我的毛孔似的；而一旦入夜，特别是夜半三更之时，我正好被脚气病折磨得疼不欲生，呻吟不已，她们就不顾一切对我亲吻。她们那唇与舌带着令人惊恐的一丝粗野在我脸部搜索不止，直到最后让我在黑暗中老泪纵横——因为这时我竟想到了米米说过的一句话：她们实也想不出更好的办法了——她们此刻对于我、一个行将就木的人，也同样想不出比亲吻更好的办法了。

真是由衷地感谢她们，在她们双倍的温暖体恤以及无形的鼓励之下，我奇迹般地挺住，竟然在淳于林喜悦而激动的禀报中能够侧耳倾听。当然我仍卧榻上，一是体力不支，二是一个即将被扶上王位的老人已对这类禀报彻底乏味。淳于林将军告知：经过一班人全力忙碌，各种事项均已周备；宴会、典礼、贵宾、仪式、祭祀、阅兵、颂诗……几乎无所不包；另外，由大言院贡献的一座厅堂已改建王宫，如今装扮得富丽堂皇，美轮美奂；届时将鸣放火炮六响，十二支铜管一齐欢奏；城邑外贵宾除那个最大的亲戚部族之外，还邀请了七八个小部族……我听后暗自惊喜，因为一些闻所未闻的礼仪事项、第一次听说的奇怪名堂，他们竟可以在二十多天内弄得一应俱全。这除了极高的办事效率之外，也实需渊博的知识；而据我所知，城邑内所有人等，均无这方面的奇异人才。出于好奇，我不得不问几句原委。淳于林将军的回答则简洁明了：

"先师，在我们彼岸来的这班人中，对这类事是不会有什么大难为的。"

淳于林最后告知大典之日，使我又是一阵惊讶。因为时间过于仓促了。我借口还要备下一些好的行头，想拖延几天；淳于林马上说："先师不必过虑，一切已悉数弄好。王冠是纯金的，我掂了掂，比一张弓还要沉呢。衮服也做得考究，共三件，式样尺寸都再三琢磨，不会错的……"

我再无言。

三天之后就得放弃"先师"的称号了。这竟让人产生出特异的恐惧。

第三天夜里，我再无法在榻上躺卧，对身边的"乌阿"和米米说："扶我出去走走吧！这脚气病非把我提前打发了不可！"我在她们二人的搀扶下往街巷走去。到处是浓烈的喜庆气氛，灯红得让人发腻。我让她们引我远一点，躲开这喧闹与红色。她们问到哪里去，我想了想，说就到沙岸上去吧！

我又伫立在甘子墓前了。这时我比以往更加清楚，在这些年里，我爱任何一个人都没有超过甘子。他是我暮年里真正的安慰，他是一切……海浪哗哗作响，不急不缓冲涮沙岸。星星繁密，然而无月。黛蓝的海水荡着星辰，多么神渺难测。我仰头看去，目光掠过一片苍茫。再往前，无尽的远途即是彼岸。那是我的故地，居住着杳无音信的亲戚。他们几千年后也难以遗忘我这个不肖子孙。

那时候他们会对我指指点点。他们议论起我来会说：看，一个在逃犯！或者说：看，一个羞羞答答做了皇帝的人！

面对这片茫海、比茫海更其难测的历史，我一个人能有什么办法？谁来见证和记录这一切呢？有些隐秘将随肉躯埋葬，永无回应永无诠释。谁知道呢？我在最不适宜于做新郎的时候却不止一次地完婚；在最厌恶皇帝的时候则戴上了王冠；今后大概还要在最不愿意死亡的时候死去！

看看吧，命运就是这样捉弄了一个老人。

"今个是几日了？"我像在询问夜海。

"先师，第三日了，明天一早就……"她们一块儿回我，声音小得如同鸥鸟悄语。

1992 年 8 月 8 日至 1996 年 6 月 10 日

于龙口—济南—龙口

短篇小说

钻玉米地

　　无边无际的大玉米地里有什么？肥壮的玉米棵遮天蔽日，一片连着一片。无数的刺猬、兔子、黄狼、草獾，还有狐狸，都从里面跑出来。各种鸟雀一群群钻进钻出，喧闹着。你站在玉米地边，可以听见十分古怪的声音，有咳，有笑，有呼呼的喘息。

　　该进玉米地里看看去，看看究竟有些什么？人的一辈子不钻到玉米地里去几次，那可太亏太亏了。钻玉米地啊！

　　我们钻进玉米地，就像刮了一阵风。呼啦啦，玉米棵儿一溜儿摇动，叶子乱舞，大玉米穗子乱悠晃。我们尽量不把玉米棵子碰折，而是侧着身子，沿地垄往里跑。跑得越深，天色越暗，大玉米地深处黑乎乎的，远离村庄和学校。地的当心是谁也不曾去过的一个世界呀，是冒险的人才会得到的一个好地方。

　　男的有两个人结伴就敢钻到地当心；女的要有一群才敢往深处钻。她们什么都怕，怕野物也怕人。如果有不认识的人从玉米棵里钻出一个头来，她们就吓得呀一声跑开了。玉米叶子扫在她们的脸上、手上，扫出了小小的血口子。尽管这样她们还是要来。因为这玉米地里有馋人的好东西。

　　如果趁月亮天里钻进去，那就更来劲了。月亮天玉米棵里奇怪极了，各种声音响个不停，从声音里你就可以明白，这里面的东西和故事多了。一个人只要有胆量，就能找到他需要的一切。你想想看，玉米地这么大，什么东西没有呢？

　　小村里的人聪明得很，他们守着庄稼地过了一辈子，可知道土地的脾性：能滋生各种东西，也能招引来各种东西，更能埋藏下各种东西。比如人吧，最后还不是要入土？所以你缺了什么不用愁，只管跟土地要去。

　　秋天到了，玉米棵子连成大海大林，这不是个好机会吗？

小孩子们嘴馋，嚷着要吃瓜。哪里有钱去买？自己去找吧！他们呼啦啦钻进玉米地里，伸手扒拉开玉米叶儿，小鼻子不停地吸气儿，专门冲着香气去。一大片土地上藏下的瓜儿可多极了，你得用心找才行。终于找着了，一个金黄金黄的小瓜，像大鸭蛋似的，香得都不好意思吃。还有黄瓜、西红柿，它们的气味都比菜园里的好。瓜儿偷偷生在暗处，找它们的人在明处；它们不吭声。可它们有气味——于是它们就设法儿掩盖自己的气味。你可以看见它们的旁边有一株野花，花朵放出刺鼻的怪味儿。这就是瓜儿的诡计。它设法让别的气味蒙骗人们。

小炕理进玉米地里找瓜。他很想找一个西瓜。西瓜不易找，因为西瓜没有什么气味，而且容易和青草长在一起，你看不见。玉米地里的各种花草很多，多得叫不上名字来。什么野菠菜、野蒜、酸菜、三梭草……谁也数不清。有时你看见一片黄花，有时你看见一片红花。

小炕理胆子很大，他敢于一个人钻进钻出。他在地里像个野猪一样，呼噜呼噜喘着拱着，不知寻到了多少好东西。他随身有个大口袋，吃不了的瓜就装进去。他找到的大南瓜有十几斤重，全家用它熬甜饭喝。他还找到了野葫芦，做了一个挺好的水瓢。

小炕理的奶奶喜欢养猫，可是那时候猫很缺，要弄一只猫可不容易。自从老猫没了以后，炕理奶奶就想它。老人爱猫就像爱孩子差不多，整天说："我的猫呀！我的猫呀！"炕理说："奶奶，我设法到玉米地里找一只去！"奶奶说："胡诌！地里什么都有呀？"小炕理就弄了一个暗扣绳下在地里，又设法把一只小麻雀放在机关上。

两天过去了，暗扣儿套住了其他野物，就是没有套住猫。

小炕理并不灰心，他坚持了十几天。有一天他正在地里打瞌睡，突然有"喵喵"的叫声，一声比一声凄厉。他一下跳了起来，跑近了一看，见套住了一只长爪儿黑白花小猫。小猫野性十足，一看就知道是在野地里生活久了的东西。它胡乱蹬人，咬人，大嘶大叫。小炕理不得不揍了它一顿，绑上，带回了家来。

开始几天不喂它，硬饿硬饿；后来眼看它饿得站不起来了，才由老奶奶喂一点点东西。但是始终都未敢松了绳子，一直捆在桌子腿上。小猫一直处在饥饿状态，也一直由奶奶喂它。到后来它终于死也不肯离开老人了，温顺得很，老人可以一天到晚抱着它。

它长得很快，一年多的时间，它像个小老虎一样。谁见了都夸这是一只好猫，是猫中之王。

这只猫捉鼠很多，还能捉到麻雀、乌鸦、喜鹊，甚至能捉到大鹰。这是一只攻无不克的猫。

可惜炕理奶奶死后第二年，这只猫误食了死鼠，被鼠肚里的毒药毒死了。

炕理的父亲是个勤劳的人，整天劳动，喂猪喂鸡喂鸭。可是家里很穷。一头猪喂肥了卖掉，还舍不得钱买小猪。

也许是炕理找猫的经历启发了他，他有一段时间整天想到玉米地里去。那里面肯定有，因为人们经常抱怨庄稼被猪拱坏了。看来没有主人的猪会有的，至于它们究竟来自哪里，谁也不想去问。田野这么辽阔，里面什么都会有，这本来就是不成问题的。不过弄猪要有耐心，不能太急。炕理爸起了心就收不住，没事就往地里跑。他准备了一个捕鸟网，如果发现有了目标，就会架了网，然后从一个方向轰赶。

猪毕竟是猪，并不那么容易得到。一个多月过去了，炕理爸仍未如愿。可是他非常注意地上的印痕，不止一次发现有被猪拱过的痕迹。有一天他在玉米地里听到了呼呼大喘，摸索着凑近了，真的看到了有一头油亮亮的小猪。多么好的小猪，小猪嘴儿也油黑发亮。他笑得脸上开了花，一时倒忘了怎么去逮它。他认为它差不多已经是自己的了。他这样想着往前摸爬了一段，眼看就要揪到那可爱的小猪腿了。他猛一伸手，小猪猛一下跑了，发出"咕咕咕"一溜惊喘，没了影子。

他的确感到了小猪的热乎乎的皮肤。可是这次机会就这样失去了。不过他心里更加坚定了，认定玉米地里可以捉到他所需要的东西哩！他更加起劲地到地里来，一早一晚，只要是不出工，总会钻进去，一边拔草，一边寻找。

大约又过去了十几天，他终于发现了它。

这一次他总结了教训，先张网，然后小心地移近，一切都做得没法再谨慎了。当然，最后他是捉到了。小猪没命地喊叫，他拍打它，亲它，说："别哭了别哭了，有个家就比没有家强——咱回家去哩！"他差不多是把小猪一口气抱回去的，并从此开始了精心喂养。

这只野地里捉来的小猪长得很好。由于它的身架儿毛色及各方面都让人满意，所以最后没有舍得阉成肥猪，而是喂成了一头不错的种猪。

土成是个懒汉，没有媳妇。他熬到了三十多岁，还是没有。土成焦急得很，动不动就发火，有时连村里的领导也骂。他脸色发黄，不愿洗澡，身上灰尘很多。这样越发没有姑娘跟他了，连跟他说话的都不多。土成说："一个一个都长得有限。"那意思是他还看不上她们呢。大家都说土成的事要看麻烦。

他自己不往好的地方发展，而是顺着劲儿走下坡路，做了一些不太光彩的事。比如说他常趴在别人家的后窗看一会儿；还偷过鸡。总之他的名声越来越坏。他刚刚三十来岁，就学习老年人的样子，装成有气无力的模样，还故意不系腰带，而是在裤腰那儿挽个疙瘩。

一个青年丢失了青春的气息，也就根本不可爱了。看来他再也不准备娶媳妇了。因为他甚至发展到这样的程度：一连几天不洗脸。他脸上的黑灰十分明显，鼻子两侧已经有硬币那么厚。平常他的生活很单调，除了下地干点活，再就是随便躺一会儿。走到哪儿躺哪儿，街头巷尾，树底下，草垛跟。他躺下就不愿意动，也不睡，只是打瞌睡，眯着眼想事。他想了些什么谁也不知道。开始有人以为他长了什么病，后来也就习惯了。

土成的个子很高，身材比较细，比较柔软，像是个没有骨头的人。他什么都吃，不讲卫生，有时吃得肚子滚圆，有时饿得直不起腰。他偷了好吃的东西，拢把草就烧起来。有时候他一个人坐在大树底下，坐着坐着就哎哟起来，像肚子疼似的。"你肚子疼吗？"有人这样问他。他谁也不理，只是哎哟，发出一连串奇怪的声音。他那时的眼睛眯着，有时突然睁大了，里面有一汪泪。

后来有人明白了，说土成伤心。

土成说谁家姑娘如果给他当媳妇，他抱着就跑。往哪儿跑？往家跑。他说不让她干活，只让她吃好的，喂她白面馒头和咸鱼什么的。大伙都说土成原来是个好人。

虽然这样说，他还是一个人过日子。

也不知从什么时候开始，他常常去玉米地里了。有时一整天在里面瞎蹿，误了出工干活。他打个什么谱儿，慢慢大家都明白了。他是想在里面找个媳妇也说不定呢。不过媳妇毕竟不是西瓜蘑菇之类，也不是一般的野物，要找到不易啊！

当然，姑娘们有不少进玉米地的，她们进去摘野果啦，拔野菜啦，玩啦，解溲啦。不过她们可不会找土成。她们一般都不喜欢他。她们只有一点坚信不移：土成还算老实，不会对她们动手动脚。

土成趴在玉米地最深处，一躺就是一天。饿了，他扒开玉米皮，啃一个嫩玉米穗子；真的困了，就睡一会儿。刺猬、黄鼠狼都不太怕他，有时就从他身边走过。他还伸手捏过它们的小脚丫。

　　一个秋天快要过去的时候，土成创造了个奇迹。

　　那是一个黄昏，他走出了玉米地，后面还跟着一个头发黄黄、瘦瘦薄薄的姑娘。姑娘除了两眼有光，周身都是暗淡的。她大约有十八九岁，步子很小，像是害怕什么。问她多大了？她说二十五了。看来她发育不好，看上去还不够成熟。土成找到村里领导，问跟她成家行不行？领导说当然行了。

　　原来姑娘是南方穷地方下来的，秋天里蹲在庄稼地里，走哪儿算哪儿。她有一天在玉米地里，见一条长虫爬近了睡着的土成，就替他赶开。他醒了，正做梦，一睁眼就把她抱住了。土成那会儿不像个安分人，他们打打闹闹就熟了。不过姑娘第一天并未跟他走出来，而是一个人留在地里过夜。土成回了家，半夜睡不着，就揣了几个玉米饼，抱着席子被子钻进玉米地里。地里有月光儿，他找到了她，把东西放下，说了三五句话，就回来了。

　　土成那些日子差不多都是在玉米地里。那里面藏下了她这个人，谁也不知道。一连多少天过去了，他终于把姑娘领回家了。

　　后来那个黄瘦姑娘渐渐胖了，像模像样了，还生了两个小孩儿。土成也讲究起来，不仅按时洗脸，过节时还要穿袜子，冬天戴护耳套。

　　锅头老叔的儿子比土成还要大五六岁，难坏了老叔。他名字叫"小就"，长了副很奇怪的样子，主要是粗矮异常，不过身体十分强壮。他口吃，但是憨厚，最爱帮大娘大婶干活儿。她们走在路上，扛着东西，只要小就看见了，一定要替下她们来。"小就娶不上媳妇，冤！"她们都这么说。可是她们谁也不把自己的女儿嫁过去。锅头老叔有时很粗野地骂她们，街上的小孩子渐渐也学会了这么骂。老叔带坏了村风。

　　土成的婚事大大启发了锅头老叔。他催促儿子，说连土成都不如，那可就白活了。儿子不愿到玉米地里去，再三劝导才跑进去了几次，可是并不深入。老叔说："你得往深里走，见了女的多说话，一遭不行两遭！"

　　小就几乎没有机会同姑娘们说话。姑娘们在玉米地里见了他，老远就跑。因为都知道他在这儿干什么，人们害怕。其实小就是个老实人，在玉米地里主要是拔草，拔了一大捆又一大捆。

　　仅有的一次说话，是同一个采野菜的老太婆。老太婆坐在玉米棵下，唠叨了半天她男人在世时的"好处"，一把鼻涕一把眼泪，小就不由得跟上哭起来。后来老太婆拍拍身上的土末子走了，又剩下了他一个人。

锅头老叔带上一口袋上好的烟末去了玉米地。他慢慢地吸烟，捎带做点活计，安心地等待机会。他要亲手给儿子找个媳妇。他不信没有机会。

玉米地里好热闹啊，有时真有不少姑娘钻进来呢。不过她们大半是年纪轻轻的本村人，主动过来逗锅头老叔。老叔说："你们懂什么才是好？"她们都说："俺不懂。"老叔又说："矮壮矮壮，不矮能壮？庄稼日子讲个身子结实，又不是天天板着脸看。"姑娘们哈哈大笑，拍着手，跺着脚，呼啦呼啦跑出了玉米地。

庄稼快熟了的时候，有外地人顺着大路流过来。他们都是些吃百家饭的人，夜间就在沟渠里、庄稼地里过夜。其中有男有女，有老有少，都是些吃了上顿不愁下顿、到了秋天高兴得直打滚的人。

老叔就想打他们的主意。他对他们当中的女人们说："人这一辈子，走到哪里才是一站？不如见好就收，找个窝儿趴下。"女人说："瞧你老人家说的，谁家没有个人等着？俺人穷志不短哪！"老叔无话可说了。有的女人还没有男人，不过她们也不愿留下，只说："俺不服水土，胸口憋得慌！"

一个秋天过去了，锅头老叔没有留下一个女人。不过他仍不灰心。他知道这是一生一世的大事情，哪能那么简单？

第二年秋天又来了，玉米一节一节往上蹿。"快长快长，疯长吧！"老叔在心里喊着。玉米林子形成的时候，老人又在地里来来去去了。他想大闺女家一个人钻到玉米地里，大半都是些有心事的人，也是些泼辣人。再也没有比到玉米地里找媳妇更聪明的办法了。他想到这些，愈发佩服光棍汉土成。

深秋到了。那些外地人又来了。这一年上，锅头老叔一口气抱住了好几个偷玉米的外地女人。她们都不在乎，还嘻嘻笑。老叔说："吃人的嘴短，拿人的手短。想不想留下来过日子？"女人说不中不中。她们当中有人愿意留下来过上一个冬天，可一直留下来，那可不行。

住一个冬天，那也不错啊！那就是说，儿子可以在一个冬天里有他的媳妇了！老叔于是赶紧把那个女人领回了家去。

小就见了领回的女人就跑，老叔喝了两声没喝住，就抄起了一根扁担。儿子这才站住。他把儿子和女人关到了一个屋里，当时村里没有一个人知道。

十天半月过去了，那个女人又白又胖，眼神里全是光亮，说这里人到底比那里人好一些，吃得也实在。冬天过得真快啊，一晃天要暖了。小就夜里搂着媳妇哭，说活活分离啊，还不如死了好。老叔商量女人说："续下去中不？"女人想了想说："不中。"

不过她要再多住些日子。她说要报答报答这个人家。

这一住又住了一个月。女人忽然在一天早晨蹦到院子里，大骂了一句粗话，高喊："我不走了！"

一家子搂着笑了好久，小就真的有了长久的媳妇了。小就说："俺要不好好过日子，让俺死。"

后来小就的媳妇生了两个儿子，又勤俭又孝顺，待男人好，待公爹也好。她在锅头老叔最后那几年里，还亲手为他洗澡、翻身、挠痒痒。

小村里的年轻人个个都能闹腾。他们吃饱了饭，干活时又花不尽力气，就想打一架。不过大家都知道打架是怎么一回事，很少一口气把别人打坏。打架打得恰到好处，一个一个脸上通红，喘呼呼的，身上一层小汗珠儿，这就算不错了。

大白天打架不太好，因为在街道上、巷子里，什么都看得清清楚楚，不像那么回事。最好是在晚上，更好是再有点月亮。大伙儿分成一帮一帮，呼喊着，揪住一个对头狠狠揍。这叫打群架。有时候一场大架打到天亮，打得满头是灰、是抓挠的印痕。这样的打法最让上年纪的人愤恨。他们说："吵得人睡不沉！"他们希望年轻人留住力气干活。

姑娘们也参与了打架，她们与小伙子摔跤，一下一下让小伙子摔倒，高兴得哈哈笑。"哎呀你这个驴玩意儿，真有劲，真有劲儿！"她们力图将男的摔倒，有时也真能摔倒。小伙子压住了姑娘，呼天喊地大叫，说再敢不敢了？姑娘们大声嚷："不敢了不敢了！"

一帮一帮人在街上跑来跑去，狗汪汪大叫。老人们在窗子前面大骂，骂得越来越难听。

年轻人跑着，追着，一头钻进了大玉米地里。这下子好了，谁也管不着了。他们小心地侧着身子在地垄里跑，唯恐碰坏了庄稼。这时候主要是藏，是找，是一下子把对方扑倒。对方为了不压坏玉米，也倒得利索。他们哈哈大笑，在玉米地里蹿来蹿去。一地的野物都给惊起来了，它们尖声大叫，有的一蹦老高，有的飞到了天上。大鸟本来在玉米棵里睡得很美，突然被惊动了就有些火，它一下一下啄人的头发。狗最后也跟来了，它们首先在玉米地垄间追赶野物，来来往往十分繁忙。主人吹一声口哨，它们就回到各自主人身边。主人跟别人动手，它就帮主人撕扯别人的裤子，有时一口气把对方的裤子扯下来。

如果这种打架一直局限在本村的范围内就好了！可惜在玉米地里常常遇见跑出来的外村青年。由于彼此陌生，往往就不太友好，一旦吵起来，就成了一村对另一村。他们打得认真又专注，下手也厉害。有时一夜就能打伤几个人。有时这一夜吃了亏，下一夜就要设法补回来。大伙儿从四面包抄过去，一点一点围，尽量把对方困在玉米地中央——只等一声呼喊，大伙儿一齐蹿起。

尽管这样的打斗太冒险了，但打得还是很来劲儿。没有人害怕，没有人躲闪。到了晚上，领头的一点名，一个一个应声。如果谁不出来，领头的和大伙儿一块骂他。人齐了，就往玉米地里跑。那里又宽大又看不透，又有人又有野物，打起仗来可有意思了！

到了收玉米时，只要有碰折倒地的玉米秸子，人们就说："打夜仗的碰的！"

姑娘们性格不同。有的什么也不怕，即便跟外村人打架也敢跟上；有的只能与本村青年一块儿打闹。不过她们一般都听小伙子的。她们一般都在暗暗保护一个人；也有的要保护两三个人：一个喜欢的小伙子，另外就是哥哥和弟弟。她们衣兜里装了好吃的东西，比如枣子和苹果、桃子，还有巴掌大、指顶大的硬面饼。

玉米地里比赛说粗话最好玩。这种话平时谁也不说，因为年纪大的人听见了就呵斥，甚至抡起巴掌打人。他们都是在特定场合才说。特别是配合着打架说粗话，最有意思了。用粗话骂人，骂得再狠也不准恼。如果与外村人打架，打到一定的时候，就主要是说粗话比赛了。那些五花八门的粗话像排炮一样冲腾而出，把对方压得抬不起头来。有时一个响亮的大嗓门负责喊，一边就有几个人为他准备粗话，小声编出来。姑娘们也跟着编，她们编粗话编得热火朝天，已经忘记了害羞。

只有在平静的时候，姑娘们回忆起晚上说的话，才或多或少有点不好意思。"咱把他们骂成了什么？真解气！真解气！"她们往往这样说。

年轻人如果不时时找点仗打，就不太舒服，就要出别的毛病。打仗像抽烟，不抽不好，抽得太多了也不好。最好是抽抽歇歇，歇歇抽抽。如果没有玉米地遮着人眼，打仗就成了胡闹腾，就没有了偷偷摸摸的滋味儿。

一些村里人闲了没事，都愿意到玉米地里去。去干点什么——拔草寻瓜儿，或者是逮野物，只要手里有点活儿就行。玉米地里反而比街巷上、比家里热闹。庄稼人除了干活儿，一年到头有个什么光景看？电影一年里演不了几回，唱戏的差不多等于没有。大伙儿蹲在地里拉个呱儿，说点家长里短，消愁解闷儿，正经不错呢。有了心事，一个人愁也愁死，一伙儿说说，愁事就消了。如果遇上个对脾气的，两人面对面，四周没有人，说上一会儿，多么好！

七姑这个人热闹了一辈子，她一刻也寂寞不得。冬天里，闲人多，她上了谁家炕头，就说上一天热闹话。春天里老年人在街上晒太阳，她就伴他们晒，主要是寻个工夫说说话，扯些天南地北的事。她愿帮眼神昏花的老年人捉虱子，一口气能捉好几个人。她是老头儿老婆婆们的知心人。大伙儿都说："没有七姑，这个小村就白瞎白瞎！"七姑人缘好，谁家有了红白喜事，都少不了她。特别是喜事，都要喊她来；如果不喊，她就自己来。她说自己就是愿意吃好饭，愿意看不足月的小孩儿笑和哭。

秋天里忙，人们都下地去了。七姑早就不出工了，她一个人在村里与老年人玩儿，久了也闷得慌。有一次她偶尔去玉米地找一种草药，遇上了几个年轻人蹲在里面，就一块儿蹲了一会儿。真热闹啊，年轻人真能说能逗，高兴了还爬起来蹿一阵。他们给七姑起外号，问她一些稀奇事儿，她都不恼。"只要热闹就行，俺反正这么大年纪了。"有个小伙子给她取了个外号，叫"大肚蝈蝈"。她指着肚子说："俺这是有福哩，俺这肚儿什么都盛过，猪头，活鲜活鲜的大刀鱼，无花果儿，咱都吃过。"

"净说些馋人的东西，七姑好不好闭上嘴呀？"小伙子们嚷着。七姑拍着手："你们年轻，吃好东西的日子在后头。人一辈子说不准碰上什么好事儿——就像在这大玉米地里蹿，日子久了什么碰不上？"

"七姑说得真对呀！""七姑有经验！""七姑年轻时候也到玉米地里玩吗？"

七姑沉沉脸说："也来玉米地。不过那会儿七姑可不是如今的七姑。""怎么？""怎么？俊呗！你一活动脚就有十个八个盯着你，还保得住？一年秋天俺去玉米地摘个瓜儿，刚刚一会儿的工夫，得了，让赶车的麻脸老五瞅准了，一个饿虎扑食过来……好心不得好报啊！"

大伙儿笑起来。都说七姑是个好人，从来不记恨人，事情过去也就过去了。一个村住着，谁听见她骂过麻脸老五？七姑点点头："过日子，谁没有个三长两短？人不能得理不让人哪。一个村住着，低头不见抬头见，拉家带口的，谁也不容易啊！是吧是吧！"

"俺就一样喜好：热闹。只要是热闹地方就有俺。"七姑接上说，"年轻时候合作社来村里招干部，相中了俺。俺问：'社里热闹不热闹？'他们说也谈不上热闹，反正是干工作呗。我一听就摇手，说把俺留在村里吧，俺还没跟老少爷们玩耍够哩！"

年轻人说："七姑，你这样性情的人没有愁事，寿限大啊——老年人都这么说。"七姑又点头又摇头："离了热闹不行。有了热闹就好，反正是这样。"

由于玉米地里有年轻人说笑打闹，所以后来七姑就经常往地里钻。有人看见了说："这么大岁数了，好家伙！"她和年轻人在一块儿，又说又笑地快活，有时也干一些力所不及的事情。年轻人玩"骑大马"——几个人弓腰搂抱着，让另外几个人往上跳——她也跳，结果一下子从马背上栽下来，下巴上磕了个大口子。好在她这个人乐观，血迹还没干就哈哈笑起来。

老孙头性情孤独。他从年轻时就喜欢一个人独处，默默吸烟。本来是安安静静的地方，他坐一会儿还是嫌吵。他是全国最能抽烟的人，一杆大烟锅时刻不离。他一边抽烟一边拧艾草火绳，一口气能拧一大捆子。火绳平时就放在院门上面的搁板上，积成一座小山。谁进他家，一眼望到的首先就是火绳。

他手拿火绳，嘴里咬着烟锅，找个没人的地方去打发时光。七十岁的人了，剩下的时光尽管不多，可也足够他打发一阵子的了。人说话、狗吠猪哼，他都受不了。老孙头整天为寻找一块安静地方发愁。他的老伴一天说不上三五句话，可他还是埋怨："吵死我！吵死我！"他听见唰唰啦啦的脚步声也受不了。

"老孙头肯定在琢磨事儿。"村里人这么说，"人一辈子要琢磨好多事儿，这是肯定的。不过老孙头琢磨的时光可不短了。"

老人的眼珠盯住眼前的一片泥土，长时间不会移动。他缓缓吸烟。火绳在一边冒烟，烟笔直地往上。

有时他一个人微笑。不过大多数时间他是紧紧绷着脸的。他如果要说话了，会主动找人；他如果坐在那儿，最好还是不要打扰。有人试着搭讪过，结果老人差点扔了烟锅。

人如果沉默了并且又丝毫不寻思事情，那是绝对不可能的。不过老孙头成天琢磨了些什么事情？这太让人纳闷了。有一天村领导小心地绕开他往前走去，他却看见了，轻轻招手示意村领导过来。村领导比老人小十几岁，也算个老人了。他赶紧走过去，哈着腰站着。老孙头抽着烟，头也不抬。停了片刻他说道：

"五八年秋天那匹栗皮马不是让人毒死的，它是自己病死的。"

村领导闭上眼，用手敲打着自己的头，还是想不起。他想啊想啊，还要想下去，可老人已经挥手让他离去了。

"原来他在想这样一些事情，嗯。"从此他觉得老人的孤单是非常重要的事了，所以告诉村里人，谁也不要去扰乱他。"老人琢磨大事哩！"他这样说。

有一次老伴蹑手蹑脚从老头子身边走过，听见哼了一声，赶紧站住了。老孙头磕了烟锅，抬头看看她说：

"娶了你第二年春回娘家，你爹骂我那句话好狠。"

老伴记不起了。"骂了什么？骂了什么？"她揪着衣襟问。老孙头挥挥手，她于是走开了。

老孙头在哪里待一会儿，哪里就有一堆烟灰。他的烟吸得越来越猛了。这让人感到他正琢磨更琐碎更深入的事情。也可能是年龄的关系，他越来越不能与人同处了，在家里几乎不能安乐。到后来他终于走出村去，一直走向田野，走到大玉米地里去。大伙儿都躲开他，让他一人向玉米地深处钻去。那里的野物也好像不跳不叫了，只让老孙头一个人坐下来吸烟。

多么好的庄稼地，大绿叶儿一串一串，都在老孙头眼前闪跳。他这一辈子都是看着庄稼的，每片叶子都让他安恬。老孙头像来到真正的家，身心都松下来。玉米缨的气味，泥土的气味，青草的气味，什么都混到了一起，涌进他肺里。这气味养人哩。他舒服得躺下来，觉得泥土热乎乎软绵绵，比自家的大炕好上十倍。地里有各种细碎的声音，有人在远处呼叫——这一切声响一点也不吵人。好哩，好哩，大玉米地才是俺的老窝儿！老孙头透过玉米叶儿，一眼望穿了好几十年！陈谷子烂芝麻，什么都记起来了。死了十几年的驴也昂昂大叫，故去的老人们也凑过来拉呱儿。这回不是老孙头去想往事，而是往事来找老孙头了！你说怪不怪？怪不怪？

村里人只要一看见老孙头手提火绳往前匆匆走过，都知道他是去钻玉米地的。"老家伙又进去了！"大伙儿都这么说。

一个庄稼人最恋着的是什么？一开始没人知道，后来大家才一点点弄明白。他们恋着庄稼地，而不是老婆孩子，也不是热乎乎的炕头。

小古妈妈东跑西颠地讲叙这个理儿，她说她算开了窍了。

她是个小脚女人，个头一点点，眉眼好看。上年纪的人都记得她年轻时候的模样。男人早死了，小古妈妈不嫁人也不乱跑，安安静静守着小古过日子。可是她越来越想自己的男人，想小古爹。她做梦做他，说话说他，天天把他挂在嘴边。"过年过节孩子他爹也不来家！"她埋怨。有人听了就说："你老糊涂了，人死如灯灭，怎么还能回来？"

小古妈妈腿脚还算灵便，只是神态已经不清了。小古常常逗妈妈玩，听她说一些驴唇不对马嘴的怪话。小古笑得嘎嘎响。村上人都说小古这孩子不孝。

老太婆走走街坊，跟大伙一块儿乐乐。七姑喜好热闹，就长时间地陪伴她。后来七姑建议小古妈妈不要闷在村里，说这样长了会生出毛病，不如到田里走走。那时正是秋天，是玉米棵茂盛的时候。小古妈妈提个篮子钻进去，随便拔点野菜，累了就安静地坐一会儿。她觉得无边无际的大玉米地里有一万种声息，细碎而且渺远，在远处，好像有个男人在深长地喘息。

"小古爹！小古爹！"她呼叫着。

然后是倾听。有他的声音吗？似乎他在很遥远的地方哩。"你呀，你不来家，你在玉米棵子里胡闹腾。我可知道你脾性呀，你不是安分的人。你在那里蹲了一会儿，看看，又站起来了，哎呀，还笑，笑什么？你不想我，也不想孩儿？你说说，啧啧啧啧！"

小古妈妈拍打着膝盖，数叨着，又惊喜又绝望。

"你走了多少年了？闯关东也有个回家的时候嘛，谁知你一口气跑了哪去？早不回来晚不回来，到了快收玉米的时候就往回跑。我知道你是馋个秋天，馋又大又香的玉米棒子！"

小古妈妈笑哈哈地拍手："俺这回可看见你了，你在玉米地里钻来钻去，这回可瞒不过俺的眼去！我知道，你出门回来都是先看看庄稼，这样心里才踏实。你这回看明白了吗？一地好玉米，绿油油黑乌乌，大棒子比小孩儿胳膊还粗……"

她数叨一会儿坐下来，闭着眼，一脸的皱纹飞快地活动。她这样说着，笑着，走着，一直忙到天黑，这才恋恋不舍地往村里走去。

有人亲眼见到她在玉米地里干什么，回村里对人说："小古妈妈痴了。"七姑反驳说："谁的事情谁自己心里有数。她或许真的看到了男人呢。"有人大笑："玉米地里还能没有男人？""我是说她自己的男人！自己的男人自己看得见……"

七姑的话让人将信将疑。都知道小古妈妈和小古爹在玉米地里会面。他们两个人都返老还童了，那么大年纪还在地垄里追着玩，互相下绊子。小古妈妈一个绊子被绊倒，全身是土，爬起来还是跑。她嘴里嚷："小古爹，你这个老不正经，我叫你野跑！我叫你给我下绊子！"

玉米地的另一面是什么？走不到边，走不到边！多少老人小孩儿，这里可是个热闹地方。他们都在干自己愿干的事儿，别人看不见也抓不着。小古妈妈有一回真的抓住男人的衣襟了，一张两臂抱住了他，大叫："小古爹，坐下坐下，两口子拉拉知心呱儿……"小古爹一脸胡子比针还硬，老皮老肉也刺得疼。小古爹是个有劲的男人，一伸手指把她捏住，鼻子吭吭喷气。"两口儿没有不说的话！"他粗粗的嗓门说。"哎呀，这么多年不见了，你还喝酒，喝起来没头，你是个酒鬼啊！"小古妈妈笑着叫着。

多么好的大玉米地啊！庄稼人没白没黑地干活，从播种到施肥浇水，费了多大劲儿才弄出这么大一片。它还能不好吗？庄稼人流血流汗莳弄大玉米地，大玉米地也得保佑咱庄稼人，事情都是有来有往嘛！

一个人只要耐住心性，只要信服大玉米地，大玉米地就会帮你。你要什么？你只管跟它说，不用不好意思。不过你得是个好人，是个诚心诚意的人。就是这样，嗯。

1976 年写于龙口
1981 年改写

声音

　　芦青河口那围遭儿树多。大片大片的树林子，里面横一条小路，竖一条小路，非把人走迷了不可。因此河边的各家老人都常常告诫自己的孩子——特别是姑娘：没事儿，千万不要往林子深处走！

　　可二兰子倒蛮不在乎。她常钻到林子深处割牛草。家里人阻拦她，她就说："不怕，不怕，我到年都十九了！"妈妈脸一沉："十九了更不好！"二兰子把一截草绳儿往腰上一扎，提起镰刀说："我去！我去！我偏去嘛……"

　　她这句话里带着怨气。家里养个老牛，肚子比碾砣还大，地上放捆嫩草叶儿，它伸出舌头抿几下就光了。大弟弟忙着复习考大学，小弟弟要进重点班，唯独她不被看重，忙里忙外，出工前还得去割一大早的牛草。割就割吧，她没上几天学，管"大"念"太"，常常忽略中间那"一点儿"，还不得割牛草吗？可近处的青草全被人割光了，不进林子深处行吗？谁愿跑路怎么的！她觉得妈妈太不体谅人。

　　好在二兰子还从没有迷过路。

　　早晨，还是很早的时候就进林子了。一路上，也不知踢散了多少露珠儿。太阳升起来了，光芒透过树隙，像一把长长的剑。小鸟儿就像不闲嘴儿的小姑娘，吵死人了！还是老野鸡性子缓——多长的时间才叫一声"咯咯嗒"呀！二兰子总是这样：不管心里多么不痛快，一进了这林子就变得高兴了。大树林子绿蒙蒙的，多宽敞啊，她很想扬起脖儿喊一句，听听自己在这树林子里的声音。她知道，树林子能把声音传出老远、拖得老长，树林子真好哩！可她憋住了，她要赶去割草呢。她只瞅着脚下的草叶儿，急急地走。

　　她走着，地上的草叶儿嫩极了，一簇一簇，顶着露珠儿，闪着亮儿，二兰子还不割吗？不割！不割！她继续往前走着……地上的草叶儿墨绿墨绿，又深又密，简直连成片儿了，二兰子还不割吗？不割！不割！她还是往前走……又穿过几排杨树，跨进了杂树林子。看吧，这里的草叶儿才叫好呢！青青一片，崭新崭新的，叶片儿宽板板，长溜溜，就像初夏的麦苗儿。那草棵里面还有花哩，红一朵，黄一朵。二兰子先拣一朵大的插在头上，然后才解了绳儿，举起手里那把雪亮亮的镰刀……小鸟儿在头顶"喳喳"地叫了几声，清甜的空气直往鼻孔里扑，二兰子高兴极了！她盯着那镰刀刃儿，镰刀刃儿锃亮锃亮，反射着阳光，耀得她眯起了眼。四周空荡荡的，一个人也没有，她脸儿红红的，四面儿瞧瞧，心里一热，不知怎么脱口喊了一声：

"大刀来，小刀来——"

呀，满林子都喊哟！二兰子听到自己那声音了，听那尾音儿，在林子里还引起了一阵"啦沙沙沙……"的震动。二兰子恣得闭上了眼睛，一溜睫毛显得格外长、格外密。她大仰着脸儿，眼也不睁，嘻嘻笑着又喊一遍。"大刀来——小刀来！"

她喊完了，大气儿也不出，只用心听着那尾音儿。

这回的尾音拖得特别的长。奇怪的是，它好像飞到了老远的地方，又从那儿折回来。声音已经变了。二兰子听着愣住了！她一个字一个字地分辨着：是哪个小伙子在老远的地方接着喊哩！听听，他还在喊哩——

"大姑娘来——小姑娘来——"

二兰子赶紧藏到了一丛灌木后边。当她听出那声音是从远远的河西岸传过来的，才从灌木丛里走出来。不过她一颗心还在"怦怦"跳着，胆怯地向着河西岸望去——一团绿色又一团绿色，苇行、灌木，遮得严严实实，哪里看得见啊！不过这声音却是蛮嫩气，听那调儿，还是喊的普通话。二兰子小声骂一句"该死的"，就弯下身子割草了。

这天，她只默默地割草，连大声"哼"一句也不敢，生怕河西岸听见似的。割成了一大捆儿，她就无声地扛起来，踏着那林中小路儿回家了。

以后的早上，她每每来到林子里，刚要弯腰割草，就会听到河西岸那人在喊。"喊吧，喊吧，有谁理你才怪！"二兰子在心里说着，下狠劲儿割着草，头也不抬。她挥动着镰刀，胖乎乎的手脖儿在绿草丛里一掩一露，像一截儿洗得白嫩嫩的藕。割呀割呀！割得草叶堆成小山，老牛吃得肚儿圆；割呀割呀，她一口气割了十天。十天里有十个早晨，有十次踢散那林中小路上的露水珠儿，也有十次听到那河西岸的呼喊。呼喊，呼喊，显你小伙子嗓子脆啊！显你小伙子甜咪嗦嗦（方言，意为"爱在女人跟前讨好"）啊！二兰子烦他。

她这会儿开始后悔了：一个姑娘家，干吗在树林子里乱喊呀？你就不知道这树林子特怪——能让声音大上几倍吗？

二兰子以后割草时，故意用心听那鸟儿吵嘴——这就能忘了那个小伙子的声音。可是几天之后，她突然觉得这无边的林子里好像少了些什么。少了些什么呢？花也在，草也在，鸟儿也在，手里的镰刀也在——少了些什么呢？她干活不勤快了，再也无心割草，默默地贴站在一棵大杨树上，伸出镰刀刮那衰死的老皮儿……她刮着刮着猛然记起了：是少了他那喊声哩！——他从河西岸走了吗？他哪儿去了？他怎么就一连这多天不喊哩！

二兰子扛着草捆儿回家，走在路上都没劲儿。她是太累了。

早上回到林子里，她清了清嗓子，面向河西，用甜津津的声音喊了一句："大刀来——小刀来——"

树林子哟，树林子哟！树林子又把这声音传走了，那尾音儿不消不失，颤颤悠悠，像琴！像箫！像笛！像鼓！二兰子料定这声音是那千千万万片叶子传动的，要不它们怎么老是唰唰地动呀？她半个脸贴在树干上，她等河西岸那个声音。正在她的心急急跳动的时候，那声音果然又一次传过来了——

"大姑娘来——小姑娘来——"

二兰子笑了。二兰子蹲在地上了。二兰子解了草绳儿。二兰子挥起雪亮亮的镰刀了。这个姑娘真能割牛草！

这天晚上，二兰子回家后怎么也睡不着。这都怨那月亮太亮了些，把个窗外的树叶照得绿莹莹的，怎么能让二兰子不去想那树林子、那树林子里的草？她今晚镰刀就搁在窗台上，盯着在夜影里放光的刀刃儿，自然尽想些割草的事儿。十八九的姑娘了，俊俏得全村没有第二个。奇怪的是这么俊的姑娘，这会儿竟迷上割牛草了。早几年全村里都穷，她和别的姑娘一样，读了两天半书就回家下地了。在田野里，她们都是成帮成群的，穿着镶白腰儿的蓝粗布裤子，赤着脚儿在柳行里跑、跳，拔刚露尖尖角的苦苦菜。苦苦菜做的小豆腐真香啊，妈妈一边吃一边夸，说村里这帮子姑娘黑头发、大眼睛，都像一个模子里扣出来似的，哪一个大了都能找个好婆家……二兰子一点点大了，再也不拔苦苦菜。但如今她要割牛草。她想："割吧，割吧，割到找婆家！"她睡不着，就想那林子，想来想去，竟觉得河西岸那青草一准会比河东岸的多——河东岸那青草原来不算多，也不算嫩！

天亮以后，她踏过一条独木小桥，进了对岸的林子了。这儿的青草果真嫩、果真多吗？二兰子看不出来。她只是带着几分好奇似的蹲下身来，悄没声地伸出了镰刀……林子里的鸟儿也许吵累了，四周静得很，空荡荡的林子里，只有她那挥动镰刀的嚓嚓声。

割了一会儿，她听到了有人在不远的地方喊了一声。她的手一颤，镰刀滚到草丛里去了。她不知怎么有些慌乱，站了起来，很想回应一声"大刀来、小刀来"，却用手紧紧地掩住了嘴……绕过了几丛灌木，二兰子偷偷地趴在树枝下看着。她终于看到一棵皮黑如铁的老弯榆下，正有个人面向河东，用力地喊着。"是他了！是他了！"二兰子心里叫了一声，随手用镰刀狠劲儿扫了一下跟前的灌木丛。树丛发出了一阵"啪啦啦"的响声。

那个人赶紧转回身来。二兰子看真切了，也差点儿喊叫出来——这哪里是个小伙子啊：矮矮的个子，瘦干干的脸；一双眼睛陷得有点深，使上眼皮和眉骨处有一道深纹儿。他挺直身子站立着，那头颅也要往前探出一截儿——他是个罗锅儿！二兰子大失所望，觉得他就和身边那棵老弯榆差不多。他大概有二十八九岁了吧？她惊讶得嘴巴张得老大，在心里叫着："天哪！天哪！这样一个罗锅儿，还有那么嫩气的嗓子，还会说普通话，只听那嗓门儿，那声音，你会以为他是个多'帅'的小伙子哩。声音骗煞人！"

罗锅儿看到了二兰子，一下子怔住了！他把身子久久地贴到老弯榆上，让粗粗的树干挡住自己的脸。住了好长时间，他才不得不从树后走出来。

二兰子见他走了过来，警惕地问了句："干什么？"

"哦，割牛草，割牛草……"他慌促地点一下头，蹲到了二兰子的脚下。

二兰子退开一步，才发现原来自己刚才站立的地方，放着一根麻绳儿、一把窄窄的小镰刀……

他们都割开了牛草，谁都不说什么话。小罗锅儿敢藏在树丛里喊"大姑娘"，"大姑娘"真的来了，他却怕羞似的一个人跑到一边割着草。也只是不一会儿的时间，他就割了好大的一堆，速度快得简直让二兰子吃惊。他异常麻利地将草捆儿打好，然后就倚在草捆上，掏出个小本本看了起来，嘴里不停地咕咕哝哝……

几天过去了，他们两个都默默地干着。二兰子看小罗锅儿还算老实，从岁数上分属于另一搭儿的人，自己又耐不住寂寞，就上前搭讪着说起话来了。她知道了他大号叫李双成，就是西岸村子里的，负责队里三头老牛吃草。二兰子也告诉了自己的名字，告诉自己成天早晨在河东岸割草。小罗锅儿一双明亮的眼睛看着她，笑笑说：

"听你那声音真甜脆哩！我怎么也想不到是个割牛草的。我还以为是个'戏子'哩，出来练功……"

二兰子热得解开衣怀，露出了一件薄薄的、带小碎花儿的衬衫。她笑着把镰刀钩到肩头上说："咱不是'戏子'，咱还不识字哩……"

小罗锅儿站在她对面，温和地笑着，每听一句就点一下头、咽一口，那额下的喉结也随之上下活动一次，好像不仅全听准了，而且记住了、装到肚里去了！

二兰子还是第一次遇到这么重视她讲话的人，心里一阵畅快，就说了好多好多。

第二天，二兰子割草的时候，小罗锅儿就立在一旁看。他觉得她这样是割不快的，于是就要过了二兰子手里的镰刀。

他要做个示范动作了。

他背向着二兰子蹲在了地上，头也不回，只示意她看准、看透彻。然后，他右腿跪在了地上，左腿向一旁伸开，上身儿向前伏去，再伏去，就像要倒下似的。这时候，那右手里的镰刀才伸出来，那左手的手指才拢到一起。镰刀动起来了：不是推，不是拉，不是砍，也不是割，而是像在草丛间画小圈儿！那左手配得也叫好，触着抖动的草叶儿，一按一转，拍拍、拢拢，就像揉面团似的……青青草叶贴着地面给齐齐地割下来了，变成一卷一卷、一堆一堆。他就在这绿绿的草堆儿里活动着，整个身子有规律地晃动、俯仰，从容不迫地向前推进，就像游泳一样。

二兰子看得傻愣了！

她马上要过镰刀，就像小罗锅那样把身子靠近了地面，一招一式都仿他，但她动手割时，总不甚得劲儿，不但割不快，还差点割了手指……二兰子有些懊丧地跳了起来，请他重做一遍。她这次眼睛也不眨，从后背看，从前头看，从他的侧面看。突然她像发现了什么秘密似的，拍着手掌嚷：

"怪不得哩，那是你自己的法儿哟，那是你一个人的法儿哟！你是借了那罗锅的弯儿……"

她喊着，高兴得什么似的。突然，小罗锅"呼"地站了起来，仇恨似的盯了她一会儿，然后"啪"地摔掉了手里的镰刀，转身离去了。

"你怎么了？你怎么了？"二兰子吓了一跳，紧追着问道。

小罗锅没有理她。他走了老远，直走到那棵老弯榆下才停了下来。他倚着树干，默默地抚摸着黑色的树皮，一声也不吭。

二兰子似乎意识到自己的话语伤了他，就不做声了。她低头看看脚下的青草，又抬头瞅一眼小罗锅，发现那双有点深陷的眼睛里，有两点火星闪了一下。她伸手从一旁的槐树上取个叶儿，放在嘴唇上，"啵"一下吮了个响儿……她说：

"哎呀，你真是个要强的人哪，看不出来！"

他没有做声，只深深地看了她一眼，又回到原来的地方忙活去了。

像过去一样，也是刚过了不大一会儿，二兰子就看到他靠在捆好的草捆上读那个小本本了。她觉得新奇，就走到近前问他读的什么？他翻动着书页，头也不抬地说："没什么，一本书……"

二兰子问："上边有描的花儿人儿吗？"

他摇摇头："上边尽是字儿……"

二兰子鄙夷地撇撇嘴："哟哟，那能看出个什么来！"她嚷着，突然又想起了什么，问："你一直在这儿割牛草吗？"

小罗锅摇摇头："刚割了半季。我原来在学校里教书……"

"你教书？！"二兰子吃了一惊。

他点点头："是个'民办'。后来师范毕业生多了，'民办'有的要下放，我就给下放了。"他说到这里惋惜地搓弄着手掌，又碰碰身下的草捆说："老支书让我割牛草，他说：'你身子骨不硬，那活路也轻松……'我就来割牛草了。"

二兰子赞同地说："割牛草好！瞧你一会儿就割下这么多，然后净落得玩儿了。"

小罗锅听了，却激动得从草捆上跃起："那我就割这一辈子的牛草吗？"

二兰子看着他那样儿，觉得一阵阵好笑，心里说："割一辈子牛草有什么不好？连我也割牛草咧！"

小罗锅额头上渗着汗珠儿，涨得红红的。停了一会儿，他才蔫蔫地躺在了草捆上。他长长地吸了口气说："听说公社工艺制品厂要招懂外语的，这会儿正物色人呢，我想去找管工业的张书记……"

二兰子愣了一下："你连外国话也会说吗？！"

小罗锅摇摇头："还不能算是很会说……"

二兰子觉得有趣极了。她一迭声地喊道："'镰刀'怎么说？'割牛草'怎么说？'大树林子'怎么说？"

小罗锅很认真地一个个说了一遍。二兰子笑了："也听不出什么来，不过还真是怪好听的……哎呀你真能哩！你怎么学的？"

小罗锅两手枕在头下，大仰着脸儿，望着那插向天空的树梢儿，好久没有做声。停了会儿，他声音缓缓地说："我是来割牛草才开始学的。每天早晨，我天不亮就来到这林子里，背单词，练发音，露水珠儿滴到我脖子里……等树林子亮起来，我就合上书本，伸一个懒腰，要割牛草了。那时候我已经学了一个大早，心里兴冲冲的，河东岸喊来一声，我就应她一声……"

"你应什么不好呢？你偏喊'大姑娘'！"二兰子装着生气地插上一句。

小罗锅的脸红了。他把身子扭到一侧，避开了她那目光。他接上说："我学得真难哩！背一个大早的单词，割一捆牛草就全忘光了。我差不多都要急哭哩，我学不成了吗？我不想它。我只知道自己这个人有股特别的拗劲儿，用来学外语正好！我只想：英语单词啊，你真难对付！你是什么做的？是生铁、是石头、是金子吗？我要一点点地磨，把你磨成粉面！我只想：人就像这林子里的鸟儿那么多，多么巧的嗓子都有啊，要用上我，我就得比他们高出一大截儿……"

二兰子敬佩地看着他，点点头说："你行，你去制品厂呗，你是不该割牛草……"

小罗锅瞪着眼睛，像僵住了一样，直直地瞅着她。直停了好长时间，他才说了句："明天，我就去找公社张书记！"

第二天，那是一个大晴天。

二兰子知道他去公社了，她要一个人待在林子里的，但她却早早地来到了原来割草的地方。她无精打采地拉了半晌镰刀，胡乱收拾起一地散乱的草叶，然后就坐在那儿，用镰刀刨着湿乎乎的泥土玩儿。快近中午的时候，身后树叶唰啦啦响，小罗锅来了。二兰子一见，立刻从地上跳起来问：

"张书记准你了吗？"

小罗锅不言语，倚在了二兰子刚刚打好的草捆上。他停了会儿说："张书记亲自跟我谈过话哩。他说如今不会埋没人才的，不过已经有好多懂外语的来报过名了，厂里决定通过考试取两名……"

"哎呀，才取两名！"

"就是取一名，我也要去应考的！"小罗锅声音低沉，但却非常有力量。

二兰子不言语了。不知为什么，她这会儿老在担心小罗锅会考不中。

小罗锅斜躺在草捆上，抽根草梗儿在嘴里咬着，皱着眉头苦笑了一下。他仰望着树隙间那蓝蓝的天，突然问了句：

"二兰子，你，生下来就这么好看吗？"

二兰子毫无准备，脸蛋儿马上红了。她把脸转到了一边，生气地噘起了嘴巴。

小罗锅似乎并没注意她的表情，仍在仰望着天空，接着刚才的话茬儿说下去：

"你长得多好看哪！你太有福了……哦哦，这是天生的，花钱也买不来的呀……我哩？我生下来弱得不像样子。爸爸要把我扔到沟里，是妈妈抱住了我。你看，我就是这样活下来的——好像压根就不该活下来一样。不过我活下来，就要像个人一样地活！那些混乱年头里，一个身上有缺陷的人受得欺辱格外多，可就是在那时候，我夜里做梦也梦见读过的书，书中那些建立伟业的将军……妈妈常常说我：'孩子啊，你这样不好，你太能争强好胜了！'我问妈妈：'人，不就是要争强好胜吗？！'"

二兰子很感新奇地望着他，觉得他拗极了。她像自语似的重复着他的话："梦见……将军！"

他说着说着激动了，一下子站了起来，急急地在地上走着。那窄窄的额头上又热汗涔涔的了。他昂头看着二兰子说："做人就是要讲究这个，怎么我们非得割一辈子牛草不可呢？我们不行吗？我们都行！割牛草行，干别的，也保管行咧！"

二兰子手里握着一束草叶，一边编弄着一边笑吟吟地说："你行哩，咱不行，咱连个字儿也不识。咱割牛草，割到找婆家……"

小罗锅听了，猛地转过身来，直直地仰脸望着她，那神情里有惊愕、有惋惜，甚至还有不能抑止的愤怒。他就这样望了一会儿，那声音突然变得嘶哑了，低低地呼喊着："你不行吗？哎哟，你十九岁活灵灵，怎么能不行？！听你那嗓子，你能唱戏哩！瞧，你那眼，大双眼；那眉毛，又尖又细又长啊！你那身条儿，啧啧，走起路来……哎哎！你怎么？！你平常不知道照镜子、照大镜子吗？"他说着，两个按在膝盖上的手掌微微抖动。突然，他又看到了什么，一把夺过了二兰子手里正编弄着的那个东西，放眼前细细地瞅，那略微有些下陷的眼睛越瞪越大。他看着看着，"呀呀"地喊了起来："看哪看哪！这就是你刚刚儿——一忽儿编出来的吗？哎哟，多好的一头小草马呀！你多能，多巧啊！简直能当'编匠'哩！你就不知道看看你自己！你还说不行，你干什么都行——你看我——再看你——你怎么还说不行呢？！"

小罗锅急切切地望着二兰子，激动得不知怎么才好，那下颏骨不停地颤动，一双手在腿上使劲地摩擦了两下，又转身在地上急急地走动起来。

二兰子惊住了！她呆呆地望着他，一动不动地望着。望着望着，突然她肩膀一抖，不出声地哭了！

泪水顺着脸颊流下来，晶亮晶亮的。她伸手抹了一下，那泪水越发涌得快了。最后，她竟"呜呜"地哭出了声音，使小罗锅吃了一惊。

"二兰子……"小罗锅叫着。

二兰子就像没有听到，只是哭着。

"你怎么不吱声儿呢？"

"呜呜……"她哭着，两手捂在脸上，使劲儿摇了摇头……她今年十九岁了，十九年来，有谁这么看重过她、为她激动成这样呀？没有！谁都没觉得她一辈子割牛草有什么不好。她仿佛一瞬间又看到了那个破了半边的菜篮子，带着一截铁链的牛缰绳，还有那十九年里踏烂了的、至今还没舍得扔掉的大大小小的粗布鞋子……她哭啊哭啊，泪水把花衫儿都打湿了。

小罗锅紧紧盯着她那抽动的肩头，这会儿终于明白了她在哭什么！

二兰子抹着眼角的泪花问："我除了割牛草，干别的能行吗？"

"行！人若有志气，铁杵磨成针……"小罗锅非常肯定地回答……

停了好一会儿，他们才稍微平静一些。

灿烂的阳光照耀着林子，那树干，那草地，一切都抹上了一层银样的东西。到处都在闪光啊。树林子到了喧闹的时候：风声、鸟声、远方的人声……小罗锅大概激动之后变得疲劳了，又斜躺在了草捆上。阳光透过头上的枝叶落在了他的脸上。他这时喃喃的、怀着无限的柔情，用一种最美的男中音说：

"二兰子，你听咧！你听咧！你听这大林子里多热闹啊！风在吹箫，树叶儿奏琴，小鸟在歌唱……你就不觉得这是一曲挺好的交响乐吗？当我割完牛草的时候，当我学累了休息的时候，我常常爱一个人在林子里，默默地闭上眼睛听哩。我在听什么呢？我是在听这世上各种各样的音儿，我常常想：一个人，难的是不断地看准他自己。我们就不该给这林子添上一种声音吗？我们也有自己的嗓子，我们怎么就不该喊出自己的声音来呢？"

二兰子一边看着绿色的林子，一边听着甜美的画外音。她似乎是真正地听懂了，这会儿严肃地点了点头。

这天，他们谈了很久，分手时已经很晚了。小罗锅最后告诉她，他已经做好了应考的准备。

……

他们分手了，小罗锅走了五天。

五天，多漫长的五天哪，二兰子一个人割着牛草，她那么想念小罗锅，有时寂寞得厉害，就一个人站到那棵曾经给她留下极深印象的老弯榆下，望着那林梢上缠绕的乳白色的晨雾，喊几声"大刀、小刀"。每每喊完，她就觉得痛快，也觉得好笑："这么喊，可是我自己发明的！"

第六天，小罗锅来了！

他穿了一件崭新的衣服，那头发也细细地梳过……二兰子似乎并没有特别注意这一切，只兴奋地迎上前去。但他却"哎、哎"地往后退了一步。二兰子恼火地问："你怎么结巴开了！"小罗锅挠着头："没、没有结巴……"停了会儿，他走上前来说："二兰子，我，我今天是……不割牛草了！"

二兰子这才注意到他今天根本就没带麻绳儿、镰刀。

停了半晌，小罗锅掏着衣兜说："咱俩一起割草有多少天了呢？我也记不准。大概……很久了吧。我今天，想送你一件礼物……"

他费力地掏着，当一条鲜艳的纱巾从裤兜里一点点扯出来时，二兰子飞快地蹦到了一边。她惊讶地瞪大了眼睛，望着小罗锅，好像刚刚明白似的说："哎呀，我总看你岁数比我大一截儿，没想到你在打这个鬼主意呀……俺不愿要！"

小罗锅像被击了一下，身子猛地一抖。他站在那儿，一脸虔诚地望着她，一条纱巾在手上颤动着。他语调平缓、非常激动地说："二兰子，你多好哩！你到底有多么好，连你自己也不知道哩。你在我眼里像个水晶人儿，那么透亮，干净得没有一丝灰污气儿，我哪敢去想那些。我只是想：以后，很多很多年以后，我会想起在树林子里，送给过一个非常漂亮的姑娘一条……红纱巾……"

"俺不能要……"二兰子低下了头。

小罗锅怔怔地望着她，最后失望地坐在了地上。他一声不吭，用纱巾蒙住了脸，轻轻地摩擦着，摩擦着，最后放在膝盖上伸理平整，极其认真地叠好，重新装进兜里……他的头深深地低了下来，那刚刚还是粉红的额角这会儿变黄了……不知过了多长时间，他站了起来，对在低头捏弄衣角的二兰子说：

"我今天来，也是跟你告别的。我考中了，明天就去厂里报到……"

二兰子的眼睛一亮："真的？"

"真的！"

他无比友爱地望着眼前这个割草伙伴，深情地看着她，最后礼貌地点了点头，恋恋不舍地转身走去了……

二兰子直盯着他的背影，看着他消失在一片浓浓的绿色里……她一下子坐在了地上。她瞅瞅四周，觉得那么孤单、那么寂寞。不知又停了多长时间，她才从地上艰难地站起来。望着眼前踏乱的一片青草，她突然感到他是再也不会来割牛草的了，心上不由得一紧，两眼不知不觉涌上了一汪儿泪水。她知道他刚才被自己深深地伤害了，一颗心疼得发抖，这时突然想到了什么，拨开跟前的灌木，紧跑几步，带着满眼的泪水，向前放开声音喊着：

"大刀来——小刀来——"

尾音在林中回荡着，传过一片"刀、刀"的声音……他能回应吗？哦哦，他能听到吗？他走开多远了呢？

二兰子屏住了呼吸，一动不动地站在那儿。她这样等了一会儿，终于失望地转过身去——但正在她往前迈步的时候，却听到了那个由弱到强、由模糊到清晰的、从远方传来的呼喊了！啊，那是他从远远的林间送来的声音——

"大姑娘来——小姑娘来——"

二兰子欣慰地笑了。她在这喊声里抹去了泪花，随着那脸相也变得庄严了。她在想："他走了，我也该走了，但这要怎样走呢？林子里的路那么多，横一条小路，竖一条小路……"

那尾声悠悠不绝，无边的树林仍在鸣响。这声音扩展到了一个更广阔的世界里，起落、震荡，交织成一个力的回响，深沉、昂扬，像乐章里奏出的和声……二兰子一动不动地谛听着，抿着嘴角。她四周都是高入云天的大树、是蓬蓬勃勃的草木。她谛听着，渐渐觉得自己也溶化在一片无垠的绿色里了……

1982 年 3 月于济南

一潭清水

　　海滩上的沙子是白的，中午的太阳烤热了它，它再烤小草、瓜秧和人。西瓜田里什么都懒洋洋的，瓜叶儿蔫蔫地垂下来；西瓜因为有秧子牵住，也只得昏昏欲睡地躺在地垄里。两个看瓜的老头脾气不一样：老六哥躺在草铺的凉席上凉快，徐宝册却偏偏愿在中午的瓜地里走走、看看。徐宝册个子矮矮的，身子很粗，裸露的皮肤都是黑红色的，只穿了条黑绸布镶白腰的半长裤子，没有腰带，将白腰儿挽个疙瘩。他看着西瓜，那模样儿倒像在端量睡熟的孩子的脑壳，老是在笑。他有时弯腰拍一拍西瓜，有时伸脚给瓜根堆压上一些沙土。白沙子可真够热的了，徐宝册赤脚走下来，被烙了一路。这种烙法谁也受不了的，大约芦青河两岸只有他一个人将此当成一种享受。

　　一阵徐徐的南风从槐林里吹过来。徐宝册笑眯眯地仰起头来，舒服得了不得。槐林就在瓜田的南边，墨绿一片，深不见底，那风就从林子深处涌来，是它蓄成的一股凉气。徐宝册看了一会儿林子，突然厌烦地哼了一声。他并不十分需要这片林子，他又不怕热。倒是那林子时常藏下一两个瓜贼，给他送来好多麻烦。那树林子摇啊摇啊，谁也不敢说现在的树荫下就一定没躺个瓜贼！

　　种瓜人害怕瓜贼哪行！徐宝册对付瓜贼从来都是有办法的，而老六哥却往往不以为然。白天，徐宝册只这么在热沙上遛一趟，谁也不敢挨近瓜田，而老六哥却倒在铺子上睡大觉。如果是月黑头，瓜贼们从槐林里摸出来，东蹲一个，西蹲一个，和一簇簇的树棵子混到一起，趁机抱上个西瓜就走，事情就要麻烦一些。有一次徐宝册火了，拿起装满了火药的猎枪，轰的一声打出去……天亮了，徐宝册和老六哥沿着田边捡回几十个大西瓜，那全是瓜贼慌乱之中扔掉的。老六哥抱怨地说："何必当真呢？偷就让他偷去，反正都是大家的，偷完了咱们不轻闲？你放那一枪，没伤人还好，要是伤着个把人，你还能逃了蹲公安局？"宝册只是笑笑说："我打枪时，把枪口抬高了半尺呢！嘿，威风都是打出来的……"

一些赶海人都知道，老六哥的确是个大方人，所以常在瓜铺里歇脚。每逢这时，宝册由不得也要和他一样大方。有一次他烧开了一桶桑叶子水端上来，被一个满脸胡子的海上老大提起来泼到了沙土上。老六哥哈哈大笑着，便到瓜田里摘瓜去了。他一个腋下夹着一个熟透的西瓜，仍然哈哈大笑说："反正都是集体的瓜，吃就吃吧，只要不在夜里偷就行。"宝册也来了一句："人家把开水泼了，咱就乖乖地摘来瓜，威风都是泼出来的！"说完也哈哈大笑起来。他接过老六哥腋下的一个花皮大西瓜，顶在圆圆的肚子上，转回身子，来到一块案板前，放手摔下去。西瓜脆生生地裂成几块儿，红色的瓜瓤儿肉一般鲜，赶海的每人抢一块吃起来。

有个叫小林法的十二三岁的孩子常来瓜铺子里。这孩子长得奇怪：身子乌黑，很细很长，一屈一弯又很柔软，活像海里的一条鳝。他每次都是从北边的海上来，刚洗完海澡，只穿一条裤头儿，衣服搭在手臂上，赤裸的身子上挂着一朵又一朵泛白的盐花。盐水使他周身的皮肤都绷紧起来，脸皮也绷着，一双黑黑的眼睛显得又圆又大，就连嘴唇也翻得重一些，上边还有几道干裂的白纹。滚热的沙子烙痛了他的脚，他踮起脚尖，一跛一跛地走过来，嘴里轻轻叫唤着："嗦！嗦！嗦嗦……"

徐宝册一看到他这个样子就不禁乐了起来，躺在铺子里幸灾乐祸地喊着："小林法！小林法！快来……"他还常常跑上几步，把小林法拦在铺子外边，故意把他掀倒在地上，让沙子炙他赤裸的身子。小林法"哎哟哎哟"地叫着，在沙子上翻动着，笑着，骂着……徐宝册把自己的一只脚扳到膝盖上，指点着那坚硬的茧皮说："你的功夫不到，你看我，烙得动吗？"

小林法到了铺子里，就像到了自己家里一样。他躺在凉席上，两脚却要搭在宝册又滑又凉的后背上，舒服得不知怎么才好。宝册常拿起烟锅捅进他的嘴里，他就闭上眼睛吸一口，呛得大声咳嗽起来。老六哥在一旁对小林法说："嘿，不中用！我像你这么大已经叨了三年烟锅了！"小林法这时候就把脚从宝册的后背上抽下来，蹬老六哥一脚说："你中用，敢跟我到海里走一趟吗？我到哪你到哪，敢吗？"老六哥不吱声。他当然不敢的：小林法长得像条鳝，水里功夫也是像条鳝的。

小林法在铺子里玩不了一会儿，就嚷着要吃西瓜。只是在这个时候，徐宝册和老六哥的意见才是完全一致的，二人毫不犹豫地起身到瓜田里，每人抱回一个顶大的西瓜来。小林法很快吃掉一个，又慢悠悠地去吃另一个……他的肚子圆起来时，就挪步走出铺子，往瓜地当心那里走去了。

那里有一潭清水。

那潭清水是掘来浇西瓜的。平展展的水面上，微风吹起一条条好看的波纹。潭水湛清，潭中的水草、白沙都看得一清二楚。这实在是一个可爱的水潭。小林法常在这儿游上几圈，洗去身上的盐水沫儿。徐宝册和老六哥笑眯眯地蹲在潭边上，看着他戏水。

小林法就像是水里生的、水里长的一样，游到水里，远远望去，还以为他是条大鱼呢。他不怎么吸气，只在水里钻，一会儿偏着身子，一会儿仰着胸脯，两手像两个鳍，一翻一翻，身子扭动着，有时他兴劲上来，又像一只海豚那样横冲直撞，搅得水潭一片白浪，水花直溅到潭边两个老人的身上。

他从水中出来，圆圆的肚子消下去了，又重新吃起西瓜，直到只剩下一块块瓜皮。老六哥说："你真是个'瓜魔'！"徐宝册点点头："瓜魔！瓜魔！"

日子长了，他们仿佛忘记了小林法的名字，只叫他"瓜魔"了。

瓜魔原来是个收养在叔父家里的孤儿。他对读书并没有多少兴趣，叔父对管教他也并没有多少兴趣，他从五六岁起就在大海滩上游荡了。他在瓜田，绝对没有白吃西瓜，他常常帮助给瓜浇水、打冒杈，一边做活一边笑，在太阳底下一做就是半天。徐宝册疼他，喊他进草铺里歇一歇，老六哥却总是吸一口烟，笑眯眯地望他一眼说："让他做嘛！用瓜喂出来的一个好劳力嘛！"瓜魔实在做累了，就到海里去玩，回来时总在身后藏两条鱼，还都是少见的大鱼哩。两个老人怎么也弄不明白，他一个小小的孩子两手空空，怎么就能捉住那么大的鱼？不过也从不去问，因为他们觉得瓜魔也和一条很大的鱼差不多，"大鱼"逮条"小鱼"，大概总不难吧？两个人自己起灶，把鱼做成鲜美的鱼汤、鱼丸子、鱼水饺。有时瓜魔带来几个螃蟹，还有时带来几个乌鱼、八腿蛸、海螺、海蚬子……应有尽有。有一次他们吃过饭之后，问瓜魔怎么逮住了那条鱼，像腰带一样、细细的长长的那条？瓜魔说："捡条粗铁丝就行。这鱼老爱往岸边游，你瞅准它，一下子抽过去，就被抽成两截了，百发百中的！"两个老头儿笑了，嘴里学他一句："百发百中的！"

瓜魔隔不了几天就要来一次，徐宝册和老六哥吃不完他的鱼，就用柳条儿穿了晒鱼干。这个小小的瓜铺就像磁石一样吸引着瓜魔，因为他一来，徐宝册和老六哥总乐于为他摘最大的西瓜。他们对这么个瘦小的孩子能一气吃下那么多西瓜，开始觉得奇怪，后来倒觉得有趣了，来少了就念叨他。

这天，太阳偏西的时候，瓜魔又来了。入夜，他破例留下来，就睡在这铺子上。徐宝册没有娶过老婆，当然也没有儿子逗，半夜里常要伸手去摸摸瓜魔那热乎乎的肚子，觉得是一大快事。他想象着如果早几年结婚，有个儿子如今也该这般大了。他和老六哥是轮流睡的，要有一个为瓜田守夜。该他守夜时，他就把瓜魔叫醒，两人一起到地边上支起小锅煮东西吃。东西都是瓜魔出去找来的，无非是些刚长成小纽的地瓜、鼓成水泡仁的花生……这些东西撒上盐末一煮，味道都是极鲜的。

海风送过来一阵阵腥味儿。夜气很重，他们坐在火堆边上，衣服还是有些潮湿。空中的星星又密又亮，他们都觉得这会儿离星星近了许多。海潮的声音永无休止，虽是淡远的，但远比水浪拍岸深沉，那是硕大无边的海和整个地球岩石摩擦的声音。在这幽深的夜里，它和高空眨动的星光、远方林涛的振响一起，组成一个极为神秘的世界。芦青河在连夜急匆匆地奔向大海，那声音嘹亮而昂扬，不断安慰和鼓励着守夜的人们。

瓜魔斜倚在徐宝册的身上，看着远处升起的半个月亮。他突然说："宝册叔，我明年也跟你们来干吧！我喜欢这个活儿，晚上不会瞌睡……"

徐宝册从铁锅里捞出一块地瓜纽儿填到嘴里嚼着，摇摇头。

"怎么呢？"

"你该到海上学拉网，那才叫有出息！等你老了，年纪像我们差不多时，再来吧。"

瓜魔沉默着。从海岸隐隐传来拉夜网的号子声，他倾听了一阵，说："我去要几条鱼来煮上！"

瓜魔去了，提来几条鲅鱼煮到了锅里。徐宝册又点上了烟锅，吸了几口，说："讲点故事吧……"

铁锅下的木炭响了一声。瓜魔说："你讲吧，你是老人，老人十个里面有八个装了说不完的故事。"

徐宝册把那条又宽又肥的半长裤子提了提，说："那一年上，我种了棵南瓜，就种在屋后头。最后你猜怎么了？生出了一窝地瓜。"

瓜魔笑得肚子都疼了。他嚷着："我有一年种了一棵苞米，到头来你猜呢？生出一棵蓖麻！"

"胡说！"徐宝册严厉地打断他的话，磕掉了烟灰，"你胡乱编排些什么！"

瓜魔说："你不也是胡乱编排吗？"

"我不是。"徐宝册摇摇头，"我邻居家的孩子给我偷着埋下了地瓜呀……你看，是这样的。"

瓜魔无声地笑了。他把身子滚动一下，挨近一棵西瓜，摘下一个瓜来。他吃着瓜说："我想起一个故事来——这可不是编的，一点不是，是我亲眼看见的。那一年芦青河涨水，听人说河里的鱼多极了。好多人都鼓动我进河捉鱼去。我那几年就愿睡觉，头一碰着什么就粘上了，再也不愿抬起来……"

"小孩子都这样的。"徐宝册也掰了一块西瓜，咬了一口说。

"也不都这样。恐怕这是种毛病——我叔叔就说这是种毛病的。"瓜魔这时候不吃瓜了，一只手撑着地，半挺着身子讲他的故事了，"那一天大雾，芦青河就笼在一片灰白色的雾里。哎呀，好大的雾呀，我从家里走到河边上，衣服就湿了……河里这天没有多少人捉鱼，他们都怕雾呀，怕在对面不见人的时候被水里的妖怪拖进水里去。我倒不怕，直顺着水游下去，就在河口那儿的一片大水湾里停住了……"

徐宝册一直眯着眼睛，这时睁开眼插一句："是那片在三伏天也冰凉的水湾里吗？"

瓜魔点点头："嗯。"

徐宝册重新眯上了眼睛："那里面听说有不少鳖哩。"

瓜魔摇摇头："我在那儿捉到一条很大的鱼——它用鳍把我的小腿肚儿划开一道口子，惹恼了我，我用拳头砸了一下它的脑袋，它才显得老实了。我像抱个小孩儿一样把它抱上岸来，它直拱动，老想再回到河里去。我就紧紧抱着它……后来走在路上，累了歇息的时候，我就搂着这条鱼睡去了。醒来一看，鱼不见了，肚子上只沾了几片鱼鳞……"

"哪去了呢？"徐宝册蹲起身子，惊讶地问。

瓜魔揉揉眼睛："谁知道！到现在我也不知道。只是第二天我到龙口街上赶集，看见一个小姑娘卖一条鱼，越看，那鱼越像我捉的那条……"

徐宝册不做声了。他开始吸那杆烟锅。

瓜魔讲到这儿像是疲倦了，身子一仰躺了下来。他又伸手去拿起一块吃剩的瓜，放在嘴里吮着，并不咬，两眼一直望着那布满星星的天空。

蝈蝈儿在瓜垄里叫了起来。各种小虫儿也用千奇百怪的声音应和着。铁锅往外噗噗的冒着汽，鱼的香味儿很浓了。徐宝册起身把铁锅端下火来。

一个人迈着拖拖拉拉的步子走过来，走到近前才看出是老六哥。他不做声，蹲在了火堆旁，怕冷似的烘了烘手。他看到那一片片瓜皮，就伸手在瓜魔的肚子上捅一下说："真是个瓜魔！"

他们三个人一块儿将鱼吃了。这是一顿很丰盛的，也是一顿很平常的夜餐……

第二天，徐宝册和老六哥摘下了堆得像小山一样的西瓜，叫队上的拖拉机拉走了。搬弄瓜的时候，他们发现一个黑皮上带有花白点的大个儿西瓜，立刻就挑拣出来，藏到了铺子下边。他们记得去年就有这样的一个瓜，切开皮儿就有股香味扑出来，咬一口，甜得全身都要酥了。徐宝册说："留着瓜魔来一块儿吃吧。"老六哥点点头："一块儿吃。"

一连两天瓜魔没有来。西瓜从铺子下滚出来，徐宝册用脚把它推进去，说："瓜魔这东西把我们两个老头子给忘了。"老六哥说："瓜魔能忘了我们老头子，可他忘不了瓜！"徐宝册点点头："也忘不了海——这小东西，简直是鱼变的！这小子该到海上学打鱼。他原想以后跟我们来做营生呢……"

老六哥听到最末一句想起个事情。他说："听人讲，村里的土地以后都要搞责任承包了——还没讲瓜田承包不承包呢。"

徐宝册笑笑："承包怕什么？承包不就是咱俩的事了？别人也不敢揽这瓜田——这得有手艺呢！"

老六哥点点头："就是呀，我讲的意思，也就是到时候咱俩瞪起眼睛来，可不能让别人承包走了。"

天气出奇的热，傍晌午的时候，瓜魔胳膊上搭着衣服从海上来了。徐宝册坐在铺子上，老远就瞅见了，兴奋地吆喝着："嘿，你这小子！这几天跑哪去了？"

瓜魔仰着脸儿走过来，似笑非笑地眯着眼睛，身子晃晃荡荡的，像喝醉了酒。他唱着什么歌儿，一扭一扭走过来，躺在了铺子上。他喊着："吃瓜吃瓜！"

"这个瓜魔！"徐宝册招呼一下田里的老六哥，从铺子下边滚出了那个大西瓜，……真快意呀！谁吃过这样的西瓜呢？瓜魔兴奋得在铺子上打了几个滚儿，然后才到那潭清水里洗澡去了。徐宝册和老六哥也到瓜田里做活，路过水潭，每人顺便抓起一把沙子扬了进去，使得瓜魔在里面骂了一句。

村子里来人告诉徐宝册和老六哥，晚上要开会商量责任田承包的事，让他们去一个开会。

这个消息使两个看瓜的老头子整整兴奋了半天。徐宝册要去开会，老六哥不同意，说："你这个人关键时候话来得慢，我不放心。我去算了。"争执的结果，决定由老六哥去参加。

徐宝册觉得这事情不比一般，很需要运用一番自己的智慧。他想了好多，都想对老六哥嘱咐一遍，这使得老六哥都有些腻烦了。徐宝册打着冒权，说："比如这冒权吧，不比往年长那么旺——这是瓜秧不壮啊！不错，化肥也使了不少，可天旱，也只得不停地浇。结果呢？肥料都给冲到地下去了……这些，你都得跟领导说，让他们知道承包下来也不是便宜的事。"

老六哥听了暗暗发笑，徐宝册想到的他全想到了，他只不过将什么都藏在心里罢了。他觉得，今天手腕子也好像比过去强劲了些。他像囫囵吞下了一个大西瓜，心里老觉得沉甸甸的。他步量了一遍瓜田，又在靠近槐林的地边停住了步子。他想：如果承包下来，就是和自己的瓜田一样了，那么，这儿最好能架起一排荆棘篱笆，挡住那些瓜贼……

傍晚老六哥回村开会去了，半夜时分才回来。

老六哥笑模笑样的，这使徐宝册的心一下子放了下来。他问："六哥，承包给咱们了吧？"

老六哥点点头："不承包给咱们，谁敢揽这技术活儿？我一发话，会上没说二话的。没跟你商量，我就代你在合同上按了手印。我早算准了，咱们年底每人少说也能赚它五百块钱！"

"哎呀！哎呀！"徐宝册上前搂住了老六哥的腰，呼喊着，捶打着，说："瓜魔算'魔'吗？你才算'魔'！你这家伙鬼精明，你掐一掐手指骨节，计谋就来了。行啊，亏了这回承包！新政策是谁定的？我老宝册要找到他，敬他一杯大曲酒！"

老六哥搬来小铁锅，找来一条干鱼，放在里面煮上了。两人坐在一块儿吸着烟锅，谁也不想先去睡觉。老六哥吸着烟，伸出手捏住徐宝册的半长黑裤，拉了两下："看看吧！多丑的一条裤子……"徐宝册满脸愠怒地斜了他一眼，把他的手扳掉。老六哥笑吟吟地说："这都是没有老婆的过。有老婆，她早给你做条好裤子了。"徐宝册的脸有些烧起来，只顾一口接一口地吸烟。老六哥又说："今年卖了瓜，赚来钱，先去娶个老婆来！你总不能一个人老死在屋里吧……"徐宝册抬头望着远处月光下那片黑黝黝的槐林，嗫嚅道："也……不一定……"

"哈哈哈哈……"老六哥听了大笑起来。

徐宝册也笑起来，这笑声直传出老远，在夜空里回荡着，最后消失在那片槐林里了。

天亮了，他们立即着手在靠近槐林处架荆棘篱笆了。瓜魔来了，就忙着为他们砍荆棵子……徐宝册告诉瓜魔：瓜田承包下来了，这片西瓜就和自己的差不多了。瓜魔听了乐得不知怎么才好。老六哥低头绑着篱笆，这时回头瞅了瓜魔一眼，没有吱声。瓜魔于是走到他的身后，在他的腰上轻轻按了一下。老六哥突然抛了手里的东西，瞪起眼睛喝道："你小子打人没轻重，乱戳个什么！"

老六哥的样子怪吓人的，瓜魔吃了一惊，往后蹦开了一步。

徐宝册很惊奇地望望老六哥的腰，说："就那么不禁戳吗？"

老六哥没有吱声，只是涨红着脸低头做活。

三个人整整用了一上午的时间才架好篱笆。午饭做的鱼丸子、玉米面锅贴儿，瓜魔只吃了很少一点，就躺到铺子上去了，仰着脸，扭动着。他嘴里哼唱着，一边把脚搭在徐宝册光滑的脊背上。老六哥一直皱着眉头吸烟，这时一转脸看到了，说："真是贱东西！他整天做活累得不行，你还要把脚搭在他背上！真是贱东西！"瓜魔在过去总要把脚挪到他背上的，可是这回看到他阴沉沉的脸色，就无声地把脚放在了铺子上。

吃完饭后，照例要吃西瓜了。徐宝册见老六哥不愿动弹，就自己到田里摘来两个。可是吃瓜时，老六哥只是吸烟……瓜魔离开以后，徐宝册扳过老六哥的膀子问：

"六哥，你身上有些不对劲儿？"

老六哥只是吸烟。

"你不吱声我也知道。你掐一掐手指骨节就生出来的计谋，我都知道！你心里想心事，嘴上只是不说！"徐宝册盯着他的脸，硬硬地说。

老六哥磕打着烟锅，板着脸，慢声慢气地说："瓜魔不能多招惹的，他不是个正经孩子。"

徐宝册哼一声，扭过头去说："瓜魔是个好孩子！"

"你看看吧，"老六哥往瓜魔常来的那个方向指点一下说，"正经孩子有他那个样儿吗？黑溜溜像铁做的，钻到水里又像鱼，吃起瓜来泼狠泼愣！"

徐宝册气愤地将卷在膝盖上的裤脚推下去，站起来说："你有话就直说，用不着这么转弯抹角的。瓜魔一个孩子又碍了你什么！哎哎，你真是变成'魔'了！"

这是他们最不愉快的一次。这一天，他们简直没有说上几句话，只顾各忙自己的事情了。

以后瓜魔来到，老六哥总是离他远远地坐着。瓜魔带来的鱼，他似乎也不感兴趣了。瓜魔到水潭里洗澡，也只有徐宝册一个人跟去看了。徐宝册背着瓜魔对老六哥说："六哥，你心胸窄哩！你不像个做大事情的人！"老六哥顶撞一句："我也没见你做成什么大事情！"

瓜魔不知有多少天没来了，徐宝册常常往大海那边张望。可他除了看到远处海岸上那一长溜儿活动的拉网的人之外，几乎没有看到别的。夜里，他一个人烧起小铁锅，或者一个人走在瓜田里，总觉得少了些什么。

一天早上醒来，他对老六哥说："昨夜我刚睡下，就梦见瓜魔来了，蹲在瓜田南边，就是篱笆那儿，和我煮一锅鱼汤。"

老六哥点点头："煮吧。"

徐宝册眼神愣怔怔地望着篱笆说："煮好以后，我梦见他跟我要烟锅，我没给他。"

"你该给他！"老六哥讪笑着说。

"我没有给他。"徐宝册摇摇头，"我梦见他好像生了气，说再也不来了……"

老六哥嘴角上挂了一丝讥讽的笑容。

又有一天，徐宝册正给瓜浇水，一抬头看到海边上有个人在向这边遥望，那身影儿很像是瓜魔。他抛了手里的水桶，上前几步喊道：

"瓜魔呀？是你这小子！你怎么不过来呀？瓜魔——瓜魔——"

那是瓜魔，徐宝册越看越认得准了，于是就一声连一声地喊他，用手比画着让他过来。可是瓜魔无动于衷地站在那儿，望了一会儿，就晃晃荡荡地走开了……徐宝册愣愣地站在那儿，两手紧紧地揪着自己肥大的裤腿。

老六哥对他说："你再不要喊那东西了——他是再也不会来了。有一次你不在，他坐在铺子上吃瓜，吃下一个还要吃，我阻止了他。这小子一气走了。"

徐宝册听着，啊了一声，瞪大眼珠子盯着老六哥。

老六哥有些慌促地挪动了一下身子，避开对方的眼睛。

徐宝册却只是盯着他……停了一会儿，徐宝册寻了一个最大的西瓜，顶在肚皮上抱回铺子，对准那个案板，狠狠地摔下去。西瓜碎成一块一块，他两手颤抖着拢到一起，捧起一块吃着，瓜瓤儿涂了一腮。吃过瓜，他就躺在凉席上睡着了。

老六哥把这一切看在眼里，不敢说上一句话。

徐宝册醒来后，老六哥坐在他的近前。徐宝册眼望着北边的海岸线说："我早就知道你是舍不得那几个瓜！你要发一笔狠财，你不说我也知道！瓜魔平日里帮瓜田做了多少活儿？送来多少鱼？你也全不顾了……"

当天下午，徐宝册就到海上寻找瓜魔去了。

瓜魔在海里。他爬上海岸，坐在徐宝册的身旁哭了。眼泪刚一流下来，他就伸出那只瘦瘦的、黑黑的手掌抹去，不吱一声。徐宝册要他再到铺子里去，他摇摇头，神情十分坚决。最后，老头子长叹了一声，走开了。

两个老头子还像过去一样，每天给瓜浇水、打权子；晚上，还像过去那样给瓜田守夜……可是，他们不再高声谈论什么，也不再笑。徐宝册无精打采，他觉得自己突然变得没有力气了……终于有一天他对老六哥说：

"六哥！我忍了好多天了，我今天要跟你说：我不想在瓜田里做下去了。你另找一个搭档吧。真的，开始我忍着，可是以后我不能再忍了。咱俩在一起种了多年瓜，我今天离去对不起你哩，你多担待吧！"

老六哥惊疑地咬住嘴里的烟锅，转着圈儿看徐宝册，说："你，你疯了……"

徐宝册说："我真的要走，今天就回村里去。"

老六哥这才知道他是下了决心了，有些失望地蹲在了地上。

徐宝册说："还是李玉和说的好：'我们是两股道上跑的车，走的不是一条路啊！'……"

老六哥声音颤颤地说："什么时候了，还有心去说这些！"他洒下了两滴浑浊的眼泪……突然，他站起来，低着头，只把手一挥说，"走吧，宝册，有难处再来找你老哥我！"

徐宝册离去了。半月之后，他重新与别人合包下一片海滩葡萄园，到园里看葡萄去了……瓜魔又常常去园里找他玩，两人像过去那样睡在草铺子里，半夜点火烧起鱼汤……

一个晚上，他们仰脸躺在草铺里，瓜魔又把脚搭在了徐宝册光滑的后背上。他用那沙沙的嗓子唱着什么，声音越来越轻，终于一声不响了。停了一会儿，他对徐宝册说："我真想那个瓜田……"

徐宝册笑笑："你想吃瓜了？瓜魔！"

瓜魔坐起来，望着迷茫的星空，执拗地摇摇头："我是想那潭清水……真的，那潭清水！"

徐宝册没有做声。

这是个清凉的夜晚，风吹在葡萄架上，刷刷地响……徐宝册声音低缓地自语道："葡萄园也需要个水潭呢，我想在这儿动手挖一个……"

瓜魔的眼睛一亮："那水潭不是好多人才挖成的吗？我们能行？"

徐宝册点点头。

瓜魔笑了："我真想那潭清水……"

一个早晨，一老一少真的找块空地，动手挖水潭了。大概泥土很硬，他们一人拿一把铁锹，腰弯得很低，在橘红色的霞光里往下用着力气……

1983 年 5 月写于济南

海边的雪

一

海边的雪越积越厚。一个个渔铺子为了冬天暖和，都是半截儿埋在沙土里的。如今它们的尖顶儿也都是雪白雪白的了。赶海人剥下的蛤蜊皮堆成了小山，这小山也被雪蒙起来了。雪花儿还在从空中飘下来，飘下来。

海水很静。浪花一下下拍击着沙岸。海水的颜色渐渐变黑了，它迎接并融化了无数朵洁白的雪花。

有个人从远处走过来。他背了一身的雪粉，摇摇晃晃地走着，那穿了大棉靴的脚一下下深深地扎到积雪里面，给海边留下了第一行脚印。海鸥"嘎咕、嘎咕"地叫着，样子有些焦躁。他仰脸望一眼海鸥，继续低头走着。老头驼背很厉害了。他最后在一个大一些的铺子跟前停住，用脚踢了踢铺门，喊了一声什么，嘴里喷出了粗粗的一道白气。

渔铺子的小门紧紧地关着。他骂了起来，大声地喝着："金豹——你这头'豹子'！"

一个老头子在里面瓮声瓮气地应了一句："是老刚么？"接着"哐"地响了一声，门开了。门外的人钻了进去。

像所有渔铺子一样，它只在地面露着一人来高的尖顶儿，里面却很宽绰。铺子是用高粱秸和海草搭成的。隔成两间，外间有一个睡觉的土台子，上面垫了厚厚的麦草和半截苇席。台子下、二道门里，全是一团团的渔网和绳子。地上铺了草荐；露出沙土的地方，满是蟹腿和鱼骨什么的。油毡味儿、腥臭和湿气，一块往鼻子里涌……这就是渔铺子，自古以来看海的"铺老"就住这样的铺子。它能给打鱼人别一种温馨。在海上斗浪的人想得最多的是什么？就是这卧到土中半截的渔铺子、这里面的气味！

那头"豹子"这时就在土台子上舒服地睡着。他的脚伸在被子外面，原来刚才他是用脚勾掉了顶门杠儿，并没有爬起来。

钻进门来的老刚两手攥住了他的脚，用力一拽。金豹只得起来穿衣服了。他光着身子，抖着沾了沙土的衣服说："不服不行，不服不行——夜里抬了一会儿舢板，这身上乏得不行！唉，快七十的人了……"

金豹仔细地抖着沙子，也不嫌冷。铺子里倒也不怎么冷，铺门的一侧生了一个小铁炉子。他的确老了，身上很瘦，多少根肋骨都看得出来。可是他的肌肉很有力气，手脚十分利落。他很快穿好了衣服。

老刚从铺边的沙子里扒拉出半盒烟卷儿，凑近火炉吸着说："昨夜下了一场大雪，还在下哩。"

"唔？"金豹也点了一支烟，穿上了鞋子。他问："雪挺大么？"

"挺大——我估计这会儿半尺深了。"

金豹特意探出身子望了一会儿，然后缩回来说："好！嘿，好！"

他们都是留下来看冬铺的"铺老"。沿岸的一些渔铺大多家当很少，一入严寒就卷了行李回家去了，唯有老刚和金豹要留下来看冬铺。整日孤独得很，他们天天在一块儿说话，已经没有多少好说的了。老刚这会儿在想，金豹夸这场雪好是什么意思。

金豹不做声，只是吸着烟。炉子里的火苗儿映着他脸上那一道道黑色的皱纹，皱纹像要跳动起来。

铺子里面黑乎乎的。老刚丢了烟蒂，很费力地摸到了烟盒儿。他咕哝着："也怪，渔铺子上就没有一个开窗户的，白天也像黑夜。"

"铺子黑好睡觉。"金豹使劲吸一口烟，望望铺门上那个小小的玻璃片，说："好！嘿，好！"

"怎么就好呢？"老刚忍不住问了一句。

金豹拨着炉里的火说："雪天咱焖一条大鱼，关了铺门喝它一天酒，不好吗？"

老刚笑了："好。"

"喝醉才好。天冷，寒气都攻到心里去了。寒气这东西怪，像小虫一样，能顺着脚杆和手腕往心窝里爬……"金豹说着回身从沙子里挖出一瓶酒，放在老刚跟前说："怎么样？这是来赶海的老伙计们送我的。你哩，那个戴眼镜的儿子什么也不给你……"

老刚的儿子就在附近的一个煤矿做助理工程师，差不多忘了还有个父亲。老刚从来羞于让别人提这个儿子，这会儿就大声咳嗽起来。

金豹又将酒瓶插到了一边的沙子里去了。

外边几乎没有了声音。两个人都在吸自己的烟。要说的话都说完了。像今天一大早就说了这么多话，似乎很久以来还是第一次。这完全是因为下了一场大雪的缘故。

又吸了一会儿烟，他们弓了腰钻出了铺子。两个"铺老"都叼着烟卷儿，看着漫天飘舞的雪花。

哈嘿！这可是这个冬天的第一场雪，崭新崭新，飘到海边上来了。往日朝前看去，看到的全是衰败的杂草，坑坑洼洼的沙滩——如今都是一片白了，干净漂亮得很。雪花笑着落到他们的脸上、手上，马上就融化了。脸上手上都痒痒的，怪舒服。

站了一会儿，老刚要回他的铺子了。金豹让他过一个时辰再来，那会儿就把大鱼逮上来了。

二

雪花笑着落到金豹的脸上、手上，马上就融化了。脸上手上都痒痒的。他穿着高筒儿胶靴，将旋网搭在乌黑的手腕上，沿着浪印儿往前走。他觉得这面小旋网漂亮极了。他曾经用它逮过一条三尺长的胖鳋鱼呢，他至今记得那鱼发红的、恶狠狠的眼睛。

海水映着天空的颜色，阴沉沉的。没有什么鱼，这使金豹有些失望。他很想吃一条焖鱼，如今这条鱼就远远地躲起来不肯让他来焖。他生气地在水浪边缘上来回踏了一个时辰，最后只得回到铺子里，扔了旋网。

小火炉子燃得正旺，发出"噜噜"的声音；真像待在自己的小屋里一样舒服——金豹曾经有过那样一座小屋，漂亮得使他常常想它，不过如今没有了……他想老刚该回来了。他钻出铺门，看着乱纷纷的雪花在半空里飞动，看着远处老刚那个渔铺子的尖顶……海鸥烦躁地叫着，海里好像还传来什么人的喊叫——一辈子交给大海的"铺老"才有这样的耳朵：能从海的嘈杂中区分出细小的人语。他吃惊地往海里看了看，发现有两个人用力划着小舢板，离海岸已经几里远了。金豹想，如今允许打鱼发财了，也就有了不怕死的人！不过他不明白这样天在海里能做什么。

金豹就站在雪地里看那小船、等老刚。铺子里不断传出炉子燃烧的声音，他想炉子上没有那条鱼，老刚来了会失望的。说来也怪，一个人待在铺子里，总想找老刚说会儿话；老刚真的来了，又觉得没有什么可说的了。老刚真是个古怪东西。这儿离了老刚不行。

又等了一会儿，金豹骂着去找老刚了。

老刚的那个铺影儿越来越清晰。金豹想起有一次等他不来，闯进那铺门儿一看，他正一个人把蛤蜊皮堆成一座小塔。那全是小孩玩意儿。

铺子里面有人说话。金豹惊奇地推了铺门钻进去，看到老刚正和两个猎人说话，其中一个是他的儿子"眼镜"！金豹是从放在一边的双筒猎枪知道他们是来打猎的。那两个猎枪真漂亮。

"雪真大，今天停不了啦……""眼镜"客气地朝进来的金豹点着头，说。

"停不了！"一边的黑瘦青年肯定地说。

老刚咳嗽着。

金豹觉得老刚的脸有些红涨。他想，怪不得老刚不到他的铺子去，原来儿子来了。有这么个倒霉儿子就忘了老朋友了！金豹有些气愤地瞥了他一眼。

"眼镜"搓起了手，越搓越快。

金豹盯着他那两只又白又嫩、很像鲅鱼肚皮似的手，觉得这手可真不多见。

"这鬼天气！死冷……有酒么？""眼镜"说。

老刚阴沉着脸："没有。有酒也没有菜。"

"有条鱼不就行！""眼镜"冲一边的黑瘦青年挤了一下眼。

"没有鱼！没有！"老刚愤愤地说了一句，有些得意地看了金豹一眼，"再说你不嫌你爸的孬酒辣嘴吗？"

金豹讨厌这个"眼镜"，也讨厌他挤眼睛。金豹不明白海边上怎么出了这么个背着双筒猎枪、不管老父亲的人。他早就不耐烦了，这时"哼"了一声，从铺子角落里站起来，干瘦的脸上堆满了嘲弄的笑容。

助理工程师不解地看看他，叫了一声"豹伯"，往父亲一边挪动了一下。

金豹笑着说："又白又胖，你长得好！手和鱼肚那么细，我们的手和老槐树皮差不多，上面还有血口儿。这是捉鱼捉的。你从来不管我们，只是冻疼了，才躲进这铺子要酒喝。嘿嘿！"

"眼镜"脸红了。他咬了咬嘴唇。

金豹继续说："看见你爸住的地方了么？进门时要使劲弓起腰，铺子里也全是沙子。不错，有酒喝，不过杯子砸了，用蛤蜊皮盛酒。你也该送个杯子来啊……"

黑瘦青年觉得有趣地笑了。"眼镜"有些恼怒地说："我跟我爸要，又不是跟你要！"

金豹笑容没了。他暴躁地说："你爸的事情我说了算！你是谁的儿子！你也进这铺子？你该滚到雪地里去。"

老刚慌慌张张地站起来，大声地咳嗽着，站在儿子和金豹中间。

助理工程师气得身上抖动起来。显然他很少有这样气愤的时候，这时用手推一推眼镜，执拗地说："我偏要……待在这儿！"

金豹扩了扩胸，又搓弄着手掌。他像在故意活动着筋骨。他急促地说："我让你走！我让你走！"一边说，一边要用手推开挡在中间的老刚。他的脸像喝足了酒一样红，每一条皱纹都在可怕地活动。

黑瘦青年捡起猎枪，拉着"眼镜"的手出了铺门。"眼镜"回转身嚷着什么，往雪地里走去了。

老刚追出铺门，好像要说什么，但他吐出一口气，蹲了下来。

金豹愤愤地盯着远去的两个黑影："儿子这东西，没有也就算了。有，就让他像个儿子的样子！"

"逮到那鱼了吗？"老刚有气无力地问。

金豹摇头。他看看外边的天色，说："我身上筋骨老要疼。这都怨我们抬那条舢板抬的。和你儿子干一架，这会儿身上轻了点……"

老刚哭丧着脸笑了笑。

他们走出门来，向着金豹那个渔铺子走去。海是灰的，天是灰的，茫茫的一片灰黯阴沉。海边的雪积得更厚了。雪花儿落得差不多了，又开始飘细碎的冰凌。他们"吱吱"地踩着它。昏暗的海面上，隐隐约约看出一条小船。金豹说："看到了吗？这样天还有人出海。肯定是年轻人，年轻人才做这种险事情。"说到最后一句，他又想到了老刚的儿子，不由得大声骂了一句。老刚怪异地看看他问："骂谁啊？"

金豹摇摇头："我是说，年轻人欺负老头子，是以为老头子不敢跟他干架。老头子又怕什么！老头子的筋骨才硬……"

老刚没有做声。

金豹先一步走到铺子跟前，掀开铺门说："哎哎！要是里面有条焖鱼多好啊，这么大雪的天……"

三

他们到了铺子里都喘息起来。金豹一边喘着一边从角落里端出一碗咸鱼，又从沙子里摸出了那瓶酒。

两个人默默地喝着酒。金豹捏酒盅的手有些颤抖，那酒老要泼出来。金豹说："我们是老了，手也抖了。"

老刚说："我的手不抖。"

咸鱼放得时间长了些，又硬又咸，两个人用力地嚼着。酒很醇厚，又是热透了的，喝得他们鼻尖上渗出了汗珠儿。老刚说："就缺那条焖鱼了。如今人变灵活了，鱼也变精巧了。"金豹点点头："人是变精了。去年划分渔业承包组，年纪大的，人家不愿要哩。"老刚说："你这把年纪了，还不是也进了承包组。"金豹喝了一大口酒，抹抹嘴巴说："比我么？我这样的老把式，他们争还争不到哩！"

外边有了一些风。两人听到风声，都放了盅子走出来。雪花舞得厉害了，它们想方设法钻到领子和袖口里。老刚说："你看云彩有多么低。"金豹眯着眼端量了一下，说："雪停不了，再一刮风，海边上准会旋起一道道雪岭子。"

他们重新钻回铺子里喝酒了。

咸鱼又硬又咸，他们费力地嚼着，倒也一时忘了那条焖鱼……近午时分，承包组里有人冒雪送来烟酒、干粮，这使两个老人很高兴。他们从来人嘴里得知：海上那条小舢板是小蜂兄弟在挖蛤蜊，蛤肉卖到龙口镇上，一天能得半百……

老刚吱吱地吸着酒。金豹一直没有做声。他由拼命积钱的小蜂兄弟想起了别的事情。

他想起了自己那个"小屋"。

那个小屋是老婆得病时卖掉的。老婆死的时候，他才四十岁。他没有了小屋，村里要帮他盖，他摇摇头挡过了。他住到了海边的渔铺里，似乎再用不着那个小屋了。可是人没有一幢小屋怎么行！他一时也没有忘掉那个小屋，做梦都梦见它。他默默地攒钱，攒呀攒呀，准备盖一幢漂亮结实、只有一门一窗的小屋……常和他在一起的老刚也不知道，他的钱就缝在这渔铺的枕头里。夜里睡觉时他想：我的头枕着一座小屋呢。

金豹这时不由自主地盯住了他的"小屋"。老刚瞧瞧他，他才把目光从土台的枕头上转到酒杯上。

两人都不说话。他们之间也用不着说多少话。老刚推一推杯子，金豹就知道他想吸一口烟，于是扔过一支烟。金豹撕下鱼脊背上那道黑皮儿肉，老刚知道他特意留下了多油、味美的尾巴。老刚满意地吃着鱼尾巴。两个人喝去了多半瓶。

风把渔铺子吹响了。老刚盯着铺门缝隙里旋进来的雪花，轻声咕哝着："唉，待会儿风搅起雪来，他们会在大海滩上迷路……"他说着，起身去拨炉里的火。

金豹放了杯子。他知道老刚牵挂着打猎的儿子。他看了看老刚生了白胡茬的脸，没有做声。这就是做父亲的啊，再不好的儿子还是儿子！

风的确慢慢大起来，小沙子奇妙地穿透铺子飞进酒杯里。金豹记起该去看看舢板，就和老刚走出来。海里的涌多起来，岸边的浪花白得像雪，用力地往前扑着。他们给舢板的锚绳一个个加固了，又将无锚舢往上抬了抬。一切做完之后，金豹和老刚坐在一个反扣的小船上吸烟，看着海。哪年的冬天都下雪，今年这场雪却似乎太大了些。

有什么东西从东北方向漂移过来，渐渐大了、清晰了。金豹一直盯着，对在老刚耳朵上说："也许会发财的。"

这里的海边有个规矩：大海飘来的东西，谁先发现的，就属于谁。金豹和老刚慢慢都看清那是一粗一细两根圆木，粗的那根可以做屋梁。金豹又兴奋地想到了那个"小屋"。他跳下船来，又让老刚回铺子取绳索、长柄抓钩。

老刚跑开了。西北方驶来了小蜂兄弟的舢板。

金豹和老刚将圆木拉到了岸上。他们的半截裤子都湿了，冻得瑟瑟发抖。金豹却十分高兴，他大声喊了一句："小屋有了大梁……"他的喊声使老刚莫名其妙。

小舢板也靠了岸，跳下了小蜂兄弟。小蜂见了圆木就嚷："金豹啊，你真会捡便宜！我们从深海里就盯上了，随木头上来的，你倒伸出了抓钩。"

老刚慌促地瞅了金豹一眼。

金豹拧着裤脚的水。他坐下来吸着烟，吩咐老刚说："歇会儿，喘匀了气，再往回拖。"

小蜂蹦到眼前来了："你拖不走！"

金豹眯上眼睛："哼哼，我睡了半辈子渔铺，眼里糅不进沙子。圆木从东北漂来，你的舢板从西北来，你看见了圆木？"

小蜂的脸血红血红，他眼盯着结了盐花的木头，发狠地喊着，凑了过来。金豹抛了手里的烟蒂，将两只硬硬的黑拳拉在了腰边。他咬着嘴唇，瞪起眼睛，前额的皱纹积起又厚又深的一层。老刚在他耳边嚷什么，他一句也没有听见。

小蜂对他的兄弟使了个眼色，接着弯腰抱起圆木的一端。金豹的拳头只一下就让小蜂额上起个包。小蜂倒在地上，却巧妙地趁势用脚蹬倒了金豹，令人难以置信地一滚就翻身蹿起来，抓住圆木，两兄弟一起扛着跑起来。

金豹一声不吭，举起抓钩，弓着腰追去。

老刚看着金豹飞也似的跑势，惊呆了。他看到金豹紧追几步，狠狠地把抓钩抡了个圆弧抓下来，抓住了一根圆木……两兄弟扛着那一根跑着。

抓下来的是那根细小的。

两兄弟在远处喊着："有一天渔铺子着了火，烧死你这根老骨头！……"

金豹浑身的肌肉都在颤抖。他用粗壮骇人的声音骂道："两个畜生，两个贪心贼！我烧不死！"

四

两个老人一点一点地将圆木拖回来，放到了铺子的尖顶上。

"它能做条檩。"金豹声音细弱地说了一句，钻到铺子里去了。

他躺在一团发黑的网线上，紧紧地闭着眼睛。老刚凑到身边，端量着这张布满深皱、生了黑斑的脸。他发现金豹的眼睫毛已经很稀了，有的断掉半截，硬硬地挺着。他喘得很急促，很用力，鼻孔张开老大。老刚想对这两个黑洞似的鼻孔议论几句、开几句玩笑，可他现在不敢。

"他依仗着年轻，硬抢走我一根屋梁！"金豹愤恨地说。

老刚肯定地说："是抢走的。"

"我是看海的人，倒被别人抢走了东西。这是欺负老人。你看，我一天干了两架，全是跟年轻人。"金豹站了起来，把那只又黑又硬的拳头举起来。

老刚看清了那只拳头。他发现有两根手指歪斜着，从根部起就歪斜。他料定那是过去的日子里打折的。那该有多疼啊！老刚咬着牙想。

"嘿嘿！血气方刚的年轻人！让他们知道，老头子里面也有爱干架的。"金豹说着，又找出一条生咸鱼，放在炉口上烘着，拿出酒来倒满两个酒盅。

外面的风呼呼地吹着，有雪花儿从门缝里钻进来。铺子里很暖和，小炉子又"噜噜"地叫了。这使两个老人兴奋起来。你一盅我一盅地对饮。

烟气充满了铺子，他们不停地咳嗽。透过烟气，金豹看见老刚的脸色那么阴冷。他问："老刚，你怎么了哩？"老刚轻声说："我在想我这一辈子。"

金豹不做声了。

金豹知道老刚的一辈子都在海上，跟自己一样。不同的是他有一个儿子，自己没有。这一辈子都在跟大风、跟山一样的浪涌斗，死过，但终于还是活过来。可是后来，和自己一样，还是被大风和浪涌赶上岸来。他们只能趴在岸上看浪涌了。金豹长叹了一声。

老刚说："我们都老了。老得真快啊！"

金豹说："回头看看这一辈子吧，也该老了。我不记得使烂了几条船、让海浪打散了几条船；有的船还是崭新的，我就扔给大海了，一个人赤条条地往岸上爬。有一年冬天我靠一个浮篓游了二十里，奇怪的是没有冻死！"

"不知道这辈子打了多少鱼。"老刚抄着衣袖，头低着，下颏使劲抵住胸骨说着，"那时候鱼真多，堆到海边上，买鱼的扔下几个钱，就任他背。小时候听见上网了就往岸上跑，老父亲在渔铺里捧出一碗冒白气的鲜鲅鱼，说：'小孩子，多吃鱼少吃干粮，反正也不下海！'那时候鱼真多……"

金豹点点头："都是吃鱼长大的。那时节见了玉米饼子馋得流口水。嘿嘿，今天没人信这话……我第一次进海放钩子钓鱼，差点让一条带鱼咬断了大拇指。那时候全仗年轻啊，身上划条小口子，血流那么多，全不在乎。我冬天落进水里不止一次，海里的冰矶割开我的肉，我就咬着牙。海水墨黑墨黑，大浪吼得吓人，也不知掉在哪片老洋里了的，心里想，死是定了的。不过就那样死了还嫌太早，这时候可真难过。一个人不愿死硬要他死，这时候可真难过。"

老刚笑了几声。

"我这一辈子在风浪里钻，就想在没风没浪的地方盖一幢小屋子。"金豹苦笑一声，"我是生在渔铺子里的，老渴望有一幢结结实实的小屋子。直到解放才有了一座屋子，也有了媳妇。那几年的日子我下辈子也忘不了！媳妇是个好东西啊……有一年她病了，馋一条鲈鱼，你知道鲈鱼可不好整。有个老头子不知从哪儿弄了一条，要我用一个旋网换，讨价还价，怎么说也不行，非要一个旋网不可！我气急了，夺下来就跑，随手扔下五块钱……"

"这么说你也抢过别人的东西啊。"老刚插了一句。

金豹点点头："不错。我那时候也年轻，也是抢一个老头子的东西，像小蜂他们一样。也许人年轻的时候都要抢点什么的。还有一次在桑岛，让我们用船运水抗旱。中午吃干粮渴得嗓子冒烟，驻村干部从提包里掏出小暖瓶喝起来，跟他要一口都不给。我那回夺下了他的小暖瓶。后来，你知道——你肯定听说了，那东西找碴儿，说我要破坏一条机帆船，在队部关了我一个星期！……"

金豹笑起来，使劲用手捶打自己的腿："事情也巧，后来有一次他坐我的船（他认不出我了），我好好调理了他一下，呕得他脸色蜡黄。这东西看来官也做得不小了，小口袋上光钢笔就有三支。我把他呕得脸色蜡黄……我这辈子，你看，抢过别人，也被别人抢过。可按住心窝问一问，伤天害理的事咱没做过。"

"你的媳妇也是抢的。"老刚闷声闷气地说。

金豹不认识似的盯着他，随手斟满了杯子，轻轻地呠着。他直看得老刚笑了，这才说话："我不抢走她，她要上吊哩……那晚上，也是大雪，我把她抱在船上，抢出岛子来。只可怜了老丈母娘，听说她哭闺女哭坏了眼……"

金豹难过起来，默默不语了。

铺子里面暗淡下来，他们在炉台上点了油灯。金豹吸着了烟，盯着自己的脚，长长叹一口气说："小蜂兄弟怎么成这个样？你那宝贝儿子怎么就背起了两个筒子的猎枪？……"老刚低下头，没有吭声……坐在铺子里有些闷热，他们想到外面活动一下腿脚。昏蒙蒙的雪野，此刻滚动着千万条雪龙了！风肆无忌惮地吼叫着，绞拧着地上的雪。天就要黑下来了。他们差不多一刻也没有多站，就返身回铺子里了。

金豹重新坐到炉台跟前，烘着手说："这样的鬼天气只能喝酒。唉唉，到底是老了，没有血气了，简直碰不得风雪。"

"这场雪不知还停不停。等几天你看吧，满海都漂着冰矶。"老刚还在专心听着风雪的吼叫声。

"唉，老了，老了。"金豹把一双黑黑的手掌放在炉口上，像烤一条咸鱼一样，反反正正地翻动着，"就像雪一样，欢欢喜喜落下来，早晚要化的。"

老刚点点头："像雪一样。"

金豹望着铺门上那块黑乎乎的玻璃："还是地上好，雪花打着旋儿从天上下来，积起老厚，让人踏，日头照，化成了水。它就这么过完一辈子。"

"人也一样。都是在地上被别人踏黑了的。"老刚的声音有些发颤。他的眼睛直盯住跳动的灯火，眼角上有什么东西在闪亮。

金豹慢慢地吸一支烟，把没有喝完的半瓶酒重新插到沙子里去。他活动着胳膊，畅快地伸着腰，嘴里发出"哎哟哎哟"的声音。他叫得很舒服。他说："我这名儿是老父亲给的。我这脾性也真像个'豹子'，我刚才还干了两架。我老了，不过是头'老豹子'！哈哈……"

金豹大笑起来。老刚觉得老伙伴是醉了。

五

由于风雪阻隔，老刚只得睡在金豹的铺子里了。两个老人挨在一起，闭着眼睛各自想心事。老刚想他的儿子——这时已经背上猎枪回那个家了。那个家他见过，很小，很漂亮，还有暖气。这样可以烤烤冻透的身子。儿媳妇是个很厉害的城里人，老刚只见过两面，不过他已经知道她很厉害。不知怎么，老刚突然想儿子是让她用城里的什么法儿给制住了的，所以他背上了双筒猎枪，不管老子了——外面什么东西"哎哟、哎哟"地响，老刚听了不安地坐起来。金豹躺着说："不知道哪里被风吹的，海滩上就这样。有一年人家告诉我：夜里老有个女人喊'腿呀，我的腿呀'——你在海滩上走一步，那喊声也远一步，可能是落水的鬼魂，在这儿折了腿。我就不信，后来一找，嘿！是浪推着船尾巴，船上两块木头磨出的声音，听起来尖尖的，可不就像个女人！……睡觉吧。"

老刚躺下了。金豹自己却睡不着了。那个"哎哟"声搅得他心里烦躁躁的。他侧身吸着烟，静静地听外边的声音。海浪声大得可怕，他知道拍到岸上的浪头卷起来，这时正恶狠狠地将靠岸的雪坨子吞进去。他惯于在骇人的海浪声里酣睡，可是今晚却睡不着了。仿佛在这个雪夜里，有什么令人恐惧的东西正向他慢慢逼近过来。他怎么也睡不着。停了一会儿，他扔了烟蒂，披上破棉袄钻出了铺子。

刚一出门，一股旋转的雪柱就把他打倒了。他大骂起来——这股雪柱硬得真像根木柱。眼睛耳朵全塞了雪，头被撞得有些懵。金豹惊惧地"哼"了一声，望着四周，真不敢相信自己的眼睛。海浪和风雪一齐吼叫，像嘶哑的老熊。海底也许有一面巨大的鼓擂响了，震落了空中堆积一天的云彩，抖动了整个儿海。金豹趴在雪粉里听着无处不在的"鼓点儿"，心里奇怪地也咚咚跳起来。他突然想起了白天搬动的舢板，加固的锚绳也不保险哪！他像被什么蜇了似的喊着老刚，翻身回铺子去了。

　　……凭借雪粉的滑润，他们将几个舢板又推离岸边几丈远。彼此都看不见，只听见粗粗的喘息声。他们不敢去推稍远一些的小船，怕摸不回铺子。这老天和海真是发疯了啊。金豹说："全仗着喝了一天酒啊。酒真是个好东西。"老刚喘得说不出话，用力拽着绳索，嘴里发出"唉、唉！"的声音，算是应和。有一次他拽得不妙，脚下一滑跌到了棉绒似的雪粉里，好长时间才挣扎出来……

　　他们的手脚冻得没有了知觉，终于不敢耽搁，开始摸索着回铺子了。金豹不断喊着老刚，听不到回应，就伸手去摸他、拉他。有一次脸碰到他的鼻子，看到他用手将耳朵拢住，好像在听什么。

　　老刚真的在倾听。他在听一种奇怪的声音——一种"铺老"才分辨得出的声音。听了一会儿，他的嘴巴颤抖起来，带着哭音喊了一句："妈呀，海里有人！"

　　金豹像他那样听了听。

　　"呜喔——哎——救救——呜……"

　　是绝望的哭泣和呼喊。金豹跳了起来，霹雳一般吼道："是小蜂兄弟俩！他们上不来了！"

　　"听声音不远！"老刚身上抖起来，牙齿碰得直响。

　　金豹跺着脚："让浪打昏了头，两个发横财的家伙！小蜂——小蜂——！"金豹在浪头跟前吼起来，浪头扑下来，他的身子立刻湿透了……老刚喊了一阵，最后绝望地说："不行了，他们听见也摸不上来，两兄弟不行了……"

　　金豹张开手臂，像要用他那对可怕的拳头威胁着什么一样。他奔跑着、呼喊着，不知跌了多少跤子。他伸开手在雪地上乱摸——想摸些柴草点一堆大火：被海浪打昏了头的人，只有迎着火光才能爬上来，金豹想按海上规矩，为小蜂兄弟点一堆救命的火。厚厚的大雪，哪里寻柴草去！最后他一声不吭地站在了老刚身边。这样站了有一分钟。突然他说了句："点铺子吧！"

他的大手紧紧抓住了老刚的肩膀。

老刚的骨头都被捏疼了。他知道只有这个法子了，往常也有人用过这个法子。可是金豹的铺子搭满了闲置不用的网具、杂什，是他们承包组的全部家当啊。老刚声音颤颤地点头说："快，快搬开铺子上的东西吧，你搬里边，我搬外边……"

老刚的两只大手在厚厚的雪粉里掏着网具，却被一团尼龙丝线套住了。他大骂着，挣脱着，手腕挣出来时被勒出了血。他还在拼命地挣着，嘴里还奇怪地叫着："金豹啊！金豹啊！"

金豹一丝声音没有，也没见他往外抱一件东西。老刚钻到铺门里一看，一下子呆住了：

金豹想从火炉里引火点铺子——火炉子不知啥时熄灭了，他正用颤抖的手划着火柴……老刚一巴掌打落了金豹的火柴盒，吼道："跟我出去，你这头豹子！"金豹咬着嘴唇，抖着结了冰凌的胡子，睁开通红的眼睛看了看他的老伙计，猛然伸出那只钢硬的拳头，"扑哧"一声砸过去……

老刚被打出铺门，趴在雪地里差点昏过去……他是在一片"噼啪"的燃烧声里爬起来的。

大火燃起来了！风吹着，熊熊烈火四周容不得冰雪了。尼龙网具在火中爆出银亮的、油绿的光色。天空中，飞旋的雪花，都被映红了；雪地上，远远近近都是嫣红的火的颜色。狂暴的风雪比起这团大火好像已经是微不足道的了……老刚被大火烤得全身发疼，他奔跑着，喊着金豹。可是火边上没有金豹的影子了。

金豹早钻到了水浪里。他这时正盯着水里的那团黑影。黑影近了，是抱了一块木板的小蜂。金豹拖上小蜂，刚迈开一步，就被一个巨浪打倒了，他爬起来时，看到老刚也拖着一个人……他们把两兄弟抱到了大火边上。

小蜂兄弟俩的衣服差不多被海浪全撕光了。他们的皮肤光滑得很，在火光下发红，冒着白汽。他们的脑壳儿上紧贴着油亮亮的头发，显得很圆，很好看。烤了一会儿，两个身体蠕动起来。

正在这时候，金豹和老刚听到了大火的另一边有一种奇怪的声音。他们跑去一看，惊得说不出话——从雪地里、从黑夜的深处滚来了两个"雪球"！"雪球"滚到大火边上才放展开，让他们看出原来是两个人。老刚低头瞅一瞅，惊慌地捏住其中一个的手说："这是我儿子！"

原来他们终于没能冲出茫茫原野，在漫天的雪尘中迷路了！像小蜂兄弟一样，他们左冲右突，终于知道自己注定要冻死在这个雪夜里了，可他们绝境中望到了奇迹——一团生命的大火在远方剧烈燃烧，爆出了耀眼的白光！他们流着眼泪，爬过去，滚过去……

火势渐渐弱下去，那一堆炭火却红得可爱。小蜂兄弟能够坐起来了，他们看看炭火，看看远处的黑夜，叫着金豹和老刚的名字，放声大哭起来。

两个年轻猎人的双筒猎枪早已不知抛在哪里了。他们的一身冰坨融化着，水流又渗进沙子里。助理工程师颤声叫着："爸！豹伯……"

他们和小蜂兄弟一块儿跪在了两个老人面前……

两个老人身披长长的雨衣和棉袄站着，一动不动。炭火把他们笔直的影子印在了雪地上。

六

他们将四个年轻人送到老刚的铺子里时，天已近明，风雪势头明显的弱下去了。就像被什么驱使着，两人很快又回到了烧掉的铺子那儿。

火完全熄灭了，余下一堆黑色的灰烬。

他们盯在灰烬上，眼睛都不眨一下。是一个承包组流血流汗置起的全部家当啊！两个人不由得害怕起来。

金豹除此之外，还感到了揪心的疼痛。他简直不敢去想：慌促之中，他竟然忘掉了那个藏下一座"小屋"的枕头！他亲手烧掉了自己的一座"小屋"啊！

老刚嘴唇哆嗦着："烧了，一把火烧得这么干净……"

金豹两手捧着脑袋，没有做声。他多想告诉老伙计这桩隐藏了多半辈子的秘密，告诉他亲手烧掉的这座"小屋"……可是他终于忍住了。昏暗中，他一个人在无声地哭。

……雪慢慢停止了。风还在刮着。地上的雪片飞起来，想将那堆灰烬盖住，但终于也不能够。金豹蹲在那儿，突然想起了什么，他走到灰烬上，用力地扒着。他沾了一身灰土，终于扒到了：一个酒瓶，已经烧裂成了几片……

太阳出来后，天边的白雪耀眼的明。天蓝得真可爱啊！很多的人又踏着积雪到海边上来了。人们不可能一连几天把海忘掉，他们其中的好多人是在风雪之后，不由自主地走到海边上来的。积雪很厚，还横着一道道雪岭，人们艰难地、兴奋地走着。

大家都来看烧掉的渔铺，从一堆很大的灰烬上想象开去，极力想象出当时那团白亮的大火。

承包小组很快来搭了新铺子。新铺子当然和老铺子搭得一样，只是上面没有了那些网具。事情再明白没有，似乎没有人责备两个铺老。村领导调查之后，决定给这个承包组一些经济补助，并表彰了两个老人当机立断的精神。金豹感动地说："这有什么，我们不过是到时候划了一根火柴！"

以后有人赞扬他们的时候，老刚也说："这有什么，我们不过是划了一根火柴！"

金豹在心里问着："只是划根火柴吗？"他痛苦地摇着头："烧了那么多东西，烧了我一座屋啊！"他清楚地记得从小蜂手里夺下的那根"檩子"也一起烧了——开始它只是冒烟，好像有些害羞的样子，后来便爆出红的火舌来，快乐地烧掉了……

这个夜晚，他特意留下老刚睡新铺子。他说要和老刚说话。但是躺下之后，他却什么话也没有了。他仰面躺着，听着大海的潮声，想了那么多往事。他闭着眼睛想着，突然觉得有好多话不是跟老刚，而是要跟自己交谈……一个低沉的声音在心底问着："你如今老了吗？"自己回答道："觉得是老了。筋骨常常疼。""你最近想起了死吗？""不想死。不过要死也不怕。""你的小屋呢？""烧了。""烧了？！""……不，已经盖起来了。它盖了一辈子，前几天夜里又加了一页瓦……"

……他跟自己谈着话，终于感到了疲倦，带着欣慰的笑容睡去了。

…………

这一觉睡得很长很长。待醒来时，他们就兴奋地踏着积雪去捉鱼了。

鱼捉到了。金豹做焖鱼的手艺是很绝的……两人喝了那么多酒！他们好长时间没有这样兴奋过。铺子里面有些热，他们后来走到了铺子外的雪地上。

一片洁白的原野上，已留下了道道脚印。海边上，海风旋起的高高的雪岭上，被赶海的人踏出了几条通路。雪粉上留下了辛苦的渔人的脚泥，掺进了沙土。阳光下，大雪已经开始融化了……金豹看着雪地说："多少人都驾船进海了。你看赶海人的胆子。我老想进海试试，我不比年轻人差，前几天，我还一口气跟他们干了两架。我一拳就打倒了小蜂，这个你记得。"

老刚庄严地点点头。他这会儿突然发现脚下融化的雪地上，正生出一株嫩嫩的芽儿，就惊奇地指给金豹看。

金豹也看到了：一株小草，很绿很绿的……

1984 年 1 月于郯城

冬景

进入十一月，老人的神色变得沉重了。他一个人走向田野，注视天际，眉毛不停地抖动。天气晴和，人们在田里忙着，在海上打鱼，没人注意这样一个老人。

树叶铺地，又被大风扫进干涸的沟渠。老人用一个网包往回背树叶，在自己的小院堆成一个垛子，又用秫秸、破渔网将垛子盖得结结实实。接上的日子老人都到海边上去，提一个粪筐，沿着浪印往前走。海水不断推拥出一些碎煤和木块，他都捡到筐子里。

有一天，他的小儿子穿着胶皮裤子从舢板上下来，看看父亲筐里的东西说："蜷！哪天我去拉车炭不就是了。"老人没有抬头，伸手把拇指大的一块木头捏到筐里。

他把所有的煤和木头都摊在院里，准备经一场雨后，晾干，堆起来。那时盐未被水冲去，这些东西烧起来更旺。平时他走在路上，见到树枝什么的，都要捡起来；现在他每天都去海边捡东西。如果浪印上有一个蛤、一个螺、一条小鱼，他都随手取了放进筐里。他的每时每刻的拾取和积累终于让人纳闷儿了。有人问他的小儿子："你父亲是怎么了？"小儿子笑笑："人老了还不就那样！"

老人住的小院四四方方，是一人多高的围墙围成的，一角是他的小屋。老伴去世后，儿子让他住新房，他毫不犹豫地拒绝了。小院宽敞，装满了阳光，他一个老人舍不下这么多的阳光。

碎煤和木块摊开来，占去了小院的大部分。半夜里下雨，老人穿上蓑衣，戴了大竹笠走到院里，用一把铁抓钩在木块堆里搅着。雨水在脚下流动，他弯腰取一块木头片放进嘴里咂了咂，品品还有没有咸味，吐掉，回屋子去了。

白天太阳很好，他翻晒着木块煤屑。这样过了几天，他将它们堆起来，拍实，然后用泥封好。看上去，院子的一角像多了一个坟丘。

老人拌了一大堆草泥。他用筐子装上草泥，沿着小屋转着，哪里有裂缝、有小洞，都用草泥糊上。屋后墙上有一个四方小窗，他也用草泥抹上了。

小屋里最大的东西就是一个土炕。这个炕最多睡过六个人：他、老伴、四个儿子。后来死了三个儿子，死了老伴，小儿子也搬走了。可是土炕依旧那么大。一个人坐在暖烘烘的大土炕上，看着窗外白雪飘飘，那才是一种富足。老人把小屋的外部收拾过了之后，又蹲在屋里琢磨土炕。他将土炕凿开两个洞，又用土坯接通了这两个洞口，沿墙壁垒了一圈。这样土炕里的烟火就会蹿到墙壁上，形成火墙。

他记得这辈子只做过两次火墙。

那一次是在奇冷的冬天里，有几个打鱼的人落在水里。他们有幸攀着冰碴儿爬上海岸，立刻昏迷过去。赶海的人把他们救了，背到他这全村唯一有火墙的小屋里，让脚上的冰一点点融化。老婆子在锅里煮几块红薯，煮得软软的，扳过打鱼人的头，像抹油膏一样往他们嘴里喂红薯。

"你真有本事。"老人蹲在刚垒成的火墙下，望着锅台夸了一句老伴。

当年她就坐在锅台边上，打鱼人的脚伸到火墙根，滴着水。

他垒火墙时，她为他搬草泥。草泥稀了，稠了，他晃晃手指头她就知道。那年亏了垒火墙，他们安安稳稳过了一个冬天，还救下了一帮人。这些人如今仍旧在海里搅水，比当年还有劲；可是她没有了。

老人现在重垒火墙，垒好后就在炕里点上了柴草。火苗噜噜响着，不久湿湿的火墙冒出白汽，慢慢变干。他额上挂满了汗珠，十一月可不是点燃火墙的时候。

从屋里出来，他用剩下的草泥加固了墙壁，然后出了院门。向南遥望，远处的山影碧蓝碧蓝的。他每天都要看看南山，从颜色上可以知道风雨。

当年救出的是一些血气方刚的汉子，老婆子说：积了阴德！积了阴德！奇怪的是老天把人间的事情记反了，他三个活蹦乱跳的儿子一个接一个死去了！

那年大儿子被派到南山修水利，快过年了还没有回来。老伴用红薯掺米粉做成了老大的锅饼，让他去山上看儿子。他到了工地上，最后在一个半里长的山洞尽头找到了儿子。儿子头发老长，面色就像石头，告诉他：这条山洞就是他们开的，要凿穿高山。老人慌了，找到他们的头儿说："这做得成吗？

要几辈子？"那个人哼了一声："你还不相信革命的力量吗？"他只好放下锅饼往回走。他忘不了一路上大雪没膝。还没有出山，他就听见了一声轰响。回到家里的第二天，有人送信说，儿子被埋在了山洞里！

拉儿子的木轮子车几次陷进雪里……

那个冬天哪，整个世界都是白的……

老人在门口站了一会儿，又转回了院子。他从屋子左侧的小夹道里提出了一个黑柳斗，里面是些破鞋子。他将棉靴挑拣出来，又找出一个形状奇特的东西：这是用生猪皮缝成的四方小包裹，里面装满了麦草，上面还缝了两条粗长的带子。他脱下鞋子，费力地将赤脚插进生猪皮里，又把两条带子缠到裤脚上。生猪皮上的鬃毛全簇了起来，原来是一种自制的靴子。

这是上个冬天做成的，穿上它踏雪赶海是再好不过了。眼下会做这种靴子的人所剩无几，更没有几个人知道它的妙处。多少人笑话这双靴子，连小儿子和他媳妇也笑。他懒得扇他们耳光，只管穿上就走。冰雪被他踩出了汁水，双脚却感不到一丝凉气。海边上，在小船边奔忙的人冻得乱蹦，唯独他一个老头子安然地走来走去。

他试了试靴子，觉得还好。有的地方开了线，他就捻一根麻线，用两腿夹牢靴子，一针一针缝起来。

车上的儿子血肉模糊。他们尾随车子往前走，不吭一声。半路上，老婆子一头栽进了白雪里，咬紧了牙齿，脸色变青。一群人围上掐弄拍打，她才算缓过一口气来。老头子蹲下，解开老棉袄的扣子，把她揣进怀里往前走去。她身上的冰雪很快融化了，他的衣襟下一滴滴流出水来。"走吧，回去还得过日子！"

生猪皮干硬了以后赛过钢铁。好几次粗铁针要折断，他都巧妙地寻到了去年的针眼。以前缝东西可是老伴儿的事儿，他只是满腿泥巴，在院里走来走去，身边是大大小小的几个儿子。

大儿子的头发有些鬈，一双眼像鹰一样亮。他比父亲高得多，胸脯宽厚。老人与他去伐树，见他握住斧柄时，手指绕了一圈还余出一段。老头子夜里躺在炕上，对老伴说儿子的手指有多么长，那可是个有大力气的角色。白天老婆子盯住儿子的腿看了半天，发现这两条油光闪亮的腿上，有鱼皮似的菱形纹儿！她笑了。

两只生猪皮鞋子修好，中间塞满软草，悬在了屋檐下。

老人又找出一些钓钩和丝钱，准备到海上去钓鱼。他盘算了一下，整整有半月的时间可以用来钓鱼。在太阳和暖的日子里，他要把闪闪发亮的大鱼从海里拖上来，然后搓上盐，悬到半空里晒干。等到焦干的鱼片晒成时，他就用马兰草捆起来，五张一沓，像捆烟叶那样。

海上的人太多，小船在远远近近的地方搅来搅去。老人常常因为寻个安静地方要走上老远。他放出钓钩等待着。

很长时间过去了，没有一条鱼上钩。这是自然的，一点也没有出乎预料。他用了大号的钓钩，那就只有大鱼才能上钩，让小鱼继续活着吧。又过了半个钟点，他拉上一条带灰点儿的圆头大鱼。这时小儿子跑来了，帮着他摘下了大鱼，又夸了几句鱼鳍：它是红的。然后他就埋怨父亲说："嗤！我从舱里取几条不就结了吗？"老人继续往海里放渔线。

尽管整个一天风平浪静，老人仅仅钓了三条鱼。三条鱼都很大很肥美，躺在筐里。他回到小院，给鱼剖膛、搓盐。鱼悬到树枝上了。小儿子又送来三条。这三条通身乌黑，不漂亮。他哼了一声，打发走了儿子，同样剖洗搓盐，悬到树上。

二儿子的一生与鱼紧相联系。在他刚能吃东西的时候，老婆子就喂他鱼。后来他果然强壮，只是要比大儿子矮上两寸。他浑身皮肤像鱼一样滑。四岁的时候他到海边上玩，逮到了一条一尺四寸长的鱼。

他是怎么逮到的呢？

老人后来只要一接触到鱼，就会想到那个费解的事情。

六条鱼悬在半空，在暮色里银光闪闪。他仰脸看了一会儿鱼，又到屋子里去看沸动的锅水。他把鱼身上剖下的东西煮了，鲜气诱人。

一连几天他都在海边上钓鱼。每天的收获都不超过三条大鱼。天渐渐冷了，老人清清楚楚嗅到了严冬的气味。严冬眼下还只是藏在水天相连的地方，可是它已经有了气味。正像一头猛兽藏在远处的灌木中，好猎手嗅得见它的气息。他一声不吭地盯着从脚下伸到水中的那根线。

二儿子是怎么逮到它的呢？

对付大鱼要有钓钩、网，要有指尖上的力气。可是一个四岁的嫩苗竟然不需要这一切，笑吟吟地将那家伙抱回了家。老人用手握住了线，感受到有个东西在另一端挣扎，就欠身拉扯起来。线像一条钢梁，沉重、冰凉，用拇指拨一下发出"嗡"的一声。那条鱼在那一端肯定是张大了嘴巴咒他，腥气熏人。后来谜解开了，它是一条浅灰色的大片子鱼，像一把伐木的锯子。到了浅水里，它蹿了起来，要咬住人复仇。老人瞅住机会，抬脚踩住了它。

它红色的眼睛乜斜着他。二儿子出海回来曾告诉父亲一些奇怪的感受，说鱼眼像人。小伙子高高细细，被海水渍得黑红乌亮，像被一种老漆涂过。船老大金狗旧社会杀人如麻，杀的全是坏人，如今在海上威震四方。金狗最满意的就是这个细高小伙子，给取个外号叫"钢筋"。金狗把船开到深洋里，说："不要命的人总是长命！"

鱼在沙滩上堆成了山。方圆几十里的都来搬鱼山，扔下一块钱，鱼就随便担。天冷了，大雪落下来，鱼冻成了一根根硬棍。赶海的人互相吵起来，有时就抓起一根鱼棍横扫过去。

老人在金狗最得意的那个秋冬也没有停止钓鱼。他搞来的鱼个个强壮。老伴为他送饭，有煎鱼，有巴掌大的棒子面饼，嘿，结结实实咬一口饼，用力咀嚼，甩开膀子去扯渔线。那时哪像现在这样钓鱼，蹲着，喘着气把鱼拖上来。

小院的树枝上悬满了鱼。这棵树落光了叶子，又结满了"鱼果"。老人坐在树下，有时用脚踢一下树干。树木向阳那面悬着的鱼哗啦啦响，他就取下来用马兰草捆了。干鱼的脊背上还闪着微蓝的荧光，那是从大海深处带来的。这些鱼如果一直待在深水里就会活得挺好，它们却偏偏要到浅水里去寻找要命的渔钩！

就像大雪陷住木轮子车的那个冬天一样，这个冬天同样出奇地多雪和寒冷。老人不怎么出他的小院，只和老伴围住暖烘烘的锅灶。听说金狗的船也不怎么出海了，只是在海里栽了流网，隔几天进海拔一次网。有一天半夜里涌起了大浪，大海的轰鸣声就像打雷一样。金狗呼喊他的人快去海上抢网，一群人发了疯似的往堆满了白雪的海岸上跑。二儿子走了，老人再也睡不着。他穿上老棉袄，用一根黑色网纲束了腰，往海上走去。

他至今记得那个早上海浪突然安息下来，一群黑乌乌的人站在雪地里，见了他都扭过头去。他大口喘着走过去……就这样，他见到了死在雪尘中的二儿子。儿子满脸血污，左手还紧扯着一片渔网。金狗领人往东海岸追去了，每人手里都举着橹桨和棍子，还有锈蚀的铁锚。一夜的大浪把渔网搅乱了，金狗命令赶快拼抢。另一渔队过来夺网，金狗让手下人抢起家伙。"钢筋"一个人抢来了三块大网，当他瞅准第四块时，头上挨了一记铁锚。

他躺在那儿，就像睡在大土炕上一样，顽皮地扭着身子，一只手插在毛茸茸的雪被里。

拉儿子的木轮子车几次陷在雪里……

那个冬天啊，整个世界都是白的……

后来老婆子半夜跑出小院，一直向海上跑去。老头子跟在后边喊她，她一声不应。前边就是闪着磷光的海水了，她一头栽了进去。他赶紧跳进海里，觉得这漂着冰碴儿的水浪像沸水一样滚烫。他不知怎么抱住老伴，爬到沙岸上，见她紧紧闭着眼睛。他问："你死了吗？你可不能死！咱们还有两个儿子！三儿子快长大了，小儿子也生出来了。咱们还有两个儿子！"

剩下的半个夜晚他煮了一锅鱼汤，放了很多姜。土炕烧得热乎乎的，上面躺了剩下的两个儿子和水淋淋的老伴。他知道她死不了，她不会撇下他对付这个冬天。

不过他知道那样的日子也许不远了。大约又过了两个冬天，老伴死去了。这个女人真好，她伴着老头子过了一个冬天又一个冬天，实在走不动了还送他一程……

以后的冬天是他自己的事情了。他沉着地生起炉火，把小屋里的寒冷驱赶到荒凉的旷野里。

三儿子和小儿子没有前两个那么高大，他们差不多是一个比一个矮瘦一点儿。老伴在世时，他曾经感叹："这就是说，咱俩身上的火力不行了。"老婆子缺少牙齿的嘴巴咀嚼着一块干鱼，又吐出来填进小儿子的嘴里。

干鱼一捆一捆积起来，堆放在屋角的一个搁板上。老人觉得这差不多了，可是第二天，他还是带上渔具到海边去。

天冷了，他穿了一件长长的棉衣，真正的冬天就要开始了。海里的船不像秋天那样欢快，像僵在了阴暗的水面上。整整几天没有看见小儿子了，老人心里有些不安。这是最小的一个儿子，也是唯一的一个。后来小儿子又活蹦乱跳地出现在海滩上了，他才专心地钓鱼。他知道现在的忧虑是多余的，冬天才刚刚开始。

小儿子自己有一条船，似乎自在得很。几年以前他要做个渔人，就必须跟上金狗。年代变了，金狗也死了。这个满身疤痕的船老大死得不明不白，像是被什么人勒死在船舱里。小儿子和媳妇扛着网具走在海滩上，那个女人见到老头子在不远处踽着，就会忍住笑发出一声："啧啧！"

有一次老人听到她发出的这种声音，就叫过儿子来说："别再让我听到这个！这是最后一回了！"

老人钓着鱼，十分气愤。前三个儿子都是壮男儿，可是都没有女人；最后一个儿子娶了个女人，嘴里吱吱响。他想如果要是老伴在世，不会在乎这种声音的，她真是一个随和的好人。他坐在海边做活，她就送饭，看他干一会儿。当一个男人老了，他的女人也像他一样老了，满脸深皱，那么那个女人真是无比珍贵！

有一个冰凉的东西钻进衣领，后来才明白是雪花。他站起来看着，天边有一片灰色的云彩。第一场雪就这样开始了。他决定收起渔钩。那个小院里已经准备了对付冬天的各种东西，当冬天走进时，他就缩进那个小窝里顽抗。他仔细地缠着渔线，一边看着星星点点的雪花落进海里。

每个冬天开始的情形都不一样：刮一次冷风，或者降一层毛茸茸的霜，有时甚至是下一场大雨。不过用一场雪开头是最好不过的，它预示了真正的冬天。三儿子就是在冬天的第一场雪里出生的，后来又在另一个冬天里离去了。他皮肤白白的，像雪花一样干净。这是老人和老伴所能生出的最俊俏的孩子了，他们看着他长高了，看着他又黑又亮的眸子、长长的眉梢，真不知道这个小子要来世上做些什么！

那时他来海上钓鱼，到野地打柴火，都要领上三儿子。老婆子说："孩子学不会这些，不信你等着看吧，他不是在海边上做事的料儿。"老头子笑着，可是三儿子不吭一声，只用忧郁的眼神看着他。老人不喜欢娇嫩的东西，人也是一样。可是这个孩子像个晶亮透明的海贝，让人忍不住就要藏在贴身的小口袋里。

老伴临死的时候，最牵挂的也就是三儿子。

第一场雪照例下不大。雪后不久该是呼呼的北风，沙土会飞飞扬扬。老人准备了几个麻袋——当风停沙落的时候，沙丘漫坡上会积一层黑黑的草屑，细碎如糠，是烧火炕最好的东西了。往年这时候他和老伴干得多欢，跪卧在沙丘上，像淘金一样筛掉黄色沙末，把草屑收到衣襟里，再积成几麻袋。

风果然吹起来，直吹了两天两夜。风停了，老人提着麻袋往海滩走去。黑乎乎的草屑都积在沙丘的漫坡上、坑洼里，他一会儿就装满了袋子。把袋子扛到肩上，要有人帮一把。他一个人只好将它滚到高处，立起来，弓下身子顶住袋子。老伴儿伸手一推也就行了，他可以顺劲儿来一下子，让它顺在肩上。三儿子跟着他跑一阵，在沙滩上滚一阵，老婆子不停地叫着孩子。她要留下来继续弄草屑，坐在那儿，伸手将沙土和黑末子一块揽到跟前。老头子和儿子返回来的时候，她已经在身边堆起很多的草屑了。三儿子远远地就指着妈妈说："爸，妈快把自己埋下了。"

不久，老伴死了，就埋在沙丘那儿。

她的坟堆也如同沙丘，大风吹来吹去，沙丘一个连一个，最后分不清她睡在哪座沙丘中了……三儿子那句不吉利的话至今响在耳边。老人扛着草袋，走累了就倚着小些的沙丘歇一会儿。他总觉得重新赶路时下边有谁推了一把，他想那还有谁，那还不是老伴儿那只瘦干干的手吗？

他一连在沙滩上奔忙了三天，小院里堆了满满几麻袋草屑。

天越来越冷了。小儿子有时进院一趟，向手上吹着气，搓着。他说："爸，刀割一样。"老人斜他一眼，心里说：你经了几个冬天？小儿子看了看孤树上面，笑了。树枝上悬了最后的一条鱼。那是条大鱼，油性也足，要多晾晒些时日。他咂了咂嘴巴，说："肥得像鸡。"老人抬头看着那条鱼，回想着把它拉上海岸的情景。好像就是它用血红的眼睛斜了自己一下。小儿子将院里的东西一一看过，又看了屋里的火墙，一脸的迷茫。

老人一个人在院里的时候，手总也闲不住。他找了块木板，钉上长长的木柄，做成了推雪的器具。几把扫帚用旧了，就拆开来，合成一把大扫帚。他用这把大扫帚清除了院子的脏物，然后和推雪的木板一起小心地放好。再做点什么呢？老伴儿那时候见他转来转去的，就和他一起剥花生、剥麻。天还不黑，老伴儿就动手做一家人的晚饭了，一会儿满院子都是红豇豆稀饭的香味儿。三儿子在院里捕蜻蜓，小儿子负责保管捕到的蜻蜓。那时候还像一个家。

三儿子读过了初中，在院墙上写了很多外国字母。问他什么意思？他说"数学"的意思。"数学"是什么意思？他说"算账"的意思。行了，终于有了会算账的人了。老头子亲自推荐儿子到海边卖鱼房里做会计。那时候老人兴奋极了，他终于明白这个雪白的孩子到世上是做什么来的了。

一年之后，三儿子报名参军。老人并不反对，但还是习惯地咕哝了一句："好男不当兵，好铁不打钉。"儿子把漂亮的眼睛瞪圆了，说："你怎么能说中国人民解放军是'钉'？"他当兵走了。

他走了，冬天来过两次，都不像个冬天。小儿子长大了，成了这个小院里走出的第二个渔人。老大死在南山，他算什么？也许该算个石匠吧？这个小院的第一个渔人可算条汉子，不过不能学他，你得赖赖巴巴活下来……第三个冬天冷酷无情，滴水成冰，冻死了一头驴，还冻死了一只羊。前线传来了作战的消息，战事演大。大雪朵像棉絮一样掉在小院里，老人一边往外推雪一边盘算着什么。他有了一种奇怪的感觉。这种感觉以前也经验过，就是那一次从南山走出来，踏着没膝大雪时的感觉，他在心里小声呼唤着："我的儿子！我的儿子！"

那个冬天的夜晚奇冷，他烧热了火炕，围紧了被子，牙齿还要打战。那些夜晚他想，老伴不在了，可不要发生那种事情，他一个老人待在小院里可受不住那一下啊！白天他不出门，缩在屋里，连小院也不怎么去。他躲避着什么东西。

终于有人叩响了门。乡长、村头儿，好几个人神情肃穆地跨进小院。其中一人捧着一摞东西，上面放着一个精制的小盒，盒里有金星闪耀。老人迎上去，看了看，缓缓地坐在了厚雪上。

奇怪得很，那个冬天他也过来了。三儿子没有了，送回的是一枚立功奖章。老人一辈子也没有见过这样奇怪的东西。小儿子抚摸着说："要是金的，就要藏起来。"

一阵风吹来，树上那条鱼碰响了枝丫。老人倚着树干坐着，闭着眼睛。如今奖章就在屋里的一个小钟罩里，它的一角被磨过，露出了另一种颜色……"你这个混蛋！"他骂了一句小儿子，仍然闭着眼睛。

门响了一下，小儿子提来一只鸡。老人把它收拾了一下，搓上盐和作料，悬到树上。这是要做成一只"风干鸡"，它可以放到来年暮春。儿子叹了口气。老人说："怎么不出海？"

"给小船堵漏呢。"

"要出快出，半月后把船搁了吧。"

儿子愣愣地问："为什么？"

老人没有吭声。他站起来活动着，弓着腰咳着，费力地说："在家……熬冬。"

"冬天可是采螺的好时候哩。"小儿子奇怪地瞅着父亲的脸。

老人再不说话了，坐在树下草墩上，眯着眼睛。雪花无声无息地飘下来。这一次的雪花越落越大，很快积了厚厚的一层。大雪下了三天。人们都呼喊着："好大雪呀！"老人用大扫帚将雪赶出小院，在心里说："这算大雪吗？我经过的那三次大雪，埋掉了三个儿子。"

三天的积雪慢慢融化，天气骤冷，小儿子跑来，伏在窗上嚷："爸，怎么还不点上火墙？"老人在熬一锅稀粥，耐心地搅动着，说："还不到时候。"

积雪化完了，天还那么冷。打鱼的人全都不出海了，在家里生起了火炉。小儿子忙了一秋，没有拉炭，就抄着衣袖到父亲这儿找取暖的东西。老人没有给他，他哭丧着脸走了。这样又熬过了几十天，天气慢慢转暖了，蓝天上白云飘游。小儿子扛着橹桨走出来，见了父亲说："俺这回不是把冬天过去了？"老人端量了一眼儿子，说："给我回去，待在家里熬冬。"

儿子笑出了声音，因为他这会儿看见父亲穿上了自己缝制的生猪皮靴子，小腿那儿还用粗布缠了。

老人对儿子后面的几个渔人说："回去，回去。"

几个人对视了一下，往回走了。小儿子一个人站立了一会儿，也回家了。

老人缓缓地走上海岸。大海还算平静。他眉毛跳动着，遥望着水天相连的地方，又把耳朵侧起来倾听。他好像听到了一件瓷器被缓缓地碾碎，咯吱吱的声音从海底传过来。当他转过脸来的时候，看到有一半海水变了颜色。一线黑云在远处悬着，云与水之间像是闪着紫红色的火苗。海浪一点点加大了，后来卷起一人多高，扑碎在沙岸上，有"昂昂"的回响。头上还是晴天，可空中分明落下雪粉。空气一瞬间凝固了，像无形的冰筒把人裹住。老人转身离去，步子急促。当他站在一个沙丘上回望大海的时候，大海已经没有了。

他知道那是风暴劫走了大海，用它制造冰雪和严寒，然后一股脑儿压向泥土。天地间有多么凶狠的东西！

他跑起来，一口气跑回小院。

小儿子和媳妇站在小院里，见到老人回来了，就放心地往回走。老人说："哪里也不要去了。冬天开头了！"

他点燃了火墙，噜噜火声与风暴的声音搅在了一起。小儿子走到院子里，立刻呆住了。雪花像一群惊慌的蜜蜂在旋动，树枝上那条肥鱼狠劲拍打着树干。天空一片昏暗，小院外的东西什么也看不见。他退回了屋里，"嘭"一声将门关严。

老人从屋角提出一捆鱼，挑出两条油性足的扔进锅里。水滚动着，浓浓的鲜味满屋都是。这种气味使人神情安定下来，小儿子和媳妇笑嘻嘻地围在锅台上。老人用一个勺子将水面的泡沫刮掉，使汤汁变清。两条鱼的红鳍展开来，一瞬间活了，沿着锅边游了两圈。小儿媳妇抓了一把葱姜，喂鱼似的投进水里。老人合上锅盖。

一个个冬天逝去了，新的冬天又来临了。老伴儿在世的那些冬天就在眼前，如今还嗅得着她煮出的鱼汤。几个孩子依次坐在炕沿上，由他捏起雪白的鱼肉给他们一一填到嘴里。天黑了，一家人躺在炕上，二儿子装成会打鼾的人，其他的孩子哧哧地笑。半夜里，老伴儿弓着腰披着衣服，在屋里活动着，添添炕洞里的柴火，给灶上的铁壶灌水。她提起铁壶，用铁条捅火，蹿起的火苗把她的脸映得通红。

小儿子揭开锅盖，舀了几碗鱼汤。

鲜味儿使他媳妇不住声地咳嗽。她捧起碗来，又烫得赶紧放下。她说："爸呀，喝汤……啧啧。"

她又发出了那种声音。老人瞪了儿子一眼，走出了小屋。

天黑了，第一阵风雪平息了。院子里已经积下了半尺厚的雪。老人取了那个推雪板一下下推起来。如果不在夜里将雪清除，那么新的积雪就会掩住屋门。寒气比他记住的任何一个冬天都要严厉，他紧紧咬住了牙关。他知道这不是平常的冬天，一切才刚刚开头，没有错的。

他记得有人说过，冬天总是跟老人过不去；可他却在冬天里失去了三个儿子。三个活蹦乱跳的小子没有了，生他们的那个老人还活着。他还有一个最小的儿子，如今就待在暖烘烘的小屋里。老人刨开院里的草泥堆，取了些煤屑木片回到屋里。小儿子和媳妇歪在炕上睡着了，一溜儿空空的瓷碗摆在一边。老人伸手到席子下试了热力，然后给炕洞子添了东西。他盯着洞里的火燃起来，然后又取了麻袋里的草屑，厚厚地压在火炭上——这样，永不熄灭的文火将使他们睡得更好。一切做过之后，老人又掩上门走出来，走到院门口。

雪还在落着。茫茫白雪泛出微微的光亮，从脚下铺到遥远的地方。老人的眼睛一动不动地看着雪地，他怀疑这个新的冬天会漫无尽头："天哪，我已经损失了三个儿子，谁都会说那是三个好儿子。三个小伙子三个行当，他们是石匠、渔人、兵。"

老人像守门人似的，蹲在了小院门口……

1987 年 9 月济南

1988 年 6 月龙口

黑鲨洋

一

老七叔新搞了一条船，请曹莽入伙打鱼去。曹莽正犹豫。

这时候正是初秋，天还很热，曹莽穿了条裤衩，露出了两条圆圆的、黑红色的长腿。他今年十九岁，脸庞很粗糙，也是黑红的颜色。他不怎么说话，这使人觉得他的所有憨劲儿全憨到两条腿的肌肉里去了。这的确是两条诱人的腿。老七叔看重的可能就是这两条腿。

老七叔敢做大事情，有时甚至让人觉得他莽撞。可是每样事情做过之后，细想一想，又觉得他非常精明，事先将一切都冷静地打算过了。所以他从来不失败。

但是对于他新搞的这条船，大家都在议论，结论是老七叔必定要失败。

为买这条船他花去了几千元，加上必需的一些网具，特别是造价昂贵的一盘"袖网"，他一共花去了近万元，其中一大部分是借贷来的。袖网可是捕鱼的好东西！它栽到海流里，就好比筑了一座迷宫，等着逮大鱼吧！不过一个人携带着这么多钱到波涛汹涌的海里去，还是有说不出的危险。最要紧的是，他搞的是海边上十几年来的第一条船！

以前当然有很多船的，都是公社里的，打来一些鱼，也死了一些人。海滩平原可以种很好的庄稼，人们偏要执拗地跑到海里去，这常常使上级领导十分愤怒。有一次，捕鱼船在有名的黑鲨洋一带出了事，死了好几个人，其中包括有名的壮汉曹德（曹莽的父亲）。这终于使大家惊醒了。人们发誓再也不去捕鱼了。

近一二年海边人除了种好庄稼，还做起了十分有趣的活儿：将山楂粘了白糖卖；将艾草搓成绳儿卖；沙滩上的酸枣核儿也可以卖钱。但老七叔全不做这些，他买来一条船。

大家的眼睛都默默地注视着他。谁心里都明白，这样一条船老七叔一家可驾不了。老七叔是海上的好手，有两个儿子。可他的两个儿子不行啊，很瘦弱的样子。他必定要请人入伙。每个人都坚定地在心里告诫自己：永不入伙。

他们当时如果知道老七叔是怎么想的，也就不会那样告诫了。老七叔从来就没有打算过邀请他们。他看中的只是一个人：曹莽。

大家知道之后，都长长地出了一口气。谁入伙上船，谁就要和倒霉的老七叔一块儿背负那上万元的经济重压，一块儿钻海搏浪，很可能还要一块儿去死。曹莽才十九岁啊，他还没娶媳妇，是个又强壮又稚嫩的小伙子呢。这简直是欺负曹莽。

曹莽却不这样想。他不说话，听了人们一些议论，泰然自若地从大街上走回家去。他的黑黑的、裸露的腿显得很有弹性，走着路，脚掌把土碾上一个个深窝儿。他在心里想：老七叔多么看得起我啊。

虽然是这样想，但他并没有立刻答应入伙。他跟老七叔讲，他要好好想一想。老七叔也没有逼他立刻应允下来，这样重大的事情嘛！曹莽真是个有心计的孩子。回到家里，他躺在炕上，将手掌垫到脑袋下，认真地想着。他一口气想了几个钟头，还是没有想好。

这个夜晚正好是有月亮的日子，屋子里黄蒙蒙的。曹莽有些烦闷地跳下炕来，在中间屋子里走着，木头拖鞋"嗒嗒"地打着地面。屋子里真空旷，曹莽想，有个人商量一下也好啊。母亲怎么死的他不记得；父亲死在黑鲨洋乱礁里，死得惨，他还记得。从那时起他一个人住在这座结实的房子里，自己做饭吃了。没有人在闲时和他说话，他一个人也没有多少好说的……上不上船呢？曹莽想，这回可遇到了难题，如果同意，可能这一辈子就交给大海了。

他决定明天找一个人商量一下。

平常曹莽不怎么找这个人。其实曹莽完全应该和这个人亲近起来，只是由于有些怕他，也就不常去他那儿。那人和父亲曹德是最好的朋友，曹德死后，最有资格管教曹莽的，就是他了。

他叫"老葛"，是个老头儿了，前几年刚从水产部门的一条大船上退休回来。他就是那条大船的船长，中了风才回来的。由于一辈子都在海上，脾气和样子都有些特别，所以曹莽心里对他有些莫名其妙的畏惧感。他半边身子不灵便，说话也含混起来。但无论如何他对船、对海，是海边上最有发言权的一个了。还有，曹莽觉得父亲不在了，这时候应该听他的话。如果他说一声"去"，那他无论如何也是要去的了。

天明了，曹莽却陷入了新的犹豫：找不找老葛呢？

最后，曹莽还是去找老葛了。

老船长正在家里看一本书，是躺着看的。曹莽看了看书的封皮，知道是一本捕鲸鱼的书。枕边还有一本书，名字太怪，读不出，封面上画着两个壮汉斗拳。老葛就像没有看到来人一样，翻弄几下，又换成那本斗拳的书。曹莽叫一声"葛伯"，他才慢慢坐起来。

老葛很瘦，穿着宽领儿白衬衫，露着又紫又硬的胸脯。他已经没有多少牙齿了，嘴巴使劲瘪着，反而显得特别执拗。一对眼珠很黄了，但是亮得很，盯着曹莽，就像用锥子戳过来一样。他的背驼得十分厉害了，头低着，这时却硬挺起来看着曹莽。曹莽说："葛伯……老七叔拉我上船……可，可我又怕出事。我想听听你的！……"

"嗟？！"老船长先是用心听着，接着含混不清地大吼了一声。

"老七叔拉我……"曹莽又重复一遍。

"你……"老船长咳嗽起来。他咳得非常厉害，涨得脸色紫红。曹莽离得太近，看得见那脸上的几个伤疤在抖动，就有些害怕地往后退开一步。

老船长咳着，声音更加含混不清。曹莽差不多一句也没有听得懂。他愣愣地看着那张瘪嘴里的两颗半截的牙齿。老船长的眼睛一直没有离开过他的眼睛，曹莽被这双锥子似的目光戳得有些难受。好像老人突然生起气来，那胸脯一起一伏，同时大咳。

曹莽什么也听不清，也有些害怕。他脸色红涨着支吾几句，退出了老人的屋子。

他后悔不该来问老船长……海边上，老七叔和他的两个儿子正围着那条新船。曹莽走过去了。

老七叔热情地招呼着，让他在船舷上坐了。这条船真是新哪，浑身散发着桐油味儿。老七叔的两个儿子光着脊背，低头用油泥塞着一条小缝子。老七叔吸着烟锅说："来吧，咱是进海的第一条船。你不用担心……"

曹莽用手抚摸着船舷，没有做声。

"不用再想你爸了，那样的事不会有了。有天气预报，再说船又新，停一年，我们还按上机器。我不骗你！"老七叔盯着曹莽说。

两个瘦瘦的儿子也嚷："来吧莽兄弟！船、尼龙网，崭新崭新……"

曹莽说："我还得再想想，好么？"

二

老七叔耐心地等着曹莽上船。他一直睡在海岸上新搭的渔铺里，守着他漂亮的船。村里人来看过他的船，都觉得漂亮，也都觉得是个不祥之物。

曹莽总也没来。老七叔就决意先搁起袖网，和两个儿子到浅海里放放流网。

三个人把船摇到海里。

浅海的水是一种迷人的蓝色，波纹那么柔和。橹打在水上，水沫溅到身上，很舒服。一丝一丝的水草，一群一群的海鸥。海鸥飞过船的上方时，可以看到它们白白的腹。两个儿子很快活，他们把腮鼓得老大，迎着海鸥吹出呜呜的声音。老七叔很看重第一次出海，但他强压着心底的兴奋。他看到儿子的样子，就有些不高兴。

"下网吧！"老七叔喊。

儿子往下抛网。他用力摇着橹，看着海水在橹梢上打着小小的漩儿，冒出一串很白的小水泡。大海太平静了，像一个人在不怀好意地微笑。老七叔一声不吭地做他的事情，想着心事。十几年没有在海上飘荡了，今天的各种感觉好像都不那么真切……小儿子笨拙地扯着网纲，脊背用力弓着，椎骨凸出，像一根要折断的陈旧的弓。他用手提起网浮，吃力地挣脱网脚缠乱的生铁环子。他的哥哥过来帮忙，使劲撅着屁股，一件又破又小的裤头儿正对着父亲的脸。他的腿怎么晒也不够黑，白里显灰，从大腿根处，爬下来一条细细的青脉管儿……老七叔喊一声："扯松一些，浪涌会把网扣儿摆弄好。"这样喊着，他心里却在想，委屈了两个儿子：长到这么大，没有好好地吃上几顿鱼！他们亏了算是生在海边上，就因为父亲胆子小，没有鱼吃。有一次，他在芦青河汊子里捕到几条泥鳅，放在锅里烧一烧，让小兄弟俩争得打了起来……老七叔把目光从儿子身上移开，看船后漂起的一道好看的塑泡网浮子了。

流网布好之后，他们按海上的规矩在一端竖一杆做标志用的小黑旗子，就往回摇船了。

大海正在落潮，浅滩的地方，需要他们下来推船。父子三人将船推在浅滩上，一时不想到岸上去。他们仰躺在浅水里，水将金色的细沙子扬到身上。太阳把一切都烤热了，水流温和地从他们的身上和身下通过，像一双双又软又小的巴掌轻轻地摸过来。老七叔已经很久没有过这种体验了。他兴奋地活动着胡须，让鼻孔里喷出的气冲开漫到脸上来的水和沙子。

当他的目光转向东北方向时，脸立刻就绷紧了。在一片水雾后面，隐约可见一个黑影，像天上的两团乌云落进了海里。黑影越来越大，那是露出潮面的一个暗礁：像一条搁浅的巨鲨。

老七叔闭上了眼睛。他像自言自语，又像说给儿子听："曹德就死在那里。那就是黑鲨洋。自古就是险地方，也是个出大鱼的地方。那一次死了好几个人，淹死、冻死，还有吓死的……我想有一天在那儿栽我的袖网。"

两个儿子盯着父亲的脸，没有说话……

傍黑的时候，他们要去拔流网了。

涨潮了，风也大起来，船在海里颠簸着，两个年轻人直跌跤子，胳膊和腿跌上了青紫的印痕。老七叔脸上挂着水珠，阴沉着脸摇橹。他见小儿子趴在船头上，就用一只手举起一个铁钩，钩到他的腰带上，将他拉了起来。他说："这已经是不错的天气了。这还不算打鱼。"

流网上系的小黑旗子被风吹得摇晃着，像在召唤他们这条船。两个年轻人刚看见小旗子，就吐了起来。天突然有些冷，兄弟两个身上起了鸡皮皱，使劲缩着身子。一只海鸥在他们头上大笑起来，笑得十分欢畅痛快。

老七叔两只脚像粘在了甲板上。他想起了十几年前的一次出海。那时候他还是个壮汉，什么都不怕。可那是最后的一次出海了，几乎给他留下了永久的遗憾。

那是一个冬天的早晨，他，还有两个老头子，一起去取最后一个流网。他们穿了棉衣，上面都套一层雨衣。涌很高，可是没有多少惊险的浪。水花在船的四周拍散了，发出欢笑似的声响："哈、哈哈哈……"船上人都听惯了这种海的冷笑，若无其事地坐着……开始拔网了。这网不久就会在屋角里烂掉，反正是最后一次出海了，他们都懒洋洋地做着活儿。突然间，他们拔出了一条身上生了黑斑的特大家伙。毫无准备，一时慌了手脚，找不到木棍。他记得这个特大家伙在船舷上蹭了一下身子，蹭掉了几片五分硬币那么大的鳞片，就凶猛地跳了起来。它跳得那么高，实在让人惊奇，如果身上没有缠上网丝，它准跳到海里去！他是用两只手把它抱住的，就像抱着一个胖胖的娃娃那样。但他明白这是个老家伙了。他给它脱了网丝。他和鱼离得很近，它那么凶恶地看着他，牙齿咬出了声音。它的嘴巴张开来，使他闻到了一股令人厌恶的腥臭气味。就在他喊着船上的两个老人时，这家伙在他怀中拧起来，将他拧倒在甲板上，然后跳起来，跳到海浪里去了……

这最后一次出海，不能不说是十分晦气的。

老七叔摇着船，还在懊悔着十几年前的事。他后来想过失败的原因，他知道坏就坏在那是"最后一次"。人人做事情都有最后一次，可你别想这是哪一次，这样才能将锐气凝聚在十根手指上，再愣冲的大家伙也休想从这样的手中逃脱掉。

"小黑旗子……流网到了！"小儿子嚷着。

老七叔的眼睛圆圆地睁起来："舱盖打开！"他嚷着，放下橹柄，两腿叉着站到甲板上。

流网慢慢拔上来了。凉鱼、偏口鱼、燕鱼，用嘴巴衔着网丝，摆动着雪亮的尾巴。三个人高兴极了。老七叔嘴里发出"啊、啊啊"的声音，一边摘鱼一边咕哝："……凉鱼死在'夹'上，偏口死在'钩'上——这东西嘴巴像钩，钩到网丝上就跑不了！看看，这是黑皮刀鱼，这东西气性大，一碰着网眼就气死了……小心那条莛鲅鱼！它的嘴狠……"老七叔太兴奋了，胡子上也沾着闪亮的鱼鳞。他现在看不出鱼的大小，他被这第一次收获激动得眼睛迷蒙起来。

兄弟两个，一边摘过鱼，一边将流网再放到海里。小儿子两腿叉开，但不敢站到船头上，常常跌倒。他跌倒的时候，鱼就趁机跑掉。老七叔又焦急又兴奋地放尖了声音喊着："哎！哎！"

网贴着船舷往上滑去，好像流网是从船底生出来的一样。老七叔后悔船上得太急促，让船靠网时背了流！他怕船底划破渔网，就拼力地用橹掉着船尾巴。这时有一个黑黑的东西从水中慢慢钻出来，像打足了气的黑胶胎那样光滑滑的、圆鼓鼓的。兄弟两个惊呼着，看出那是一个大鱼的脊背！大鱼离水了，闪出了白肚儿，"咕咕"叫着，狂跳起来。

老七叔立刻扑上前去，可惜船剧烈地簸动一下，将他掀倒了。他一边爬起来一边喊："用手指！别用胳膊……"兄弟两个果然在用胳膊，搂紧了它，又用拳头砸它的头颅。老七叔爬起来时，大鱼正割破了小儿子的皮肉，怒气冲冲地跳到了浪涌里去。

"应该用手指。"老七叔蹲在了甲板上，声音低低地、亲切地说。他觉得十分可惜。他想这条船上该有一个人，该有曹莽！曹莽第一次进海就懂得使用手指，在几秒钟内用木棍击中鱼的脑壳。

这条船上真该有个曹莽啊。

三

曹莽睡了一个好觉。他已经几夜没有睡好了。醒来时，他首先听到的是海潮的声音，想到的是那条船。他早知道老七叔和两个儿子把船推到海里去了，夜里就为这个失眠。

他睡不着时常想老葛的话。他那天没有听明白，因为中了风的老船长说话含混不清，再加上不住地咳嗽。但他看清了那一副涨红的脸庞，看清了满脸抖动的黑斑。老船长显然在生着气。不过他不明白老人为什么生气，也不敢问。如果说曹莽在这海边上还有害怕的人，那就是老葛船长了。他也怕过父亲，不过父亲现在已经管不着他了。

老葛退休回来的时候，村领导曾经建议曹莽接到他家里一起住。曹莽虽然怕他，却把他看成父亲一样的人。他去请他，老船长却怎么也不离开那间屋子。他含混地喊着，用黑色的花椒拐杖捣着地，用力地摆手。曹莽见他果断而坚决地拒绝了，也就回到自己结实又宽敞的大房里了。

老葛的脾气实在太怪。村里人都不敢沾边，他也从不与村里人来往。他一个人种点菜蔬，闲下来就躺着看书。人们说：他一辈子没有娶老婆，又是在海上渡过的，脾气怪异是很自然的。由于曹德和他的特殊关系，所以曹莽总要礼节性地去看看老船长。这就使大家也用奇怪的目光看着曹莽了。人们仿佛觉得敢于和那样一个老人来往的小伙子，也必定多少有些怪异。实际上曹莽和老人很少有感情上的交流，他自己不愿说话，老船长也不愿吱声。老船长有时说很少的几句话，他也听不明白。过节时，他送去鸡、苹果，老船长只用拐杖指指窗台，让他放在那儿。

曹莽眼下可以说来到生活的岔路口上了。村子里近年来很活跃，人们都在雄心勃勃地做事情。可是他还没有认准做什么。上不上船，事情的确太重大了。他需要琢磨老船长的话，更需要自己拿个主意。他十九岁了。

早上，他茫无目的地从房子里走到街上。天还早，人们都在街头上站着。他故意将头低下来，看着自己的腿和脚。走了一会儿，他又将脸扬起来，让阳光照在这张粗糙的脸庞上。他的神气很拗，这点儿大家都看出来了。

有人突然喊了一句什么，接着大家都向一个方向望去。曹莽见有个人背着霞光走过来，看不大清，仔细些瞧，才认出是老七叔。原来他肩上扛了一根又细又长、弹性十足的竹竿，竿子的末梢拴了两条胖胖的鲈鱼。老七叔故意将竹竿根部扛在肩上，让拴了鱼的竹竿拉出一个可笑的大弧。

曹莽愣怔怔地看着那对漂亮的鲈鱼。他知道这是老七叔刚捕来的。街道两旁的人用嫉羡的眼光看着他和鱼，他却只顾按紧了竹竿往前走去。

老七叔并没有看到曹莽。曹莽被吸引着，跟在他的后面走着。

他拐过几道巷子，站在了一个小屋子跟前。曹莽愣住了：这不是老船长的家吗？……他眼盯着老七叔取下鱼来，两手高高地托起，推开门走了进去。

老葛船长唯独这次没有躺着看书，而像有过什么预感似的，端坐在小院子正中的一个大草墩上，身后，是一株威风的铁皮榆树。他见了捧鱼进来的老七叔，高兴地摩挲着手中的黑花椒拐杖。

"老船长！老七进海了……两条鲈鱼，不成敬意！"老七叔半蹲着，样子十分严肃。

老船长微笑着点点头，让老七叔将鱼放在他身边。

老七叔说："过去买不得船，如今行了。怕个什么？我偏要把这条船开进海里……"

老葛瞪圆了黄色的眼珠，费力地活动着身子，样子十分激动，连连说："嗯。嗯。你！……"他说着大咳起来，脸色涨得紫红，一道道皱纹和疤痕又抖动起来。

曹莽一直站在门口，这时不由自主地跨进门来。

老七叔高兴地招呼他，老葛却像没有看见来人一样。

老葛请老七叔留下喝酒，老七叔同意了。他提着鱼就要去收拾，随口对老船长说了句："让曹莽也留下喝酒吧！"谁知一句话出口，老船长竟站了起来。他费力地往前跨一步，用拐杖敲了一下曹莽的腿。曹莽胆怯地叫了一声"葛伯"，但一动没动。

老葛继续用拐杖敲着曹莽这两条腿。他敲得很认真，不轻也不重。他从大腿处敲到腿弯，像要验证点什么似的，最后将拐杖收起。他愤怒地嚷起来：

"你！……咳咳！咳……"

"葛伯，我……"曹莽尖利的目光盯住老船长黄黄的眼珠，大着胆子喊道。他的两条腿像两根石柱，硬硬地拄在脚下的泥土上。

老船长的眼睛也盯着他。老人的嘴巴张开了，又显露出那两枚半截的，却不甘躺倒的牙齿。他满脸的深皱活起来。从脖子到胸膛有一道斜划下来的伤痕——曹莽好像第一次发现了这道伤疤，见它抖动着，闪着亮。曹莽慌乱地退后一步，嗫嚅着，扭过脸去走了。

老七叔提着鲈鱼，一直不解地站在那儿……

曹莽走了，他出了一身大汗。

走近海岸，他又看见了那条船——两兄弟正光着脊背在上面砸着什么。他避开船，到远一点的地方脱了衣服。

他跳进海里，游得很深、很远，然后爬上岸来，沾一身沙子。太阳晒干了他的全身，全身都渗出一层油样的东西，闪着光亮。他把手捂在脸上，泪珠儿顺着手指缝流出来。他狠狠地抹干了眼泪，坐起身来，望着东北方黑黑的海水。黑鲨礁神秘地藏在一团雾气里，他盯着，咬了咬牙关。他的父亲就死在那片黑色的海水里了。

他还记得父亲的模样。他长得很瘦小，脸色蜡黄，说话的声音很低。他是公社船队的总指挥，说一不二，人们叫他"小霸王"。他把很小的曹莽带到海上去，半年之后，曹莽就能离开船游到很远的地方去了。有一次小曹莽跟上一个舢板去查网，舢板被浪掀翻了，他就"失踪"了。四天以后，父亲才从一个小小的礁子上找到他。父亲自豪地对别人说："这个孩子再也淹不死了。"曹莽很小就知道自己这一辈子交给大海了，读书也不用心，只想早些回到海上。

老葛从老洋里回来，第一件事是找父亲喝酒。父亲说话时，任何人都得闭上嘴巴。可是老葛说话时，父亲总是很用心地听。老葛的个子也不高，可是满身都是横肉，年轻时曾经跟海盗打过架，杀了三个海盗。父亲每一次送走了老葛，回头都对曹莽说一句："全村里就出了这么一个英雄。"

可是后来，曹莽恨老葛了。那是一年秋天，父亲淹死不久。老葛从老洋里回来了，红着眼睛，就睡在曹莽的家里。白天，他找到几个辣椒，把曹莽父亲留下的酒全喝光了。夜里，曹莽想念父亲，呜呜地哭，惊醒了老葛，他就给了曹莽一拳头。曹莽大概忘记了他曾杀死过三个海盗，竟然像个小豹子一样猛扑过去……结果是挨了更重的一顿拳头，曹莽趴在了炕上。尽管老葛酒醒之后十分后悔，曹莽还是恨着他。

当时曹莽只有九岁。老葛临出海的前一天晚上对曹莽严厉地嘱咐道："以后再不准哭！好好念书，至少念完高中！学费我按月寄给你，吃的用的也跟我要，我就算你爸了！"……

老葛果然按他说的做了。曹莽长大了。他对老葛还存有一丝怨恨，但更多的，却是一种莫名的惧怕。大约就是从父亲死的那天起，他和海边上的人一样，开始疏远大海了。

他疏远了海，却没有忘记海。浪涛声日夜响着，谁也不可能忘掉它。大海像个谜，解不开；大海像匹烈马，永难驯化！父亲死在黑鲨洋里了，可父亲不能不说是条硬汉子；老葛船长中风败下阵来，嘴里只剩下两颗半截牙齿，可他杀死过三个凶猛的海盗，也不能不说是条硬汉。曹莽长壮了，长高了，却不信自己能超过前两条硬汉。他就是这样想的。

所以，他犹豫着，上不上老七叔的船。

眼下他感到委屈的，是弄不明白老船长的话，老船长却对他发了那么大的脾气！第一条船哪，诱惑力实在是不小。他从老船长抖动的嘴唇上，知道老人有很多话要说。老葛就是这样怪异的脾气，这怪异中主要就是霸道。曹莽又想到了小时候吃过的恶拳。海浪呼呼地涌上岸来，泡沫溅了他一身。无数的大涌耸动着肩膀，炫耀似的靠到岸边来了……曹莽用力抓紧了手中的沙子，又狠狠捶了一下自己结实的腿，站起来，穿好衣服，大步往前走去了。

他有些愤恨地想：为什么非要弄明白老葛船长的话不可呢？自己十九岁了，自己的主意呢？他回身望着海滩上一串串深深的脚印，站住了。他在心里说：我可以不超过前两条硬汉，但我怎么就不能成为第三条硬汉？！

四

老七叔的船上，终于有了曹莽。

这个初秋将会长久地留在海边人的记忆里。他们十几年前告别了船帆，心头滞留的欲望和惆怅又被一条新船搅动起来。老七叔和强健如牛的曹莽合伙搞一条船了，这条船带着一股可怕的生气冲入人们的生活中去了。多少年来，人们已被教训得像些腼腆的小媳妇，看到果断刚勇、一往无前的男性的强悍，那种惊讶确是非同小可。

老七叔的两个儿子见到船上有了曹莽，比老七叔还要高兴。曹莽沉着脸不说话，单是那粗糙的、黑红色的面庞就给人以力量。他们都相信曹莽是不会怕海浪的。

开始的时候，船仍旧在浅海里放流网。每次的收获都差不多。鱼不太大，也不太多。带鱼几乎没有了。捉过两条海狗鳝鱼，两天后从船舱里拿出来，它们还会撩动尾巴。这是生命力最强的一种鱼。大头鱼永远是笑眯眯的样子，擒到甲板上，还兴奋地晃着大头颅。没有诱人的鲈鱼，也见不到身上生了灰斑的、出水时像一把大片钢刀一样的鲅鱼。老七叔每一次拔网时都遗憾地摇头。

他们还试着撒过小眼网，结果网上来那么多小鲇鱼、沙拱子，还有一团一团的海草。这些差不多都得重新还给大海。老七叔说："我要到那个地方栽袖网去——这盘网让我花去了几千元。大鱼遇上它，就像入了迷魂阵！……不过这东西经不得大风，六七级风就得取网，也怪麻烦……"

曹莽望着那片黑色的海水，没有做声。

老七叔压低了嗓门："要捉大鱼，非上那个地方不可。"

曹莽点点头："明天，把袖网装到船上去吧！"……

第二天，船张了帆，果真向那片黑色的海水驶去了。

这片神秘的海域！这片藏下了无数可怕的故事的海域！此刻它是碧蓝碧蓝的，没有一点波澜。它是透明的，像溶化了但仍然浓稠的绿色结晶。没有破碎的浪花，船是在柔软光润、丝绒般的质料上滑动。这里的气息也不像浅海那样腥咸，倒有一股特异的清香。太阳就在不远处微笑，她仿佛变得可以亲近了。在这里，她的手掌不会是滚烫的，不会在那一个个黝黑的打鱼人的脊背上揭皮。这里吹动的的确是九月的海风，船没有颠簸，人可以不眨眼睛。

由于曹莽一路上没有讲话，老七叔也不做声。他的两个儿子互相对视着，用力压抑着心底的兴奋。很快看得清那像鲨鱼似的怪石了，风开始凉爽一些。落在礁上的海鸟尖叫着。船体常要莫名其妙地微微震动，船上人终于能觉出湍急的海流了。

他们很快开始下底锚了。这些巨大的铁锚就是袖网的根，大风来时，取走袖网，却依然留下它的根——风过之后，袖网很快又系在这些根上了……老七叔做活时咬住一个空空的烟斗，他要说什么，都用鼻子"哼"出来。这时他用烟斗指指海里：三个年轻人都看到在新栽的网浮旁边，一条小鲨鱼脑腆地游着……

曹莽一声不响地做活。他整天都是紧绷着脸皮的，抖索、下锚，都是用牙咬着嘴唇，发出"嗯、嗯"的屏气声。他的脚蹬在船舷上，船被他踏得浑身震颤……四个人不停地干了多半天，太阳偏西时，袖网栽成了！

…………

老七叔的船闯到黑鲨洋里了，村里人都面面相觑。可是很快的，他们又齐声惊叹起来。

崭新崭新的船，鼓胀着白帆，一次又一次向东北方驶去，他们在那儿，将走进"迷宫"里的鱼不断装进船舱里！这简直有些神奇了。黑脊背的大鲅鱼、黄鱼、白皮刀鱼……都乖乖地给运到岸上来。村里人啧啧地咂着嘴。

他们不知道四个人是怎样搏斗的。

船驶进那片黑色的海水。四个赤裸的脊背在太阳下闪光，从网上摘下的鱼也在甲板上闪光。鱼蹦跳着，死命挣扎，用尖尖的鳍割破他们的脚背。这里的鱼大，力气也大得惊人，特别是刚闯到网里的，要摘下它们来简直就是一场拼杀。老七叔咬着一个空空的烟斗，他前边就是曹莽那两条粗黑的脚杆。网丝水淋淋的，不断勒到这腿上，这腿动都不动，真像两根生铁柱。曹莽可以一口气拔上十二托网，腰都不直一下。大鱼用尾巴拍他的脸，他用拇指和食指钳住鱼鳃，按到甲板上。大鱼锉刀般的牙齿发狠地磨动着，咬不到曹莽的手指，跌到甲板上，就用力咬穿了另一条大鱼的肚腹。曹莽常在两兄弟的惊呼声里将大鱼踢进船舱。

甲板上满是鱼血、鳞片和黏乎乎的液汁。老七叔的小儿子有一次跌倒，让船舷磕掉一颗牙齿。老七叔的烟斗不知何时甩到海里去了……

一直收获到中秋季节，他们没有取过几次网。

中秋之后，风凉了，涌大了，取网躲风的次数也渐渐多起来。四个人累得腰都要断了，每个人都明显地消瘦了。老七叔甚至真想让袖网闲息一段。但风过之后，他们还是将网系到根上了。

正像好多打鱼人一样，他们本来是要等更多的大鱼，可是他们等来了一场灾难。

这一天并没有变天预报，老七叔斜倚在铺子外边的油毡纸上吸烟。他是在磕烟斗时瞟了一眼天空，发现了一片奇怪的云彩。他立刻跳起来，呼喊着曹莽和两个儿子去海里取袖网。

网很快要取上来了，天还没有黑。可是西北天空变得那么紫，老七叔看了看，手都有些抖动了。偏偏剩下的一截儿网拖不上来——急流不知何时竟将坚牢的网根移了位，网脚勒在乱礁上了！当老七叔弄明白这一切，脸上立刻渗出了一层冷汗。他犹豫了一会儿，抹掉脸上的汗珠说："割网吧……"

扔掉半截子袖网，心太狠了些！曹莽摇摇头。

黄昏即将来临了。两兄弟说："莽弟，再不走，要挨上风了。"

曹莽咬着嘴唇，两眼死盯住变黑了的海水，沉着脸说："挨上吧。"

老七叔暴跳起来："你这个黑汉！割网走船！"

曹莽还是沉着脸。

老七叔使个眼色，两个儿子突然拦腰将他抱住了。曹莽愤怒地大叫一声，叉开两腿，一下子将他们摔倒在甲板上，接着翻身跳到水里。不知过了多长时间，他从水中露出脑袋喊："我爸爸就死在这上面，这就是那片乱礁！"他说完乌黑的头发在水中一闪，不见了。

老七叔的两个儿子哭起来。老七叔喊："住嘴！"

后来曹莽又在水上露过两次脸，但并没有上船。他再一次潜下时，水面上有一道血水。老七叔见了，赶紧跳下水去。

两兄弟喊叫起来，声音里透着无比的恐惧。

住了一会儿，曹莽终于浮上来了。他周身带着血口子，身边的水立刻红了。老七叔也浮上来，一把将曹莽拉到船边。两兄弟和父亲把曹莽放在了甲板上。他身上的血口子深深浅浅，多得数不清，还在往外流着血。两兄弟把他血乎乎的腿伸开，看到左脚被什么咬掉了一个脚趾，腿肚上，是黑乎乎的一个肉洞。

老七叔流下了眼泪。

他用嘶哑的嗓子喊道："割网！走船！"

曹莽还想爬起来。可是他正要伸出手和两兄弟争刀子，昏了过去。

网割断了。船往回开去了。老七叔告诉两个儿子："网真是勒到乱礁上了。曹莽身上的血口子是礁上的蛎子皮割开的。他可能还遇见过鲨……"

黄昏来临了。巨涌一个紧连着一个出现了。

老七叔不断向两个儿子呼喊着，可大海的呼啸淹没了他的声音。船体好像陡然落到了狭窄的巷子里，水的墙壁，柔软而可怕的墙壁，随时都有可能坍塌。他们的船在挣扎。他们听见了船的骨头在"咕咔"地响着。后来，他们不得不将一个流网抛到海里，拖住摇摆的船……

岸上有人为他们点起了大火，他们可以看到在火边活动的影子了。两兄弟奋力扳橹。老七叔喊着："瞪起眼来，别让船横了！……"

大火离他们只有半里远了。两兄弟兴奋地呼喊起来。老七叔却一动不动地伏在甲板上听着。他听到了"呜——扑！"的声音，绝望地说："海边有'瓦檐浪'。坏了，靠不了岸啦！"……

五

老葛的病几天来加重了。人们都到他的小屋子去，看他大口地喘息。他不喜欢人，可他已经没有力气赶走别人了。

这天傍黑的时候起了罕见的大风，海水出奇的响。人们突然记起了老七叔的船，就跑到海边上张望。

老葛一个人蜷曲在小屋里，昏昏地睡去了。睡梦里，他跟一条巨鲨打了一架，他赢得很险，折了一条腿。醒来后，他用力扳着那条腿，扳也扳不动。那是属于中风后不再灵活了的另一半身子。他想这是鲨鱼给他咬折的——那条凶狠的家伙，他是用拳头把它打败的，敲碎了它的脑壳！老船长费力地张大嘴巴呼吸，一个人在黑影里笑着。

他突然听到一种奇怪的声音。这声音好大，又是时隐时现的。他用力听了一会儿，听出是大海的咆哮。他在心里说："这家伙又在发脾气！这家伙又在叫了！"他竭力要爬起来，可总也没有成功。跌倒几次，他最后还是坐了起来……屋子里空洞洞的，人们都走了。他猛然记起人们在这儿议论过船，然后就一齐跑走了。他终于听出了"瓦檐浪"的嘶叫，伸手去摸索黑花椒拐杖。他刚一动，就重重地跌到了床下。可他还是伸出手掌去摸索着……

海岸上，人们还在往火堆上投着火柴。天渐渐亮了，船还是没有靠岸。船上的人奋力挣扎了一夜，随时都可能被大浪吞噬。可他们还是不让船"横"，不让船靠近"瓦檐浪"——这种浪会把船抛起来，再重重地甩进浪谷深处。岸上的人们喊叫着，嘈杂的声音里充满了恐怖和焦灼。

与此同时，正有个黑影子缓慢地朝火堆这边移动着。

由于他走得很慢，所以天大亮时才来到火堆边上。大家一看，大吃了一惊——老葛船长！有好几个人不信似的看着他，往后退开两步，惊呼起来。这个不久还躺在床上喘息的人，怎么会一个人摸索到海滩上来！

这真像有神力帮助他一样。大家一时说不出话，只是一起瞪圆了眼睛看着他。他走得真是费力极了，两手拄着那个黑花椒拐杖，一点一点往前挪动。他的小黄眼睛亮得吓人，不看任何人，只盯着海浪、盯着那条挣扎的船。大家上前搀扶他，他定住似的一动不动；再要去拉，被他厉声喝退了。

"你！啊啊哦……咳！咳咳……"

老船长向着大海吆喝起来，这声音大得简直不像他喊的。他的脸又变成紫红色了，衣怀敞着，一条又长又亮的伤疤让所有人都看到了。

船上老七叔向岸上喊着："老葛船长——老船长……"

老葛大吼起来，钝钝的声音像打雷。好几个围在他身边的人胆怯地退开了。他吼叫着，两手举起拐杖，举得高高的，然后猛地往怀里一拉。

船上老七叔看得真切，命令两个儿子："拔流网，把网拉上船来！"

老葛又吼起来，一边跺着脚。他将拐杖费力地顶、顶，横到左肩前边，然后再往右前方奋力一推。

船上老七叔又命令儿子："快，把船尾巴拨北一点，用橹，下狠力……"

老葛船长又向西走了半步，同时两手握住拐杖根儿，往西捅着。他一边呼喊，一边把拐杖拄起来，费力地向西挪动着。

这段时间，所有人都一声不吭地看着老船长。他们谁也不明白老船长喊叫了些什么、比画了些什么，只是惊惧地、钦敬地望着他。

海中的船往西，斜压着浪涌，十分艰难地驶去。

人们也背起老船长，向西走去。

船到了芦青河入海口停住了。河口处，扑向海岸的浪涌没有遇到浅滩的阻力，那"瓦檐浪"竟小好多！大家一下子全明白了。

老七叔指挥着儿子，艰难地将船往岸上划。船是向着河与海的交角处往上来的，刚一驶近，几个壮小伙子就冲上去，帮着把船推了上来……

老葛船长这时却松脱了手里的黑花椒拐杖，倒在了河滩上。老七叔抱着一身血渍的曹莽，伏在了老人身边，大声地呼唤着。所有人都叫着"船长"和"葛伯"……老人紧闭着眼睛，仰躺着。大家第一次凑近这个老人，看到了大大小小、不同颜色的疤痕。

海浪在轰响。曹莽睁开了眼睛。他看到了躺倒的老船长，从老七叔怀里爬了下来……老船长终于也睁开了眼睛，他把手放在了曹莽血淋淋的腿上，声音极其微弱地咕哝着什么。曹莽眼角流出了两滴晶莹的泪珠。老七叔告诉了曹莽受伤的经过，老船长嘴角似乎有一丝微笑，对曹莽点点头，又点点头。老七叔转脸对曹莽说：

"老船长眼里……你是一条硬汉了……"

曹莽抹去了泪水。他这会儿心中一亮，突然像是明白了老船长，明白了他以前那些话。

他转过脸去，久久地向黑鲨洋望去……他看着岸上的船，崭新崭新的一条船。不过它会在某一天被浪打得粉碎。不过——曹莽想——还会有第二条、第三条……船！

老七叔背起了老葛船长。他让小儿子背起曹莽，大儿子拿着老人的拐杖。所有人都跟上他们往前走去了……

1984 年 1 月于郊城

美妙雨夜

在七月快要结束的这个夜晚，我怎么也不能入睡。天有些闷热，汗水正悄悄地浸湿我的蓝色条杠背心。窗户敞开着，可是没有一丝风。这个夜晚出奇的安静。我在床上翻着身子，小床不断地呻吟。隔壁没有一点声息，爸爸妈妈都熟睡过去了。

一个人久久不能入睡而又渴望入睡，那会是多么烦躁。一阵阵热浪从身体内部涌出来，与周围的热气融汇到一起。屋内屋外都黑乎乎的，这夜色也因为闷热变得越来越浓、越来越沉重了。从窗户上望出去，看不到一点星光。在这安静的时刻里，我似乎期待着什么。

这样的夜晚本来是最容易入睡的。学校放了假，大家一拥出校门就全都无忧无虑了。白天在河滩、在田野上，有玩不尽的新把戏。我甚至偷了爸爸工作用的罗盘和望远镜，跑到很远的地方去。夜里总是很疲劳，从来不记得还会失眠。这个极其例外的夜晚好像在故意折磨我，我想天亮后遇到伙伴们，第一句话就要问他们睡得怎样。

我闭着眼睛，使呼吸变慢变匀，这样也许会出现转机。但我的脑海里总是闪过一片片田野。七月的土地是灼热的，一望无际的麦子收割了，到处是闪亮的麦茬。一个接一个的大麦秸垛子耸起来，像一些肥嫩的蘑菇。白杨树挺立在路边，油绿油绿的叶子哗哗抖动……

窗外有什么"啪达"响了一声。随着这响声，脑海里的一切倏地飞去。我屏住呼吸倾听。又是一声。接下去，大约每秒钟都要响一下。"下雨了"，我心里愉快地喊了一句，同时也知道了这个夜晚里久久期待的是什么。

仰躺着，默无声息地捕捉那又大又圆的雨点真让人快乐。我仿佛看到碧绿的、椭圆的小水球从高高的天空跌落，碰到地面又弹了起来。它落到麦茬地上，麦茬儿颤抖着，像丝弦一样被拨响了。它击在石板上，腾地一下反弹到高空，发出了"当"的一声脆响。

雨点异常沉着地落着，并没有像我预料的那样渐渐变急。但是空气明显地凉爽了，甚至有一阵微风从窗口吹进来。

我从床上坐了起来，穿上鞋子走到窗前。这样站了一会儿，又想走到外面去。这个姗姗来迟的雨夜不知怎么那样诱人，我真想在疏疏的长长的雨丝间走一走。

雨点仍在沉着地落下来。一个雨点打在了窗外的水桶上，发出了猝不及防的一声巨响。我似乎想到，随着这一声鸣响，午夜悄悄地从它的标界线上滑过去了。新的一天开始了。我毫不犹豫地从窗前离开，蹑手蹑脚地走到门口。

屋子外面果然清凉多了。雨点落在我的耳朵上、手上。我好几次仰起脸来，想让它落进眼睛里，试了好久都没有成功。当这雨水把头发和背心全都弄湿的时候，那又该多舒服！这个夜晚我心中像有一团火药。

我大口地呼吸着，缓缓地向前走去。到哪里去呢？记得不远处是一个打麦场，旁边有一条干涸的水沟，有一排高大的白杨。它周围就是望不到边的麦茬，太阳出来时，麦茬就闪闪发光。

雨点越来越大、越来越凉了。土地在雨滴的拍击下散发出奇怪的味道，直熏鼻孔。一种甜甜的气味在四周弥漫，我知道那是枣树被雨水洗过后发出来的。一阵浓浓的香味飘过来，我眼前立刻出现了一片迷人的红色——榕花树的无数花丝沾上了晶莹的水珠，水珠溅落下来，碎成无数的屑末。不远处的麦秸垛也送来清冽的香气，多少有点薄荷味儿。那是新的麦草的气味，是这个雨夜里最厚重最使人沉醉的。夜色隐去了一切，但我感到脚下越来越辽阔了。如果低下身子，可以模模糊糊地看到泛白的麦茬，那时麦茬间的青草也看得到；用手去抚摸热乎乎的泥土，正好会有一只蚂蚱跳起来，劲道十足地撞一下手背。田野的气息越来越浓烈了，它不知为何使人老想放开喉咙呼喊点什么。我伸手摸了一下头发，头发湿漉漉的，我终于被雨淋湿了。

我在雨中尽情地走着。如果没有夜幕遮掩，那么很多人可以看到，在平展展的田野里，正有一个少年，他满面欢欣。这个夜晚，田野与我是那样的接近。我只是走着，好像什么也没有想。无边的夜色，以及夜色里的雨丝和土地，在这一刻全属于我了。我可以奔跑，也可以像雄鹰停在空中似的一动不动。如果我伫立在那儿，就能感受到一颗心快乐地跳动。老师讲，心像一个人的拳头那么大，又像含苞待放的花朵——此刻这花瓣正颤颤地张开，沾上了透明的雨滴。

黑魆魆的白杨树就在不远处，我迎着它们走去，贴在凉凉的树皮上，把身体挺得像它一样直。这儿靠近了打麦场，麦草的清香一阵阵漫过来。树下是不久前还在不停转动的石碾子，这会儿被雨水淋得又冷又滑。我像骑一匹小马那样骑在了碾子上。

雨水的声音十分清晰。白杨叶上也响着雨水的声音。干燥的、已经使用完毕的打麦场有千万条裂纹，小小的水流就从这纹路中渗进去。微微的风贴着潮湿的泥地吹过来变得更熏人了。我的肺叶里灌满了湿润的风，这时就蹬动两脚，使石碾子缓缓地转动。

石碾子从杨树下转到打麦场中央的时候，我好像听到了一阵脚步声！后来，我看到有一个人——一个模模糊糊的影子，犹豫了一会儿，然后向这边走来。我站了起来。

那是个细细的、不太高的影子，我一眼就看出是一个姑娘。

我原以为她是伙伴当中的一位，可她开口说话的时候，我听出是完全陌生的声音。

"你一个人在这儿玩吗？"

我点点头："是的。下雨了，在这儿玩真好……"

"天热得人睡不着，我就出来了——我想让雨全身淋湿了吧！"她说着，差不多要笑出来了。

我觉得她和我差不多的年纪，或者比我更小。她是完全陌生的，我越来越肯定了。在我们这个工区里，常常有人调来调去，出现一个新的伙伴完全不是让人吃惊的事。我甚至感到，她在这个雨夜里像我一样睡不着（我想象得出她在床上翻来覆去的样子），要到外面走一走的愿望也是太合情合理了。我们真是一对自然而然的伙伴。

接下去有一分钟之久，我们都站在那儿缄口不语。但我知道她这会儿像我一样，因为在田野里意外地遇到一个人而高兴极了。夜色使我们互相望上去都朦朦胧胧的，也许这样更好吧。我想她此刻看到的会是一个比她高、比她壮，留着一头短发的男同伴。她看不到我鼻子两侧的几个雀斑，这真得感谢老天。我也在这时候端详着她。我发现她比我第一眼看到的要粗一点点，是个胖嘟嘟的姑娘。尽管有浓浓的夜色，还是遮不住那一对又大又亮的眼睛。

我似乎还看到了两排长长的、向上微微翘起的睫毛。

"真想不到能遇上一个人，我原来想自己走一走，让雨淋一淋……"她首先打破了沉默。

我高兴地说："我也是这样想。真的想不到。"

她往前走去。我走在她的右边。

雨还是稀稀疏疏地落着。这雨太好了。我不相信这个夜晚雨会大起来。她不时地伸出手掌去接雨点，脚后跟常常跷起。我没有像她那样，那已经完完全全是小孩子的动作了。她走到我刚刚站立了一会儿的那棵大杨树下，伸出小巴掌去拍打它。她试图拍下叶子上的积水，可惜没有那样的力气。我教她一块儿用脚猛力去跺树干，一阵水滴哗哗地浇下来。"啊呀！哈哈……"她抱起双臂，快活地叫着。停了一会儿，她问：

"你喜欢白杨树吗？"

"喜欢……"

"我们那会儿，"她仰脸看着黑漆漆的树冠，"就是春天的时候，把白杨胡儿塞在鼻孔里……"

我想到她每个鼻孔垂下一条白杨胡儿会是什么样子，就笑了。我问她：

"你喜欢柳树吗？"

她想了想，说："喜欢。"

她想了一想才回答，说明她是很认真的。可我回答她的白杨树时什么也没想。一阵小小的惭愧从心头掠过……我开始说柳树：

"秋天，我们到柳树林里去玩，采黄色的柳树蘑菇。"

"多好啊！"

"我们还躺在白沙子上，从树空儿里去看太阳。"

她看着我。夜色里，我觉得她在微笑。

我没有再说柳树，很想换一个话题。正这样想着时，她问了一句：

"你常常看到大海吗？"

这儿离大海只有六七里的样子，我们今夜就站在海滩平原上啊。冬天的午夜里，如果狂风怒吼起来，躺在床上也可以听到海浪的声音。大家在这个夏天每隔几天就要跳到海里一次，身上的皮肤就是被海水弄红的……我真高兴她谈到了海，我点头说：

"嗯。你呢？"

"我前几天第一次看到海。真大——你不觉得奇怪吗？"

我需要想一想了。我承认从来没觉得这有什么奇怪，海嘛，本来就是大的。我回答："没有觉得奇怪。"

她点点头："是的。可能你从小就见到了海，现在早忘了当时是怎么样惊奇了。"

"可能是的……"

"我们沿着这排杨树再往前走好吗？"她商量着，和我一块儿走着。我觉得她走、说话，一切都是那么平静柔和，我想起自己平时与伙伴们吵吵嚷嚷的，多少有点不好意思。她接着还在谈海："我站在大海跟前，不知道该怎么看它才好……"

我不太明白，只好听下去。

"它太大了，可伸手又能摸得着：它是冰凉的。望也望不到边，瞧瞧，这就是海。我面对大海想了好多，我甚至想过：我一定要好好学习。"

我站住了，因为我不能同意她这样去想。我问："为什么要这样去想？"

"因为海太大了，我太小了。我这么小，如果不好好学习，不懂很多知识，我还有什么意思？我说不清，反正那会我想过这些。"

我差不多能同意她的想法了，就痛快地告诉她："你说的真好。我明白了你的意思……不过，"我突然想问问她最喜欢哪门功课，也许和我一样？我说——"你喜欢运算吧？"

她用力点点头。

我有点失望。但没等我表示出来，她又说："我更喜欢作文。作文课之前，我把笔灌满墨水……"

我兴奋地打断她的话："对。我们要用整整一页纸描写自然景物，让老师吃惊。"

她惊喜地笑着、应答着："就是啊，就是……我还有一次写鸽子的脚：'粉丹丹的小巴掌儿……'我这样写呢。"

我不得不满怀激动地告诉她——我也这样写过鸽子，几乎一字不差。天哪！我屏住了呼吸，眼睛一动不动地盯着她，竭力想看清她的脸、她的鼻子和眼睛。可惜没有光亮，这做不到。此刻我离她那样近，并且一直感到她在平静地微笑。我敢说我们这样谈到天亮，哪怕谈遍天底下的一切，结论都会一致。这真是太奇怪了，可又是真实的，是完全感觉得到的。我这样想着时，她又往前走去了。我稍后一点走着，这样就看到了她在微风中活动的有些鬈曲的长发和小肩膀。肩膀上有两条带子。她穿了背带裙子。我觉得这裙子是蓝色的。这时候，一股特别的、从未闻过的香味涌过来，它不同于榕花树的气味，也不是新鲜的麦草温吞吞的清香——我相信这是从她的长发中飘散出来的。她用手撩一下头发，向我转过脸来。我与她并肩走在洒满雨丝的田野上。

我们不知走了多久、多远。我相信很大很大一片泥土上都有了我们的脚印。在迈过那条干涸的水沟时，她歪了一下，我赶忙去扶她。她的身体那么轻盈，只借了我的一点手力就跨上了沟岸。我们都想在铺满麦草的沟边坐一会儿。这时候我们又谈了无数事情，星星、月亮、钢笔，还有小刀。她问我最喜欢什么季节。我告诉她：秋天。

"树叶哗哗落了，你还喜欢吗？"

我赶忙解释："不，我指树叶最茂盛、最绿的时候，这时候有多少果子……我最不喜欢秋冬交界的那一段日子。"

她不做声。

"不对吗？"

她声音颤颤地说："对。太对了！我就这样想……我们想的多一样啊！……"

她还告诉我她喜欢清早跑到果园去玩，喜欢额头上有一块白色花斑的牛和刚刚发胖的小猪，喜欢不刮胡子的老师，等等。一切都与我想的一样，但我没说。我已经不像一开始那么惊讶了。我只希望这个雨夜无比漫长才好。

可也就在这时候，雨停了！

我们都知道如果不是有云层遮盖，天也许会微微放亮了呢。她站起来，向我伸出了手。

"再见！"我首先说。

她用力地握了握我的手，走了。

地上的麦茬不断将水珠溅起来。我一路听着脚踏麦茬发出的"吱吱"声，往回走去。这会儿的空气已经像早晨的了，尽管天还是那么黑。就像刚刚出来时一样，我大口地呼吸着。

屋子的门虚掩着。我小心地进去，先用枕巾擦擦头发，然后躺在了床上。我相信爸爸妈妈什么也没有发现。我想朝霞和睡意很快就会一起降临，让我趁这之前的一点宝贵时间好好地想想这个夜晚吧！

只是一会儿，我就接连打起了哈欠。我记得最后想到的是：妈妈，可不要喊醒我，不要打断你儿子甜甜的梦。

　　这是七月里的最后一天了。夜里照例十分闷热。这座城市的七八月份永远让人诅咒。我要在这个白天乘长途汽车出差，晚上想着那拥挤的车厢就格外沮丧。早晨，当我背着旅行包走下楼梯、踏上街道时，第一个感觉就是十分清凉。再看看四周，人也很少。我觉得这一天似乎还不像想象的那么糟。

　　乘市内交通车到了车站，然后顺利地上了一辆待发的长途车。这辆车出奇的空，再有五分钟就要开车了，可乘客刚刚坐满一半位子。今天的车显然不会再拥挤了，我心里立刻高兴起来。

　　马上就要开车了，最后上来的是一位三十多岁的女同志，领了一个四岁多一点的小男孩。她上车后四下看了看，微笑着在我的邻座坐下。那是一个空着的双人长椅，她放了棕色小皮包，让孩子坐好，然后自己坐下来。她与我隔了一条半米宽的小通道。

　　汽车很快地穿越了市区，在郊外的田野上奔驰。清新的风从车窗吹进来，一下子拂去了那座城市带给我们的全部烦恼。公路两旁的麦子刚刚收割，新长起来的玉米苗儿和麦茬一同待在田垄里。远远的地方，一头牛、一只羊，还有笔直傲立的树木。由于不久前刚下过一场雨，略微泛湿的土皮上又长出一层茸茸绿草。这时候早晨的薄雾还没有散尽，远方的村落迷迷离离。原野上有人在呼喊，那喊声好像隔在了一架山的后面。汽车在平坦的路上轻松行驶，早晨的风越来越凉爽。我慢慢知道这会是一次愉快的旅行。

　　邻座的女同志不断地伸出手，向她的孩子指点着外面的景物。她说："那是马车，那是狗……看到了吧？一只蜻蜓！"

　　当一轮鲜亮动人的太阳出来时，正好她一转脸看到了，就对孩子喊了一声。孩子久久地伏在了窗上。她似乎意识到刚才喊那声太响了，这时就有些不好意思地看了我一眼。

　　车厢内充满了朝霞的颜色。

　　她的一只手搭在小男孩的肩上，温和沉静地坐着。那个小男孩长得很神气，老要不安分地站起来。他的黑黑的眼睛不断地看着车里的人，把所有的人都看遍了。他的目光更多地落在我身上，那双小男子汉的眼睛流露着一丝得意和顽皮。他一边用眼瞟着我，一边小声在妈妈的耳边上说了一句什么。

妈妈咬着嘴唇笑了。那句话显然是关于我的。

任何人只需一眼就可以看出小男孩是她的孩子。她的眼睛也是那么大、那么亮。她的脸庞有些红，像是有一丝永远也褪不掉的羞涩。那脸庞还给人一种火烫的、青春勃勃的感觉。她已经有一小点胖了，但这反而使她更温柔、更像个母亲了。她坐在那儿，显得那么洁净，就像我们所拥有的这个早晨一样。她穿了雪白的上衣，一条棕黄色的、做工极其讲究的裙子；一道小小的暗绿色硬塑拉链一丝不苟地拉合了，腰身和臀部显现出柔和的曲线。她的另一只手掌常要去抚摸车座扶手，那只手很小，指甲盖像小孩子的一样光亮；手指根上，有劳动留下的茧子。

"叔叔……"小男孩又在她耳边说我了，但听不清在说什么。

她不好意思地转过脸来，说："你看他多调皮。"

她的声音低低的，显然不希望更多的人听见。

我说："他很让人喜欢。我的孩子也这样闹，有时向客人做鬼脸。"

"你的孩子多大了？"

"和他差不多。"

"男孩吗？"

"男孩。"

她的手从孩子的身上拿下来，身子向我这边侧了侧。这时小男孩索性伏到她的后背上，一双眼睛专注地看着我。我差不多被小家伙盯得有点不好意思了。她握住孩子的一只手，对我说："独生子女都这样。他们什么都不怕……将来走向社会呢？也什么都不怕吗？"

我笑了。我想象不出由下一代人主持的生活会是什么样子。一个个洒脱干练的、什么也不怕的小伙子从各自的门口走出来，走上街头，不是也挺来劲的吗？我说：

"但愿他们都长成些好小伙子。"

她满意地看了看孩子，让他坐到位子上，然后又从皮包里取一个东西给他玩。她的身子完全转过来，这样谈话就方便多了。她望了望窗外，看着一棵棵闪过的树木，说："今天坐车算是舒服的。这些天给热坏了，老盼着出来，可又怕坐车。"

我点点头："那些楼房挡住了风；还有柏油路，太阳晒一天，气味很难闻……"

"我一出来就高兴，你看，一眼可以望多远。我想人要老这样才好呢。"

"人就好比植物——它栽到盆里也能活，可让它长在田里不是更好吗？"

她抬头看着我，眉毛活动了一下，说："瞧你比喻得多好！真的是这样。我想你一定喜欢到野外去玩，是吧？"

"是的，我业余时间常常走得很远，到河上钓鱼……"

"钓过大鱼吗？"

"没有，它们最大像手掌这么长。"

她高兴地说："那也好啊！我没有钓过鱼，不过那该多有意思。"

我告诉她在城市的西北方有一条小河，比较远，要坐市郊车或是骑自行车去。她叹息了一声，说要会骑自行车就好了——她不会骑车。

我说："那就坐车。我也不会骑车。"

她看了我有好几秒钟，说："真的不会？"见我点头，又像是有点替我不好意思。但只是一会儿，她又谅解地笑了。

小男孩没有声音，原来是瞌睡了，头歪在妈妈的背上。她给孩子正了正身子，把他手中的东西取下来。汽车正驶在平坦的路面上，非常平稳。她继续和我谈话，声音还是低低的。我们都谈到了这座城市近来的一些恼人的事情，谈到了新出的一些电影和几本书，还谈到了一些其他琐事。我知道了她是一个生活得十分认真的人。她说：

"当我工作中遇到不顺心的事，哪怕是很小的一件事，有时也让人很伤心——我会一下子联想到好多别的事。难道不让人失望吗？我们本来是好心好意地走到这个世界上来了，可是……"

她咬了咬嘴唇，没有说下去。我知道她的意思。"好心好意"几个字使我心头一抖——是啊，多少人在这样过生活……还有必要历数那些不快的事情吗？我全都理解，全都明白。我看着她，没有说话。好像我们相识很久了似的。

她好长时间看着自己的手掌。我也没有做声。又停了一会儿，她抬起头，望了望远处的原野，说：

"有一次我的情绪简直坏透了。我想一个人到外面走一走才好。开始我想让爱人陪陪我，后来还是自己来到了公园里。那里没有什么人，我在草地上走了一会儿。后来——每一次往往都是这样——慢慢平静下来，觉得好像也没有必要这么丧气……天很晚了，我尽快地走回家去，我想起爱人不会烧菜……"

她说到这儿笑了笑。

我感到惊讶的是好像她在说我！真的，她平静地叙说的，好像就是我的情形。我也曾多次用类似的方法去平整心中的皱褶……我看着她，没有做声。

她似乎已经意识到应该谈点更轻松的话题，这会儿想了想，说："我这人喜欢一些小动物。我们家总养点什么。现在有两只鸽子，其中一只是白的……"

我喊了一声，打断了她的话……我想说什么，但话到嘴边又咽了回去。我想告诉她这真是巧极了，我们家也有两只鸽子，并且也有一只是白的！但我没有说，我不想说。

我看着她，又看看熟睡的、夹出了一溜儿眼睫毛的美丽的男孩。她大概有三十五六岁的样子，可是没有什么皱纹。那张明朗的火热的脸庞会给一个家庭增添多少温馨。我想象着她穿了这条漂亮的、有着塑料小拉链的裙子，在那儿操持家务的样子。我们都侧着身子坐着，彼此离得很近，我差不多已经感受到她温暖的呼吸。

汽车飞速奔驰着。车窗的风大了一些，不断将绿色的窗帘扬起来。这是一段起伏的路面，车子一会儿滑下一会儿跃起，像一条轻盈的游船。车上有不少乘客倦倦地闭上了眼睛。司机的右手从方向盘上移开，在一旁的几个旋钮上活动着。一阵音乐轻轻地、像微风那样飘过来。这音乐先是纤细、轻松，渐渐又变得火一样热烈。

音乐盖过了马达的鸣唱。

我看到她的脸庞稍稍向一旁转了转，那双明亮的眼睛里，有什么在跳荡。

音乐渐渐缓慢，正一丝一丝地走向深沉和舒缓。

她的睫毛垂了下来。

我把目光转向一边，眼前的一切好像都消逝了。我仿佛一个人沉着地走着，走到了一条波涛滚动的河边。我知道这是芦青河。河边是开阔无垠的绿色平原，我在这漫无尽头的田野上走下去、走下去。有一个小黑点在遥远的地方出现了，出现了，终于看出那是一个少年。少年迎着我跑过来，满面悲怆，泪水涟涟，一下子扑到了我的怀里……我双手托起了这陌生而又熟悉的少年。

音乐停了。

她抬起了头，一直注视着我。我的两手端在胸前，好像在抱着什么……我小声说——这声音多少有点恳求的意味："他睡了，睡得多好看！能让我抱他一会儿吗？"

她的两手按在膝盖上，转脸看了看儿子，然后俯身小心地抱起来，递给我。

小家伙用小手搓了一下眼，但没有醒。我把他抱在胸前。

——在家里，我常常这样抱自己的儿子。

接下去的一段路，我就这样抱着他，一直抱到我该下车的那一站。那时车子出乎预料地停在原野上，我一怔，醒过神来，不得不把孩子交给母亲。

我背起了旅行包。她站起来。我们说了声"再见"，伸出了手。我握了握她的手。

车子又向前奔驰而去。

我目送着汽车，心头升起一丝甜甜的惆怅。车子终于看不见了，我默默地转回头来——就在这一瞬间，我脑际突然闪过了二十多年前的一个夜晚。

……那是一个美妙雨夜。

1987 年 7 月写于济南

梦中苦辩

在这个小小的镇子上，任何一点事情都传得飞快。新来了一个会算命的人啦，谁家生了一个古怪小孩啦，码头上的一艘外国船要卖啦，等等。所有传闻大都与我无关。

但现在传的是：镇上要打狗了。根据以往经验，我相信会有这样的事。接着又传出，打狗从今天一早就开始了——看来事情准确无疑了。

不幸的是我有一条狗，已经养了七年。我不说这七年是怎样与它相处的，也不说这狗有多么可爱，什么也不想说。消息传来时，全家人都放下手里的活儿，定定地望着我。它当时正和小猫逗玩，一转身看到了我的脸色，就一动不动了。

家里人走进屋，商量怎么办。送到亲戚家、藏起来，或者……这些方法很久以前都用过，最终还是无济于事。他们七嘴八舌地商量，差不多要吵起来了。有人说已经从镇子东边开始干了，进行到这里也不需要多久。妻子催促我："你快想办法呀！"孩子揪住了我的衣襟。我一直在看着他们，这会儿大声喊了一句："不！"

这声音太响了。他们安静了一会儿，互相看了看，走出去了。

整个的一天外面都吵吵嚷嚷的。我把它喊到了身边。我们等待着。

这个时刻我回忆了以前养过的几条狗。它们的性格、长相都不同，但结局是一样的。我又闻到了血的气味。

有人敲门，我站了起来。进来的是邻居，他要借东西，爱人拿给他，他走了。两个钟头之后又有人敲门，我又一次站起来。——这一回是孩子的朋友来玩……天黑了，我对家里人说："把门关上吧！"

这个夜晚我睡不着了，总听到有人敲门。我不止一次从床上欠起身子，妻子都把我阻止了。她说这是幻觉。可我睡不着啊。

半夜里，她睡着了。就在这时候，我异常清晰地听到了重重的敲门声。我再也不信什么幻觉，立刻起来去开门。

门开了。有一个穿了紧身衣服的年轻人笑着点了点头，闪进来。他蹑手蹑脚的，背了枪，挎了刀。我明白了。我尽量平静地问："轮到我了吗？"

"是的。"他笑一笑，将刀子放在桌上，搓了搓手。他坐下，问："有烟吗？"

我把烟递给他。

他慢慢吸着烟，一点也没有焦急的样子。我知道他从镇子东边做起，做到这儿已经十分熟练、十分从容了。或许他本来就是个操刀为业的人。我心里为他难过。他还这么年轻，正处在人一生最美好的年纪里。我看着他。

他被看得多少有点不好意思了，揉了烟站起来说："开始吧。它在哪？来，配合我一下……"

他弯腰紧了紧鞋子，又在衣兜里寻找什么。

我冷静地、每一个字都很清晰地告诉他："不用找它了。我也不会配合你。我不同意。"

他像被什么咬了一下，猛地抬起头。这回是他端量我了。他有些结巴地问："为、为什么？"

"因为我不同意。"

"你——？"他按在桌上的手小心翼翼地抬起来，"这是镇上的规定。再说，你不同意，有什么用？"

我再不做声。我等待他的行动。这时候我觉得自己的两臂，还有拳头，都在抖动。我等着他的行动。

可他偏偏坐下来了。他说："自己家养的东西，谁愿意杀？可没有办法，要服从公共利益。你这么大年纪了，这些道理应该明白……"

"我不明白！我不明白一条狗活得好好的，为什么要把它杀掉。我的狗从不自己跑出这个院子，它危害了什么？它咬人吗？它从生下来就没有伤过一个人！怕传染狂犬病吗？它一直按要求打针，你看它脖子上的编号、铜牌……不过这些都来得及谈，我现在要问你的还不是这些，不是。我要问的是最最起码的一句话，只有一句。"

他惊愕地望着我，问："什么话？"

"谁有权力夺走别人的东西——比如一条裤子，谁有权力夺走它？"

他很勉强地笑了笑："谁也没有这个权力。"

我点点头："那么好。这条狗就是我的，你为什么从外面走进来，硬要把它杀掉呢？"

"这是我的工作！我是来执行规定的！"他提高了嗓门，有点像喊。

我也提高了嗓门："那么说做出这个规定的人，他们就有权力去抢掠。你在替他们抢，抢走我的东西！"

他大口地呼吸着，不知说什么才好。

"有些人口口声声维护宪法，宪法上明明规定公民的私有财产得到保护——只要承认这是我的狗，而不是野狗，那么它就该得到保护。这种权力是宪法上注明了的，因而就是神圣的……"

那人发出了尖叫："你的狗是'神圣'的？"

我不理会这种尖叫："……如果我没有记错，这个镇上已经强行杀狗十一次，几乎每隔几年就要来一次，也就是说十一次违背宪法。我怀疑他们嘴里的宪法是抄来的，是说着玩的。镇上人失去了自己的狗，难过得流泪，有些人倒觉得这种眼泪很好玩，每隔几年就让大家流一次。不，这种眼泪不流了，我要说出两个字：'宪法'！……"

一股热流在我身上涌动。我知道自己已经相当激动了。面前的年轻人盯着我，像在寻找着什么机会。他突然理直气壮地说："狗咬人，人得病，那么就是'危及他人人身安全'！"

"它危及了谁，就按法律惩罚好了！但我的狗明明谁也没有伤害。可你要杀它。原来这种冷酷的惩罚只是建立在一种假设上！一个人可能将来变为罪犯，但谁有权力现在就对他采取严厉行动？你没有行动的根据。到现在为止，我的狗还是一条好狗；它下一秒钟咬了人，下一秒钟就变成一条该受惩罚的狗。不过它现在冲进来咬了你，你倒应该多多少少谅解它一点……"

"为什么？"

"因为你要无缘无故地把它杀掉。"

"我真遇到怪事了！"他气愤地看了看表，又瞅瞅桌上的刀子，"我们几个人分开干，我负责完成这一条街。这下好了，全让你耽误了。"

我长长地吐了一口气，拍拍他的肩膀："坐下吧，小伙子，坐下来谈个重要的问题——怎么保护自己的东西、什么是自己的东西。你可不要以为我老糊涂了，连什么是自己的东西都分不清。在我们这儿，这个简单的道理早给搅乱了。比如你就能挨门挨户去杀死别人的狗，原因就是分不清什么是自己的。街道上，一天到晚都响着高音广播喇叭，吵得别人不能读书也不能睡觉。这就是夺走了别人的安静。人人都有一个安静，那个安静是每个人自己的东西。再比如……太多太多了，这些十天八天也讲不完，你还是自己去琢磨吧……"

"我不愿琢磨！"小伙子有些不耐烦地打断我的话。他白了我一眼，伸手去摸烟。他吸着烟，头垂下去，像是重新思索什么。他咕哝着说："养狗有什么好？浪费粮食。镇上有关部门核算过，如果这些粮食省下来，可以办一个养猪场，大型的！"

我不知听过多少类似的算账法。我真想让小伙子把那个先生即刻请来，让我告诉他点什么！我对小伙子说："粮食是我自己的，是我劳动换来的，我认为用粮食养狗很好；你认为是一种浪费；那是看法不一致。你只能劝导我，但不能把自己的看法强加给我。还有，我可以从狗的眼睛里看出微笑，一种特别的微笑——这种微笑给我的安慰和智慧，是你那个先生用养猪场可以换取的吗？"

他不安地活动一下身子，小声说了句什么，说完就笑。

"你说什么？"

"我说精神病！"

我冷笑道："不能容忍其他生命，动不动就要屠杀，那才是丧心病狂。我刚才强调它是自己的东西，强调它不能被随意掠夺和伤害，只不过是最最起码的道理——事情其实比这个还要复杂得多、严重得多！因为什么？因为它是一个生命！"

"什么？"他又一次抬起头来。

"它是一个生命！"

他撇撇嘴巴："老鼠也是一个生命……"

"可它毕竟不是老鼠！它毕竟没有人人喊打，恰恰相反，它与人类友好相处了几千年，成为人类最忠实最可靠的伙伴。那么多人喜欢它、疼爱它，与它患难与共，这是在千百年的困苦生活中作出的抉择和判断，是在风风雨雨中洗练出来的情感！你也是一个人，可你把这一切竟然看得一钱不值！我不明白你了，我害怕你了，小伙子！我怕的不是你的刀枪，我怕你这个人！我怎么也不明白你会面对那样的眼睛举起刀子……那是什么眼睛啊，你如果没有偏见，就会承认它是美丽无邪的。你看它的瞳仁，它的睫毛，它的眼白！我告诉你吧，没有一条狗能得到善终，你弄不明白它有多长的寿命——它其实活不了太大的年纪。一条五六年的狗就知道什么是衰老，满面悲怆。你注意去研究它们吧，你会发现一双又一双忧郁的眼睛。它们老了，腿像木棍子一样硬，可见了人仍要把身体弯起来贴到他的腿上，就像个依恋大人的孩子。它太孤独无援了，它的路程太短暂了，它又太聪明，很快就知道关于自身的这一切，于是变得更加可怜。它心中的一切没法对人诉说，它没有语言或者没有寻找到人类可以接受的语言。它生活在我们中间，就像一个人走到了完全陌生的国度里。它多么渴望交流，为了实现一种交流不惜付出生命。它自己待在院子里，当风尘仆仆的主人从门口进来的时候，它每一根毛发都激动得颤抖起来，欢跳着，扑到他的怀里，用舌头去温柔他，眼睛里泪花闪烁……我不说你也会想象出那个场景，因为每个人都见过。你据此就可以明白它为人类付出了多少情感，这种情感是从内心深处迸发出来的，没有一丝欺骗和虚伪。由此你又可以反省人类自己，你不得不承认人对同类的热情要少得多。你进了院子，它扑进你的怀中，你抚摸它，等待着感情的风暴慢慢平息——可相反的是它更加激动，浑身颤动得更厉害了。你刚刚离开你的家才多长时间呀？一天，甚至不过才半天，而它却在这短短的时间里孕育出如此巨大的热情。你会无动于衷吗？你会忽略它的存在吗？不会！你不知不觉就把它算作了家庭中的一个成员。所以，你看到那些突然失去了狗的人流出眼泪，全家人几天不愿言语，完全应该理解。这给一个人、一个家庭留下的创伤是无法弥合的，是永久的……"

小伙子一直用手捧着双颊，这会儿不安地活动了一下身子。

"我丝毫也没有夸大什么。我甚至不敢回想前一条狗是怎么死的。那时也是传来了打狗的消息，也像现在这样，全家人心惊肉跳。那是一条老狗，它望着我们的眼神就可以明白一切。当我们议论怎么办的时候，它自己默默地走进了厢房。厢房里放着一些劈柴，它就钻进了劈柴的空隙里。我们以为它这样藏起来很好，就每天夜里送去一点水和饭。谁知道送去的东西一点也没有见少，唤它也没有声音。我们搬开劈柴，发现它已经死了，一根柴棒插在脖圈里，它绕着柴棒转了一圈，脖圈就拧得紧紧的。它自杀了。它的眼睛还睁着。全家人吓得说不出话，怔了半天，全都哭起来。当时我的母亲还在，她拄着拐杖站在厢房里，哭得让人心碎。你想一个白发老婆婆拉扯着这么多儿女，还有一个多灾多难的丈夫——我停一会儿再讲他的事情——她一生的眼泪还没有流完吗？她哭着，全家人更加难过。母亲的哭声做儿女的不能听，如果听了，就一辈子也忘不掉。我们把老人扶走，可她不，她让我们把狗抬到一个地方，亲眼看着把它埋掉了。第二天杀狗的一些人来了，到处找它。领头的说：'还飞了它不成？'我告诉他：'真的飞了，它算逃出这个镇子了！'那个人哼一声说：'它除非再不回来！'我说：'放心吧，它再也不会回这个伟大的镇子了！'……这以后多少年过去了，我们再没有养过狗。我们差不多发誓永不养狗！可是后来，后来——真不该有这个后来——我的小儿子从外面捡回一个小花狗，疼爱得了不得。我看它，它也看我，扬着通红的小鼻孔。我狠狠心，决定只养两个星期就送走。两个星期到了，儿子死也不干，接着全家人都心软了。它就是我们现在这条狗。那时多么轻率！我当时想，毕竟不是过去了，又不是'备战备荒'的年头，或许再也不会发生那样的事了。我太无知！我把事情看得太简单了……"

我讲到这儿，面前闪动着那一双不愿闭合的眼睛，心头一阵阵痛楚。我不得不去桌上取烟。我拿起一支烟，发现自己的手在抖。小伙子用打火机给我点着了烟，这时问了句："老同志，我想问一问，您是做什么工作的？"

我回答他："教师。不过早就离休了……"

小伙子若有所思地点着头："嗯，教师，教师……"

我重重地吸一口烟，又吐出来："我是个教师。不过我没有在本镇教书，所以你不是我的学生。在东边那个镇子上，像你这么大的小伙子，有不少都是我教出来的……愿意听听那个镇子的事情吗？那好，你听着。怎么说呢？一开头就赞扬那个镇子吗？我不能，因为我们这个镇子的人可没有轻易赞扬别人的习惯，我也是一样；更重要的，是那个镇子确实也有很多毛病，有的甚至极端恶劣。不过我接下去要说的是其他的方面，是他们与其他生命相处的方法和情形。因为咱俩眼下讨论的正是这个问题。我要告诉你，那个镇子上几乎没有多少裸露的泥土——到处是草地、庄稼和森林。各种鸟儿很多。它们差不多全不怕人。我早晨到学校去，一路上不知有多少鸽子飞到肩上。如果时间充裕，我常停下来与路边水湾里的天鹅玩一会儿。我对野鸭子招招手，它们就游过来。我不止一次用手去抚摸野鸭子的脊背，去摸翅膀上那几道紫羽，感受热乎乎滑腻腻的奇妙滋味。它和天鹅，还有鸽子，眼睛都各不相同，却是同样可爱。它们用专注的神情盯着你，让你多多少少有些不好意思。离开它们，我一整天的心情都比较愉快。它们安然的姿态影响了我，使我也变得和颜悦色。这就是那个镇子的情况。如果你不怀疑这一切都是真实的话，你会怎么想呢？

"回头再看看我们这儿吧！没有多少树和草，没有野鸭子和天鹅，如果从哪儿飞来一只鸟，见了人就惶恐地逃掉。鸽子也怕人，所有的动物都无一例外地要躲避我们。我真为这个羞耻。我仿佛听到动物们一边逃奔一边互相警告：'快离开他们，虽然他们也是人，但他们喜欢杀戮，他们除了自己以外不容忍任何其他生命！'它们没命地奔逃，因为一切结论都付出了血的代价。无数远方的动物，比如一只美丽的天鹅在这儿落脚，只停留一个小时就会被镇上人用枪杀掉；一群野鸭子莽莽撞撞地飞到河边游玩，只半天工夫就会被如数围歼，吃到肚子里去了。实际情形就是这样。尽管我们要挖空心思做一番事业，但我想，如果连一些动物都对我们不屑一顾，对我们从心底里感到厌恶和惧怕的话，那我们是不会有希望的。对野生动物这样残酷，野生动物可以躲开；于是我们的目光就转向家庭饲养的动物，对温驯的狗下手了。我相信这是一部分人血液里流动的嗜好，很难改变。事实也是如此。如果我没有想错的话，那么下一步轮到的很可能是一些更小更可怜的家养动物，比如猫和鸽子。这些行为会一再重复，因为它源于顽劣的天性，残酷愚昧，胆怯猥琐，在阴暗的角落里咬牙切齿。这些人作为一种生命，怎么会去宽容其他生命？！他们憎恨和惧怕一切生机勃勃的东西，砍伐树木，连小草也不让生存。我不止一次看到一些人走上街头搞卫生，第一件事就是蹲下来拔小草。绿色很快没有了，留下来的是肮脏的脚印。当然，镇子上也有人种草植树，正像有人热爱动物一样；但严重的问题是树和草越来越少，动物或者远离了我们，或者被大批大批地杀掉。

"对其他生命不宽容，对自己也是一样。我这里不想去复述镇子上的几次械斗，点到为止，你心里完全清楚。算了吧，不说这些了……但我不得不跟你讲讲我的父亲——我曾说过要讲那个多灾多难的人。我相信你不会怀疑这是真的。我要说的是他生活在这样的情形中，有这样的结局是多么自然；而一些人在今天的行为，与昨天的如出一辙；这二者之间究竟有一条什么线在连结着——我由一些不该杀戮的其他生命想到了一个生命，想到了这个生命与我的关系，他对我的至关重要、他留给我的疤痕、他流动在我身上的血液……他死的时候满头白发，而我如今也满头白发了——我想说，我并不一定安然自如地走完我生命的里程，正像我的父亲到了暮年还遭到意外一样。小伙子，我羡慕你的年轻，可也忧虑你的岁月。因为生活的道路比你想象的坎坷万倍，你手中的刀子也许很容易就刺得自己遍体鳞伤……不说这些。我还说我的父亲，说说他吧。他七十多岁了，行动不便，但头脑也还清晰。他对于镇子一片忠心。他看到什么不利的地方，就要说上两句。有一次他议论起新修的一条马路，指出这条柏油路耗资巨大，但却效益不好。他有理有据，虽然尖锐无比，可是态度和蔼。谁知道这就惹火了镇上的一些人。开始他们寻茬儿让他进了一个什么学习班，后来又说他在学习班上态度不好，就把他转到了一个农场——就是我们镇子的明星农场。父亲那么大年纪了怎么能种地？我和母亲去找了管事的人，他们说已经照顾他了，让他做农场的饲养员。我去看过他一次，见他弓着腰给猪搅拌饲料，饲料里有拇指大的一块地瓜，他抓出来就吃……我偷偷地哭了，没有让父亲看见，也没有将这些告诉母亲。又过了半年，父亲的罪行不知怎么又加重了，被调到了一个石墨矿去。那里更苦更累，而且劳动时有人看守。去了石墨矿的人，他的家里人不能随便探望，直到父亲死，我只见过他两次。第一次见他，我给吓了一跳：他的白发全给石墨染黑了，连牙齿上也沾了黑粉。我问他在这儿做什么？他不回答，只用包了破布的手去擦脸。最后一次见他，是他在小床上喘息的时候，我和母亲被通知去矿上探视。可母亲病了，丈夫临死她也没能见上一眼。我自己去了，路上尽管做好各种思想准备，也还是被父亲的样子吓呆了。他握住我的手，不说话。我也不说。最后，老人突然从身子底下取出一个小纸包，指了指说：'哑药！'他又指了指自己的嘴，说：'祸从口出啊……'他把哑药递给了我，我明白了。父亲本来是为自己准备的，后来见用不上了，就留给了他的儿子……我两手捧着这最后的礼物，向父亲跪下了……"

我的声音渐渐低得快要听不见了。小伙子拧着眉毛看着我，嘴角活动了几下，问："你，吃了哑药？"

"我捧着它离开了石墨矿，沿着芦青河堤往回走去。好几次我想塞进嘴里，但最后一次我抬头看到了自己的镇子，心里一热，就把那药撒到河水里去了！"

小伙子大松了一口气。

"尽管父亲的话是千真万确的真理，但我还是不想使喉咙变哑。我的镇子！我的镇子！请摸一下我这颗滚烫的心……我之所以给你讲了父亲的死，是因为我想到了有些人像潜伏病菌一样潜伏了一种仇恨，它会像流感一样突然而迅速地蔓延。眼下我又看到了这种危险。无数的狗被杀死，鲜血染红庭院，惨叫声此起彼伏——那些人是不是正期待着这种效果？这一切，又是不是他们宣泄仇恨的一种方法？我确信会是这样。宣泄的方法各种各样，但确定无疑的是每一次宣泄都留下了巨大灾难。我忘不了有一年春天的所谓'垦荒'——毫无必要地将镇子北面的树林毁掉！那片林子茂盛得可爱，当时槐树正开满了银色的槐花，引来了全世界的蜜蜂；蓉花树刚长出粉茸茸的叶子，柳棵爆开小绒球，灰暗的枯草里挺起红的紫的鲜花。它们好不容易告别了冬天，又要在挥动的镢头下呻吟。我亲眼见到有些人狠狠地刨倒了一棵开满鲜花的槐树，双脚把花朵踩到土里时的那种微笑，那是掩饰不住的快感。连续五天的围垦，树林没有了，留下来的是一片焦土。他们疲惫地走了，头也不回。这片垦出的沙土至今没有种什么东西，只是冬天里旋着沙丘，那沙末在空中转着，像是树木的魂灵。就是这样，你怎么来解释这种种举动呢？你能说这不是另一种宣泄的途径吗？

"我更不明白的是，街道上有多少刻不容缓的事情需要去做，他们恰恰对这一切视而不见。垃圾成堆，苍蝇一球一球在那儿滚动，捡垃圾的老人用赤裸的双手去抢一堆碎玻璃。又破又响的汽车轰隆轰隆地跑在街上，让人白天晚上不得安宁，冒出的油烟半天也散不开。在窄巴巴的街道上，常常有几个贼眉鼠眼的人窜来窜去，总有人被掏兜、被欺侮。妇女和老人丢了东西就哭，一个乡下来的小姑娘被几个歹徒拖到了防空洞里。没有腿和手的人在街上行乞，垫着小板凳一挪一挪往前走。各种宣传车来来往往，无数大喇叭吵翻了天，野蛮无理地强行掠夺你的宁静。为什么要这样？有什么权力要这样？不知道。你放眼往南望，你望到了那一溜儿黑影吗？那就是南山，是我们这儿唯一的山区。那儿没有水，没有柴草，也没有多少粮食。那儿的人衣衫褴褛，一代一代都面黄肌瘦。因为没有可以燃烧的东西，就往灶坑里填地瓜干，锅里煮的还是地瓜干。你可以想见那里的生活。你知道那里有多少事情需要立刻去做。可惜这些一年一年延续下来，没有多少变化；而与此同时，有人却毫不含糊地强令杀了十一次狗……"

小伙子的眼睛转向了窗子，望着很远的地方。他听到这里，认真地插话说："我不是反对你的意见；不过我想到了两件事儿。一是你把我们这儿说得太吓人了；二是山区里的人那么苦，为什么不把养狗的费用使到他们身上？

难道这些狗比那些人还重要吗？"

　　这都是直接的意见，然而十分尖锐。我不由得握住了小伙子的手，我感谢他终于开始和我一起思考起如此严肃的问题了。我不知怎么回答他这两个简单极了也是复杂极了的问题。我说："你问得好，我没法回避。让我试试吧。先说第一个问题。你认为这地方被我说得太吓人，但你没说我编造了什么，这就好。当然，我们这儿还有一万条值得赞扬的，这也是事实。而我要说的，是那些刻不容缓地需要根除的方面，这一切只要存在一天，我就有理由用手指去指出来。但愿你不要真的被吓住，而是变得更勇敢。我在指出这一切的时候，有时会手指抖动，但那不是为了吓你，而是一个老人真诚的激动。再说说第二个问题吧，它更难以辩解。首先我想说，饲养狗是人类的一种需要，这种需要看起来似乎可有可无，但你只要看一看镇上人在这方面的经历，看一看最困难的山区还有很多人养狗，就会否定那种看法。镇子上十一次对狗进行围剿，无数人流下了眼泪，受到了很大的挫伤，发誓再不养狗。可奇怪极了的是，大家像我一样发誓，如今也像我一样地违背了誓言。看来这是没有办法的事，是一个生命最深层的一种渴望，必须去满足。至于这种渴望到底反映了什么，我还说不清。我朦朦胧胧觉得，一种生命需要另一种生命的安慰，他们必须在这种无形的交流中获得某种灵感。在通向永恒的路上，也许真的需要它来陪伴。这个谁也讲不清，你默默地用心灵去感觉，也就知道了。所以从这个意义上讲，你那种切近的功利换算的方式就无助于理解这个问题，二者没有任何可以沟通的。这是一方面，另一方面，我想说对待困苦和艰难勇往直前的，究竟是世界上的哪一种人，是些什么人，这种人到底有什么样的素质。那些坚决主张杀狗的人当然不是为了节俭，他们恰恰在情感上是极其吝啬的一种人。而对于自然界的各种生灵倍感亲切，每时每刻都试图去理解和接近的人，他们才对苦难特别敏感，也最愿意为消除那些痛苦贡献出自己的一切。勇敢的人从来都不是冷酷的人，你可以在生活中找到无数的例子。"

　　他倾听着，眨动着眼睛，不知是否真的理解了我的话。当我停顿下来的时候，他就将头埋下去。看来他已经准备再听一听，他由厌烦这种谈话转为渐渐习惯和可以容忍，又变为希望去接受……但我这会儿也想听听他的了。我问："这次打狗进行得顺利吗？已经完成了多少？"

　　他像困倦一样揉着眼睛，把头扭向一边。停了一会儿他转过脸来，抿了抿嘴角说：

"大约进行到一半以上了。这次比过去困难。把狗藏起来的太多。有的狗冲出来，疯了一样。我们有枪，可怕伤了人。狗冲到小巷子里，急得乱跳。我们堵上巷口，用枪扫，有的中了弹还迎着我们反冲过来。天哪，真可怕，它们一边流血一边跑。好多狗跑出镇子，往南，往山里跑。我们联合起来堵截。有一次围住一个山包，往前缩小圈子，一抬头，看见几百只狗昂着头站在山坡上。它们一起看我们，这一回没有一只跑掉，也不逃，我们吓得不轻。后来当然开了枪，几百只狗叫成一片，有的腾到半空，像给打飞了一样。那面山坡都给染红了……"

我们都沉默了。

我像被什么烧灼着，心上一阵阵刺痛。我说："真不简单，小伙子，真不简单。在你这儿，一切需要暴力、需要用强制手段去对付的方面，都干干脆脆地做了；一切需要胸怀、需要眼光、需要高瞻远瞩才能办到的事情，都搞得一塌糊涂……"我差不多要碰到小伙子的脸了，声音大得有些吓人："你能否认这是一场屠杀吗？你没法否认！崭新的屠杀，就发生在这里！可是，一切就这样过去了吗？没有！不会这么便宜。一种反击正在悄悄地开始，只要你好好睁大眼睛就会看到。你到医院，你看看有多少人在排队治病，他们横一行竖一行，人山人海，天天如此；你再看看手术台上有多少人在流血，看看病床上有多少人在死命地绞拧。不治之症越来越多，肿瘤医院天天满员，今天一个好友死于肝癌，明天一个熟人因肠癌开刀；我的一个学生前不久还给我送来一盆花，昨天听说他已经查出了肺癌。无数的人患上了肝炎，验血的、做B超的要提前一个星期预约。屠杀吧！与大自然的一切生命对抗吧，仇视它们吧！这一切的后果只能是更为可怕的报复！不要胆怯，不要逃遁，来收获自己种植的果子吧！最近，那些热衷于种种屠杀的人据说又有了一个愚蠢之极的可笑举动：阖家迁到镇子北边的小河滩上居住！他们把大街上的树伐光了，堆满了垃圾，如今又要逃了！他们就忘了南风一吹，街心的毒气照样吹到河滩上去，忘了他们身上已经积满了毒素！他们假使逃掉了惩罚，他们的儿孙呢？他们一手糟蹋了我们的镇子，如今倒想一逃了之！可惜这绝对办不到，大自然不会放过他们！凶狠残酷地对待生活、对待自然，必遭报应！你听说这样一个故事了吧？一个人无法战胜他的仇人，最后就在身上缚满了炸药，紧紧地抓住仇人，然后拉响了导火索！人类身后此刻就紧紧跟随着这样的一个自然巨人，他的身上缚满了炸药。我们跑吧，跑吧，躲避着他要命的手掌……真的，我总觉得大自然与人类决战的时刻就要来到了！……"

我说着，说着，不知何时流下了滚烫的泪水。泪水流下脸颊，又流进密密的胡须。

我看到小伙子站起来，眼睛里也有两汪泪水。他看着我，木木地站着。他的身体突然像秫秸一样疲软，两手抖着，肩上的枪一下子掉在地上……他感激地点了点头，转过了身子。他推开了门，跨了出去。

我捡起了地上的枪，追出门去。

"小伙子！你的枪！枪！……"

我大声地呼喊。他没有回应。我再一次呼喊。

有人在摇动我的肩膀。我猛地睁大了眼睛，看到了身穿睡衣的妻子。她用手来擦我的泪水，说："你梦中喊得好响。你哭了。我听了都有点害怕……"

我一下坐起来。我说："我总算把杀狗的人劝阻住了，他刚刚走。"

妻子苦笑着："这是一个梦。你一直在睡觉。"

是的。一夜的辩解，没有目标的辩解！我推开了被子，走下来……太阳从窗棂射进，彤红彤红。我不知怎么急于到院子里看看我的狗——我相信它这个夜晚会像我一样睡得很糟。它的温暖的小窝就垒在院子的一角，是我的杰作。我向它小心地走去。我惯于在它清晨睡熟时去逗弄它一下……我走过去，低下头去看它。我身上抖了一下——这是真的吗？

它闭着眼睛，眼前是一汪凝住了的血。它昨夜被人杀掉了！刀痕在脖子上，刀子插得很深、很准……屋子里，爱人和孩子在说笑，他们在笑我夜里说梦话……我的眼泪夜间流过了，因此这会儿没有再流。我轻轻地把它托起来，像托一个孩子。我小声对它说："我对不起你。我没能保护你。我现在才明白，原来这一次已经不需要通知，也不需要辩解了……"

1987 年 7 月于济南

散

文

羞涩和温柔

不知道人们心目中的作家该有怎样的气质、怎样的形象。因为关于他们的一些想象包含了某种很浪漫的成分，是一种理想主义。我也有过类似的想象和期待。我期望作家们无比纯洁，英俊而且挺拔。他不应该有品质方面的大毛病，只有一点点属于个性化了的东西。他站立在人群中应该让凡眼一下就辨认出来，虽然他衣着朴素。

实际中的情形倒是另外一回事。我认识的、了解的作家不尽是那样或完全不是那样。这让我失望了吗？开始有点，后来就习惯了。有人会通达地说一句，说作家是一种职业，这个职业中必然也包括了形形色色的人。这个说法好像是成立的，但也有不好解释的地方。比如从大家都理解的"职业"的角度去看待作家，就可以商榷。

不是职业，又是什么？

源于生命和心灵的一种创造活动，一种沉思和神游，深入到一个辉煌绚丽的想象世界中去的，仅仅是一种职业吗？不，当然不够。作家是一个崇高的称号，它始终都具有超行当超职业的意味。

既然这样，那么作家们——我指那些真正的作家——就一定会有某些共通的特质，会有一种特别的印记，不管这一切存在于他身体的哪一部分。

我看到的作家有沉默的也有开朗的，有的风流倜傥，有的甚至有些猥琐。不过他们的内心世界呢？他们蕴藏起来的那一部分呢？让我们窥视一下吧。我渐渐发现了一部分人的没有来由的羞涩。尽管岁月中的一切似乎已经从外部把这些改变了、磨光了，我还是感到了那种时时流露的羞涩。由于羞涩，又促进了一个人的自尊。

另外我还发现了温柔。不管一个人的阳刚之气多么足，他都有类似女性的温柔心地。他在以自己的薄薄身躯温暖着什么。这当然是一种爱心演化出来的，是一种天性。这种温柔有时是以相反的形式表现出来的，不过敏锐的人仍会察觉。他偶尔的暴躁与他一个时期的特别心境有关，你倒很难忘记了他的柔软心肠，他的宽容和体贴外物的悲凉心情。

这只是一种观察和体验，可能偏执得很。不过我的确看到它是存在的，因为我没有看到有什么例外的艺术家。一个艺术家甚至在脱离这些特征的同时，也在悄悄脱离他的艺术生涯。这难道还不让人深深地惊讶吗？

如果生硬地、粗暴地对待周围这个世界，就不是作家的方式。他总试图找到一种达成谅解的途径，时刻想寻找友谊。他总是感到自己孤立无援，所以他有常人难以理解的一片热情。他太热情了，总有点过分。有人不止一次告诉我，说那里有一个大作家，真大，他总是冷峻地思索着，总是在突然间指出一个真理。我总是怀疑。我觉得那是一种表演。谁不思索？咱就不思索吗？不过你的思索不要老让别人看出来才好。他离开了一个真实的人的质朴，那种行为就近乎粗暴。这哪里还像一个艺术家？

我认识一个作家，他又黑又瘦，不善言辞，动不动就脸红。可是他的文章真好极了，犀利，一针见血。有个上年纪的好朋友去看过他，背后断言说：他可能有些才华，不过不"横溢"。当然我的这位老朋友错了。那个人的确是一个才华横溢的人。我的朋友犯的是以貌取人的错误，走进了俗见。因为社会生活中有些相当固定的见解，这些见解对人的制约特别大。可惜这些见解虽然十有八九是错误的或肤浅的，但你很难挣脱它。我听过那位作家的讲演，也是在大学里。那时他的反应就敏锐了，妙语如珠，因为他进入了一个艺术境界，已经真的激动了。

我的学生时期充满了对于艺术及艺术家的误解。这大大妨碍了我的进步。等我明白过来之后，一切都晚了。我不知道内向性往往是所有艺术的特质，而是往相反的方向去理解。好的艺术家，一般都是内向的。不内向的，总是个别的，总是一个人的某个时刻。我当时的心沉不下去，幻想又多又乱，好高骛远。我还远远没有学会从劳动的角度去看问题。

一个劳动者也可以是一个好的作家。他具有真正的劳动者的精神和气质：干起活来任劳任怨，一声不吭，力求把手中的活儿干好、干得别具一格。劳动是要花费力气的，是不能偷懒的，要从一点一滴做起，并且忍受长长的孤寂。你从其中获得的快乐别人不知道，你只有自己默默咀嚼一遍。那些浪漫气十足的艺术家也要经历这些劳动的全过程——他的艺术是浪漫的，可他的劳动一点也不浪漫，他的汗水从来都不少流。

艺术可以让人热血沸腾，可以使人狂热，可是制造这种艺术的人看起来倒比较冷静。他或许抽着烟斗，用一个黑乎乎的茶杯喝茶，捏紧笔杆一画一画写下去，半天才填满一篇格子。

一个人不是无缘无故地选择了艺术。当然，他有先天的素质，俗话说他有这个天才。不过你考察起一个人的经历，发现他们往往曲折，本身就像是一部书。生活常常把他们逼进困境，让他尴尬异常。这样的生活慢慢煎熬他，把他弄成一个特别自尊、特别能忍受、特别怯懦又特别勇敢的矛盾体。看起来，他反应迟钝，有时老长时间说不出一句要害的、一语中的的话来。其实这只是一方面。这是表示他的联想能力强，一瞬间想起了很多与眼前的题目有关的事物，他需要在头脑深处飞快地选择和权衡。这差不多成了习惯。所以从外部看上去，就有点像反应迟钝。而那些反应敏捷的人，往往只有一副简单的头脑，蛇走一条线，不会联想，不够丰富，遇到一个问号，答案脱口而出。他是一个机敏的人，也是一个机械的人。

考察一个人究竟怎样渐渐趋于内向是特别有意思的。有的原因很简单，还有些好笑。但不管怎样，也还是值得研究。这其中当然有遗传的因素，不过也有其他的原因。

我发现一个人在逆境中可以变得沉默寡言，可以变得深邃。外界的不可抗拒的压力使他不断地向内收缩，结果把一切都缩到了内心世界中去。而一般人就不是这样，他可以放松地将其溢在外表。一般人是无所顾忌的，一张口就是明白通畅的语言，像他的经历一样直爽。另外一种人就不是了，他要时刻准备应付挑剔和斥责——即便这些挑剔和斥责不存在了的时候，他仍要提防。这成了一种习惯。他哪怕说出的是明白无误的真理，也觉得会随时受到有力的诘难而不断地张望。好像他是个涉世不深的少年，像个少年一样怕羞，小心翼翼。他一点也不像个经多见广的人。

内向的人有时不善于做一呼百应的工作。他特别适合放到一个独立完成工作的岗位上，特别适合做个自由职业者。当然，他的世界同样是阔大的，不过不在外部，而只限定在内部。

你看，这一切特征不是正好属于一个艺术家吗？所以我说我一开始不理解艺术，主要是因为我不理解艺术家。

也有超出这种现象的，那就是一个人在经过长久的修养、漫长的生活之路以后，也可以极有力地克服掉一些心理障碍，回到一般人的外部状态。他可以强力地抑制掉一些不利于他面向外部生活的部分，坚强起来洒脱起来。如果到了这一阶段，那就要重新去看了。你会发现遇到了生活中一个真正的超人，一个强有力的人物，他可能是一个社会活动家，一个群众公认的领袖和智者。

不过即便在这个时候，你如果细心观察，仍可以看到他的强硬外表遮掩下的一丝羞怯，看到他的悲天悯人的心怀。没有办法，他走进了一个世界，一生都努力走出来，结果一生也做不到。这就是艺术的魔力，是血统也是命。你必须从客观世界强加给一个人的屈辱和不幸、从人类生活当中的不公平去开始理解一个人。那会是最有用的、最实在的……

理解了作者再去理解作品，那就容易多了。你到最后总会弄明白，一部作品为什么可以写成这样而不写成那样，你会弄明白它的晦涩和繁琐来自哪里。一般讲一个作家的全部作品，包括他的书信和论文，所有的文字，都表现出惊人的一致性。他的作品构筑成一个无比宏大的世界，你走进去，才会发现它有无限的曲折。那是他的思想和情感挡起的屏障。他充满了自身矛盾，他的一致性之中恰恰也表现了这种矛盾。

读作品一目十行，那等于白费工夫。因为你想捕捉一个人思维的痕迹，进入他的想象的空间，所以不可能那么轻松。它甚至一开始让你觉得不知所云，觉得烦腻。这些文字往往不是明快畅晓的，而是处处表现了一种小心翼翼的回避，使你一次次地糊涂起来。

他会多情地谈论他所感到的、看到的一切，所以他不可能一掠而过地跳进你所需要的情节。他对所有事物都细心地观察过了、揣摩过了，情感介入很深。他的叙述细致入微。这与一般的不简洁不凝练毫不相干。你初读它会感到不能忍受，但总会忍受下来。

他因为要回避很多东西，所以你在阅读中常常觉得不能尽兴。其中当然也包含了禁忌。他不乐于谈论事物的有些方面，起码是不愿以别人惯用的口吻和方式。作品中一再地表现出一种吞吞吐吐、欲言又止的意味，这就是回避的结果。这种回避的价值，就是展示了一个人的内心世界，体现了一种独特的性格魅力。他的拘谨是显而易见的，他丝毫也不打算遮掩这一点。他的全部作品，不论哪一章哪一节有多么泼辣，总体上看也还是像作家本人一样。这里面没有矫情，没有牵强附会，而是一个真实有力的生命的自然而然。

有些作品写得明朗而空洞，一层力量都如数地浮在了表面，有的甚至有些声嘶力竭。这样的作品不让人喜欢。因为它无论如何构不成一个艺术世界，不具有那种内向性。这是很多作品的共同特点。至于那些情节作品、故意催人泪下的作品，都常常会是粗疏的。因为它们没有隐隐的不安和娓娓道来的叙说意味，没有一种艺术的幽然色彩。

这种作品的气质恰恰与我们所理解的艺术家的气质相异。如果我们确立了一个大致的原则，我们就不会满足那种作品。带着这种有色眼镜去看作品也许是危险的、粗暴的、不近人情的，但你纵观文学史，纵观人类艺术史，就不能不承认它大致还是有益的、准确的，近乎一个常识。

有一次我读了一部作品，第一遍喜欢一点，回味了一会儿才觉得有些扫兴。再读第二遍，简直有些讨厌它。我觉得它太自以为是，太肯定、太武断，什么都被它简化了疏漏了——我由这本书又自然而然地想到了作者本人，那个我素不相识的异国人。我想他是一个骄傲的人，自大的人，一个愿意先入为主的人。而他又有一定的才华，有艺术的修养，能把这些相对粗浅的东西运用艺术技能连贯起来。所以这部作品一开始也容易打动人，好接触。因为它的外壳太薄。

读作品必然想到作者。每部作品的背后都有一个面孔。

我们看到，现在有才能的人太多了，而真正运用才能做出成功事业的人倒越来越少了。这好像是矛盾的。其实这又合乎情理。看上去的才能都是浮在表面的，而真正的才能总是沉在深层的。所以看上去有才能的人越来越多，就不是好兆头。

一个人只要记住了一些书本理论，并且又毫无遮拦地说出来，看上去就有条理、有才华。书本理论比起你脚踏的土壤，再复杂也是简单的。一个人被沉重的生活折腾过来折腾过去，他就不会是一个善于背诵书本的人。他的疑虑重重让你感到厌烦，但你得承认他有深度也有力量。

我认识一个博学的人。他在青年时期出口成章——人家都这样对我说。他在人多的场合具有极大的演讲能力，而且声音洪亮。可是他现在却没有多少言词，吞吞吐吐。总之他是个相当拙讷的人，他甚至有点不好意思。我如果不是听人讲过他的历史，还会以为他从来就这样呢！看来他这些年背向着外部世界，大踏步地前进了。他进入的内心世界越广大，他看上去也就越笨拙和迟钝。当然，他是一个作家，他的作品我十分喜欢。我亲眼见过他多么脆弱地生活着，他的脆弱与极大的名声有些不相称……他真的脆弱吗？你稍稍深入研究一下，就会发现他具有真正的勇敢。你怎么理解他？他的柔软的性情，小心翼翼的举止，这一切都是怎么变成的？他经历了什么可怕的事情？这都需要从头问起。有一点是可以肯定的，他是一个好人，一个不折不扣的好人。他热爱小动物，与植物也互通心语，显而易见，他将老成一个可爱的善良的老人。

相反，一些没有做出什么贡献、小有得手的人，在生活中倒处处表现得刚勇泼辣，好像什么都不在话下，喘气都是硬的。不用说，这是有知之前的无知，是不足为训的。生活有可能接下去教会他们什么，也许永远也教不会了。因为你还得想到人本来就该是各种各样的，想到人性中不屈从于教化和诱导的那一部分。

比较起来，这种人更少一些同情心，很难商量事情。他们装成了信心十足的样子，很少怀疑自己，生硬而且冷漠。他们欣赏指挥士兵的将军，幻想着所向披靡的机会。有时他们真的让人感到是果决而有才华的人。可惜你观察下去，就会发现他们的真面目：一个毫无创造能力的、循规蹈矩的平庸的人。那一切只是一种外部色彩，是伪装。他们远不是真切质朴的人，不愿意面对真实的客观世界——一个人对于一个世界总是微不足道的，人的迷惘和恐惧有时是必然的，不由自主的。

一个人有了复杂的阅历，才会更多地认识世界，而认识了世界，才会真正地看到自己的渺小。他怀着弱小的孤立无援的真实无误的感觉走向未来的生活，是完全正常的。所以他懂得了生命之间互相维护的重要，对一草一木、对一切的动物，都充满了爱怜之心。他常常把深深的情感寄托到周围的事物上，为一株艳丽的花、一棵挺拔的树而激动。多么好，多么值得珍惜，因为这是生命，是这个世界上最宝贵也最容易摧折的东西。他觉得自己也需要关怀和维护。他知道一个人的力量是微不足道的，所以想团结所有的人、所有的生命。

他仇视那些粗暴和残忍的东西。他知道什么是敌人，什么给人以屈辱。他自觉地站在了一个立场上。假使世界上所有的人都妥协了，只剩下了一个，那么这个人就会是他。他经历过，他爱过，他深深地知道要做些什么。只有这时候你才能看到他的满脸冷峻，看到激烈的情绪使其双手颤抖。可是谁也别想让他盲目跟从。他像一个孤儿来到了人间，衣衫上扑满了秋风。

　　你可以看到很多没有选择艺术的艺术家。而真正的艺术家，只一眼你就可以看到那个显眼的徽章。那就是他的多情和善良，他的内在的恬静和热烈。尽管他很可能在捡拾羊粪、放牧牛羊，可他品质上是一个诗人。他没有一行一行写下诗句，可他却带领着一群一群洁白的小羊。小羊围着他，与之紧紧相依。你跟随他走遍草原，他可以给你讲一个催人泪下的关于母亲和儿子的故事。他的脸被风吹糙了，可那也遮不住腼腆。他为什么害羞？一个过惯了辛苦、接触过无数生人的老汉为什么还要不好意思？这一类人何曾相识！

　　我不知见过多少这样的人。我从来都把他们视为艺术家的同类。

　　反过来，你也可以发现很多根本不是什么诗人的人，安然地在白纸上涂来涂去。他们精明得很，很懂得利害关系，一心想着乞来的荣誉。他们有同情心吗？是一副软心肠吗？他们真的为大自然激动过吗？他们曾经产生过怜悯吗？我永远表示怀疑。因为做不成其他事情才来涂纸，这是最无聊的。而诗人首先是个好的劳动者，他可以去做一切方式的劳动而不至厌恶。艺术家必然是勤劳的人，他生活的中心内容只有一个劳动。而那些伪艺术家一旦获得了什么，就再也不愿过多地流汗水了。他觉得劳动是下等人的事情，是耻辱。他根本不理解劳动才是永恒的诗意。

　　你大概经常遇到被繁重的劳动弄得十分瘦削的人，他们已经没有工夫说俏皮话了。这些人头上蒙着灰尘，皮肤粗黑，由于常年埋在一种事情里而显得缺少见识。他们没有时间东跑西窜，听不到什么新奇的事情。他们干起活来十分专注，尤其不是夸夸其谈的人，说起关于劳动的事情，才有些经验之谈，但用语极其朴实。他们说得缓慢而琐碎，甚至不够条理。不过你慢慢倾听下去，总会听出真正的道理。

　　好像他们已被这种劳动弄得迟钝了似的。其实他们是沿着一个方向走得太远，已经不能四下里张望了。你只要沿着他前进的方向去询问，就会发现他是这个世界上最博学的人。他的心都用在一处，他的目光都聚在一方，看上去也就有些愚蠢。当然这是地地道道的误解，因为劳动者没有愚蠢的。

任何劳动都连结着一个广阔的世界，一个人如果可以深刻地阐述一种劳动，那么他就阐述了整个世界。与此相反的是，有些人总想分析和描叙整个世界，到头来却没有准确地道出一种事物。这真是让人警醒的事情。

那些活络机灵的眼睛和光亮的面庞，都是没经历长久劳动的缘故。那不是天生丽质。可是在现实生活中，人们很容易就被一种表面现象所迷惑。人们就像误解一般的劳动者一样，一次又一次地去误解艺术家。他们不理解艺术，其实首先是从不理解艺术家开始的。那些把自己的一生贡献给文学的作家们，他们正是因为长久地沉迷于一种劳动而变得少言寡语。这里虽然也不排斥另一类型的作家，但实际上的另一种类型又在哪里？他们又怎么会始终地开朗活泼、面无愧色呢？这个谜由谁来解呢？他们是心安理得的艺术家、是在自己的世界里痴迷忘返的艺术家吗？我不知道。

我太熟悉在艺术之途上走了一辈子，到后来慢慢衰老也慢慢沉静下来的可敬的老人了。他们后来已经十分坦然与和善了，真正地与世无争。他们的骨节僵硬的手还是让人感到温暖和柔软，还是那么善于安抚别人。他们没有进入尾声的怨艾和急躁，而是微笑着看待一切。这就是一个成熟的、真正的、纯洁的艺术家的结局。这难道不是像镜子一样清晰地映照着一个人生吗？这是不能掺假的。

我想，这个老人在特别年轻的时候失去了欢蹦跳跃的机会和权利，以至于深深地伤害了他。后来他成熟了，一种性格开始稳定也开始完美，生活的奥秘向他不断展示，他已经不必像个孩子那样把喜怒哀乐挂在脸上了。至于到了晚年，他早已把心中积存的各种压抑尽情地宣泄了，早已痛痛快快地驰骋过了，这时候带来的是身心的放松，是无私无欲的怡然心境。

至此我们可以对比一下不同的人接近生命终点的情景。这会非常有意思。种种差异是特别明显的。或微笑地迎接，或力不从心。有的嫉妒，有的宽容。有的愈加狂躁，有的趋于平静。一个勤劳的人知道一生能做些什么、已经做成了什么，尽了自己的职分，于是也就感到了安慰。与此相反的是掠夺和索取，是蒙骗和乞求，他最后绝对不会安宁。私欲越多越不容易满足，必然不会善罢甘休。

我们研究一个作家，过去很少从劳动的角度去进行。其实日复一日的、不间断的劳动的确可以改变一个人的秉性。只要这种劳动不是强加于人的，不是超负荷高强度的，那么它就可以使人健康。真正健康的人总是淳朴的。他给人的感觉是持重、谨慎，很能容忍。这一切特征难道不是一个好的作家也应该具备的吗？

童年对人的一生影响很大。那时候外部世界对他的刺激，常常在心灵里留下永不磨灭的痕迹。差不多所有成功的艺术家，都在童年有过曲折的经历，很早就走入了充满磨难的人生之途。这一切让他咀嚼不完。无论他将来发生了什么，无论这一段经历在他全部的生活中占据多么微小的比例，总也难以忘怀。童年真正塑造了一个人的灵魂，染上了永不褪脱的颜色。

你能从中外艺术家中举出无数例子，在此完全可以省略了。不过你不可忘记那些例子，而要从中不断思索，多少体味一下一个人在那种境况下的感觉。一个人如果念念不忘那种感觉，就会设法去安慰所有的人——他有个不大不小的误解，认为所有人都是值得爱抚和照料的。当然他也很快醒悟过来，知道不需要这样，可那种误解深深连在童年的根上，所以他一时也摆脱不掉。

昨天的呵斥还记忆犹新，他再也不会去粗暴地对待别人，不会损伤一个无辜的人。他特别容易将心比心，推己及人，懂得体贴那些陌生的人。他动不动就会想到过去，想到他曾经耳闻目睹的场景。他往往长久地、不由自主地处于思索的状态。所以放声言说的时间也就相对减少。一旦把自己想过的东西说出来，他会觉得不及想过的广度和深度的十分之一。于是他为自己的表达能力而深感愧疚。久而久之，他倒不愿意轻易将所思所想表述出来，因为这往往歪曲和误解了自己。自尊心越来越强，任何歪曲都不能容忍。但生活总需要他公开一些什么，总需要他的表达，于是他就一再地呈现出一种羞涩不安的情状。他自觉地分担了很多人的责任，以至于属于人类的共同弱点和不幸，都可以引起他的自责。这种种奇怪的迹象，都可以从童年找到根据。所有这样的人，都具有艺术家的特质，无论他从事什么。

当然，也许有人虽有上述特征，却没有那样的童年。我想，那一切特征只是外部世界对一个人的童年构成刺激，反射到内部世界才形成的。也许看上去一个人的童年经历平平常常，但他自己却有永生不忘的感触。比如那些不为人知的细枝末节，比如仅仅是一个场景甚或不经意的一瞥，都有可能造成长久的后果。这些也许十分偶然地发生了，但对于有的人却极其重要。它不一定从哪一方面刺中了他，他自己清清楚楚地记住他受伤了。接下去是对伤口的悉心照料，或欣喜或恐惧或耿耿于怀。所以，我们不能仅仅从外部去查看一个人的经历。

有人天生就易于体察外物，比常人敏感。童年的东西，一开始就在他的心灵上被放大了。不管周围的人多么小心地爱护着一个儿童，这个儿童心中到底留下了什么映象，你还是不得而知。

把一种事物搞颠倒了是经常发生的。比如我们就常常把健康视为不健康，把荒谬视为真理。在艺术领域里，对于艺术家和艺术品的理解也同样是这样。庸常的作品往往更容易被认可，而博大精深的、真正有内容的东西却长久地被忽略。一部作品的背后站立着一个人，作品与人总是一致的。好作品无论有怎样激昂的章节，整个地看也还是谦逊的、不动声色的。它好像根本就没有想过被误解的尴尬，好像一个与世隔绝的人在口念手写，旁若无人。这样的作品所洋溢出的精神气质，是我深深赞许的。

有的作品尽管也曾激动过我，但那里面隐含着的粗暴成分同时也伤害了我。有人可能说它的粗暴又不是针对你的。可我要说的是，所有的粗暴都可以认为是针对我和你的。他没有理由这样，因为他是一个艺术家。他应该和善，应该充满同情。因为所有花费时间来读他的书的人，十有八九需要这些。

至于那些流露着伪善和狂妄的作品，就更不值一提了……从作品到人，再从人到作品，我们就是这样地分析问题，这样地寻找感觉，汇合着经验，确立着原则。

当然，我们并不轻易指出哪些算是伪作，但我们却可以经常地赞叹，向那些终其一生为艺术倾尽心力的人表示我们由衷的景仰。我们更多的时候不发一言，可是我们内心里知道该服从什么、钦敬什么。一切都可以在默默之间去完成，让其永远伴随着我们的劳动。创作事业的甘苦得失是难以言说的，这也正好留给了不善言说的人去经营。这个工作对于他们来说，不存在什么失败。因为只要不停止，就是一种愉快，就是一种目的。

我认为要从事艺术，不如首先确立你的原则。要寻找艺术，不如先寻找为艺术的那种人生。我为什么要一再地谈论这个？因为我所看到的往往都是相反的做法，并且早已对理解艺术和传播艺术构成了危害。如果社会上一种积习太久，慢慢俗化，形成了风气，比什么都可怕。

人人都有理解和选择的自由。但是你必须说出最真实的感觉。我这里只是说了我对艺术和艺术家的理解——这都是时常袭上心头的。我觉得在我们这个世界上，那些由于各种原因忍受着创痛，维护着人类健康的人，是最为尊贵的。他们有自己的生活方式和习惯，正像他们有自己的才华和勇气一样。我们应该理解他们，并进而指出他们这种方式的意义。如果一个人总要寻找同类的话，那么我希望我和我的朋友们都能走进他们的行列。在这个队伍中，你会始终听到互相关切的问候的声音，看到彼此伸出的扶助之手。他们行动多于言辞，善于理解，也善于创造。他们更多的时间沉浸于一种创造和幻想的激动之中。由于怕打扰了别人，有时说话十分轻微，有时只是做个手势。但他们从不出卖原则，也从不放弃自尊。

归入了这一类，不一定就是个艺术家；但不归于这一类，就永远也不会是个艺术家。

1985 年 4 月

绿色遥思

我觉得作家天生就是一些与大自然保持紧密联系的人，从小到大，一直如此。他们比起其他人来，自由而质朴，敏感得很。这一切我想都是从大自然中汲取和培植而来。所以他能保住一腔柔情和自由的情怀。我读他们写海洋和高原、写城市和战争的作品，都明显地触摸到了那些东西。那是一种常常存在的力量，富有弹性，以柔克刚，无坚不摧。这种力量有时你还真分不清是纤细的还是粗犷的，可以用来做什么更好。我发现一个作家一旦割断了与大自然的这种联结，他也就算完了，想什么办法去补救都没有用。当然有的从事创作的人并且是很有名的人不讲究这个，我总觉得他本质上还不是一个诗人。

我反对很狭窄地去理解"大自然"这个概念。但当你的感觉与之接通的时刻，首先出现在心扉的总会是广阔的原野丛林、是未加雕饰的群山、是海洋及海岸上一望无际的灌木和野花。绿色永久地安慰着我们，我们也模模糊糊地知道：哪里树木葱茏，哪里就更有希望、就有幸福。连一些动物也会集到那里，在其间藏身和繁衍。任何动物都不能脱离一种自然背景而独立存在，它们与大自然深深地交融铸和。也许是一种不自信、感到自己身单力薄或是什么别的，我那么珍惜关于这一切的经历和感觉，并且一生都愿意加强它寻找它。回想那夏季夜晚的篝火、与温驯的黄狗在一起迎接露水的情景，还有深夜的谛听、到高高的白杨树上打危险的瞌睡，等等；这一切才和艺术的发条连在一起，并且从那时开始拧紧拧紧，使我有动力做出关于日月星辰的运动即时间的表述。宇宙间多么渺小的一颗微粒，它在迫不得已地游浮，但总还是感受到了万物有寿，感受到了称做"时光"的东西。

我小时候曾很有幸地生活在人口稀疏的林子里。一片杂生果林，连着无边的荒野，荒野再连着无边的海。苹果长到指甲大就可以偷吃，直吃到发红、成熟；所有的苹果都收走了，我和我的朋友却将一堆果子埋在沙土下，这样一直可以吃到冬天。各种野果自然而然地属于我们，即便涩得拉不动舌头还是喜欢。我饲养过刺猬和野兔和无数的鸟。我觉得最可爱的是拳头大小的野兔。不过它们是养不活的，即使你无微不至地照料也是枉然。所以我后来听到谁说他小时候把一只野兔养大了就觉得是吹牛。一只野兔不值多少钱，但要饲养难度极大，因而他吹嘘的可能是一件了不起的事情。青蛙身上光滑、有斑纹，很精神很美丽，我们捉来饲养；当它有些疲倦的时候，就把它放掉。刺猬是忠厚的、看不透的，我不知为什么很同情它。因为这些微小的经历，我的生活也受到了微小的影响。比如我至今不能吃青蛙做成的"田鸡"菜；一个老实的朋友窗外悬挂了两张刺猬皮，问他，他说吃了两个刺猬——我从此觉得他很不好。人不可貌取。当说到这里的时候，我明白一个人的品性可能是很脆弱的，而形成的原因极其复杂。不过这种脆弱往往和极度的要求平等、要求给予普通生命起码的尊严，特别是要求群起反对强暴以保护弱者的心理素质紧紧相连。缺少的是那种强悍，但更缺少的是被邪恶所利用的可能性。有着那样的心理状态，为人的一生将触犯很多很多东西，这点不存侥幸。

当我沉浸在这些往事里，当我试图以此来维持一份精神生活的同时，我常常感到与窗外大街上新兴的生活反差太大。如今各种欲望都涨满起来，本来就少得可怜的一点斯文被野性一扫而光。普通人被诱惑，但他们无能为力，像过去一样善良无欺，只是增添了三分焦虑。我看到他们就不想停留，不想待在人群里。我急匆匆地奔向河边，奔向草地和树林。凉凉的风里有草药的香味，一只只鸟儿在树梢上鸣叫。蜻蜓咬在一支芦秆上，它的红色肚腹像指针一样指向我。宁静而遥远的天空就像童年一样颜色，可是它把童年隔开了。三五个灰蓝的鸽子落下来，小心地伸开粉丹丹的小脚掌。我可以看到它们光光的一丝不染的额头，看到那一对不安的红豇豆般的圆眼。我想象它们在我的手掌下，让我轻轻抚摸时所感受到的一阵阵滑润。然而它们始终远远地伫立。那种惊恐和提防一般来说是没有错的。周围一片绿色，散布在空中的花粉的气味钻进鼻孔。我一人独处，倾听着天籁，默默接受着崭新的启示。我没有力量，没有一点力量。然而唯有这里可以让我悄悄地恢复起什么。

我曾经一个人在山区里奔波过。当时我刚满十七岁。那是一段艰难的日子，当然它也教给我很多很多。极度的沮丧和失望，双脚皲裂了还要攀登，难言的痛楚和哀怨，早早来临的仇视。当我今天回忆那些的时候，总要想起几个绚丽迷人的画面，它使我久久回味，再三地咀嚼。记得我急急地顶着烈日翻山，一件背心握在手里，不知不觉钻到了山隙深处。强劲的阳光把石头照得雪亮，所有的山草都像到了最后时刻。山间无声无息，万物都在默默忍受。我一个人踢响了石子，一个人听着孤单的回声。不知脚下的路是否对，口渴难耐。我一直是瞅准最高的那座山往前走，听人说翻过它也就到了。我那时有一阵深切的忧虑和惆怅泛上来，恨不能立刻遇到一个活的伙伴，即便一只猫也好。我的心怦怦跳着。后来我从一个陡陡的砾石坡上滑下来，脚板灼热地落定在一个小山谷里。映入眼帘的是一片清澈透底的亮水，是弯到山根后面去的光滑水流。我来不及仔细端量就扑入水中，先饱饱地喝了一顿，然后在浅水处仰下来。这时我才发现，这条水流的基底由砂岩构成，表层是布满气孔的熔岩。这么多气孔，它说明了当时岩浆喷涌而出的那会儿含有大量的气体，水在上面滑过，永无尽头地涮洗，有一尾黄色的半透明的小鱼卧在熔岩上，睁着不眠的小眼。细细的石英砂浮到身上，像些富有灵性的小东西似的，给我以安慰。就是这个酷热的中午，我躺在水里，想了很多事情。我想过了一个个的亲属，他们的不同的处境、与我的关系，以及我所负有的巨大的责任。就是在这一刻我才恍然大悟："我年轻极了，简直就像熔岩上的小鱼一样稚嫩，我还有很多时间可以成长，可以往前赶路。"不久，我登上了那座山。

有一次我夜宿在山间一座孤房子里。那是没有月亮的夜晚，屋内像墨一样黑。半夜里我被山风和滚石惊醒，接上再也睡不着。我想这山里该有多少奇怪的东西，他们必定都乐于在夜间活动，它们包围了我。我以前听过无数鬼怪故事，这时万分后悔耳鼓里装过那些声音。比如人们讲的黑屋子里跳动的小矮人，他从一角走出，跳到人的肚子上，牙牙学语，等等。我一动不动地盯着屋角，两眼发酸，我想人们为什么要在这么荒凉的地方盖一座独屋呢？这是非常奇怪的。天亮了，山里一个人告诉我：独屋上有很多扒坟扒出的砖石木料，它是那些热闹年头盖成的。我大白天就惊慌起来，不敢走进独屋。接下去的一夜我是在野地里捱过的，背靠着一棵杨树。我一点也没有害怕，因为我周围是没有遮拦的坡地和山影，是土壤和一棵棵的树。那一夜我的心飞到了海滩平原上，回以了我童年生活过的丛林中去。我思念着儿时的伙伴，发现他们和当时当地的灌木浆果混在一起，无法分割。一切都是一样的甘甜可口，是已经失去的昨天的滋味。当时我流下了泪水。我真想飞回到林子里，去享受一下那里熟悉的夜露。这一夜天有些凉，我的衣服差不多半湿了。这说明野地里水气充盈，一切都是蛮好的，像海边上的一样。待太阳升起的时候，我又可以看到一座连着一座的大山了，苍苍茫茫，云雾缠绕。我因此而自豪。因为我们的那一帮谁也没有见过真正的山。我已经在山里生活了这么多天了，并且能在山野中独处一个夜晚。这作为一个经历，并不比其他经历逊色，因为我至今还记得起来。就是那个夜晚我明白了，宽阔的大地让人安怡，而人们手工搭成的东西才装满了恐惧。

人不能背叛友谊。我相信自己从小跟那片绿野及绿野上聪慧的生灵有了血肉般的连结，我一生都不背叛它们。它们与我为伴，永远也不会欺辱我、歧视我，与我为善。我的同类的强暴和蛮横加在了它们身上，倒使我浑身战栗。在果园居住时我们养了一条深灰色的雌狗，叫小青。我真不愿提起它的名字，大概这是第一次。它和小孩子一样有童年，有顽皮的岁月，有天真无邪的双目。后来当然它长大一些了，灰黄的毛发开始微微变蓝。它有些胖，圆乎乎的鼻子有一股不易察觉的香味散发出来。我们都确凿无疑地知道它是一个姑娘，并且随着年龄的增长有了人一样的羞涩和自尊、有了矜持。我从外祖母那里得知了给狗计算年龄的方法，即人的一个月相当于它的一年，那么小青二十岁了。我们干什么都在一块儿，差不多有相同的愉快和不愉快。它像我们一样喜欢吃水果，遇到发酸的青果也闭上一个眼睛，流出口水。它没有衣服，没有鞋子，这在我看来是极不公平的。大约是一个普通的秋天，一个丝毫没有恶兆的挺好的秋天，突然从远处传来了新的不容更变的命令：打狗。所有的狗都要打，备战备荒。战争好像即将来临，一场坚守或者撤离就在眼前，杀掉多余的东西。我当时的感觉就是这样。我完全懵了，什么也听不清。全家人都为小青胆战心惊，有的提出送到亲戚家，有的出主意藏到丛林深处。当然这些方法都行不通。后来由母亲出面去找人商量，提出小青可否作为例外留下来，因为它在林子里。对方回答不行，没有一点变通的余地。接下去是残忍的等待。我记得清楚，是一天下午，负责打狗的人带了一个旧筐子来了，筐子里装了一根短棍和绳索，一把片子刀。我捂着耳朵跑到了林子深处。

那天深夜我才回到家里。到处没有一点声音。没有一个人睡，也没有一个人发出响动。天亮了，我想看到一点什么痕迹，什么也没有。院子里铺了一层洁净的沙子。

二十余年过去了。从那一次我明白了好多，仿佛一瞬间领悟了人世间全部的不平和残暴。从此生活中发生什么我都不会惊讶。他们硬是用暴力终止了一个挺好的生命，不允许它再呼吸。我有理由永远不停地诅咒他们，有理由做出这样的预言：残暴的人管理不好我们的生活，我一生也不会信任那些凶恶冷酷的人。如果我不这样，我就是一个背叛者。

　　说到这里我想起了人的苦难经历与一个人的信念的关系。不知怎么，我现在越来越警惕那些言必称苦难的人，特别是具体到自己的苦难的人。一个饱受贫困的折磨和精神摧残的人，不见得就是让人放心的人。因为我发现，一个人有过痛苦的不幸经历是极为重要的，但更为重要的是懂得珍惜这一切。你可能也亲眼目睹了这样的情景：有人也许并不缺少艰难的昨天，可是他们在生活中总是自觉不自觉地与一个地方一个时期最黑暗的势力站在一起。他们心灵的指针任何时候也不曾指向弱者，谎言和不负责任的大话一学就会。我将不断地向自己叮嘱这一点，罗列这些现象，以守住心中最神圣的那么一点东西。如果我不能，我也是一个背叛者。

　　我明白恶的引诱是太多太多了。比如人的一生中会碰到很多宴会，并且大多会愉快地参加。宴会很丰盛，差不多总是吃掉一半剩下一半，差不多总是以荤为主。这就有了两个问题：一是当他坐在桌边，会想到自己的亲属，还有很多认识的不认识的人，同一时刻正在嚼着简陋的难以下咽的食品吗？那么这张桌子摆这么多东西是合理的吗？或许他会转念又一想：我如果离开这张桌子，那么大多数人是不会离开的，这里那里，今天明天，无数的宴会总要不断地进行下去。而我吃掉自己的一份，起码并没有连同心中的责任一同吞咽下去，它甚至可以化为气力，去为那些贫穷的人争得什么。如果真是这样，那也可怕得很。无数这样的个人心理恰恰造成了客观上极其宽泛的残酷。它的现实是，一方面是对温饱的渴求，另一方面是酒肉的河流。第二个问题是吃荤。谁在美餐的时刻想到动物在流血、一个个生命被屠宰呢？它们活着的时候不是挺可爱的吗？它们在梳理羽毛，它们在眨动眼睛。你可能喜欢它们。然而这一切都被牙齿粉碎了。看来心中的一点怜悯还不足以抵挡口腹之欲。我与大数人同样的伪善和虚妄。似乎无力超越。我不止一次对人说过我的预测、我的一个至关重要的判断：如果我们的文明发展得还不算太慢的话，如果还来得及，那么人类总有一天会告别餐食动物的历史；也只有到了这一天，人类才会从根本上摆脱似乎是从来不可避免的悲剧。这差不多成了一个标志、一个界限。因为人类不可能用沾满鲜血的双手去摘取宇宙间完美的果子。我对此坚信不疑。

要说的太多了。让我们还是回到生机盎然的原野上吧，回到绿色中间。那儿或者沉默或者喧哗。但总会有一种久远的强大的旋律，这是在其他地方所听不到的。自然界的大小生命一起参与弹拨一只琴，妙不可言。我相信最终还有一种矫正人心的更为深远的力量潜藏其间，那即是向善的力量。让我们感觉它、搜寻它、依靠它，一辈子也不犹疑。

想来想去，我觉得没有更多的东西可以信赖，今天如此，明天大概还是如此。一切都在变化，都在显露真形，都会余下一缕淡弱的尾音，唯有大自然给我永恒的启示。

1988 年 7 月 29 日于龙口

融入野地

城市是一片被肆意修饰过的野地，我最终将告别它。我想寻找一个原来，一个真实。这纯稚的想念如同一首热烈的歌谣，在那儿引诱我。市声如潮，淹没了一切，我想浮出来看一眼原野、山峦，看一眼丛林、青纱帐。我寻找了，看到了，挽回的只是没完没了的默想。辽阔的大地，大地边缘是海洋。无数的生命在腾跃、繁衍生长，升起的太阳一次次把它们照亮……当我在某一瞬间睁大了双目时，突然看到了眼前的一切都变得簇新。它令人惊悸、感动、诧异，好像生来第一遭发现了我们的四周遍布奇迹。

我极想抓住那个"瞬间感受"，心头充溢着阵阵狂喜。我在其中领悟：万物都在急剧循环，生生灭灭，长久与暂时都是相对而言的；但在这纷纭无绪中的确有什么永恒的东西。我在捕捉和追逐，而它又绝不可能属于我。这是一个悲剧，又是一个喜剧。暂且抑制了一个城市人的伤感，面向旷野追问一句：为什么会是这样？这些又到底来自何方？已经存在的一切是如此完美，完美得让人不可思议；它又是如此残缺，残缺得令人痛心疾首。我们面对的不仅是一个熟知的世界，还有一个完全陌生的世界；原来那种悲剧感或是喜剧感都来自一种无可奈何。

心弦紧绷，强抑下无尽的感慨。生活的浪涌照例扑面而来，让人一拍三摇。做梦都想像一棵树那样抓牢一小片泥土。我拒绝这种无根无定的生活，我想追求的不过是一个简单、真实和落定。这永远只能停留在愿望里。寻找一个去处成了大问题，安慰自己这颗成年人的心也成了大问题。默默捱蹭，一个人总是先学会承受，再设法拒绝。承受，一直承受，承受你的自尊所无法容许的混浊一团。也就在这无边的踟蹰中，真正的拒绝开始了。

这条长路犹如长夜。在漫漫夜色里，谁在长思不绝？谁在悲天悯人？谁在知心认命？心界之内，喧嚣也难以渗入，它们只在耳畔化为了夜色。无光无色的域内，只需伸手触摸，而不以目视。在这儿，传统的知与见已经失去了原有的意义。神游的脚步磨得夜气发烫，心甘情愿一意追踪。承受、接受、忍受——一个人真的能够忍受吗？有时回答能，有时回答不，最终还是不能。我于是只剩下了最后的拒绝。

二

当我还一时无法表述"野地"这个概念时，我就想到了融入。因为我单凭直觉就知道，只有在真正的野地里，人可以漠视平凡，发现舞蹈的仙鹤，泥土滋生一切。在那儿，人将得到所需的全部，特别是百求不得的那个安慰。野地是万物的生母，她子孙满堂却不会衰老。她的乳汁汇流成河，涌入海洋，滋润了万千生灵。

我沿了一条小路走去。小路上脚印稀罕，不闻人语，它直通故地。谁没有故地？故地连接了人的血脉，人在故地上长出第一绺根须。可是谁又会一直心系故地？直到今天我才发现，一个人长大了，走向远方，投入闹市，足迹印上大洋彼岸，他还会固执地指认：故地处于大地的中央。他的整个世界都是那一小片土地生长延伸出来的。

我又看到了山峦、平原、一望无边的大海。泥沼的气息如此浓烈，土地的呼吸分明可辨。稼禾、草、丛林；人、小蚁、骏马；主人、同类、寄生者……搅缠共生于一体。我渐渐靠近了一个巨大的身影……

故地指向野地的边缘，这儿有一把钥匙。这里是一个入口，一个门。满地藤蔓缠住了手足，丛丛灌木挡住了去路，它们挽留的是一个过客，还是一个归来的生命？我伏下来，倾听、贴紧，感知脉动和体温。此刻我才放松下来，因为我获得了真正的宽容。

一个人这时会被深深地感动。他像一棵树一样，在一方泥土上萌生。他的一切最初都来自这里，这里是他一生探究不尽的一个源路。人实际上不过是一棵会移动的树。他的激动、欲望，都是这片泥土给予的。他曾经与四周的丛绿一起成长。多少年过去了，回头再看旧时景物，会发现时间改变了这么多，又似乎一点也没变。绿色与裸土并存，枯树与长藤纠缠。那只熟悉的红点颏与巨大的石碾一块儿找到了；还有那荒野芜草中百灵的精制小窝……

故地在我看来真是妙迹处处。

一个人只要归来就会寻找，只要寻找就会如愿。多么奇怪又多么素朴的一条原理，我一弯腰将它捡了起来。匍匐在泥土上，像一棵欲要扎根的树——这种欲求多次被鹦鹉学舌者给弄脏。我要将其还回原来。我心灵里那个需求正像童年一样热切纯洁。

我像个熟练的取景人，眯起双目遥视前方。这样我就迷蒙了画面，闪去了很多具体的事物。我看到的不是一棵或一株，而是一派绿色；不是一个老人一个少女，而是密挤的人的世界。所有的声息都撒落在泥土上，混合一起涌过，如蜂鸣如山崩。

我蹲在一棵壮硕的玉米下，长久地看它大刀一样的叶片、上面的银色丝络；我特别注意了它如爪如须、紧攥泥土的根。它长得何等旺盛，完美无损，英气逼人。与之相似的无语生命比比皆是，它们一块儿忽略了必将来临的死亡。它们有个精神，秘而不宣。我就这样仰望着一棵近在咫尺的玉米。

时至今天，似乎更没有人愿意重视知觉的奥秘。人仿佛除了接受再没有选择。语言和图画携来的讯息堆积如山，现代传递技术可以让人蹲在一隅遥视世界。谬误与真理掺拌一起抛洒，人类像挨了一场陨石雨。它损伤的是人的感知器官。失去了辨析的基本权利，剩下的只是一种苦熬。一个现代人即便大睁双目，还是拨不开无形的眼障。错觉总是缠住你，最终使你臣服。传统的"知"与"见"给予了我们，也蒙蔽了我们。于是我们要寻找新的知觉方式，警惕自己的视听。

我站在大地中央，发现它正在生长躯体，它负载了江河和城市，让各色人种和动植物在腹背生息。令人无限感激的是，它把正中的一块留给了我的故地。我身背行囊，朝行夜宿，有时翻山越岭，有时顺河而行；走不尽的一方土，寸土寸金。有个异国师长说它像邮票一般大。我走近了你、挨上了你吗？一种模模糊糊的幸运飘过心头。

三

大概不仅仅是职业习惯，我总是急于寻觅一种语言。语言对于我从来就有一种神秘的感觉。人生之路上遭逢的万事万物之所以缄口沉默，主要是失去了语言。语言是凭证、是根据，是继续前行的资本。我所追求的语言是能够通行四方、源发于山脉和土壤的某种东西，它活泼如生命，坚硬如顽石，有形无形，有声无声。它就撒落在野地上，潜隐在万物间。河水汩汩咕流淌，大海日夜喧嚷，鸟鸣人呼——这都是相互隔离的语言；那么通行四方的语言藏在了哪里？

它犹如土中的金子，等待人们历尽辛苦之后才跃出。我的力气耗失了那天，即便如愿以偿了又有什么意义？我像所有人一样犹豫，沮丧、叹息，不知何方才是目的，既空空荡荡又心气高远。总之无语的痛苦难以忍受，它是真实的痛苦。我的希冀不大，无非就想讨一句话。很可惜也很残酷，它不发一言。

让人亲近、心头灼热的故地，我扑入你的怀抱就痴话连篇，说了半晌才发觉你仍是一个默默。真让人尴尬。我知道无论是秋虫的鸣响或人的欢语，往往都隐下了什么。它们的无声之声才道出真谛，我收拾的是声音底层的回响。

在一个废弃的村落旧址上，我发现了遗落在荒草间的碾盘。它上面满是磨钝了的齿沟。它曾经被忙生计的人团团围住，它当刻下滔滔话语。还有，茅草也遮不住的破碎瓦砾，该留下被击碎那一刻的尖利吧？我对此坚信无疑，只是我仍然不能将其破译。脚下是一道道地裂，是在草叶间偷窥的小小生灵。太阳欲落，金红的火焰从天边一直烧到脚下；在这引人怀念和追忆的时刻，我感到了凄凉，更感到了蕴含于天地自然中的强大的激情。可是我们仍然相对无语。

刚刚接近故地的那种熟悉和亲切逐渐消失，代之而来的是深深的陌生感。我认识到它们的表层之下，有着我以往完全不曾接近过的东西。多少次站在夕阳西下的郊野，默想观望，像等候一个机会。也就在这时，偶尔回想起流逝的岁月，会勾起一丝酸疼。好在这会儿我已没有了书生那样的忏悔，而是充满了爱心和感激，心甘情愿地等待、等待。我回想了童年，不是那时的故事，而是那时的愉快心情。令人惊讶的是那种愉悦后来再也没有出现。我多少领悟了：那时还来不及掌握太多的俗词儿，因而反倒能够与大自然对话；那愉悦是来自交流和沟通，那时的我还未完全从自然的母体上剥离开来。世俗的词儿看上去有斤有两，在自然万物听来却是一门拙劣的外语。使用这种词儿操作的人就不会有太大希望。解开了这个谜我一阵欣慰，长舒一口。

田野上有很多劳作的人，他们趴在地上，沾满土末。禾绿遮着铜色躯体，掩成一片。土地与人之间用劳动沟通起来，人在劳动中就忘记了世俗的词儿。那时人与土地以及周围的生命结为一体，看上去，人也化进了朦胧。要倾听他们的语言吗？这会儿真的渗入泥中，长成了绿色的茎叶。这是劳动和交流的一场盛会，我怀着赶赴盛宴的心情投入了劳动。我想将自己融入其间。

人若丢弃了劳动就会陷于蒙昧。我有个细致难忘的观察：那些劳动者一旦离开了劳动，立刻操起了世俗的词儿。这就没有了交流的工具，与周遭的事物失去了联系，因而毫无力量。语言，不仅仅是表，而是理；它有自己的生命、质地和色彩，它是幻化了的精气。仅以声音为标志的语言已经是徒有其表，魂魄飞走了。我崇拜语言，并将其奉为神圣和神秘之物。

四

生活中无数次证明：忍受是困难的。一个人无论多么达观，最终都难以忍受。逃避、投诚、撞碎自己，都不是忍受。拒绝也不是忍受。不能忍受是人性中刚毅纯洁的一面，是人之所以可爱的一个原因。偶有忍受也为了最终的拒绝。拒绝的精神和态度应该得到赞许。但是，任何一种选择都是通过一个形式去完成的，而形式可以是多种多样的。

一个人如果因爱而痴，形似懵懂，也恰恰是找到了自己的门径。别人都忙于拒绝时，他却进入了忘我的状态。忘我也是不能忍受的结果。他穿越激烈之路，烧掉了愤懑，这才有了痴情。爱一种职业、一朵花、一个人，爱的是具体的东西；爱一份感觉、一个意愿、一片土地、一种状态，爱的是抽象的东西。只要从头走过来，只要爱得真挚，就会痴迷。迷了心窍，就有了境界。

当我投入一片茫茫原野时，就明白自己背向了某种令我心颤的、滚烫烫的东西。我从具体走向了抽象。站在荒芜间举目四望，一个质问无法回避。我回答仍旧爱着。尽管头发已经蓬乱，衣衫有了破洞，可我自知这会儿已将内心修葺得工整洁美。我在迎送四季的田头壑底徘徊，身上只负了背囊，没有矛戟。我甘愿心疏志废、自我放逐。冷热悲欢一次次织成了网，我更加明白我"不能忍受"，扔掉小欣喜，走入故地，在秋野禾下满面欢笑。

但愿截断归途，让我永远待在这里。美与善有时需要独守，需要眼盯盯地看着它生长。我处于沉静无声的一个世界，享受安谧；我听到挚友在赞颂坚韧，同志在歌唱牺牲，而我却仅仅是不能忍受。故地上的一棵红果树、一株缨草，都让我再三吟味。我不能从它的身边走开，它们深深地吸引了我。我在它们的淡淡清香中感动不已。它们也许只是简单明了、极其平凡的一树一花，荒野里的生物，可它们活得是何等真实。

我消磨了时光，时光也恩惠了我。风霜洗去了轻薄的热情，只留住了结结实实的冷漠。站在这辽远开阔的平畴上，再也嗅不到远城炊烟。四处都是去路，既没人挽留，也没人催促。时空在这儿变得旷敞了，人性也自然松弛。我知道所有的热闹都挺耗人，一直到把人耗贫。我爱野地，爱遥远的那一条线。我痴迷得不可救药，像入了玄门；我在忘情时已是口不能语，手不能书；心远手粗，有时提笔忘字。我顺着故地小径走入野地，在荒村陋室里勉强记下野歌。这些歪歪扭扭的墨迹没有装进昨天的人造革皮夹，而是用一块土纺花布包了，背在肩上。

土纺花布小包裹了我的痴唱，携上它继续前行。一路上我不断地识字：如果说象形文字源于实物，它们之间要一一对应，那么现在是更多地指认实物的时候了。这是一种可以保持长久的兴趣，也只有在广大的土地上才做得到。琐细迷人的辨识中，时光流逝不停，就这样过起了自己的日子。我满足于这种状态和感觉、这其间难以言传的欢愉。这欢愉真像是窃来的一样。

我知道不能忍受的东西终会消失；但我也明白一个人有多么执拗。因此，历史上的智者一旦放逐了自己就乐不思蜀。一切都平平淡淡地过下来，像太阳一样重复自己。这重复中包含了无尽的内容。

五

在一些质地相当纯正的著作里，我注意到它一再地提请我们注意如下的意思：孤独有多么美。在这儿，孤独这个概念多少有些含混。大概在精神的驻地、在人的内心，它已经无法给弄得更准确了。它大约在指独自一人——当然无论是肉体方面还是精神方面的状态。一个动物、一株树，都可以孤独。孤独是难以归类的结果。它是美的吗？果真如此，人们也就无须慌悚逃离了。它起码不像幻想那么美；如果有一点点，也只是一种苍凉的美。

一个人处于那样的情状只会是被迫的。现代人之所以形单影只，还因为有一个不断生长的"精神"。要截断那种恐惧，就要截断根须。然而这是徒劳的，因为只要活着，它总要生长。伪装平庸也许有趣，但要真的将一个人扔还平庸，必然遭到他的剧烈抵抗。独自低徊富于诗意，但极少有人注意其中的痛苦。孤独往往是心与心的通道被堵塞。人一生下来就要面对无数隐秘，可是对于每个人而言，这隐秘后来不是减少而是成倍地增加了。它来自各个方面，也来自人本身。于是被嘲弄被困扰的尴尬就始终相伴，于是每个人都在自觉不自觉地挣脱——说不出的惶恐使他们丢失了优雅。

在我眼里，孤独是可怕的，但更可怕的是放弃自尊。怎样既不失去后者又能保住心灵上的润泽？也许真的"鱼与熊掌不可得兼"，也许它又是一个等待破解的隐秘。在漫漫的等待中，有什么能替代冥想和自语？我发现心灵可以分解，它的不同的部分甚至能够对话。可是不言而喻，这样做需要一份不同寻常的宁静，使你能够倾听。

正像一籽抛落就要寻下裸土，我凭直感奔向了土地。它产生了一切，也就能回答一切，圆满一切。因为被饥困折磨久了，我远投野地的时间选在了九月，一个五谷丰登的季节。这时候的田野上满是结果。由于丰收和富足，万千生灵都流露出压抑不住的欣喜，个个与人为善。浓绿的植物、没有衰败的花、黑土黄沙，无一不是新鲜真切。待在它们中间，被侵犯和伤害的忧虑空前减弱，心头泛起的只是依赖和宠幸……

这是一个喃喃自语的世界，一个我所能找到的最为慷慨的世界。这儿对灵魂的打扰最少。在此我终于明白：孤独不仅是失去了沟通的机缘，更为可怕的是频频侵扰下失去了自语的权利。这是最后的权利。

就为了这一点点，我不惜千里跋涉，甚至一度变得"能够忍受"。我安定下来，驻足入驿，这才面对自己的幸运。我简直是大喜过望了。在这里我弄懂一个切近的事实：对于我们而言，山脉土地，是千万年不曾更移的背景；我们正被一种永恒所衬托。与之相依，尽可以沉入梦呓，黎明时总会被久长悠远的呼鸣给唤醒。

世上究竟哪里可以与此地比拟？这里处于大地的中央。这里与母亲心理上的距离最近。在这里，你尽可述说昨日的流浪。凄冷的岁月已经过去，一个男子终于迎来了双亲。你没有泣哭，只是因为你学会了掩泪入心。在怀抱中的感知竟如此敏锐，你只需轻轻一瞥就看透了世俗。长久和短暂、虚无与真实，罗列分明。你发现寻求同类也并非想象那么艰苦，所有朴实的、安静的、纯真的，都是同类。它们或他们大可不必操着同一种语言，也不一定要以声传情。同类只是大地母亲平等照料的孩子，饮用同样的乳汁，散发着相似的奶腥。

在安怡温和的长夜，野香熏人。追思和畅想赶走了孤单，一腔柔情也有了着落。我变得谦让和理解，试着原谅过去不曾原谅的东西，也追究着根性里的东西。夜的声息繁复无边，我在其间想象；在它的启示之下，我甚至又一次探寻起词语的奥秘。我试过将音节和发声模拟野地上的事物，并同时传递出它的内在神彩。如小鸟的"啾啾"，不仅拟声极准，"啾"字竟是让我神往的秋、秋天秋野；口、嘴巴歌喉——它们组成的，还有田野的气声、回响，深夜里游动的光。这些又该如何模拟出一个成词并汇入现代人的通解？这不仅是饶有兴趣的实验，它同时也接近了某种意义和目的。我在默默夜色里找准了声义及它们的切口，等于是按住万物突突的脉搏。

一种相依相伴的情感驱逐了心理上的不安。我与野地上的一切共存共生，共同经历和承受。长夜尽头，我不止一次听到了万物在诞生那一刻的痛苦嘶叫。我就这样领受了凄楚和兴奋交织的情感，让它磨砺。

好在这些不仅仅停留于感觉之中。臆想的极限超越之后，就是实实在在的触摸了。

六

因为我在很大程度上摆脱了生命的寂寥，所以我能够走出消极。我的歌声从此不仅为了自慰，而且还用以呼唤。我越来越清楚这是一种记录，不是消遣，不是自娱，甚至也来不及伤感。如若那样，我做的一切都会像朝露一样蒸掉。我所提醒人们注意的只是一些最普通的东西，因为它们之中蕴含的因素使人惊讶，最终将被牢记。我关注的不仅仅是人，而是与人不可分割的所有事物。我不曾专注于苦难，却无法失去那份敏感。我所提供的，仅仅是关于某种状态的证词。

这大概已经够了。这是必要的。我这儿仅仅遵循了质朴的原则，自然而然地藐视乖巧。真实伴我左右，此刻无须请求指认。我的声音混同于草响虫鸣，与原野的喧声整齐划一。这儿不需一位独立于世的歌手；事实上也做不到。我竭尽全力只能仿个真，以获取在它们身侧同唱的资格。

来时两手空空，野地认我为贫穷的兄弟。我们肌肤相摩，日夜相依。我隐于这浑然一片，俗眼无法将我辨认。我们的呼吸汇成了风，气流从禾叶和河谷吹过，又回到我们中间。这风洗去了我的疲惫和倦怠，裹挟了我们的合唱。谁能从中分析我的嗓音？我化为了自然之声。我生来第一次感受这样的骄傲。

我所投入的世界生机勃勃，这儿有永不停息的蜕变、消亡以及诞生。关于它们的讯息都覆于落叶之下，渗进了泥土。新生之物让第一束阳光照个通亮。这儿瞬息万变，光影交错，我只把心口收紧，让神思一点点溶解。喧哗四起，没有终结的躁动——这就是我的故地。我跟紧了故地的精灵，随它游遍每一道沟坎。我的歌唱时而荡在心底，时而随风飘动。精灵隐隐左右了合唱，或是合声催生了精灵。我充任了故地的劣等秘书，耳听口念手书，痴迷恍惚，不敢稍离半步。

眼看着四肢被青藤绕裹，地衣长上额角。这不是死，而是生。我可以做一棵树了，扎下根须，化为了故地上的一个器官。从此我的吟哦不是一己之事，也非我能左右。一个人消逝了，一株树诞生了。生命仍在，性质却得到了转换。

这样，自我而生的音响韵节就留在了另一个世界。我寻找同类因为我爱他们、爱纯美的一切，寻求的结果却使我化为一棵树。风雨将不断梳洗我，霜雪就是膏脂。但我却没有了孤独。孤独是另一边的概念，洋溢着另一种气味。从此尽是树的阅历，也是它的经验和感受。有人或许听懂了树的歌吟，注目枝叶在风中相摩的声响，但树本身却没有如此的期待。一棵棵树就是这样生长的，它的最大愿望大概就是一生抓紧泥土。

七

随着年龄的增长，我越来越注意到艺术的神秘的力量。只有艺术中凝结了大自然那么多的隐秘。所以我认为光荣从来属于那些最激动人心的诗人。人类总是通过艺术的隧道去触摸时间之谜，去印证生命的奥秘。自然中的全部都可通过艺术之手的拨动而进入人的视野。它与人的关系至为独特，人迷于艺术，是因为他迷于人本身、迷于这个世界昭示他的一切。一个健康成长着的人对于艺术无法选择。

但实际上选择是存在的。我认为自己即有过选择。对于艺术可以有多种解释，这是必然的。但我始终认为将艺术置于选择的位置，是一次堕落。

我曾选择过，所以我也有过堕落。补救的方法也许就是紧紧抱定这个选择结果，以求得灵魂的升华。这个世界的物欲愈盛，我愈从容。对于艺术，哪怕给我一个独守的机会才好。我交织着重重心事：一方面希望所有人的投入，另一方面又怕玷污了圣洁。在我看来它只该继续走向清冷，走到一个极端。留下我来默祷，为了我的守护，和我认准了的那份神圣。当然这是不可能的。

我梦见过在烛光下操劳的银匠，特别记住了他头顶闪烁的那一团白发。

深不见底的墨夜，夜的中间是掬得起的一汪烛晖……什么是艺术？什么是劳动？它们共生共长吗？我在那个清晨叮咛自己：永远不要离开劳动——虽然我从未想过，也从未有过离去的念头。

艺术与宗教的品质不尽相同，但二者都需要心怀笃诚。当贪婪和攫取的狂浪拍碎了陆地，你不得不划一叶独舟时，怀中还剩下了什么？无非是一份热烈和忠诚。饥饿和死亡都不能剥夺的东西才是真正珍贵的。多少人歌颂物欲，说它创造了世界。是的，它创造了一个邪恶的世界；它也毁灭了一个世界，那是一个宁静的世界。我渐渐明白：要始终保有富足，积累的速度并不重要，重要的是能够积累。诚实的劳动者和艺术家一块儿发现了历史的哀伤，即：不能够。

人的岁月也极像循环不止的四季，时而斑斓，时而被洗得光光。一切还得从头开始。为了寻觅永久的依托，人们还是找到站立的这片土地。千万年的秘史糅在泥中，生出鲜花和毒菇。这些无法言喻的事物靠什么去洞悉和揭示？哪怕是仅仅获取一个接近的权力，靠什么？仍然是艺术，是它的神秘的力量。

滋生万物的野地接纳了艺术家。野地也能够拒绝，并且做得毅然彻底。强加于它的东西最终就不能立足。泥土像好的艺术家，看上去沉静，实际上怀了满腔热情。艺术家可以像绿色火焰，像青藤，在土地上燃烧。

最后也只能剩下一片灰烬。多么短暂，连这点也像青藤。不过他总算用这种方式挨紧了热土。

八

我曾询问：一个知识分子的精神源自何方？它的本源？很久以来，一层层纸页将这个本来浅显的问题给覆盖了。当然，我不会否认渍透了心汁的书林也孕育了某种精神。可我还是发现了那种悲天的情怀来自大自然，来自一个广漠的世界。也许在任何一个时世里都有这样的哀叹——我们缺少知识分子。它的标志不仅是学历和行当上的造就，因为最重要的依据是一个灵魂的性质。真正的"知"应该达于"灵"。那些弄科技艺术以期成功者，同时要使自己成长为一个知识分子。

将"知识分子"这个概念俗化有伤人心。于是你看到了逍遥的骗子、昏聩的学人、卖了良心的艺术家。这些人有时并非厌恶劳动，却无一例外地极度害怕贫困。他们注重自己的仪表，却没有内在的严整性，最善于尾随时风。谁看到一个意外？谁找到一个稀罕？在势与利面前一个比一个更乖，像临近了末日。我宁可一生泡在汗尘中，也要远离它们。

我曾经是一个职业写作者，但我一生的最高期望是：成为一个作家。

人需要一个遥远的光点，像渺渺星斗。我走向它，节衣缩食，收心敛性。愿冥冥中的手为我开启智门。比起我的目标、我追赶的修行，我显得多么卑微。苍白无力，琐屑慵懒，经不住内省。就为了精神上的成长，让诚实和朴素、让那份好德行，永远也不要离我，让勇敢和正义变得愈加具体和清晰。那样，漫长的消磨和无声的侵蚀我也能够陪伴。

在我投入的原野上，在万千生灵之间，劳作使我沉静。我获得了这样的状态：对工作和发现的意义坚信不疑。我亲手书下的只是一片稚拙，可这份作业却与俗眼无缘。我的这些文字是为你、为他和她写成的，我爱你们。我恭呈了。

九

就因为那个瞬间的吸引，我出发了。我的希求简明而又模糊：寻找野地。我首先踏上故地，并在那里迈出了一步。我试图抚摸它的边缘，望穿雾幔；我舍弃所有奔向它，为了融入其间。跋涉、追赶、寻问——野地到底是什么？它在何方？野地是否也包括了我浑然苍茫的感觉世界？

我无法停止寻求……

1992 年 8 月 16 日

夜思

　　让我来告诉你，也请你来告诉我。这是一场互相诉说。这会使我们真的弄懂绝望和希望，弄懂什么是幻觉，什么是奢望，而什么才是结结实实的泥地。

　　……

　　又一次走进了午夜。漫漫长夜，无论醒着还是睡着，我都在倾听自己的呼吸，将围拢来的赶开，又追逐飘逝的……

一

　　……只有你才能听到我的心音。我有时想，世上的一切都非常简单，它并不玄奥，也不复杂。所有的纠缠、繁琐，长长的过程，都不过为了结出一个果子。

　　因为它才有四季，才去经受。也因为它，才把人鼓舞得浑身灼热，有打发不完的激动。

　　凝视着你，不停地叙说，却在自己的语气中轻轻战栗；无声的黑夜中，借温暖的追忆安慰自己，却使一片心情更加冰凉。春天的丁香，初秋的玫瑰，一切美好和温馨都在提醒……我接着想那片平原，平原上一切的生灵，无边的丛林，月光下的海浪。

　　我今夜特别思念你。

二

　　我想领你走开，到很远很远的地方去。真的要离开这片平原了，开始跋涉——看到那一溜黛色山影了吧？要向南，一直向南。我会把糙食留给自己，把剩下的一点精粮交给你。旅途太长了，你要接着走。到了那一天，我倒下了，你将继续往前，并且想念着我。这世界上有几个人真正配得上怀念？我因此也该深感欣慰了。

行前只是舍不得孩子。夜里，抚摸着孩子鼓鼓的小手指甲、软软的小巴掌，就得用力忍住什么。

三

我曾盼望有一所小房子，简朴得像土地。我们住在里面，种菜养殖读书……彻头彻尾的老路子，也是唯一健康和医治的好路子。我们将同时感知和回避，也借此来一个总结；更重要的是，我们会看住飞快流逝的生命。

看住它，即看看它是怎样渐渐变得老旧、一点点地抽走——像抽丝一样？我不想让频频的侵犯把它的形迹遮住，而需要一个冷清之地。于是就想到了那样一所小房子。

——难道就此退却吗？退却又是不是背叛？如果是，那么它大概也是所有罪愆中最轻的一种了。

我背向了一片平原。但我将从此守住什么，一刻也不松懈——这样行吗？

这样又失去了"目击"的可能。很久以来我就渴望做个记录者、目击者，因为这是最起码的。可是我被逼到了一个小屋中。这其中的悲哀谁说得清。这样一种感觉长时间压抑着我，使我不停地迟疑。风雨敲打在屋顶上，从此将是山地的风雨。我闭上眼睛会梦见妖魔，我在小小庭院中栽下花卉，却要迎接严霜之后的凋零。我在两难的状态中徘徊，已经很久了。眼看着有什么最可宝贵的东西被耗干了，没留一点声息痕迹。

四

你的鼓励我会深深地记住，永远地感谢你。你要跟随我去那个小屋，去种植、迎接一生的冷淡和艰辛。我们甚至讨论了怎样采蘑菇和黄花菜、怎样包装销售的细节，还有栽培养殖的关键技术问题……未来怎么办？我们问这片平原。我们都知道它没有太多的未来。如果说我们的未来还有一座小屋的话，那么这片平原连座小屋也不会留下。一切都会荡然无存。

我们互相注视着。

五

你真实地哺育我、饲喂我。我一生都将牢记我承受的、我享用的、我拥有的。我相信当初有神灵轻轻地推了一下，我们才抬起了眼睛。淳朴得像土上的一株艾草，清香久远。不认得艾草的人永远也不认识原野，觉悟不到土地的存在。

我跟随着你像跟随真理。我的忠诚经受了检验。一个当代人怎样才算经过了洗礼？我不知道，但我算是这其中之一。我面对着原野，没有茫然失措。很亲切、很本色，我们相互体贴。你哺育我、饲喂我，你不朽的青春光芒四射。

由于那个不幸的童年和少年时代，我变得沉默寡言。可是你打开了我心的闸门。也由于类似的原因，我不会泣哭。当面对同一个场景，众人号啕之时，我却是木然。但面对你的温厚和无私，我却难以忍住。脸上没有滴落，心中泪如泉涌。你的手挽住了我，我们向前走去，直到溶解在天际。那一片橘红色的云不是被太阳点燃的，而是一个奇怪的预兆。你哺育着我。世上再也没有比你更善良的人了。

你的手挽住我。诅咒和颂赞轻得像一片鸿毛。去哪里？向南，一直向南。

六

有时我也于心不忍，真想说一句：走开吧，走向你自己的来路吧。我不敢再让你陪伴。我深知这有多么危险。这是一种可怕的牺牲，虽然并非不值。我不久就需要一个拐杖，因为不想让人搀扶，只想自己走下去。没有人比我更喜欢玫瑰，可是我只能面向荒芜。这是我的命。

你是新来的，走开吧，离开吧，趁着还有一点食物和水。不要再往前了，不要在乎别的行人，因为他们都心怀一个理由。他们有一种血脉一个经历，拗得像战士，不，比战士还要顽强。

仅仅用战士来比喻这些人是不够的。战士有时是中性的、单薄的。而他们是殉道者加战士，是金属中最硬的合金。你在了解了这一切之后仍然愿意往前，不再犹豫地迈出了一步又一步。可因为我是个兄长，还是要对你说一句：离开吧，离开我吧。

七

人的心中该有一颗种子，它埋下了，在温湿中胀大萌发。它留在了心底，人就会坐卧不安。人与人的命不一样，有人就是被播下了一粒种子。这一子埋得好深好深，它绝不会风干，也不会腐变发霉。随着它的胀大，将在心里压得沉沉的。

我不知该怎样对待给我播下种子的人和岁月。我只是有了无尽的遥想。那个人远去了，像任何无望而热烈的人一样，走得如此简单，差不多连送行的人也没有。

如今我一眼就可以把大街上的人分辨出来：谁心里有个种子，而谁没有。世界靠没有种子的人去充填，但世界却不会由他们创造。种子长成了那天，他开始有力量，他让它在世上缓缓开放，吐露芬芳；最后是结出果子，赠给一个个张开的口。种子也会在心中变质吗？当然会。那一天才是非常可怕的。

八

我听到有人讥讽和谩骂他自己不幸的父亲，心上立刻一紧。我警惕地看着，觉得陌生而神秘。只是后来想想原因也很简单：那时这样对待父亲是一种时髦。

我却由此而倍加怀念自己的亲人，无论他是有幸还是不幸。当然他只能不幸。我不记得很早时他的模样，也不记得他的声音。因为我们相识已经很晚了。乌黑乌黑的一个晚上他回来了，瘦骨嶙峋。他没有力气，没有声息，刚躺下歇息又被人揪起。他不会做当地的活儿，于是被赶到海上，从此就伏在了长长的网缭上，随着拉网号子移动、移动。

我像被吸到了海边，一天到晚卧在沙滩上看。号子声，叫骂声，海上老大的呵斥，还有挥动棍子的嗖嗖声。海浪为什么不能将一切淹没？那个人，那个与我不能分剥的人，这时正在用力地拽着死沉的网缭，双手流血。

一网一网的鱼上岸了。有一种皮肤粗韧的鱼，有人就剥下皮来，用来蒙鼓。从此我和伙伴们敲起了鱼皮鼓，不停地敲。那又闷又沉的鼓声密集痴狂，撒了浪尖上。旁边的人又叫又跳地敲，只有我一声不吭。我只敲给一个人听。

九

无论是睡着还是醒着，有一点永远不会改变，就是对那片原野的留恋。我对它寄托了全部热情。我一生的跋涉，只为了它。这也是能够证明能够接近的具体事物。我常常幻想着这世上还有一种力量能够把它复制出来。尽管它今天已不复存在，也因此造成了我深深的忧愤、我的恨。它的昨日如同梦境，一闪而过。

那片原野连接着大海。它的最南端是一溜黛色山影，西部和北部都是茂密的丛林。丛林深处的一些村落甚至以树命名。那都是引人遐想的美丽名字。就因为这样一片原野，我有时竟要奇怪地发出感谢，感谢那些强加给先辈的苦难——没有这些苦难，我今生就无缘结识这样一片原野。它拥抱了我，使我真正领略了什么才是永恒不灭的美。

我喜爱那里所有的季节，包括最寒冷的冬天。那是真实无误的冬天，不像现在，在隆冬季节突然下起了毛毛雨；那里的冬天冰封河渠，甚至是一大片海滩。雪岭一道道像长城一样，都是罕见的大风搅成的。一个人想顺利地踏过雪岭是绝无可能的。冬夜，所有的农家、林场工人、牧者，都不忘准备一把铁锹放在门侧，以防一夜袭来的大雪堵住屋门。

那时的冬天是真正严肃的日子。我们在岁月中不能少了严肃。一年四季的不冷不热是歉收和疾病蔓延的原因之一。正因为有那样的日子，原野上的人才备柴、狩猎、制厚重的棉衣皮帽，还造出矮小温暖的土屋，造出火热烤人的大炕。窗上结满冰花，用嘴呵出一块光亮，望外面的雪枝悬冰、银山银岗、冻得飞跑的雪狐。对春天的怀念何等强烈，这种怀念像火一样炙人。岁月在冷与热、忙碌与消闲的巨大反差中变得多情多趣，也耐过得多。它绝不像今天，一晃就是一年。岁月的消耗把生命磨钝了，磨得庸常麻木了。那时迎接一个春天多么隆重，不要说人，不要说一些大动物，就是小小的沙地蜥蜴也要一蹦三跳，就是那些麻雀也要连唱三夜。河冰裂了，渠水响了，小狗跑到雪岭后面小心地侦察季节，兴奋得一声不吭。

柳树最早激动，接着是白杨、杏树，再接着是壳斗科植物。一点点渗出的绿色、红色，那一片斑斓，与各种欢腾不息的动物交融一起。你倾听苏醒的喧哗和变奏，这时才会理解春天为什么被千万遍地歌唱描叙而不至让人厌烦。春天太活了，太亮了，太安慰人了。噜噜响的河渠留下了半边绿水半边冰凌，有多少鱼在青青的水草下窥视。太阳把田野晒得水雾蒙蒙，牛的叫声从世界这一端传到那一端。

春天的喧闹过了许久，惹人注目的道道雪岭才开始慢慢融化。从岭顶淌下的小溪越来越欢，它把搅在一起的沙与雪分离开来，冲刷得清新分明。被雪水洗过的沙粒多么干净，一颗是一颗。每到了傍晚溪水就和缓下来，融化的速度放慢了。接着是一夜沉默、小声私语，都是关于冬的回忆。

雪岭一扫而光之时，才是夏天的开端。初夏的平原上稚果与鲜花数不胜数，让人想到那个富丽堂皇的秋天无论多么棒，也要感谢火暴的夏天。夏天从一开始就不同凡响，华丽得令人瞠目结舌。自然界走入了最随意最洒脱的季节，一切都在尽情地生长和繁殖，绿色像大海的浪涌一样铺满泥土。下雨了，一场豪放的冲刷洗涤，天晴之后又蛙鼓齐鸣，庄稼、丛林，一切绿色的生命都闪闪发光。

盛夏的火热让人难忘。在最热的那十几天里，海滩上的沙子像被烧过一样，谁赤脚踏上去就要大呼小叫。在这样的烘烤烧灼下，各种果实都在加速成熟。谁敢在正午的烈日下跑到太阳下徘徊？除非是海边上那些拉大网的人，除非是这些身黑如炭的人。就连狐狸和兔子、野鸡和鹰也找阴凉去了，它们在等待一个月夜。

河湾里的荻草蒲苇茂盛得难以想象。真正是密不过人。谁都会相信，在这重重叠叠的绿海中正孕育潜藏了无限的隐秘。浓绿从近岸浅水长起，一直长到深处，把水道逼成了又窄又急的一道。夜晚站在堤上，听水鸟嘎嘎大叫，听大鱼溅水的声音，再迎着满河道的南风，会多么快意。在海滩下乘凉的人点起驱蚊的艾草，大仰着，一边看天上的繁星，一边讲如真似幻的故事。有人还不断地起身到堤下的野地里摘一些不太成熟的果实，聊胜于无地咀嚼着。他们在提前品咂一份甘甜。

就这样，平原等待的秋天终于挨近了、来临了。富足宽容的季节里，不要说果园和庄稼地了，就是在丛林中，那些野生的浆果也采摘不完。野葡萄、野草莓、悬钩子……动物和人可以一块儿享用，简直用不着节俭，因为反正吃也吃不完。秋天过去就要埋在雪中了。有一些动物就在冬雪中扒出它们，把仍然鲜亮的冻果咬得喷喷有声。秋天的蘑菇长在松下、合欢树下，长在柳条棵子中，甚至长在大树的半腰。它们是泥土生出的另一类果子，神秘而又美丽，让人们在劳动间隙里一低头一仰脸就拾起一个欣喜。蘑菇汤，秋天平原上才有的纯美清爽，恰好冲淡了收获季节里餐桌上的肥腻。

收来浆果、坚果，收来粮食和菜蔬，从一处处村落到林场园艺场，个个都忙。庭院里的蜀葵败了，木槿却开得正旺。当年育成的鸡腰肥体壮，光滑得像养分充足的大娃娃。狗随主人到田野里忙秋了，留在院里的是温柔顽皮的猫。猫与鸡、鸽子和猪逗玩，互相追逐打闹，而且乐此不疲。所有的家养动物都胖墩墩的，皮毛闪亮，像抹了一层油。那些野生的动物，如一只黄鼬，有时也并无恶意地从墙头上探一下脑袋，立刻引起院内一阵慌乱。可能是芦花大公鸡首先发出威胁的尖叫，接下是猫儿嘴里严厉非常的一声"哧——！"不速之客无踪无影了。

秋天还是老人们提着马扎互相交换烟叶的日子。他们一边吸烟一边数念旧事，高兴了就骂骂老婆子和当年的伪军什么的。"你知道河西头那个炮楼是怎么端的吗？"一个黑脸老人抽出烟嘴大嚷。旁边的人都不吭声。"是穿花褂的四奶奶捣鼓的，她通队伍！"他用烟锅比画着。这个秋天哪，果实和传奇一块儿丰收了。

十

林场枫树旁的小路还有吗？那一地火红的枫叶，那一对对身影。那时捎枪的老猎人心慈面软，他们只为了过一份伴枪牵狗的传统生活。他们亲手推动了那个平原上多少婚姻，只一眼就能看出林子中的哪一对有点意思，然后设法去撮合。那时的人纯洁又含蓄，远不像现在这样泼辣得野蛮。他们先是注视，默默的，怦怦跳动的心脏轰击了肉体好几个月、好几年，才逐渐敢于交给对方一幅绣花手帕。

下班了，姑娘抱着猫，小伙子领着狗。太阳光把脸抹红了，再有自家动物相伴，这才有勇气走到一个寂静的地方去。他们先说借书的事。猫在狗的盯视下从怀中逃开，狗也跑了。"今年河里的鱼真多啊。"男的说。女的抬头瞥一眼："天说黑就黑了。"这样的约会不知多少次了，终于有一天他们在树下轻轻地拥抱了。他们周身抖动，眼含热泪。其中的一个说："谁比你好才怪了。你最好最好——啊？"

林子里的歌声起起落落。那是在远处，另一些欢乐的人发出的。幸福有个浓度。每个人都会在某个时候获得它。但是幸福有个浓度。有人在它面前失去了任何办法，想哭、想歌、想在沙子上滚动，想跳到河里去。

他识不了太多的字，可是他一连多少天琢磨写一首诗给她。写成了，不好。后来他干脆抄了一首唐诗，夹进一本好书交出去了。她为他织毛衣，织成了又拆了，天天织，一直织到秋末。

捎枪的老猎人哪去了？他转到林子北方，又到那些拉大网的人那儿去了，有时一待就是半天，晚上还要留下来喝碗鱼汤。可是老人答应下来的事儿呢？他忘了告诉她什么了，忘了替谁跑一趟远路。汪汪的狗叫此起彼伏。让热心热肠的好老人回来吧，尽快。

十一

没有绝对凶猛的动物，平原上的动物与远方动物一样，基本上是和气一团的。那时人们不太像后来那么恨狐狸、狼和黄鼬，因为它们做下的坏事实在不多。沙地狐狸、银狐，那张脸谁离近了注视过？没有。仔细看看吧，很美很美。狼也仪表堂堂，勤奋并且勇敢。黄鼬主要捕鼠，而且一张小脸生动无比，圆圆的大眼美丽绝伦。还有遭人贬斥的乌鸦、猫头鹰、貉、花面狸，哪一类不是生动活泼，精巧完美得像件艺术品？

多姿多彩的鸟、小兔子、小刺猬，它们更是让人感到了生的多趣和温暖。它们太完美、太个性，真是到了妙不可言的地步。羽毛丰满的小鸟、刚会奔跑的小兔，常常让人想到人的童年。原来任何生命都有童年，而童年的可爱直逼人心，让人疼怜得心上抖动。抚摸它们，就像抚摸自己的孩子。手掌下的光润滑腻来自一个与我们迥然不同的生命，它活着，居然独自处理了一切，与这个世界结成了自己的关系。我们人不也是一样吗？

如果平原上的动物离我们太远，那么就随便抱起鸽子和猫注视一下吧。猫是美与温柔的代表。它的眼睛多好，还有耳朵。它的鼻子小巧精致到了极端，圆鼓鼓的，小鼻孔是粉红色的。我相信凶狠的人要改造自己，按时抚摸一下猫的鼻子也会有好的效果。再说猫耳——据说最早的时候，猫的耳朵像人一样，也长在脸庞两侧；造物主看了，觉得这神气太像人了，就动手给它搬到了头顶上。我想如果造物主最早动了人的耳朵，我们相互看多了也会习惯。关键是个习惯。人类什么时候才能习惯地将它们视同朋友呢？动物的脸、神情，只要看一会儿就会让你疼得慌。我的平原，丛林田野上的各种生灵，你们今在何方？

十二

我们分手了，匆匆的没有来得及好好看一眼。那是个漆黑的夜，只有弯弯去路闪着淡淡的白光。从此我有了孤独的白天和夜晚，一颗心亲近着星空。我回忆你、你的一切。人不能没有回忆。

我仿佛听到了你的呼吸、你的笑语和歌声，还有你的低低抽泣。随着时间的流逝，你也会老旧，布满皱褶。可是你永远在心的中央，你是缔造者、是一片圣土，是光荣和骄傲，是永生不灭的希望。有了你就有了一切，有了一个回路、一个家、一个归宿。

今夜如同十几年前的那个黑夜一样。你在哪里？你的思绪飘向了天边，拂过了站在山地冰霜上的儿女。我却感到了你的手掌：粗粗的、温温的，上面沾满泪痕。我不知该怎样呼唤你的名字，只是遥望北方，分辨你在黑夜中的身影。

只能为你祝福。你的淳朴永恒的丰采，你的青春，是这世界上最后的一个留恋。

十三

几十年的时间一晃就过去了。一条黑色的、散发着恶臭的河挡住了我的去路，使我不能继续往前。没有桥，也没有舟，甚至看不见一个人影。我只得沿着河堤往前踟蹰。

就这样我到了海边，却没有看到一片丛林。没有当年那些小动物了，一只也没有，连猫和狗都极少见到。倒是有一些老鼠在芜草中出没，大白天发出吱吱的吵叫。平展展的原野变成了坑坑洼洼，枯草在污水边腐烂。大海就在眼前，可它不是蓝色的，而是像醋和酱油的颜色，发出一股浓烈的碱味儿。没有白帆、没有渔人，往日的拉网号子永远地消失了。

我站在大海滩上张望，仍然想寻找我的丛林。取代它们的是开矿者挖出的矸石山，是一股股粗壮的黑烟。由于所有的树木都剥落了，一个个村落就赤裸在那儿，瘦小得令人生怜。

我最后转到了大林场旧址，同样没有见到丛林。它化成了一些大大小小的水坑，恶臭扑鼻，水中看不到鱼，也看不到一种水生植物。那些气泡在阳光下闪动，像一些可怕的眼睛。我急急地逃开了。

你在哪里？我毫无目标，也无力呼唤，急躁和绝望使我两手攥出了血。

十四

你死的时候就躺在路边。那一天太阳出得早，你的心情被透过窗棂的阳光抚慰着。你起来漱洗。你上路了。太阳刚刚升起。有一辆笨重的大功率汽车在后面吼叫，它吐出的黑烟老远看像恶龙的长爪。你小心地闪开。这条路尽管布满了坑洼，可是它足够宽了，直通向一个市镇。那辆大功率货车本来很容易就能通过，可是它三颠两颠竟然把你撞倒。你喊了一声——这是撕心裂肺的喊声啊——它的后轮又压到了你的左侧。

满脸油污的驾驶员从车窗上探头瞥了瞥，然后加足马力急驶而去。太阳刚刚升起，路上行人稀疏。你呼叫着，想挣脱。你眼看着自己的左侧往外流血，一会儿就把一片土末染红了。你呼叫着。你的声音越来越弱。你朦朦胧胧感到有一两个三五个人低头看了看，议论了几句，又匆匆地上路了。他们都急于到那个市镇去，没有驻足。你最后无力呼喊了。血继续流着。

太阳升到了半空。路上行人越来越多。这时你已剩下了最后的一滴血。

十五

这不是泣哭的年代。已经没有工夫泣哭。我没能亲手把你掩埋，却要就此离去。我的背囊里还是很久以前装进的几件东西，如今已经派不上用场了。

婶子大娘、大爷大伯、林场的老工人、猎枪锈住了的老猎人，你们都看到了吧？你们看到了，合手站立，目光冷冷的。我穿过人群，身上印满了目光。我突然一阵饥饿，一边走一边掏出变硬的干粮。身后传来了隐隐的哭声，我停住了脚步。原来一位老奶奶双手掩住了脸，我奔到近前，想扳下她的手，可她紧紧地掩着。

那是你的母亲啊。我伏在了她的怀中。

十六

母亲说：你知道这是第几个吗？我摇摇头。她说出一个数字，我呆呆地看她。我明白了，怪不得那些两眼像黑葡萄的姑娘再也没有了。

我从此懂得了什么才叫仇恨。那个伟大的身影啊，她在倒下前的最后时刻里，有人曾向她谈起过饶恕的问题。她回答说：我一个也不饶恕。只有在我归来之后，只有今天，我才明白了这句话意味着什么。

不会仇恨的人就谈不上善良，更谈不上宽容。我终于知道了谁更宽容。那些伪君子把宽容挂在嘴上，一天到晚装成和事佬，暗地里却总是顺应着丑恶。他们一旦面对了别人的信仰，宽容早飞得无影无踪。我要对这些伪君子说一句，是你们的近亲把她给害死在路边的。

十七

那些小念头和乖巧我都有，可是归来之后我才觉得它们太不值。抛弃了，剩下的只是愤怒和困倦，是激越和冰冷。我无法忘怀，我只得纪念。那些口口声声要宽容的人，竟然残忍到不允许我去纪念。于是他们就是我的敌人。

一场连一场的争议过去了，我觉得太亏。在流动的鲜血面前，一切议论都显得太不着边际。实际上只剩下了两种可能：沉默和怒吼。沉默是熬煮，是用心汁浸那支长矛。而怒吼就要破了喉管。血又出来了。

我开始曾惊异于这样一个事实：他们真好脾气，真有容量，也真麻木。后来才明白，失去至亲的人与他们是不一样的。他们除了自己之外再没有亲人，所以也就永远不会失去。人不一定都是母亲生的，我懂得这个道理可惜太晚了。人在现代高科技社会里，也可以是合成的。人可以是用石化材料合成。合成的人就没有亲人，所以也没有情感的重负。

而在现代生活中，隆隆的竞争和角力之中，一个有情感重负的人注定了要失败。这种人开始走入了全面挣扎和退却的时代，尽管他们个个都不想放弃。但也正因为如此，一场壮丽的、亘古未见的大拼搏开始了。这是一场合成人与有生母的人的最后决斗。这场决斗也许要进行很长时间，但结果是可以预见的。

我将站在失败者一边。

合成人在战斗中损伤的只是元件，它可以更换；而有生母的人却要流血。

流血也不能使人退却。因为这是最后的机会了。所有热血沸腾的人必须团结一心，迎击一场侵犯。这场侵犯的残酷性极为罕见，它将使我们失去仅有的一片田园。就为了生存，为了一个希望，为了一种报答，让我们奋起向前吧。已经没有什么退路，也不必幻想。

我默念着你的名字拿起了武器，加入了真正的、二十世纪末的义军。这是精神的义军。在决斗的一切间隙里都未曾忘却你对我的恩情，你的容颜，你的饲喂。我在梦中与你吻别，踏着霜雪走了。催促的号子一声声逼近，我走了。

有时我又想，因为你在远处射来的目光，我是不会失败的。我们都不会失败。什么比爱、比这一切相加的爱更有分量呢？根据伟大而古老的原则看，我们有了这样的支持，将是些不败者。可是一转念，又不禁重新哀伤：时代变了，一些原则也在变。那么我们就将在没有立足之处的荆丛中作战了。

为我们祝愿一下吧，这是我和同伴小小的，也是重要的一个请求。

十八

一切被预先告知了结果的战斗都是极其惨烈的。我竟然走进了这个战场。这是生前注定的还是生后选择的？我反复追思推理，后来才明白是一种注定而不是一种选择。选择是移来的根，而注定是固有的根。

如果没有什么希望，那么斗争本身也就是希望。如果有了希望，那么长久的松弛也会将其丧失。世界上的事物在组合形成之初是非常奇妙的。天不亮，征衣上霜落一层，战士一睁开眼就被"希望"二字缠住了。可见这是怎样严酷的一个处境啊。

回想那年秋天，我们对这些还全无预料。于是只顾得忙秋、干活，劳动的汗水把衣衫都湿透了。我们一起把捡到的橡实装到筐里，直到攒起满满一囤。浆果做成蜜膏，干果留给来年。晒干菜、蘑菇，用破碎的瓜干造烈酒，用野葡萄造甜酒。还有招待老人的烟草，一捆捆扎好放在搁棚上，采了很多的艾叶，晒干，又拧成火绳，留着夏天对付蚊虫小咬、给吸烟老人触烟锅。

那些温煦的、果香四溢的夜晚啊，我们讲故事，依偎一起。红军的故事，某司令的故事；还有传说，神奇的林仙。我们差不多没有言及的一点就是：惨烈的战事都属于过去了。我们现在只是品咂秋熟的甘果，听听美丽的传说。我们站在过去与未来之间倾听，你讲一个我讲一个，享受着黄金般的时光，直到了午夜还不知疲倦，林中和秋野的各种四蹄动物与飞禽一起，不时传来它们的响动。小鸟的午夜尖叫是唯一令人不安的了，我们担心它遭到夜袭。劳动真使人愉快。在今天回顾劳动，更能感受和认识劳动的幸福的本质。劳动只有靠紧了人生的目的，才散发出芬芳。当一种袭击逼迫得我们不得不放弃劳动而投入迎击时，回忆劳动也变为了一种福分。我们今天算是真的理解了"保卫我们的劳动"到底是个什么意思。那是个权利，是个福，它不是被人自己放弃，就是被另一种人给剥夺。

现在是不是不放弃的时刻。现在是奋起迎上的日月。是的，如果这一来能够赢得一场劳作的机会，那么一切也值了。

十九

我无数遍地想象你的目光。那双眼睛啊，我说过它黑如葡萄。这句俗而又俗的比喻一再提起，是因为它难能取代。那个平原孕育了这样一双眼睛，真是含义深远。这双眼睛望着原野、母亲般的丛林和大地，逐渐蓄满了柔情。很显然，这举世无双的美目是这片田园滋养出的。田园的所有特质都从它的一闪一盼中映照出来。于是它有魅力，它使人魂牵梦绕。

同样容易解释的是，这样一双眼睛不可能是为今天准备的。一片沉沦荒芜的平原会让其不忍注视。或者是田野焕发生机，或者是它自己永远地闭上。当然，是它永远地闭上了，长长的睫毛合到了一起。

它在最后时刻看到了什么？它摄下了那张在车窗前一闪而过的脏脸吗？它记住了刽子手的模样吗？那天的太阳缓缓上升，照不穿浓稠的雾霭。直到最后一刻，大地还昏昏沉沉，天际泛着酱色。长长的睫毛合到一起，像一排茁壮的青杨。你的血正一点点渗出，汇成山泉一样流淌。大地真渴，大地等着喝一口汁水。大地很快就收回了她的全部，从肉体到灵魂。多好的一个儿女，苗条而丰腴，特别是长了一双惊魂醒世的美目。

太阳隐入浓云，大地开始祈祷。风停了，四周寂寂。

二十

你那时候会多么痛苦。一种无法忍受的折磨竟然加在了一个少女身上。事后人们发现你身上有三道压伤。钝钝的车轮、凶暴的车轮、愚蠢的车轮，就是这三个车轮割开并撕裂了你完美无瑕的肌肤。血是一点一点流光的，没人去救起你。从流血到死去足足有两个多小时，而且你躺在通向市镇的大路上。

我手指扎了一根刺就感到钻心的疼痛，可是有三个轮子碾压了你；我生病时，两分钟的肌肉注射让我揶着忍着，可是你从流血到离去足有两个小时。

我愿意舍上所有去赎回，尽管这不可能。这一次我不需更重大的经历就懂得了终点上的什么。我懂得了一种性质。从此我再不抱幻念，一丝也不抱。我干干净净地走开，心凉得像冰。你躺在那儿，用躯体指示了一个方向，划了一条线。这是拒绝的线，是分别的线，是不容迈过不容混淆的线。

难道那三只轮子碾到我的身上才呼号吗？不，它碾过了，已经碾过了。行了，就这样吧，开始吧。

那双美目闭上的一刻，大地一片昏暗，光源顿失。它消失殆尽之时，我就永远地沉入了黑暗的深渊。从此将不会有四季，不会有果实，不会有明天。总之，有人以神的名义所预言的那一天真的来了。

二十一

让我们最后一次怀念那个可爱的冬天吧。一场大雪下了三天三夜，门封了，全世界都蒙了白绒。家家出门都要铲雪，铲一条通向柴堆的路，铲一条通向街巷的路。那个小院拥满了雪。于是出门时不得不挖一条"地道"。这"地道"蜿蜒往前，黑黑的暖暖的，适合少男少女玩耍。有一次你从"地道"里出来，用力地擦嘴，大人问为什么？你说有个男孩吻了你。所有人都笑出了眼泪，只有一个人的眼里闪过一丝恼怒。

不知过了多少天，大雪地可以走人了。我们一起去丛林。林场老场长让我们小心，说野地里有雪封的井，有伏下的狐。他是一个退伍老兵，玩枪弄棒的好手，一直背着枪走在不远处，说是要保护大家。老爷爷一喘气就是白白的两道，多么可爱。可是我们当时一直想的就是甩开他。

后来我们成功了，一口气跑到河堤上。小心地溜下堤坡，落到又硬又滑的河冰上。严冬的河只能这样，像一面宽大的玻璃盖住了河床。你把耳朵贴在上面，说要听冰下的水声。没有，只有鱼的咕唧声，你一说大家都伏上去了。

我们用茅草推开积雪，推出一片长条形的冰面，然后就滑起了冰。冰面越蹭越滑，一队飞人。正滑着你喊了一声，大家立刻看到了远处河面上有三两个人在搞什么。我们欢叫着跑过去。

原来那是几个老工人在凿冰捉鱼。冰被一个又沉又大的钢钎戳着，一戳一溅，冰凌飞起一丈多高。就是不透。他们骂着，狠劲地干。原来河冰结这么厚，捣开的茬儿足有半尺了。又是一顿猛戳，扑通一声，透了。奇怪的是冰下的水冒着热气，摸一把也是温温的。大家欢呼着。

那天捉鱼捉到天黑。我们随着老工人往回走，到了老场长家门口，他出来一吆喝，都进去了。接上就是摆桌子、烧鱼、弄酒。谁也不准离开，老场长下了命令。一桌热腾腾的烧鱼、鱼汤什么的。大人们喝酒，喊的笑的声音很大。不知喝了多久，突然老场长一把将你抱到膝头上，说来来小仙女，爷爷喂你一口酒。你笑吟吟地喝了一口，立刻辣出了眼泪。大家都笑了。

外面的狗不停地叫。是家里大人寻我们来了。天哪，外面的月亮真亮。

二十二

嘿，这个地方，美女如云哪！那些轻薄的小子走到千疮百孔的平原上，常常这么呼叫。他们除了吞咽食物和狂饮之外，几乎不懂任何事情。他们是超生的时代结出的果子，由于没有及时地存放处理，已经烂成了空心。这是时代的错，更是他们的错。他们在平原上胡窜，一双眼睛滴溜溜转，很快瞄上了也成功了。

但既与他们这些污烂糟混到了一起，就决不会是美丽的姑娘。她们只是一帮戴着金器，用脂粉覆盖了苍白面孔的假处女。淳朴是美丽之根，而她们呢，从母亲那一代起就开始虚荣了，假惺惺的。如果有个记事的老人坐着马扎快言快语一通，你就会知道她们逐渐败坏的家风。

这些已经无须叹息。伤残比比皆是。如果一个人与这样的环境相处还能平安无虑，那他一定是心汁枯干了。只有恶少才如鱼得水，那些冒牌美女、黑道上的轿车和酒，都是为他们准备的。伴随着耸人听闻的故事的，是他们父辈亲朋怎样升迁，怎样为不会说普通话而苦恼，以及学开车轧伤行人的一沓子杂事。这就是日常流动的真实。

如果说这一切只是泡沫，那么水流呢？它何时带走泡沫并冲刷大地？现在还能找到一方碧绿的晶体般的水吗？会有的。那就期待吧。我在这期待中两眼混浊，白发丛生。

二十三

你久久地望着我，看我花白的鬓发。我知道你想说什么又忍住了。你怜惜中掺着悲愤，就是没有一丝伤感。没有那样的心情了。铅压在那儿。你在回想我青春欢畅的年纪，回想伴着那个时代一块儿消逝的苦难和繁华。大地褪下盛装，留下光秃秃的一片，迎接那三只轮子碾过来。

我的平原裸露着胸部，你看到了。这亘古未闻的巨大牺牲为了什么？这是一种祭吗？她已贡献了自己，那么谁在后来为她而祭，谁？

这一切都不是为一双善良的眼睛准备的，可是它们只能残酷地罗列开来。

你就在这样的季节里变得坚强起来，像大地一样褪下花衣，换上了单色土布衣衫。可是另一种美和芬芳弥散开来，更长久也更本色。我们开始胆战心惊地互告：既然大地把自己祭上了，那么将来为大地而祭的，只能是整整一个时代了。

我们都生活在这个时代里，擦干泪痕，含笑等待吧，这就是命运。只要在这个时代里的，那么不论是龟壳里趴的，轿子中抬的，还是码头上的苦力、洞子里的掘进工；也不论是道德家、放浪形骸的恶少、专打异性主意的色痨、娼妓、"四有青年"，还是玫瑰和毒菇、鸽子和田鼠、大象和臭虫……只要是属于这个时代的，都得悉数押上。

那时候连个为我们叹一声的人都没有，因为她也跟了去。

二十四

就因为我属于这个时代，所以我不可避免地要经受那个结局。与所有的一切一起舍上、献上、祭上，而且不可能换取一丝光荣。这不过是一次抵偿。面临着这一场，一己的恐惧过去之后，就开始依偎两个人了。

一个是母亲，再就是女儿。一个是生我的，另一个是我生的。我爱你疼你就像对待那片平原，你们分别是我来到和离去的守护人。也是我生的根据，是我的全部希望。

母亲，为了伏在长长网缏上、脚踏银霜的父亲，我曾疯迷般地敲响了自制的鱼皮鼓。敲啊敲啊，是我为绝望的父亲献上的。它好比我捧出的两粒食物。我长大了，母亲，看着你的满头银发，我能给你什么？

在这样的时刻，我能给母亲什么？

如今已经没有一枚浆果得以保存。可食的茎块烂掉了，连微甜的蒲根也不剩一株，留下来的都是最苦的。我在腐土中挖个不停，磨得指甲脱落，想找到哪怕是细瘦的一截薯梗。我的手滴着血，最后仍然掌中空空。

如果吟唱也可以抵挡饥饿，如果我剩下的只有它了，那么就让我放声吟唱吧。我闭上眼睛，把思绪深深地埋下，难以抑制的倾诉啊，如同山洪一样流泻。我永无休止地唱给你，唱得忘了等待。直到我听到那慈爱的声音：停下吧孩子。它像泣哭一样，这样我的歌才戛然而止。

回头看稚嫩的女儿，牵上她又软又细的手，不忘回避着热烈纯洁的眸子。这是我刚刚长到三岁的孩子，会背诵十首童谣。她曾问我：奶奶说这儿以前有百合花，是吗？当然，很多很多。家家都有美人蕉、有蜀葵，是吗？当然，差不多家家都有。

在这样简略而单纯的一问一答中，她很快就睡着了。

二十五

让女儿在梦幻中变成一个骁勇的骑士吧，可以呼唤雷霆，可以抽刀断岭。你凭你的正义和童心，无可匹敌地护佑着这片平原。那时你说：应该有百合，于是杏红色的百合花纷纷开放；你还说应该有蜀葵，于是蜀葵花茂盛得盖住了庭院。

你所向披靡，因为你携带了少年的闪电。我们为大地整整祭上了一个时代，我们终于得到了报偿，同时也感动了神灵。你是他们派遣来的，平凡无奇中隐下了最大的神秘。你划亮的电光驱尽了黑暗，震惊了山雨，洪水终于开始洗涤。在两个世纪的接缝处，它反复涤荡，弧光照射得一片通明。

你没有牧过羊，你也不是圣女。你只是一个开山石匠的孩子，先解开了拴绑父亲的铁索，然后又登上山巅。你离宇宙之神近了，咿咿呀呀的稚声逗乐了他，他就交给了你至为重要的东西。从此你做的一切都在改变历史：平原的历史、人的历史。

这仅仅是梦幻吗？是童年的编织吗？不，这是真正的人的期待。

二十六

我咀嚼着那个梦想，明白要赎回什么，仅仅使用一般的善是远远不够的。它从过去到现在都是苍白无力的。

……遥望北方星辰，扔下往昔的虚念，实打实地起意。我思念你骏马一样的身躯、武士一样的长须。这个夜晚你在备鞍还是冥思？我知道两件事同样重要。因为两千年的思绪乱成了麻，你要默默地用它搓成绳子。你做的一切都是坚定不移，如有神助，快如疾风。关于你的消息从古城传到高原，又传到俺这平原。你的音讯都盛在穷人的小盒子里，用新纺的土布包了，藏在一个角落里。这样的情势之下我当然再不犹豫。独自一人的时候，我会用思念打发时光，怀着感激。我记起那深情的饲喂，这就够了。世界真旷，也真大，这时候啊，记忆中的人影不再拥挤。把先生和小姐们一个一个赶开，剩下的就全是同志了。

人要有个兄长，有匹马，有个爱人，也有子女，这就是平常说的拉家带口。要是个集体，要有同样的精神。间隙里抱抱孩子，给她讲个什么，也让她传个什么；需要驰骋的时候就牵过那马，好马让人两耳生风；爱人给我温存，给我力量，她瀑布般的长发掩住我受伤的面庞；兄长呢？是商量事情的人，也是榜样。我要常常和兄长在一起，胜利紧握手中。

二十七

人守住了内心的某种严整性，始终如一，真是一场苦斗和拼挣。能做到的不过寥寥。我把严厉的状态留在身边。我不该怕什么了，我的亲人都先自倒在路边。

你看到了吧？你如果只为自己和自己的血脉揪心，那么你也该记住什么了。当肮脏和谎言一块儿抛撒，可爱的孩子埋得只剩下脖颈之上这一截了，你还在那儿恍惚？孩子没有呼救是因为已经无力发声，孩子闭上了眼睛也不是安详地睡去。为了孩子，来吧。深冬季节，雪野里没有青草，连孩子也四出觅食。我们顶着寒风为了什么？我们保护下来搭救下来的，其中也包括了你的儿女。孩子，你活着，就要记住、守住。不要含着眼泪，要刚强如先烈。不要听人蒙骗，听我再说一遍，先烈真的有过，不久以前还有过哩。

严冬深入了。枯坐三九可不是人受的罪。但这地方分明是留给咱的。

这催促我们也提醒了我们。究竟面临了什么？男女老幼坐在一起，因这特殊的境遇而无声无息。男童的双目黑亮黑亮，望遍茫野，又看爷爷的满头白发。离黎明还有一段时间，有人央求爷爷讲个故事。老人声音低低：在这同一片原野上，几十年前有一场厮杀。人们用鲜血沃肥了这片原野。当然，留下了好多使人心烫的故事。

爷爷的目光移向儿子和孙子，那分明在询问：这一次呢？

二十八

母亲头发雪白；女儿的头发刚刚长起，就像淡黄的玉米缨，嗅一嗅也有甜丝丝的气味。还有那个躺在大路旁的……永久地闭上了黑葡萄似的眼睛。我扶着她，牵着她，念着她，再没有任何退路。我双拳的骨节生疼，牙齿开始破碎，喉咙也肿起来。我听到的是无声的吩咐，是无从更动的指派，走上去吧。

那三只轮子日夜碾轧，尖厉刺耳的声音传遍四野。无遮无拦的凶暴直逼过来，我的身后只剩下平原一角。我失去了亲人，失去了至爱，我没有了哀叹和悼念的时间，也没有了诅咒和怒斥的话语。我只剩下了我的身躯。

万分焦灼中我的目光荡起火焰，烧去了自己的衣饰。我把四肢、把周身都涂满了泥浆，与之混成一体。我恨不得化进这片大地，当凶兽恶鬼踏上我的胸口，我就伸长两臂把它按入土中。我相信要战胜不可一世的敌手也只有依赖泥土了，让泥土去腐烂它们，埋葬它们。

我安静而又暴躁地躺在泥土上，翻卷的泥流中我只是一朵浪花。从地心里涌出的一股力量使大地轻轻抖动，然后又是一阵波荡。大地变成了黑褐色的海，泥土掀起了大潮大涌，有了呼啸之声。泥土的激荡波澜壮阔，每一滴溅泥都有力量。那声响不是水的脆亮，而是土的钝音。这如同一面沉沉的鼓被擂响了，把一切都震得不能站立、不能悬挂，于是哗啦啦倒下来、掉下来，埋进了土中，又被土磨碎。

我在翻卷颠簸的泥流中狂舞，伸长了两臂。我的手抚摸着挣扎逃亡的恶鬼，死命地将其揪住，让其淹没。我感到了在泥流狂涛中飞翔般的自如和迅疾，我在暴怒的大地之上穿巡。我是个被母亲和爱人信任的目光抚过千万次的人，大地识别了我并馈赠了我。大地此时与母亲同在，她们已经不可分离，同心合力。

二十九

我问大地：当我按照母亲的指引，当我把一己融进你的心中，经历了那一场激荡之后，算不算是一次祭呢？如果算，那么能不能赎回？你说算的，但由于是一个人，还不足以赎回。你这是在告诉我：我需要寻找他们。

那是不言而喻的。这场由来已久的分辨和寻找，是我全部辛苦和执拗的一部分，也是伴随一生的无悔事业。不屈者，不败者，他们都在大地上。我要走近他们。我们之间常常隔着汹涌的水流，我要抓住一只舟。

亲爱的同志，我有一个故事真切动人，就发生在自己身边，请相信我，让我讲给你。你不可再犹豫，再怀疑。让我来告诉你，也请你来告诉我。这是一场互相诉说。这会使我们真的弄懂绝望和希望，弄懂什么是幻觉、什么是奢望，而什么才是结结实实的泥地。让我们互相包扎割伤，并相挨着等待。我们都是平原上生的，都有个母亲，有个心爱，也有个未来。而另一类是没有这一切的，因为他们是合成人，没有热烫的血脉，更没有生母。尽管看上去都差不多，都有眉眼四肢。辨别的方法就是看其有没有体温，有没有脉动。

因为你，我将倾尽所有。这不是恩赐和赠与，这是共有和共享。当那一天来临时，我们就手挽手地涉河，去寻找盛开的玫瑰，去看百合和蜀葵。那一天会有吗？会的，对于我们而言，一定会的。

三十

我们一起出发了。我们的目光交换着幸福，眉梢闪动着冷峻。来自哪里、走向哪里，我们都装在了心中，不言一声。霜沾在脚上，亮如荧粉。最后一口暖身的酒递过来推过去，天亮了。

怀抱着一个梦想，用微笑安慰左右。黑云从天际四面合围，隐隐的雷声也听到了。远处的烟尘腾到了半空，与黑云相接。阳光一霎时给遮住了，一片阴影落在身上。这是那个时刻的前夕。我们就这样走近了。怎么如此的寂静啊。

你多么瘦小，我曾经赶你走开，因为我于心不忍。此时看着你弱小的身躯被稍大的戎装包裹了，心中一阵自豪和爱怜。好了，既来了就承接吧，我们一起。

这个时刻因为太静，我一闭眼就能看到那条泥路上倒下的身躯——合上的眼睛——长长的一溜睫毛像栽下的一排青杨。一双美目闭合了，它拒绝再看一个世界。今后呢？如果我们驱散了雾瘴，如果玫瑰和百合重新长起，谁能还我一双美目呢？

我跟随着你的目光，踏着它照亮的道路走上一生。我将永远不背弃那个誓言，直到最后的时刻——那个时刻在逼近，让我再看一眼你的目光。

三十一

对于无边的消蚀和磨损，一场激越的誓言毕竟太短暂也太简略了。我深知这一点。我们期待的是决斗，而对应的却是消磨。旁边有人失望地跌坐下来，大放悲声。我无言以对。

我想看着他自己缓缓站起来，并且不再倒下。那些虚幻而可怕的什么在荆丛中游荡，隐着形影。人无法捕捉充斥在空气中的磷火，又不能在冷寂中让它焚化。这种罕见的对峙让人几度绝望，沮丧的空气蔓延到远方。我们的呼唤虽没有山峰阻隔，可是很快被一片大漠吸尽了。困在饥饿无援的空地上，没有人迹，没有草，没有水，更没有道路。

我们背负着走下去，如果这力气一年还没有耗尽，那就两年、三年。时间几乎是无边的，大漠也是无边的，我们就背负着走下去吧。

耗尽了吗？

走下去吧，时间几乎是无边的，大漠也是无边的。走下去吧。

三十二

可是我们不会屈服。这一点也不奇怪。我们永远追赶，永远怀念，永远感激和仇视。因为你我都有生母，有脉搏，都是用下肢站立的人。

我们永远是我们。

1994 年 1 月 1 日

八位作家待过的地方

我对他们这一类人很入迷。我不是说自己也属于这一类人，所以才有这样的癖好。我不敢界定自己是一位作家，特别是认真一点的时候，我不会说自己是一位作家。因为在我这里不是从职业的意义上谈论"作家"两个字的。而且我也不太希望别人从职业的角度去理解"作家"。

我对他们很入迷。只要到了一个地方，听说那里有他们生活的痕迹，就一定要去看一看。我想嗅一下那里的气息。因为那里总有一些隐藏、一些秘密，会被我给看出来。这是我的一种能力。真的，我并没有觉得这样讲是在夸张什么。

每个生命都有一些不可思议之处。他们逝去了，但他们也留下了。生命是难以消失之物。生命的怪异也就在这里。没有人对生命的这种现象完全忽视。只不过有的人能够很确定地认知这一点，而有的人不能。一个生命在一个地方徘徊得久了，会将至关重要的什么留下来，并在长久的岁月中挥发不尽。这是肯定的。一处居所往往成为一个人的象征，因为它盛满了他的精神。这是需要感知的。

在他的居所里，无论是墙壁、窗户，他坐过的椅子、用过的一支笔、翻过的一本书，都会散射出他的原子。这是一种能量，它左右你击中你，让你察觉那个生命。他原来还留在这个世界上，观望当代生活，参与我们的岁月。

有一些强大的生命要最后离去，真的很难很难。

苏东坡之波

第一次接触这伟大的、浪漫的作家，是在胶东海边。一想起"苏东坡"三个字，就马上想到了那片天色，那片海浪，那种清冷的气氛。这就是我心中的苏东坡，关于他的感觉的全部。

过去的登州府所在地即今天的蓬莱城。城西北有个蓬莱阁，阁里有苏东坡那块有名的石碑。那块石碑上的字据说越写越自由，畅美的苏家书法就这样留在了高高的阁上，供人瞻仰，发出无尽的慨叹。苏东坡只在登州待了极短一段时间。这是因为当年朝廷黑暗，不断地对年迈的苏东坡任任免免，故意让其在上任的路上折腾。往往苏东坡刚到任还没有几天，新一道改任的圣旨又到了；更有甚者，苏东坡正走在赴任的路上，新的任命就在后面"飞马来报"了。这是催命。

故意不让一个杰出的人物安定，而且企盼他在百般折磨中早夭。阴心之恶，古今皆然。

苏东坡尽管只在登州待了短短的一小段时间，传说中也还是为当地人民做了许多好事。站在阁上，凭海临风，想象他当年在这片大涌前的领悟。他的显赫与坎坷，大起大落，大概在古今文人当中也是十分罕见的了。对于世事的洞察力，他不会亚于当时和后来的所有智者。一个敏锐的南方人，多情的南方人，一个怀才不遇的诗人，一个常常倒霉的天才——就是这样一个人，做梦也想不到被一家伙支派到了这个海角。当然他后来还谪居海南，那里离死神只有一步之遥；但他毕竟是个南方人，往南，在我眼里并没有什么稀奇。让我稍稍吃惊的是他这一次竟然来到了我的家门口。我的出生地离这里可太近了。

我长时间注视着这个神秘的伟人留连之地，试图寻到他的脚印。

我站在阁上，迎着北风，看着浪涌把海底的沙子荡起。这浪涌一代一代荡个不停，人生也只能这样注视它。人的感悟力原来是无边的有限。比如现在，一个人如此地怀念一个既陌生又熟悉的先人。

后来我又去了杭州。杭州与苏东坡的名字连得更紧。作家在这儿待的时间长得多了，所以作为也多。他在这儿整修了西湖，留下了举世闻名的"苏堤"。

我去杭州的时间是一个秋天，菊花正好时节。记得那一天有些冷，和我同行的一位朋友不断地在身侧发出"嗤嗤"的声音，夸张地表达着挨冷的感觉。天要变了，天色已经不好，偌大一个西湖显出了灰暗阴沉的样子。风在隐隐加大，湖水已经在拍岸了。秋天的感觉非常强烈。

我又一次觉得苏东坡一生都是在这种秋冷里编织他的梦境。他是一个浪漫的人，一生无论怎样坎坷，都童心未泯，都要设法做一些梦。他至死都要追求完美。他这一生，从南方到京都，被贬，被宠，宦海沉浮，多少次死里逃生。可他仍像一个孩童那样纯洁无邪。

他也有幸，后来结识了一个叫"朝云"的女孩。

朝云好。朝云非常好。她小小年纪，却有能力理解博大的、命运多舛的诗人，理解顽皮的、以酒浇愁的诗人。她娇惯他如同娃娃，他厚待她如同小妹。他们相持相扶走完了一段奇妙的人生里程。

只从朝云死了之后，苏东坡就跌入了大不幸。命运对他一而再、再而三地击打，然而只有朝云之死，才是致命的一击。

水波扑扑，都是诉说。

歌德之勺

八七年，从北到南走了一趟德国。尽管是草草地走。

来的时候落脚波恩，走的时候去了法兰克福。那一天时间很充裕，我就和朋友在法兰克福大街上闲走。走着走着，突然想起了歌德。这儿不是与老诗人的名字连在一起的地方吗？这儿有他最重要的故居啊。

我和几个朋友立刻匆匆去寻。

这是一个奇特的人物。在文学的星云中，像他一样的文坛"恒星"大概不会太多。在中国，也只有屈原李白等才能和他媲美。然而屈与李离现在太久，他们的神秘有一部分是时间赠予的。歌德却离我们近多了，从时间上看，他显得亲切易懂。

第一次读《少年维特之烦恼》，扳指计算着作家当时的年龄，感受一个少年的全部热烈。那时觉得如此饱满的情感只会来自一种写实，而不需要什么神奇的技巧。现在看这种理解有一多半是对的。一件伟大的艺术品，究竟需要多少技巧？不知道。我们只知道它会是一位伟大的艺术家写的，它只要源于那样的一颗心灵。心灵的性质重于一切。

今天终于以另一种方式接近了你。今天来到了从小觉得神秘的这位艺术家生活过的实实在在的空间。多么不可思议，多么幸福。我们可以用手抚摸一下诗人触摸的东西，小心翼翼。我们试图通过逝去的诗人遗留在器物中的神秘，去接通那颗伟大的灵魂。

歌德故居是一幢三层楼房，当然很宽敞，很气派，与想象中的差不多。书房，卧室，客厅，最后又是厨房。我不知为什么，对这个宽大的厨房特别注意起来，在那个阔大的铁锅跟前站了许久。记得锅上垂了一个巨型排汽铁罩。所有炊事器具一律黝黑粗大，煎锅、铲子，特别是那把高悬在墙上的平底铜勺，简直把我吓了一跳。

我从来没见过这么大的一把炊勺。

这样的炊具有没有办法做出精制的菜肴，我不知道。但我可以想象出当年这里一定是高朋满座，常常让诗人有一场大欢乐大陶醉。可以想象酒酣耳热之时，那一场诗人的豪放。大厨房约可以让十几个厨子同时运作，他们或烹或炸，或煎或炒，大铁勺碰得哐哐有声。

诗人的一颗心有多么纤细。我难以想象他需要这样的一间厨房。为什么，想不出。这样一间厨房足可以做一家大饭店的操作间，太大、太奇怪。

主要是勺子太大。

从厨房中走出，到二楼，又到三楼——那里主要是一些关于诗人的各种图片，它们悬了满墙。我没有看到心里去。我好像还在想着那把大勺子。它是铜的，平底，勺柄极长。我就是弄不懂它是做什么用的……人的一生无非是"取一勺饮"，而对于像歌德这样的天才，其勺必大。

这样一想，似乎倒也明白了。

关于诗人的全部故事，我所知道的一些故事，都在这个时刻从脑际一一划过。回想他那两卷回忆录《诗与真》，还有他与那个年轻人的谈话录（爱克曼《歌德谈话录》），感受着一个长寿老人的全部丰厚。他在魏玛宫廷任过显赫的官职，一度迷过光学研究，七十多岁时还与一位少女热恋，激动得浑身灼热。长篇短篇戏剧样样皆精，一部《浮士德》写了几十年……是的，他像所有人一样，只是一个过客，只是"取一勺饮"。然而他的"勺子"真的比一般人大上十倍二十倍。

那天我坐在书房里，在一个非常精制的小桌前凝视。一排排漆布精装书，岁月已使其变得陈旧；它们有些褪色；为了保护书籍，一排书架一律加上了铁丝网。这些书既不允许触摸，也不允许拍照。但我忍不住心里的渴望，还是说服管理员拍了一张。

怎样评价歌德，有一段话我们是耳熟能详了。恩格斯曾这样说歌德的"两面性"："在他心中经常进行着天才诗人和法兰克福市议员的谨慎的儿子、可敬的魏玛的枢密顾问之间的斗争；前者厌恶周围环境的鄙俗气，而后者却不得不对这种鄙俗气妥协，迁就。因此，歌德有时非常伟大，有时极为渺小；有时是叛逆的、爱嘲笑的、鄙视世界的天才，有时则是谨小慎微、事事知足、胸襟狭隘的庸人。"

在法兰克福的歌德之家，我们能够很具体地理解恩格斯的这段话吗？

我却更多地站在诗人钟情的那个少女素描像前。她的眼睛一直望过来，既专注又茫然，好像随时都要与人展开一场永无终了的诉说和辩解。

在他的故居中，徘徊于诗人的物品之间。突然，上一个世纪的特异气息浓烈地涌来……

爱默生礼帽

爱默生在我们眼里够古旧的了。他是一位绅士，是在美国波士顿来来往往的大文人。由于他的作品离现在的潮流颇为遥远，所以人们一度把他视为很古典的作家。我们不太注意他的特立独行。他的确是美国的一位经典作家，那一茬一列几位，很让历史短浅的美利坚人自豪。他是当时"超验主义"的代表人物。至于什么是"超验主义"，现在讲起来已经颇费口舌了。

爱默生是一位极有名的演说家，常常去国外搞巡回演讲。那时的作家都是非常重视演讲的，他们的许多时间都花费在讲台上，花费在面对听众的这种方式上了。由于这样做的不是一位两位，所以我们必得考虑其中的原因。可能是视听技术没有像现在一样大面积普及，这样那些作家要将声音和形象直接送到大众面前，也只得以这种方式。再说当时的听众远比现在要多得多，他们的兴趣更容易集中，这就给了作家演讲的群众基础。

爱默生的一生基本上没有间断演讲，他的许多重要作品直接就是演讲稿。他常常举办"春季系列演讲""冬季系列演讲"。演讲而成"系列"，这在我们今天的作家看来大概是不可理解的。他由于常常直接面对听众，而且又是个性情中人，所以免不了要得罪人。那时就有人坚决反对自己的孩子去听他演讲，并连续发动有力的抵制。但爱默生从不畏惧。这使我们想到，十九世纪的演讲者，不是或不完全是因为传播工具的不发达才大批涌现的。这也是时代风尚、个人勇气等诸种因素的综合结果。

无论如何，作家的品质在退化或改变。现代主义的一个重要特征，就是作家们更多地、纷纷地走向所谓的"自我"，同时写作活动越来越走向职业化。他们再不屑或不敢像上一茬作家那样直接面向广大读者。大声疾呼者越来越少了；并且，一个"岗位"论者可以把退却和各种怯懦行为说得冠冕堂皇。

爱默生有太多的话要对人说。他是个多么不愿隐藏自己观点的人。当然，他觉得自己有这样的责任。这大概不错。一个优秀的作家当然不能太职业化，他如果说有自己的"岗位"的话，那就是永远站在牢记自己的责任，并始终要为这责任勇敢向前的"岗位"之上。非职业化的作家才是真正意义上的作家，才会融入精神的历史，他的思想才会织入时代的经纬之中。作家的最大行为就是写作，这样讲不错；可是一个作家的全部行为，他的一生，又会是一部大书：这样讲非但不错，而且还更为完整。

到了波士顿，立刻想到的就是爱默生。爱默生后来定居于一个美丽的小城，叫康科德。我于是又去康科德。它离波士顿不远了。我很少见过有比康科德更漂亮的小城了，我相信像爱默生这样崇尚自然的人，才会毅然决然地定居在这样的静谧之地。

他的故居在小城西边一点，已经离那片有名的林子不远了。那片林子中有个极有名的湖，叫"瓦尔登"，湖边上曾有个怪人、作家、爱默生的朋友：梭罗。故居是一座带阁楼的两层小楼，白色。同样是白色的木栅门围起的小院里，绿草茵茵。等了许久，从中午直等到下午四点，才是开馆时间。

门口已经有了三四个人，后来又是十几个。有人从远远的加拿大赶来；当然更远的还是我，从东方，从孔子的那个省来到这儿。美国人大多都知道孔子。他们很自豪地介绍着他们的爱默生。

我注意到这座小楼在作家生前得到了多么好的利用。楼梯的拐角、其他一些角落，都放了一些书架。与以前看到的作家和其他人物的故居不同的是，爱默生的书虽然也是精装的，但都是小开本的。这与我前几天刚刚看到的美国铁路大王故居的藏书就形成了鲜明的对比。那些书一律大开本，豪华，彤光闪闪。

屋角有一个衣架，上面放了一顶小小的礼帽；在不远处，就是他的那根手杖了。仿佛主人刚刚从外面回来，摘下礼帽放下手杖，就上楼歇息去了。于是我踩着吱扭作响的楼梯往上。一张简朴的床，床旁仍旧是小小的书架。墙上有夫人的照片。他一生有两个夫人，第一个夫人叫爱伦，与他成婚后一年左右就病逝了，年仅十九岁。他第一次结婚时二十七岁。到了三十二岁上，他才与一个叫莉迪亚的女子结婚。墙上悬挂了两个夫人的画像，一个端庄，一个美丽。

一种爱默生特有的气息阵阵袭来。我打了个冷战。四处寻找，不知这气息从何而来。我看着楼上沉默的床，后来又从另一侧的楼梯回到一楼。我一眼又看到了那个斜放在衣架顶端的礼帽。是的，是它在这儿重现一个栩栩如生的爱默生。

一八六六年他获得了哈佛大学荣誉博士学位。就是这一年，六十三岁的作家给儿子爱德华读了刚写成的一首诗（《终点》），其中写道：

"衰老的时刻来临了，/ 应该收帆减速"……

佐藤春夫馆

这位日本作家在中国虽然影响不大，但也算个知名人物。他最有名的书，那本晚年写成的《晶子曼陀罗》，我们一直看不到汉译本。他那些用梦幻般的笔触写成的短篇小说我们也看得不多。只有《田园的忧郁》和《都市的忧郁》，被收进一些散文选本中。

极少看到有一个人像他那么厌烦都市，像他那样感知着走向现代化前夕的都市之病。作家本人已经深中了都市之魅。他深刻地反省自己，在一个角落抒发着特异的情怀。

作为一个小说家、诗人和评论家，他一生的创作可谓丰富多彩。在如上三个领域内，他都留下了自己的代表性作品，并产生了广泛的影响。

和歌山县的新宫市是他的出生地。而他主要活动和生活的地方是东京。我于十月份到了东京，由于匆忙，竟没能到他的纪念馆去。为此，心中一直存有不少的遗憾。而在新宫市，我的这一心愿却得到了满足。到一个作家的出生地来看一看，这会是非常之重要的。新宫市十分看重自己的作家，不惜花费巨大代价，将作家在东京的一座楼房原样不差地移建到了他的出生地来。屋内一切面貌摆设，一切皆依作家生前的样子；就连房子周围的景致，也尽可能一丝不差地"完全照搬"。

佐藤春夫与今天的日本作家差异何等巨大。走进他的居所，立刻会感受到一种强烈的"上一茬人"的特有情调。这是一处故居，更是一处纪念馆；以我的感觉看，没有哪一个人物的故居比这儿更像一个"馆"的了。什么才是"馆"，这要具体地感受才回答得出。馆里的小桌、小椅子、小榻、小扇、小屏风、小画，小橱、小茶几，一律精细而规矩，圆润润油滋滋，一下就让人想起中国二三十年代的一些文人居所；还让人想起城里老人的一些"公馆"。

在这儿喝茶最好。

我觉得作为一个居所，这楼房的光线好，透气通风的窗子设计也合理。只是楼梯太窄太陡了，主人一上年纪就有危险。馆里陈列的几幅照片中就有一幅主人站在陡陡的楼梯上。那是主人六十岁左右的样子。而我现在扶着楼梯上上下下都感到困难，脚下的吱呀声太大了。像许多老式日本建筑一样，它的板壁很薄，一律木结构，一碰咚咚，共鸣性很强。

与以前看到的西方作家居所不同，这儿透着一位东方老人的别一种情怀。比如西方一些作家的居所，给人更多的是一种舒适和随意感；这里则让人觉得闲适，多有情趣，是对生活的玩味，爽而不腻，清淡。住在这样的地方，穿和服好，穿西装不好；穿中式服装也好。我说过，喝茶更好。

佐藤喜欢抽烟，墙壁上挂的好几幅照片上，他都手持一根长烟嘴，上面插了一支香烟。

那一茬的日本作家汉文往往很好，书法也好。佐藤春夫的书法作品就悬在墙上；他的手稿镶在镜框里，也是毛笔竖写，所用的纸也是红条竹纸。他的砚和笔都放在一个显要的位置展出，在那儿静静的，散发着汉文化的气息。

佐藤六十八岁那年获得了政府的一枚文化勋章。老作家高兴地在自己的寓所前摄影留念。大勋章垂在胸前，衬着作家肃穆的面容。

四年之后，作家去世了。好像当时他正在自己居所里搞什么录音，突然就逝去了。

两年后，新宫市民会馆前面，建起了作家的一座"笔冢"。

艾略特之杯

美国有这样一个去处：它不算现代，没有当代都会最摩登的建筑，看上去好像也不那么令人眼花缭乱的奢华繁荣，但确是一个极有名堂的地方。它有故事，有传统，有自己独特的历史。这就是纽约区的格林尼治村。

一些老文人都在这里留下了他们的踪迹，这儿的一些著名街道上，至今还能隐隐听到他们脚步的回响。

比如说"费加罗咖啡馆"。这真是一个美国人怀旧的好去处。它的有名，主要是因为当年的一些艺术家经常光顾。最有名的是大诗人艾略特，他在这间咖啡馆品味、写诗或获取灵感，总是流连忘返。

艾略特的代表作《荒原》中出现过这样的句子："喝咖啡，闲谈了一个小时。"他有多少时候是在这间咖啡馆里度过的？我们不得而知。当年一个大脑袋、梳理着非常整齐的分头的人坐在桌旁，侍者走过来，面对这位老熟人微笑，为他端来一杯热腾腾的黑色饮料。他像是在这儿消磨并不太好消磨的时光，构思着他那奇妙的、不能预知的未来。

如今这间咖啡馆极力想挽留过去的时光，而拒绝走进二十世纪末。为了这个愿望，它已经用尽了办法。比如当年的旧报纸、图片，一张张都贴到了墙上；这里有非常多的老照片；当年墙上贴的老猫画，现在有增无减；当年使用的粗糙的老杯，现在依然在用。这是一种沉重的粗白瓷杯，样子极笨拙。这儿的咖啡又太浓，一般人都不加糖，所以成了真正的苦杯。

只有这种杯子才是正宗的艾略特之杯，我这样想。成功，极大的成功之前的杯子，都是这样的苦杯。这样的苦杯最耐品味。

不仅是杯子，就是桌子椅子，也都老旧。侍者穿了黑色圆领衫，朴素非常。他们都一律随和，微笑，看东方人的眼神让人觉得有趣。

整个格林尼治村罩在夕阳温和的光线下，等着黄昏。这里的生活节奏仿佛突然变得缓慢了。在纽约，唯有这儿显得懒洋洋的。这就与纽约的百老汇、洛克菲勒中心、华尔街等地方形成了鲜明的对比。这儿没有什么高大逼人的建筑物，让人活得亲切、安适。在纽约，这样的地方就等于北京城里的"四合院区"了。看着街头的建筑，各种装饰，色调，即便是一个对此地毫无了解的人，也会有一种怀旧感从心头滋生出来。每个人怀的都是不同的旧，并不一定是格林尼治村的往昔。比如艾略特，他当年走在这里的街道上，想的就是自己的心事。

这儿是老文人区，老艺术家流连之地，气氛特异，风俗不古。如今这儿有一些奇奇怪怪的角落，什么同性恋酒吧"查理叔叔"，著名的无政府主义者的定期聚会地，巨幅女性生殖器彩绘，所谓的前卫艺术；当然，这儿更有一些不错的画廊，有大大小小的书店，有东方才有的那种老古玩店。

这儿被称为"作家艺术家的圣地"。

圣地必有圣迹，费加罗咖啡馆算是一处。有人还会向你指指点点，讲述海明威、惠特曼、菲茨杰拉德……一串流光溢彩的名字。一个地方让一批，而不是一两位艺术家钟情，其中必有缘故。艺术家内心的向往在这里表达得多么清晰，这就是：他们可以远离奢华，但却不能没有为人的一份宁静、自由，以及蕴含了内在张力的那种创作的激情和欲望。

格林尼治是一只满溢的杯，它盛了怀念、安怡、温情、激动，还有黄昏的光色。

梭罗木屋

多少人向我推荐梭罗的《瓦尔登湖》。几年前我看了。我得承认这是一本不会消失的书。不是因为它有什么惊心动魄的主题和思想，也不是耸人听闻的事件和故事，更不是令人沉迷炫目的才华。它的不可磨灭，是因为作者透过文字所表现出的那种怪倔异常的思路，那种执拗的不愿苟同性，那种认真而非矫情的实验精神。

他在林中生活了一年左右，而且那片林子离人烟稠密的康科德镇很近，在当年步行也不过三十分钟，现在步行大概二十分钟即可。据许多人回忆，那一阵的梭罗时不时地到爱默生家饱餐一顿，并在回去时带走大量吃物。再说那里有一个美丽的湖泊，湖里有鱼，梭罗常常垂钓。

总之在那里住一年两载不是想象的那么困难。瓦尔登湖边也绝非蛮荒老林。这些我在去瓦尔登之前就已经知道了一些，并有了如上的判断。我还不是那么容易就在书本面前冲动起来的人。我没有那么天真，天真到顺着梭罗的指示去想象，一路越想越远，最后感动得热泪盈眶。我有我的经历和经验，我知道什么才叫难和苦。我见过真正的苦难。瓦尔登湖边的苦太不算什么了。这是一个书生之苦，多少有点"为赋新词强说愁"的意味。

他的动人，在于精神。一个没有出路的大学生，一个被人嘲讽的年轻人，采取了近乎极端的方式，给眼前的文明世界来了一家伙。这需要勇气、勇敢，需要敢为人先的那么一种倔气和拗气。这才不容易。在一个文明世界敢于放弃，自我流放，敢于自愿地走向所谓的落魄，这绝没有什么好事在等着他。谁如果不信，就破罐子破摔地来一次试试。生命的实验不是闹着玩的，它形成的缺损，破洞，大多数时候不可修补。

梭罗一去不回头。不是不从林子中回头，他很快就返回了；而是他在已经选择的人生道路上再不回头了。从林中，从瓦尔登湖边回来的人，已经不能再像过去一样地做个好孩子了。结果他也从不打谱儿去做。他因不纳税而遭捕，还在里面写了《论公民的不服从》，准备在放他的那一刻宣读，对抗他认为的坏政府。人的自由，包括对坏政府的不服从，在他看来是一个人的基本尊严。这儿值得注意的两个字是"公民"。"公民"长期以来被赋予了一种奇怪的逻辑，这就是"服从"，而且是无条件的"服从"。这真是荒唐到了极点。公民的真正权利是什么，包括哪一些，从梭罗的这篇文章可以了解。此文应该成为当代公民的必修读物。他的这篇文章现在已成经典。

其实一篇《论公民的不服从》，即可概括梭罗的全部精神。不服从，就是不服从，不服从既成的一切陈规旧习与偏见。人生需要许许多多的探索和实验，勇于投身进去的，就一定是真正的人，大写的人，堂堂正正的人。

梭罗去瓦尔登一场，其实不过是一次行动的宣言，这宣言不是写在纸上，而是写在大地上，写在了瓦尔登湖上。

人们都愿意用诗人式的偏激来原谅梭罗式的言行。这其实是一种对探索者的侮辱。原谅者摆出一副宽容的样子，只是不知道自己的平庸与恶劣。请听听梭罗在文章中是怎样说的吧：

"现实地以一个公民的身份来说，我不像那些自称是无政府主义的人，我要求的不是立即取消政府，而是立即要有一个好一些的政府。""我认为，我们必须首先做人，其后才是臣民。""我有权承担的唯一任务，是不论何时都从事我认为是正义的事业。"

说得多么好。我们是不是自问过：我们曾经要求过这样的权利吗？这种要求现在看是那么合情合理。

我来到了瓦尔登湖。

我不想夸张，而是实实在在地说，我极少看到过这么美丽的湖。它看上去既不过大又不过小，而是正好。在视野里，它正好。碧绿碧绿，无一丝污染，四周都是高山，山上被绿色全部覆盖。关于湖的大小、形状，以及它的水产和春夏秋冬四时的不同景致，它的一些基本情况，尽可以去看著名的《瓦尔登湖》，它把一切都记述得详而又详。

湖的南面就是那片有名的林子了，梭罗就在那里亲自动手盖了一幢小木屋。这座小屋吸引了多少人的注意，引出多少意趣，已经是人人皆知了。它必有其特别之处，这是肯定无疑的。当年梭罗费尽心思搭起的屋子早已坍塌。而且我还怀疑是被好事之人给拆毁了的。中国外国在这点上差不多，那就是都太愿意破坏了，而不太愿意建设。不过这个世界上的多情者，懂得事物价值者，也大有人在。所以后来林子里又建起了一幢小木屋，并且与当年的一丝不差。不仅如此，而且里面的陈设也一一依照原样。

现在与过去的不同处，除了人去屋空之外，再就是小屋前面添了一尊梭罗雕像。他在那儿伸着手，好像在继续向人们诉说倔犟的理由，不服从的理由。棕黑色的木屋和雕像，简朴得就像梭罗自己。从小窗上可以清楚地看到屋内的摆设：一床，一椅，一桌。这些都在他的书中写得明白。

这屋子太小了，屋里的设备也过于简单了。这是因为一切都服从了主人回归自然、一切从简的理念。他反复阐述道：一个人的生活其实所需甚少，而按照所需来向这个世界索取，不仅对我们置身的大自然有好处，而且对我们的心灵有最大的好处。一切的症结都出在人类自身的愚蠢和贪婪上。人的一切最美好的创造，无不来自简单和淳朴。

他的理念是美的，因为饱受现代病摧残的当代人，越来越明白过分地消耗资源所造成的不可挽回的恶果，明白我们自身与大自然和谐相处的重要性。

因此我得说，我在瓦尔登湖畔看到的小木屋，是人世间最美的建筑之一。它非常真实，就像梭罗那么真实。而我们知道，时下的世界上，有诸多东西都是谎言堆积起来的。

作为一个作家和诗人，梭罗并没有留下很多的创作；但是他却可以比那些写下了"皇皇巨著"的人更能够不朽。因为他整个的人都是一部作品，这才显其大，这才是不朽的根源。

一个用行动在大地上写诗的人，我们要评价他，也就必得展读大地。

他是一个如此放松的人，亲近自然，与周围的一切和善相处。他在当年出门时几乎从不锁门。他发现来光顾这间小屋的人也大致友好，他们既不破坏也不拿走这里的东西。他觉得一切既是大地所赐，那么他也就没有理由将这些东西据为己有。他把木屋向着世界开放。

而今我看到的却是一个锁闭的小屋。

他离我们远去了，于是后人就把他的小屋禁锢起来。

蒲松龄之道

我看过蒲松龄的画像，彩色的，坐在大圈椅子上，穿了官服，一绺胡须。

他希望留下一个官的形象，尽管一辈子求官不得。据说他的代表作《聊斋志异》就是刺向官府的，寓意极多。求官不得，又发现官坏，就刺官。

他离我们很近，所以关于他的行迹考证起来并不难。山东一带是他生活的地方，所以去的地方也比较多。他还曾到南方短期生活过。崂山上，太清宫面南大殿，左边的厢房就被指定为蒲先生当年写书的地方。这个厢房阴气甚重，方砖铺地，小桌卷边，很有些特色。

我已经去了崂山许多次，每一次都小心地探头看那个小厢房。里面有浓烈的香味和烧纸味。这气味传达的是一种说不清的感觉，但非常熟悉。我并不觉得有多么浓烈的宗教气息；相反，一种世俗的、底层的感觉，一种迷信状态，总是在烟火里环绕着。真正的宗教并不完全依靠迷信支撑，相反，它总是由求知的主体来确立。宗教离开了科学与思辨，也就开始变质。

蒲松龄的书总由极多的矛盾所交织，并不像一些研究者说的那么简单和纯粹。他们说他是借说鬼道妖来刺贪刺腐。其实他的兴趣分散得多，思想也芜杂得多。比如对待官场，他的态度就有羡与嫉，有恨与鄙，更有些不可割舍的情结在。他是一个迷信的人；而迷信，与我们现在讲的"宿命感"又有不同。迷信是一种更简单的、更浅直的思维。总之他是一个非常民间化、底层化，非常世俗化的文人。他是个文章高手，但又仅仅是个乡下秀才。他的境界还停留在乡间秀才的水平上，这又与他极高的文字技巧与修养不太相符。

其实这种现象古今皆同。当今文场也是这样。不少人在走"大俗大雅"的文路。这样做不是深得文章之道的结果，而是囿于各种条件走不出自身屏障的缘故。这样的道路也只能"大俗"，并由此获得自身的生命力。但这样做到了极致，往往也只是第二流境界。因为这样做其实只是"民族唱法"与"通俗唱法"的混合物。而第一境界常常由"美声唱法"或"民族唱法"才能到达。因为手法本身也需要一种纯粹性。

蒲松龄之道，是松弛就便之道。

我从浓浓的烟火气中，真实地感到了这位说狐的高手。小桌冷清，冬天会格外艰苦。想一想这里的寒夜，烛光跳跃，老先生勉强握住一支毛笔，写出自娱的文字。一个失意的秀才如果没有自娱，简直就是要了他的命。

从崂山的写作厢房再回头看淄博故居。那里的陈设也像一个庙。那里面供的是蒲先生。

有这样的屋与人，才有那样的文字。这样的文字有别一种色彩。乡间隐秘都从他的笔底透露，各等传闻也都由他转述。他是一个民间故事的搜集者，也是一位整理者。他在记录和整理的时候并不那么忠实。因为他总顺着自己的心愿改写一二或大部。好在那些传说的精神仍然完好地保留了，这又构成了他的文章之魂。他的全部文字，其实正是以这样的民间魂魄来传世，来不灭的。

中国民间喜欢迷信。如果想在民间畅通，一个文人就要装神弄鬼。蒲松龄的可贵处是他并不太装，而是真信鬼神。这又有了一份纯洁和简单。他的故事的魅力，自此也就滋生出来。这样，他既有了不平凡的一面，同时又有了民众喜欢的一面，二者得到了相当好的统一。

《崂山道士》一篇流传甚广，也是他的作品中较易诠释的一篇。故事生动，新鲜，而且发生在一个道教圣地，人们可以具体地指点言说，进一步地生动。还有一篇《香玉》，就是写太清宫的白牡丹和耐冬——它们变化的仙女。

我在崂山上看到了仙风道骨的人。他们就是道士。蓝衣，黑冠，白袜，裹腿。走路时双手轻甩，灵动生风，有些爽气。看着看着想起了蒲松龄笔下那个又荒唐又不走运的年轻道士，心中一笑。当年蒲翁真的在此写下了这个奇妙的传说吗？不敢轻信。不过他来过崂山，并多有流连，这大概是可以肯定的。

惠特曼的摇床

美国长岛出生了一位伟大的诗人，他就是写《草叶集》的惠特曼。以前觉得他非常遥远，远在天边。然而今天读他火热的诗章，随他一起歌唱"带电的肉体"，于感动之中又多了一份亲近。他是一个脉搏扑扑跳动的、远在天边近在眼前的人。他的一生最重要的创作叫作《草叶集》，他永远难忘的正是长岛的蓬蓬绿草："骑马围绕旧地，／观察沉思停留，／五十年前的景象，／我的童年……在我诞生的房子，／在一片丰腴的草地中。"

多么渴望看一眼他所独有的那片"丰腴的草地"。

这一年十月，一个最好的季节，我来到了长岛。从纽约乘火车到长岛不到半天时间。这儿风景如画，是美国人，特别是纽约人最为向往之地。然而在当年，在惠特曼出生时节，亨廷顿小镇还到处是林密草深的野地，据记载当时不过是一条街，两排木房。他出生的屋子就在这样一个地方，在一片草地上。

这是一幢十分简朴的二层木楼，外墙皮披满了木板，已被时光之手漆成了棕黑色；这样墙上几个乳白色的门窗，倒显得特别白亮出眼。楼的四周都是草，浓绿浓绿的草。

一推门进去就是一条窄窄的过道，过道一旁是厨房，一旁是一间稍大一点的客厅。这儿陈列了当年家里的日常用具，如切肉的刀，烤肉的架子。客厅连接着卧室，里面一个不大的壁炉，炉边就是一个触目的大床。这个大床上铺了蓝白相间的布幔，极像中国的蜡染布。床的四角立着木杆，支起了幔帐。诗人就诞生在这张大床上。而床的一边，又放了一个独木舟似的小床——摇篮床，极小极小。这就是他一两岁时使用的卧床，一个可爱的人生之舟。

谁在当年想得到，这个平凡的娃娃将由此启程，驶向整个的世界。

我踩着吱吱响的木楼梯登上二楼。这儿主要是两间：一间出售他的书籍和纪念品，一间悬挂了许多诗人的照片。有一幅黑白放大照片我以前从未见过，是诗人头戴礼帽、留着雪白大胡子、进入庄重的老境的一帧。这张照片特别令人感动，我在照片前默视了十几分钟。一旁有放大的诗人的手迹，这就是有名的诗句："船长，哦，船长／可怕的航程已经结束……"

当年林肯总统被刺，消息传到惠特曼家中，诗人立即写出了这首著名的诗篇。他在诗中称这位总统"脸极丑又极美丽"，说这位总统崛起于"木屋，林间的空地和树木"。这使我们想起诗人自己也是崛起在同一种地方。也正因为这种出身，这一类人才往往具有极强盛的生命力，这是其他人所无法比拟的。他们都是极普通的草叶，然而却永远不会消失。它们从天涯海角长到高山之巅，在天地之间燃烧。草，野性的草，织成无垠之海的草，在风中扬着波涌的草，永远都可以做为人民的象征。

而诗人从来都属于底层，是他们的一个不会屈服的，鸣叫的器官。

惠特曼曾在长岛当了一年左右的小学教师。有一幢红色的小房而今改成了私宅，它就是当时的小学校舍。从学校离开后，他又投身于报界，亲手创办了一份《长岛人报》。但这份报纸不过办了十个月，就被他出让了。他认为报纸的生命实在太短暂了："报纸来得快，去得也快，生命和死亡几乎同时。"

这份报纸至今还在办着，并在上面印着创办人的头像，表达着它的非同一般的出身和渊源，也表达着后来人的永久的纪念。

办报结束后，他就只身一人去了纽约最繁华的曼哈顿。他在这个世界上最热闹的角落整整度过了十五个年头，据说至少在十家报纸做过，在印刷所当过学徒，干过木匠，甚至做过房地产生意。这时候的诗人多半在为生计挣扎。他这一只航船在水面上徘徊，等待着一泻千里的机遇和时刻。

他从纽约曼哈顿出发，又去了布鲁伦。就在这儿，在朋友开设的一间印刷所里，他自己排字，印出了第一版《草叶集》。

我们仿佛看到诗人的小船正在起航、加速，船头顶起了微微的波浪。

然而这本书印出七年多了，诗人仍在为解决自己的生存问题而不停地劳碌。他一边补充这本心爱的书，不断地填进新的诗篇。接着第二版第三版出版了。它开始走向自己的完美。它的粗倔的声音响彻美国、英国，最后传遍了全世界。

我把长岛亨廷顿的草当成了绿色的海洋，我把诗人最初的摇床看作了一只航船。他从那里驶向四面八方，驶向我们。

北美洲的风雨日夜不停地冲洗着这间棕黑色的小屋。它默默不语。不，它在吟哦。

我们屏息静气倾听，听到了如海潮一般的呼啸。是的，这正是《草叶集》引来的咆哮，它已势不可挡。

1998 年 4 月 10 日

山水情结

    我的无尽的烦恼，难以言喻的匆忙，这一切会纠缠终身吗？它们来自哪里？来自生活本身，来自生命，来自一个无法变更的命运或一个莫名的规定？我怀疑，故而不愿服从。可是我又无从摆脱。

北望立交桥

    这是一段难忘的回忆，它仍然是关于居所，关于我与一座城市相依相存的故事。

    那时我在这座都市里第一次拥有了一个两居室新居。一开始有些兴奋，因为这是我得以安顿自己的空间，它平凡而又神奇地出现了。在熙熙攘攘的都市里，这是无数楼房中的一居，隐于其中，活于其中，消失和生长在其中。它在苍苍茫茫中找到了我，或者说是我找到了它。我的幸福无以言表，尽管它在五层楼的最高处，据说冬冷夏热，但一切在我看来都好得不能再好。

    我对于新居所还没有任何体会，而只有关门对视的喜悦。我在粉刷一新的房间内走动，从这一间到那一间，嗅着相同的水泥和石灰的香味。

    不知什么时候，我突然听到了轰隆隆的声音，它一阵阵爆发，中间还夹带了粗长的持续的震响。这声音可真是有力和持久啊，它不仅震动人的耳膜，还轰击着人的心脏。我四处寻找这声音的来源，一站到窗前立刻就明白了：北边不远处是一座立交桥，连绵不断的车流在桥上旋转，桥下边则是另一些车辆，还有一簇簇的人群。

    我搬入新居的时间正是这座城市最好的季节：秋天。不冷不热的天气和崭新的居所合在一起，当有无法忽略的幸福。可恨的是我再也休息不好。当然是无处不在无时不在的轰鸣赶走了睡眠。怎么办？有人说任何事情都有一个适应期，也许很快会像过去一样，还给我一个新的安眠。后来的日子真的有过几个像样的睡眠，但我知道这不是适应与否的缘故，而实在是连续失眠造成的极度疲惫的结果。我开始想一些办法，比如用棉条塞封窗隙，再比如安装双层窗子。这些方法事倍功半，因为实在是声源宏巨，而且真正密封之后又带来了新的问题，即震动和共鸣的力量反而由此而增大。车辆在悬空的立交桥上加速时发出的轰响，它引起的楼体和窗子的共振，简直无可抵挡。

我走入了头胀目涩的日子。与此同时，我发现满屋都被黑色的细尘蒙住了，随时擦拭随时落下，源源不断。窗子已得到如此的封闭，黑尘还是钻挤进来，显然已经无法根治。由于这噪声和灰尘，门窗也就轻易不可打开，于是室内空气愈加恶劣。

我只想尽可能地逃离这个居所，并且永远不再返回，可这又是我唯一的居所。

立交桥建得丑陋而庞大，是粗鲁的水泥裸体。它在我眼里成了狰狞的怪物。它是凸起的一截城市的肠道剖面，正露出内部的蠕动和循环。它散发出难闻的气味，还有巨响。可是我不仅避不开这声音这气味，还无法摆脱它刺目的形体，因为我不能对窗外的一切视而不见。渐渐我觉得它也在与我对视，并且时而狞笑。

仅仅一年多的时间里我就病了三次。

偶尔出一趟远门，让我暂得轻松；可每到了归来的日子，又开始恐惧那个日夜轰响的居所。回来了，无眠，脱发，绝望，一遍遍洗脸，抬头看发青的眼窝。

有谁愿意交换这个居所？你有一个安静的柴棚或者猪窝吗？那你愿意用它与我交换吗？是的，我将欣然前往，但你不准变卦。

帐 篷

我从养蜂人那里得到了启示，觉得可以从他们身上学到许多东西。有一段时间，不管在哪里，只要遇到养蜂人，我就要停下来耽搁一会儿，了解我所感兴趣的一切。他们的职业在一般人看来是辛苦的，到处游转，远途运输和奔波，夜宿野外，等等。可是他们的生活听来又极具色彩，如追赶花期，如倚山背水而眠，如走遍大地。

有一段时间我甚至想以某种方式，真的尝试去做一个养蜂人。之所以说要以"某种方式"，那是因为身有公职，有一种固定的工作，并非可以一走了之。今天生活中的人，有几个可以随心所欲地选择，凭自己的一时兴起和阶段性的好恶去寻找一种日月呢？所以说变换日常生活要有章法、有途径，不得不去遵循"法度"。

如果以挂职的方式去一个蜂场里工作，这就有机会随放蜂人在大江南北流转了。但兴起而行，困难重重，尽管奔波考察了一番，结果还是没能成功。不过这期间我买了许多养蜂的专业书籍，于是得知了神奇的蜜蜂有多少本领，它们独特的习性，以及养蜂人的日常工作。还有一些花的常识，各种可供采蜜的花，它们的开放周期等等知识。

实际上真正吸引我的不是其他，而是一顶顶帐篷下的生活。

它是流动的房屋，是随遇而安的家，是可以跟随肉身和灵魂一起移动的居所。它为我们遮风避雨，还与我们一起摆脱尘土、闹市、繁琐和嘈杂。人的一生都要恐惧上无片瓦、下无立锥之地的赤贫生活，需要安居之乐。可是居安即要思危，牵挂繁多，忧心不已。最主要的还有，人的移居成了大问题，就是说一个人不管愿意与否，必得长期在一个凝固的居所里呆守。

弄一顶帐篷，这一度成了我的理想。最好是大帆布帐篷，军用品，耐风雨且又宽敞。可是它太重了，非要几个人一起抬到一个地方扎盘不可。尽管如此我还是设法搞了一个。但由于种种原因，真正使用起来的机会并不是很多。首先是日常的屑琐缠住了我，使我不能安然离开，去入住可爱的居所。再就是这个居所一旦立起，就不能省却人的照料。想一想它在山上、在河畔，如果没人照管，会有怎样的麻烦。

后来我选了一个简易的轻便帐篷。这一下好了，它可以随意收取。可是它远远比不上以前的大帐篷，显得如此飘忽、逼仄，只是聊胜于无而已。在大风大雨之中，它根本就靠不住。更为烦恼的是，今天的野外生活，特别是一人独处，已经是令人惧怕的一件事了。我的极少的一点生活用具，如烧水的锅和杯子之类，不止一次丢失。

尽管如此，帐篷里的时光还是弥足珍贵。它生出了一种极为新鲜的、与四周丝丝相连的、又熟悉又陌生的东西，这与我们已经习惯的一切是那么不同。午夜，我遥视着一天星光时，恍若进入了某种梦境。是的，这是与生俱来的一个梦想，人一旦接通了这梦想，心底深处就会有一种难以言喻的激动和喜乐。干净利落的生活，被天籁围簇的生活，对于现代人来说可真是一种奢侈啊。这其实也是极为简单的生活，可就为了追求这简单，我们却要付出极大的代价。

一座城市留在了身后，那里有诸多所谓的责任，正等待我们去履行。现代人当然不可以一走了之。

可是梦中的帐篷呢？它真的最终不再属于我们，或者说已经没有了失而复得的那一天？

我无法回答。

山　屋

我居住的这座都市，东西南三个方向都是丛丛高山，它们笼罩在雾气下的神秘诱惑我，甚至是召唤我。我每次走进大山深处时，心境都为之一变，有时甚至会为这样的情绪所惊喜，在心底自问一句：多么奇怪啊，仅仅是半天不到的时间就来到了这里，而此地完全是另一个世界啊。寂静的山谷，树的谛听和注视，还有鸟儿问答。山石裸露，云母、石英的闪光。黄昏时刻，一种低沉的山之咏叹开始了，它感动我们，我们却找不出它的源头。这是一种无所不在的、若有若无的声音。大山的早晨也有这种咏叹，但那又是另一种色调和意味。

山中绝少人烟，只偶尔看到几处遗下的小小山屋。它们如今完全被丢弃了，主人是谁又为何离去，这已经是个谜了。大若仅仅是几十年前，这些山屋还被人兴致勃勃地打造，而今打造者却弃它而去，再无踪影。人的兴致真是奇怪的东西，它总是忽东忽西没有确定，变化无常。但我可以想象其中的原因：山下的城市变得越来越热闹了，山上的人于是再也待不住了。

小屋里的人不是和尚，他们是守山人，林场工人，或其他什么人。他们下山寻找新的日子，于是把原来的工作连同心情一块儿丢下了。我稍稍有些不解的是，难道现在的山上就不需要那些工作了？比如说大山不需守、林木不需护，连同其他一些山里的营生，在现代都可以一并省略？

不管怎么说，一个个挺好的小屋就这样被遗留山上，它们空空的，静静的，黑黢黢的。屋里有一种烟火气还隐约可闻，但这需要用心去嗅。我长时间在山中徘徊，寻访了许多山屋；也就在这样的时刻，我竟然私心大发。我在盘算一些事情。因为我发现这些小屋比最好的帐篷还要坚固，而且就扎在了帐篷应该扎的地方。这真是饕餮之徒眼中的美馐。我目不转睛看过了一个个山屋，心里正打谱儿在某一天搬进其中的一座。因为一个渐渐走近中年的男人有些惧怕了，他有时甚至觉得自己就是一只被尘嚣围追堵截的狼。逃离之心人皆有，有缘遁迹几人能？多么奢侈的思想和行为，多么繁华的简朴。

我和家人，又约上三两好友进山，挑选了一幢山屋认真打扫整理一番，又搬进一些吃物和用具。剩下的事情就是把手头的工作如数移来，就是享受另一种幸福。果然，这儿的山屋让我有了清新的思绪，活泼的想念，愉快的心情，更有了安定的志趣。奇怪的是深夜寂山并不使我害怕，听了猫头鹰的长号也安之若素。百鸟作歌，林兽和鸣，溪水在山侧回响。这样的时刻多么适合回忆，回忆青春年少时光，回忆无拘无束的日子。我正在开始的工作效率极高，仿佛不知疲倦，常常日夜劳作而不觉困顿，不愿停下。

偶尔有好友来访，他们总不忘捎来一些吃的和用的东西。这样的白天或夜晚啊，是多么愉快的时刻，好像整个的友谊都变得簇新了。大家一块儿从拥挤中、从无边的繁琐中挣扎出来，这时大地舒出一口气。山下，凡是不好的消息都不愿提起，暂且让我们与他方隔绝。这里有树林山泉和鸟兽，有久违的一切，于是什么都不缺了。朋友当中的大多数没长时间离城的条件，他们只好匆匆地来，恋恋不舍地去。我从他们的身影联想起自己，想这几十年的光阴，想那些消磨和耗损，想每一个人究竟会被什么拖累、拖累一生？这样直想到许久，想到头疼。

我一个聪慧的朋友说过：人与物质的关系不是占有与被占有的关系，更不是役使和被役使的关系，而应该加以调整，调整为崭新的关系。究竟怎样调整？他没有说。不过我深深理解这种渴望和想象。是的，人在物质世界中要获得一点点自由，大概离不开这种调整。人的烦恼在许多时候的确来自这种不正常的关系。可怕的、没有尽头的物质欲望把我们自己淹死了，可我们仍旧在一刻不停地往这浑浊的污潭中加水，一直弄到彻底的灭顶之灾。

我在山屋中愉快而真实地生活，高效率地劳动，日常生活用品却消耗甚少。我这会儿真的感受了美国梭罗的自得，也真的认为一个人并不需要那么多。同时我也进一步明白了，简朴的生活并不等于简陋的生活，更不等于难以为继的尴尬，不是无米之炊。简朴生活是一种自由，一种浪漫，一种心安理得和一种和谐自如。

两年的时间里，我前后换了两个山屋，但几乎没有在城里长时间生活过。一切正常，收获甚丰。没有那么多电话电传和呼叫的催逼，没有因为争夺生存空间而招致的可怕倾扎，没有呛鼻的煤烟和汽车尾气，没有一天二十四小时的马达轰鸣。

这里没有了时髦信息网络消息快报慢报，没有了铺天盖地的报刊杂志，更没有花男绿女和荧屏把戏。我宁可做一个背时的无知之人，一个当代懵懂。可是我并没有因此而真正缺失什么，没有耽搁任何要紧的事情。相反，我提高了工作效率，把握了劳动时间，还赢得了双倍的安宁和健康。

三线老屋

现在的年轻人已经没有多少知道什么是"三线"了。我也难以准确地解释，只知道这是三十年前那段特殊时期的产物，是修在山地或偏远地区的一些重要工程，它们可能会应付一些不时之需，也许关系到未来的国计民生。几十年过去，时局形势以及思想都松弛下来，这些工程也就没有了用场，再加上管理和维护费用巨大，所以如今大部放弃不用，呈现半废状态。

然而那是多少人的血汗，并且是智慧的结晶，力量和意志的结晶。有些工程极其完美，至今让人叹为观止。还由于当年的选址都是荒远僻静之地，所以今天看往往免不了山清水秀。我在城东的山隙里就找到了这样一处不小规模的建筑，它在一个山谷中开垦整理出一处大大的院落，盖了一大排宽敞结实的房子，院子里还有三个大水池，其中的一个有标准的游泳池那么大。如今这一切都被一扇大铁门给锁在里面，当然是荒废不用，所以空地上已是丛林茂密，一片蓊郁，合抱粗的梧桐和苦楝树槐树榆树不少于二十株。更壮观的是四周山坡上的大树，它们呈合围之势挤向这个山谷中的院落，看去就像齐心守护一个山里的珍奇一样。这里一片沉寂，只有几条铺得极为讲究的甬道在诉说当年的繁华。我一直搞不明白的是那几个奢侈的大水池，它们是真的泳池还是养鱼池、防火水池？都不像。

这是我在山里游荡时的发现。从此我不再忘记，并且时不时地就要转到那儿，从山坡，从大门，从不同的角度去看它。无论是择址还是建筑，它都是一个了不起的山中杰作。有一条弯曲的道路通向山外，现在大部都被葛藤覆盖，就像一场绿雪封了山路一样。这里可能已被遗忘，尽管它无论从哪个角度看都称得上是一笔了不起的财富。我当时就在心里想象，一个人如果得以在此安居，哪怕仅仅是短期的借住或一段时间的滞留，那都将是怎样的一份福气。当然，这又是一个现代人的梦想，它切近而又遥远，只是不近情理。

可是我开始把它挂在心上，常常为它的美丽惊叹，为它的闲置抱屈。是的，它这会儿只好在山中冷寂，因为它与灯红酒绿的现代城市显得太隔膜了。然而它毕竟近在咫尺，它真正安静的时间也许不会留下太多了，因为说不定什么时候有人就会把它记起，适时派上一个时髦的用场。我后来了解到它属于"三线"时期的一处工程，早在十几年前就放弃了，当年是一处特殊的电力设施，至今还归属电业系统。我多想躲到这个闲置的地方，如果如愿，将获得一段多么好的工作时间和工作环境。从此我的心里就有了一个放不下的念头。

我于是想努力争取一下。结果当然是颇费周折。令我大喜过望的是，半年之后真的成功入住了。

一番折腾开始了，劳累然而超出了一般的快乐。我与几位朋友动手整过了年久失修的屋顶，挖出了大小水池中的淤泥和腐殖质，又把院内的甬道清理出来，再从荒地上开出两块菜园。从入住大院的第一天开始，我们就没有间断地迎接起林中的野物，它们是拖着长尾的大鸟，蹿来蹿去的野兔，还有站在一角注视的草獾。野鸽子的声音就在头顶的大榆树上响起，它们与远处山隙传来的啼鸣呼叫应答。

一切都收拾停当，有了被褥和炊具之类，有了越冬的火炉，有了书籍和笔墨纸张。这里旷敞得可以住得下一个连队，于是几乎每个星期天都有一些朋友来到这里，他们总是携来一些吃物。大家都说，如果能在这儿安安稳稳住上一年，那真是值得庆幸的事了。是的，对于一个来自闹市的人来说，这里真是过于奢侈了。

可当时怎么也想不到的是，我竟然能够在此一住两年多。于是即便在很久以后，我都为曾经拥有这样的一段幸运时光而心怀感激，并一直记住了这种赐予。

山中的夜晚对我来说是不陌生的。然而这里空旷清寂得出奇，半夜时分总会有一声凄然长啼，让人分不清这是何方何兆。勤劳的野物整夜都在院里忙碌，它们掘土，寻索，从东到西，又从西到东地翻开一溜溜湿土。有时我睡不着，就在凌晨起来工作，遥对窗外的星星，陪伴屋外那些不眠的生灵。

菜地的南瓜和芹菜萝卜都长势喜人，水池里的鱼也肥胖欢腾。鸡群待在院角的一片沙地上，它们总是在阳光下做着惬意的沙浴，并时不时把蛋下在粗沙粒上。我和朋友们点种的花脸豇豆大获丰收，芝麻和芋头也繁茂可期。春夏的布谷鸟一整夜深情长啼，勾起人的阵阵怀想再也不能止息。下半夜两三点钟动手煮一碗方便面即是美餐，它突然冒出的香味往往会让窗外的一些生灵屏息静气许久。

这就是难忘的两年，大山的恩惠默不做声。不止一次有人询问：这么久你到底去了哪里？出国了？我幸福无言。是的，凡是巨大的幸福，它的结果往往会带来长时间的沉默。

波斯地毯

因为要集中一段时间独自工作，所以需要找一个临时的安静地方。这实际上是很难的一件事。人总是被各种噪音团团围住，还有来自各个方向的呼叫催促，大概一个现代人最难最困窘的事情，就是没有一个办法躲藏喘息。就在我焦虑的时候，有人像及时雨宋江一样出现了。

他领我走啊走啊，直走到一个黑乎乎的地方。这里到处都是零乱破败的建筑，还有垃圾，我们得小心地下脚才行。来到了一处颓屋旁边，这儿有一幢陈旧的三层楼房，墙上的绛红色涂料已褪去一半。朋友指了一下，领我走进去。楼梯是木制的，上面的红漆已经脱落，每踩上去都要发出吱嘎声。原来这幢楼以及四周的房子原先是一处招待所，因为尚有一年左右就要拆迁，所以现在除了留下极少量的人照管外，基本上没有其他工作人员了。我们踏上的这一幢算是最好的房子了，据说其余的房间已经连拆带搬空荡荡的，不一定什么时候就会掉下一块砖一片瓦来。

有人过来与朋友说了几句话，互相点着头，然后就领我们进了二层的一间。打开厚厚的木门，屋里的脏乱吓了我们一跳。尘土约有二指厚，屋内仅有的一床一桌一厨全都给蒙起来，每迈一步，脚下都会留下一个清晰的鞋印。朋友用询问的眼神看看我，我说：很好。

就这样，我决定在这间屋子里住下来。经过了一阵清扫，总算看出了床和橱柜的模样。桌子是老式的，四角还雕了花，铜色，老虎腿，抽屉上的拉手是很古的式样。我一下喜欢上了这个颇有来历的桌子。当进一步动手擦和扫时，脚下踩了什么软软的东西，一绊一绊的，但我并未在意。后来一切做得差不多了时，我开始动手整理地面。这儿像是积起了一百年的老灰，真难对付。我后悔没有让朋友留下来帮我。擦了一个多小时之后我才发现，一直绊脚的原来是一块小地毯。它在桌子一边，约有一平米多一点，不太厚，花纹已被灰垢弄得不甚清晰了。

接下来的时间我都在设法弄干净这一块小地毯。我把它搬到了屋外。在阳光下清扫扑打了半天，终于可以看清它那繁琐而美丽的图案了。原来这是一块波斯地毯。我像抱了一个新生的婴孩一样把它端上楼去，小心地放在原来的位置。不知为什么，就因为有了它，整个房间都变得庄重雅致多了，还显出了某种肃穆感。我的心情也有些改变了。

就为了这个不为人知的小小空间，我有许多天在高兴地忙碌。我用心打扮它，比如添置一个笔筒、一个插花瓶、一束鲜花，等等。尽管房间外面还依旧尘封，这个属于我的小房间却已经是窗明几净了，还充溢着花香。一块色调沉着的、图案多少有些繁琐的小地毯铺在地上，不，是铺在红漆脱落的木地板上。

这里多么安静啊。我知道安静是万福之源，没有一个免受侵蚀的空间，一切都将失去。我在这里静默，感激渐渐滋生出来。四周由于是即将被彻底放弃的旧房颓舍，所以终日有一种黄昏的色调和气氛。窗外不见一人。香椿树叶蒙了厚尘。麻雀小心翼翼地飞动，毫不费力地寻觅自己的一切。目光收束到房间之内，立刻觉得这是一个富足之所，它甚至都有些奢华了。这种奢华感有时会令我稍稍不安，但这种不安很快又变为一种欣悦和舒畅。

努力工作的欲望强旺起来。我像在这个非同一般的居所里藏匿一些宝物一样，终日忙碌不息。这种工作的热情和精力，都是许久不曾出现过的。

原来讲好的借用时间是半年，大约半年之后这片废墟也将消除了，就是说我的这间安怡静默的居所从此将永远地消失。但我相信居所也是有生命的，它难道会不留一丝痕迹地从这个世界上蒸发？半年时间到了，它还存在，并且没有人督促我搬离。我于是继续待下去。原定的工作已经完成，我在这儿住下去，等于是一种默默的守护，是与之两相依偎。剩下的时间里我们在无声地对话。我们在诉说不久即将来临的事情，那个命中注定的日子；还有，我们时下还能做点什么？

只有等待了。

又是半年过去，这幢暗红色的楼房终于拆除了。可是直到今天，我只要一闭上眼睛就会看到房间内的一切：雕花木桌，瓶里的鲜花，特别是那一块波斯地毯。

老农舍

在大城市生活的痛苦积累到一定程度，其中的幸福也会忽略不计。我们人类文明的最大失算，就包括无节制地制造大城市。而且我们已经无法摆脱自己动手画出的这种魔圈。城市的彭胀无休无止，其实也是痛苦的积累和叠加。我的朋友到了一个更大的城市去工作，一年之后我问他环境上最大的变化是什么、感触是什么？他告诉我最大的变化是上班路上耗掉的时间太多：他需要两个半小时；爱人三个半小时；孩子两个小时。也就是说，以双程计，他们一家在路上白白消耗的时间就有十六小时。人生中每一天至少减去十六小时，这有多么可怕。在这十六个小时面前，所有的幸福大概都要所剩无几和大打折扣了。在这种消耗之下，一个人如果不是因为迫不得已的原因，那么即便每天吃到人参炖鸭、处处如花似玉，也必得速速逃匿才好。

逃向哪里？逃向疏朗开阔之地，走向山青水秀之所。话是这样说，真要做到其实是极难的。人生负有难言的、各种各样的责任，而有些责任也必得在闹市里才能完成。问题是闹市里自有化繁为简之方、远离时髦之法。闹市里也并非全是跟从和追逐，不全是非要勒紧腰带显阔的尴尬。闹市自有闹市的安然度日之方。但假使机会来了，也仍然需要抓住不放才行。

就是因为这样的思绪盘在心头，所以有一天，当去一个半岛小城居住的机会一来，我立刻就整装而行了。

小城之美在于开敞和安静。可是我知道小城在商业时代也没有太久的安静可以享受了。凡是小城，她的模仿能力绝不可低估，所以用不了多久这里也会是染成的彩发满街，汽车把巷子死死堵上。还有，就是寂静之地必有蛮人，他们管理城市的办法就是粗野开发，用不了多长时间就会把一座好端端的城市弄个喧声遍地，人仰马翻。这一切几乎没有个例外。一个曾经饱受其害的外地人眼睁睁看着一座可爱的小城怎样一天天毁掉，痛心疾首却毫无办法。

我当然正在走向这样的经历。可是我又将逃向何方？在小城徘徊的日子恰是我最悲伤的日子：忧己更是忧人，忧大地上所有的创造之物。难道我们的大小城市都难以逃脱那个可悲的命运？每想到这里我就有点心寒。我不像一些开明进步人士一样达观，因为他们一张口就是那句废话：我是乐观的！我对未来是充满信心的！是的，这样说不痛不痒，既使人愉快，又不必负任何责任。一个人的乖巧，从来都是从说吉祥话儿开始的。好好说有赏。

　　然而我后来即便在小城，也还是找了个郊外的农舍住下了。这是一个朋友留下来的，他空下来让我住。老式房子自有妙处，尽管看上去其貌不扬。土坯做的墙，大土炕，老门老窗，冬暖夏凉。这里春夏的风雨格外真实，因为没有过分高大的楼房阻挡，听声势就能想起童年的原野，想到那时的大自然怎样发威。冬天的雪在房子四周平展而遥远地铺开，连着农田，连着一行行的杨树。为了对付寒冬，小屋里生了小小的炉火，听着噜噜之声，竟然御寒有效。我在窗上贴了剪纸，坐在热乎乎的大炕上，清福自来。

　　这种感受是久违了。是的，只能又一次说如同梦境。

　　那些小城郊外的夜晚啊，同样是朋友，同样是一起吃吃饭喝喝茶，同样是论文谈艺风雅一番，也同样是偶尔迎来一些远客，可就因为是盘腿坐在大炕上，幸福竟然增加了数倍。这些场景至今难忘，历历在目。那些日子，那样的生活，多么平凡朴素，可它真是让人留恋，让人觉得这才是真正的人的生活。

东去的居所

　　我在接下来的年头里还是一路向东移动。因为东方湿润，四季分明。我越来越受不了自己居住了二十年的这座都市，它虽然给了我一座城市的庇护，可也留给我一些可怕的病症。我有时真不知道该诅咒还是该感激它，只知道这是一座与之厮守多年的城市。我如果对它出言不逊，必会招致一些后果。记得有一次我在一个场合随口说了几句这座城市的不足和遗憾，有一位平时羞涩的美女立刻大声说道：我看这是最好的一座城市！我去了许多城市，没有一个赶上这里！她这样一嚷，老天，我怎么说呢？反驳？系统地阐述自己的观点？当然大可不必。

　　但我还是要说，我们如果能稍稍聪明一点，爱惜一点，可能这座城市，也还有许多城市，一定会比现在更美更好；不，会美好得多。空气，树木，人行道，居住区，绿地；是的，还有公共图书馆和一些简单的体育设施；我们会想到许多早已忘记的人的需求。这是我们的基本生存条件。满目灰浑的破乱大城，你不嫌弃，那么你就在这里住上一辈子吧，你因此而患上的一切疾病，都需要你自己承受。那个时候，谁来听你的呻吟？

谁来听我的呻吟？没有。所以我才要一路向东，寻找我的绿地和白云蓝天。它在哪里？它真的就在东方吗？尽管怀疑，我还是在命运之手的引导下蜿蜒东行。就这样，我来到了半岛小城，在它的中间或周围一直住下来。这儿仅仅是人的喘息之城，心疼之城，希望之城，也是困惑之城。在这里，你有时间看到我们的城市是怎样一点点变大变坏，一点点失去光泽的。几乎所有的城市都在沿着类似的轨迹向前，鲜有例外。

一开始这里有多少柳树，一律的垂柳，像巨大的拂尘一样立在大街两旁。它们来自十多年前的一次聪明选择，不知当年哪个有决定权的人说一声"植柳"，于是柳就有了。我记得一个诗人从遥远的海外来到这座小城，当时正逢初夏，诗人一踏上街道就大呼小叫：天哪，这一城的垂柳啊，我全世界跑了个遍也没有见到，真是绝了！这就是诗人的评价，也是我长久的骄傲。可是诗人说过这话还没有两年，小城人就动手砍伐柳树了，直砍得一棵不剩，理由是：听说别的树更好！

现在的小城没有柳树了，而有了各种"别的树"：矮小，参差不齐，就像我们所看到的其他城市一样。

就在这个让人心疼的小城里，我找到了一个居所。它其貌不扬，夹在一片高高低低的楼房中间，在城区的一处高地上，据说许久以前这儿是老衙门所在地。不大的居所里有一炕一桌，一口大铁锅，一个小书架。当然没有暖气，这种东西当时只有城里的贵人才有。我在入冬前备好烧柴，一些碳，还有最好的引火草：松塔。这些松树球果多么完美，它们漂亮得简直让人不忍生火。冬天我把大炕的洞子里点了火，多半个屋子就热烘烘的了。而夏天的小城是不难过的，我的小屋里从来没有用过空调机。

小屋是老式木窗，虽然做工粗糙，密封不太好，但仍然适合贴上窗花。冬天，我每天早上看着窗上的冰凌花怎小心地攀过了窗花，心里有一种奇特的愉悦。它们让人想起童年，想起那个时候的霜雪雨露。真是奇怪啊，今天的这一切仍然还在，可是其中的诗意却被我们现代人驱赶了个干干净净。我在这样的早上尽可能多地懒在炕上一会儿，一边听着渐渐大起来的街声。无论天多冷，小屋四周最早响起的声音就是叫卖粽子的，他们来去不息，一拨走了一拨又来。因为人们起床的时间是不同的，所以热腾腾的粽子总是能够找到买主。一位朋友从外地来看我，一连几个早晨都是被卖粽子者喊起来的，他于是就感叹说：霍咦！这里大概是全国最能吃粽子的地方吧！

有了这个居所，就使我在后来的日子里忍不住赞美起整个小城。这也使我想到，任何一个地方原本总有一些极美好的东西，它们总是被我们自身的愚蠢给覆盖了、弄伤了。对于大自然本身，我们人类肯定是有罪的。

我出差去外地时，时常想起的地方就是我在小城的小屋。无论是多么华丽的居所也不能使我的情感移动。这是一个极淳朴的地方，它像人一样有性格有精神，我既然在其中安身，那么它就会不自觉地影响了我。我一共在这个小屋里住了五年多，而这五年多是我工作量最大，也是身心最健康的日子。我怎么能不感激这个居所？我每一次去外地游走，心中总是泛起一个形象，这就是我的小屋。它就像一个慈祥的老人那样站在路边，期待着游子，以至于每一次从远方归来，一走近它，我心里都有一种真实的感激，热乎乎的。

水　啊

在水边筑屋可能是人生的又一梦想。大都市的罪过之一就是远远地阻隔了人与水的亲近。尽管比较聪明的筑城人总是想方设法把水引入城区，但他们所能做的仅仅如此而已，绝大多数的城里人还是与水无缘。那些以水著称的城市，如果实地考察起来，会让人觉得那一点点水简直算不了什么，微不足道。水啊，自然的心灵，大地的眼睛，可以洗涤万物的清澈之源，就这样不见了。而人离开了水会是不幸的。

可能由于我出生在大水之滨，所以一离开了水就有一种焦躁不安，总害怕生活变得过于干枯。许多年里几乎是一路逐水而行，水在不知不觉间牵引着人生轨迹。行走在城乡之路，只要是眼前出现了一片大水，立刻有一种愉悦和亲近感。无论在哪里，只要看到一片水被污染了，心头立刻会泛起一种绝望感，这绝望会压得人透不过气来。人类的恐惧不安和肮脏，这一切都等待水来洗涮，可是人类却先自动手把水弄脏了。人的视野里如果能有一泓清水，就成了人生中最质朴最诗意的追求。

在小城南部山区，一个小村向阳一面是深深的大水潭，而且绝无污染，常年清澈。一个朋友就在那个小村的南端居住，他们家有一个两层平台式楼房，长年闲置，于是热情地邀我去住。这时恰好是我不得不搬离小城居所的日子，内心十分惆怅，所以这邀请就让我分外高兴。那是一个小小的山村，几乎所有的房子都是老式的，一律黑瓦青砖，开着几个小窗，远看像一群可爱的刺猬伏在大山脚下。朋友的两层平台式小楼是全村最高的建筑，我们登上二层就可以鸟瞰全村。从这里再看南边的水潭，简直近在咫尺，蔚蓝蔚蓝，水波不惊，山的倒影就在其中。

我把简单的用具搬来，然后就在这里住下。水潭是我的心情，它一直是那么清澈平静。几天后，全村的人都一点点熟悉起来，他们把一层好奇抹去，开始了对外来人的帮助。山村里才有的黑咸菜是萝卜做成的，油亮油亮。还有一种山野菜做成的饼，泛出特别的香味。从水潭中钓的一种黄脊小鱼长约二寸，烤得酥香逼人，据说是一种长不大的特别美味。这些东西都是山里人一代代的强大滋补，是最让人信任的食物。

雨水过后，山里人约我一起去山坡上捡"香水牛"，就是长了两条长须的甲虫，肥肥胖胖，在锅里煎一下就是一顿佳肴，如果再有一盅白酒，那就是寒湿之日的清福了。除了它，山里还有豆蛹，多籽蚂蚱，知了猴，蘑菇，总之美味多多，不胜枚举。这些吃物与山民的欢乐知足，还有健康自信的日常生活连在一起，让城里人费解而生羡。所有的这些东西都依赖于水，是湿漉漉的天地里才有的。雨停之后就是美妙的收获之时，找天然吃物，同时再备下白酒。我在全村最高处的那栋水泥房子里可以看到户户炊烟，如果是北风，还能清晰地嗅到全村烹饪的香味。

水潭太深了，村里人在夏天也很少下水游泳。潭水洁净无污，鱼在深处都看得清楚。只有靠近山麓才有苔草伸进水里，那儿据说就是大鱼的窝。这儿的水鸟总是单独行动，它们的模样在我眼里简直很少重复，每一次都是新的面孔，有的洁白，有的碧绿，有的长长的喙，有的高高的腿。水鸟在潭边踟蹰的样子优雅之极，它们仿佛没有更多的急切心情，仅以漫步为主，狩猎倒在其次。我每一次来潭边都钦羡水鸟，先是盯视一会儿，然后就像它们一样悠闲地走起来。

水　啊

在南部山区水潭边的幸福仅仅持续了一年，后来就因为具体工作的变更而不得不搬回小城。可是我仍旧迷恋那里。有时半夜醒来，恍惚觉得南风正从潭上吹来，带来了水波的气息，夹杂着黄脊小鱼的呓语。可是很快就能听到街上驰过的夜车，于是披衣坐起，满心凄怅。这里即便是凌晨两三点钟也不再安宁，这与四五年前的情形已经完全不同。这就是一座小城的变迁，它也没有例外地走向了喧嚣，总有一天与那些大都市相差无几。

一个偶然的机会，我发现了小城近郊有一座中小型水库，而它的一边就是一个院落，内有灰色的水泥楼和几间平房，这就是水库管理所了。管理所当是几十年前的产物，如今这几幢建筑已十分陈旧，并且空下了三分之二的房间。主人寂寞，他们见我如此留恋这湖清水，立刻高兴起来，变得非常好客，说：这里的鱼真肥。我笑了，因为这并不重要，重要的是这儿有一片开阔的大水，有长满了半个堤岸的柳树和青杨。多么不可思议，这儿离城区仅仅五六公里，眼下竟然没有一个游人。主人欢迎我来这里完成自己的部分工作，这使我满心感激。

春夏秋冬四个季节的水畔皆有迷人之处。除了狂风大作之时，每一种天气几乎都在彰显这里的美。冰凌，雪，飘飞的细雨，春天的柳絮，深秋里的玫瑰，都在妆饰这片大水。就因为它的抚慰，我又一次变得安定和满足，眼里的一切都变得簇新。这里就像南山的水潭一样，是又一处难得的安居之地。那么究竟是什么在妨碍我们的选择呢？

当然，眼前这美好的水畔只能让我留恋向往，而不能当成长久的居地。它吸引我，让我来来去去，乐此不疲，未能割舍。我向越来越多的朋友引见城郊这片亮水，介绍它奇迹般的沉寂。也就在这些日子里，我顺着水的流向一直向前，不止一次绕到了小城东郊的一条河边。我终于在河岸发现了一个小村，并在小村里找到了新的小屋。我在小屋安居下来。

我常常不无自豪地说：我是河畔人家啊。

这条长满了芦荻的河日夜不息地奔流，它赶路的声音直传到我的窗下枕边。这是那片大水对我的问候，是它捎来的讯息。我相信，即便是更远一些的那个水潭也与水库、与这条河相扯相连，它们是孪生兄弟。河水在大雨季节里咆哮，有时它会淹没河上的那座漫桥。我曾在夜晚长时间站立河边，看泛着白沫的水流冲荡而下，想象着远方的大海。

最大的水就是海，我终有一天会临海而居。这就是我在漆黑的夜晚想到的。苍茫无际的海，水天交接之处藏下了多少幻想，我会更多地停留岸边，去遥望邈远。

唯一的树

也算为生活所迫，后来我不得不在小城里一再变更住处。新的居所平淡无奇地处于一个新开发的居民小区里，即人们都熟悉的那种公寓。这个五层楼房共分五个单元，每个单元前的空地上都植有一株毛刺槐，它们在暮春开出紫红色的花，成为楼前弥足珍贵的点缀。这就是我们小区里的绿树红花。为了保护这五株小树，当初铺水泥空地时，泥瓦匠特意在树的四周用砖砌成一个方框形。可是当这座楼的人入住没有多久，五棵小树即被车撞倒了两棵。歪折的小花树不是被及时救护扶起，而是很快被某些主人从根上干掉了，问为什么？有人答：这些树碍事，来回倒车就得小心多了，太麻烦。

为了"方便"，一个月之后剩下的三棵又有两棵被车轮碾伐了。也就是说，我们楼前仅仅剩下了一棵树，然而它就在我居住的这个单元的前面。这立刻让我悲酸中有了一种说不出的幸运感，当然也还有难平的愤怒。我不信一个人这样对待一棵稚弱的小树会有好的心地，也担心他们的车轮会碾压许多同样美好的生命。我在唯一的槐树前站了一会儿，发现它只比拇指粗一点，可是开出的花一束束压弯了纤枝，这花不知疲倦地一束未凋一束又开。它正努力地吐出芬芳，以此向这幢楼房的主人求诉：我会不误花季地全力开放，我会用尽仅有的一点力气，以微不足道的美来装扮这个小区，服务你们，只求你们饶恕我、放过我。

从此我多了一个心事，总是有意无意地向小树的方向观望，总要走到楼梯口去。只要看到唯一的树还在，就让我松一口气。它像是最后的一个象征和希望，它仍在滞留和坚持，倚在我们身旁。车声不绝，喇叭嘶叫，我看到小树浑身颤抖地躲闪。一天又一天过去了，它竟安然无恙。

一夜大风，早晨起来从楼梯口去看小树，发现它落了一地叶子；还有，它折了一根枝条。这是一根仅次于主干的粗枝，使整个树冠去掉了三分之一。我害怕这会造成一种可恶的提醒，就奔下楼去，在小树四周又加了几块护砖。

小区里没有一刻可以安静，从白天到入夜，再到凌晨。这里除了恼人的车辆，还有一拨连一拨的小贩进出叫卖，特别是南腔北调收购破烂者的高声大喊。让人奇怪的是物业管理部门根本不曾干涉这些嘶叫，更使人惊奇的是，一个还算簇新的小区里竟然有无穷无尽的破烂。说到入夜和凌晨的嘈杂，有时真算得上惊心动魄：一辆辆轿车都安装了防盗报警器，它们会突然在夜深人静时放肆长鸣，那是各种各样的嘶叫，警笛，救火车的号叫，不一而足。这猛然大吼的凄厉之声会让人从梦中惊醒，心脏一阵剧烈跳动，然后就是努力安静自己，设法入睡。可是只过了一瞬，又是再一次的突然嘶叫。不仅是这个小区，几乎所有的小区都有这种令人生惧的嘶叫。这不是人间的声音，这是地狱里才有的哀号。

据说半夜里响起的轿车警号、它的声声尖叫会使车主产生特别的愉悦，越是尖厉逼人越是令其自豪和兴奋。这种声音在提醒他那可怜巴巴的拥有。这就是第三世界的窃喜，是一种不可理喻的趣味。然而整个小区的人家百分之六十以上都有自己的小车，一辆辆车里铺了厚厚的地毯，有拉手纸巾，有空气清新剂，有垂挂起的一些小玩艺儿，还有花花绿绿的软垫、儿童玩具，等等不一而足。仅仅从车内的物件看，还不知他们是多么高级的动物，拥有多么高级的趣味。其实就是这些人在偷着发狠，碾压楼前小小的花树。

我们楼前唯一的毛刺槐如今已经五岁了。它长成了胳膊粗，枝叶繁茂。我盼它快快长大，当它长到碗口粗的时候，那些轿车再要欺负它，必将付出惨重的代价。

又是暮春，毛刺槐开出了空前绚丽的一束束花朵。这花招来的蜂蝶可真多。天气热起来，由夏而秋，它在不停地开放。

岛　主

小城北去十公里就是美丽的渤海湾。当我们穿越大片田野，看到了近海松林时，忍不住就要发出慨叹：多么好啊，多么漂亮的地方啊。同时心中也会生出阵阵困惑：当年筑城的人为什么不让城区更靠近大海一点？如果这样，那将是怎样漂亮的一座滨海城市啊。

这片无边的沙原，还有松林，都深深地吸引着我。

站在海岸眺望，可见远远近近的几个海岛。最近的一个似乎近在咫尺，简直伸手即可触摸。岛上林木葱茏，房屋鳞次栉比，西部是洁白的沙滩环绕，东部矗起黑色的礁岩。整个岛太美了，这样的地方大概只有神话中才有。一个小小的码头通向海岛，这里同时还是一个繁忙的渔港。

登岛之后会有另一番惊叹。这个岛早在几千年前已经有人居住，眼下已有居民三百余户，他们祖祖辈辈都是渔民。所有的岛屋都由青黑色的海岛石垒成，顶盖是棕色的海草，坡度很缓，看上去十分美观，远比岸上的民居要诗意得多。一条条巷子细窄、安静，偶尔出现的一条狗也不吠叫，只是看看生人，再抬头望望太阳，然后离开。一些海鸥在岸上飞舞，细嫩的叫声让人想起撒娇的孩子。岛上只有很少的一点可耕地，全部种上了蔬菜，被守岛的女人们莳弄得油旺旺的。

我一整天都在岛上走着，不愿停歇。因为这里的一切都让人感到新奇有趣，仿佛来到了某个仙境。这里首先是安静，是大海清新的气息。这个椭圆形的岛东西长南北窄，最东端有高耸的礁岩，上面还建了一座高高的灯塔。细白的沙岸差不多环绕了整个海岛的四分之三，沙子洁白，颗粒均匀，在阳光下散出阵阵温热。有几只归来检修的船停靠岸边，吸引了一大群海鸥。从船上下来几个穿了闪闪发亮的胶皮衣裤的男人，他们每迈出一步就发出嚯啦嚯啦的声音，走在岸上就像外星人一样令人好奇。

一个现代人能够来到这样的海岛而不产生眷恋？我真想赖在这里，一直躺在沙滩上，让太阳把周身的寒冷全驱个干净。这一天，我直等到最末的一班船才离开。可是我的心留在了岛上。我最后形成的一个主意就是，我一定要设法在此更久地待下去。

我知道岛上的生活会有另一种寂寞，这也是它魅力之一部分。这是一个似曾相识的世界，不过它只在幻想之中。

离开海岛之后，很长的日子里我有些沉默。小城的朋友得知了我的心事就说：这是很简单的事情啊。我不信他的话，因为人世间所有的美好事物无一不是千辛万苦方能接近。我说自己想倾其所有定居岛上，我只需一处最普通的海草房子，我会把它当成至宝。当我说出这句话时，心里早就打定了主意，那就是愿用下半生做一个岛民。

朋友于是去了海岛，想为我寻一座海草屋。回来时朋友笑吟吟的，说：你去住就是了，随便住，但你不能拥有那里的房子，因为岛上的屋子是不能买卖的。我问：租用吗？他又摇头：不，岛主说用不着。

"岛主"就是那里的头儿，朋友不知通过什么关系找到了他。

我在朋友的陪伴下再次登岛，这次只为了拜见岛主。在一座海草屋中，一张粗木桌前坐了一个矮矮的中年汉子，大眼睛，胡茬黑旺，绾着裤脚。这就是岛主。他的模样让人拘谨，但听他哈哈一笑就马上放松了。他的大手在我的背上拍了一下，第一句话就是：怎么办吧，你来说。

我说了。岛主依然大笑，然后领我转了离海岸很近的几幢房子，里面都空着。据他说这都是岛上的公有闲房，正愁没人住呢，你来了正好。我说那就让我来住吧，我会好好爱惜它们。岛主说不用爱惜，这样的破房子咱有的是，你只要住下去就是，每天晚上陪我一起喝喝酒就行了。

离开岛主时我有了另一种忧愁：我不会喝酒。我把心中的忧虑对朋友说了，问他怎么办？朋友说：那你就喝水。他说岛主是真正的好人，急公好义，是全岛衷心拥戴之人。

就这样，我住在了一个梦中的岛上，特别是有了一个岛主做朋友。岛主酒量很大，像传说中的武士那样用阔口大碗喝酒。但他从来没有强迫我喝一口酒。

向东方

从那座大都市到东部山区，再到小城，我的路线是一直向东。最东部是大海，我脚踏的这片大陆最东端像是插进大海深处的一个犄角。大概我走到犄角上的那一天，就会自然而然地说一声：停吧。现在还不行，我还在向东移动，一路上，我的身体留在一个个居所里，它们等于是我东行的驿站。我的心一刻未停地向着东方。

那里也并非是草木葱茏之地，但那毕竟是半岛之端，是海雾缭绕之地，是陆上人遥望之地。这是一种本能的移动和向往。以前的海岛之行，更有后来的岛上生活，都极大地润湿了我的身心，使我几乎不再犹豫地拒绝干燥的都市。什么是都市？是喧声，是不见头尾的车辆，是一连两个小时的街头堵塞，是城区上空永远有一层棕色或紫色镶边的气体包裹，是医院里的人满为患，是叠放的蝈蝈笼一样的居室，是小商贩占据的人行道，是蓊郁的深宅大院与遍地垃圾的居民区的强烈对比，是愈加稠密穿梭的各色势利人等。

离开挚友，想望心切，背向半岛，疼痛揪扯。人在两难中苍老和失去，失去岁月与青春。

我用了近二十年的时间寻找一个居所；不，我整整花掉了上半生来安顿自己。我深知身躯在大地，心灵在身躯，一个人实际上一直在寻找的，仅仅是心灵的居所。

从海岛上归来要穿越一片海滩和树林，这主要是松林和槐林。开阔的沙滩，无边的草地和灌木，扑腾翩飞的鸟雀和各种四蹄动物。这里至少看上去是一个吉祥之地，是较少被野蛮人围剿的自然发育之地。从地图上看，这里就接近那个"犄角"的顶尖了，是一片大陆的东方之东。我在此呼吸的是大海的气息，看到的是清新的露珠，抚摸的是刚刚绽放的铃兰，倾听的是四声杜鹃的鸣唱。多么好啊，不过要快：快来亲近快来看护，要告别也需赶快，因为它在这样一个时代，要消亡和丧失殆尽也许只在转眼之间。

这片让我不能遗忘的林地和沙原，是我长时间的想念和希望。我几乎不能把它放在离心灵稍稍远一点的地方。于是我把许多时间都花在它的身上了，尽管它离我居住的地方很远，我还是每周都去一次。它的一枝一叶都让我引为知己，认作亲朋。林子里的动物开始熟悉我了，不止一次有喜鹊在近处迎接呼叫，我相信这是它的一种问候。还有黄鼬和狐狸的款款脚步，其转脸顾盼的从容，都让人感受整片林子的友好之谊。

这使我不由得思考：人类在大自然中犯下的罪孽，主要就是因为长了一颗冰冷的心。这颗心所连接的手，一染了物欲就会变成铁爪，然后死死抓住不再放弃，最后一起沉入无底的深渊。

海风和林风交汇吹拂，让我的脸明朗，让我的眼清澈，让我的心舒缓。当然，我深知在今天，这种享用真是太过奢侈了。这种奢侈由一人独享不仅过分，而且必会在某一瞬间丢失。我现在想象的，是怎样让更多的人来这里，来东方，来一起做起人世间最有意义的事情。我凭借的不再是一己之力，找到的也不再是一己之安，而是一个可以指望的明天。这种实现，也不仅是纸上的文章，而应该是大地上的矗立。

我由期待到想象，渐渐走向了筹划。我将不再离开这片林与海。

2004 年 11 月 23 日

品咂时光的声音

——读日本散文小记

枕草子

这是多么有名的散文。清少纳言，宫内小女官，作者。她是天武天皇的十代孙。由于当时没有录音录像一类技术，我们对遥远的过去只有依赖文字去理解和感受了。然而这种感受是微妙的，需要感受者有相当的能力，有对于文字的敏感，特别是对于另一个时空的悟想能力。阅读需要会意，会意这存留于墨色的一颦一笑、一嗔一悦、一情一景。文字之细腻纤弱，宛如丝线者，往往出于女性之手。

女性之中的女性，大约要数清少纳言一类。当年，像枕头那么高的一沓好纸就能引起她的写作欲，于是她就想把这沓纸一点点写满。我们可以想象她那时的心气高远，并想象她的字迹也是好看的，而且对自己的记叙也是小有得意的。

多么琐屑的文字。她真是耐烦。不耐烦就没有了这样的贵族文学。下等人的文学是粗放的，有时甚至需要一点猥亵和血腥。清少纳言的文字当然是属于上等人的。她是皇宫里的女官，自有自己的雅趣。弱不禁风的人和文，清淡，寂寞，多情，也有很多无聊。

在无聊中吟唱，不停地吟唱，这也是人生的一种功夫。

对她和她们来说，最主要的事情就是宫中一些人的心情和消息。还有似淡还浓的爱情。在宫中，给她们的一剂猛药就是爱情。她们在爱情的边缘徘徊的痕迹，就是这些文字，是隐而不彰的心路。

她们常常从中发现一些针头线脑的小事。这些小事因为极为有心的人才能拾起，所以也成了深刻见地的一部分。应对俳句之类，竟也成了大事。那些歌在今天看来是何等简单。可是这些歌中有那么多清纯迷人的东西，以至于会让人神往和迷惑起来。

当然，离开了一个国度的情与境，特别是她们的情与境，我们无法完全理解和体味这些歌。和歌，俳句，真是一些古怪之物，它比日本清酒更清。

如果说我们对文字的造诣本身着迷，还不如说是对于那时的皇宫生活，那时的一位宫女的情怀和见闻更感兴趣。出土文物的价值是无形的，无法用更通俗明了的语言解说的。我们在回避一笔大到不可以估价的无形资产，比如这些很早以前的文字。

方丈记

鸭长明失意以后就出家了。这与中国过去的情形十分相似。人在两极中生活，大起大落，繁华之后的冷寂无边，也真是抵达了一种艺术境界。然而实践起来并不容易，所以身在其中的人就有了许多常人没有的感慨。

那一茬日本智识者与今天稍有不同的，就是他们更为依赖中国文化。离开了汉诗和典籍简直不行，那会在精神上无法腾挪。博尔赫斯说到日本文化和中国文化的关系时，用了一句妙比：中国文化就在一边，它是日本文化的守护神。只有读老一代日本文学家，特别是智识阶层的文字，才会深刻体味这种"保护神"到底意味着什么、它的深意。

但是中国文化移植于岛国，经过了千年的海风吹拂，其中有了更多的盐味。

被中国改造过的佛教思想，还有庄儒思想，在古代日本文人心灵中有不可移动的位置。他们的观念中常常有"无常"和"空"，如同不停地读《红楼梦》中的那首"好了歌"一般。鸭长明记载了日本历史上一些有名的灾变，其惨烈令人惊怵。可是他也指出：经过了一些时日，也就是这样的大灾变，竟然在许多人的心目中了无痕迹，人们又照旧玩嬉享乐。他则是一个灾难的顽固指认者，所以他可以是智者和思想者。

他描述自己时下的状态和心境为："知己知世，无所求，无所奔，只希望静，以无愁为乐"。如果这是一种能够达到的境界，当然是神仙一样的生活。可惜这往往是不得已而为之的，是一种特殊境遇下的悟想和慨叹，虽然难得，但其中总会打一些折扣罢。

蓑衣和拐杖，草庐，是这些与独居者为伴。他的无愁楚无欲望，是自我流放的必需，而不太像得意的清唱。这一点中国与岛国的士大夫们是一样的，即被迫告别奢华者居多。寄情于山水，这时候既有机会，又有这种相濡以沫的体会和情感。

一位六十多岁的老人独居山中，与猿为友，这当然是走得够远的了。不仅如此，人们不可忘记的还有他先前的荣耀，于是也就更加增添了一些神秘。独居人的所有文字都简朴之极，没有什么修饰的兴致，极像顺手抓来的几把山土和草木，于是也就有了背向文章的平淡之美。

只是很少的一点文字留在这里，却可以长存。这其实仅是时光的秘密。人们还是不忍将那段时光抹掉。时光是属于所有人的，时光在文字里留下来，供后来人去品咂和玩味。

如果时光保存在一个人的无数文字中，那么只会有其中很少的一部分被珍视。

阴翳礼赞

没人会拥有如此独特的审美视角——可能除非是日本文人。谷崎润一郎对中国文化入迷，一生都不能走出这种迷恋。他是岛国上中国文化和艺术的真正意义上的专家，更是东方文明本质上的传承者和诠释者。在趣味上他是老派人物，是最懂得保存和玩味的那一类顽固者。然而无论是从历史还是从现实上看，往往也只有他这样的人才更懂得品咂生活，并且让我们听到品咂的声音。

他居然在礼赞"阴翳"——一种昏暗不明之美，即一种暧昧之美。这确乎是日本人才独有的趣味。后来的日本作家多次谈到了日本的暧昧，今天看真的不无道理。他反复玩味日本过去居室中模糊幽暗的情致，并且谈得十分入情入理。当年的日本还是无电时期，夜里照明要依赖灯烛，这在他看来是美得以保全的物质条件。而日本传统美的一部分，也随着电灯时代的到来而白白丧失了一大部分。

其实不仅是日本，就是中国，也有类似的趣味存在。那些轩敞明亮之所有时真的缺少一点情致，而需要将光线遮挡一下才更好。灯笼蜡烛之光的魅力并非全是来自怀旧，而实在是那种光色和润泽安慰人心。强烈的光会使人厌烦，而平和的光一般是反射光，是人类在长达几万年的时间里才适应的光源。

日本作家的细致口味却不是这个物质时代的人所能理解的。而我认为真正留意的生命正是应该如此的。一片秋叶，一只碗，一滴露，都有真切动人的心思在里面，而且绝无造作，这不能不说是一种生命的品质。

作者对于中国文化的留恋，既有强烈的民族性在里面，又早已模糊了民族性。因为中国文化是一种大陆文化，却也化为了那个岛国的母体文化，是同属于一个根柢的部分。所以那个时期的日本智识阶层人人能背汉诗，几乎没有一个博学之士不是精通汉文的。这种精细的寻思捕捉能力，其实与中国的佛道精神是相通的、一致的。

和泉式部日记

她们记录之下的生活竟是我们这个时代真正陌生的东西。也正是如此才让人分外企望和想象。那是怎样的一个时代，怎样的一种岁月，怎样的一群有闲之人和不能安分的灵魂。也唯有她们这群宫中女子才能做这样的事：与亲王、与贵族子弟以纸传情，由一个信差送来送去。那种等待和苦熬之情，一次次泄露出来。女子的羞涩和无奈，她们动荡如大海又隐蔽如平湖的情状，真是让人怜惜。

这是一首爱的长歌，绵绵无尽，火烈尽藏于内，看上去当然无非是一个安然温煦的和服女子，其实怀揣了能够烧尽千顷荒原的生命之火。等待复等待，为背弃而忧，为漫漫长夜而苦。没有人能替代也没有人能倾诉的经历，更没有大声张扬的空间。一个王子贵族可以和数个这样的女子周旋，而女子却独自用情。那边是荒唐的空虚，这边是孤寂的清苦。

和泉式部较其他女子直爽许多也大胆许多。她没有那么多含蓄和暧昧。在她眼里，亲王清雅秀丽，十分迷人："谈话中我不由自主地总是意识到亲王的美貌。"就像那时的男男女女一样，他们在极特殊的时刻里也不忘吟唱一二首歌。那些歌词都是随口唱来的、最简易最普通的，然而却有一种清醇之美，淡淡的，长长的，缠缠绵绵，最后把两个人粘到一起。

这种爱情生活在全世界已经绝迹。现在都是用另一种方式表达出那种轰轰烈烈，有时还要伴以毒品和疯狂。可是我们沉醉在这些歌中，有时会享受到深刻的爱情之美和人性之美。我们还会偶尔涌起这样的想念：只有如此的生活才是人的生活啊。

我们在粗鄙中过得太久以致不知其鄙。我们是苟活的一个时代和一群人。真正精致的生活已经不被人认识，就像粗陋的汉堡包竟然把精美的烹饪艺术打败一样。

爱情生活是她们的全部，如果最终绝望了，也就只有一条去路：寺庙。王宫里的女官，往往是情场和官场里的人，她们青春已去，也就削发为尼。从一极走入另一极，从大爱走向无欲，这真是东方一绝。这种实际故事，在中国古代当然是绝不缺乏的，在中国古典小说中也多次出现。

她们即使是在爱情炽热之时，也常常要在通往寺庙的路上奔走。为了祈祷，为了平安，也为了一条隐隐的归路。

和泉式部没有写她的真正结局，所以我们不得而知。其他女子的结局都像和歌一样凄凉。这使我们牵挂作者，牵挂一个多情多爱的女子。

蜻蛉日记

她以这样的口气开头："有一位女性无所依赖地度过了半生。"于是一段第三人称的哀婉情事便一章接一章地展开。写到后来，"我"字便出现了。男方被称为"那一位"，这很像中国乡间羞涩女子的口吻。与和泉式部不同的是，这一位女子的爱情就显得痛苦多了，聚少离多，因为她找到的是一个放浪男儿，仕途上一帆风顺，据她说此人"英俊过人"。那官场上的模样远远看去真是令人羡慕，用她的话说是"光彩照人"。可是我们知道，往往所有热恋中的人都不能准确地说出对方。

确实无误的只是她的男人不断地送给她哀伤，最后这哀伤简直变得无边无际。一副十分真切委婉的笔触，几笔就写出一个多情女子的寂寞有多么深。她每一次都要给男子送上一首歌，而对方每一次都要让人捎回一首歌作答。如果男方差人送歌来了，那么送信人一定会待在门外等她作答。

歌与歌的送还，是一个循环往复、一时没有穷尽的过程，也是一个情趣盎然的过程。今天看，这样的事情的发生真是无处理解，无可救药。日本的男男女女，这里是指宫廷里的这一拨人，真是有多得用不完的闲情雅致。他们受过良好的教育，穿着华丽的衣裳，能随口吟哦。爱情这种事在他们中间是经常发生的，大致是女子苦恋衷情，男子英俊潇洒然而薄情。我们在读这些美妙但也痛苦的故事时，有时难免生出天真的想法：究竟有什么办法能让这些男子变得稍稍规矩一些呢？

她只好住到寺中。这是实在无奈的选择，往往也成为最后的选择。可是这一次"那一位"却设法把她从山上迎下来，仍然给她日常的欢乐和痛苦。就这样没有边际的消磨，等待，哀怨，泪水洒个不停。纤弱的女子，美丽的女子，后来最大的幸福和希望就是寄托在亲生的儿子身上。

她在这幸福中微笑着结束了自己的篇章，一丝长长的苦味却一直留下来。

紫式部日记

这就是写《源氏物语》的那个人。作者以不无得意的口吻引用"主上"的话，就是："这一位是有才学之人。"她自幼熟悉汉文，遍读中国典籍，对白居易十分推崇。在古代日本女子散文中，从笔致的婉转多趣，从极为独特的表达能力上看，的确少有出其右者。许多论者将其与同时代的清少纳言并提，但现在看来，不说她那部高超的物语，仅有这部散文也显示了技高一筹。

极有趣的是，作者在这部随笔中也涉及到清少纳言。"脸上露着自满，自以为了不起的人。总是摆出智多才高的样子，到处乱写汉字，可是仔细地一推敲，还是有许多不足之处。"这就是她对清少纳言的私议。她还说过更为刻薄的话："像她那样时时想着自己要比别人优秀，又想要表现得比别人优秀的人，最终要被人看出破绽，结局也只能是越来越坏。"

她评价当时的女才子们，用语都是极可议论的，写到和泉式部："曾与我交往过情趣高雅的书信。可是她也有让我难以尊重的一面。""在古歌的知识和作歌的理论方面，她还不够真正的咏歌人的资格。"说另一位擅长和歌的夫人："和歌并不是特别的出色。"

紫式部对于她人的预言是没有错的。但清少纳言晚年的寂寥和凄惨，不是因为其最终"被看出了破绽"，更不是因为"到处乱写汉字"，而是因为政治争斗：侍奉的主人政治上的失意。紫式部的结局也并不比清少纳言好到哪里。

多么可悲的才女之心。

紫式部的妙笔真是以一当十。她有赏读至美的情怀，有特别的玩味能力，多情而更会用情。她能从年长的道长（皇后的父亲）身上看出一种美，从小皇子的乳娘身上发现"这是一位很柔顺的美人儿"。她写中宫——皇后在小皇子出生前几天的样子："仪态娴雅，掩饰着临产前的诸多不适，故作安详。"写她产后："休息中的中宫妃面庞清瘦，带着些许疲劳，还看不出被尊为国母的尊严。比往日更加柔弱的美貌又年轻又惹人爱怜。""中宫妃美丽的肌肤娇嫩欲滴，飘柔的长发在休息时绾了上去，更增添了她的魅人姿色。"

　　值得一说的是她对于同是宫内服侍者的女官们的欣赏之情。当年群女汇聚于皇后身边，必是同性的寂寥和赏识，并结有深深的友谊。她这样观察一个叫宰相君的女官的午睡："头枕在砚台盒上，脸藏在衣袖下面，露出的额头柔美可爱，就像画上的公主一样。"一位叫大纳言君的宫女"是一位娇小的姝丽。白白美美，丰腴可爱……长长的秀发拖曳到地，比她自己的身长还要多出三寸。浓密的黑发滑落在衣裙上，美丽得天下无人可比"。写女官小少将君："有一股说不清的优雅风情。娇弱之状恰如早春二月里的垂柳嫩枝。"女官大小辅"身材小巧，面容有当世之风"。"眉目生得紧凑，怎么看都是一位美人儿"。

　　最有意思的当是她与道长大人（皇后父亲）的交往。这位大人身居尊位，有闲而有趣，其多情可爱之态跃然纸上。比如作者写到：她正和一个宫女说话时，道长大人从外面进来，她就赶紧藏了，结果被大人捉住了袖子。老人非让她作一首歌才饶她。她作了，老人也作了一首。另一次写这位老人在女儿（皇后）那里看到了一部《源氏物语》，因当时正巧就在梅树下，于是就写了一首歌给作者："枝上青梅酸，诱人折枝繁，才女若青梅，酸色有人攀。"她看了马上回了一首："青梅无人折，怎知味若何，未见来攀者，谁人誉酸色。"这一老一少的对答多么有情趣、有意味。更妙的是下边一节紧接着记叙：她夜里正睡时有人敲门，因害怕，没有开门，一直不出声地待到天明，早上却有人送来这样一首歌："昨夜秧鸡啼，暗中声声急，泪敲真木门，心焦胜秧鸡。"她立刻写了一首返回："昨夜秧鸡啼，敲门非秧鸡，若迎门外客，后悔来不及。"

　　我们于是猜测作者没有明言的敲门者。那必是一位可爱的、多情的、想必是年纪已经不小的男人了。作者曾经在敲门之事发生不久这样写到了皇上的岳父："道长大人醉步出来……大人醺态可掬，脸色更加红润，灯火下映出的身姿光彩照人。好一位漂亮的公卿。"

更级日记

作者是在偏僻之地长大的，然而极其爱好物语。她甚至默默地跪着祷告：让我早一些去京都生活吧，听说那里有看不完的物语。当时她只有十岁多一点，却如此着迷于物语（小说）这一类东西。在十三岁这一年，她真的要随父亲去京都了。虽然她也是生于官宦人家，也在后来做了宫中女官，但实在是几个女散文作家中最清苦的一个。她的文字，有一种特别的哀伤透出来。而且她还有一种他人所不具备的意蕴，有多多少少的怪僻。

书中最有意思的是那个"竹枝寺"的故事。这个故事以及作者叙述的技巧，都高妙得很。

故事说一个边地小国的男子在皇宫中担任夜里点火取暖的卫士，有一天一边打扫庭院一边自语说：我们老家院里的大酒坛子总是一溜摆开，坛口上的葫芦瓢随风倒，东风倒向西，西风倒向东，今天呢，咱却在这里受这份苦，连酒坛和葫芦瓢也看不见了！这卫士自语时却被室内的公主听见了，她马上掀开玉帘说，你过来！他慌慌走过去，公主就说，你说的酒坛和瓢在哪？快带我去看！卫士只好背上她走了。谁知这一走就是七天七夜。

接下去最棒的一笔出现了：皇帝和皇后不见了公主，心急如火——有人禀报说："那卫士背着一个很香的东西飞一样跑去了！"

再后面就是怎样寻找公主、公主怎样不归，皇帝于是封了卫士为边地王子，公主一生幸福，去世后豪华的宫殿改做了竹枝寺，等等。通篇皆妙，最妙的当是"一个很香的东西"这一句。无尽的滋味都在其中，它包括了朝与野、公主与平民，还有武士与娇女，这二者之间等等不可逾越之鸿沟在一瞬间消解的情状，以及由此产生的不可言说的幽默感。

卫士之憨，公主之稚，还有野人之勇猛，龙女之单纯，一切皆活龙活现。

如此妙笔不可能是一人之创作，而极有可能是一个民间传说。但由她如此一记，倒真是绚丽逼人。

她的文字总的来说是凄苦的：所记之事渐渐不那么让人欢欣了。由一个从小向往物语的天真烂漫的女子，到一个身边没有亲人的孤女，一个老大而缺少爱情的女子，这个过程是不那么轻松的。她的文笔也由轻快转向了滞重，有时还透出不忍卒读的悲苦。

当年，即她刚入京都进入宫中的日子，唯一的心愿简单明了，那仅是一个最好满足的愿望：多多地读一些物语，特别是要把以前没有机会全部读到的《源氏物语》读完——为此她竟然一次次祷告！文学竟能对一个女子构成这样的吸引，致命的吸引，这是多么可爱和美好的事情。

可是我们不得不在作者这样悲凄的句子中结束全书："各自离散，旧居唯我一人，悲戚不安，耽于思虑，夜不能寐。"

徒然草

这是一些节俭然而又能尽兴的文字。随意记来，常有教训，偶尔让人有不适之感。如果是一位老人，饱经沧桑，这样的姿态就会得到原谅。可是现在的读者连这样的老人也不愿意原谅了。这只能算是读者的堕落。教训人也是一种个性和见解，只要有知，姿态并不重要。这就是我在读《徒然草》一书时泛起的感触。

一些美好的笑话，一些奇闻，更有一些经验，一些彻悟，一些厌世和悲凉之情，都囊括其中。见解广博，体会深刻，自信而风趣，所以极为好读和耐读。有一些记录和议论是难以让人忘却的。书中写到这样一件事：有一家居士生了个极美貌的女儿，于是许多人前来求婚。但是这个女儿只食栗子，其他东西一概不吃。父母这样拒绝求婚的人："这样异样之人，不该嫁人。"就是这么一则短短的故事，戛然而止，却让人觉得趣味横生，并留下无穷的怀想和思索。

在那个岛国上为什么会有这样的女子呢？而且她是居士的孩子！我们会联想到一些高贵的不可思议的人，他们往往是不可接近的。但这只是想象，更多的是平庸者的矫饰和伪装，一旦切近了解之后反而感到厌恶。但也的确有寥寥的清纯异数，他们是生来的不凡和脱俗，但他们也往往不幸，因为不见容于世俗。这样的人一旦失去了强大的保护力，就会被恶俗吞食。

当然，只食栗子的女子是不会有的，顶多是偏嗜此物而已。但书中传递的是一种理想，一种强烈的反俗情绪。高高的树上结出的一种甘甜之果，以此为食，高人一等，出乎意料。这正像中国古代一些神仙之类只饮清露一样。

书中对于人的容貌与品性的关系，处世的庸常之相，还有一些微小的趣味方面的辨析，都说得极为透彻。在思想见地方面，在世界观认识论方面，主要还是来自中国的佛儒。所以本书与其说是深刻，倒不如说是具体和有趣。几乎大部分的日本随笔和散文都有这个特征。它的风物、日常琐屑的记录，留给我们一些认识的知识，一些想象的依据，更有独特的岛国情调给人的微醺，这才是其重要价值所在。

奥州小道

松尾芭蕉的大名，其实主要是雅名。这些文字因为更早，所以也就更好。这是文字的一条历史逻辑，不是一般的道理可以用来解释的。古老的色泽，古老的韵致，它所拥有的一切构成的境界，已非今人所能抵达——不是能力，而是因为文运的流逝。世道以及人心对于文字的顾恋之情正在变化，人群普遍变得恍惚，越来越没有了真意存留，而只是自作聪明地敷衍塞责。对于美和真，对于人生的一些个性化探求的理解和尊重，包括一些由衷的向往，已经不复存在。

松尾芭蕉被日本人誉为"俳圣"，一生几乎都在旅行，不与世俗混淆，称得上真正的特立独行者。他的行止大有中国魏晋之风，在今天的商业时代，我们会由于不解和惊愕而将其视为疯子和神仙各占一半的奇怪的混合体。他的弟子各色各样，因为老师的行为就是这般特异。

一般人将旅程看作必经的一段道路，从一地到另一地的空间穿越；或是为了赏心悦目，即所谓的旅游者。而在《奥州小道》的作者这儿却是把旅程升华到了无人能及的高度。这是一场漫长的修炼，是精神的再造，是借此远离世俗之见的道场，是潜隐不彰的一次次精气的吸纳。伴随这个过程的，有一种最好的精神操练和思绪纪录，这就是俳句的写作，还有旅行笔记。于是留下来，成为供后人摩挲的美文。

俳句这种文学形式在今天的中国文人看来似乎有点"小儿科"，因为它的简洁和短小，也因为它从唐诗中脱胎而出后的苍白。可是在真正的文学研究者那里，在有文学深悟力的人士那里，却绝不会看得这样简单。这其实是岛国的清韵，是东方的精神水晶。它是晶莹剔透的，既可把玩，又可唤起惊奇的一悚。简洁不等于简单，明朗也不等于直白。禅味厚蕴，似直还曲，可吟可书，实在是一种风雅文事。

芭蕉做俳句当然再合适也没有。他不可能长篇累牍地大写其"物语"，不能做第二个紫式部；也不能没完没了地记录那么多宫廷琐屑，成为清少纳言那样的人物。生活的清风停留在日本文人的舌尖上，他们品咂的功夫优于大陆人士。无论是清苦时刻还是悲凉之日，他们都不忘细细品味，并小声地说出种种滋味。芭蕉的书是一点点凑起来的，后来人读到的是一叠一束，其实它们仅是行动之中的边边角角，散漫碎小。也正因为如此，才有了特别的丰富和深邃。

读日本老一代文人的诗与文，会想起中国的典籍。还会想到中国文化的大陆架怎样延伸，一直抵达东瀛。

北越雪谱

这是一位北国乡间文人关于雪的专门记叙，乡情浓郁，知识奇特，有着别样的魅力。一个一生专注于乡情乡事的"土著"所能写出的文字，才有这般不朽的性质。

作者讲日本北越地区的雪之奇异，一开始却大用特用中国的阴阳理论，既让人哑然失笑，又让人笑过之后深长思之，觉得于滑稽中包含了特别的深刻。一切都是阴阳，这就是中国古典哲学。它既可以用来解决万物玄机，怎么就不可以用来分析雪呢？

老一代的日本文人若要深刻不凡，有一条道路就是大谈中国的阴阳之道。有时谈到了一些日常事物，比如我们人人熟悉的雪，就显得极为有趣。作者谈论的口吻和姿态，以及方式，活活像一位学问满腹的名老中医。

开头一两篇文字即最津津有味谈大雪与阴阳的部分，可谓全书的精华。这些文字想把最通畅的事物讲得晦涩，又想把最晦涩的道理讲得通畅，既别别扭扭又顺顺当当，让人着迷。一位雪地雅士、乡绅，要讲出一段动人心弦的故乡奇闻了，于是拿出了惊人的汉学功底。

作者铃木牧之还十分善画，于是文中常有一些关于雪地事情的插图，一门心思为了讲个周到明白。他的图与文，在中国人看来真是受用，因为文化一脉；这些东西如果到了西洋人那里，必会让他们瞠目结舌。

这一幅幅大雪图会让中国北方人心领神会，因为他们全不陌生。不知中国东北的情形，只论山东东北部的胶东，于四十年前就有这样的盛雪。只是时过境迁，一切都不再出现了。巨大的雪标志了一个不凡季节的隆重声势，也是自然界的一个奇迹。现代人少有关于大雪的记忆，也少有关于大雨的记忆。其实这些有关自然的记忆与人类社会的记忆一样，都是非常珍贵的，可惜人们很容易就全部遗忘了。

书中还有一些猎熊、灾变、特产、掌故等等记录，乍一看脱离了"雪谱"之范围，实际上更是锦上添花。这是雪国丰富图景的重要组成部分。一些奇闻事迹真是非雪国而没有，可让现代都市人大饱眼福。有些故事多么悲伤，但作者仍在娓娓讲述。关于一些可爱动物的处境，比如被称为"义兽"的熊，作者说它是"百兽之王，猛而知义"；接下去还写了一头白熊的憨态可爱，写了一则大熊救人的故事。作者写到：杀两三头一般的熊或杀一头老熊，整座大山一定会荒芜。

如此同时，书中也详细记录了一些猎人捕杀雪地大熊的过程，令人发指。

书中所写一些盲人急智、和尚风趣、北越土产，也增添了特殊的意绪，使人感到这是一部难得的民间文学。这样的书比起一般的虚构文字来，不知要胜出多少。

断肠亭记

读永井荷风的散文，让人想起二十世纪初出生的作家特有的一种情致，这里指东方作家——比如某些中国作家，他们风味相同。有些腻，繁琐，啰啰唆唆。可是他们在个人生活个人情感方面比较直爽，基本上是不担心羞惭的。他们往往不加节制地描写女人的肌肤之类，不断发出啊啊的声音。那个时期的中国作家和日本作家不知是谁感染了谁，反正都有一种不可理解的多愁善感的劲儿。如果过分地阅读他们，就会误解文学，以为其大半特征可能就是这种繁琐和哼叫。鲁迅留学东洋，也是那个时期的作家，但他丝毫没有这种俗腻的气息。

就像中国的徐志摩一样，永井荷风也在巴黎待过，在西洋闯荡过，然后回国，在文章中不停地对照西洋事情。

不过他毕竟对生活有一些不凡的怪论，如他说：世上最变幻莫测的有三样——男人的花心、秋日的天空、政客的脸色。还说过：对都市自然风光损害最大的也有三样——浑身铜臭的资本家、没有常识的学生、发情期的野狗。

他喜欢"三"这个数字。谈到名胜古迹，他说引得万人拜谒的热闹或极为冷清的各有三处；还说，艺术家的作品与名胜古迹的遭遇是一样的，再也没有比大众喜欢更能伤害作品的品味了。

他晚年的作品要好于中青年时期。这时他变得简洁了一些，可能是因为没有过多的力量絮叨了。他一直未变的是热爱自然风光，懂得品味都市的历史，能够真诚地怀旧和伤感。一般来说，那些不停地描写女性之美的人，许多时候也是十分热爱自然的人。他在一个城市里生活，常要一个人出门寻找好看的树和路，有时就为了记忆中的一个小酒馆而到处徘徊。

千曲川速写

岛崎滕村是日本文学史上极有名的作家，是著名的诗人和小说家。这本书是确立他写生派散文家地位的作品。

"我在青麦浓郁的清香中出发了。"这是书中的一句话，写在比较靠前的地方，所以可视为全书由此出发。一种亲切的春天的气息扑面而来，那么安静和辽阔。在仅有一百多字的《天牛虫》一篇中，他开篇即写："在山上，我经常遇见一位长着没有光泽的茶褐色头发的姑娘。"他极善于用一句朴素的、极为具体的事物引出一大片情致，这是高超的文学家才有的能力。例如："我在这片土地上，曾遇见过野蛮的女人。"再如："我们穿过村外的田地，走出刚长出新叶的白杨林"——作者对生活中的一切感受极为敏感和新鲜，而且极为清新。在这里，清新是非常重要的，因为不清新，即没有了特别的淳朴和亲切。尤其是写乡间生活的作品，一切要像刚刚生出的草苗一样，带着嫩绿和青气才好。

他写牧人的生活，说他放工具的口袋叫"山猫"；记载牧人的话："牛角痒痒"；还说"听一听母牛的叫声，就可以知道（牛）是否来了月经"。我们在阅读中，就像作家本人一样，"穿过开着紫色木通花的山谷"，心情有一种非同一般的舒畅感。

作家十分佩服西方大画家米勒，多次引用其言论："自然界的一切，不管多么微小，都是有性格的。那里的壁炉，窗台上的书，在我看来都有伟大的性格。""光亮的叶和暗影，使人激动、欢悦。"正因为这种认同，作家才写出了如此动人的文字。他真是从根本出发观察自然界的一切，其认真精神类似一个自然科学家。这一切再加上一份敏感多情的文学家的素质，也就成了一个非同凡响的艺术家。

他在当年曾经这样批评过日本民族，认为这个民族，"其国民性的缺点，是缺乏对自己的正确判断力和批判力"；还说，对于此，"是青年需要思考和努力的"。

自然与人生

德富芦花后来定居在农村，自己建了房子，种了树木和庄稼。因为他以前几乎每隔五六年就要换一个住所，有一种漂泊感，所以这一次要定居下来。他定居不久，东京的一位绅士来访，看到这居所的简陋就流露出一种轻蔑。但与此相反的是，一位教徒来看了却非常感动。德富芦花喜欢田园，却不一定舍弃城市。这本来是一个简单的道理，可是在今天，在我们这儿就不是这样，别人一谈到乡间生活的必要和美，有人立刻就要嘲笑，说这是"城乡二元对立"。城乡各自都有自己的美和不足，为什么一定要对立呢？

德富芦花平时坐在窗前写文章读书，一抬头就可以看到山上的白雪，这不是很美？无论是不是二元对立，他反正是看到白雪了。他还说，自己想用双手同时握住都市之味和田园之趣——有这样的一种"立场和欲望"。这使人感动。因为我们从中看到了一位智者的心情。人在这种两极化的视野之中，必有一个开阔的胸襟。

在一篇《都市逃亡手记》中，作者写了一个动人的故事。一个男人在寻访了耶稣死去的遗迹和当时仍然健在的托尔斯泰的乡居，回到日本后总想找一个乡村居住下来："要有个家，最好是草屋，更希望有一小块地，能自由耕种。"夫妇俩就一路向西而行，好不容易来到了一条小河边，看到了一幢装着玻璃拉门的漂亮的小草屋，旁边一种叫满天星的树上挂满了美丽的红叶。一打听，这是个叫"粕谷"的地方。他们就在此定居下来。

德富芦花的文字淳朴而轻快。在《草叶的低语》中，他讲了一个被侮辱与被损害的故事。故事发生在中国大连，一个极短的故事，却曲折委婉，中间还有利刃逼颈那样的险峻时刻——妻子的不贞，富人的淫欲，男人的屈辱，都在这短小的故事中表达得淋漓尽致。作者是怎样开始这个故事的呢？没有那么多议论，也没有什么铺垫，而是这样写道："一棵柞树果，扑哧一声落到地上，那幽微的声响尚未消失，只见一个人突然出现在廊檐下。"

德富芦花拜访过托尔斯泰，所以他在托翁逝世后写给了托翁夫人一封动人的长信。这封信充满了对于伟大作家的敬爱和哀悼，同时对"敬爱的夫人"也有一些不无严厉的指摘。但他还是写道："夫人，请放心吧，凡是见过您的人，有谁不崇敬您那正直而勇敢的灵魂呢……正如先生是不朽的那样，您也是不朽的。"信的结尾是这样写的："祝愿您的晚年像俄罗斯夏天的傍晚那样温馨而美好。最后，我的妻子也对您所承受的种种重负，表示诚挚的同情。"

2004 年 6 月 18 日

它们

——万松浦的动物们

　　因为有它们和我们在一起，我们才不寂寞。可是许多时候我们并不在意它们，甚至完全忘记了它们。于是我们现在有必要一笔笔记下来，虽然这也是挂一漏万的事情。有些很小的"它们"，这儿也只好忽略了。这一次像是林中点名，当我一个个呼唤它们时，苍莽之中真的有谁发出了声声应对，在回答我呢。

刺　猬

　　在万松浦，一说起刺猬都会心情舒畅。因为这种动物憨态可掬，不仅对人友善，对周围的一切也都无害而有益。而且这里的刺猬非同一般的洁净，毛刺上简直没有一丝污痕。它们默默无声，待在自己的角落。如果接触多了会发现它们像人一样，是那样的有个性。有的毛手毛脚不稳重；有的十分沉着；有的自来熟，见了人一点都不陌生，一直走到跟前寻吃的；有的一见人就球起来，或者慌慌逃离。

　　有一天一只刺猬走过来，大家不由得围上去。都说它非常羞涩，而且面容姣好。我仔细看了看，发现它长得果然好看。最后，我们给它留了照片才放行。

　　小时候常听一些刺猬的故事。比如说别看它们笨手笨脚的，其实也有许多异能：会像老人一样咳嗽，还会唱歌——它们的歌声怪异，掺在风中，往往是一只领唱，其余的一齐跟随。那是使人幸福的歌，能听到它们歌唱的，就会有一些喜事发生，比如找一个上好的媳妇。于是许多少年和青年真的在林中寻觅刺猬的歌唱了，有时难免就把风吹林木的声音当成了它们的歌。

黄　鼬

它的名声不好，但是面容美丽。一个被半岛人误解了的精灵，孤独而痛苦。我们很少有机会与之面对面地注视，因为它们机敏无比，见人就跑，个个心怀恐惧。可能在它们那儿，装在心中的不幸记忆太多；关于人类残暴无情的故事，大概整个黄鼬家族内部都一直在祖辈流传。

远远地见它们一跃而过的情形不少。但面对面地、极近地注视只有一次。那是小时候在林子里：我当时正走在一片藤蔓地里，忽然觉得脚下有什么在乱动：原来有只小动物被藤蔓罩住了，它竟然一时不能脱身。我想这大概是一只鸟，或者一只小猫之类，于是就按住乱动的藤蔓寻找起来。它在下面钻动不止，左蹿右跳，突然从藤蔓的空隙中探出一张圆圆的小脸庞：那双水灵灵的大眼睛直盯着我看，惊慌之极。我的手一抖，它飞快钻进了藤蔓深处。

后来我才知道它就是大名鼎鼎的黄鼬。

有人得知了那个经历就说：幸亏你放了它，不然的话，它的家里人会缠住你的。我虽于心不甘，但还是有些庆幸。真的，关于它们有神力的传说到处都是。比如，它们喜欢让一些女性模仿它们的动作，舞之蹈之并说出一些怪异的事情。由于这种事频频发生，所以几乎没有谁再怀疑它的能力。有一次在书院议论起这些事，一个人表示了不解，并认为是不可能的。另一个客人马上就说："这有什么不可能的？世界太大了，万事万物我们才知道多少？要知道对于任何问题，各种生命都是从自己理解的范围内做出推理的——人从自己的角度看，总以为是自己管理和指挥了整个世界；而动物也会那样认为——比如黄鼬，就不知深浅地调弄起人类来了。"

他的话一时没人反驳。

就在那次议论不久，一天黄昏，我看到一只黄鼬从不远处走来。当它走过离我不远的地方时，突然想起了什么似的，回过头伏下了，两手一抄就端详起我来。它那会儿看得非常专注，而且一脸的好奇。它分明是在研究对面的人，一点也不害怕。我与之对视，想让它自己厌烦。但最后还是我挥了挥手，它才走开。

可见这里的黄鼬还没有受到伤害的经历，它们对人只有好奇而没有惧怕。

鼹 鼠

这种神奇的小动物让人叹为观止。它们是林间草地上为数众多的居民，却又轻易不露面容。看它们一眼多不容易啊。它们不像一般的鼠类那样令人讨厌，而像是超越了一般的"鼠"而多少变得可以观赏了。因为它们有特技，有上好的皮毛和十分滑稽的形体。看上去它们是何等的笨拙，浑身圆滚滚的，可一旦进入地下却又是何等的灵巧。一个掘进能手，一个真正的开拓型人士。我曾亲眼看过它在地下怎样突进：眼瞅着拱起一道凸起，这凸起层层推进，让地表开放着蘑菇出生前那样的花纹，竟然一直蜿蜒向前——如果这时跺跺脚做出一点声音，它会更加奋力开掘——一会儿凸起隐去了，可能地道在往下延伸。

我们无法想象一个小动物一边使用双手开掘，一边却又飞快向前是一种什么情形。因为这必是一种艰苦的劳动，这种劳动与飞速行走相结合简直有点不可思议。在万松浦一带，地上到处可以看到这种花纹，它们弯弯曲曲，纵横交扯。你可以想象这儿的地下通道是多么发达，它的创造者会有多么自豪。我想真正高明的地道不是人类创造的，而是鼹鼠。

有一次一个人正持锹翻地，突然就有一只鼹鼠从不远处开掘而来。于是他不动声色地等候，待那凸起和绽放的花纹延伸到跟前时，就猛地从旁一锹掘下去——他想把它翻出来看一看。谁知这小物件远超过他的机灵，就在那铁锹刚插下去的一瞬，它竟然突然改道而去，并且在地下来了个大转折——就像空中战机做了一个特技表演似的，一系列高难度动作就在几秒钟之内全部完成。当然那个人是失败了。他当时不服气，下狠力挖了一个很大的坑，嘴里咕哝着："我就不信，我就不信！"结果除了弄得浑身泥汗，其余一无所获。

我看到鼹鼠是因为碰巧。有一次一个孩子不知如何搞来一只，喜欢得不得了，装在一个带盖的小篮中提着，炫耀却不示人。我提出想看一下，他也斜一眼，嘴动了动，并不开篮。这使我马上想起商品经济时代的普遍规律——这孩子如果提出"看一眼一块钱"的话，我是不会吃惊的。还好，最后他勉强同意了。

就这样，我有机会看到了它：一身最上等的皮衣，灰蓝闪亮，显然是一件最好的袍子。它的一对小翻爪就小心地蜷在身侧，像透明塑胶做成的一样。

红脚隼

这种鹰个头不大，可是胆子不小。我不止一次看到它俯冲下来，然后超低空飞行，甚至钻进窄窄的墙道里逮小鸡。不过这是在城郊，在万松浦它完全用不着那样，因为这儿的食物很多，它们可以安安逸逸肥肥胖胖。

一开始我在林子里把它们当成了野鸽子，因为初看颜色颇像鸽子。后来见它从高处直冲下来的英姿，终于知道这是一种猛禽。它的数量很多，从林中走一趟起码可以看到十几只。一般来说它的食物是昆虫，可是当野性发作起来时，就会毫不犹豫地攻击小鸟。

红脚隼也像鸽子一样成群，它们在一起时显得很顺从的样子。不过到底不是温和之辈，一转眼瞥见了人，立刻惊悚一振。它们是一些无所不在的狩猎者，每逢看到它们极为迅捷地扑在地上的样子，就会想起一个词儿：全力以赴。

野鸽子

它们的叫声让人回忆童年。那种咕咕噜噜的声音令人想起一片密不见人的丛林，想起远处像乌云一样茂密的乔木，想起一些关于迷途忘返和饥饿等等经历。咕咕咕，嘟嘟嘟，像儿童们猛力拉扯一种发音陀螺时的声响，还像从极近的地方听一个老汉大口吸水烟的声音。这种音色是极难形容的，以至于要想起那句老话：任何比喻都是蹩脚的。

我的印象中，只有旷野里，只有深密的林子才有像样的野鸽子在叫。或者也可以说，没有野鸽子啼叫的林子是不像样子的。在它此起彼伏的叫声里，会有一种返回大自然的得意萦绕心头。

它们的呼唤充满了某种野地的气味。这种气味有些刺鼻的辛辣，还有一些奇怪的诱惑力——它诱惑着林中人向深处走去，再走去，一直走到迷路。

海　鸥

这里的鸥鸟当然是很多了。它们待在海边，可是近海松林也是它们的另一片玩耍之地，安歇之地和生产之地。这里主要有银鸥和燕鸥。从书院往西十华里左右的屺坶岛上有大量的风蚀崖洞，那里才是海鸥最好的栖息地。我们每次从风蚀崖下绕过，都会惊起许多海鸥。大概由于万松浦一带没有岩壁可以做巢的缘故，所以鸥鸟不得已也要光顾一下密林。这就难为了它带蹼的爪子。

在海边徘徊，没有什么比观看群鸥再好的事情了。望着它们搏浪嬉戏，健美的翱翔，倾听一声声难以模拟的、不无撒娇之气的鸣叫，你会觉得海边的生活真是神奇多趣。这里的生活就像这里的空气一样清新。海鸥双翅的形状以及它们的滑翔之态，可以让人认识到什么才是世界上最完美的飞行。

万松浦的鸥鸟数量极不稳定：有时多得如同白云落地，银片翩飞，它们在浪缘上踟蹰一会儿飞旋一会儿，起起落落令人惊叹。有时又三三两两，不知所向何方。这些海鸥有时可以让人离它们很近，于是就可以仔细地端量，看清它们真正的模样——你会惊叹其体积比原来想象的要大得多，而且竟然如此肥胖健硕：无一丝污气的白羽，高高挺立的胸脯，润滑流畅的双翅，一切都是那么完美。

如果一片海岸上没有了鸥鸟，那么这里的韵致大约就要损失许多。在这里，春天是银鸥最多的时候。

斑　鸠

我们过去的课本上有这样一句："大斑鸠，叫咕咕，我家来了个好姑姑。"从此它和姑姑温厚的形象连在了一起。可是那时我们并不知道斑鸠的样子。其实我们从很早就逮了斑鸠来养，只是不知道，一直叫它为"山鸡"，以为是从南部山区飞来的一种小野鸡。春天和秋天是两个捕斑鸠的好季节，记得春天捕的是棕色的，而初秋捕的是带绿色条纹的，而且更肥。比起麻雀来，斑鸠显得大大咧咧多了，它们很容易就可以被我们逮到。

童年是与动物为伴，特别是与鸟儿为伴的时期。身边有一只大鸟并且能够听候调遣，那会是一种多么大的光荣。我亲眼见过有的人——一般都是比我们大一些的人——养熟了一只麻雀甚至是一只喜鹊：一挥手它们就飞去，一招手它们就返回，而且从落在肩膀上手臂上的样子看，真是亲如一家。为了馋我们，拥有这些鸟的人故意与它们做出一些格外亲昵的样子，比如和它们贴贴脸、吻一下它们尖尖的小嘴，等等。这是多么让人嫉妒的事情啊，这种嫉妒的感受是长久不能忘怀的。

可是不记得有人与斑鸠结成了那样的关系。斑鸠随和然而并不与人过分亲近。它们在笼子里时当然是一副被囚的样子。然而我们总是在最后时刻把它们放掉，还它们以自由——就像我们对待其他可爱的鸟儿一样。有人会因为这个而夸我们善良，这才是最重要的。记忆中我们曾把自己心爱的鸟活活养死了，结果换来的是不可承受的痛苦。

万松浦的斑鸠太多了，但现在已经没人想到要逮来饲养了。它们是我们童年时期与之打交道最多的鸟儿之一。

草 兔

每次走进林中都要遇到草兔，一年四季莫不如此。看着它们的两只长耳摇动而去，疾飞如箭，觉得林子里真是生机勃勃。在万松浦所有奔驰的动物中，一般都认为数量最多的就是草兔。它是所有动物中胆子最小的，可能也是最善良的。如果就近看一下它可爱的模样，特别是它幼小时候的小脸，就会从心里疼爱起来。

有一天剪草机从书院的三棵大水杉树下惊出了六只拳头大小的野兔，于是给我们带来了诸多的喜悦和麻烦。没有办法，它们的双亲惊跑了，它们还在吃奶，也只能由我们收养起来。可是这六个小东西如此美丽又如此胆怯，在人的手掌中只是颤抖。我们为它们买了奶瓶，可是小而又小的三瓣小嘴根本塞不进胶皮奶头。

这在大家眼里已经是六个小艺术品，而不仅是幼小的动物。就在费力焦心地往它们嘴里塞奶头的同时，大家也正好仔细观察了一遍。原来过去只是粗略地知道它们是怎样的长相，而对细部并没有多少真正的了解：水汪汪的一对大眼睛上，眼睫处像纹上了一道金边；最绝的是小鼻子，鼓鼓的而且无比小巧，有点像猫的鼻子缩小了几号；整个面庞和神气让人想起一个稚气而甜美的少女——可爱是不用说了，但是怎么挽救其生命呢？

最后总算想出了一个办法：找一个注射器，再把针头换成气门芯。这样它的小嘴倒是能够含得住了，但如何让它们吃奶呢？总不能用注射器硬往里推吧？

艰难的两天过去了，第三天上总算有了转机：小家伙们熬不住了，饥饿战胜了恐惧，终于开始含住特制的奶嘴吮了起来。

一个月过去，如今它们已长到了二十公分，弃奶食草，以院为家，欢快健壮。

林子里常有被其他动物所伤的草兔，祸首未知。有人说是鹰，有人说是狐狸，还有人说是豹猫。我们同情无边然而能力有限，只有叹息：可爱的草兔，食的是草，命运也像草。

豹　猫

这种凶物初一看像猫，其实却是猫的天敌，可称为动物中对立的一面、一极。因为一个极柔顺，一个极残暴；一个不离人侧，一个狂驰四野。万松浦一带是豹猫的广阔天地，它们在这里正可以大有作为。对它们来说，这儿真是吃物丰盛，衣食无忧，而且也没有太多的对手。

我对于豹猫原也喜欢，后来却十分恼恨，这都是因为听来的一个故事——据说这故事毫无夸张，完全是真实的。故事说的就是豹猫与猫的关系：猫只要遇到了豹猫，立刻会吓得浑身打颤，一动也不敢动。因为它们原都属于猫的大家族，所以相互之间说话还听得懂。豹猫不断发出命令，猫都要一丝不差地照着去做。豹猫前头走，猫则紧跟后边。它们来到了水潭边，豹猫就让猫不停地饮水，直喝到肚子滚圆再吐。就这样饮了吐，吐了又饮，目的只为了让猫把肠肚洗得干干净净。洗过了，豹猫就把猫吃掉了。

多么残忍。而且还有"本是同根生，相煎何太急"之悲。

豹猫的凶和勇是有名的。过去有许多猎人谈到它，都瞪起眼睛说一句："啊呀！它呀！"因为它们看上去形体并不很大，再说面目像猫，往往不被提防。实际上这种动物真有豹之猛厉、猫之灵捷。它们不仅不怕人，而且还主动挑衅，常于冬夜窜于民宅，搜吃物寻生灵，狂撕乱扯一通。那时候它真正是飞檐走壁，一纵无踪。

豹猫的来历有两种说法：一是走失的猫在野外久了，性情巨变，野性勃发。二是豹一类偶尔与猫一起，生出了这么一种物件。我看后一种说法有点滑稽，所以不信。倒是前一种说法容易理解，因为境迁情移，并且被孤苦所逼，猫本身就可以走向另一极的。这就像很好的人民，其中有个把做了土匪的，其凶残往往让人震惊。

喜 鹊

这是一种惹人喜爱的美丽洁净的大鸟。它十分聪明，如果蓄养日久，就会发现它许多有意思的举止，知道它有趣而且善解人意。它依恋人，顽皮并且撒娇，给人的安慰有时多少接近于猫和狗。中国人喜欢喜鹊，这从取名上就可以看得出来。可是西方有些国家特别喜静，觉得它太聒噪，因而讨厌。让中国人不理解的是，如此美丽的大鸟，它的声音只会是对人间的祝福，是喜庆之声，怎么能厌烦呢？

书院里的喜鹊常常成群结队，这让我们引以为荣。我从未在其他地方见过这么多的喜鹊，因此也认为万松浦实在是一个吉祥之地。我每天走在石板路上，总有一只只喜鹊在前后拥护叫闹，它们相互响应，声调不一，让人想到非同一般的欣悦和欢快。

在秋天日暮时分，喜鹊愿意安静地落在院子当中的几棵大水杉树上。它们这时沉默了，可能在思索忙碌的一天，稍稍总结；也可能正在欣赏落日和云霞。

啄木鸟

关于它们是林中医生的说法虽然广为人知，但真正给人以体味的却是在今天的林中。看到一只只啄木鸟伏在那儿敲击着，你会想到它们正在皱着眉头辛勤工作，比如正做一种号脉或手术一类的事情。这儿至少有两种啄木鸟：棕腹啄木鸟和灰头绿啄木鸟。前者是一种非常漂亮的鸟，色彩鲜明，真是技艺高超长得又好。以前曾有人把它们当成了观赏珍品，怎么也不相信这就是啄木鸟。在许多人的逻辑那儿，只要是极为好看的事物，就一定是中看不中用的。人们习惯于把观赏和实用分开。这也是实践中得来的，比如人，一旦长得太好看了，就往往不愿下大力气干活了。

如果一个人既像棕腹啄木鸟那样好看，又能像它一样始终辛勤地工作，那就一定是人世间的宝物了。人们会让他（她）的美名四下流传。

我们书院中刚刚移植来一棵大水杉，不久就给一只棕腹啄木鸟弄开一个洞。一棵大树上有了鸟洞，虽然多了一点诗意，但也少了一点完美。有人说：这棵树肯定是生了虫。

林子中的洋槐和钻杨常受虫子袭扰，因此也真是亏了啄木鸟们。看着它们垂直贴伏在树干上并且能够转来转去、歪头摆脑的模样，心中就会泛过一阵感激。许多动物都在默默地帮我们，以自己的特技，或至少以歌声来援助我们。啄木鸟的敲击声就是林中最清脆的梆子，特别是在浓雾天气，那时这是原野里唯一使人振作精神的声音了。在它的声音里可以安心读书，也可以想想天晴之后去采蘑菇之类的好事。

云　雀

她仅仅以自己的歌声成为了万松浦的标志。有人回念在书院里居住的日子，竟然首先想到了云雀那不倦的歌唱。她在高空里凝成了一个小点，响亮的、不愿妥协的歌声就从那儿布撒下来。她仿佛一直在重复同一类歌词：乐乐乐乐、可乐可乐、真是欢乐、我们真是欢乐欢乐然而还是欢乐！

她的亮喉让最好的人间歌手嫉妒当是自然而然的事情。她不倦，不蔫，是永远的乐观主义者、永恒的大自然的歌者。在一片草地或林木之上的高天中，她是自然神悬起的亮喉。有人说她在为自己幼小的生命而歌：就在与她垂直的地面上，有一个隐藏得很好的小草篮，那就是它的窝，里面正有她的几只精巧的卵，或者干脆就是几只娇嫩的小雏。她的目光大概比得上鹰，因为她可以在高空里用目光爱抚它们。她看着自己的孩子，心中爱意汹涌。她要把小雏们一口气唱大、唱醒。

也就在这样的歌声里，万松浦迎送着自己的生活。这儿四处都是云雀的窝。

树　鹨

一片林子里因为有了树鹨就显得热闹一些，因为它是最不安分的一种鸟，飞起来一荡一荡的，像打秋千。当地人从来不叫它的学名，只喊它"痴大眼"。这可能是与麻雀相比较而得出的一个外号：它不像麻雀那么警觉，有点大大咧咧的。它的眼睛并不大，说它"大眼"，是指它的马马虎虎。如果小心一点，可以凑得很近去观察它——它只顾忙自己的，不太在乎。树鹨不仅在树上忙，而且在水渠边，在红薯地里，到处都可以看到它的身影。

儿童们常常捉了树鹨，一心一意养活它。他们将其握在手里抚摸着："多么胖啊，这么多肉。"如果是一只麻雀，这个时候只会是一阵急急喘息，因为那是极度的紧张和气愤——谁都知道麻雀是气性最大的一种鸟，被捉后不吃不喝，会活活气死。树鹨却是一副随遇而安的样子，东张西望一阵，然后就开始啄人的手：轻轻地啄。不过几乎所有的树鹨都能成功地逃脱，这当然是因为孩子们的大意：他们真的以为它只会痴痴地瞪着一双眼睛呢。

在万松浦，每当半下午时分，这一只只"痴大眼"就开始激动起来了。它们的飞行很像大海浪涌上的小船，起起伏伏，真的有一种漂荡感。

杜　鹃

万松浦有许多四声杜鹃和两声杜鹃。所以一进林子里首先听到的就是它们不倦的呼唤。比起野鸡和野鸽子此起彼伏的叫声来，它的声音显得更为亲近——简直就在我们身边。它的声音是透明的，清爽脆亮的。我们很难想象没有杜鹃的林子会有多么暗淡和寂寥。

客人住在书院里，常有的一个感叹就是：这种鸟可真能叫啊！是的，整个的春天和夏天，从白天到夜晚，整整一个长夜它都在呼叫。二声杜鹃和四声杜鹃都在叫。一刻也不能停歇的呼叫，这到底是歌唱还是呼唤？我们宁可相信是后者。就由于这不能停止的呼唤，所以才有"杜鹃啼血"之说。

要真的体会杜鹃这奇异的啼鸣，只有到林子里住上一夜才行。这彻夜不休的声音会让人半夜坐起来，一边倾听一边牵挂，发出阵阵猜测：为什么、为了什么？是悲伤吗？是孤独吗？是寻找吗？是渴望吗？它面对的是茫茫林海，是百鸟喧哗或者死寂的长夜——无论何时，无论何地，它总是这样呼叫，不能停止。

有人说：它正处于"发情期"。是的，发是暴发，情是爱情。一只美丽的鸟儿暴发了爱情，只能是这样。我们不知道比较其他的生命，这种鸣叫究竟意味着什么。在它并不太大的躯体内，竟然蕴藏了这么盛大的爱、这么多的情感和力量。这种巨大的消耗也只能为了爱情，它在为爱情啼血。这种啼叫甚至让人有一个不祥的猜测：或者是绝望和死亡，或者当千呼万唤之爱到来时，它会因为巨大的耗损而倒地不起。

獾

在这儿，许多人常把一个慌慌逃去的狗獾或猪獾当成狐狸；再不就说：我刚刚看到了一只狼。如今，它和狐狸在平原上已经是最大的野生动物了，而且繁殖力强，踪迹不绝，泼泼辣辣地打出一些洞子，神出鬼没。人们一提到獾就会想到那个骇人的故事，因为小时候或许都听到过一些人对它的奇特描述：獾是不咬人的，它只是太好奇了，见到人就要与你玩耍，不停地胳肢你，让你笑、笑，不停地笑——你越笑它越是起劲地胳肢你，直到你笑得绝了气。它只有看到你一动不动了，这才灰心丧气地走开。所以家长常常这样告诫孩子：去林子的时候，特别是上学的路上，如果遇到了一只獾，千万不要和它靠近，更不要和它玩；如果它动手胳肢你，你可一定要咬着牙忍住啊。

獾的一张小脸十分生动，特别是狗獾，模样并不难看。十几年前我曾从不远处观察过獾：它正吃海棠树下的一只小香瓜，那咯吱咯吱的声音、抬起爪子舔食的样子特别可爱。就因为它乐于在土洞里钻来钻去，人们一直认为它是一种不洁的动物。人们不吃獾肉，但十分珍惜獾油，一直把它当成医治烫伤的首选良药。

记得有一年，林子里有一个酒鬼去会自己的亲家，由于酒喝得太多，回家的路上遇到了大雷雨，结果倒在花生田里淋了一夜。第二天人们找到了一个半死的人。他被抬回家去，一直医治了好久才能出门。事后谈起这个经历，他却一口咬定自己遇到了獾："它的小手啊，搭上你的胸口就开始了胳肢，再也不愿拿开了。还好，最后我就对着它的小嘴呵气，不停地呵气，直到用酒气把它呛跑了算完……你看，酒是好东西啊，酒救了我一条命。"

夜里，每当书院的狗突然急急地咬起来，有人就说："是獾来了，獾又进门了。"令人不解的是，獾每夜都要来，它到底要来这里干什么呢？

狐 狸

狐狸的智慧和美貌都是招人嫉恨的，所以一直有人把它比做媚女，还要说："像狐狸一样狡猾"。可见它压根就是一种不凡的生命。不必翻蒲松龄的书，万松浦一带的人都能讲出许多狐狸的故事。这些故事来自生活，而不是来自书本。因为听这些故事太多，并且讲述者总是言之凿凿，所以大多数人并不怀疑狐狸所具有的神奇能力。在这儿，最具有神力的动物就是狐狸，其次才是黄鼬。

我们这儿有赤狐，有人不止一次在河岸上看到缓缓离去的狐影。一年初冬，有人起早赶海，就在一条小路上看到了一条身上沾霜的狐狸。因为它蜷在那儿不打算让路，他也就停下脚步。他做一个威吓的手势，它也做一个。他用手里的镰刀当成枪向它瞄准，它这才懒洋洋地离开。赤狐肯定也是有神力的。因为过去的林子更大的缘故，关于狐狸的传说也就更多。它们可能实在太寂寞了，总是时不时地走出林子找人逗一点乐子。比如说它们最愿做的一件事就是扮作一个美丽的姑娘，因为它们特别知道这将多么招人喜欢。看着一个个男人在它们面前大献殷勤，心里一定乐开了花。再就是半夜里在林子深处哀伤地泣哭，直哭得肝肠寸断——有人到林子里寻找时，会发现这哭声永远在前边、在林子的更深处。

赤狐可能比一般的狐狸更为嗜酒。常常听说它因为醉酒露出尾巴的事情。海边上许多人都知道这样一个故事：在过去家家都酿私酒的年代，曾经有一只赤狐夸口，说它尝遍了村子里所有人家的酒——那是一个中午，当时它正幻化成一个人人都熟悉的教书先生的模样，走在街上，还戴着一只缺腿的眼镜。可惜它真的喝醉了，蹒跚着，一条尾巴拖得老长。

在河边上看果园的老人最愿讲的就是他亲眼目睹的一件真事：有一天中午很热，他正铺了一片席子在高粱地边歇着，突然听到有人咔哩咔嚓骑着一辆自行车过来了，他抬眼一看，倒吸了一口凉气——原来骑车的是一只狐狸，那车链子都锈了。他大喝一声，那狐狸扔下自行车就跑了。

在林子里，人们只要遇到了一些不可解的事情，总是说一句：大概是狐狸办的吧？这样问一句也就模糊过去，凡事不求甚解。所以狐狸对人来说也像其他事物一样，总是有利有弊：一方面它使生活增加了一些浪漫的想象、一些情趣，另一方面也使人遇事不再细究，减少了一些科学追问的精神。

蛇

我们这儿以前蛇是很多的，现在不知为什么变少了，许多天都见不到一条。人天生是怕蛇的，总是将其看成最可恶最令人恐惧的东西，为了表现自己的勇气，只要见到就要设法消灭它。这是多么大的误解。后来才知道它应该是人类的朋友，并且有权利与人一起生活在这片土地上。

据说蛇也是有神力的动物之一。万松浦一带最多的是蝮蛇和一种花花绿绿的水蛇，但很少听说它们伤害过谁。总是人在打它们，还编造出一些故事中伤它们。像白娘子那样美化蛇的故事是绝无仅有的。尽管如此，那个故事中与母蛇在一起的男子还是脸色可怕，因为蛇属阴，它太凉了。人蛇相恋，这多么可怕，这可真想得出来啊。有人问：蛇不过是细细的一条，怎么与之相恋？这不过是扯淡嘛。

蛇的神力在童年时期曾经有过一次实证。那是一个星期天，我们一伙学生在海滩上玩，其中有人一连打死了两条大蛇。结果回家的路上不断发现有蛇挡在小路上——惶恐中有人又打死了几条。于是更可怕的事情发生了：只要往前走就有蛇在挡路，它们太多了，多得就像乱草一样，一绺绺封住了所有的路径。

我至今记得小时候那片恐怖的槐林，它太大太密了，黑乌乌立在海滩一角。从来没有人敢去那儿，因为据说它属于蛇的领地——那里盘踞着无数的蛇，真是要多少有多少，其中有个蛇王，它是一条比手臂还粗的、头上长了鸡冠的大家伙。黑色槐林那儿常常传来一声声奇怪的鸣叫，有人说这就是蛇王的叫声。那片林子阴气森森，这完全是因为蛇的缘故：蛇是真正属阴的，它很凉。

直到十几年前，那片神秘的林子才最后消失。那当然是工业化带来的后果，因为厂房一直要往前推进。可是从来没有听说蛇王及其他的子民有过什么反抗、发生过什么故事。看来工业化是无坚不摧的，它呈现出与蛇的属性完全相反的另一极：阳性特别强。

我们书院有一天发现了一条小小的青蛇，大家不仅不怕，反而引为稀罕，围着观看。司机小镰被它小巧的、光滑的身躯吸引了，于是伸手抚摸了一下。谁知小青蛇一阵恐惧中张开了嘴巴：小镰的食指上立刻留下了两个米粒大的印痕，还出了血。这时大家才想起蛇是有毒的，嚷叫起来。可是小镰笑笑说一点也不疼。他把小青蛇放到草地上，擦擦手。后来小镰果然无恙。

鹌 鹑

"俺那闺女老实得啊，就像一只小鹌鹑。"这是一位老太太说过的话，让我一直不能忘记。我感到好奇的是，像小鹌鹑一样的姑娘会是怎样的啊？鹌鹑是一种最朴素的鸟，它常常因为自己的弱小而招人疼怜。我看过那些饲养鹌鹑的人家，它们一群群围在主人身边讨食水的模样，真是可爱之极。

我第一次仔细地观看和抚摸鹌鹑是在几十年前的夏天。当时我们学校支农拔麦子，有人干到接近中午时分突然大呼小叫起来，于是大家都围了过去。原来他逮到了一只鹌鹑。他诉说着整个过程：这鹌鹑被发现后就一直沿着麦垄往前飞跑，他就追赶，"它跑得可真快，我好不容易才把它捉住。""它为什么不飞呢？"他回答："它忘了。"

鹌鹑因为善跑，有时真的要忘记了自己的翅膀。鸭子和鸡，都是忘记了翅膀的飞鸟。翅膀是为天上准备的，而两条腿只能留给人间。

一个小姑娘刚逮了一只毛茸茸的小鹌鹑，用手捂住往前走，嘴里唱着："鹌鹑是小鸡，喂它一点米；下了两个蛋，变成小弟弟。"这次我好好看了一下她的小鹌鹑，发现它的眼睛有着难以消除的羞涩，栗色羽翼就像一件素花衣服，颤颤的小腿让人想起刚刚进城的山里娃娃。我想把它颌下芜乱的绒毛理好，每动一下，它都不安地看我一眼。

青 蛙

好久没有这样的情形了：入夜后，躺在床上听阵阵蛙鼓。那是许久以前的记忆了。可是如今在万松浦，又可以找回这样奇妙的感觉了。蛙鼓就来自旁边的河，来自院中的小湾。

谁还记得这样的情景：河边紫穗槐棵子里有高高低低的鸣唱，你蹑手蹑脚走过去，伸手摇动一下灌木枝条，树棵里就噌噌蹿出无数的青蛙，那真是万箭齐发。

青蛙的模样千奇百怪，不可胜数。有的通体像翡翠一样碧绿，有的长了粉红色的花纹；有的个头胖大，有的小巧玲珑。有个南方人站在河边看了一会儿，咕哝说："这是一道菜啊，田鸡田鸡，这里不是太多了吗？"他后来真的找来一面小网，只一转眼就捕了一大桶。可是当他拎着桶不无炫耀地往回走时，却遭到了许多白眼。

半路上，南方人把那桶青蛙放掉了。

蟾　蜍

它模样难看，令人不敢久视。一只老蛤蟆身上有无数疙瘩，眼睛的颜色都是红的。最老最大的蟾蜍像碗口那么大，步子极为缓慢，步态很像一只龟。它一动不动时模样威严、沉默、阴郁，想吃东西时就紧紧盯住树枝上的那只蛾子——只需几秒钟蛾子就一下掉进了它的嘴里。这就是它注视的功夫。它的目光里有一种阴沉可怖的特殊力量，这就是：眼力。

这一带的人没有不知道蟾蜍有这个功力的，所以从来没有人与之对视。今天看，也许它能够从眼睛里发射一种微波之类的东西。直到现在，只要一说到"眼力"这个词，我马上就会想到蟾蜍的眼睛。

现在的万松浦，像记忆中的那种大蟾蜍已经不见了。为什么？不知道。一群群的中小蟾蜍随处可见，它们入草丛进水湾，忙个不休。可是它们一般来说是没有什么眼力的。

沙　锥

来这儿的朋友常有一种误解，以为在海岸上飞跑或翩飞的小沙锥就是等待长大的小海鸥。跟他们解释没有用，他们不信。而我们这儿的人从小就知道二者是不同的。海鸥走路笨拙，而沙锥有极好的跑功，它这一点很像戏曲舞台上的某些人物。沙锥虽小，但如果能从近处看一下，就会发现它们有一副老成持重的样子，并非是什么小雏。龙口当地人对这种小而老成的模样叫"小老样儿"。

沙锥比起海鸥来，就长了一副"小老样儿"，是可爱之极的一种鸟，平时在满是粗沙粒的海边飞跑，成群结队。在退潮线上的浅水里，它往往用怪异的目光注视着水流，颀长的双腿一瞬间凝止不动。有时候海边上食物不足，它们也要远远地飞向海滩深处。

小时候与沙锥的亲密接触不是在海边，而是在收获过的红薯地里。那里已变为初冬的一片沙子，不过比海边的沙子要细得多。我们用垫上了玉米秸秆的铁夹子捕捉沙锥，这样就可以不伤到它们。铁夹上的小玉米虫一动一动引诱着，它们一群群地往前疾走，从不生疑，遇到吃物一定要伸出嘴巴。所以捕它们是很容易的，远比捕麻雀要简单得多。那时我们曾经捕了多少沙锥啊，每一次都引起一阵欢呼雀跃。第一次凑近了看它时曾感到万分好奇：看上去形体紧凑的小鸟原来这么胖啊！于是我们就给它取了个外号：肥。

来此地的客人总是说：瞧这儿多么好啊，有一群群的大海鸥，还有一群群的小海鸥。还议论：大海鸥能飞到海的里边，小海鸥还不行，它不敢啊。

百　灵

百灵和云雀让人分不清，如果离得近了，凤头百灵头顶那一小撮毛发倒是很好的标记。这儿的百灵一度和云雀一样多，后来不知为什么百灵就更多地飞往南部山区了。山区的人赞不绝口的只有百灵，他们从不言及云雀——或者他们以为二者是同一种东西，只不过像其他物品一样，仅仅是"牌子"不同罢了。

百灵的歌声就像云雀同样美妙，但节奏稍有不同，听起来更为浑厚和婉转悠扬。它在山区和平原上过着无忧无虑的生活，压根就不能体会城里人装在笼子里的百灵是怎样一种心情：据说一旦失去了笼子，那些城市百灵是很不习惯的。

有一个剧院门口贴了一张海报，上面夸某位歌手为"小百灵"。当然，这只能是在歌声方面谦虚地称"小"，而绝不是在形体方面。如果是一位杰出的女高音，是否可以称为"小云雀"呢？

百灵就像云雀一样，成为我们万松浦最引以为荣的绝妙歌喉。

麻　雀

有人说这是真正的平民之鸟，它们无所不在，平凡无奇，然而异常顽强。它们也像平民一样为数众多，不被珍视。可是谁又能忘了麻雀呢？你一时会想不起天鹅，尽管它是那么高贵。麻雀像种子一样撒遍大江南北，无论城乡和原野，都是它的生存之地。它没有婉转的歌喉，绚丽的衣装，也没有雄健的体魄。它真的只是一种再普通不过的鸟儿。在许多时候它就是鸟儿的代名词——它可以代表它们，因为我们首先想到的是它，它就近在眼前，就在窗前和屋檐下，就在童年的手上。

一个地方如果连麻雀都没有了，很可能其他的鸟儿也很难见到。它与大多数人一起生活，甚至是一起悲欢。在寒冷的冬天，大雪铺地的日子，麻雀无处觅食的窘境多像断炊的贫民。那时候它们落在一家一户的院墙上，小声地议论着，瞅着屋内。北风吹起它们已经不再整齐的羽毛时，它们都顾不得像往常那样掉转一下身子。

连日大雪封地之后，总能看到有麻雀死去。这就是鸟儿当中的"路倒"。

我注意到城里的麻雀：它们差不多都是羽毛发黑，紊乱，可爱的肚腹也不再是白白的。有的麻雀甚至是乌黑的，那大半是在烟囱旁取暖时弄脏的。城市已经没有一片干净的地方可供它们栖息，落脚之地尽是垃圾，尽是汽车尾气和人流车辆搅起的暴土。可是它们已经无法离开，因为它们就像大地上的贫民一样，故土难离。它们不是游牧民族，不善于大幅度长距离地迁徙。

而万松浦一带的麻雀是洁净的，它们停留的是海风吹拂下的白沙绿树，是被雨水洗过的干净的屋檐。我每一次看到这儿的麻雀，就会想到城里的鸟儿，我在心里问：你们和人不一样啊，你们没有单位，没有户口，也没有各种家具的拖累；而且更重要的是，你们有翅膀啊！你们为什么不离开呢？你是会飞的生命啊。

可是我也知道，大多数生命还有一个属性，那就是依恋。对于一些更优秀的生命而言，在许多时候真的是很难一走了之的。

野　鸡

"我在这里看见大野鸡了！"来万松浦的客人往往在第一两天就这样说，一脸的欣喜。这对他们来说很可能是第一次——以前都是在动物园里见识到它们的模样。可是动物园里的野鸡不太叫，它们那时候因为孤寂，总是沉默多于欢愉的。而这里的野鸡却是旁若无人地大叫，因为它们自在，也因为自豪。从记事的时候起它们就在林子里呼叫，那是这些野鸡的父辈吗？可见我们这儿的人与它们至少也有两代之谊了。

任何的一片林子，如果没有野鸡沙哑的大叫，就不会显得有多么深邃，也不会呈现出应有的野性。林莽之气的一多半是来自野鸡的叫声，其次还有野鸽子的声音。如果野鸡不太怕人，如果它公然能够在离人几公尺远的地方四下张望并迎着你放开喉咙，那会是多么有趣。

有一天下午，书院的人正在菜地里忙着，突然就有一只母野鸡领着一群小野鸡从林子里出来了。那一大群精致的小鸡至少有七八只，悄没声地跟在母亲身边，真像童话一样可爱。这时候公野鸡不在，那个做父亲的不知到哪里去了。

公野鸡常常入画，就因为它有一条彩色的长尾。孔雀开屏太有点南方的夸张了，于是北方的野鸡甩着长尾一飞，肥肥的身躯掠过林梢，更是呼啦啦生动逼人。

奇怪的是这里的人几乎没有找到过野鸡的窝，当然也没有看到它的蛋。但常有人饲养过小野鸡，并且把它巧妙地混在家养小鸡中，让老母鸡把它带大。野鸡的深色翅膀很快就在鸡群中凸显出来，并且最先为猫所注意：它看看小野鸡，再看看主人。

燕　子

这里的燕子主要为家燕和金腰燕。人们是多么珍惜这种鸟啊，简直不是把它当作鸟来看待的。它在鸟中的地位，多少有点像猫在四蹄动物中的地位，即与人的关系特别亲近。"那是燕子啊！"经常看到怀抱小孙子的老爷爷指着落下来的两个燕子说。小孙子刚刚十来个月大，望向燕子的眼神还有些恍惚，一副懵懵懂懂的样子。可是他从这么早就开始结识这种非同一般的鸟类了。

我常常想，燕子到底是怎样确立与人的这种特殊关系的？它们与人如此亲近，却并非像鹰一样喂熟后可以为人驱使，也不像鸽子那样围在人的身前身后。猫在人这儿获得了独一无二的特权，比如在人的词典里，猫可被称为"男猫""郎猫""女猫"等，其他动物则不行。无论是农村还是都市，它们习惯上都要与人同眠，可以随时随地跳上床头炕头。而即便是一只小狗，随意跳到炕上也是不被允许的。这大半是因为猫的娇媚和洁净，它们大多时候是一尘不染的。燕子却从不接近人的身体，但它把窝筑在一户人家的房檐下，这户人家就会觉得受到了奖赏一般，十分高兴。有的燕子甚至把窝筑到了屋内——这在今天的城里孩子看来可能是不会理解的——但这一户人家却真的会因此而更加高兴。

比较几种动物与人的关系：狗常常与人合作；猫特别让人亲昵；而燕子更多地使人尊敬。

黑色的燕尾服，雪白的衬衣，燕子在打扮上是个西化的绅士。然而它却是中国乡土民众的挚友。连最贫穷地区的人都知道不可以打燕子，连最小的孩子都知道这是一种获得了豁免权的鸟儿。他们都小心翼翼和真情实意地对待来到自己家的燕子。燕子最喜欢成双成对地待在一起，并且能够像人一样夫妻双双地忙碌，饲喂自己的小孩，一点一点将其养育起来。

在我们万松浦，燕子同样是最高贵的鸟儿。

雀　鹰

如果在阴冷的天色里呈现这样一幅图景：北风吹拂着野地里一团团的滚地龙草，一只雀鹰正从它们中间起飞，就会让人感到最严酷的冬天已经来到了。雀鹰那灰乎乎的身躯在万松浦的上空活动时，实在是显得触目。

有一天，这儿的天空翱翔着四十多只苍鹰——其实只是雀鹰。那是一个初冬的下午，其情其景让我印象深刻。

书院东河那儿就有雀鹰的窝。我们常常可以看到一只雀鹰抓住一只什么猎物从院子上空飞过，那模样让人想起一架飞机悬挂了炸弹在飞翔。

有人以为雀鹰是小个头的，而红脚隼却有可能是大的，这是一种误解。雀鹰其实还要大一些。雀鹰捕捉鸟儿的残酷场面我们没有看见，但我们书院松林里常常有鸟儿凌乱的羽毛。一场血腥的战争和杀戮总是从我们的眼皮底下滑过，看来雀鹰是善于速战速决的。也许正因为这里的鸟儿太多，所以才有这么多的食肉动物。可是同样是长了双翅的，却要以另一些飞翔的生命为食，这是多么残酷的事实。这是一种可怕的象征。

这里苍鹰很多，另外还有一种更大的鹰：鸢。如果有一只鸢飞向了高空，有人就会指点着喊："看哪，老鸹子！"它们比红脚隼和雀鹰更为猛厉，能够捕捉飞驰的草兔。

大　雁

大雁路过万松浦时常要留下来玩几天。它们在稀疏的苇棵间慢慢挪步的样子很可笑。一些猎人很喜欢它们能在这儿逗留，还给它们取了个外号："老呆宝"。小时候曾看到一个矮个子老人挎一个篮子低头在青青的麦田里走，问他干什么？答一句："捡大雁粪"。我们挣着去看他的收获：篮子里只有几块光滑的、白色的圆柱形东西，根本就不像粪便。问他干什么用？他答："做药材哩。"

往昔里，午夜有两种声音是最迷人、最难忘的。一种是天空过大雁时的鸣叫：像小儿低语，像婴儿在笑。这声音让我们在心中默念："一会儿排成人字，一会儿排成一字。"一种是马车在不远的路上通过时，马蹄发出的喀哒声：不脆也不艮，不响也不闷，配在夜色里真是好听。

现在这些声音都听不到了。不客气地讲，一些特别的、真正的幸福，我相信是随着它们的消失而永远地消失了。

灰 鹤

在河湾处，在海滩上的一个个大水洼那儿，常常落下一些灰鹤。它们的长腿让当地人发出惊叹：嚯咦！灰鹤在浅浅的草丛中踌躇时，两眼痴呆呆地望向四周，有时猎人凑得很近了它还是毫无察觉，无动于衷。

前些年秋天一个猎人被早就想逮他的公安人员逮到了。候审期间他哭丧着脸说："我什么坏事也没干，我不过是打了一只鸟。"公安人员认为只要是长腿的鸟就要保护，至于怎么处罚，那还要看鸟类图谱。那个猎人说："我的命怎样，最后就看那张谱了。"

结果查出是一只灰鹤。罚款，没收猎枪。这结果使猎人还是有些高兴，说："如果谱上让我蹲个三年两载的，我也没有法子。"

这个猎人来万松浦玩，路上正好看到了一只灰鹤翩翩落下，立刻下意识地闭了闭眼，说："又是它，妈的。"

灰喜鹊

灰喜鹊是葡萄园里的顽皮鬼，不受欢迎，毛病屡教不改。它们爱吃葡萄，但从不讲究方法：每一个葡萄串穗用长嘴吮几下也就算了，结果整串的葡萄就要烂掉。种葡萄的人说起灰喜鹊，都是一副不以为然的样子。因为灰喜鹊属于受保护的鸟类，只能轰赶而不能捕杀。结果许多葡萄园不得不雇用专门的人到园子里按时喊两嗓子，叫做"赶鹊人"。

灰喜鹊看来十分满意自己的角色，它们一直待在树上，专等赶鸟人喊过了离开，然后一头扎进园子。种葡萄的人捧着被它们啄过的烂葡萄穗，说："你说这些狗东西气不气人啊！"它们不吃葡萄的时候，一群群在园子边上飞旋，叫出一阵阵不无滑稽的声音，很像是取笑葡萄园的人。

但即便是葡萄园的人也承认：灰喜鹊单从模样上看还是很好的。它们有海军军官才穿的那种灰呢子长大衣，还戴了黑色贝雷帽，真是足够神气。当它们安静地待在树上时，那种神情也是非常温文的。可是更熟悉它们一点脾性的，就会发出连连叹息，感到惋惜。因为它们既是清除松毛虫的能手，是使一大片林木免于毁坏的大功臣，又是海边一带十足的捣蛋鬼。它们不仅对葡萄园恣意妄为，而且还对其他的鸟类构成侵犯，甚至趁其他鸟儿外出不在时，动手拆毁人家的住所。

万松浦一带的灰喜鹊成群结队，它们喜欢这无边无际的松林，更喜欢成片的葡萄园。

牛背鹭

牛背鹭在当地极少见，可是这几年也来万松浦了，成为尊贵的客人。它长达半米的身躯，头和脖颈醒目的橙黄色，都给人眼前一亮的感觉。

但它们在这儿仅是两只、三只地出现，很少成帮成伙。它们光顾万松浦的样子，让人想起初来乍到的旅游者。它们如果长久地待下去，将会知道这里有多么丰富的食物、多么好客的主人。

三只牛背鹭于一个雨后的下午落在书院的水杉树下，像几位老翁一样持重地踱步；更多的时间它们只是候在原地，看看碧绿的草地、看看一旁翩飞的喜鹊，不动声色。

就在前不久，它们还曾经出现在离万松浦十几华里外的闹市区，但只停留了短短的二十分钟。

猫头鹰

面对它们圆圆的大脸、明亮异常的眼睛，你常常会觉得这是一种无所不知的生命。的确，猫头鹰是一种绝不平凡的鸟儿，它几乎在一切方面都引起了人们的好奇心。人们对它迷惑、敬畏，恐惧和喜爱，还有许多时候是厌弃和拒绝。它是捕鼠能手，是会飞的猫。可是在北方相当大的地区里，人们把它当成了死亡的预言家——老年人最不愿听到的就是它的叫声。我曾亲耳听到一位正在河边上蹲着的老人面向鸣叫的猫头鹰喊："不用说了，我走到哪你说到哪；我知道我快去了。"老人从心里认为这只不祥的鸟儿在向他发出死亡通知。

其实如果居住在万松浦，也就不会变得那么敏感了。因为这里的猫头鹰太多了，任何人都不可能回避它的叫声。长此以往，它的鸣叫只成为众生合唱中的一个音阶、一种乐器，比如是一只竹笛和箫而已。造物主真是奇怪啊，它不仅有猫一样的耳朵、眼睛和面庞，不仅善于捕鼠，而且也能发出猫一样的"喵喵"声。它与猫到底是一种什么关系，生物学家并没有详细地告诉我们。在一般情况下，我们人类不太习惯看到一种动物的脸庞圆圆的，也就是说，不太希望它们脸的形状太接近于人本身。如果有什么鱼类或鸟类长出了一张圆脸，就会引起我们长久的观测和想象，让我们不安。而猫头鹰就是在这一点上让人颇费猜度。

它们的种类非常之多。据说有二十多种。其中有的面庞实在是太怪了。比如长达半米、像头戴黑色呢帽的草鸮，谁在它的注视下会无动于衷呢？再比如更大个头的雪鸮，周身雪白，两眼通圆，有硕大的头顶，很像一个刚刚堆成的雪人——它一旦突然出现在面前，一定会使人目瞪口呆。还有长了一张猴脸的褐林鸮、面目悲伤的长尾林鸮，都拥有无法言喻的韵致和神情。

万松浦的林中大约有七八种猫头鹰。

有一次在南方的奉节城，我看到了一只小孩子大小的猫头鹰，它粗粗的腿上正系了一根铁链子，跟随自己的主人在街头小摊上喝酒，主人不时扔一块肉给它。它一活动，铁链子就哗啦啦响。主人喝过了酒，说一声："咱走啊，"它就跳上了主人的肩膀。

大多数的猫头鹰都留了人一样的背头发型。可见它们的确不是一般的鸟。

黄　雀

它就是人们常常饲养的会唱歌的小鸟。这种鸟儿在林中不起眼，只有美妙的歌唱使人心情愉悦。一只能歌唱的小黄雀十分受人欢迎，它很容易饲喂，且鸣唱不倦，早已进入寻常百姓家。一些人甚至以捕捉黄雀为生，他们就来往于林中，到处悬起"翻笼"：笼里先放了一只雌鸟，笼上有一个机关，只要想谈情说爱的小黄雀一扎进笼里来，笼子上的翻盖就一下合上了。

黄雀是杰出的小歌手，是我们引以为荣的鸟儿之一。只要提起能唱歌的鸟类，万松浦的人就会说一句："俺这里黄雀最多了！"

黑枕黄鹂

夏天的中午走在林子里，常常被一种极为奇特的叫声惊呆：婉转之极，嗲声嗲气，有时真像一个婴孩在呼唤母亲。它的声音混在林子里的众声喧哗之中，显得非常突出。这就是黑枕黄鹂。它比黄雀肥大，口腔里一定有个不小的舌头，所以才会有如此独特的、简直是拟人化的鸣叫。

林子里的这种鹂鸟在数量上远远少于黄雀。但只要是有一只，它的声音就不会被埋没。那是一种娇痴之声。偶尔也会发出泼辣辣的呼叫，这时就有点像女人的声音了。你迎着这叫声走去，会看到它黄色的躯体一下展放开来，像荡秋千一样从一棵大树荡到另一棵大树——这时它的嘴里再也不是嗲声嗲气地乱叫了，而是发出一种更怪的声音："哼，哼。"它大概因为受惊而生气了。

松　鼠

它的身影一闪而过。不过它那条蓬松的尾巴会让人过目不忘。这里的松鼠虽然不像南方和东北那么多，可是仍然时常现身。无边的黑松林里，球果肥硕，但因为是黑松，籽粒不像红松的那么大，所以它们在觅食时不免要劳苦一些。但林子里可吃之物绝不止松果一种吧，于是它们在这里长居也并非是置身于苦寒之地。

在万松浦西部的屺䂬岛上，松鼠们胆子好像要大一些。它们可以在汽车声里探出可爱的头颅观望，手里还举着一个球果。有一次，有人看见一只松鼠从一棵高高的大李子树上下来，嘴里还咬着两个大大的并蒂李。没听说松鼠还能吃李子，所以说起来都不信。但我在国外曾见过一只松鼠口衔一只大核桃从树顶下来时的憨态：它只顾低头忙碌，直下到树桩底部才发现我站在跟前，于是慌促中又略有羞愧，只呆呆地仰脸看我，一时忘了该怎么办。那只青皮大核桃太沉了，它衔着离去时十分吃力。

松鼠是最可爱的小动物之一，这在万松浦也没有例外。只要一说到它的名字，大家都停下手中的事情，睁着眼静静地听。

乌　鸦

乌鸦是很能抒情的一种鸟儿，它情深意笃的叹息早已为人们所熟悉："啊！啊啊——"可是仅此而已，并没有吟咏的下文。它们是起落的黑云，是海边上一片跳跃的墨色。曾几何时，这里的乌鸦多到了令人发愁的地步，老人们都说："怎么办啊，看看这些乌鸦！"我小时候常看着它们遮去一大片天空，喧闹飞旋一阵，又呼啦啦落在麦地上。当我为这一大片黑鸟而惊叹时，上年纪的人却说："现在的乌鸦可少多了！"

老人们讲，在过去，每天夜里乌鸦把林子全部占据了，简直没有其他鸟儿立足的地方。一棵棵大树上全蹲了过夜的乌鸦，就像结满的黑色硕果。到了早晨，乌鸦飞走了，地上就铺了厚厚的一层干树枝——这都是它们降落和起飞时扑打下来的。

时过境迁，如今再也没有那么多乌鸦了。偶尔听到一声"啊、啊"的抒情之声，觉得新奇得不得了。

2004 年 6 月 30 日

筑万松浦记

我一直想找一个很好的地方，在那里做一点极有意义的事情。是什么事情还不知道，但我想它要能足以引起自己的长久兴趣。当然，它对许多人来说都应该是极有意义的。它的整个过程还应该是朴素的、积极的。它要具有相当长的生命力，并且在未来让人高兴。它还需要由许多人以各种方式去参与，而不是被许多的人去索取一空。它从一开始就将拒绝那些只想到索取的人。

小岛对面

在龙口市的北部，渤海湾里有两个小岛，桑岛和依岛。桑岛上有八百多户人家，有松树和槐树林，有灯塔和礁石。这是个很美的岛，关于它的传说很多。其中有一个传说与它的命名有关，说的是秦代的智慧人物徐市（福）被秦始皇遣去东瀛寻找长生不老药，行前曾在岛上种植桑树，养蚕织造。徐市后来带走了很多人，包括史书上记载的三千童男童女、五谷百工，当然也少不了各类智慧人物。他这一去发现了日本列岛，高高兴兴过起了独立王国的日子，再也不回来了。这就是所谓的"止王不归"：整个的事件记录在中国的信史《史记》中，可见已不是传说了。

桑岛之名的由来倒是个传说。不过如今岛上已没有大片桑树，也没有纺织业，只有其他林木，有发达的渔业。从南岸去岛上有十几分钟的水路，这是指现代客轮的速度。我在中学时坐了木制机动船去过一次海岛，大约花了二十分钟。那一次我在岛上待了一个多星期，住在同学家里，尽享岛上新奇。进岛前站在南岸看一片海雾中的葱绿，如同仙境；进了岛，则不停地往南边的大陆遥望了，望到的是一片无边的林木，林木前镶了一道金边，那就是海滩了。

当年桑岛上的房子都是一种黑色岛石垒起的，屋顶覆以海草。岛的四周永远有鸥鸟环绕，正像岛的四周永远有扑扑的水浪和细细的沙岸一样。它的西北方，仅仅两三华里远的地方就是那个依岛了。如果把我们脚踏这个岛比作地球，那么依岛就是月亮，不过它不会绕桑岛运行罢了。我们当年极想去依岛上看看，可是没有船。因为小小的依岛上面没有人烟，而且与桑岛之间隔开了一道湍急的暗流，据说除非有第一流的驾船技术才能渡过。渔民介绍说，依岛上过去只有一幢小小的茅屋，那是为躲避风浪的渔人准备的。一旦来了大风不能及时赶回，捕鱼的人可以就近靠岸，并在小屋中歇息下来，里面总是有常备的水米。如今岛上空空荡荡，一派灌木白沙，风景秀丽。一大群野猫成了这里的实际主人，据见过的人说它们靠吃水浪涨上来的小鱼小虾之类，个个长得干净强壮。

今天，这两个岛对于城市人来说已是旅游观光的最好去处。但要在岛上长期生活下去，要做一点想做的事情，似乎还缺少点什么。我去了岛上，像过去那样向对岸的陆地遥望，再次惊讶地盯视那片无边的葱绿。我的心头涌起了一阵感动。正对着这个小鸟的是绵长的沙滩，茂密的树林。

那里与人口繁密的小城相距二十分钟的车程。

港栾河

有许多天，我一直在小岛对面的那片海滩上徘徊。这是一片真正迷人的沙岸，洁白到了无一丝粗糙和污迹；碧蓝的海水，退潮时露出五十多米的浅滩。这里没有鲨鱼出没，是天然的优良海水浴场。更为可贵的是它背靠了一大片松林，大得足以藏禽隐兽，一眼望不到边，只听到鸟声不断，与近海翻飞的海鸥遥相呼应。与海岸交成直角的是一条古河道，叫港栾河。河的上游源自南部山区，很早以前与曲折密集的山下水网相连，接受丰富的山落水，水流量终年很大，这由古河道的宽大壮观可以看出。河的入海口有古港遗址，而今的小旅游码头就建在遗址右侧。

像许多古河道一样，如今的港栾河也在时间里萎缩了，充其量只能算是一条中小河流。但好在它还有辉煌的历史可以留恋。它的下游建有不止一个村庄，可以说它们都拥有得天独厚的地理条件。河中有鱼蟹，它有别于海鱼海蟹。人海口有洄游产卵的鱼类，所以每到了四月春阳照耀时，浅海里到处都是捕捞鲈鱼苗的男男女女，他们将把一个春季的收获卖给淡水养殖场。河道里有茂密的蒲苇，河堤上有高大的槐柳。由于古河道淤积土深厚肥沃，所以河两岸的树木比其他处茁壮得多，夏秋里看去真是冠盖相连，如雾如峦。槐柳与成片的松树相依衬，形成了另一种风韵。槐柳的碧嫩与松树的墨绿相间，层次错落；冬天和秋末松树浓绿依旧，槐柳则剩下了裸枝。槐的苍枝和柳的红条在绿色中闪烁，该是画家们的向往之地。

走在河岸上，就会把海浪的噗噗声遗忘，耳郭与视野全是淙淙水流。青蛙和鲫鱼在水中窥视，它们以漂亮的翻跃引人注目。有咕咕声响在密集的荻草中，不是水鸟就是穴中动物。这条河的珍贵在于它在许多时候为林中的鸟兽提供足够的淡水，如今堤岸下到处可见一溜溜小兽蹄印，可以分辨的有兔子、刺猬和獾之类。也仅仅是十几年前，河两岸还有狐狸出没。

人们的传统居住理想，就是尽可能在河边筑屋，做所谓的"河畔人家"。而眼前的情与境何等诱人：海岸林中河边，三位一体。更为难能可贵的是，这里离那个去海岛的小码头仅有一华里之遥，安静便利，却没有喧闹。除此之外这里还有历史掌故，有传奇，有静下来即可听到的古河的哗哗之声。

万亩松林

最为诱人的还是这片无边的松林。准确讲它有两万六千亩，主要是黑松。据说这种松不易见到一万亩以上的面积，所以说眼下的规模实在可叹。它的形成是漫长的，除了原生树木，再就是依靠了人工种植。大约四十年前有一场浩大的造林活动，出动了万人营造沿海防风林，是这样的日积月累才产生了如此伟大的造就。苍茫海滩上的原生树种有小量黑松，其余就是一些灌木；乔木类有白杨、槐树、榆树、小叶杨、橡树和柳树。当人工松林于四十年后蔚然壮观之时，原有的大树就显得苍老豪迈了。它们间杂在一片林海中，是树木的尊长，是自然的智星。

有了不同的树种，有了偌大的面积，也就有了丰富的大自然的内容。我们今天的人对于大自然的蕴含越来越陌生了，简直是十分隔膜。关于一些动物的故事，我们仅仅是从书中，特别是从动画片上获得。我们还不习惯于发生在眼前的、身边的动物故事。我们知道动物的故事通常主要是发生在大面积的林子中，它们比起家里和动物园中的动物，会是完全不同的。

我走进这片松林，愈走愈深，竟有两次迷失了方向。从河的左岸向西向南，会走向它不测的纵深。林深处一片呜呜响起，这就是无时不在的松涛了。只要稍有一点风，就有这低沉浑厚的声音；但是如果有大风吹起，林中又是最好的避风之地。

随着往前，林中空地上出现了小动物的劫痕：散羽和断蹄，凌乱的兽毛。这里有隐下的猛禽，也有食肉四蹄动物。抬头寻觅，最常见的是红足隼和雀鹰。我们马上想到的是厮杀，是弱肉强食。在无声的嘶嚎中，在一时安静得出奇的林莽间，一低头就是零散的羽毛；再就是黄色的小花，是小蓟与荠菜，还有草丛树下探出的蘑菇圆顶。在林中行走随手采下蘑菇是一件快事，那是毫不费力的收获。这里最多的当然是松蘑，还有杨树蘑和柳树蘑，都是最受人们青睐的美味。如果在春天，林中的松脂气味正浓得化不开；更有槐花的清香、满林满地杂花野草的熏蒸，人走在里面真像一场特别的沐浴。我与朋友在林中仅仅走了半个小时，鞋子就被花粉全部染成了黄绿色。那时各种不知名的飞禽成群掠过，云雀在高空欢唱，野鸡在深处鸣叫。我们惊扰最多的是野兔，它们有许多次被我们同时惊跑了三两只。鸟窝遍藏在深草中、树丫上，有时一不小心就会惊起正在孵蛋的鸟儿。

无论是雨天雪天，进入这片林海常常都会有一种享受。林雨淅淅好，大雨怒吼也好——它别有一种气势，让你在稍稍惊异中领略许多。你会看到各种动物在雨中的姿态，树与草在洗涤中的欢快。脚下是刚刚润湿的沙土，是一簇簇顶着满身珍珠的绿叶。当然最好还是淅淅小雨，那时会有一种绵绵不绝的低语伴随着你的行走和深思。不过大雨滂沱是骤然而至的，这时我们就再也不会忘记闪电的颜色，记住在万木丛中急速穿行的风雨之声。在冬天，当踏着雪后的林地，会惊讶这里奇特的安静和干净。只要走动，脚下就响起无法形容的雪的声音；此时围拢在四周的全是清冽的脂香。林子在冬天变得幽深和优雅，树隙的天空闪烁新的瓦蓝。积雪在这里会存留一个冬天，或者再加上一个初春。雪后只需多半天，地上就会叠起一个个小兽蹄印了，这是动物们留下的一些巧妙的图案。走在林中雪地辨认兽蹄是一种乐趣，有经验的林中老人能一口气认出二十多种。

走在林中，难免想象做一个林中人的幸福。可是这种打算太奢侈了。这种奢侈不可以留给自己，而应该留给更多的人。

人　缘

一个情境在心中渐渐完成，这就是在港栾河边、万亩松林的空地上盖一处书院。是"书院"而不是别的什么，是因为这两个字所包含的"内美"。

中国古代有著名的三大书院，如今除了岳麓，其余学术不兴。书院是高级形态的私学，起于宋，盛于唐，是中国大学的源头。现代书院该是怎样的姿容，倒也颇费猜想。静下思之，她起码应该是收敛了的热烈，是喧闹一侧的安谧和肃穆。热闹易，安稳难。在记忆里我们从来都是热闹的，不同的时期有不同的热闹。可是一些深邃的思想和悠远的情怀，自古以来都成就在有所回避之地。它的确需要退开一些，退回到一个角落里。

于是就想到找一处角落、一个地方。龙口地处半岛上的一个小小犄角，深入渤海，像是茫茫中的倾听或等待，更像是沉思。更好在它还是那个秦代大传奇的主角——徐市（福）的原籍，是他传奇人生的启航之地。港栾河入海口处的古港也曾被认为是他远涉日本的船队泊地，当然更多的人认为是离它不远的黄河营古港：东去三华里，二者遥相呼应。一个更迷人的故事就发生在脚下：战国末期，强秦凌弱，只有最东方的齐国接收了海内最著名的流亡学士，创立了名噪天下的稷下学派。"百花齐放百家争鸣"就源于稷下。随着暴秦东进，焚书坑儒和齐的最后灭亡，这批伟大的思想家就不得不继续向东跋涉，来到地处边陲的半岛犄角"徐乡县"。这里由是成为新的"百花齐放之城"。而今天的港栾河入海口离徐乡县古城遗址仅有十华里，正是她当年的出海口。

可以想见，秦代一统海内最初几年，徐乡城称得上天下的文心。

十余年来龙口人越来越多地迷于"徐市研究"，而且声动南北，呼应京津，大约几十位教授发起成立了"徐市（福）国际文化交流协会"。不说它的学术，只说这种追忆和缅怀所蕴含的一种地方自豪感，也许还有他们未及领会的另一些东西的珍贵。思想需要一种连绵性，传统也可以在追溯中慢慢建立。这个艰苦的过程已经开始并且不能停止，于是就给了我许多启发。多少年来，当地有多少热衷于文事、具有文化眼光的境界高远之士，在此不再一一列举。那将是令人感动的一长串名字。没有他们的热烈倡议和实实在在的支持，书院择址海滨河畔的意念就不会生成，更不可能坚定。

在那些令人难忘的日子里，不止一位朋友与我一起实地勘察，迈步丈量穿林过河。往往是多半天过去，面无倦容手持野花而归，谈吐间全是书院遐想。朋友即便身负重任，日理万机，也未曾把一件浪漫的设想掷于脑后；那种于俗务操劳中顽强存留的超拔的精神，实在令人钦佩和铭记。好像从来如此，一种信念和决意必须在人缘里生成，没有帮衬就不可能成功。

后来又有远城友人、海外文士抵达这个犄角。我们仿佛一起倾听了当年的朗朗书声和稷下辩论，激动不已。至此，对我来说，书院还未破土心中先自有了梁木。它是众手举力搭建的。

读书处

十余年来我一直寻找和迷恋这样一个读书处：沉着安静、风清树绿；一片自然生机，会助长人的思维，增加心灵的蕴含；这里没有纠缠的纷争，没有轰轰市声，也没有热心于全球化的现代先生。在这里可以赏图阅画，可以清诵古典，也可以打开崭新的书简。可惜这在以前仅仅是耽于幻想，而在我徘徊林中河畔之时，这样的机会总算实现了。只要带上书，携一个水瓶来到林间空地，坐上干艾草或一段朽木，背倚大树即可有一日好读。来时天气晴好，心情自然。若风雨袭来时则可奔海边渔铺，太阳热烈时会有枝丫遮护。远近是鸟鸣兽语，海浪扑扑；仰向高空，或可见一只盘旋的苍鹰。

我相信有一些好书必需自然的润释，不然字迹就会模糊不清。记得以前苦读中尚不能明了之处，一旦坐上林中空地则一概清明，进而着迷。特别是中国的典籍，那简直是由花草林木汇成的芬芳精华，除非远离现代装饰的房间而不能弥散。我与三两好友入林读书，一天下来不觉得疲累，也不感到漫长，而是于陶醉中享用了宝贵的时间，有一种最大的休憩和充实的快乐。

我不知道古代的稷下先生们踏上这里是怎样的情景，此地又做了什么用场。但我相信这里绝不会是林荒。因为它离一个繁荣的古港只有短短一华里，想必会有不薄的文明。时越两千余年，它的斯文不灭，仅仅是沉淀到土层而已，化为一片繁茂的绿色生长出来。我甚至想象那些稷下先生就站在此地辩理说难，手掌翻飞，一个个美目修眉，仙风道骨。总之沧桑巨变，隔海听音，丛林守护的大半是永恒的精神。

林中阅读的间隙少不了神飞天外，幻想起浪漫的远古。我想象那些远涉大洋的探访，琢磨《史记》上记载的那段惊心动魄的大迁徙，心中怦然。这段史实比哥伦布发现新大陆还要遥远和惊险。不知有多少次了，我与朋友在这里流连，时有讨论。有一次当我们安静下来，甚至发现了一只专注倾听的大鸟，它隐在枝叶间一动不动。这或许是两千年前的一个灵魂，是他们飞越时空的化身。我记得朋友先是一怔，接着响起喃喃诗声，连接了草木的一片窸窣。

在这样的时刻我们不能不又一次意识到，这种情与境在全球化的喧嚣中已近梦幻，它真的是太奢侈了。这种奢侈实在不可以独有。一种分享和转告的念头滋长起来，并在心底发出催促。我们知道，应该脚踏实地做点什么了。那种长期以来的理想和期盼正与此时心境暗合如一，让人把一个深长的激动悄悄隐藏下来。

多么静谧的林子，海浪都不忍打扰它了。

开筑了

修筑一座现代书院的心愿渐渐化为一张蓝图。书院不是研究所，也不是一般的学校。"书院"这两个字所包孕的精神和内容，或许只可意会。它在今天将是什么形象和气质，真得一个独自守持的人才能把握。当然，它不能奢华也不得张扬，只应安卧一角倾听天籁，与周边天色融为一体。静下时不由得问一句：自宋代风行的书院体制缘何由兴到衰，它宝贵的流脉直到今天不绝，其缘由又在哪里？

我知道，在一个角逐急遽同时又是极尽虚荣的时光，筹集巨资团结商贾筑起皇皇楼堂已不是难事。难的是始终敛住精神，收住心性。今天做事未必秘而不宣，却难得坦然自为。一切不仅是为了结自己的梦想，而是接续那个千年的梦想。一条港栾河波浪不宽，如何载得起这么多沉重，可见得一点一点经营，一坯一坯堆积。首先学会拒绝，然后才有接纳。砖石事小，人脉为大，有一些质朴的精神，有一点求实的作为，这样才能有一个起码的开端。

我让善绘者一遍遍描叙轮廓，让专门家细心制定结构，又经历三番改动五次争论，终于有了个主意。我甚至想象，它该是顺河而下的船夫登岸歇息处，是造访林莽的远足借宿地，是深处的幽藏和远方的消息，是沉寂无言者的一方居所。朴素是不必说了，但要坚固得像个堡垒。古代书院并不高大，今天的书院也不应太隆。它要隐在林中空地上，伏下来静听河水和海声；每天到了午夜，它会有一个深长的呼吸与林海河流相通。不言而喻，它的身边还应有古树老藤，就是说它连系着原野上的一草一木。我对施工的人说：在这儿人是第一宝贵，树是第二宝贵。

开筑了，最初的日子颇为顺利，但地基深挖下去就遇到了古河淤泥，这就需要清泥填沙，需要打进粗长的水泥桩。还有尽力躲避空地林木的问题，因为一不小心就会碰折一棵树木。事至半截有野夫纠集一起，有零零散散的阻拦，这些当不出预料。有人出面化解鼎力相助，更是感激在心。总之同志们未敢懈怠，只盼早日成就起来才好。整个过程都有赖地方，他们守土有责，爱惜文物，拳拳之心令人铭记。七月大雨，冬月霜冻，施工者辛苦劳作，操持者多有勉励。

一砖一瓦都取舍再三，权衡难定。最后采用了京西山地层石做了瓦顶，南国粗砖做了围墙。一时见仁见智，褒贬纷纷。

筑起了

不管怎么说石瓦砖墙在绿树下闪闪烁烁，再加上地场开阔，真是令人目光一亮。它绝不似拟古之物，又不像摩登馆所，只与林河海野两相厮守。砖石事毕，剩下的事就是把周边整饬一番，把内里稍加装修。这一切当然还是力求朴素，以功能为先，要让人既安居又心定，于是尽可能放弃炫目扰神的饰物。现代的时髦累赘务必去掉，一味仿古的不伦不类也当力戒。总而言之有适当之形式，有合理之心情，能居能为，可迎可送，如此这般也就可以了。它绝不该是声名远播的辉煌庙堂之类，也不会有高僧在这里日夜诵经。这只是当今的人和事，是现代的一处藏书访学和研修之地。

古书院素有三大要务：一是讲学，二是积书，三是接待游学。今天三大要务需一一承续，但又不可强为，不可一味拘泥；一切或可量力而行，所谓的随缘成事；既有所发挥，又能够坚守根本。现代书院既未有先例，也就多了许多尝试的功夫。这一点我和朋友认识同一，只想从头做起。凡事不求广大，不追虚名，不恋热闹，不借威焰。有三四同道即可，有远方讯息则安。爱书籍爱思想爱自然，勤奋劳动，不打扰乡邻不增添俗腻，始终如一地做下去就好。

我和朋友一起制定了个公约：书院选址在此，就要爱惜此地自然，绝不能损伤一点动物林草；所有在书院做事营生者，都要做个体力劳动与脑力劳动相结合者，不得终日室内攻读或消闲懒散，而要每天于野外做工，所有劳务凡能自己动手绝不找别人帮助；最好每人学一份手艺，农事，木工，园林，装裱，陶艺，所学必得应用，并在应用中日见精密；无论做学问做日常功夫，都不必受时尚趋使；要心安勿躁，勤勉认真，崇尚真理。

书院建于此，不仅因为自然之诱惑，还借助人事之祥和。所以要人人自珍。书院大门上左书"和蔼"，右书"安静"；进入大厅右折进入接待室，则可见内悬匾额："这里人人皆诗人"——由最初的平静温煦入门，待登堂入室，再感受一种热烈和浪漫。书院的最终、她的本质，仍还是一种执着求索的情怀。能够保护和持守这一情怀的，当然首先还是一种自主自为的精神环境，一种与喧嚣稍有隔离的自然环境。这也许是现代生活中最为宝贵的。

终于说到她的命名了——"万松浦书院"。其中的"万松"不难理解，因为地处两万亩松林；"浦"，是河的入海口。

中国历史上有许多书院。其中成名并流传的有三大书院，至今仍然运行的仅余一二。书院废弃的原因各种各样，比如人们马上会想到的兵火战乱之类。但细究起来还是人们面对野蛮，特别是面对庸常时渐渐失去了坚持力。因为直接被大火烧掉或失于兵匪的，毕竟还是少数。而在绝望的岁月中慢慢坍塌冷落拆毁的，恐怕要占十之八九。

万松浦书院立起易，千百年后仍立则大不易。

2002 年 12 月

演

讲

想象的贫乏与个性的泯灭

——对世纪末文学潮流的忧思

一　中国当代文学在脱离传统

我们很难在此简单地概括出中国文学的传统。但我们可以大致做个研究，以得出初步的结论。我们主要是寻找其精神的重心，虽然也必须涉及表达的形式。大约十年前作家提出的"寻根"，就包括了对传统的考查。

中国先秦文学的诗经，诸子散文，楚辞，至为绚丽，是后来难以超越的高峰。一般而言它们执拗地入世，追求理想，倔犟，具有低层性，对物质主义保持距离，并时常呈现出警觉和进攻姿态。

至秦汉，司马迁及王充等文学家基本承续了先秦之风。王充曾有过"劝善惩恶""匡济薄俗"的倡议。其间虽有驳杂和分流，但自先秦以来，基本上有一条清晰的精神脉络。

今天，我们为之目眩的文学之珠仿佛仍然触手可及：诗经，楚辞，论语，庄子，史记，唐诗宋词；我们久久仰望的璀璨之星依旧排列如仪：屈原，孔子，庄周，李白，杜甫，司马迁；可更为真实的情形是，这一切已显得十分遥远，正在无可挽回地淡去。文学的宇宙同样在膨胀，其他星系正在脱离我们而去。对于过去，我们真的是既熟悉又陌生。

如果有谁愿意掀开帷幕一角，仍会惊讶这几千年来的伟大瞬间，凝视浑身披挂鲜花香草的屈原，在秋风中站立的杜甫，言说北溟的庄周，以及辨理说难的稷下先生——其中有一个叫田巴的人竟能"辩于稷下，日服千人"。是这样的一些人和情景。他们的全部行为只有一个主题，就是对应自己的时代和世界质疑驳难。这里是那种源于生命的悲悯和忧伤，是大欢欣和大热情。

比起孔子一生的木车颠簸，永恒的《论语》也不过是一册微薄的纪念。

回视中国当代文学，发现她正在背离这条道路。作家想象萎缩，情感冷漠，却又能习惯性地嘲讽自己民族的文学传统，急于融进时下的世界潮流。好像一个第三世界国家的作家必然要作一个精神上的跟从者，好像也只有如此才好理解，才能够被谅解。

其实一个发展中国家的作家大可不必在强势面前表现出精神贫贱的媚顺。

冷静下来可以看到，文学领域很少有哪个时期出现这样的情形，即自觉地、不约而同地与一种潮流一种时尚，比如商品和技术时代的同调相应。作家引用自己的艺术，并且消除了道德与伦理的禁忌，对物益时势给予合作。他们开始觉得诗以言志为耻，认为嘲弄的时代来到了，彻底清算保守主义和道德家的时代来到了。可悲的是，其中的一部分还以为自己至少是在继承"五四"之风。"破字当头，立也就在其中了"，道理虽然依旧，但"破"的时代已经延续了太久。他们忘记了时代。

二 脱离传统的原因

中国当代文学对于传统的脱离，速度之快出人意料。其就近背景是经过几十年的文化与经济的禁锢封闭之后，艺术和思想领域急于冲出积蓄日久的愤懑，进而却在反拨中失去了冷静；更重要的还在于西方商业流行文化的全境压进，使中国作家丢掉了自己的思想和语言。

作家被技术和商业时代的规则、喧哗和繁荣剥夺了一切。在前所未有的快乐磨损中，没有了审美理想，没有了个性，当然也没有了想象力。以往那种散发着强烈原生气息的独自创作消失殆尽。

作为西方物质主义的消费文化，是现世与享受、发泄与纵欲的文化。飞速发展的科技与精神的萎缩，全面走向现代与彻底扬弃道德，二者之间造成了巨大的失衡。而中国当代文学在这种世纪末紊乱的文化版图中放弃了判断，盲从了时髦。

实际上禁锢和封闭下的无论是经济还是文化，最终的后果都会一样。欲望如水，满溢流泄就会冲决原来的河床；水息了，也并非要落定在原来的河床中。没有亲身经历长期封建和极左的精神轭制，必不会理解那种窒息的痛苦。冲毁迟早都要发生，这是一种必然；但水不仅要漫流，还要开掘自己的河道，灾难性的淹没不应该是水的归宿。

现在则是不问归宿的时代。放纵欲望和尽情享受既可以是现实生活，又可以包含未来的承诺。其实这不过是一场欺骗，是社会肌体走向空虚腐败的一个过程。

禁锢与纵泄是事物的两极。两种状态下都有自己生存的艺术和艺术的生存。我们不会忘记，即便在"文革"时期也有紧随时势的所谓"艺术"。那么现在呢？现在我们不过是处于了另一极，不过是有了现在的"艺术"而已。可惜我们没能及时追问，追随"政治"和追随"商品"的艺术，二者之间的本质差异到底在哪里？它们当然有差异，可它们的距离有我们想象的那么远吗？

至此，倒不如度量一下它们的共同点：比如都在迎和一个时期的主流话语，比如都在循着社会生活的同一流向，比如都在丧失独立的姿态。

西方流行文化，所谓的全球一体化，给予禁锢初开的中国文化界以致命的影响。中国作家几乎在全无意料的境况下面临了一个数字时代。对于相当一部分作家而言，他们无意或无力摆脱另一种窒息，挣脱数字与商品之网，而是直接去亲昵这张网。

于是我们走进了一个最现代最蛮荒的世界。诗意的蛮荒，技术的现代。悟想之树开始枯萎，我们不得不去操练另一种语言。

结果是，中国文学距离自己最辉煌的先秦文学的传统越来越远。它不再是自由和自为的，而且越来越虚脱，不再具有强大的孕育功能。

文学的自主和自为，表明的是一个民族的资质、体量、蕴含，以及她的精神和文化的厚度及其贮备。经济的一度贫瘠，并不一定要表现为精神的萎靡；相反，只有此刻，她的孕育功能才开始进一步显现。由于其本土性所决定的再生的倔犟，更由于其独立自守的个性品格，她必会在获取自身尊严的同时，引领一个更好的明天。

三　不让人愉快的儒学

这种对传统的脱离，首先是从对儒学长久的、持续不断的疏远和批判开始的。儒学给予中华民族的束缚，它所塑造的畸形，已经说得太多。这里必须挖掘它的精髓，发现它与整个现代潮流而不仅仅是西方思想的对应关系。

我们可以领悟，儒学说到底是收敛的、克制的，它的中庸之道是讲文化辩证法的。

儒学本身不具有虚伪性，操作儒学的过程中可以产生虚伪。

如果我们把一个民族的孱弱衰败完全归咎于她的文化之核，那么同时也应该把她全盛和辉煌的历史部分加到一起检点。这样一来问题就没有那么简单。长期形成的对儒学的批判，其原因极为复杂。其中有针对一种学术的检讨，也有民众对正统的迁怒，甚至还有流派的偏见；但这当中最为主要的，是混淆了儒学和儒学操作的结果。儒学的庙堂化过程，也是走向符号化和简单化的过程。任何批判都应该包含了梳理，但不幸的是这种持续了一百年的批判越来越走向了批判其操作结果，而不是批判儒学本身。滑稽的是，几十年来耳熟能详的一些儒学批判"话语"，已经与真正的儒学没有了任何关系。

需要指出的是，任何理论与学术都需要面对历史的挑剔，都不能享有豁免的特权。但是对于儒学的不恭以至于深恶，并不完全是一种批判活动的大面积蔓延造成的。这里面当有更为深层的人性动因。这就回到了享乐与节制、放纵与收敛的一个敏感性话题。

儒学从根本上反对抓住现世尽情享受，当然是极不让人愉快的。但它能够让我们的世界持续发展。

过度消耗，不计后果的竞争，对技术的膜拜，对商业规则的绝对服从，恰恰与儒学的要义相抵触。

今天，由于我们的作家们极其害怕沾带保守因子，急于加入世界性的对话，也就只能附在长长的物质主义拉拉队的末尾。

禁欲或纵欲，禁锢或开放，从一个极端到另一个极端，思维总在两极里碰撞。结果是，我们舍弃中庸学说，贬低不偏不倚和无过不及，完全不能进入它的辩证法的核心。子思解释中庸时强调：博学之，审问之，慎思之，明辨之，笃行之。这倒也的确是对付匆忙旋转的现代世界的良策。可怕的封建宗法势力对儒学的遮蔽和改造、嫁接与阉割，将与之对抗的知识体系纳入其中的全部过程，真像是一个可恶而高妙的故事。可悲的是至少在长达几百年的时间里，有那么多的知识分子欣然接受了这个故事。这才是真正的悲剧。

物质和技术主义者对这个世界丧失了诗性的理解。他们使用的数字逻辑生硬而冷酷地割裂了一个生气勃勃的、完整的世界。这里面没有了儒学所提倡的"诗书礼乐"，当然也不会尊诗为经。能够诗意地、真正积极地面向这个世界，正是儒学最深刻的方面。

西方文化中置"人"的利益为中心、唯一和首位，分离了人与自然万物的统一性，这种浮浅和极端化片面化的认识方法恰恰伤害了人类的根本利益，威胁了人类的明天。而儒学的"天人合一"突出的正是人与自然的共生。时下的物质主义者把一切能够稍稍进入事物的复杂性、辩证性的思维方法，一概斥之为陈词滥调。他们正是通过最为通俗和迫近的物欲享受的切口，去拆毁世纪末人类的理性思维。

四 竞争与发展的极限

现代竞争谋求和导致的发展是有极限的。这种极限往往会以两种方式表现出来：一是无止境的物欲引起自然环境与文化的双重崩溃；二是物质相对盈足之后的阶段性沮丧。极限状态的频繁出现，说到底只是精神颓败的结果。这就势必形成一种恶性循环。在这场循环中，文学与物欲世界甚至不是一种合谋关系，而是一种可耻的、不体面的跟从关系。

在现代，"发展"越来越成为"竞争"的同义语。所谓的"共同发展"只是一纸不能兑现的支票。还有，"现代化"这个概念本身也蕴含了许多问题。现代化不应有统一和固定的标准，现代化的内容只应成为一个民族心中的向往。实际上每个时代都有自己的现代化，关于它的一个至为重要的问题，应该是讨论它与平民的关系。现代化如果不能令大多数人受惠，那么它也只能是权力和财富借以转移的又一种口实。这在一个民族的内部是如此，在世界范围内的民族与国家间也是如此。强盛的民族往往不仅是现代化的率先倡行者，而且还会是这场运动的最大受益者。他们会让经济和文化都很弱小的民族自觉不自觉地接受自己的游戏规则：规则既定，胜负也就可想而知了。

能否在全球性的现代化浪潮中回避不测，极为重要的条件就是一个民族的文化自觉。一个民族巩固自我的道德伦理优势，培植和强化自己的个性，就会成为现代狂涛中不沉的岛屿。文化的繁生性曾经使一个民族丰腴起来，最终也就能难够挽救和改写一个民族衰变的历史。现代化运动的盲目跟进，一旦失去了精神的支持，发展的极限化状态就会频仍发生，给整个社会造成巨大的懊丧。

对于时尚和潮流、物质主义，精神如果失去了对抗性也就不成其为精神。知识分子，尤其是作家，今天已不能与富人和某些特别阶层一起去做一场新的游戏了。在这场说到底是他人的"发展"运动中，我们只有回到质疑的立场。面对越来越多的灌输和许诺，比如用丰盈的物质来解决一切的思想与结论，必须予以揭露。丰盈是他们的丰盈，时间是他们的时间。他们需要的是赢得和保持一段宝贵时间的氛围：足够的昏乱与迷狂，足够的热度。

这种氛围的形成，需要作家和知识分子的参与：参与制造或至少是认可这种发泄和纵欲的文化。

这期间的现代传媒扮演了最不光彩的角色。它们基本上在追随西方主流话语，支持一场物质的狂欢，传达特权阶层的志趣、跟踪他们的兴奋点。平民在五颜六色的网与屏面前先是麻醉，然后是沮丧和绝望。它反复告诉大多数人的不过是：那枚永远吃不到的果子究竟有多么甜。

正是由于现代传媒的通俗性，它才可以无限制地扩张。通俗性常常是对理性最好的覆盖手段。通俗性具有模糊和笼罩的特征，这正是它与特权集团结合的重要条件。

五　不仅是文学的出路

当代文学的精神重心既已偏移，它的表达也就只能走向末路：追求粗鄙，裸露和发泄，绝望和无聊，千篇一律的油滑，失去善意的嘲讽，不一而足。也只有这样，才与它的世纪性内容相匹配。

它的从未存在的道德根据，就是有人一度言称的对于极左和禁锢主义的"解构"。但实际上"文革"时代以及与之相联的某种传统，骨子里就是一种粗鄙和裸露。至美至深的诗意被丑化，并简略成低劣的口号，结果只能是粗鄙直登庙堂。胸无点墨者手著雄文，信口雌黄者气势炎炎。那种毫无遮掩的势利与献媚，也真是足够裸露。这就是另一个时代的时髦。作为一种传统，它现在正以稍稍改变了的形态得到了延续，进入了世纪末的文化格局。

卑贱者既不一定高贵也不一定聪明。如果势与焰能够改变卑贱的本质，那么高贵也就毫不足惜了。高贵当然不必取决于一般意义上的血脉，但她的确要取决于一种精神上的血脉。

封建与极左专制对于思想的粗暴威锐外在，而商品经济之流的淹没却是一次从内到外的浸渍和涤荡。所以今天的艺术对于物质主义的唱和，对于放纵和发泄的推动，无节制地剔除自己的道德与伦理内容，必会走向一种更为可悲的时代性依附。

我们所说的个性，是对应时代和思潮、世界和民族而言的；我们所说的想象，是指超越时尚和体制的能力。"全球一体化"最终意味和包含了什么？如果它越来越笼罩了审美、覆盖了想象，甚至取代了传统，肆无忌惮地溢出应有的疆界，摧毁和破坏不同的文明，那么结局就只能是一场灾难。在完美的未来世界（假若她真的存在的话）的综合之中，缺失了不同的文化基因，也只能塑造出一个畸形。

事实上文学之路与生存之路在今天变得如此的一致，这就是独立思考，全面激活生命的勇敢。我们已经不能失去这个机会，不能在无头无脑的竞相模仿中快意地死亡。

当代西方的经济和文化的发展之路不可一味效法。发达国家在追求现代化的过程中已经难以挽回地毁坏了环境；而它的文化正在刺激而不是扼制消费主义。总之人类没有在西方主流意识的指引下变得更安全和更愉快。所以东方只能寻求和采纳西方最鲜活最有力、充满了生机的部分。这说到底不是个自尊问题，而是个生存问题。

不同文明的融合，即是首先让现实，进而让历史倾听不同的声音。面对滚滚的现代化西方化潮流，不妨稍稍回到中庸之道：先是博学，尔后审问，再是慎思，进而明辨，最后笃行——这样一来我们就会发现，诸多关于共同发展的许诺不对了。穷乡僻地和八亿农民，触目惊心的命运，无可回避的现实，这一切正无情地碰碎了一个神话。我们被逼进了一种怪圈，在发展与否的问题上陷入了两难的窘境。我们还完全没有过这样困难的选择，于是这种选择更加需要中庸的精神：介乎莽撞与胆怯之间的正是勇敢。原来世纪之交考验的是一个民族的勇气。

每一种文明都有自己的基础。我们现在强化一种声音，以备未来的综合。我们的文学和发展都离不开自己文明的基础，正像生命离不开自己的土地。如果在拙劣的复制和东施效颦之流中，有人能回到质朴的自己，这也的确需要一种至大的勇气。

作为对应一个时代的当代文学，她至少不能降至现代传媒的境地，那样将是一次自我取消。的确，古老而永恒的文学在这个世界上，无权像现代传媒那样，做一场毁灭性燃烧的助燃剂。因为文学与现代传媒的出身不同，她应该更有出息。

2000 年 3 月 9 日

———————————

* 本文为作者在法国国家图书馆的演讲。

纸与笔的温情

——在法国里昂第三大学的演讲

　　尽管最早的文学不是写在纸上的，但用纸和笔成就文学却是很早以前的事情了。它简直是很古老的事情了。更早是用竹简木片、兽皮锦帛加刀锥羽毛之类，用这些记录语言和心思，传达各种各样的快乐和智慧。后来有了纸，也有了很好的笔，如钢笔。这就让文学作家更加方便了，快乐了。

　　他们有可能因此写得更多了吗？当然是这样。但是并不能保证写得更好。

　　纸与笔使作家写得更快了一些，特别是钢笔，内有水胆，不用蘸墨水了，所以中国人一直叫它为"自来水笔"。墨水自来，多么方便，那么写作者在写作时，等待的永远只是脑子里的东西了。而在古老的时期就不是这样，古老的时期，人想好了一句话，要费许多力气才能记下来。

　　现在我们不得不正视这样一个问题：是谁处在等待的地位？是工具还是思想？这可能是不一样的。这在写作中也许是一个不小的问题。有人以为工具的问题只是一个可以忽略不计的小小的问题，我不那样看。特别在今天的作家那里，总愿意证明电脑打字机的诸多好处，证明它的有益无害。也许真的是这样。不过另有一些人心里装着的却是一个反证明，他们很想证明它对写作是有害的，只苦于无法像数学家物理学家一样得出结论罢了。

　　在缺纸少笔的时代，在竹简时代，人们为了记录的方便，就尽可能把句子弄得精短，非常非常精短。读中国古文的人都有个体会，那时的文字简洁凝练到了极点，大多数的词只有一个字。现代汉语的词则要由两个字或更多的字组成。把一段古文翻译成现代语文，一般要增加两到三倍的长度。

　　中国古典文学的美，美到了无与伦比，难以取代。有人说中国现当代文学的美也是不能取代的——那也许，那是因为它就这样了，它已经无法变成另外一种模样了。但是起码现在的人普遍认为，中国文学的最高峰仍然在古代。为什么？理由很多了，我看其中的一个理由大概是不能忽视的，那就是因为书写工具的变化，是它的缘故。

西方的文学是不是与中国文学走了同样的轨迹，我手里没有更多的资料，还说不准。

总之从古到今可以这样概括：工具变得越来越巧妙越来越灵便，文学作品的数量也随之增多，品质也在改变，但却不是越变越好了。其实文学写作无非是这样：用文字组成意趣，它一句话的巧妙，思想的深邃，着一字而牵连大局——这一切都得慢慢来才行，要一直想好了，再记下来。这个过程太快了不行。工具本身既然有速度的区别，那么速度快到了一定的程度，就要催促和破坏思想了。这是个简单的原理。

显而易见，现代写作工具的速度在催逼艺术，催逼它走向自己的反面，走向粗糙的艺术。实际上，许多古老的艺术门类就是这样，它一旦离开了对原有的生产方式的维护，背弃了这种方式，也就开始踏上了死亡的道路。它会慢慢消失。文学似乎仅仅是一种写在纸（竹简、帛）上的一种语言的艺术，这个事实是有目共睹的。现在越来越多的人发出惊呼，说文学阅读正在被其他的方式所取代。他们这是在悲叹文学的命运，悲叹它极有可能迎来的最终的消亡。

如果这种恐惧有一定的真实依据的话，那么我认为它其中的一个原因不是别的，正是因为今天的文学大多已不是写在纸上的东西了。这一来它就与其他的视听产品，与其他的娱乐方式没有什么根本的区别了。它们的品质大同小异。

现在的文字通过键盘，以数字方式输入，闪现在荧屏上。阅读和传递也是以数字方式实现的。我们都知道，现在还有个要命的网。当然，现在主要的文学作品最终也要印在纸上，但那只是以数字方式输出来的东西，是一种数字转化而已。就在这种转化当中，有一些最重要的特质被滤掉了。这种特质是什么，我们暂时还不能准确地知道，但我们大致可以明白，那是诗性——文学中最为核心的东西。

数字的传播和输入方式影响了思维，改变了文学作品的质地和气味，这已经不难察觉。作为时代性的转变，渐渐蔚成风气，终于使各种文学写作发生了流变，甚至也波及到传统的写作：那些仍然使用纸和笔的人，也在自觉不自觉地跟进，无形中模糊了与数字输入品的界限。

我们都知道，中国汉语使用一种象形文字，那么写字就等于是对物体形状的一次次描摹。当然了，文字进入记录功能愈久，这种描摹的意识就会大大减弱以至于没有。但它的确是有这种功能的，它在人的意识中潜得再深，也还是有的。它也许藏到了人的意识的最深处，藏到了潜意识之中。所以说，从本质上来看，写字是很诗意的一种事情。所以中国有书法艺术，而其他国家的拼音文字就难以做成这一艺术。

以数码形式输入的文字仅仅是一种代码，它的过程取消了描摹的诗意。而人在纸上无数次的描摹所引起的生命冲动，它的快感，它不断重复的联想功能，也都一并取消了。从这个角度看问题，看待写作工具的变化，就不仅仅是个速度催逼思想的问题了。

文学在很大程度上是一种描摹，文字的书写，也是一种描摹。可见它们同质同源。

所以，真正意义上的文学作品，读者首先看到的总是"文字"，而不是"代码"。这里所说的"文字"不是一般的文字，而是具有强烈"文字感"的文字。而现在的许多作品正好相反，我们在阅读中首先感到的不是文字，而是一些符号在眼前匆忙掠过，它们只是充任了符号的功能，相当急促地、直接地表达了一种意思或故事。没有了文字感，当然也就没有了传统意义上的语言。而文学是一种语言的艺术——没有了语言，也就没有了文学。所以，人们痛感文学在消亡，这原来是有道理的。

现代传媒中出现的文字、它所运用的语言，一般来说只具有符号和代码意义。作为一种代码，它需要简便快捷，因而突出的也只能是文字的符号功能。

最终，如果文学作品的阅读过程中没有了文字和语言的深刻感受，没有了关于它的快感，文字和语言就真的只能成为一种代码和符号，它在使用中也就与一般的现代传媒没有了根本的区别。既然没有区别了，文学又如何能够存在、如何具有存在的必要呢？既然从文学作品中读到的东西，所要取得的一切信息，如阅读的快感，种种的期待，几乎从其他的艺术门类、从其他的传播媒介中也能够获得，甚至更为强烈和方便——读者为什么还需要文学作品呢？

由此可见，文学赖以生存的基础就这样给抽掉了，如此下去的消亡也就是必然的了。

在当代，恰恰是文学写作者自己，而绝非其他任何人，造成了文学的危机。有人说现代传播手段的发展促成了文学的萎缩，挤掉了它应有的空间——

这是一种似是而非的说法，是一种夸大其词。因为艺术本来就有各自不同的功能与空间，文学，诗意，它的创作与接受本是一种生命现象，源于生命的本质需求，说白了就是：只要有人就会有文学。如果有人想在这个越来越缺少诗意的世界上彻底消灭诗，那么至少也得先在这个世界上消灭人类自己。

可见只要人类存在一天，诗也就会存在一天，这是毋须怀疑的。这不是关于诗的什么大话，而不过是一些实在话罢了。

文学既要存在，就要独立，独立于其他的传播方式和表达方式。而现在许多人做的正好相反：不是强化这种区别，而是淡化这种区别。具体到文字，就是漠视和削弱文字感——不是在写作中走进语言的艺术，而是逐步取消语言的艺术。从文学写作发生发展的历史，从它的现状来看，可以说从来没有过的大浮躁弥漫过来了，写作活动变得急切而匆忙。它像数字时代一样追求速度，当然不会有好结果。

其实文学应该做的恰恰是要慢下来，越来越慢。这就是文学与时代的对应。笔和纸当然是这个时代的宝贵之物，它们比起冷漠的荧屏来，当是很温情的东西。写作与纸笔为友，互为襄助，这才是天经地义的事情。依我看，纸与笔较有可能让现代写作者耐住心性，并且在其中再次找到文字的那种非同一般的特异感受。

感性一点讲，真正的文学语言不是呈现颗粒状的，而是一股浓浓的热流，是非常黏稠的。文字首先要不是冰冷的颗粒，词也不要是。它们本身是有生命的，有毛茸茸的感性，有令人难以忽略的个性。只有这样的文字流，才谈得上是语言，才谈得上语言的魅力，也才谈得上文学。

作家脱离了纸与笔的温情，总是令人惋惜的。脱离了，就不能谈文学了，这样说有点耸人听闻；可是我们知道，文学这个古老的东西，最初是一个人在寂寞空间里展开的手工，这恐怕是不能否认的。

说到文学的现代性，会产生出许多伟言要义。不过再大的要义，也要首先考虑文学的生存。现代化的、数码时代的文学，要生存就要回到自己的本质。于是，对于其他艺术门类，对于一般的传播和表达方式，文学当然不是去靠近，而是要疏离。文学与它们的区别越大越好。

纸和笔比起数码输入器具，更像是文学的绿色生产方式。古老的艺术魅力无穷，比如文学。其实这不是因为别的，而仅仅因为人是魅力无穷的。

2001 年 12 月 12 日

世界与你的角落

——在苏州大学的演讲

三次到美丽的苏州，前两次是十几年前，都没能到这个学校。这么漂亮的一个校园，在这里做学问、读书会是非常幸福的。

写作者愿意把自己放在文字后面，这样交流起来更方便。他们有一支笔一张纸，通过它，彼此可以不太失望。瞬间吐出的一些文字反而不太可靠。讲来讲去，重复过去的思想和语言，有时候会引起自己的厌烦。

这个题目很大，但可以把它分割得很小。今天用三种人称来说，就是"我、你、他"。三种人称交替，再分几个小题，就方便了。

写作工具

写作要有工具，比如很早以前的作家，要写作是很费力气的。那是因为工具不行。当时要刻在竹简上，写在动物毛皮上，用锥子或刀来刻记自己的思想。后来才发明了各种各样的工具，钢笔、圆珠笔，直到电脑。

现在作家的写作工具主要就是电脑。我现在用钢笔和稿纸，而且有点挑剔。我觉得自己在用心写一个东西时，就开始挑选稿纸。这也是个安静的过程。我总想找一种不那么滑爽的纸；选择的钢笔也不要过分流畅。稍微写得快一点就可能把纸划破。这样一笔一笔，将思想和情感慢慢落到实处来。

我对纸的苛求，可能只是源于一种习惯。

六十年代没有纸，或者很少能得到一张像样的纸。你在那样的一个时代里热望写作，可就是找不到。连学校的课本都是乌黑的粗纸印的。当时有一个地方可以搞到纸，那是一个国营园艺场。出口苹果包装程序严格，每个苹果都要用一种彩纸包起来，淡绿的、浅黄的、草莓红的，还裁成了四四方方。

我设法搞到了这些纸，很幸福。

抚摩它，感觉若有若无的香气，上面一层淡淡的荧粉一样的东西。我用这种纸写出了第一批作品。

直到现在，我对纸的敏感和贪婪也没有多少改变。写作时面对了一沓纸，感到欣喜和安定，也有信心。

我对电脑则有一种不信任感。我八七年就对电脑好奇，至今也只能用它写一些简单的文字，比如记录什么、修改和储存等。我用笔来写。从写作工具上看，我既是一个保守的人，又是一个受惠者。

我们现在打开好多刊物报纸，包括书本，常有一种不满足感。这是因为我们看到的不是文字，不是词汇，更不是语言。它好像在对我们诉说，实际上却没有口气，没有呵气声，只有满纸代码。文字，一粒一粒的活的生命，我们感觉不到；文字原来的存在方式，它的意义，都一块儿消失了。

我们面对的再不是过去的阅读。纸页差不多就像荧屏一样，一些符号在上面快速掠过。我们不得不一再提醒自己是在看书——竭力排除并不存在的声音和图像，要从文字、从语言上去把握和感受。但是不行，就像网络的流速、影视的闪烁一样，这儿也没有什么例外。好像就因为到了数字时代，所有讯息都是数字变成的，只有代码，没有语言。语言所独有的美，这里找不到了。

我们现在常常感叹，说文学正在死亡。是的，它是从一个字一个字开始死亡的。

作家们没有在今天这个数码海洋里，把迅速下沉的文字抓住——从语言艺术的本质去抓住它。在日常的写作—工作中，我们会自觉不自觉地把自己的语言等同于电视或网络的语言、新闻媒体的语言。我们所用的词汇、所作的表达都差不多。我们落下的文字没有自己的特质，没有自己的语感。

其实这种变化的发生，从写作工具的变化上就开始了。我们已经没法好好地、缓慢沉着地记录自己了，思维被工具驱赶着，越来越数字化了。

文学要生存，大概首先是要想法区别于其他。回到源头上，就是回到一种古老的生产方式上去。手写的东西和电脑输入的东西当然是不一样的。你如果不得不用电脑来做，那就得为保留强烈的文字感而付出极大努力。文字，让它出场，让它直接诉说。现在的阅读之所以不必也不能耐着性子一个字一个字地读，是因为它一开始就不是以文字为单位出现的。是电脉冲，是数字流。你感觉不到字的存在。你甚至不能一个词一个词去读，因为它在产生之初也不是以词为单位出现的。所以你不会被语言所感动。

这儿只有数字，只有信息，只有快速的传递。

你只能用飞速的，和记录时的状态一样，让目光迅速掠过。电流的速度，光的速度，一切正是这样契合。

文学作品是这样领受的吗？文学是这样产生的吗？当然不是。

我们一再说，文学是一种语言的艺术。作者对于语言，对于词和字，要有极度的敏感、极为苛刻的要求。字是一笔一笔写出来的，那是象形字。

今天被数字化的文学，与影视小报以及其他各种各样的传媒所传播的情绪、意绪和意境究竟有什么区别？没有。它们都是一个味儿的，仅仅是质料和装订不一样。

既然如此，那为什么还要文学？所以有人说，现在不必读小说了。为什么？因为现在从报纸上电视上看到的东西，远远超过小说提供的信息——小说中的故事和事件，远远没有生活中发生的更生动更刺激，"我为什么还要读小说？"

所言甚是。因为依据正是时下的文学作品。但是这种见解显然有问题：我们期待文学的不应该是简单的、一般意义上的信息和事件，而是特别的愉悦和感动——这些只有文学才能提供。有这种东西吗？当然。你应该从语言艺术本身，从文字本身，去寻找你生命里所需要的那一份感动。那是一种纯粹的阅读快感，是语言和词汇给你的，是另一个生命在调动文字时，与思想高度合作的结果。这儿有强烈的个性，而不是一般的个性；这里有非常的敏感，而不是一般的敏感；其讲故事的方式，语言的兴奋点，智性，都是极为特别的——你是在寻找这些东西——离开了文学作品，从哪里才能获得？没有，没有这种可能。

所以说文学是永存的。这种刺激、这种快感、这种欢乐、这种领悟，是生命里的需要。这种需要同时属于表达和接受两个方面。如果我们作为一个写作者不能珍惜这种需要，将自己的表达和铺天盖地的现代传媒混为一团，文学就会死亡。

为什么要讲写作工具？因为我们要从它的演进开始，进入对文学的理解；从写作工具变化的历史，去寻找文学退化的根源；同时也要从写作工具发展的历史上，去寻找文学永远存在的信心和希望。

一百多年前有人问雨果，说我们的文学、戏剧和诗很快就要死亡了——

当年也有很多新东西构成了极大的吸引力，比如更通俗更便当的那些读物，那些表演——雨果说你不要担心这个，如果连文学都要死亡，那就等于说情人之间不再相爱，比利牛斯山就要倒塌，母亲不要他的孩子，也没有阳光了。

一百多年过去，我们的文学时而高潮时而低谷，但有一点是可以肯定的，它没有死亡。非但没有死亡，而且单从印刷量上，已经比雨果时代增加了百倍。

关于写作工具，一个朋友与我辩论，他认为用什么东西写对文学品质没有影响。电脑只是一个工具，它可以更便当、更迅速地工作罢了——怎么与之争论？这仅仅是一种感受，一种猜悟，就像"兴趣不争辩"一样，要分辨就得使用成吨的语言，直到最后也说不清。正好到了中午，我们一块儿到饭馆去吃饭，他一坐下就对服务员说：我要手擀面。我问：你为什么要手擀面，不要机制面？他说手擀面才最好吃。

是的，写作用纸和笔，就相当于制作"手擀面"。这是文学的绿色生产方式，虽然缓慢费力，但是好吃。

脑体结合

写作的人，闷在书斋里的人，必须有相应的体力活动。经常到野外去，让其成为对照自己思想的地方。思想的一部分是在外面完成的，而不是在屋子里。有人说这是一个工作方法问题，是关于休息的问题。是的；不过它更可能是一个艺术品质问题。

现在的许多作品面目相似，感觉都差不多，使用的语言和表述的方法也大同小异。造成这个的重要原因，就是写作者没有办法摧毁陈旧的思路。他们长期以来从书本到书本，从书斋到书斋，从笔到纸再到电脑，形成了一种思维的循环。这种循环是非常可怕的。刚才说过，思想需要到野外去对照，许多思想就是在这种对照中完成的。尤其是真正的创见、源发性的思想，往往是这样形成的。

文革时期提倡"脑力劳动和体力劳动相结合"，科学而美妙，但把它作为一种对知识分子强制劳动的借口，又是另一回事。从历史的观点看一下就会发现，由于社会的发展，分工越来越细，专门的文字工作者多了。可是这种专门化并没有保证我们的想象力越来越强，相反倒是萎缩了、陈旧了。为什么？就是因为脑与体的使用也趋向了专门化——这两个部分本来有不同的思悟能力，后来却分开了，不能交融，更不能相互支持了。

有一个日本朋友说，他每天要骑自行车走一百多里，让自己有一段时间大汗淋漓。为什么要这样？回答是：为了有新的思路。

他这里所说的是原创式的、真正的新思想，而不是将别人的思想来一次新的、巧妙别致的组合。这两种思想是不一样的。我们现在就没有学会区别不同的思想：新的思想和组合起来的"思想"。要知道，无论怎样奇巧的组合，也仍然不是创造，不是发现。思想是这样，艺术也是这样。新的艺术，创造性的艺术，非同一般的大悟想，必定要历经身体的劳碌，要有它的参与。

人的阅读不能只是文字制成品。因为久而久之，所有的文字迟早都会在脑子里重叠起来，乱成一团。研究学问，有时就是从这乱成一团的东西里设法揪出一个线头来。这当然也有意义，比如某些"大学者"。不过这一类工作的意义往往被夸大了许多倍。其实真正的大思想是诗意的，是从大地上产生的，而绝不会是从书斋里抄来的。

思想需要用汗水洗涤一新，因为思想不仅产生于脑，而且还产生于体。

现代人的一个重要事情，就是设法经常跟大地、跟大地上的植物动物相处，经历山河，风吹日晒。人的视野囊括它们，肉体接触它们，才能滋生深刻的痕迹，想象才会打开。仅仅是从翻译的作品、他人的文字、流行的读物，从这些地方寻找智慧，那很容易就会枯干。只有自己的肉体去亲自感受的，比如两脚踢踏之地、两手抓握之物，才是丰实的。这样我们再分辨纸上的东西来自哪里，也就容易了。坚实的思维可以生发无数的角度、繁衍无数的空间。这的确事关我们写作和思想的品质。

还是那个日本朋友告诉，我们读过的很多日本作品都不是最好的作家所写。通常的情形是，最好的作家外界根本就不知道，作品一篇也没有翻译。比如说有一个人原来是很有钱的，后来选择了文学道路，并慢慢意识到了工作的严肃性。这个人住到了山里，那里没有电视，也没有报纸。他种了一点地，同时刻苦写作。原来的工作停止了，钱也就变得非常少。几年后钱更少了，作品还没写完。他就把仅有的一点钱分成了一小堆一小堆，按月按日来分。他要把生活之需限定在最低点，算出每天做多少工作，出产多少东西，写作时间又是多少——就这样，他把自己的收入和劳动量化，分割使用，维持写作，维持强大的思维力。这个人的作品是无与伦比的。

那个日本朋友认为这个作家是日本最重要的作家之一：内容生鲜，思想独到，想象奇特。

我听后有了异样的感动。我在想中国是否也有这样的作家，是否也拥有这样的意志力。我知道这不可能仅仅是一种生活方式，而且极有可能根本不是。他为什么要这样做？大概身体接受磨损之时，也正是思想忍受砥砺之日。

现在我们大量的时间是在大城市，而没有留给偏僻的小地方。那样做不是养生，也不是方式和兴趣，而是为了生命的感动，为了思想的收益。人的所作所为成为所思的基础，这才有可能写出与众不同的东西。世界上的文字很多，想法很多，故事很多，大家是这样容易互相投影和抄袭——一种隐性的抄袭。

为了避免这些，避免书本和知识对人的伤害，人要尽可能地退回寂寞。世界之大，今天的人竟弄到无处可退的地步。人如果不能争取每天有一个独立守持的空间，心上就会紊乱一片。有一个相对安静的空间来沉默自己，因为沉默过的人，与没有沉默过的人是不一样的。嘴沉默了，心却没有沉默；而要让心沉默，就要进行体力劳动。边缘和角落，泥土和沙子，找和挖，这样的方法便是产生脑力的方法。我们在提倡体力劳动和脑力劳动相结合，也是力戒庸俗的方法。知识人进入这个状态，必会改变自己的品质，与这个世界构成一些崭新的关系。

看老书

我们接触到大量的人，也包括自己，某一个阶段会发觉阅读有问题，如读时髦的书太多，读流行读物，甚至是看电视杂志小报太多。我们因为这样的阅读而变得心里没底。还有，一种烦和腻，一种对自己的不信任感，都一块儿出现了。

总之对自己，对自己的阅读，有点看不起。

相对来说，我们忽略了一些老书。老书其实也是当家的书，比如中国古典和外国古典、一些名著。我们还记得以前读它们时曾被怎样打动。那时我们把大量的时间花在读老书上。这些书，不夸张地说，是时间留下来的金块。

新的读物没有接受时间的检验，像沙一样。人人都有一个体会：年轻的时候读新书比较多；一到了中年，就像喜欢老朋友一样喜欢老书了。他们对新书越来越不信任，越来越挑剔。还有，他们对一般的虚构性作品也失去了兴趣。

如果人到中年还不停地追逐时髦，大概也就没什么指望了。

我有一次在海边林子里发现了一个书虫。这个人真是读了很多书，因为他有这样的机会：右派，看仓库，孩子又是搞文字工作的。他们常拿大量的书报纸杂志给他，只怕老人寂寞。结果他只看一些像《阿蒙森探险记》一类的东西，还看《贝克尔船长日记》，看达尔文和唐诗，又不止十次地读了鲁迅。屈原也是他的所爱，还有《古文观止》《史记》，反复地读。他把老书读得纸角都翘了，一本本弄得油渍渍的。

我问这么多新书不读，为什么总是读老书呢？他说：你们太年轻了，到了我们这把年纪，就不愿读那些新书了。我们的时间不多了，抓一把都该是最好的。还有，经历了许多事情，一般的经验写进书里，我们看不到眼里去。虚构的东西就是编的，编出来的，你读他做什么？我们尽可能读真东西，像《二十四史》《戴高乐传》《拿破仑传》《托尔斯泰传》，这一类东西读了，就知道实实在在发生过什么，有大启发。

我琢磨他的话，若有所悟。回忆了一下，什么书曾深深地打动过我们？再一次找来读，书未变，可是我们的年龄变了。我们从书中又找到新的感动。我们并不深沉，可是大量的新书比我们还要轻浮十倍，作者哆哆嗦嗦的，这对我们不是一种伤害吗？老书一般都是老成持重的，它们正是因为自己的自尊，才没有被岁月淘汰。

轻浮的书是漂在岁月之河上的油污、泡沫，万无存在下去的道理。

当年读像托尔斯泰的《复活》，感动非常，记忆里总是特别新鲜，不能消失。里面的忏悔啊，辩论啊，聂赫留朵夫在河边草垛与青年人的追逐——月光下坚冰咔嚓咔嚓的响声，这些至今簇簇如新，直到现在想起来，似乎还能看到和闻到那个冬天月夜的气味和颜色。现在读许多新书，没有这种感觉了——没有特别让人留恋的东西了。而过去阅读中的新奇感，是倚仗自己的年轻、敏感的捕捉力，还是其他，已经不得而知。后来又找《复活》读，仍然有那样新奇的发现。结果我每年读一两次，让它的力量左右我一下，以防精神的不测。

我发现真正了不起的书，它们总有一些共同特点。一般来说，它们在精神上非常自尊，没有那么廉价。与现在的大多数书不同的是，它们没有廉价的情感，没有廉价的故事。所以有时它们并不好读，故事也嫌简单。大多数时候，它们的故事既不玄妙也不离奇，有时甚至是"微不足道"的。就是说，用现代人的眼光来看，它净写了一些"无所谓"的事情。正因为现代人胆子大极了，什么都不怕，什么都不畏惧，所以现代人才没有什么希望。我们当代有多少人会因为名著中的那种种事件，负疚忏悔到那个地步呢？看看《复活》的主人公，看看他为什么痛不欲生吧。原来伟大灵魂的痛苦，他不能原谅自己的方面，正是我们现代人以为的"小事情"、微不足道的事情。

我们现代人不能引起警觉和震惊的那一部分，伟大的灵魂却往往会感到震悚。这就是他们与我们的区别。

读一些老书，我们常常会想：他们这些书中人物，怎么会为这么小的事件、这一类问题去痛苦呢？这值得吗？也恰恰在这声声疑问之间，灵魂的差距就出来了。我们今天已经没有深刻忏悔的能力，精神的世界一天天堕落，越滑越远。现在的书比起过去，一个普遍的情形是精神上没有高度了，也没有要求了。没有要求的书，往往是不能传之久远的书，也成不了我们所说的"老书"。

这儿的意思是，人到了中年以后在阅读方面要求高了。比如愿意读真实的故事，那是因为岁月给人很多经验和痛苦之后，对一般的虚构作品不再觉得有意思了。《复活》是虚构作品，为什么还能强烈地吸引？鲁迅的书也是人们百读不厌的，他的小说也是虚构的。由此我们又会得出一个结论：要么就读真的，要么就读非同一般的虚构作品：灵魂裸露，个性逼人，从语言到思想，不同凡响。

人的一生太短暂，而作家的出现是时代的事情，以时代作为考量单位，问题也就清楚了：我们身处时间的局部，当然会对作家有极大的不满足。四十年五十年，不会有那么多优秀作家出现。作家是非常少的，我们现在说"作家"如何如何，那是一种客套，是对人对劳动的一种尊敬。

作家是一个非常高的指标，像军事家、思想家、哲学家等一样。他要达到那种指标，是有相当难度的。作家不是一般的有个性，不是一般的有魅力，不是一般的语言造诣；相对于自己的时代而言，他们也不该是一般的有见解。有时候他们跟时代的距离非常近，有时候又非常遥远——他们简直不是这个时代里的人，但又在这个时代里行走。他们好像是不知从何而来的使者，尽管满身都挂带着这个星球的尘埃。这就是作家。

他们在梦想和幻想中、在智慧的陶醉中所获得的那种快感，跟世俗之乐差距巨大。显而易见的是，真正意义上的作家不会太多。所以这才让我们一生追求不已。阅读是一种追求，是对作家和思想的追求、对个性的追求。正因为这种种追求常常落空，我们才去读老书——老书保险一些。

当然，这仅仅是谈了问题的一个方面。还须同时指出的是，这样讲并不是让大家排斥当代作品。这儿仅仅是说：因为时间的关系，鉴别当代的思想与艺术是困难的。当你有一天非常自信地找到了自己喜爱的当代作家，那么你就是幸运的，你该一直读下去。

再了不起的老书，再了不起的古代作家、外国作家，也取代不了当代的思想，取代不了当代的智慧。

背诵和朗读

现在是一个网络时代，信息像潮水一样涌来，我们难得像过去一样耐心地阅读。这是一个迅速的，并且是一再提速度的时代。许多东西正在泡沫化，像泡沫那样飞扬，转瞬即逝。在这个时代里，一个人要记住什么，比如牢牢记住有意义的东西，将是十分困难的。

所以，一些很优秀的人就走在相反的道路上：回到一些古老的阅读与记忆的方法上来。比如读书，不光是看，还要朗读。古文，好的小说，诗，应该朗读。这是个美好的过程，这个过程会引起进一步的感动、联想和回忆。对理想的追求，对境界的领会，都在同一时间里得到加强。字里行间有一种鼓舞的力量，需要声音去传递和强化。

再就是抄写了。好的文章要一笔一笔抄下来，以体味从字到文的过程，感受文字的意义。古文要抄下来，诗要抄下来。这些办法好像太笨太慢，但有以一当十之功。时代强加给我们的精神疾患，比如浮躁、恍惚、不求甚解，被我们用抄写这个古老而简单的方法给遏制了。时代越快，我们就越慢。当我们进入了一个缓慢的系统之后，时代的流行病毒对我们也就无可奈何了。

回想一下，现在人们朗读的兴趣和欲望是大大降低了。记得在二三十年前，那时候的人是很愿意朗读的。古今中外，我们身边，都有一些朗读的好例子。你会记得中学时代，那时候写出一篇东西来会有怎样的冲动——远方总是有一个朋友，总是有一个知音，总是有一个文学的耳朵；而你总是恨不能立刻把一切呈现到他的面前——不是从视觉上，而是从听觉上，越快越好。

我们是否拥有这样的记忆：天正下雨，你把刚刚写好的东西用塑料布包好，走几十里路，只为了去找一个人——为了说不清的热爱，为了赢回那一小会儿的骄傲和陶醉。如果我们发现了一本好书，也会带上它走很远的路，翻山过河——只因为山的那一边有一个人，只为了让他与自己一起感动。

可见，谁发现了一本好书，这本书首先感动了谁，都会成为一桩可资记忆的快事。

传递好书可能是人的一种义务。那些真正优秀的人，往往一生都保持了这种对艺术和思想奔走相告的劲头。

现在我们偶尔还能遇到这种人：他们时刻准备着去朗读，以分享幸福——可是当这个人正处于激动不已的时刻，山那边还会有一个倾听者吗？

山那边的人正转向了其他的兴趣，在看电视连续剧，在酒吧里，在网上。人们变得口味粗疏。结果这个人再也找不到一个喜欢倾听朗读的人。

你可以找到一本好书，由于它好得不得了，忍不住就要找人共享——四下里遥望，到处都没有你所要找的人。于是你就像站在了漠漠荒野里一样。

这个时代是朗读的荒野。

有人写了一个得意的片断，很想像当年那样用塑料纸包好，冒着雨雪翻山越岭、过河，去读给一个人听。很可惜，山与河俱在，听他朗读的人却没有了。虽然这个时代的文学人士比过去翻了几倍，可是他们都不愿朗读了，也不愿听别人朗读。

那个寻找朗读的人可能心怀了一种古老的情绪。情绪也可以古老，这在我们年轻的时候是无论如何也没有听说的。但这是真的。

朗读，这不仅是一种对待文字和语言的形式，不仅是一种状态，而是蕴含了一种生命的质量。

有人仍然具有当年的那种热情，但是大大降低了。一个人成熟了，老练了世故了，就懂得隐蔽自己：什么都隐蔽，从情感到激动。有人连友谊也要隐蔽起来。所以说这是一种遮遮掩掩的生命，是生活品质的降低。

记得这样一个真实的故事：有两个天资非常好的文学少年，当年一个十七岁一个十九岁，天各一方，谁也不知道谁。其中的一个由于偶然的机会看到了另一个的作品，感动不已，马上远远赶来。他们的相见对于彼此都是一件大事。后来几十年过去了，一个仍然在写，另一个却转而经商，并成了大老板——他对文学的信念完全丧失了。偶尔大老板还是要想起少年时代，想起与那个伙伴在一起的场景：他们那时急急相约，就为了心中那团火。那时他们一夜一夜不睡，激动得奔走不停，吸烟，一个听另一个滔滔不绝地朗读。就是这样的一种气氛和感觉，他们本来可以如此一生——可是时代把他们分开了，分得越来越远。大老板有一天又想起了往昔的伙伴，心里一热，就从很远的南方赶到了北方。

他们在深夜两点见面。一个见了另一个，竟然马上想到的是为对方读新写的作品。

大老板在听，一直听到了黎明。他一声不吭，迎着曙色吸烟。后来他回过头，让人发现了满眼的泪水；半晌，他小声说了一句："原来文学在默默前进……"

大老板是一个绝顶聪明的人。他十几岁时可以一口气背两个小时的唐诗。他一直着迷于朗读，愿意背诵。

回头再说那个大老板的朋友——深夜朗读的人。这个人在十七岁的时候，由于各种原因，背着写下的一大包东西和喜欢的几本书，到南边大山里流浪去了。他一边打工做活，一边到处寻找喜欢朗读和写作的那种人。七八年的时间里他只找到了两三个：有两个像他一样既能写又能读；有一个女的，她喜欢写，一边写一边哭，但她不太喜欢听别人读。

父辈的视角

我们的记忆中，对老一代的见解大多数时间是排斥的。这种排斥不仅是源于情绪，而且还来自理性。他们太老了，而且出生在一个愚笨的时代。他们令人同情。出自他们的见解总是这么褊狭保守，这么荒谬。他们知道的东西少而又少，简直可怜。虽然我们那时不愿意说，但我们心里明白，自己是厌恶他们的。

我们会把这种厌恶稍稍遮掩一下，让其变成厌烦：对整整一个时代的厌烦。

随着年龄的增长，人生过半，再回忆当年见闻，回忆从老一代听到的很多东西，竟然十分惊讶地发现：它们大多都是对的。老一代对于事物的判断，今天看来大致都是对的，都非常中肯。

我们当年最受不了的是一些传统的价值观念。世界发生了什么，发展到了哪里，他们好像一无所知。他们竟然还在这样看问题。我们与他们简直无法争论，因为面对着的是愚不可及。

是的，世界变了，电子，纳米技术，克隆，世界正一日千里。可是道德伦理范畴的东西，这些支撑我们活下去的规则，这些世界上最基本的东西，并没有随着瞬息万变的当代生活而发生根本改变。它们没有随着流行的时尚大幅度摇摆，顶多只有小许的调整；甚至其中的绝大部分压根就没变。原来它们比我们想象的要坚硬得多，像是化不开的顽石。

直到今天，比如说对于偷盗，对于一些伦理禁忌，还有许多职业方面的褒贬，几十年几百年下来看法未变。有人试图改变对它们的部分看法，结果一无所成。

父辈的视角其实仅仅是一种生存的视角。

我们要生存，就不得不回到那样的视角。我们发现这个世界上改变的只是皮毛，而不是根本。比如现在许多青年染了头发，打了耳环，甚至连鼻子上、脐与唇，也学外国人打了环；穿的鞋子一只绿一只红；裤子膝盖那儿搞破，做成了乞丐裤。这一切都让人惊呼，说世界变成了什么！吸毒，公然纵欲，暴露癖，抢掠和战争，所有这些加在一块儿让人瞠目，以为世界一下跌进了完全陌生的内部规则。

其实这仅是事物的表层。一个民族的内部，它的文化内核，总有非常坚硬的东西。这一部分要变也难，可以说几百年下来所变甚小。

我们看了很多时尚之书，接受了很多全新的思想，有时候是冲击者，有时候是被冲击者。许多时候我们很乐意做个冲击者，一路上不断地呼喊：解构解构解构；我们对世界的回答是耳熟能详的四个字："我不相信！"但是后来，随着年龄的增长，生活的教训，你会发现自己越来越"相信"了。

父辈的视角令人不快，却非常珍贵。可惜当我们意识到这一点的时候已经非常晚了。

比如说，老人常常流露出对一些职业的看法，时有鄙夷。他们有自己的标准。在他们眼里，各种职业的道德基础是不一样的。"行行出状元"的说法，与职业具有不同的道德基础的理解并不矛盾。我们会认为这里面保留了很多封建和传统的偏见，可是并不妨碍我们在这种"误解"和"偏见"里找到它的真理性，找到它必然包含的伦理依据。

古往今来，人们对于教师和医生、思想家、诗人和作家、宗教家，都是非常尊敬和仰慕的。人们总是严格地区别科学家与技术员、艺术家与艺人。

人们宁可从心里爱戴极普通的劳动者，比如辛勤一生的农民。这是一种人类生存的伦理尺度，是智慧的道德或道德的智慧。

工作不分贵贱这种思想是对的，因为我们无法用一种职业概念替代具体的人。商人与商人不同，艺人与艺人不同。这是后话。我们今天对于许多门类一般而言是惧怕的。比如有人每年要把最浅薄无聊的东西组合到一起，耗费了大量纳税人的钱，结果搞出了那么多庸俗下流。这一部分人哪里有什么判断力，哪里谈得上责任心，只要给钱就可以为任何人去做。依此推理，你可以发现许多类似性质的工作，即各种抽掉伦理内容的"卖"。

人有了相当的阅历，思维走入了严整，就会采取看似保守的父辈视角。这时候我们就会发现，人不能以新潮欺世，更不能以时髦欺祖。

有一个作家住在一个很大的城市里。这个人的作品拍电影、拍电视，免不了要跟导演和影星们在一起，偶尔还出国讲学，在北京上海这样的大码头谈论后现代、解构和建构——尽管如此，到了割麦子的时候还是要回老家，因为他父亲做不动了。一到了农忙他就得回去。他父亲是个瘦弱的人，没有文化。他割麦子，脑子一走神，把垄里的玉米苗弄折了。他父亲喊一声就追过去，他拔腿就跑。父亲穷追不舍，他索性站下来等父亲。喘吁吁的父亲一把抓住他——抓住他的头发一下扯倒在地，然后用脚踩住，脱下鞋子硬揍了一顿。他一点也没有反抗，只是呜呜大哭。

我明白这是怎么一回事。我跟另一个朋友说：你看吧，这个作家还要进步，还能写出非常好的东西。因为我知道，一个能在夏天的麦地里被父亲打得哇哇大哭的作家，一定会更上层楼。

因为他那会儿流露了不曾掺假的一份淳朴。这是对父辈的一种认同，是在自觉接受父辈的裁决。其中包含的内容也许更多更丰富。他真不错，总还算能够将城里的时髦，与土地的真实加以区分。实际上他懂得用后者去否定前者。骨子里，他是嘲笑城里时髦的。他在城里与之周旋，一半是出于无奈，一半是因为软弱。他在内心深处是信任父亲的。

相信文学

这似乎不能作为一个问题。这样提出来，是因为它出了问题。我们或者已经发现，今天的一些人，甚至是"作家"也未必相信文学。文学这玩意儿作为谋生的手段尚可，但要真的相信它，在心里保持它的尊严和地位，他们是不干的。

对于许多从事文学的人而言，他们也许从来都没有爱过文学。

能够像古典作家那样相信文学，相信它的高贵，它与日月同辉的那种永恒，已经成了古典情怀。不相信文学才是"现代"，不相信一切精神的价值才够得上"现代"。然而这样的"现代"是可怕的。

回头看，越是大艺术家，越是对诗有永远没法摆脱的敬畏。直到二十年前，我所认识的一个人，他每次走近书桌的时候，都要把手洗干净，一点也不允许自己邋邋遢遢的。他写作时常要找一朵花插在瓶里。他的周边全是洁净、敬畏和肃穆。而现在我们看到的某些作品，从语流、质感，包括内容，都让人想到这是在一种肮脏的环境里炮制的。

相信文学的人，不会以其作为达到某种世俗目标的工具。真正的爱总有些无缘无故。人的名利之心会随着他的道路变得越来越淡：淡到若有若无，最后淡成一个非常好的老人，既随和又偏激，质朴极了也激烈极了，极为出世又极为入世。

我们发现如今甚至出现了对于所谓文学的没落、文学的死亡的快意。有一种不可理喻的、不可解的，对于文学和诗的败落表现出幸灾乐祸的心情。说白了这不过是一种垂死的恐惧，一种末世情绪。众所周知，人的绝望很容易转化为对生命的憎恨。生命的活力，它的创造性，在很大程度上就是表现为对于艺术、诗，对于完美的不屈追求。一个人是这样，一个民族也是这样——出现过许多艺术巨匠的民族一般来说是强盛的，最终难以被征服。

文学是一个民族生命力的表征。它们从来属于整个民族，而不会作为一种职业专属于某一类人。

最近有一篇文章用嘲笑的口气介绍说，法国有五千多万人口，竟然有二百多万人立志要当作家——结果连最有名的某位大作家都饿死了。看来今天所有热爱艺术、钟情于诗的人都要感谢这篇文章的提醒、感谢它送来的情报了。不过大家知道，法国的艺术并没有那么可怜。至于说到死亡，人世间各种千奇百怪的职业和死亡方式很多——一个作家饿死了不等于法兰西文学饿死了，就是如此简单的道理。还有，难道有二百多万人立志要当作家，这会是法兰西的耻辱吗？这只能让我们更加明白，为什么会有个不朽的世界艺术之都，它的名字叫巴黎。到了巴黎，气壮如牛的人可能只是一个乡巴佬。

文明的水流日夜不停地在巴黎奔涌。举世闻名的先贤祠门楣上写有一排金字："祖国感谢伟人。"这里面安息的主要是作家和诗人，还有哲学家和科学家。

相信文学的民族是伟大的民族。因为文学不是专属于某一部分人的，不是一种职业，而是蕴含在所有生命中的——闪电。

正是基于这样的理解，我从来觉得文学不是一个爱好与否的问题，也不是一个选择与否的问题。我不赞成作家的职业化写作。"生命的闪电"能是职业吗？所有职业化的写作都在从根本上背离文学。作家的一生都应该抗拒职业化写作造成的损害。

说好作家是"大匠"，那是指他拥有超过一般匠人的功力。但他毕竟不是匠人。

属于灵魂里的东西怎么传授？怎么教导？怎么量化？所以文学命定了不是一种职业。

世界观

"世界观"的话题显得生僻、老旧。因为我们又想起了许多年前的"改造世界观"之类。所以后来都不再谈了。

这就让人觉得它是可有可无的。我们现在对自己常有一种不满足，就是时常发现心灵上的轻飘、闪烁和恍惚——它带给我们不安。作为一个写作者，我们对这个世界还缺乏大的想法。

对生活意义不懈探究的决心，一般的人可以没有，一个作家或一个进入而立之年的人应该有。现在的写作聪明机巧，很流行也很时尚，但是从文字背后感觉不到对这个世界有什么热情，感觉不到一种关怀力。人对生活的探究是相对持续的，人就不可能完全没有固定的看法。如果是一个瞬息万变的人，那肯定是可怕的。

即便到了"后现代"也仍然需要认真生活，需要留意我们这个世界上发生了什么。我们接触的一些年纪在二三十岁的人，他们没有经历"文革"，对此一无所知。但是"文革"对于我们这个民族的过去和未来将会产生多么大的影响，具有多么大的决定力。还有五八年和六〇年的事情，人民公社化，土地改革，国内战争，抗日，孙中山和鲁迅，这一系列的大人物大事件，样样亲历当然不可能。问题是我们作为一个人是否努力地去理解。

令人痛惜，现在好多三十左右岁的人谈到"文革"苦难，不知道也不想知道。他们的情感疏离得很，连一点点了解的愿望都没有。这是多么可怕。

一个人的思想要参与历史和事件。像"9·11"连带了多少大问题，它需要耗费我们的许多思想，它在等待我们的见解。如果自己没有见解，就要接受别人的见解，就要放弃思考的权利——世界上再也没有比放弃思考的权利更窝囊的事情了。可是这样的事情天天都在发生。

如果生活在今天的一个人，认为自己与"9·11"没有一点关系，与"文革"没有一点关系，那么他就是一个非人。

我们需要的只是人的思想与艺术。排除了历史感，也必定抽掉了现实感。对世界没有大的想法，小的想法也就可疑。他根本不可能告诉我们什么。

小聪明可以风行一时，但是无济于事。如果一个作家认为自己可以游戏这个世界，那是可悲的。

人的内心应该燃烧着辩论的热情。这种热情可以是写作，也可以是直接的交流。我见过一些极愿意跟人辩论的朋友。那是一段特殊的时期——这个时期已经过去了——那时中国人十分认真。这一伙朋友每天都在城市南郊的山下讨论，一开始只有十几个，后来越辩越多，简直成群结队。因为参加进来的人太多，他们不得不往山上走。随着辩论的深入，他们越登越高，跟上去的人也越来越少。最后辩论者由三十多人减到了十几个人——每往山上移动一个高度，跟上去的人就要少一两个。那些在辩论中承认失败的人就下山去了。一场大辩论进行了两个半月，人也登到了山顶，这时只剩下了三五个人。这几个人的见解是最深刻的。

我们或许会认为这个方式太古罗马了，太稷下学派了，而且稍有一点戏剧性。但他们的认真执着却是不容怀疑的。

人要尽可能拥有一种大关怀大视野，这显然是一个好作家必备的条件。在一个文学的小时代，肯定会以大关怀为耻辱的。从关心小世界到只关心我们自己，人变得越来越自私、越来越不求甚解，最后对这个世界连一点把握的欲望和能力都没有了。当历史进入大时代的时候，其首要指标就是人民的思考力强大，关心问题，并相应地产生出一些思想者。

我们历史上有过非常有名的稷下学派——从暴秦、从各地汇到齐国的学士。齐国喜欢思想，它就在山东临淄。这是世界历史上了不起的一个事件。稷下学派每天都有各种思想的交锋。一个叫田巴的人，记载上说他"日服千人"——一天可以辩倒一千人，可见思想的力量。

商业时代用金钱把一切都销蚀掉。商业扩张主义盛行的时期往往有这样几个特征：官场上的贪污腐败，科学上的技术主义，文学上的武侠小说——它们三位一体，同时出现。

上山下乡

我们说的"上山下乡"当然不同于"文革"时期的内容。我们在说今天的智识人物，怎样经常走入底层。

一个不作农村研究、不表达农村的人，也有上山下乡的必要。

中国知识界的问题在于，有写作能力的人，有话语权的人，大多都集中在城里。这恐怕是个弊端。他们的结论是以城市，甚至是以区区斗室为依据的。而且这种方式正进一步因袭，使人误解为城里产生思想，城里产生艺术。

果然也就谬种流传。城里产生了很多时尚，但真正的思想却不尽源于这里；而且极有可能是，真正的思想和生命的发源如出一辙，从根本上讲是来自山川大地。思想和艺术离开了更广大的参照就会苍白无力。中国具有自己的特殊性：农民和农村占绝对多数。中国的很多奥秘都潜在大山里，藏在贫穷的乡野沟壑里。你如果对农村的艰难曲折有了一点体验，对联合国、塔利班，对现代主义和印象派后期，理解起来都会容易得多。

所以必须上山下乡。现在有人对具体的底层资料不屑一顾，只做书斋游戏，从学者到学者、从书本到书本，人人都像吃了摇头丸。研究一棵树不能只观树梢，还应该研究树的根部和土壤。如果对广漠农村没有情感，只热衷城市的灯红酒绿，怎么会不浅薄。因为城市再大，也仅仅是大地上派生出来的一些小物件，是一些小摆设。

我们当然可以生活在城市，但生活的兴趣不可为它禁锢。生活的重点和思考的重点，思想的艰辛长征，人生的长征，起点和终点也不见得要在这里。有的知识分子见了大城市就慌，什么高楼大道，一看就慌了。其实我们这样的大国，把钱集中起来盖房子并不难。每个农民拿出一百块钱，集中起来是多少个亿，会改造和新建多少大楼。所以见了城市不必慌。见了什么要慌？见了一片片不毛之地、一座连一座的秃山；见了一群群的贫民、失去教育的儿童，我们要慌。不仅是慌，还有痛。

一个国家的强盛，在于人民的知书达理，在于人的文明素质。

一个人在基层久了就会注意最基本的东西。比如大多数人的生活状况、人的教育、身体素质，还有农田整治、水土流失、沙漠治理、灌溉能力，是这一类东西。有真实的感性才能研究问题，才能对全局稍微有点把握。我们现在不关心这些，哪里会有生活的热情，哪里会有思想。一个艺术家对生活失去了热情，就是衰败的开始。

环境污染到一定程度，再高的经济增长也不可弥补。还有全社会的道德素质——过去自行车放在街上一个月都不会丢，现在防盗窗都安到了五楼。要改变这些需要多少时间！人变得没有义愤，没有正常判断，为数不少的人竟为滔天大恶欢呼，甚至连高等学府里也有人幸灾乐祸。这不能不让我们恐惧。有知识的聪明孩子从来不缺，有是非责任感的孩子倒是非常珍贵。恻隐之心人皆有之，我们中国人的传统是这样的。我们如果怂恿了一批缺少同情心的孩子，将是我们这个时代的最大污点。

有一个从国外留学回来的人，他患了一种病，常常出血不止。可他多年来还是带上一点止血药到处走，三五年内走了大量的艰苦之地，连最偏僻的山区都留下了足迹。他记了大量笔记，跟他交谈，只觉得羞愧。农田建设情况，贫困人口，入学率，这些具体数字他能脱口而出。

还有一个学者眼睛都快失明了，还是常年坚持搞农村调查。他的每一篇文章都来自底层的判断——严谨的学术再加上悲悯之情，这是一切好学者的特征。

前些年我结识了一拨不平凡的青年。他们有的马上就大学毕业了，有的在做非常好的工作。但他们不能忍受眼下的境况，为自己痛惜。他们觉得简单的人生经历限制了理解，视野狭窄。他们要离开原来的生活轨道，来一个改变。他们在为一次迁居做准备。弄简易帐篷，自己做睡袋，因为这等于自我流放。他们认为人的出生不能选择，但道路可以选择。最后成行的只有六人。这些人失去了工作，丢了学籍，到最艰苦的地方打工多年，付出的艰辛不可言说。有人还落下了残疾。

他们说不身临其境，就不知道什么叫贫穷。一个深山小村到了冬天没有柴火，结果锅里煮的是地瓜干，灶膛里烧的也是地瓜干——老乡拉着风箱烧着珍贵的地瓜干，你想想泪水不是流在心里吗？很多农民就是这样生活的，有时一个村子二十多户，只有四五户有木头做的东西。一进门全是土坯家具，土坯床，土坯柜子，红薯和土豆就堆在屋里。小孩与羊和鸡都在屋里。

什么是知识人立论的基础，需要思考了。任何东西都要有个基础，不然就要倒塌。

自由地命名

三十年前有这样一个小村，它让人记忆深刻：小村里的很多孩子都有古怪有趣的名字。比如说有一家生了一个女孩，伸手揪一揪皮肤很紧，就取名为"紧皮儿"；还有一家生了个男孩，脸膛窄窄的，笑起来嘎嘎响，家里人就给他取了个名字叫"嘎嘎"；另有一家的孩子眼很大，而且眼角吊着，就被唤作"老虎眼"。小村西北角的一对夫妇比较矮，他们希望自己的孩子能高一些，就给他取名"爱长"。

三十年后的小村怎样了？不出所料，电视之类一应俱全，无一例外地热闹起来了。满街的孩子找不到一个古怪有趣的名字——所有名字都差不多。好像取名时相互商量过了，本村和邻村都有重名的：如果一个名字好听，别人很快也会取一个类似的。不仅这样，当年的"紧皮""爱长""嘎嘎""老虎眼"们，他们自己也不喜欢别人叫原来的名字。显然他们认为那是一种羞愧。

这就是网络时代。世界变小且空前拥挤——每个人都失去了自己的角落。原来属于个人的空间给填平了，大家的创造力和想象力被扼杀了，以至于失去了自由命名的能力——不仅是对自己的孩子，对于世界上的任何事物也都一样：没有这个能力了。

他们过去有更多的想象自由，能够从爱好和心情出发，叫出一串"紧皮""嘎嘎"之类。这个能力既自然又强大，这种能力正是小村给他们的。当时他们可以依照自己的主意去行动和思想。现在则不同，他们不得不与各种思想达成妥协。想想看，每天有多少信息、观念，伴着港台音乐和俗艳的形象往小村人的脑子里硬灌——他们有什么办法保护自己？

小村人是这样，我们大家又比小村人高明到哪里？

于是最后只有极少数人留住了自己的一点能力——为这个世界命名的能力。其奥秘在哪？无非就是竭力为自己保留一个角落。过去讲一个人要拥有一片土地，现在不行了，现代人不可以有这么大的奢望——现代人能拥有一个角落就很不错了。

实际上我们在现代世界里的退避才刚刚开始。这是不可逆转的趋势。且回到自己的角落罢，无论它多么窄小。

但人毕竟是强大的，人哪怕只拥有一个小小的地方，就有可能展开自己的想象，有可能恢复一种能力。这个角落既是实指又是虚指：人的精神要有一个角落，我们要在那里安息。的确，一个人要想稍稍像样地度过一生，就得这样。许多人就是因为没有一个空间来安静自己，结果失败了。

有一个了不起的学者，一个基督徒，说过的一句话真是好极了。这句话非常朴素，但是会让我们一生受用。他说："我每一次到人多的地方去，回来以后，都觉得自己大不如从前了。"

想想看我们这些年里凑了多少热闹，周旋于多少场合——回忆一下归来时的心情，真的很糟。喧嚣之声让我们如此紊乱，状态极差——我们常常需要一个星期的安静，才能稍稍恢复到出门之前的样子。

人这一生除了迁就庸常，古往今来最易犯的一个毛病，就是趋炎附势。作家也不例外。但对于作家而言，这就是致命伤了。所以作家一生都要像警惕肝炎一样，警惕自己趋炎附势的毛病。

我经常在海边走，那里最多的是海鸥，它们一群群喧闹鸣叫。海鸥千里跋涉，海阔天空，飞得很高，有时又能一个猛子扎到水里。海边林子里还有另一种动物，这就是刺猬。我经常看到刺猬，它们走得很慢，想躲都躲不掉。它一挪一挪地走，你走近一碰它就球了起来。我常常想：作家们大致也可以分成海鸥或刺猬这两种类型。我们会做哪一种？刺猬比较安静，活动半径小，而且始终有自己的一个角落，在那儿一挪一挪地走，只吃很少一点食物。它所需甚少。

有一类作家真的就像刺猬，一生都在安静的、偏僻的角落里，活动范围并不大。他们也是所需甚少。一般而言刺猬并没有什么侵犯性，有什么碰了它惹了它，也不过就是蜷成一个刺球而已。可刺猬唯独怕一种东西，那就是黄鼠狼。近来由于生态失衡，林子里的黄鼠狼多了一些。黄鼠狼常常释放一种恶臭的气体——这让刺猬最不能忍受，于是它就要厌恶地走开——它展开刺球时柔软的腹部就要露出，这容易受到伤害。

所以说，在一个角落里刺猬是自由的；它所要提防的只是黄鼠狼，黄鼠狼会释放恶臭的气体。

2002 年 3 月 8 日（小标题为整理时所加）

午夜来獾

一

　　这里说一只獾的故事，用以诠释和感悟不同的生命与自然的关系、揣测其中的一些奥秘。

　　在山东半岛东部海角的林子里，有几条通向海洋的干涸的古河道、一些无水的河汊。这种地理环境有利于一种叫做獾的动物的栖息。有一年当地要建立一处文化设施，就在林子的一角围起了一块荒地，面积有一百余亩。从几万亩的林区来看，这一百多亩太微不足道了，而且是树木相对稀疏的地方。它由一道加了栅栏的矮墙为界，算是与茫茫林野隔开了。几幢不大的房子在栅栏墙内建起来，并养了一条叫"老黑"的大狗，它与看门人老陈形影不离。由于这个围起的地场远离闹市，所以入夜后非常安静，除了倾听若有若无的海浪，再就是林中传来的几声孤独的鸟鸣。

　　可是不知从哪一天开始，人们发现每到半夜大狗老黑就紧张不安起来，最后总要贴紧着老陈的腿盯向一个方向，脊毛竖起一阵猛吠。这样的情形几乎每夜都要重复，时间总是午夜。有人就问老陈那是怎么回事？老陈肯定地回答：

　　"那是一只獾，它一到半夜就要翻墙进来。"

　　"为什么？"

　　"我也不知道。"

　　日后有人寻过那只獾的蹄印，稍稍研究了一番，结论是：这只獾曾经在栅栏墙围住的地方生活过，因为墙内有一截老河道，两条干水汊上有几个洞穴，大概其中的一处做过它的家。总之它每到了半夜就要想念家园故地，所以这才翻墙入内，夜夜如此。

　　按我们的想象和推论，栅栏墙外边是无边的林野，那里才是一个更广大的世界，也更适合它的生存，而且有更多更长的老河道和水汊——但问题是只有这片被栅栏围住的地方才是它的出生地，于是任何地方都不能替代……这只獾是如此的固执，无论是明月高悬还是漆黑一片，只要到了半夜就要攀墙过栏进来，惹得老黑不停地吠叫。

主人老陈不得不一次次平息老黑的怒气："让它来吧，碍不了咱们什么，它不过是进来溜达溜达。"

一只獾尚且要念念不忘自己的家园，更何况是人。

事实上人对故园、对遭到践踏的土地所表达的忧伤和愤怒已达到极点。比如我们有"自然生态文学"——它在国内通常被称为"环保文学"。

作为一个文学的主题，它与今天的物欲主义潮流是格格不入的，并且站在了这个潮流的反面。它反对为了满足物欲而向大自然无限度地索取，主张节制开发和保护环境。作为一个文学门类，它在世界上越来越时髦了。它阐述的主题和内容直接涉及到人类的生存之危，并预兆了更多、更复杂的问题，其意义远远超出了文学本身。

人的不安与焦虑是一个老旧的话题，但人类在网络时代所表现出来的巨大惶惑倒是前所未有的。人们安静下来也会有"午夜的冲动"，渴望返回自然，就像那只被栅栏矮墙围在外面的獾。不同的是人却难得攀墙而入。由于隔了这样一道不可逾越的墙，人对自然的叩问和深思就变得越发急切了，并且要用比以往更激烈的方式表达出来——文学方面的表现只不过是一个侧面、是其中的一种而已。

网络时代将海量信息推拥到周围，充斥在各个角落，真正是无远弗届。人的日常判断依据主要是远离现实的二三手的东西，不得不在虚拟的生活中游走，变得不安和脆弱；再也难以脚踏实地，常常要忍受一种极大的不自信和悬空感。人的内心也有一片安居的大陆，它现在正一点一点地抽离——这种难言的痛苦无时无刻不在折磨我们。正因为这样，二十一世纪的文学有了某种共同的匆促和焦虑感。

二

说到"自然生态文学"的写作概况，因为我不是专门研究家，难以系统地总结，而只能说说印象。我个人感到的真实状况是：现在的文学写作或者是不太关心自然生态，或者是格外关心。前者是十九世纪之后的文学所呈现的总的趋向，它伴随了现代主义"向内转"的集体特征，打量外部世界的目光纷纷收拢到了人的自身；后者则往往是依据现实功利而生出的强烈责任——这种通常被称为"环保文学"的，常常是一些直接的呼吁之声，一些记录和陈列。

环保文学与物欲主义主潮到底是怎样的关系？这里还需要做一个甄别。物欲主义导致了生态恶化，生态恶化又威胁到物质的持续增长甚至是最基本的生存，所以人们才要大声疾呼。这当然是容易理解的，是必须的和必然的。

但作为文学的表达，它的目标和情怀，理应与现实的操作有所区别才好。这二者的混淆是可惜的。因为从现实层面来说，为了向大自然有更多的、持续的索取，要求有所节制是必然的，采取严格的规划也无可厚非。这是物质化社会存在下去的通行逻辑。而文学作品则不然，它感人至深的力量却要来自非功利的心情，要有所超越。

功利化的、太切近和太直接的文学表述，将自觉不自觉地成为物欲主义潮流的一个组成部分。

我们可以设想，如果不是因为担心生态恶化影响我们的生存，我们的文学还会痛心疾首地为之呼号吗？答案是不一定或不太可能。原来我们所谓的生态文学中的焦思不完全是出于爱、不是出于人类对大自然应有的敬畏感和责任——也就是说，不是更高意义上的善意，而只是因为恐惧、因为不能向大自然持续索取而产生的忧虑。这就是某些"环保文学"的遗憾。它没有，也不可能化进生命的浑然和本能的感受之中，结果就从文学的肌体上剥离下来。

其实所有的文学都应该葆有人性的深度好奇，深入生命世界的本质——如果剥离下来，成为了一个专门的文学类别，就会在文学表达上陷入过分的自觉，并表现出功利心的峻急。这就走向了反面。

实际上所有的文学写作都应建立在自然生态的背景之上，而不是相反。无论何时何地，大自然永远都是生命的基础，文学表达一旦脱离，就会变得浮浅和狭窄。这恰恰也是网络时代、一个文学小时代的特征。文学离开了万千生命簇拥的自然和大地是不可思议的。

但是，强烈而直接的功利性也会使"生态文学"丧失应有的诗意。人对大自然的各种欲望，包括依赖和敬畏，都是浑然天成的，是生命的固有之色——它在许多时候是拒绝分析的。在文学中，这种生命情愫与本能无法量化、无法抽出。

三

二十一世纪文学与自然生态的关系呈现出某种怪异和畸形。它是渐变的、由来已久的。其实不仅是生态文学，任何题材的文学写作与现实的关系，都应该是超越功利主义的。文学对现实的过分自觉，会走向自身的单薄和肤浅。比如在刚刚进入二十世纪九十年代的时候，中国的老中青三代作家都在改变自己的写作主题，与以往的差距越来越大：手法更多了，状态更活泼了，以往的那种简单的理想主义、粗暴和单一的思想和艺术表达开始被抛弃。

不过当代文学在具有了全面激活、呈现蓬勃生机的同时，也表现出对物欲的彻底臣服，即从一个极端走到了另一个极端。这个时期，生命的自然感受力大幅度退化，人们对大自然或者视而不见，或者目光变得尖利起来——那是攫取的目光。

时至今日，二十世纪末开始的那股物质主义潮流更加猛烈了。在文学写作上，即稍稍超越于"时代"和"潮流"者虽然极少，但总还是有的。比如纵观新时期至今的一段文学里程，会发现为数不多的"个案"，他们的面貌多少有些不一样，总算保持了一点生命的自然气息。

这一部分人并不完全依从时代的风尚，也没有那样及时和匆忙地调整自己的写作，而是一如既往地遵循心路的指引，服从自己对生活的长期探究，从而满足个人的艺术表达。这使他们有可能成为一些单独工作的人，葆有一份生命的淳朴。

人陷入物质主义潮流之后，再要葆有对大自然的敏感和敬畏之心将是十分困难的。历经了现代主义对"心智"的全面开发，又进入了一个物质与网络的时代，作家让自己的心身重新感知大地，这是难上加难的事情。

值得注意的是，中国是一个农业国，人与自然的关系理应是比较亲密和贴近的。但是进入剧烈的市场竞争之后，这种关系不仅荡然无存，而且走向了一种底层机智和实用主义的劣质，表现在文学写作上，就是各式各样的机会主义的尽情表演：

中年作家尽管处于最富创造力的年华，但因为具备了利益熟透的生存经验，所以难以通过前所未有的道德考验。他们本来应该成为这个时期重要的文学和精神指标，却没能阻止自身的溃散。这个时期的文学表达是充分物欲化的，无法避免污秽、性、暴力、犬儒主义、粗制滥造，等等，有时会有一种被淹没感。涉世不深的年轻一代因为昨天的记忆不多，成长在新的物质环境中，于是拥有了格外随意和泼辣的表达——他们与整个潮流的关系常常是亲密无间的。

在今天，不同年龄段的写作，在各自的创作所追求的目标上，实际上有一种异曲同工之妙：鲜有例外地追逐着市场效应。这就进一步脱离了永恒的思索，丧失了大自然的坐标，不再追求真理，格局空前变小。

阅读中国当代文学，每每会有这样的一种感受：我们拥有当前物欲世界的最庞大的一支伴奏队伍。在这方面，我们如今真的已经是"后来居上"了。透过表相的种种分析，很容易得出的结论是：长期处于落后状态的第三世界，急于学习发达国家的文学，也极有可能学到其中最坏的部分，毫不犹豫地丢弃自己美好的民族传统。时至今日，他们要比以前所鄙视的"堕落的西方"更多更淋漓地写到性和暴力，更大幅度地展示"人性的恶与猥琐"——这在通常情况下会是阅读中更为刺激的部分，也是"解构"和"解放"的灵药和猛药。

中国传统通俗小说中并不缺少这样的元素：我们有千奇百怪和极尽想象力的关于性和暴力的描述，这方面并不稍逊于商业主义物质主义的西方。从历史上看，中国古代的齐国在发展经济的最能干的人物管仲的管理下，国都临淄建立了世界上最早也是最庞大的妓院。至于说暴力和酷刑，同时期的秦国有一个宰相商鞅，他炮制的严刑峻法大概是人世间最罕见最残酷的。不幸的是这二位总是受到后人不吝言辞的极度称赞。所以说无论东方还是西方，文学与生活都有各自的传统，二者在交流和学习中总要对接，问题是不要把其中最可怕最恶劣的部分交集起来，一旦这样也就糟透了。

尽管如此，我们还是希望在这场震耳欲聋的物欲大合奏中听到独奏和独唱，看到能够置身于生命旷野中的人——十三亿人口的大国，五六千年的古老文明，总会贮藏起这样的精神能量。

四

在历史上，对现实的功利性有所超越的文学总是难忘的。这里谈谈孙犁和汪曾祺，他们在当时和今后的意义，都给我们以启示。

先说孙犁。这位文笔优美的作家经历了战争，是我们熟悉的那一代革命作家。这个创作群体的主要特征是配合战争和阶级斗争，以笔为枪，其作品是隆隆前行的革命列车上的一件件行李——有时也被视为"齿轮和螺丝钉"。可孙犁稍有不同的是，他的作品在同样拥有浓浓的战斗和硝烟气息的同时，个人志趣也得到了很好的保留。他描述山地的斗争，芦苇荡里的战火，公社化的过程，但这更多的只是作为一种生活背景出现的——更大的背景却是山川大地，即令人迷思和爱恋的自然，它下面发生的故事才是各种各样的，作家要用自己的笔来描写和绘制。

这就有了一个个迷人的女性形象，她们含蓄的耐人寻味的心情表达得多么生动逼真。这在当时的文学中是十分少见的，现实功利性较弱，因而显得格外触目。作家对女性的涓涓柔情，特别的爱惜之情，独到的观察，都充盈在字里行间。这是比一般的儿女情长更深邃更细致的东西，它来自恒久不变的人与自然的关系：最别致的青春形象，迷人的天籁，无法言表的生趣。可见在那个统一的潮流和文学气氛中，孙犁在一定程度上超脱了出来，保护了自己的艺术空间，并在这个空间里生长起来。

再说离我们更近一点的汪曾祺，他的主要创作期就在上个世纪八十年代，代表作更是八十年代初产生的。同时期的作家在写什么？大家大致在写两个方面：一是继续对极左文化专制的控诉，二是对新时期新气象新成就的欢颂。但汪曾祺基本上没有写这两方面的内容，而是独自沉浸到往昔的回忆中去，把老旧生活的场景一一追记下来。这其中满是他的个人志趣和性情，十分饱满。

他玩味往昔的做法，今天也许不算多么特异，在当时却是极为另类的，一般读者还需要一段时间才能适应。那时候人在现实的"潮流"之中，也就无暇顾及大自然所赋予的斑斓人性、大自然本身。

由此可见，孙犁和汪曾祺都是能够在一定程度上脱离自己身处的现实潮流，尽可能地保存了自己生命中应有的单纯和朴实，具有一定的精神自由。当然，他们因此而成为那个时期难得的文学收获。

那么到了时下，我们究竟有什么值得乐观的方面？这才应该是讨论的重点。我们的乐观在于：目前罗列的这一切虽然令人忧虑，但还不是完全无望，因为屈指算来，在短短的半个世纪的历史中，作为写作群体这起码是第二次对潮流的"顺驯"了——上一次是二十世纪六七十年代，那时的文学主潮是写"阶级斗争"；而这一次则是对物质欲望的集体追逐和仰望。

这两股文学潮流从表面看起来是呈现两极状态的，但它的内里、它的本质含义都是相同的：写作汇入并跟从社会思潮与时尚，其境界并没有区别和超越现实操作的功利层面。当代文学在这两个潮流中都未能幸免，也都是同一种命运。从人性和艺术的规律上看，我们有理由相信以后的文学命运也要大致如此。不过我们面临的是本世纪的下一个十年或二十年三十年甚至更长的一段时间，我们是否可以企望于艺术家的想象力、独立性和人格的力量，有一个稍稍不同的面貌？

中国有句老话："事不过三。"意思是说，同类错误重犯"第三次"就很愚蠢很不妙了。由此说来，我们的当代文学仍然是有希望的。

五

东部半岛上那只午夜出没的獾始终是沉默的。可是它即便发声，我们也无法与之交流，只能一边窥视那张可爱的花脸，一边猜测它的行为以及心绪。

有一点是可以肯定的：它不是为了"生态"问题而来，它还没有那样的自觉。它对故园的留恋是本能的、自然而然的；它在黑夜里嗅着往昔，走走停停，如此而已。对这道矮矮的栅栏墙和所有的人工痕迹，它除了费解还有恐惧，所以它对自己的行为非但没有强调和炫耀，而且绝不呼喊和喧哗。它甚至有些羞涩，当然不会在阳光下进入，而必要选择自己的午夜。它有家园记忆的本性，是这个本性让它痛苦。

比起这只獾，我们现代人也许丧失了这种痛苦——那种掺杂了惧怕和莫名羞涩的情态，我们人类是没有的。我们面对自然也许有清晰的责任感，以及由此而产生的各种勇气——可也恰恰是这种勇气，把我们赖以栖身的大自然给彻底毁掉了。

我们急切的功利性无所不在。我们的传统中也许有着过多的实用主义的心智，并且从现实操作的层面上给予了不适当的推崇。比如长期得到赞赏的"水能载舟亦能覆舟"这句话，我们就将现实应用和精神推崇混为一团——现实生活中，有人正是出于对"覆舟"的恐惧，才有了对"水"的善意。可是我们不禁还要设问：既然乘舟者也来自"水"，"水"才是他的母体，即便"水"不能"覆舟"，不是也要对它爱惜与敬畏吗？这应该是乘舟者的本能与责任。因为惧怕而不得不施予的"善意"，当然是大打折扣的。

我们文学中对待自然的态度，一如对待"水"的态度：现实的社会治理不可不考虑这种"水舟"逻辑，可是文学上却要上升到道德与理想的层面，回到生命的感动。这是有所不同的、不容混淆的。我们热爱自然，保护自然，不是因为害怕报复，更不是为了有效地索取，而仅仅因为她是万物的生母、她的无可比拟的美、她的神秘动人，还有——我们只是她的一粒微小的分子……

如上说到的那只獾，它仅仅是置身于自然之中，与万千生命融为了一体。它是懵懂浑然的，可能丝毫谈不到自觉——就这一点而言，与我们人类是有本质区别的。人早就从那种浑然之中走了出来，与自然傲然对立，所以就与大自然的情分上论，已经远远不如一只獾了。

从文学中考查人与自然的关系，会发现不久前的人类还不是完全如此的。比如我近来再次读了《白净草原》，这只是十九世纪的作品，它记录的天籁、神秘无尽的自然，更有人与之不可分离的依存关系，那种生活状态，又一次深深地打动了我。这唤起了我的陶醉，我的追求另一种生活，以及愿意为保卫我们曾经有过的那种日月而斗争的冲动。它不是"自然生态文学"，但它显然更有力量和作用。还有《离骚》，它写满了自然之美；甚至连《瓦尔登湖》，也不是我们惯常所理解的那种"自然生态文学"。再近一些，就说孙犁和汪曾祺吧，他们的柔美篇章里有多少大自然的描写。他们自己和笔下的人物，都是躺在大自然母亲的怀抱中呼吸的生命——他们的这些作品因为真实自然和格外饱满的生命内容，才让我们更加感动，并能够长久地记住。

对比一下，我们就能够很容易地将不同时期的文学质地区别开来：以前的人对于大自然的情感是难以分离的，是混沌无界的，是沉浸其中的；人对自然的歌颂或牵念不是出于无奈之情，也不是因为逼迫而生出的责任心，更不是出于对物欲的关切而推导出来的功利心；那时的"生态文学"如果有的话，当是更纯粹和更高境界的，因而也是更为激动人心的。

说到这里，我们可以明白这不仅仅是在谈论"自然生态文学"，而是忧虑我们现代人的生命质地、不同的质地所呈现出来的不同情状、网络时代文学中的生命伦理问题。

如果说梭罗隐隐表露了对于现代化即将来临的恐惧和深忧，那么现在已经再也找不到"瓦尔登"了，我们已经陷入无可逃遁的绝境。我们在尝试追问：我们文学中一以贯之的强大的人道力量、我们追求真理的恒心，今天能否恢复？在这种修复中，我们可能会对物质主义保持一种戒备，这并不难；难的是其他，比如我们怎样还原和追溯浑然一体的思想境界——人对自然拥有了"现代"理解力之后，还能否寻求和借助生命中的本能力量？这种力量由于没有了简单和直接的责任与功利，从而具备了更深更强的文学感动力。

因此我们才注目那只午夜来獾，稍稍留心它的行迹，体味一下它与我们有什么不同，它的沉默和羞涩到底来自哪里、因为什么？

2010 年 9 月 24 日

---

* 本文为作者在哈佛大学的演讲。

附录

张炜主要作品出版年表

1980 → 《达达媳妇》（短篇小说），《山东文学》杂志。

1981 → 《芦青河边》（短篇小说），《柳泉》杂志。

《黄烟地》（短篇小说），《上海文学》杂志。

1982 → 《声音》（短篇小说），《山东文学》杂志。

《生长蘑菇的地方》（短篇小说），《青年文学》杂志。

1983 → 《秋雨洗葡萄》（短篇小说），《山东文学》杂志。

《芦青河告诉我》（短篇小说集），山东人民出版社。

1984 → 《秋天的思索》（中篇小说），《青年文学》杂志。

《一潭清水》（短篇小说），《人民文学》杂志。

1985 → 《童眸》（中篇小说），《中国作家》杂志。

《秋天的愤怒》（中篇小说），《当代》杂志。

1986 → 《古船》（长篇小说），《当代》杂志。

《葡萄园》（中篇小说），《明天》杂志。

1987 → 《梦中苦辩》（短篇小说），《文汇月刊》杂志。

《古船》（长篇小说），人民文学出版社。

1988 → 《蘑菇七种》（中篇小说），《十月》杂志。

《满地落叶》（短篇小说），《山东文学》杂志。

1989 → 《远行之嘱》（中篇小说），《人民文学》杂志。

1990 → 《他的琴》（短篇小说集），明天出版社。

1991 → 《美妙雨夜》（中短篇小说集），上海文艺出版社。

《我的田园》（上卷）（长篇小说），江苏文艺出版社。

1992 → 《九月寓言》（长篇小说），《收获》杂志。

《羞涩与温柔》（散文），《作家》杂志。

1993 → 《我的田园》（长篇小说），《峨眉》杂志。

《小说四题》（中短篇小说），《天津文学》杂志。

1994 →《夜思》（散文），《收获》杂志。

《柏慧》（长篇小说），北京十月文艺出版社。

1995 →《家族》（长篇小说），《当代》杂志。

1996 →《怀念与追忆》（散文集），作家出版社。

1997 →《远河远山》（长篇小说），《花城》杂志。

2000 →《外省书》（长篇小说），《收获》杂志。

2001 →《能不忆蜀葵》（长篇小说），《当代》杂志。

2003 →《西郊》（长篇小说），《芙蓉》杂志。

《丑行或浪漫》（长篇小说），《大家》杂志。

2007 →《秋天的大地》（散文集），中国青年出版社。

2008 →《张炜散文》（散文集），人民文学出版社。

《楚辞笔记》（文论集），上海人民出版社。

2009 →《蘑菇七种》（中篇小说集），作家出版社。

2010 →《你在高原》（长篇小说集），作家出版社。

2011 →《午夜来獾》（演讲录），作家出版社。

2012 →《半岛哈里哈气》（长篇小说），河北少年儿童出版社。

《楚辞笔记》（文论集），中国青年出版社。

《钻玉米地》（短篇小说集），上海文艺出版社。

《葡萄园畅谈录》（散文集），上海人民出版社。

2013 →《九月寓言》（长篇小说），重庆出版社。

《精神的背景》（综合集），华中理工大学出版社。

2014 →《少年与海》（长篇儿童志异小说），安徽少儿出版社。

《张炜文集》（综合集），作家出版社。

2015 →《寻找鱼王》（长篇儿童志异小说），明天出版社。

《鸽子的结局》（中短篇小说），安徽文艺出版社。

《山水情结》（散文集），辽宁人民出版社。

2016 →《陶渊明的遗产》（随笔集），中华书局有限公司。

《父亲的海》（短篇小说集），长江文艺出版社。

《独药师》（长篇小说），人民文学出版社。

《兔子作家》（长篇小说），安徽少儿出版社。